Wolfdietrich Schnurre

Der Schattenfotograf

Aufzeichnungen

List Verlag

Umschlaggestaltung: Franz Wöllzenmüller

1.–5. Tausend September 1978
6.–11. Tausend November 1978
12.–21. Tausend März 1979

ISBN 3-471-78726-7

Schrift: Palatino-Antiqua
Satz und Druck: K. Wenschow GmbH, München
Bindearbeit: Oldenbourg, München

Inhalt

Für Marina

1. KAPITEL

Das stumme Lied

August 1975. In Kürze hat dieser restliche Körper, aufrecht gehalten von einem sentimentalen Gemüt, hinkend an seinen Erfahrungen, terrorisiert von einem sprunghaften Intellekt und jagdhundhaft von seiner unzuverlässigen Seele umkreist, aller Voraussicht nach den fünften Schritt in die zweite Hälfte des ihm möglicherweise zugebilligten knappen Jahrhunderts zu vollziehen. Die Schüsse trafen und trafen doch nicht. Die Liebe warf ihre Messer; das letzte vibriert noch im Holz. Das Licht alterte mit. Der Schatten gewann an Kontur. Schuld und Verrat haben ihre Positionen bezogen. Von den Zinnen herab wird jeder Schritt relativiert. Gleichmut und Egozentrik wühlen sich mit dem Hakenschnabel die Milben aus dem Gefieder. Das Unterholz versucht noch Wildnis zu spielen. Jedoch der Schädlingsfraß läßt keine Zweifel aufkommen. Und die Liste der ausgestorbenen Vögel ist lang. Es wird Zeit, Bestand aufzunehmen.

Täglich einen guten Prosasatz lesen; das brächte einen schon weiter. Nur: wo stehen so viele?

Und wenn man selber jeden Tag einen schriebe? Nicht eher mit der täglichen Arbeit beginnen, ehe einem nicht ein Satz gelungen ist, der mehr sagt, als die Sätze zuvor.

Der Satz. Der, den ich schreibe. Der, den ich mache. Der am Grunde der Tasse. Der dennoch kein Grundsatz ist.

Nein: Nicht schreiben. *Notieren.* Schreiben zwingt zu formulieren. Notieren zu denken. Formulierungen legen fest, Notizen bewegen:

Die marokkanischen Soldaten in rotem Fez und blauen Pluderhosen. Heiterten das Bahnhofsgrau auf, wenn wir sonntags, mit Laute und Kochtopf, das Hermann-Löns-Liederbuch im Gepäck, zum Kühkopf aufbrachen, der Altrheininsel mit den Apfelbaumwegen. (1924, Rheinlandbesetzung.)

(Ich hätte der Frau vielleicht helfen können. Denn ich hatte deutlich gesehen, sie war mit dem Ellenbogen an den Blumentopf gestoßen. Da er jedoch mitten zwischen den marschierenden Soldaten auf dem Pflaster zerschellte, schrien die Leute auf. Das kam wohl auch noch hinzu. Jedenfalls holten sie die Frau herunter und haben sie mit Kolbenstößen über die Straße getrieben.)

Die Tagesnotiz stellt sich quer zum Buchdeckeldenken. Freiheit des Gedankens gegenüber der Fron des chronologisch zu füllenden Themageheges. (Statt des brüllenden Hirschs den hakenschlagenden Hasen im Wappen.)

Der Splitterchronist.

Stand auf einer der Donau-Brücken. Buda hier, Pest dort; zwei verlogene Städte, die einem einzusuggerieren versuchten, daß es Bleibendes gäbe, und dieses Bleibende sei auch noch schön. Juli 1944; das Attentat mißglückt; Dämmerungsbeginn. Zweimal, Todesstrafe im Nacken, das Urlaubsdatum gefälscht. Kam aus Berlin. Wo jemand schwer zu produzierenden Trost gebraucht hatte. Marschbefehl lautete Front. Man hörte sie schon. Nachts grüßte sie den Lesekundigen in gewohnter Flammenschrift. Ein Herr kam herangeschlendert, blieb, die grauen Wildlederhandschuhe über dem tauigen Brückengeländer gefaltet, dicht neben mir stehen: Nichts gegen Wasser, aber als *Zivilist* unterzutauchen, verlohne sich eher. Er nannte Kontaktadressen. Ich dankte. Hatte meine Erfahrungen da. Das am wenigsten Anstrengende jetzt war, sich wieder von den sowjetischen Panzern jagen zu lassen.

Der Mosaikbiograph.

Die zierlichsten Papierschiffchen versteht der Flößer zu falten. Erkennt man die Botschaft unter den harzfleckigen Fingerabdrücken, ist man der Holzverwertung enthoben.

»Erzähl mir nichts von der Wirklichkeit. Die Wirklichkeit ist ein Wunder. Ich seh die Brandmauer hoch. Ich seh die Amsel da oben. Sie singt. Ich hör's nicht, die Autos sind zu laut. Aber ich seh es. Sie bewegt den Schnabel. Sie macht ihn auf und zu. Ein winziger roter Keil aus Abendhimmel ist zwischen ihrem Ober- und Unterschnabel zu sehen, mal ist er kleiner, mal größer. Manchmal singt sie auch nur mit der Kehle, und der Schnabel bleibt geschlossen. Aber ich seh auch die Kehle sich bewegen. Das Lied macht einen kleinen gefiederten Dudelsack draus. Der atmet wie die moosigen Felsen im Traum. Und jedesmal hab ich das Amsellied auf einmal auch wieder im Kopf. Jetzt hör ich's. Ich hör es, weil ich es sehe. Was ist das? Die Wirklichkeit? Ich sag dir, das ist ein Wunder.« (Lindy zu Ernst.)

Probieren. Stile, Stoffe; Überzeugungen, Gedanken, Ideen. Vermutungen über Gewißheiten stellen. Unkontrolliert schreiben, um kontrollieren zu können.

Die Vergänglichkeitseule ans Scheunentor nageln: Irritation der elektronisch gesteuerten Zukunftsmäuse bewirken.

Besinnen.

Herr Krummhauer sagte: »Und wenn wir ihnen Knallfrösche zwischen die Schaftstiefel schmeißen. Immer noch besser als gar nichts.« Die anderen schwiegen. (Wohnlaube, Kolonie ›Onkel Ernsts Hütte‹, Berlin-Hohenschönhausen; man hörte den Pfiff der Industriebahn dazwischen. – 29. Januar 1933.)

Auferstehen lassen; Tode sind Täuschungsmanöver.

Karl. Er erhielt den goldenen Ohrring, als er den Einsteigdiebstahl beherrschte. Sein schnelles Lächeln. Die Bronzehaut getarnt mit fleckigem Grau. ›Zigeuner‹ sei ein Schimpfwort; seine Sippe gehöre zur Sinte; er sei ein Manusch, ein Mensch. Immer zustimmend. Nie sich daran haltend. Immer anbiedernd. Nie unterwürfig. Vierzehnjährig wie ich. Kettenraucher. Meister im Igelstechen, im Hufeisenwerfen. Schreibkundig; mir die Vokabelhefte mit Romani und Rotwelsch gefüllt: Weit vornübergebeugt, so daß das Halbinseldreieck des filzigen Haaransatzes wie ein breites Ausrufezeichen auf der argwöhnischen Kerbe stand, die sich zwischen den Brauen eingefräst hatte. Ständig nach Pferde-Urin, ranzigem Igelfett und kalter Asche gerochen. Das Fichtennadelbad, das wir ihm richteten, blieb unangerührt: Ihre ärgsten Feinde seien Wasser und Wind. Für die greifbareren war das Rasiermesser bestimmt. Ich bestand darauf, daß er uns mit ihm den Oberarm ritzte. Doch er glaubte nicht an Blutsbrüderschaft. Zu Recht. Die Nacht vom 31. Juli auf den 1. August 1944 hat im Zigeunerlager in Auschwitz kein Sinte, kein Róm überlebt.

Worte wie Pfähle; geteert gegen Fäulnis. Gedachte Verhaue. Faschinen aus Sätzen. Die Gestorbenen sammeln. Die Lebenden lieben. Aufsässig wider den eigenen Schatten.

Der Augusthimmel hechelt. Seine Staubzunge leckt den hitzeknisternden Kiefern um den Kinderspielplatz den Sand von den Füßen. Erschöpfungsfrühstück der Schwerstarbeiter; Kuchenform und Schippe achtlos beiseite geschoben. Im glühenden Buddelkasten der Abdruck von Nenads winzigen Zehen. (Marina noch zu erledigt, um an Ferien denken zu können.)

Hillel, im Talmud: »Wenn nicht jetzt, wann sonst?« Nach diesem Satz darf man sterben.

Zwei Altersheiminsassinnen verprügelten einander; Stock gegen Schirm. Erkundigungen ergaben: Jede der beiden hatte behauptet, kränker als die andere zu sein. Glückliche alte Damen.

»Wollen wir hoffen, daß Ihnen die Bestrahlungen bekommen sind.« Pluralistischer Seufzer beim Abschiednehmen. Sonderlich zuversichtlich klingt das allerdings nicht. Die Delinquentin lächelte zurück. »Ganz bestimmt.«

Jetzt beweglicher sein. Einkriegen spielen können mit Nenad. Fußball. Klettern. Statt dessen: Ein statischer Torwart. Ein hinkender Räuber. Ein steifer Gendarm. Ritter, der Burgen zertrampelt. Pilot mit Gleichgewichtsstörung. Versteckspieler, der standhaft auf seine Ähnlichkeit mit einem Telegraphenmast baut. Nenad (vier Jahre, zwei Monate jetzt) kalkuliert das gelassen mit ein. Das sollte beruhigen. Doch ein Kind, das Rücksicht auf die Handikaps eines Erwachsenen nimmt, beunruhigt mich eher.

Hillel, abgewandelt: »Wenn ich *mir* nicht widerspreche, wem sonst?« Nach diesem Satz sollte man leben. (Also auch schreiben.)

14. August. Zögernde Wimpernflügelschläge die kartografierte Nordseeküste entlang. Inselgedenken aus pränatalem Albatrosglück; Baltrum zwischen den Fängen.

Berlin schmilzt auf Briefbeschwerergröße zusammen. Da scheint etwas als Devotionalie mitgenommen werden zu wollen.

Der Briefbeschwerer. Misanthrop, der sich brieflich beim Hauptpostamt über zu starken Posteingang beklagt.

»Was würden Sie bei sich zu haben wünschen, wenn es Sie auf die sattsam bekannte einsame Insel verschlüge?« – Wenn es eine Halbinsel wäre: Goethes *Wahlverwandtschaften* und Benjamins Essay über sie. Sollte es eine Vollinsel im deutschen Sprachbereich sein: Ein ausführliches etymologisches Wörterbuch, in dem vor allem Berlinisch, Jiddisch, Romani und Rotwelsch berücksichtigt wären. Sollte man sich im Ozean als eine Art Robinson (frei von Freitag) einrichten müssen: Blochs *Prinzip Hoffnung*, Goethes *Maximen und Reflexionen*, Schopenhauers *Welt als Wille und Vorstellung* und *Parerga und Paralipomena*, Kafkas Erzählungen, den ganzen

Montaigne. Falls an lebenslänglich gedacht sein sollte, noch die Bibel und eine Auswahl aus dem Babylonischen Talmud dazu.

»Ja, Seeluft ist gut jetzt. Nur bevorzugen Sie möglichst den Schatten.« (Professor W.–: Eifersucht des Kobaltstrahlenzuteilers auf die stümpernden Gratisstrahlen der Sonne.)

Im Winzigstflugzeug über das Wattenmeer. Marina, Nenad, der Koffer und ich für diese Libellenfähre schon beinah zu schwer. Nach einer halben Stunde wollte der Pilot gerne wissen, ob die Tür neben mir auch richtig verschlossen sei; sie klappere so. Ein Flugzeugwrack grüßte saugend herauf. Weithin Schlickerinnerungen an einst: Déjà-vu aus Taschenkrebszeiten; Wiedererkennen und Widerwille sind eins.

Auf Baltrum gibt es noch Lerchen. Stehen wie geflügelte Steine in der flimmernden Luft: Kehlen, für Kinderlieder gemacht.

Aufstieg

Über die Ebnen
zuckt sie,
die Schwinge
des Schweigens.
In Federn
kommt es,
das lautlose Lied.
Sing, Stein;
umjubelt
von Sprachlosigkeit,
erhebt dich
die letzte
der Lerchen.

Die Vögel der deutschen Kulturlandschaft. Beziehungsvoller Titel des Werks, dem ich meine späteren Schwierigkeiten mit Frauen verdanke. Vaters Doktorarbeit. Er schrieb sie, während Erni mich trug. An sich ein sympathischer Zug: Aus Angst, im Mündlichen durchzufallen, hat er ihr nichts von seinem Doktor gesagt. Nur langweilten wir uns jetzt natürlich ein wenig. Bezeichnenderweise ist es ein *fertiger* Doktor gewesen, der uns einlud, mit ihm zu schlafen. Erni nahm an. Vater erfuhr's. Backpfeifte den Herrn, als er mit großem Gefolge im Krankenhaus die Visite abnahm. Erni schmollte; gebar mich und ging. Rehabilitiert blieb ich in Vaters Obhut zurück.

»Dabei bin ich ihm anfangs noch dankbar gewesen, denn er ist ja mit Erni ins Café, ins Kino gegangen.« Vater heute, 55 Jahre danach. Grundsatztreue, die eigentlich nie so richtig belohnt worden ist.

Ist Hoffnung erlernbar? Noch ein Dissertationsthema. Doktorvater: Der Reißwolf.

»Vor lauter Hoffnung werd ich noch meschugge!« Quintessenz der jüdischen Messias-Erwartung. (Im Kleinen nachvollzogen, wenn als Kind auf Vater oder die gerade diensthabende Freundin gewartet.)

Max, I. Schneckenhausnasenflügel. Golddurchwirktes Deckelkäppchen auf den drahtigen Locken. Die sanft abstehenden Ohren durch die sorgfältig gedrehten Schläfenspiralen dem Kopfrund entfremdet. Pralinenpupillen, als wären sie noch eben in dampfender Schokolade geschwommen. Schattenlider, mit den Müdigkeiten der Väter beladen. Verfeindet mit seiner Fleischlichkeit, in der er neunzehn Jahre lang ruhte, ehe ihm der Ausbruch gelang. Mühsam wirkender Watschelgang, unbeholfenes Handgelenkschlenkern: Kopf und Körper mußten ausbalanciert werden.

Max, II. Mit drei Jahren Hebräisch gelernt. Mit sechs seine Drosche (Referat, Predigt) gehalten. Thema: *Warum ist Moische draußen geblieben?* (›Draußen‹: außerhalb Kanaans.) Mit sieben, vom Großvater geleitet, Talmud zu lesen begonnen. Mit zehn die Bar Mizwa, und in der Synagoge über Esther und Haman gesprochen. Mit elf sich im Textilhaus des Vaters umzusehen begonnen. Mit fünfzehn in allen zwölf Folianten des Talmud zu Hause. Mit sechzehn in die Rabbinerschule. Mit neunzehn das Textilgeschäft übernommen. Im selben Jahr, nach den Novemberpogromen, sich das Leben genommen.

Max, III. In Frankfurt ihn einmal im Cheder besucht. Gewundert, warum er, ein Jahr jünger als ich, auf einmal keine Zeit mehr hatte, vormittags mit mir zu spielen. Zwei gewaltige Bücher – Bibel und ein Talmudfoliant – lagen auf dem Pult vor den Kindern. Offenes Honigglas daneben. Der Malamed hatte einen Leinenbeutel umhängen. Er enthielt, knapp fingergroß jeder, die Buchstaben des hebräischen Alphabets. Ständig wurde einer der wahllos herausgegriffenen in den Honig getaucht. Der aufgerufene Junge hatte die Augen zu schließen, während er das Schriftzeichen ablecken durfte. Dann hieß der Malamed ihn, sich über eins der aufgeschlagenen Bücher beugen. Jeder der Dreijährigen, auch Max, hat den Honigbuchstaben auf der Textseite wiedergefunden; lachend und erinnerungsträchtig schmatzend die meisten.

Theophrast hat die Juden eine philosophische Rasse genannt: Schlüssel für das Unbehagen der Völker an ihnen. Noch keine zutreffendere Bezeichnung gefunden. Denn tatsächlich sind es ja die ›Schriftgelehrten‹, die Religionsphilosophen, die Rabbinen gewesen, die in der Babylonischen Gefangenschaft das Paradox fertigzubringen hatten, die bisher von den Priestern und den Propheten verkündeten Offenbarungen Jahwes nun rationalistisch zu deuten. Eine Methode, die logischerweise immer mehr auch den Alltag mit einzubeziehen hatte und sowohl in Wirkung wie Ausübung den Juden schließlich, über den Talmud und die großen rabbinischen Schriften, buchstäblich in Fleisch und Blut überzugehen begann.

Ein Glaube, der den Verstand schärft: Prädestiniert für Verfolgung. Schließlich, welcher Gott darf es sich schon leisten, seine Gläubigen das Denken zu lehren? Antisemitismus aus geistigem Ungenügen; kein Baal bietet mehr. (Keiner stellt aber auch ein größeres Ärgernis dar.)

»Gott braucht die Menschen.« – »Jeden–?« (Anfrage des Mörders.)

Baltrum. Schützenloch-Assoziationen am Strand. Jeder dieser Burgenbuddler verteidigt hier Deckung, Grube und Wall. Wo ein achtloser Fußtritt Ziermuscheln absplittern läßt, wird der Nächste zum Gegner.

Der Panzer stand über mir. Er fing an sich zu drehen. Die Schädeldecke vibrierte. Lehmklumpen schlugen auf Schultern und Helm. Im Nacken war die Motorhitze zu spüren. (Sommer 43; Rußland.)

Kunst zu machen ist keine Kunst. Erst aus Fakten *keine* zu machen ist eine. Wenn man ein Schriftsteller ist.

Der Faktiker.

Baltrum. Innerlich Nenad näher denn je. (Endlich einmal keine Schreibtischbarriere.) Durch die physischen Handikaps jedoch hier, wo der Körper so im Mittelpunkt steht, plötzlich Bewußtwerdung unüberbrückbaren Getrenntseins von ihm. Kein Rennen, kein Planschen, kein Herumtoben möglich; selbst Stehen und Bücken fällt ungeahnt schwer: Petrifaktischer Vater, Sanduhr an Herz Statt.

Zenon, der Eleate: »Der fliegende Pfeil ruht.« Danke, Meister. Dann rollt der ruhende Stein. Dann ist der Lahme gelenkig.

Im Augenblick: Ewigkeitsformel. *So* aufblicken, hinsehen, wahrnehmen, als könnte im nächsten Moment ein Erdbeben das eben Geschaute zerstören. Oder, was – vom Subjekt aus betrachtet zumindest – aufs selbe hinausliefe: als würde die (ja bereits angedrohte) Erblindung durch einen lautlosen Vorhangfall wahrgemacht werden.

Augenfallen aufstellen. Anblicke horten. Bilder bewahren. Wahrnehmungen speichern. Wobei die Maserung meiner Schreibtischplatte durchaus mit potentiellen Weltreiseeindrücken in Konkurrenz treten sollte.

Denn. Es soll nicht von mir heißen, daß ich nicht aufgepaßt hätte. – Wer sollte einem diesen Vorwurf denn machen? – Ich mir selber; erblindet.

Dann war auf einmal dieser zarte Aprilhimmel da mit den ätzend gezackten Brandmauer-Kanten und den scharf gestanzten Silhouetten der Fahrstuhltriebwerke am Abend. Oder diese bunten Benzinlachen jetzt, in denen das spröde Licht plötzlich zu blitzenden Augenfallen gerann, aus denen man sich kaum wieder losreißen konnte. Oder die offenstehenden Kneipen mittags, mit den hohen Gläsern auf den Theken, in denen zwischen ausgelaugten Pfefferkörnern und sperrigen Dillkronen, wie weißlich erblindete Pferdepupillen, die bleichen Sol-Eier schwammen. Und immer wieder die S-Bahnstrecken; die vor allem: Rot vor Rost, Klettenbüsche und Huflattichstauden zwischen dem ölbraunen Schotter, und doch jeder Gleisstrang in Dunst und in Freiheit einmündend. Alles das war nicht neu. Doch es war anders auf einmal; zarter, bedrohter, verletzbarer als die Jahre zuvor. Plötzlich hatte sie Angst um das, was sie sah; Angst, es könnte zerstört werden; Risse liefen eines Morgens durch all diese Bilder hindurch, sie blätterten ab, und der grobporige Beton einer riesigen grauen Litfaßsäule erschiene dahinter; und auch sie bröckelte schon.
Lindy strengte sich an, in diesem April so viel wie möglich zu sehen. Das war nicht nur ein Mengenproblem, es war auch die Frage, ob man den Zusammenhang sah. Es gab den Mülleimer, und es gab seinen Inhalt. Es gab den zerbeulten Zelluloidpuppenkopf, und es gab die Überlegung, warum sein Besitzer ihn so lange ohne Rumpf aufbewahrt hatte. Das hatte nichts mit Neugier zu tun. Gerecht mußte man sein, *das* war es. ›Es gibt nichts, das einem nichts mitteilen will; kein Ding ist von Hause aus stumm.‹ Dieser Satz stammte von Ernst. Aber er war trotzdem richtig. Man brauchte ja nicht auf Biegen und Brechen etwas wissen zu wollen. Aber alles, was man sah, mußte die Chance bekommen, gesprächig zu werden. Denn Sehen alleine genügte noch nicht. Man mußte zugleich auch gespannt sein. Sehen; Erwarten; Wahrnehmen; Kennen. Das war die Reihenfolge, die galt.

Sie warf sich auf die Seite und boxte das Kissen unter der Wange zurecht. Außerdem konnte es ja auch sein, daß ein Erdbeben käme, und nur sie bliebe übrig und müßte nun von nichts als ihrer Erinnerung leben. Da war es notwendig, daß sich das Weiterleben dann aber auch lohnte. Oder vielleicht wurde sie blind eines Tages und brauchte jetzt für den Rest ihres Lebens einen interessanten Vorrat im Kopf. Da genügten eben pure Erinnerungsfotos nicht mehr. Da kam es auf den Zusammenhang an. Da mußten Beziehungen aufgedeckt werden. Da mußte man *so* aufmerksam hinsehen, daß hinter dem Sichtbaren das Spürbare aufzuschimmern begann. Da mußte man das Sehen, so, wie sie es verstand, wirklich zu einer ganz unvergleichlichen Fähigkeit entwickeln.
Lindy setzte sich auf und umschlang ihre Knie. Das Sehen und das Behalten. Aufs Sehen verstand sie sich jetzt. Obwohl man natürlich noch dazulernen konnte. Worauf sie jedoch noch trainieren mußte, das war das Behalten. Wahrscheinlich schlief sie zuviel. Sie hatte sich daher daran gewöhnt, jedesmal vor dem Einschlafen alles, was sie am Tag wahrgenommen hatte, noch einmal zu sichten; nichts durfte undeutlich werden. Es gelang ihr fast immer. Nur war die Nacht dann oft zur Hälfte vorbei. Denn Lindy war gründlich. Sie wußte, was sie jetzt ausließ, konnte am Morgen schon farblos und unansehnlich sein; selbst dann noch, wenn es etwas ganz und gar Einmaliges gewesen sein sollte. Es lag an ihr, die Bilder dieser Welt in ihrer Unantastbarkeit zu bewahren; an ihr und ihrem gewissenhaften Gedächtnis. Nirgendwo anders hatten sie Platz; einzig in ihr.

Der blinde Lehrer. Von seinen Schülern geliebt. Sie ließen ihn sich auf einem ihm unbekannten Gelände allein orientieren. Befragt, warum sie so forciert wegsähen, statt wenigstens die Mühe zu registrieren, die er sich geben mußte, antwortete einer: »Er würde unsicher werden, wenn er sich von uns beobachtet fühlte.«
Der blinde Lehrer, II. Er erzählte, das Letzte, was er optisch wahrgenommen habe, sei er selber als Siebenjähriger gewesen. Er sähe sich noch auf den großen Flurspiegel zulaufen. Da sei die Bombe gefallen. Die Todesangst in seinem Gesicht

habe er niemals vergessen. Ich: Ob es ihm jetzt Mühe bereite, sich als Erwachsener zu begreifen. Er: Mühe –? Es sei völlig unmöglich. Immer decke jener Siebenjährige jede entsprechende Anstrengung ab.

Nach jeder der Netzhautoperationen tagelang auf blind gestellt worden. Dennoch – trotz der geschlossenen Augen, der Wattelagen auf den Lidern, der Leukoplaststreifen darüber, der zahllosen Mullbahnen über Jochbein und Braue, deutlich ein differenzierendes Lichtempfinden gehabt und die (weiße, fast durchscheinende) Gardine vor das Fenster gezogen, weil die ungefilterte Helligkeit schmerzte. (*Das* also war die Realisierung des Alptraums, blind zu werden, noch nicht.)

Präzises Denken mit Kopf- und Augenverband unmöglich gewesen. Keinen einzigen echten Abstieg ins Innere zustande bekommen. Nicht einmal gedankliche Konzeptionen gelangen. Ständig, bei den ersten Versuchen schon, den startbereiten Bleistift, das kontrollierende Auge vermißt. (Da muß, für die Zeiten der Dunkelheit, noch viel dazugelernt werden.)

Kriegserfahrung. Eben der Granateinschlag neben einem, die Bombendetonation in der Nähe. Und auf einmal hat man unendlich viel Zeit: Wartet, erstarrt – tickende Leere im Hirn –, auf die Verletzungen, die einem zugedacht sind. Ist, diesen Ewigkeitsbruchteil lang, derart vorbereitet, gestählt, konzentriert, daß man die Stahlsplitter gar nicht in sich eindringen fühlt. Erst nach Stunden nimmt man im Fleisch die schmerzenden Verhärtungen wahr.

Gefahr relativiert den Zeitbegriff. Lebensgefahr hebt ihn auf. Sterben preßt ihn zusammen.

Der Traum nimmt sich Zeit. Ich falle. Spüre den nicht endenwollenden Sturz. Nehme Felsstrukturen, Moosgeflecht und Luftwiderstand wahr unterwegs. Der gefürchtete Aufprall meldet sich erst durch zunehmende Fallgeschwindigkeit an. Erwachend auf die Matratze geschmettert. Das Herz stürzt hinterher. Braucht Minuten, um wieder im gewohnten Rhythmus zu schlagen.

Sich Zeit nehmen. Und *woher?* Sollte die Endlichkeit tatsächlich so in Überfluß leben?

Es ist Zeit. Und das schon seit je.

Gott kam zu spät: Die Zeit war schon da.

Im Anfang war die Zeit. Denn kein Raum ohne Dauer; ein Weltraum schon gar nicht.

Die Zeit unterwirft sich der Dauer ohne Gewähr. Beweis: Der zum Tode verurteilte Dramatiker in Jorge Luis Borges' Geschichte; der, während die Kugel zwischen Gewehrmündung und Stirn unterwegs ist, den letzten Akt des durch die Verhaftung unterbrochenen Theaterstücks konzipiert.

Man vertreibt (sich) die Zeit. Und hat man keine mehr zur Verfügung, feilscht man um die letzten Sekunden. Wäre es da nicht vernünftiger, man legte sich zeitig Überstunden-Vorräte an, auf die man in Notzeiten zurückgreifen kann?

Freizeit. Wieso eigentlich ›frei‹? Hat sie nicht übergenug damit zu tun, uns zu vergehen?

Doch auch unabhängig von uns kann es Freizeit nicht geben. Denn gerade zu *sein* strengt sie an.

›Freizeit‹ und Langeweile wachen im gleichen Alptraum auf: Beiden ist der Fortschritt als angesengter Phönix erschienen.

Auf unserem verlustreichen Rückzug ins Paradies häufen sich Paradoxe wie diese: Je kürzer die Arbeit, desto länger die Weile. (Auch als gebührenpflichtige Eintragung in gewerkschaftseigene Gästebücher geeignet.)

Obwohl. Bei diesem Angebot an Welt sollte Langeweile der einzige Artikel mit Lieferstopp sein.

Kein Mensch langweilt. Man muß nur jedem die richtigen

Fragen zu stellen verstehen. Die nach seinem Alltag, nach seinem Beruf.

Daß einen dennoch so viele Menschen langweilen, liegt daran: Als Schriftsteller denkt man sich interessantere aus.

Nichts erwarten; dennoch gespannt sein. Humanitäres Motto, um zwischenmenschlich existieren zu können.

Lebenserwartung. Haltestellen-Verhalten: Da soll mit Recht noch was kommen, das mit Fug schon vorbei ist. Ungeduldiger Ausblick ins Nichts.

22. August. Vor fünfundfünfzig Jahren wollte ich's wissen. Wollte –? Sollte. Und was weiß man inzwischen? Daß dieses Licht der Welt, das sie nicht müde werden, ihre Kinder erblicken zu lassen, Grund hat, vor jedem Papierdrachenschatten zu zittern.

Dunkel davor, Dunkel danach. Umgekehrt also: Der Schatten wirft *uns;* als Geburtsakt verstanden.

Warum wir ein Kind adoptierten. Weil Kinder-Zeugen ein Akt der Selbstbestätigung ist. Weil ein Kind anzunehmen das *Kind* bestätigt, sonst nichts.

»Ich habe mir dieses Kind gewünscht, und ich werde es behalten.« Ein Satz, dessen Prägekraft heute noch durchschlägt. (Vater, 1921, zu einem Arztehepaar, das mich adoptieren wollte.)

Daß das Kind von einem Schutzengel begleitet wird, muß es *glauben.* Daß sein Schatten ihm folgt, *sieht* es. Welch klare Option wird hier von den Eltern durch forciertes Flügelrauschen verdorben.

Geburtstagswunsch. Wäre gern heller. Bin mir zu dunkel, zu schummrig. Immerhin: Wo die Steckdose ist, weiß ich. Doch wo ist der Stecker?

»Das Arge am Schornsteinfeger«, sagte er, »ist nicht seine Schwärze. Das Arge ist, daß er mit ihr emporsteigt. Das heißt –« und hier zögerte er etwas: »– vom Pfarrer gilt das ja auch.«

Nachtschatten. Als hätte *die* ihn noch nötig.

Lidschatten. Die Frauen können es mal wieder nicht erwarten.

Schattenhaft. Schließt Beugehaft aus; denn die Hades-Arrestanten sind ja längst überführt.

Faschistischer Beitrag zur Weltdunkelheit. In Spanien neues Antiterrorgesetz: Todesstrafe für schwere politische Verbrechen. Diesen Satz wünschte man sich in Deutschland gerne gestrichen. Rigorismus in Sachen Todesstrafe steckt hier neuerdings nicht nur den Besitzbürger an.

Obwohl der Spanier ein anderes Verhältnis zum Tod hat. Er krönt ihn als Herrscher. Während der Deutsche ihn nur aus der Tabu-Kiste holt, um ihn für ›Zucht und Ordnung‹ sorgen zu lassen.

Baltrum noch. Höchstes sinnlich-geistiges Glücksgefühl momentan: Mittags im menschenleeren, nach kalter Zigarrenasche riechenden Fernsehzimmer des Strandhotels sitzen, Whiskykaffee schlürfen, Bloch lesen, Parallel- und Kontra-Gedanken notieren, die vergeblich lockenden Mövenschreie im Ohr. (Der perfekte Verdränger.)

In Burgos zwei Basken wegen Polizistenmordes zum Tode verurteilt. Mörder Staat bekreuzigt sich und küßt, was ihn hält: Die Garotte.

Die Wette. Geschichte aus dem Spanischen Bürgerkrieg. Der Falange-Offizier, der das Exekutionskommando befehligt, stattet dem Delinquenten noch einen Besuch ab. Dieser ist Republikaner, kein roter; liberaler Intellektueller, Schriftsteller vielleicht. Man versteht einander sub specie mortis besser, als guttäte, steckt höflich Grenzen ab, überschreitet sie auch ebenso höflich. Der Delinquent wettet. Obwohl seine Lage aussichtslos ist – er wird dem Exekutor entkommen. Der schlägt neugierig ein. Und verliert: Der Delinquent entreißt ihm die Pistole, erschießt sich.

»Guten Morgen.«

»Sie kommen sehr früh.«

»Wir würden es als unhöflich ansehen, Sie auf Ihr Schicksal warten zu lassen. Außerdem: Es ist nicht das Dämmergrau, das wir schätzen: es ist dieses Weltmorgenhafte, die kurze mythische Zeitspanne bis zum Aufgang dieses realen Dingsbums, der Sonne.«

»Das Opfer in die Häute erledigter Götter verpackt.«

»Götterhäute sind rissig; wir ziehen den wattierenden Nebeltau vor. Der dämpft auch ein wenig die Schüsse.«

»Wer auf Salven setzt, mag den Einzelschuß nicht. Woran kann das wohl liegen.«

»Gewohnheit und Überfluß. Ein gewisses Zartgefühl auch. Der Einzelschuß kennt die Höflichkeit nicht. Er hat die Pflicht, pedantisch zu sein. Die Salve kommt aus der Hüfte. Ihr wohnt etwas Weibliches inne: Das Tasten vom Rand her zum Zentrum.«

»Ja; Sie reißen erst die Kontur auf, das Außen.«

»In der Hoffnung, auch die Aura zu treffen. Nichts peinlich-skurriler, als den Körper stürzen zu sehen, die Aura jedoch ist stehengeblieben.«

»Logisch; da sie den Umriß bewahrt, hält sie auch die Erinnerung fest.«

»Sie macht auf die Leere aufmerksam, die der Delinquent hinterläßt. Es darf aber keine Leere entstehen. Denn Leere hieße Verlust. Und Verlust wird betrauert. Und Trauer schürt Haß.«

»Sie verstehen zu trösten: Der Mörder hat Angst.«

»Wir sind Menschen wie Sie. Wir möchten auch gerne einmal die Beine ausstrecken.«

»Ich bin überzeugt, in Ihren Träumen kommt die Nachtigall vor.«

»Sie sind ein Kenner. Aber die Poesie meiner Gedanken ist der Holperprosa des Traums überlegen.«

»Bitte ein Zeugnis.«
»Die Nachtigall ist ein Kinderspielzeug aus Blech. Ich ziehe sie auf. Das rasselnde Lied wird gedämpft vom Sprudeln des Bluts, das ein winziges Röhrchen im Schnabel des Vogels gegen die Wand speit.«
»Warum nicht ins Zimmer.«
»Auf Dielen schreibt es sich schlecht. Ich liebe die empfangsbereite Unschuld des Kalks.«
»Also auch Zeichen.«
»Nein: Schrift.«
»Sie sind genügsam. Das Alphabet des Todes ist kurz.«
»Sie vergessen die Akzente des Grauens, der Lust. Seine Fledermaushieroglyphen haben eine Art von Unterlängen entwickelt, die nur der hingegebene Kenner entdeckt.«
»Nur, die Varianten des Todes bedeuten *auch* wieder Tod. Das wird das Vokabular nicht gerade aufblühen lassen.«
»Der Bedrohte irrt *immer*. In der belohnten Erwartung des Ausführenden dagegen mischt sich letzte Wahrheit mit letzter Intuition. Dieser Dechiffriermechanismus ist der Mutationsmaschinerie des Todes in nichts unterlegen. Es kommt hier vielmehr eine Übereinstimmung zustande, die nicht nur Kargheit in Vielfalt verwandelt, sondern auch aufs tiefste verzückt.«
»Die Philosophie der Maden fußt auf der Uneinsichtigkeit des Fleisches. Aber schon das Blut ist ja wissend.«
»Das Blut hat die Freiheit hinzufließen, wohin es möchte.«
»Enttäuscht es Sie, wenn es sich Ihnen in einem Ihrer Opfer versagte?«
»Der Todesmythos artete zu einem Verscharrungsritual aus, wenn das Blut ihn nicht verdientermaßen glorifizierte.«
»Die Ästhetik des Schaftstiefels.«
»Sie haben recht. Eine Exekution in Zivil durchzuführen, wäre mir praktisch unmöglich. Sie bringt nichts.«
»Ich habe nie daran gezweifelt, daß eine Uniform Kräfte freisetzt, wie die nackte Haut sie nie ausschwitzen könnte.«
»Ein mythischer Vorgang. Das Verlangen zu töten wohnt ja noch nicht im Stoff, das Leder ist ja noch dumm. Erst im Zusammenwirken von Körperwärme und Muskelspiel werden sich beide Materialien ihrer neuen disziplinären Strenge bewußt.«

»Es muß ähnlich sein, wie wenn der Transvestit in Frauenkleider steigt: Plötzlich, den Nylonstrumpf am Schenkel, ist seine weibliche Sehnsucht befriedigt.«

»Sie treffen ins Schwarze. Uniformiert ist man der Erfüllung des latenten Tötungswunsches auf eine Weise konfrontiert, die an Hörigkeit grenzt; gefiltert allerdings durch die erotische Komponente des Todes.«

»Wen liebt er: Sie oder mich.«

»Besänftigenderweise uns beide. Was ja durchaus auch banalster Logik entspricht. Mich braucht er als Medium. Sie als Objekt. Wenn *wir* nicht miteinander befreundet wären, käme *er* nicht zum Zuge.«

»Noch schlimmer wäre es, wenn wir verfeindet wären. Dann könnte es sein, ich tötete Sie, ohne sein Einverständnis zu haben.«

»Sie hätten es deshalb nicht, weil er Sie nicht für würdig befände, Sie in seine Mysterien einzuweihen. Sie würden ihm den Kniefall versagen. Sie würden das geforderte Zeremoniell nicht ertragen.«

»Blauer Stahl, schwerer Samt. Himmlische Schwächen und irdische Stärke um Ihn versammelt: Klerus, Politik, Militär.«

»Sie haben das Auge des angeworbenen Vasallen. Ich würde Sie zu Ihrem Vorsatz, mich vorschriftsmäßig töten zu wollen, beglückwünschen, wenn es nicht die Einfühlungsgabe eigner Todesbereitschaft wäre, die Ihnen diesen Blick auf seinen Hofstaat vermittelt.«

»Ich bin ein einfacher Mensch. Ich könnte auch nur ein einfacher Totschläger sein.«

»Formulieren Sie weicher. Mord, Attentat, Notwehr sind zweckgebunden. Wir töten zwar auch nicht ganz zweckfrei; aber immerhin hassen wir nicht, wenn wir töten.«

»Da wären Sie mir unterlegen.«

»Ich weiß.«

(Sind etwa zwei Drittel des Dialogs. Unmöglich, ihn weiterzutreiben; diese Geschichte kann man nicht schreiben; sie zwingt einen auf die Seite des Todes. Denn auch wenn der Delinquent, wie geplant, sich selber erschösse, der Tod siegt so oder so.)

Das Schlimme ist: Sobald man einen Todesverherrlicher reden läßt, haben die Gegenargumente auf der Spitze eines Sargnagels Platz.

Und kein Mensch begreift, was der Verrat kostet, sich, um schriftstellerischer Glaubwürdigkeit willen, auch in den Mörder hineinversetzen zu müssen.

Am Ende der Welt, erzählen die Sinte-Zigeuner, befände sich ein riesiges Loch. Wenn man der Sonne folge, könne man es gar nicht verfehlen. Vorausgesetzt, man ist mit einem Gespann von zwei Hähnen gekommen. Durch dieses Loch gelangt man ins Innere der Erde. Es ist dunkel da unten. Hat man das Reich der Finsternis, zwei Monate lang etwa, durchmessen, wird's wieder hell, und man erreicht das Schloß des menschenfressenden Kaisers. (Wenig empfehlenswert aber, meinte Karl. Es lägen nur die Knochen umher; das zur Auferstehung nötige Fleisch sei ja längst schon gegessen.)

Nicht vielleicht doch mal eine längere Zigeunergeschichte? Die Kluft zwischen ihnen und ihrer Umwelt ist noch nie so unüberbrückbar gewesen wie heute. Nicht mehr lange, und der gewaltsam ›seßhaft‹ gemachte Zigeuner geht unter im ›Asozialen‹-Gewimmel.

Melalo. Der den Zigeunern verhaßteste Dämon. Mannshohe Vogelgestalt. Graugefiedert, dreckig, zwei Köpfe. Würgt seine Opfer mit schorfigen Krallen. Ruft Epilepsie, Tobsucht und Wutanfälle hervor. Stiftet an zu Vergewaltigungen und Mord. Wen er ohnmächtig schlägt mit dem gewaltigen Flügel, der wacht als Wahnsinniger auf oder kommt als Schwerkranker zu sich.

Wie Nenad, eben drei Jahre, hart vor dem Operationssaal, noch einmal das Bett anhielt, das die Schwestern hineinschieben wollten und begann, Marina »zum Abschied« ›Im Märzen der Bauer die Rößlein anspannt‹ zu singen. Bin mir nicht sicher, ob man bei einem Kind schon von Haltung sprechen darf. Aber gemessen an meiner (doch auch arg egoistisch motivierten) Angst, war Nenads Verhalten selbstlos und groß.

»Wer in der letzten Nacht des Laubhüttenfestes seinen Schatten ohne Kopf sieht, dessen Frau und Kind bleiben wohlauf, aber *er* scheidet dahin; sieht er aber den Kopf des Schattens ohne den übrigen Körper, so bleibt er am Leben, *sie* aber scheiden.« (Sohar Wajikra, fol. 44 b.)

Meine Anrufe dann. Aber die Operation hörte und hörte nicht auf. Schließlich Bescheid: Der Chirurg wollte mich sprechen. Fahrt wie durch Watte. Nichts drang herein. Das Knirschen der Schädelknochen blieb innen.

Doktor C. Abgespannt; verschanzt hinter Direktheit. Zeichnete auf, legte dar. Ungeduldiger Offizier, der einem Wehrdienstverweigerer seine Angriffstaktik erläutert. Der Wasserhahn tropfte. Ein Glas mit Kinderbonbons auf dem Tisch. Im Fahrstuhl fuhr Küchendunst mit. Schweigendes Warten am Bett. Erster Satz Marinas, als sie aus der Narkose erwachte, lächelnd, ironisch: »Na, daß ihr *beide* hier rumsteht, bedeutet doch sicher nichts Gutes.« Schwacher Konterschuß Doktor C.s: »Aber die Brust ist noch dran.« Mein Hirn übersetzte: Also bestrahlen.

»Doch genießet die Aussicht des Fensters, wenn die Prozessionen aus allen drei Straßen kommen, einander nicht ausweichen, durcheinandergehen und zwischen ihren letzten Reihen den freien Platz wieder entstehen lassen. Winket mit den Tüchern, seid entsetzt, seid gerührt, lobet die schöne Dame, die vorüberfährt.« (Franz K.)

Man weiß mehr, als man denkt. Man denkt mehr, als man weiß. Man weiß weniger, als man ahnt.

Jede schwere Erkrankung bringt eine Arzttasche mit. Sie enthält das Mittel, das den Kranken zum Einverständnis befähigt, ohne kapitulieren zu müssen. Er muß es nur schlucken. (Für die Angehörigen enthält die Arzttasche nichts.)

Beim Wiederlesen Kafkas. Spüre seine Figuren mehr, als daß ich sie sehe. Obwohl er sie doch meist mit fast kriminalistischer Detailtreue beschreibt. Verdacht, er vergeistigt selbst

Stoffliches noch. Doch dieses Geistige schwitzt, hat Körpertemperatur. Dennoch nirgendwo sinnlich. Zimmer wie frühe Stummfilm-Interieurs: Blumentapete, fensterlos; nur für Untermieter mit bescheidenem Atemverbrauch. Der Hauptmieter hat ein Vakuum hinterlassen, aus dem es zieht. Die Gardine bewegt sich. In der Lunge des dunkel gekleideten Mannes am Tisch sammelt sich Staub.

Trotzdem leben Kafkas Figuren. Sie rühren einen, sie machen mir Angst. Ihre vergeistigte Körperlichkeit droht mich aus der Erzählung zu drängen. Man hält der Wehrlosigkeit dieses so prononciert gefährdeten Fleisches auf die Dauer nicht stand. Es ist nicht meins; aber seine forcierte Preisgabe ist mir bekannt. Sie hat mich schon einmal erschreckt: als Kind. Jeder meiner jüdischen Spielkameraden, fast alle unsere jüdischen Freunde, Bekannten strahlten jene ergebene Schutzlosigkeit aus. Heute glaube ich auch ihre Wurzel zu kennen. Sie entsteht, wenn ein Volk dreitausend Jahre lang Kopf und Psyche trainiert, die vernachlässigte Physis aber achtlos der Sterblichkeit überläßt.

Kafka hat diesen so lange gering geachteten Körper in der eigenen Fleischlichkeit (und in seiner ganzen Anfälligkeit) gezwungenermaßen wiederentdeckt. (»Ich rudere, reite, schwimme, liege in der Sonne. Daher sind die Waden gut, die Schenkel nicht schlecht, der Bauch geht noch an, aber schon die Brust ist sehr schäbig und wenn mir der Kopf im Genick ...« *Tagebücher*, 1910.) Und zögernd verleiht er ihn nun an alle seine Figuren, denen nichts weiter übrigbleibt, als sich fröstelnd in ihm einzurichten. Schließlich: wer, wenn noch nicht einmal Kafka, fühlt sich in Kafkas Körper schon wohl. Das ist es, was jene Figuren so stubenwarm, so bedrückend anfällig macht. Denn dieser wiedererweckte Körper ist ja wissend geworden inzwischen, ohne jedoch aus seinem Wissen Konsequenzen ziehen zu können. Er wird ebenso schutzlos zugrunde gehen, wie alle anderen (nichtwissenden) Körper zuvor. Ja, das Sterblichkeits-Stigma tritt nun nur um so deutlicher an ihm hervor.

Rabbi Chanina ben Dossa pflegte sich beim Talmudstudium so unbequem wie möglich zu setzen. Er sagte: »Der Ewige, gelobt sei er, hat sich auch nicht bequem offenbart.« So saß er einmal auf seinem angewinkelten Bein. Als er das Blatt des Talmudfolianten umwendete, gewahrte er dicht neben sich einen Fuß. Verwundert blickte er auf; denn alle Dienstengel, die sich ihm sonst beim Talmudstudium zugesellt hatten, hatten *zwei* Füße gehabt. Doch es stand kein Engel im Raum. Beunruhigt erhob er sich. Da erhob sich auch jener Fuß. Es war sein eigener gewesen. (Was Rabbi Chanina nicht hinderte, ihn nun zu schelten; hatte er ihn doch im Lernen gestört.)

Rabbi Chanina ben Dossa wurde von seinen Schülern wegen einer schweren Krankheit bedauert, die ihn mehr und mehr hinschwinden ließ. »Schweigt«, flüsterte er mühsam; »soll sie ihren Irrtum gewahren, daß sie sich, statt *mich* zu quälen, in diese alten Knochen verirrt hat?«

Alle meine Krankheiten haben zu mir gepaßt; was sich von vielen meiner Gesundheiten *nicht* sagen läßt.

Je unerwarteter eine Krankheit kommt, desto bereiter sollte man sein, sie zu empfangen. Akzeptieren hat ja nichts mit Dulden zu tun. Und Annahme kann Hinnahme ausschließen, ohne den Adressaten unhöflich erscheinen zu lassen. Aufmerksam sein ist erst einmal alles. Dann: Beachten, das auf der Grenze zum Beobachten liegt. Interesse, das sich nicht in Anteilnahme verliert. Gewappnet gegen ihre Verschlimmerung, auf ein Abklingen hoffen. Mit ihr leben, ohne in ihr wohnen zu wollen; *sie* ist der Gast. Nicht Ergebung sondern Partnerschaft also. Schließlich: Es ist *meine* Krankheit. Ihre Wahl ist auf *mich* gefallen; hier ist kein Zufall im Spiel. Von Anfang an war dieser Körper gemeint. Die Krankheit zieht in ihn ein; sie wird Teil meiner selbst. Doch wie ich vor *mir* auf Distanz gehen kann, so auch vor *ihr*. Mit Abstand Anstand wahren: Dem Arzt von ihr berichten, ohne sie zu denunzieren. Vor Laien zu ihr halten; Klagen wäre Verrat.

Niemand braucht so wenig Trost wie der Kranke. Ihn tröstet

sein Wissen. Wer Beistand benötigt, das ist der Gesunde. Niemand braucht den Kranken so sehr wie er.

Das Wissen des Kranken ist selbst noch dem des Arzts überlegen. Wie könnte der jenen tagtäglich sonst fragen: »Wie geht es?«

Eine Krankheit wird nicht ›besiegt‹; besiegt werden ihre Erreger. Eine Krankheit läßt von mir ab; ihr Bedauern ist spürbar.

Meine Krankheiten haben das Recht, mich zu zeichnen. Sie müssen die Gewähr haben, nicht vergessen werden zu können. Denn eine vergessene Krankheit wäre eine sinnlose Krankheit gewesen.

Krankheiten sind Hinweise: Dieses Leben ist ein Geschenk. Was das Rückgaberecht allerdings in keiner Weise berührt.

Hat Krebs Sinn? Als Krebs ja.

Und wie, wenn die Krankheit den Tod bringt? Sie bringt ihn nicht. Sie geleitet mich zu ihm hin. Es wird dann keinen treueren Begleiter geben als sie.

Irgendwann
wird sich eine Krampe
in die Ader deines Armes bohren
und du wirst nicht mehr
die Schwärze deiner Hände
um Worte legen.

Zurückgezogen wirst du
im Haus voller Libellen wohnen
und durch geäderte Flügel
das Gastmahl der Trauernden beobachten.

(Marina an mich; zweieinhalb Monate vor ihrer Operation.)

Gegengedicht (Aus Angst vor jenen zwei Versen):

Locklied Noahs

Komm doch.
Komm, meine Taube, noch ehe
der Wolkenschatten dich schwärzt.

Stoß nieder. Fall ein.
Der Schlag meiner Wimpern
steht auf.

Die Netzhaut zerreiß;
bring Welt mit, mein Vogel.
Ich streue dir Mais.

(Zu schwach; Marinas Verse sind stärker.)

Nenad, frühmorgens, als ich die Taxe anrief, die uns zum Kobaltbunker bringen sollte, zu Marina: »Ich hab die Bestrahlung zugeschlossen. Du kannst heute nicht rein.« Der Schlüssel der Liebe.

Der Kobaltbunker. Steile Treppen. Feuchtigkeit, Kühle. Verbannt unter die Erde. Schimmelflecke. Abplatzender Putz von den Wänden. Heiz- und Luftschutzkeller in Warteraum umfunktioniert. Abgewetztes Stuhlkarree, Wasserrohre, Eisentür. Vergilbte Zeitungsdrucke: Kolibris, exotische Blumen. Die herrischen Betten; aufstehen müssen, wenn die Moribunden hereingefahren kamen; weniger Ehrenbezeigung, als Knie im Weg. Die Ergebenheitsblicke. Die Anbiederung. Das große Verschweigen. Die betonten Alltagsgespräche. Unterwerfung in den Stimmen, dem Bestrahlungspersonal gegenüber. Dem neunjährigen Jungen gaben sie noch einige Wochen. Statt ihn nach Hause zu seinem Spielzeug zu schicken, wurde er täglich bestrahlt. (Ich schenke dir eine Geschichte.) Die Frau mit dem regenbogenfarbigen Kropf. Der Lächelnde, dem der Katheter aus dem Hosenschlitz hing. Die junge Frau, die sich das Verhalten einer zufällig hier Hereingeschneiten zu geben versuchte, längst gezeichnet jedoch. Der schnurrbärtige Türke, der es wie eine unverständliche Paßformalität hinahm. Und ständig: Der typische chemotherapeutisch behandelte Kranke. Mann oder Frau zu dürftig beflaumten Vögeln gemausert; weißlich fahle, viel zu straff gespannte Gesichtshaut; pergamentene Wangen; Augen in Höhlen gebettet, auf dem Rückzug begriffen vor Leben und Licht. Ein grauer Vorhang trennte den Wartekeller von der Umkleidezelle. Fünfunddreißigmal ist Marina in diesem Sommer hinter jenem Vorhang verschwunden: gelassen, selbstverständlich, oft lächelnd.

Das Personal verläßt den Raum, in dem der Patient unterm Kobaltstrahler liegt, rennend. Sinnfälliger kann die Isolation und innere Verlorenheit des Kranken kaum dargestellt werden.

Dazu: ›Kobaltbunker‹, ›Kobaltbombe‹. Was für eine machtvolle Krankheit muß ich haben, wenn man sich gegen sie derart kriegerischer Mittel bedient. Denkbar unpsychologisch, jene Wortbildungen, denkbar logisch: Immerhin befinden wir uns an der vordersten Front, wo die meisten Gefallenen liegen.

Messungen

Der Kuckuck lügt.
Er zählt die Zeit nach falscher Währung.
Gezinkt die Zeiger. Der Kalender
tröstet den Zerfall mit Kochrezepten.

Allein dein Puls
mißt die Sekunden, die wir leben, ganz.
Ihm laß uns trauen.

Der zarte Tod. Gesicht eines sensiblen Konzentrationslagerhäftlings. Kreidig, fast wie gepudert. Die Augen in bläulich violetten Schatten versunken. Winziger Kopf, beinah kahl. Zeitlos jugendlich wirkend, zugleich wie unter Lava-Asche zerstört, Jahrhunderte alt. Schwarzer, zu großer Anzug um ihn herum; altmodisches, viel zu schweres, ebenfalls schwarzes

Mantelmodell. Marina erzählte von ihm. So sachlich wie immer, wenn sie von Außergewöhnlichem spricht. Es war wenige Wochen vor der Operation, wir wußten noch nichts. Doch es gab eine Bewußtseinsschicht in Marina, da wurde er mehr als nur registriert. Sie hat ihn von Anfang an den Todesengel genannt. Dann ist er uns *beiden* begegnet, etwa um die Zeit der fünften Bestrahlung. Wir wußten inzwischen Bescheid. Begriffen, daß er an den Folgen intensiver Chemotherapie litt. Den altmodischen schwarzen Hut hinzugenommen, den er zu dem dunklen Anzug, dem alten Ulster vor der strahlenden Sommerkulisse nun trug, wirkte er jedoch nur um so Aufmerksamkeit heischender jetzt. Sein anachronistisches Aussehen vertiefte das noch. Glaubwürdiger hätten Angst und Bedrohung kaum personifiziert werden können; wenn wir es uns auch verschwiegen. Bis wir ihn zum dritten Mal sahen. Genauso gekleidet, ein wenig wohler aussehend jedoch. Seine Aura signalisierte: Ausruhen, Pause. Stimmte genau: Vor kurzem war die Bestrahlungsphase zu Ende gegangen.

Leben. Mit Nenad im Gang des Kobaltbunkers, während wir auf Marina warteten, Ball gespielt; auch Maurer: Er wollte die Risse im Wandbewurf neu verputzen. Schwer Sinnvolleres denkbar dort unten.

Der Ausflug. Geschichte; dem Jungen im Kobaltbunker gewidmet; genauer: dem Gedenken des Jungen. Zwei aussichtslos krebskranke Kinder fliehen aus der Klinik. Der Junge hat das Mädchen, auf dessen Bitten, ›entführt‹, es wollte noch einmal ›was haben‹ vom Leben. Herbst; in der Laubenkolonie sind sie allein.

»Dampft n da so?«
»Komposthaufen. Warm wie n Ofen, wenn de n Loch reinbuddeln würdst.«
»Wie n das.«
»Wo was fault, entsteht Hitze. Das heißt – bei Kraut.«
»Wollt schon saren: Im Grab is doch kalt.«
»Nich genau raus. Die erzähln eim ja nischt.«

»Sach dir Bescheid.«
»Is geritzt.«
»Sind n *das.*«
»Pflaumbäume. Immer prima getragen.«
»Blaue –?«
»Genau. Das Blau konntste abwischen. Drunter warn se ganz blank. Erinnerste dich?«
»Duster. Und das.«
»Kirsche. Der Baum is uralt. Mein Großvater hat immer erzählt, hätt ma als kleiner Junge oben gesessen. Plötzlich wär n Star angeflogen gekomm und hätt sich genau auf n Zeigefinger gesetzt; hätt richtig sein Herz bumpern hörn könn.«
»Mensch. Was ihr schon alles erlebt habt.«
»Tja. Läppert sich eben.«

Doch damit hat es sich auch. Sie kommen von ihren Klinikerlebnissen nicht mehr los; das Leben, das sie zu finden hofften, hat schon verloren:

»Vielleicht hätten wir nich so lang auf m Rummel rumgurken solln«.
»So n Quatsch. Ja fast s Schönste von allem gewesen. Schade, daß de kein Mumm hattst und hast mich auffe Kettenschaukel gesetzt.«
»Hör ma. Hättst dich ja nich festhalten könn!«
»Nebenan war ne Gärtnerei. Da wär ich in so n Treibhaus gekracht. Hab ich mir als Kind immer gewünscht: Unverwundet durch ne Scheibe zu fliegen.«
»Schwerste, was es gibt.«
»Haste den Negerdokter gekannt?«
»Nee. Bloß manchma gesehn.«
»'s Leben wär gläsern, hat er mir ma gesacht. Erst müßt man s zerbrechen. Dann könnt man sich *so* bewegen, daß eim ga nischt mehr wehtut.«
»Der hat s gewußt.«
»Manchma bin ich aufgewacht nachts. Da stand plötzlich n weißer Kittel am Bett. Hey, Dok, sar ich; kann ich was für Sie tun? Du bist n merkwürdiges Mädchen, sacht er. Nu, nu, sar ich; wahrscheinlich wird ma hier schrullich allmählich. Wenn

s nur das wär, sacht er. Mehr isses nich, sar ich; könn Se mir glauben, Dok. Du weißt es, sacht er; du bereitest dich vor. Würden Sie *auch* machen, sar ich. Eben, sacht er: Wenn ich dir helfen soll, sag s; hab nämlich schon mal im Sterben gelegen. Und –? sar ich: schlimm? Keine Spur, sacht er; alles Gerede. Ich weiß, sar ich; ma muß nur loslassen, stimmts? Verdammt, sacht er; dir kann man wirklich nichts mehr erklärn. Richtig n bißchen verärgert gewesen, wie er dann wegging.«

»Und –? Isser dann noch ma wiedergekomm?«

»Was.«

»Ob er dann noch ma wiedergekomm is.«

»Wer.«

»Mein Gott, der Schwarze!«

»Nee.«

»Was is n, Hertha? Warum sprichst n so leise?«

»Nee, überhaupt nich; auch nich leise. Wozu denn? Ich kann s doch jetz.«

»Versteh nich: *Was* kannste jetz.«

»Rat ma.«

»Hertha! Hertha!!«

(Schluß; gestorbener geht's nicht.)

»Und, wie die Egyptier bey ihren Gastmalen den Gästen ein großes Bild des Todes zeigen ließen, wobey jemand ausrief: Trink und sey fröhlich, denn einst bist du wie dieser. Eben so habe ich mirs zur Gewohnheit gemacht, nicht nur den Tod beständig in Gedanken sondern auch auf der Zunge zu haben. Und nach keiner Sache erkundige ich mich so gerne, als darnach, wie ein Mensch gestorben ist; nach seinen letzten Worten, Mienen und den Gebährden, die er dabey gemacht hat. Kein Zug in einer Geschichte zieht meine Aufmerksamkeit mehr auf sich, und die häufigen Beyspiele, womit ich dies Kapitel spicke, zeigen, wie sehr ich dieser Materie gewogen bin.« (Montaigne; Essais, 1. Buch, 19. Kapitel, verdeutscht 1793 von Bode.)

Baltrum. Was noch zu lernen wäre: Schreiben in Angst, in Angst um den anderen. Auch *hier* müßte sie um einen sein, sichelt sie auch manchmal, als Austernfischer verkleidet, und nur allzu behende von ihrem unabtrennbaren Schatten gefolgt, übers Watt und über die Dünen. Jedoch gelingt es, nach erloschener Todesangst eine *geringere* Furcht gelten zu lassen? Nein; wo jene zurücktritt, wird ein Vakuum frei, das ist mit keiner minderen Angst mehr zu füllen.

1. Die Granate wühlt einen Erdtrichter auf, in den ich mich werfe, um vor Granaten sicher zu sein.

2. Granateinschläge sind nötig, um mich überleben zu lassen.

3. Ich lebe, weil rings um mich her Granaten einschlagen.

Es gibt nur *ein* Thema: Die Endlichkeit. Und: Was sich abspielt vor ihr.

Baltrum. Nenad: »Nich, Pappa, der Spaten heißt Spaten, weil er ein Spaten ist?« Beneidenswert, dieses Vertrauen ins nur Geschaute.

Daß der Blick auf einen Gegenstand diesen nicht preisgibt, sondern nur eine höchst unzureichende An-Sicht von ihm vermittelt, neben der es Dutzende (ebenso unzuverlässiger) weiterer Blick-Winkel und Schau-Arten gibt –: Diese Erkenntnis, realisiert man sie nur gehörig, ist wohl das Revolutionärste (und Deprimierendste), was einem geistig, das heißt, auf *Wahr*-Nehmung hoffend, zustoßen kann. Man muß allerdings noch erschrecken können und bereit gewesen sein, auf seine Sinne zu bauen.

Die Trennungsangst wohnte zur Untermiete. Sie hatte ihre Fahrradklammern zwischen den pergamentenen Karpfenschuppen und duftenden Muskatnußzipfeln in der Küchenschublade versteckt. Das verfing aber nicht. Ich hatte mich heimlich mit der Lade verbündet. Sie meldete kreischend, wenn Vater sie aufzog. Signal, mich schreiend auf den Boden fallen zu lassen und um mich zu schlagen.

Dennoch ist mir Vater noch jedesmal auf dem Fahrrad entkommen. Er arbeitete in einem Werk, das elektrische Geräte herstellte. Ich kam zu einer Nachbarsfamilie. Sie war freundlich und tuberkulös. Meine Lunge bewahrt ihr das mühsam verheilte Gedenken bis heute.

Baltrum. Jetzt, Saisonende, fallen die Alten, die Todesmahner hier ein. Leberfleckig, Pillen schluckend, Zigarren nuckelnd, auf ihren Krankengeschichten wie auf Dauerwurst kauend, haben sie die jungen Eltern mit ihren Kindern vertrieben. Die Herbststürme pressen sie an die Betonverschalung der Strandpromenade: Flatternde Fledermäuse, keuchend ihren Vergänglichkeitspart memorierend. Zeit, ans Festland zu gehen. (›Fest‹ ist gut.)

2. KAPITEL

Die Stimme im Garten

1. *September.* Bürgerkrieg im Libanon. Hunderte von Toten bereits. Es gibt das christliche Maschinengewehr. Jesus, der Panzerschütze. Mohammed, der Richtkanonier. Allah, die MPi im Gewande. Die Weltreligionen sind ausbaufähig.

Gott muß Atheist sein. Nur so ist der ungestrafte Mißbrauch seines Namens erklärbar.

Berlin. Und gleich, da wieder in Arbeit vergraben, auch das altgewohnte Schuldgefühl wieder. Also stimmt die Vermutung, daß es in dem Maße wächst, wie man sich, um schreiben zu können, seiner Frau, seinem Kinde entzieht. – Arbeit ist familienfeindlich. Hat sich der alte Paradiesaustreiber anscheinend nicht klargemacht, damals.

Frühling, 1925. Beim dritten Mal hatten die katholischen Nonnen es satt. Sie hängten mir das vollgeschissene Laken über den Kopf und schickten mich unter die spielenden Kinder. Ich spukte vorm Heim noch ein wenig als unentschlossenes Mittagsgespenst. Dann fand die grölende Kinderhorde es an der Zeit, sich dieser stinkenden Schmach zu entledigen. Das Laken wurde zusammengeknotet und das Bündel zu einem unterholzfreien Steilhang am Neckar geschleift. Ein paar Tritte, und ich brauste bergab. Ich bin so auf Tempo gekommen, daß ich den Aufschlag im Wasser gar nicht mehr so recht registrierte. Glücklicherweise hörte ein Fischer den Plumps. Er stakte an der Stelle ein wenig herum. Zog mich schließlich heraus. – Innenraumkenner könnten hier die Wurzel meiner Glaubensskepsis vermuten. Glaube jedoch, ich war schon damals so fair, auch den Fischer für katholisch zu halten.

Amrum, 1931. Diesmal war das Kinderheim evangelisch. Als das »Komm, Herr Jesus, sei unser Gast« in dem riesigen Eßsaal verklungen war und die dreihundert eben neu angekommenen Kinder schweigend zu löffeln begannen, erhob ich mich und verkündete, was Vater mir, aufklärungsfreudig, ans Herz gelegt hatte: »Den Jesus, den gibts ja ga nich; der is ne Märchenfigur.« Tumult unter den Kindern. Eine der Schwestern bekam einen Hustenanfall. Zwei andere führten mich ab. Das Verhör durch die Oberin erbrachte jedoch nichts wesentlich Neues; denn ich sah keinen Anlaß, an Vaters Kenntnis zu zweifeln. Die Folge: Ich wurde zunächst mal in die Wäschekammer gesperrt. Es war dunkel und hat scheußlich nach Stärke gerochen. Und am Abend kam dann auch noch der Hunger hinzu. Jedenfalls als mal wieder eine Schwester hereinsah und beschrieb, was es zum Abendbrot gab, ließ ich durchblicken, über die Existenz dieses Jesus mit mir reden zu lassen. Meine Konversion hat sich vor einer Leberwurststulle vollzogen.

Können Kinder verdrängen? Glaube, man wünscht es ihnen nur. Denn alle verdrängenswerten Kindheitsalpträume sind, ohne Wachheitszuschuß, fledermaushaft, Kopf nach unten, im Hirngestühl hängengeblieben. Der Intellekt kam zu spät. Wie sehr er auch die Backen blähte: Die Katzenvampire schaukelten kaum. Und da baumeln sie nun; unaufgescheucht, mit stetig vibrierenden Flanken: Die Erinnerung ängstigend in alter Vertrautheit.

»Blase nur, Herr Pustemeier. Dafür geb ich keinen Dreier.« Erster, mir in Erinnerung gebliebener Fibelspruch. Kreidegeruch, sommerliches Sprengwagengeräusch durch das geöffnete Fenster, und die an Krebsaugen gemahnenden Astknorren im karbolineumgeschwärzten Dielenfußboden des – nicht ungastlichen – Klassenraumes dazu, in dessen Beherrschung sich der Kaiser mit Herrn Nitschke teilte: Der Kaiser auf einem Bild an der Rückwand, im Kreise seiner Generalstabsoffiziere, in deren roten Biesen sich das brennende Verdun widerspiegelte; und Herr Nitschke, rötlich nur, was den wirren Haarschopf betraf, sonst Sozialdemokrat, mit ungeduldig funkelnden Brillengläsern gestenreich zwischen Pult und Klassenschrank pendelnd.

›Bläser‹ (phurdini) nennen die Zigeuner das Wiesel. Es ist das ihnen verhaßteste Tier. Denn es faucht (= bläst), wenn es erschrickt oder Angst hat. Folglich verwandt mit dem ärgsten Feind des Zigeuners, dem Wind, dessen mindestes Wehen ihm fast physischen Ekel erregt. Der Wind ist das ›Niesen des Teufels‹ für ihn. (Erhalten gebliebene Abscheu, da der Wind ihnen noch das Steppenzelt einreißen konnte.)

Karl erzählte, wenn die Spitze des wandernden Trupps einem Wiesel begegne, werde die Richtung geändert. Geschähe das nicht, gäbe es Ärger mit den Behörden. – Noch heute: Tötet ein Zigeuner aus Versehen ein Wiesel, hat die gesamte Sippe mit einer Kette von Ungelegenheiten zu rechnen.

Auch die Griechen haben dem Wiesel mißtraut. Bei Aristophanes wird die Volksversammlung aufgelöst, wenn ein Wiesel erscheint. Theophrast berichtet, der Abergläubische werfe erst drei Steine in die Richtung, wo es aufgetaucht sei, ehe er seinen Weg fortsetze.

Es muß mit dem Blick des Wiesels zu tun haben. Besieht man ihn sich aus der Nähe, gibt ›stechend‹ den Eindruck nur annähernd wieder. Wer zu Verteufelungen neigt, dem haben die Wieselaugen in der Tat Akzeptables zu bieten.

Fällt mir Lichtenbergs Überlegung ein: »Warum schielen Tiere nicht? Dies ist auch ein Vorzug der menschlichen Natur.« Stimmt. Aber der Wieselblick ist drauf und dran, dieses Vorzugs *auch* teilhaft zu werden. Das kommt wohl obendrein noch hinzu.

Das Wiesel, das uns im Kasseler Habichtswald eins von den blauschwarzen Eichhörnchen stahl, die Vater mit dem Katapult erlegt hatte. Wir sahen es noch eben mit ihm in einer Weißdornhecke verschwinden. Vater war so wütend darüber (das Museum hatte die Tiere bei ihm ›bestellt‹), daß er dem

Dieb hinterherschoß. Prompt hat uns, keine Stunde darauf, der Förster bei der Eichhörnchenjagd überrascht. Die Anzeige hat uns zwanzig Reichsmark, exklusive Zustellungsporto, gekostet.

›Roman morga‹, Zigeunerkatze, wird das Eichhörnchen zärtlich von den Zigeunern genannt. Es bringt ihnen Glück in der Liebe. (Auch, wenn man es brät.)

Ihr Lieblingstier jedoch ist der nigló, der Igel. Karl identifizierte sich regelrecht mit ihm. Verstand ihn jedoch auch sehr geschickt mit einer rauhgefeilten Eisenspitze zu harpunieren. Der Igel wurde in einer Lehmschicht verpackt und in die heiße Asche gekugelt. Wenn der Lehm rissig zu werden begann, war der Igel gar. Man brauchte jetzt nur die Lehmscherben abzubrechen. Die Stacheln waren in ihnen haften geblieben. Man aß Paprikaschoten zum Igelfleisch oder streute Zwiebelkringel darüber.

Karls Großmutter behauptete, daß man zugleich mit dem Igel auch seine Klugheit äße.

In iranischen Mythen hat der Igel das Feuer erfunden. Er gilt dort als weise. (Vielleicht mal ein Kindermärchen daraus.)

Im Märchen vom Swinigel und dem Hasen allerdings ist der Igel bloß gerissen. Mit Tiermythen haben die Deutschen nicht viel im Sinn. Sie verderben sie meist, indem sie den Tieren das schäbige Dutzend menschlicher Verhaltensnormen anhängen.

4. September. Rückblick. Auf Baltrum erst eine depressive Reizbarkeitsphase durchlaufen und begreifen müssen: Diese Ferientage gehörten vor allem Marina, der Austernfischer, Möven und Menschen ihre wiedererlangte Unbefangenheit zu bestätigen hatten. (Die Probleme des lahmenden Storchs zwischen beweglichem Gänsegeflügel sind anderer Natur.)

Dann aber, mit Hilfe Blochs, die Chance der ungewohnten

Umgebung begriffen und Meer und Lektüre, den sonnengebräunten Athleten aus Wanne-Eickel und den miesen Hotelfraß, von Marinas Genesung und Nenads Spielen begünstigt, zu hinreißend trägen, erkenntnisreichen Stunden verdichtet, die am Grunde bereits wieder die alte Frage aufdämmern ließen, ob es einem nicht zu gut gehe und man nicht besser daran täte, sich in liebender Sorge von neuem zu wappnen, statt dem Schicksal ungeschützt die Anfälligkeitsflanke kätzischen Behagens zu bieten. (Unsalomonisch fürs Auskosten des Gebotenen entschieden. Das wird Folgen haben, kein Zweifel.)

Berlin-Zehlendorf. Es hängt Angst in der Wohnung. (Kopfunter, an frisch geschärften Fledermauskrallen.) Angst um Marina. Einsamkeitsandrohung bewegt die Gardinen. Und nichts von all dem vergessen, was hier früher geschah. Versagensbeweise werden von der Sonne durch die Dachschindeln gebrannt und in die Schädeldecke gepreßt. Raum und Zeit haben gehurt; überall der fettige Wasserkopfabdruck ihres unsterblichen Vergänglichkeitskretins an den Wänden. Das Balg gedeiht von meinen abgelaufenen Tagen.

Merke. Wenn ein Raum zu erinnern beginnt, beginne ihn zu verlassen. Wenn sich Schicksalsschimmel zeigt in den Ecken, brich auf zu neuen Tapeten. Das gilt noch mit neunzig.

Ja; raus hier; jetzt hinkt auch die Arbeit schon der Zeit hinterher.

»Wenn ich mich zum Schreibtisch setze, ist mir nicht wohler als einem, der mitten im Verkehr der Place de l'Opéra fällt und beide Beine bricht. Alle Wagen streben trotz ihres Lärmens schweigend von allen Seiten nach allen Seiten, aber bessere Ordnung als die Schutzleute macht der Schmerz jenes Mannes, der ihm die Augen schließt und den Platz und die Gassen verödet, ohne daß die Wagen umkehren müßten. Das viele Leben schmerzt ihn, denn er ist ja ein Verkehrshindernis, aber die Leere ist nicht weniger arg, denn sie macht seinen eigentlichen Schmerz los.« (Franz K.)

Schmerz ginge noch, Doktor. Was jetzt *nicht* mehr geht, das ist dieses Gewissen. Denn die »bessere Ordnung«, die man den Schutzleuten abnimmt, sie geht ja auf Kosten derer, die man vorbeifahren läßt, denen meine geschlossenen Augen sich hinabzubeugen verbieten.

Zwölf Thesen wider das gute und das schlechte Gewissen
(Herrn Doktor Franz K., Arbeiter-Unfall-Versicherungs-Anstalt für das Königreich Böhmen, in Prag zugeeignet)

1. Es gibt kein gutes und es gibt kein schlechtes; es gibt allenfalls ein Gewissen. *Das* allerdings zu ertragen, ist unbehaglich genug. Daß so viele es gut nennen, hat mit dem Standardirrtum der Gewissenlosen zu tun.

2. Das Jüngste Gericht ist das älteste. Das ›Jüngste‹ heißt es nur deshalb, weil wir es so spät erst in uns entdeckten.

3. Schuld sagt gar nichts, Schuld*gefühl* alles. Nur darauf beruht unsere Ethik.

4. Strafen gibt es nicht; es gibt nur Befürchtungen. Da diese mit *jedem* Strafmaß rechnen, sind sie allerdings schlimmer als die schlimmste Bestrafung; denn die schlimmste Bestrafung bedeutet immerhin noch Gewißheit.

5. Ich bespitzele mich ständig. Die Kriminalistik der Kirchen hat uns zu willfährigen Denunzianten unserer inneren Umtriebe gemacht.

6. »Hab ich dich!« schrie er. Und spürte den Druck einer würgenden Faust an der Gurgel.

7. Die Verteidigung erübrigt sich insofern, als die Anklage nur rhetorisch gemeint ist. Rhetorisches allerdings hört man, Verschwiegenes nicht.

8. Ob ein Mord ein Verbrechen ist, bestimme ich selbst. Ich muß lediglich damit rechnen, daß das Opfer meine Definition revidiert.

9. Im Clinch mit dem Gewissen obsiegt die Unschuld.

10. *Un*schuldig kann auch ein Totschläger sein; schuldlos ist niemand.

11. Sühne ist Hoffnung, nichts weiter.

12. Gnade bedeutet den Versuch, die Gerechtigkeit außer Kurs zu setzen. Da es jedoch keine Gerechtigkeit gibt, gibt es auch keine Gnade. Wenn es aber keine Gnade gibt, muß es wenigstens Gerechtigkeit geben. Also gibt es auch Gnade. Denn wie, wenn nicht durch Gnade, sollte uns Gerechtigkeit widerfahren?

Das heißt, man kann natürlich auch an Literatur zu glauben versuchen. (Wenn es einem gelingt, einen blutsaugerischen Popanz für einen schützenden Penaten zu nehmen).

Eine kleine Kriegsgeschichte. (Sommer 1943; Rangierbahnhof Lemberg.) Walter starrte mit zusammengekniffenen Augen über das glosende Schienengewirr. Sein winziges königdrosselbarthaftes Kinn und der große, auf und nieder gleitende Adamsapfel standen in belächelnswertem Gegensatz, der mich immer gehindert hatte, ihn ernst zu nehmen. Jetzt hatte sich Raubvogelbereitschaft dieser Kasperle-Züge bemächtigt. »Da –«, sagte er. Eine dampfende Lok löste sich fern aus den hitzeflimmernden Lagerschuppen, querte das silberne Schienengespinst und hielt auf uns zu. Ein paar Stränge weiter ging die Signalscheibe hoch. Auf den im Hintergrund wartenden Urlauberzug projiziert, der jeden Augenblick anfahren mußte, würde es ziemlich glaubhaft aussehen. »Hoff doch,« sagte Walter, »ich bin erst mal weg hinterher.« – »Bestimmt«, sagte ich. Wir warteten noch. Als die Schienen vor uns zu klirren begannen und man erkannte, welche sie nahm, rannten wir los. Die Lok streifte mich fast. Walter stürzte wie abgemacht: Linkes Bein auf dem Strang. Er war bei Besinnung. Lag zusammengekrümmt neben den heißgelaufenen Rädern. Er schrie. Der abgefahrene Fuß sah bösartig komisch aus; nein, unwirklich nicht. – Die Anklage auf Selbstverstümmelung wurde fallengelassen. Der Zeuge W. S. konnte beweisen, dem Verunglückten war daran gelegen gewesen, den zur Front abgehenden Urlauberzug noch zu erreichen.

Blochs Sprache. Hat die Würze von Johann Peter Hebel bezogen. Duftet nach der Lutherschen Backstube noch. Brezelhaft: Schätzt den zwingenden Schnörkel. Fremdwortarm; lieber Hausgemachtes statt dessen. Immer, vor Gebrauch, erst in die poetische Tunke getaucht; daher der Glanz, auch die Frische.

Was es bei mir nicht gibt. Eine Prosaseite, die typisch wäre für mich, an der man auf Anhieb den Autor erkennte. Trotz fünfunddreißigjähriger Schreibtätigkeit keine ›unverwechselbare Handschrift‹, keine eigene Methode. Schwäche und Stärke zugleich.

Stärke: Das Leben *ist* so. Nichts ähnelt dem anderen. Jeder Mensch hat eine nur ihm eigene Art und Weise zu sprechen, zu reagieren, sich zu verhalten. Dem hat der Schreiber Rechnung zu tragen. Folge: Keine Geschichte, kein Einfall dieses Autors hat eine Variante. Von den knapp zwanzig Büchern, die er von knapp 40 gelten läßt, ähnelt keines einem der anderen.

Schwäche: Die Abwesenheit jeder Methodik, jedes organisch weiterentwickelten Stils läßt Rückschlüsse auf innere Unausgeglichenheit, chaotische hirnliche Zustände zu. In der Tat. Dieser Autor ist kein Ordnungsmacher, kein Pfundewucherer. Er fällt immer wieder hinter das einmal Erreichte zurück. Bei jedem Buch, oft auf jeder Seite, muß er neu ansetzen, fast immer mit dem wenig Schöpferkraft freisetzenden Gefühl, noch nie im Leben geschrieben zu haben. Folglich einzig auf sturen Fleiß, auf kalte Ausdauer verwiesen, wo andere, abgesichert, ihre anheimelnden Schreiberfahrungen haben.

»Ich ziehe, wenn ich nach langer Zeit zu schreiben anfange, die Worte wie aus der leeren Luft. Ist eines gewonnen, dann ist eben nur dieses eine da, und alle Arbeit fängt von vorne an.« (Franz K.)

6. September. Erdbeben in der Osttürkei. Über 3000 Tote. Leibniz hat sich geirrt. Es existieren auch Welten, deren Inneres stabil ist.

Obwohl es *zwei* Auffassungen von Leben gibt, und beide sind einander im Weg. Das eigentliche Leben der Erde findet ja wohl in ihrem Inneren statt. Wenn wir wünschen, sie möge erkalten, wünschen wir der Mutter den Tod. Vergessen jedoch dabei, *sie* hat uns nun allerdings *gar* nicht gewünscht. Für sie ist, was sich da an ihrer Oberfläche abspielt, ein lästiger Hautausschlag, weiter nichts. Mit dem Leben der Erde jedenfalls hat *unser* Leben überhaupt nichts zu tun. (Schwierig, diese Erkenntnis vor Augen, noch an der Schreibmaschine sitzen zu bleiben.)

Radon. Edelgas in Tiefengestein; radioaktiv. Pflegt kurz vor einem Erdbeben zu entweichen. In Brunnenwasser feststellbar dann. Die Tiere spüren es auch. Die Hühner setzen sich nicht, wie gewohnt, auf die Stange; die Hunde sind unruhig und bellen; Schlangen verlassen ihre Winterquartiere. Die Seismologen nehmen diese Hinweise ernst: Bisher haben die Tiere sich noch nicht *ein*mal geirrt.

Die Sphinx versteinerte in dem Augenblick, als Herakles ihr dieses Rätsel aufgab: »Und wenn du die Macht hättest, alles Leben auf Erden zu tilgen – *er* würde dich überleben.« Dabei hat ihr die Antwort unter den Pranken gelegen: ihr Schatten.

»Immer nur diese königlichen Frühkapitalisten. Nie das zeitlose Proletariat, das sie großgemacht hat!« (Linker Seufzer rechts vor der Cheopspyramide.)

Ernst. Zwölfjährig etwa. Stiftekopf, kurzsichtig, Rückgratverkrümmung. Orthopädisch turnen müssen, drohende Brille–: Seine Probleme. Diese zu den Problemen der Welt. Will Schriftsteller werden. Sammelt Zeitungsausschnitte, die er in drei unterschiedlich gekennzeichneten Schuhkartons aufhebt: ›Katastrophen‹; ›Mord & Totschlag‹; ›Sonstiges‹. Baut Stories daraus, die er ständig verändert. Schreibt keine einzige auf.

Hat immer etliche Dutzend im Kopf, die er Lindy, seiner Schwester, nach einem strengen Ritual schleppend erzählt. »Wenn Lindy eine seiner Geschichten gefiel, dann hatte dieser Tag sich gelohnt. Lindy gefallen, das war wie Ruhm.« Er hat seinen Teddybärveteranen Jesus Christus getauft; aus Rache: Im Kinderheim gezwungen gewesen, tagtäglich zu beten. Liebt Fische. »Ihre Stummheit entsprach seinem verschwiegenen Wissen.« Haßt den Tod; provoziert ihn mit makaberen Witzen. »Er hatte mal eine Lungenentzündung gehabt, an der wäre er beinah gestorben. Seitdem fiel Lachen ihm schwer. Es gab da einen Ersatz in seinem versorgten Affengesicht, eine Art hektischer Kaugrimasse, aus der konnte man von Zahnschmerzen bis zum klebengebliebenen Kaugummi auf alles Mögliche schließen, nur eben nicht auf ein Lachen.« Sinn für Komik. Verbissene Begeisterung über jede Art von Humor, Schadenfreude ausgenommen. Hat einen leeren Fotorahmen auf seiner winzigen Tischplatte stehen; hat ihm Lindy einmal für seinen Lieblingsschriftsteller geschenkt. »Eine Zeitlang schrieb Ernst sich Ernest, denn er hatte mal eine Geschichte von Hemingway gelesen, die ihm ausgezeichnet gefiel. Ein alter Mann hatte darin seinen riesigen Fisch bis zur Erschöpfung erfolglos gegen ein Rudel Haie verteidigt. Doch dann hörte Ernst, daß Hemingway den alten Mann, dem er die Geschichte verdankte, nicht am Honorar beteiligt habe. Von da an schrieb Ernst sich wieder normal.«

Woran ich schreibe. *Ich brauch Dich.* Dialoggeschichten. Keine Hilfe für den Leser. Weder Namenshinweis noch Prosabrücke. Plastische Sprache: Die Figuren beschreiben sich selber – nur durch die Art, wie sie reden. Streng literarisch. Hörspielkriterien unangebracht: Lesbar, nicht sprechbar. Talmudtechnik. Den Dialog aus der Situation entwickelt; assoziativ, ganz von der Figur her; auch rhythmisch. Der Autor wird mundtot gemacht.

Und Prosaversuche. *Lindy* weiter. Erst mal nur Vorstudie; Geschichte einer Dreizehnjährigen; Art literarischer Vaterkomplex, der einem hier die Tippfinger bewegt. Ferner: Der Titel *Zigeunerballade* hat sich festgesetzt. Notizen dazu. Kurzroman eventuell; Karl zugeeignet. Das nötige Wissen noch leidlich parat. Die fachliche Auffrischungslektüre repetiert seit Jahrzehnten Gewußtes. (Karl ist ein guter Lehrer gewesen.)

Ferner. Die Fernsehspielserie. Geld verdienen, ohne sich verkaufen zu müssen. Gratwanderung zwischen Schreibtisch und Kasse. Wenn man die Balance zu halten versteht, ist es erträglich. Kostet allerdings sechs Arbeitsstunden pro Tag.

Denn wir müssen ja leben. Bücher steuern allenfalls den Brotaufstrich bei. Doch man ist nun einmal aufs Büchermachen fixiert. Und für diesen Luxus muß man bezahlen.

Dazu die Angst um Marina. Sie schraubt den Blick fest ins Gewinde des gerade geltenden Tags. Hoffnung lockert da nichts. Sie ist ein Gruß, dem man zunickt. Sonst nichts.

Die Lider gesenkt halten. Nur nicht den Hallraum eines Monats, gar: eines Jahres begreifen.

Grund, warum wir hier ausziehen müssen. Sie ist porös, diese Wohnung. Dämmerungspartikel sickern herein. Nachtstaub schwärzt die Ecken. Vergänglichkeitsfeuchte gewinnt an den Wänden Kontur. Jedes Zimmer spielt der Angst in die Fänge. Die es sich wohl sein läßt, so umhegt. Die sich zärtlich an der Vergangenheit reibt.

Rückblick. Rot zwischen hitzeflimmernden Kiefernstämmen: Marina, wartend in ihrem provençalischen Kleid. Bestrahlungszeit. Argwohn nun sogar gegenüber der Sonne. Kam mit Nenad vom Spielplatz zurück. Kein Vogelruf. Kobaltkellerkühle im Hirn. Die Schatten zusammengeschmolzen auf ihre Kernsubstanz. Erlahmende Aufsässigkeit unter der Strenge des Lichts. Mich vorwärtstastend an Nenads unermüdlicher Stimme. Die stumpfen Waffen der Liebe.

Der frohgemute Taxichauffeur, dem, unterwegs zum Kobaltbunker, E.s Selbstmord und meine Polyneuritis einfielen. Er fand es fabelhaft, daß ich noch lebte. Aufmerksamer *Bild*-Leser, vermutlich.

Aufbruchsbereitschaft. Die Weichen auf Weite gestellt. Bis zu den nächsten Routine-Untersuchungen Marinas noch zweieinhalb Monate Zeit.

Mit Marina verreisen. Wo *sie* ist, da bin ich zu Hause. Und warum dann *hier* nicht? Weil sie hier nicht allein ist. Der Schatten hier hat noch Gestalt.

13. September. Nenad hat schon gepackt. Nuckelläppchen (Geborgenheit); Bilderbuch (Geist); Stofftier (Gesellschaft); Pistole (Sicherheit): Sinnvollere Reisevorbereitungen kann man auch als Erwachsener nicht treffen.

Nachts. Das Auto am Straßenrand. Pinkeln im Regen. Geahnte Ferne. Erdgeruch. Im schwachen Licht hinter der tränenden Scheibe: Marina über den Straßenatlas gebeugt. Hinter ihr Nenad, schlafend im Kindersitz. Zigeunerwunsch seit Kindheitstagen: Unterwegssein. Nie irgendwo ankommen müssen.

17. September. Monte Sole, Norditalien. Nach wie vor: Hier lebt es sich leichter. Vermutung, das hat auch mit dem südländischen Katholizismus zu tun. Er ist sowohl sonnendurchlässig wie schattenbewußt. Von seinem pragmatisch betriebenen Sündenerlaß profitiert nun sogar der Ungläubige noch: Die Seelen schleppen hier nichts. Dieser Glaube hat einen Mauleselrücken. Man belädt ihn und ist los, was einen bedrückte. Auch den speckigen Kutten der Pfarrer hier sieht man es an: Das sind Arbeitsklamotten, wie auch der Maurer, der Kanalarbeiter sie trägt. (In die *höheren* geistlichen Ränge zu blinzeln, empfiehlt sich allerdings nicht; diese Notiz bleibt basisbezogen.)

Calvin, meint Bloch, soll gesagt haben, Gott gebe einigen total Unwürdigen so etwas wie eine Art von Spezial-Heiligkeit mit, auf daß die Qualen der Hölle an ihnen um so wirkungsvoller demonstriert werden können. Leider eben nur schwer nachprüfbar; allenfalls als Ohnmachtstrost für jene geeignet, die geistliche Sünder bereits hier belangt sehen möchten.

Dieses Haus – den Lago vor Augen, von Bergen begrenzt; Wiesen, Äcker, Dörfer im Nacken – haben *wir* uns gebaut: Marina und ich. Keine Vergangenheitsschatten, kein Abnutzungsschimmel. Nur Helle und Gegenwart. Und Nenad und Leben. Und Liebe und – Angst.

Jede zweite an Brustkrebs erkrankte Frau ist todgeweiht. Mit diesem statistisch erhärteten Satz muß man leben. Was heißt ›man‹; Marina nicht auch? Eben.

Ich brauch Dich. Älteres Arbeiter-Ehepaar, sprachungewohnt. Er eben seine Stelle verloren, verschweigt es. Sie ahnt den Sachverhalt, durch Winzigst-Indizien geleitet: Dreck an den Schuhen – er hat sich nicht gleich nach Hause getraut. Zusammengehörigkeit, sich aus banalen Alltäglichkeiten ergebend. Der Abendbrot-Satz: »Reich mal 's Salz rüber« als Liebesbeweis. Ausweichen signalisiert Rücksichtnahme, Rücksichtnahme Abhängigkeit, Abhängigkeit Vertrauen. Titel: *Die Basis.*

Mehrmals ›Erdrauch‹ statt ›Nebel‹ bei Bloch. Das geht *einmal*; ›Nebel‹ geht immer. Warum. Dieses ist eine Sachbezeichnung; jenes poetisiert. Poesie ist zur Rarität verpflichtet; Sachlichkeit kann sich Wiederholungen leisten. (Außerdem ungenau: Rauch setzt Verbrennung voraus; Nebel dampft allenfalls.)

»Mein Erlkönig-Erlebnis.« Vater heute, wenn er, 81 inzwischen, stark beteiligt erzählt, wie er mich nachts im Schwarzwald ins Kinderheim brachte und sich dabei im Nebel verlief. Stunden herumgeirrt. Wohl ziemlich erledigt gewesen. (Ich: Tbc.) Fernes Hundegebell wies uns schließlich den Weg. (1922.)

Italien. Das Tröstliche hier: Man kann sich (Handwerker ausgenommen) auf alles verlassen. Selbst auf den Tod. Obwohl er hier der einzige Veränderer ist. Nichts wird erneuert. Nichts weggenommen, nichts hinzugestellt. Ein Land der Treue; was ist, bleibt: Die blauvioletten Ringe um die Augen des Gardinenverkäufers; der verklemmte Zuggriff am Kaugummi-Automaten; der fehlende Zacken im Gaskesselschmuck. Tradition, die Tochter der Treue, setzt Hinnahme voraus. Hinnahme eines Schicksals, das Vergänglichkeit heißt. Ein Paradox, das sich am wirksamsten am Menschen erweist. Denn wo wäre menschliches Altern wohl wärmer von Würde durchdrungen als hier. Allerdings, Würde braucht Halt: in der Gesellschaft, in der Familie. Beide sind hier aufnahmebereit und intakt. Als Italiener alt werden dürfen: Wunschtraum eines deutschen ›Seniorenheim‹-Insassen.

Die drei herzkranken Gebrüder C. in Luino. Wie jeder von ihnen sich an den vierten Bruder erinnert. Dieser mit fünf Jahren gestorben. Wie unterschiedlich ein Altersabstand von knappen zehn Jahren den Grad der sich rückerinnernden Zärtlichkeit ausfallen läßt. Vorwurf für eine Geschichte.

Auch hier. Dreimal wird so ein Arbeitstag über der Schreibtischkante gebrochen. Die ersten fünf Stunden gehören der Literatur. Die folgenden anderthalb Nenad, der täglich seine abends erzählte Geschichte erhält, die schriftlich fixiert werden muß, um Nachfragen beantworten und Figuren entwickeln zu können. Nachmittags, abends und nachts wird schreibend Geld verdient, um schreiben zu können. Die Zäsuren dazwischen sind mit Essen, Zweifel, Lektüre, Liebe und Schuldkomplexen gefüllt.

Und täglich als erstes diese Notizen, die mir wichtiger als alles andere sind. Denn hier finde ich, was ich bisher vergeblich gesucht habe: mich.

Diesen Aufzeichnungen liegt der Apropos-Raster zugrunde. Eine Methode, die nichts als ein aufgelockertes Unterbewußtsein erfordert.

Denkprozesse sollte man mit sich selber abmachen; wie man ja auch allein die Toilette aufsucht. Erst das Schlußkommuniqué ist mitteilenswert. (Allerdings werden die Bücher dann schmaler.)

Absetzen. Flüssig schreiben gilt für die Milchmädchenrechnung.

Den Sprunggelenken der Assoziationen vertrauen: Verbindungen *finden,* nicht suchen.

(Sprache: Absetzen. Den Sarg. Die Feder. Sich von der Truppe. Den greisen Monarchen.)

Immer wenn ich nachts schreibe, und ich schreibe immer nachts, das Gefühl, mich mit zunehmender Unentschuldbarkeit an etwas Wesentlichem versündigt zu haben.

Logisch: Nachts fehlt das verläßlich geknüpfte Alltagsnetz unterm Balance-Seil. Solidarität mit der gähnenden Nachtwache im Elektrizitätswerk hebt die Gefahr des ungesicherten Hinunterstarrens nicht auf.

Nachts sehe ich Nacht. Über ihre Helligkeitsbestandteile mögen die Katzen beraten.

»Wer bei Nacht wacht, wer allein des Weges geht, wer sein Herz Nichtigem zuwendet, der verschuldet sich an seiner Seele.« Rabbi Chanina, *Sprüche der Väter.* Ich wache nachts; ich bin ein Einhorn als Schreiber; ich hänge mit ganzem Herzen an diesem nichtigen Leben –: Rabbi, was nun?

»Was bedrückt dich, Rabbi?«
»Ich hatte einen Traum.«
»Wie ging er?«
»Ich sah mich neunzigjährig in einem geblümten Bauernbett sterben. Nur du warst noch da, Judas, der treueste von allen.«
»Was tat ich.«
»Du schlürftest mit zitterndem Bart ein rohes Hühner-Ei aus und gabst vor, blendend bei Kräften zu sein. Von der Tenne draußen klang das klatschende Prügeln der Dreschflegel herein. Sonst war nur dein Schmatzen und das Summen einer Fliege zu hören.«
»Ein wahrer Alptraum.«

»Du sagst es.«
»Ich verspreche dir, daß er nie eintreten wird.«
»Vergiß niemals, du bist bei dieser ganzen Aktion der wichtigste Mann.«
»Ich bin mir meiner Verantwortung vollauf bewußt.«
»Es wird nicht leicht für dich sein.«
»Die Genugtuung, die ich darüber empfinde, eine welthistorisch so unumgängliche Aufgabe erfüllen zu können, wiegt alle Beschwernisse auf.«
»Hauptsache, es schießt von den elf keiner quer. Es wäre furchtbar, wenn einer dich hinderte.«
»Sie sind dir viel zu ergeben, um sich privaten Argwohn zu leisten.«
»Oft genug hab ich's ihnen ja eingehämmert.«
»Sie haben sich sozusagen längst an das Gelingen unseres Planes gewöhnt. Wozu *sind* sie denn schließlich auch Jünger.«
»Was hältst du von Petrus.«
»Der einzige, auf den man achtgeben sollte. Vielleicht kann man es einrichten, daß er in Bedrängnis gerät. Todesangst lenkt von mancherlei ab.«
»Wem sagst du das.«
»Rabbi, nicht schwachwerden jetzt. In drei Tagen ist Pessach. Wir stehen vorm Ziel.«
»Wenn ich nur nicht so kleingläubig wäre. Stelle dir vor, *Er* machte nicht mit.«
»Es ist auch in *Seinem* Interesse.«
»Woran man glauben muß, Judas.«
»Entscheidend im Augenblick ist: *Ich* glaube an *mich.*«
»Deine Festigkeit stärkt mich. Und du meinst wirklich, du wirst es über dich bringen?«
»Du hast dir Zeit gelassen, mich vorzubereiten. Das zahlt sich jetzt aus. Ich weiß, was ich dir schuldig bin, Jesus.«
»Aber wer sieht die eigenen Skrupel voraus?«
»Was bist *du* vor der Lehre? *Ich* weiß, sie fußt auf diesem Verrat.«
»Das sagst du jetzt. Und was sagst du vor Kaiphas?«
»Wortwörtlich das, was du mir einstudiert hast.«
»Sag es.«
»›Was wollt ihr mir geben? Ich will ihn euch verraten‹.«

»Du sagst das recht unbeteiligt.«

»Gestatte, daß ich mir meine Beteiligung aufspare, Rabbi.«

»Hier sind dreißig Silberlinge. Laß es dir noch einige Male wohl sein mit ihnen. Du hast es vor deinem Selbstmord verdient.«

»Ich morde nicht. Ich läute mit jenem Strick meine Unsterblichkeit ein.«

»*Deine* Glaubensfestigkeit, und ich wäre gerettet.«

»Du bist es. Auch wenn du versagst. Du bist es durch mich.«

»Hüte dich nur, einen intellektuellen Eindruck zu hinterlassen. Sie müssen in dir ganz den Verräter aus niedrigen Beweggründen sehen. Der geringste Anklang an Ideologisches, und sie schöpfen Verdacht.«

»Ich bitte dich. Ich werde doch jetzt nicht auf meine geistige Überlegenheit pochen.«

Dichtersorgen. Sein Hauptproblem: Schreiben und Denken in Einklang zu bringen.

Morgen für Morgen, solange ich schreibe, Sekunden ein auf Hochstimmung abzielendes Schaudern im Nacken, gekoppelt mit voller Bewußtwerdung des Glücksgefühls, heute, theoretisch zumindest, imstande zu sein, dem Leben (oder was mit ihm gemeint sein könnte) schreibend vielleicht einen tausendstel Millimeter näher zu kommen. Denkt man nachts lahmkreuzig und ausgelaugt an jenes unangemessene Vorschußkribbeln zurück, ist man jedoch weit eher geneigt anzunehmen, auf nichts als ein Hautjucken hereingefallen zu sein. (Was nicht ausschließt, für morgen auf einen *echten* Schöpfer-Schauder zu hoffen.)

Das Genie und die Krähen: Auf seinen literarischen Abraumhalden konnten sich ganze P.E.N.-Zentren laben.

Wenn Genie Fleiß ist, ist Begabung Diät.

Fleiß umschreibt den stunden-, wenn nicht tagelangen Versuch, auch mal einen Farbbandmeter Intuition in die Schreibmaschine zu zwingen.

Jedoch. Was ich gerade wieder zu lernen beginne; (ursprünglich mit Verlust der schreiberischen Unschuld verlorengegangen): Intuition ist machbar. Rezept: Leer und ausgeruht sein. Kein Schuldgefühl, keine Alltagssorgen, kein Ichbewußtsein dulden. Kaffee getrunken haben. Fetzen Musik noch im Ohr. Jene Gänsehaut als Startsignal nutzen. Irgendwo anfangen. Nie überlegen. Sechs Stunden lang tippen. Mittendrin Schluß.

Denn. Keine Intuition hat etwas dagegen, unterbrochen zu werden. Aber jede verübelt Prothesen.

Abklopfkontrolle für später aufheben. Man vergegenwärtigt sich sonst allzu genau den Entstehungsprozeß. Was ganz interessant ist, dem Text aber nichts nützt. Und, da Befangenheit suggerierend, die Eingebung künftig gar nicht erst einschweben läßt. Denn das Übelste, das Unbewußtem widerfahren kann, ist: Auf lauernden Radarschirmen geortet zu werden.

Zusatzerfahrung. Abgebrochene Intuition hinterläßt Suggestivkraft im Text. Ob nach Tagen oder erst nach Wochen weitergeschrieben: Hat der Einstieg dem Ritus entsprochen, schlägt der erste, wieder neu anknüpfende Satz schon die Brücke.

Stopschild. Intuitiv schreiben, was heißt das. – Im Dialog: Dem Sprechrhythmus folgen. In der erzählenden Prosa: Vom Wunsch oder Zwang der Figuren ausgehen. Im Gedicht: Den Assoziations-Signalen gehorchen.

Intuitiv: Ist man da völlig ›draußen‹ als Schreiber? – Im Gegenteil. Man ist so sehr ›drin‹, daß man sein eigenes Medium zu werden beginnt. – Und wer holt das Medium dann wieder zurück? – Der zurückgedrängte Verstand.

»Wie die Zeit hingeht, schon wieder zehn Tage, und ich erreiche nichts. Ich dringe nicht durch. Eine Seite gelingt hie und da, aber ich kann mich nicht halten, am nächsten Tag bin ich machtlos.« (Franz K.)

Fachmann im Steckenbleiben, auch ich. Immer wiederkehrender Anlaß: Zwischen erzählen und formulieren nicht unterscheiden zu können. Es will diesem Satzrhythmiker nicht gelingen, eine Wortfolge stehenzulassen, die klanglich holpert, musikalisch nicht stimmt.

Also *doch* ein Ordnungsmacher. Ja; aber Ordnung im Satz; nicht Ordnung im Werk.

Faustregel. In unreinen Fassungen immer absatzlos schreiben. Absätze hemmen den Denkfluß, stauen die Assoziationen. Sie sind Rastplätze für die Augen des Lesers. Dem Autor offerieren sie Atempausen, die ihm nicht zustehen.

Im Talmud fließen selbst Rede und Gegenrede, auch wenn sie aus verschiedenen Jahrhunderten stammen, unzäsuriert ineinander. Das prägt den Stil, zwingt zu Knappheit, erfordert Prägnanz. Überschaubarkeit verlockt zu Auflockerungen, Ordnung will Zugeständnisse an Pedanterie und Ästhetik. Lapidare Sprache entsteht nur unter chaotischem Zwang. Und sei es, wie im Talmud, unter dem, auch andere zu Wort kommen lassen zu müssen.

Ernst tötet. Humor lügt. Satire verzerrt. Wie also schreiben? – Trauernd. – Ist trauernd denn sachlich? – Ist sachlich denn wahr?

»Emess (Wahrheit) is nur bei Gott und bei mir a bissel.« (Jiddisch.)

»Die wachsende Menschenliebe bricht dem satirischen Vergnügen an fremder Torheit immer mehr ab; die Torheit eines Busenfreundes macht uns nichts als bitteren Schmerz: warum wollen wir nicht alle Menschen als Busenfreunde behandeln?« (Jean Paul, Fußnote im *Siebenkäs.)*

Wie man 1945 zu schreiben begann: Unbedarft; aggressiv; zornig. Gedichte damals sahen dann so aus:

Anruf

Reimende Lügner
Feiglinge ihr
flötende Verderber
warum umgrenzt ihr
den Schacht eures Abstiegs
mit flirrendem Verswerk
habt ihr Angst daß die Vielen
beim Anblick der nebligen
nachttriefenden Züge
eurer Gesichter erstarren
verzerrt ihr sie deshalb
zu gefälligen Fratzen

erschreckt sie doch
hebt doch die Häupter
hin in ihr Sattsein
lallt doch die Lieder
der Tiefe umtorkelt
erdigen Ganges die Tafeln
reißt sie heraus
aus den Tempeln
die Götzen der Sanftmut
scheucht sie von den Bänken
die Säufer bläßlicher Wahrheit

ihr stürztet in Schründe
ihr lagt vereist
unterm Spinnbauch des Grauens
ihr lodertet auf
als knöcherne Fackel
und reimt noch
und harft auf
zersplitterter Leier
und säuselt

wer seid ihr
Hirten

pensionierte Propheten
spreizfüßige Pfaffen
nicht Sturmvögel
Irrlichter im
blasenbrodelnden Meer
der Verzweiflung
und dichtet
und lispelt
und geigt

Verschweiger
schüttelt die Asche
erkalteter Lava
doch von den Schultern
stäupt sie die Herde
soll sie denn immer
die blökende stets
die behütete sein
nur ihr seid Bedrohte
nein
zerbrecht eure Reime
zerreißt eure Verse
sagt nackt was ihr müßt.

S-Bahnfahrt durch das zerbombte Berlin. Pappe in den Fensterrahmen. Mondkrater draußen. Blätterte in einem Stoß neu erschienener Lyrik-Publikationen, die ich für die *Deutsche Rundschau* besprechen sollte. Titel, die mir erinnerlich sind: *Antike Schale, Entzückter Staub, Besinnung und Erbe.* Sonette, Sonette. Nichts war passiert. Ein Schwan war ein Schwan geblieben, ein Krug ein Krug; ein Becher ›mundete‹ noch; die Quelle war ›munter‹ wie stets; die Dichter hatten alles ›getreulich bewahrt‹. (Sommer, 1946.)

U-Bahnfahrt während der gleichen Zeit. Hatte zehn Karl-May-Bände (die letzten der sechzig) gegen ein zweipfündiges Weißbrot getauscht. Es ahnungslos in einem weitmaschigen Einholnetz verstaut. Dem Speichelschlucken und den fressenden Blicken der Fahrgäste jetzt jedoch nur in außerordentlich begrenztem Umfang gewachsen. Als ein vor Hunger sabbernder Rentner mir schweigend sein aufgeklapptes Taschenmesser reichte, war es um das Weißbrot geschehen. Obwohl Scheiben in Papierblatt-›Dicke‹ dazwischen, nur etwa noch ein halbes Pfund nach Hause gebracht. Streit deshalb mit U. Sie nahm an, daß mein eigener Hunger dem Brot so zugesetzt hätte. Problematischer Vorwurf, denn wir hatten einen einjährigen Jungen zusammen.

Die Toten am Hang, als wir, den Jungen im Kinderwagen, bei Harzburg über die Grüne Grenze gingen. Das Eichelhäherkreischen verriet uns. In den Maschinenpistolenläufen der Sowjetsoldaten spiegelte sich ölig der Himmel. (1945.)

Das Haus in Paderborn dem Erdboden gleich. Kreidiger Dorfname auf dem Kaminstumpf. Nach zwanzig Kilometern vor der Mühle am Dorfeingang eine schwangere Frau. Sie fütterte Hühner. Zögerndes Wiedererkennen. (Kriegsheirat, um ein Denkziel zu haben. Erreicht, verblaßte es wieder.)

Worscha, die Hühnerspezialistin. Karls Mutter zugrunde gelegt. (Für die Zigeuner-Geschichte.) Kein Huhn widersteht ihrem Lockruf. Immer Getreide in ihren zahllosen Taschen. Das liebevoll eingefangene Huhn zwischen die Knie geklemmt und Kopf abgerissen. Peinlich eingehaltene Regel: Jedes getötete Huhn erst vergraben und, den Bauern gegenüber, den Fuchs schlechtgemacht. Nach zwei Tagen erst wird das Huhn exhumiert und mit ins Lager genommen. (Federverwertung: Brustflaum in den Kissenbezug; Rückenfedern zum Staubwedel gebündelt; aus den aufgespannten Flügeln Fächer und Krümelbesen gemacht.)

Die Hühner, die wir ins Minenfeld scheuchten. Suchgerät war kaputt. Streit mit Ewald, der seine Henne nicht hergeben wollte. »Werd doch meine Ei-Fabrik nich hochgehn lassen!« (Strafkompanie, Rußlandwinter; 1943, östlich Kiew.)

Zusammen mit der Todesnachricht wurde Ewalds Frau auch ihr durchlöchertes Foto geschickt. Viel mehr war nicht von ihm übriggeblieben. Bis auf die Henne. Sie hat die Detonation überlebt.

»Bitte recht traurig!« Aufforderung des (erfahrenen) Porträtfotografen.

Ein Foto schießen. Trifft den mörderischen Sachverhalt ziemlich genau: Was lebte, wird zum Erstarren gebracht. – Andererseits aber doch auch wieder bewahrt. – Einspruch: Die *Erinnerung* bewahrt; das Foto läßt die Erinnerung gerinnen.

Präzises Zurückerinnern auch deshalb so schwierig, weil unser bisheriger Lebensweg mit Fotografien verstellt ist. Der verräterische Begriff ›Erinnerungsfoto‹ beweist es: Hier soll ein geistiger Vorgang, das Aufbewahren, Beschwören, Behalten durch einen mechanisierten, den Druck auf den Auslöser abgelöst werden. Das Produkt: Auralose Verflachung, statt fündiger Tiefe.

Ich würde mehr von meiner Urgroßmutter wissen, wäre meine Zärtlichkeit, statt ihrem Daguerreotyp, ihrem Gedenken zugute gekommen.

Frankfurt-Oberrad, 1923. Das schwarz verhängte, gut menschengroße Tier mit dem Zyklopenauge und den fünf Beinen (von denen ein Paar auch noch Hosen anhatte), das am Buchrain-Weiher, wo die herabgefallenen Trauerweidenblätter am dichtesten lagen, den Kindern auflauerte; selbst denen, die ihre Eltern mithatten. Auf einem verregneten Pappdeckel waren die Bilder derjenigen Kinder aufgeklebt, die der gläserne Blick des Ungeheuers schon starr und steif gemacht hatte. (Erstes Erinnern an einen Porträtfotografen.)

Die Kamera-Angst Primitiver ist nachzuvollziehen. Wer mein Jetzt festhält, beleidigt damit mein Morgen. Es könnte sich auf den Standpunkt stellen, derart ausgeschlossen, verachtet, einfach nicht kommen zu wollen. Was hieße, ich wäre spätestens heute abend gestorben.

Entwicklungsphasen. Mumifizierer – Konservator – Porträtfotograf.

»Gottseidank hast du mich wiedererkannt.« Vater, noch heute erleichtert, wenn er von seinem ersten, von den Schwestern bewußt hinausgezögerten Besuch im Schwarzwaldkinderheim spricht. Ex-Mutter Erni, um deren Wiedergewinnung wir uns bemühten, war der Schwarzwald zu weit. Eine neue Herrenbekanntschaft hat ihr nähergestanden.

Die Trennungsangst war jetzt in Vaters Rucksack gekrochen. Er brauchte nur vom Haken genommen zu werden, schon schmiß ich mich hin und fing an zu schrein.

»Fidel entsetzte Geisterbilder.« Bloch, über alte Rummelkulissen. Klingt stimmig, ohne es zu sein. Die Geister sind ja nicht selber entsetzt; sie *sollen* entsetzen. Chef, Sie meinen ›auf fidele Weise entsetzend‹, stimmts? Was in der Tat, und sei's nur von Geisterbahn-Schaufronten herab, einiges Unbehagen auslösen kann.

Nenad (vier Jahre, drei Monate jetzt) liest perfekt mit dem Ohr. Astrid tritt auf einen Ast. Wien heißt so, weil sie da vino trinken. In Amsterdam wohnt ein Hamster am Damm. Dem Auerhahn (Aua-Hahn) tut etwas weh. »Das heißt nicht Pharao, Pappa, das heißt Pfarrer.« Und als ich einen Geschichtenvogel Clara Viebig nannte, besorgte Gegenfrage: »Hatte er Fieber?«

Fällt mir wieder Lichtenberg ein, der statt ›angenommen‹ immer ›Agamemnon‹ las; und das auch notierte.

Es gibt keine Logik. Es gibt nur Assoziationen.

27. September. Spanien. Trotz weltweiten Protests (manche setzen dafür ›Gnadenappelle‹) die fünf wegen Polizistenmordes verurteilten Regimegegner hingerichtet. Vierzehn vollstreckte Todesurteile in einem Monat. Kann man diese mordende Mumie nicht, Defoes *Robinson* im Gepäck, auf eine einsame Insel verfrachten?

Wenn man die Hitler am Leben läßt, fällt die Definition des Faschismus nicht schwer: Wer seinen politischen Gegner physisch vernichtet, ist ein Faschist. Schlußfolgerung: Drei Viertel der Welt scheinen faschistisch zu sein.

Parlamentarische Anfrage: »Wenn Massenmörder sich zu Staatsoberhäuptern hinaufmeucheln und die monatliche Todesrate vorausberechenbar ist: Wäre da nicht *ein* Schuß besser als tausend?«

Antwort des Parlamentspräsidenten: »Es gibt die Pflicht zum politischen Attentat. Doch wer paragraphiert, was sie auslösen muß?«

Zwischenruf, rechts: »Revolver und Wut!«

Der linke Attentäter verhält sich zum rechten wie der Dolch im Gewande zur Kalaschnikow im Gepäck.

Es ist nicht unbedingt eine Empfehlung für die deutschen Antifaschisten, daß Hitler sich 1945 selbst umbringen durfte.

Ein feiner Job. Schlechte Schreibe saugt einen fest, macht einen untauglich fürs sogenannte tägliche Leben. Hat man Gutgeschriebenes zu Ende gebracht, wird man entlassen in Leere. Die Literatur eine Ausbeuterin.

Hinter jedem mühsam formulierten, klar geschriebenen Satz wartet ein noch wesentlich klarerer, sehr viel mühsamer zu findender auf seine Entdeckung. Eine Binsenwahrheit, deren tägliche Bewußtwerdung einen als Schreiber verrückt machen kann.

Schreibstimmung bei plötzlichem Raum- oder Milieuwechsel kraß abhacken; nie mitziehen. Nur so schlägt die Produktivstimmung (zu ungunsten anderer) nicht in Übellaunigkeit um. Arbeitsregel des Schizophrenen.

Niemand ist derart berechtigt dem Verdacht ausgesetzt, nichts als ein asozialer, lediglich Uhrzeit verrinnen lassender Dauerselbstmörder zu sein, wie es der berufslose Nurschreiber ist. Man fordere an; Kenner liefert aufschlußreiche Qualanalysen.

»Mich hat mein Genius mit Entschiedenheit nach der anderen Seite gezogen.« (Als der Goethes, der für Rang und Ehre Muße und Unabhängigkeit hingegeben habe.) Schopenhauer, nicht eben kleinlich.

Frühsommer 1948. Meine Ehe mit U. stand nicht zum besten. Wir gingen im Garten spazieren. Peter Suhrkamp hatte mir den Arm um die Schulter gelegt. »Sie sollten froh sein, daß Sie unglücklich sind. Nur so kann man schreiben.« Der Kurzschluß der Unglücklichen. Schließlich schreibt man nicht *weil* sondern *trotz.*

Wenn man wenigstens eine Revolution verraten, einer Ideologie abgeschworen, einer Lehre den Rücken gekehrt hätte oder so etwas. Dann hätte man Pulver im Text, dann könnte man zielen. Wie aber, wenn man als Seismograph geplant ist und muß auf Schwingungen warten? Es gibt ja genug. Doch der mühsam erarbeitete Klartext verlangt eine Rückübersetzung. Und wem ist schon an einer verschlüsselten Entschlüsselung gelegen?

Ankunft

Das Floß: her trieb
der Sturm es
in die stillren Gewässer.
Zerschlissen Segel und Hemd.
Nackt betritt er
die schaukelnde Dünung,
der Heilige, der
nicht mehr geführt wird.
Der Fuß, dem Hammer
bekannt und dem Nagel,

er setzt ihn auf Algen,
auf Soden
faulenden Schilfs.
Ölflecke dazwischen,
rostige Büchsen, Kalmus,
die tote Libelle.
Das Weiß auf der Stirne
des Bleßhuhns beschämt
die Reinheit der Himmel.
Nur Ikarus' Knochen
sind bleicher. Am Grund
jeglichen Wassers ein
Splitter ihres Protests.
Nieder die Schwere!
Und hernieder sinkt sie
und siegt,
von Stichlingsschatten
umkränzt.
Der Heilige aber,
aus dem Kollegium
verstoßen, der Gloriole
verlustig, er
geht auf dem Wasser.
Nicht aufsteigen
kann er, nicht
sinken, nur
ausstreuen, was er
bewahrt hat:
Den Samen der Insel.

In Hebbels Tagebüchern einen spießbürgerlichen, eitlen Wichtigtuer entdeckt, der gleichwohl die prägnantesten Aphorismen schreibt, die ich, nach denen Lichtenbergs, kenne. (Gesamturteil zur Revision vorgemerkt.)

Warum soll ein guter Schriftsteller kein spießbürgerlicher Wichtigtuer sein können? Schließen plüschener Lebensstil und reaktionäre Gesinnung echte Dichtung denn aus? Das wäre schön.

Der Wunsch, Charakter und Werk möchten einem paßrecht aufeinandergeklappten Sandwich entsprechen, wird im Schriftsteller dem hierfür ungeeignetsten Objekt vorgeschrieben. Denn existieren und schreiben ist zweierlei. Niemand ist so sehr auf antrainierte, wenn nicht echte Schizophrenie verwiesen wie er.

»Der Mann ist ja krank.« Frau Meyer hat recht. Schreiben setzt einen gebrochenen Charakter voraus. Oder mir ist an Todesnegierung und blanker Lebenshilfe gelegen.

Die Krachledernen, die Ruckzucks, die Wo-soll-das Klavierhin- und Haut-den-Lukas-Autoren, die so wohlgelitten auf Vortragsämtern, in Volkshochschulsälen und bei um Straßennamen verlegenen Stadtkämmerern sind. Sie haben ihre Helden gegen Tod und Hagel versichert. Zusatzversicherung: Sie lassen sie fressen, saufen, vögeln. Werden vom dankbaren Volksmund daher gern ›urig‹ genannt. Immer von stiller Genugtuung erfüllt, höre ich über einen jener Autoren, bedauerlicherweise gehe es ihm gar nicht so gut.

Ich lese mit Anteilnahme, Thomas Mann wollte den deutschen Schriftsteller repräsentieren. Da hat er sicher vielen Kollegen viel Arbeit erspart. Nur: Warum hat er dann noch *geschrieben?*

Vielleicht sollte man sich aber auch nicht so jeder Deckung begeben und lieber die (ja leicht zu untermauernde) Behauptung aufstellen, die vorangegangenen Eintragungen seien Episteln Pudel Alis entnommen, der mit Schopenhauers Pudel Atma einen erst kürzlich aufgefundenen Briefwechsel führte.

Ein ergiebiger Stoff: Jeder interessiert an des anderen Jahrhundert. Jeder berichtet dem anderen über das seine. Literatur und Philosophie überwiegen. Politik erhält den ihr gebührenden Platz Nummer drei. Das tägliche Leben mit Ewigkeitsdurchschuß. Denn die beiden Skribenten sind ja längst schon gestorben. Atma etwa verwundert darüber, wie ein Schriftsteller anstreben kann, von seiner Schreibe zu leben. Ali dagegen, was Schopenhauer betrifft, sehr auf die Kongruenz von Werk und Charakter erpicht.

»Ist mit mir Alles beim Alten: der Atma grüßt schönstens. Aber was haben wir erlebt! Denken Sie sich, am 18. September eine Barrikade auf der Brücke und die Schurken bis dicht vor meinem Haus stehend, zielend und schießend auf das Militär in der Fahrgasse, dessen Gegenschüsse das Haus erschüttern: plötzlich Stimmen und Geboller an meiner verschlossenen Stubenthüre: ich, denkend, es sei die souveräne Kanaille, verrammle die Thüre mit der Stange: jetzt geschehen gefährliche Stöße gegen dieselbe: endlich die feine Stimme meiner Magd: ›Es sind nur einige Österreicher!‹ Sogleich öffne ich diesen werthen Freunden: 20 blauhosige Stockböhmen stürzen herein, um aus meinen Fenstern auf die Souveränen zu schießen; besinnen sich aber bald, es ginge vom nächsten Hause besser. Aus dem ersten Stock recognoszierte der Offizier das Pack hinter der Barrikade: sogleich schicke ich ihm den großen doppelten Opernkucker mit dem Sie einst den Ballon sahn ...« (Schopenhauer an J. Frauenstädt, Frankfurt am Main, 2. März, 1849.)

Vermutlich wäre das etwa auch Atmas Stil und Gesinnung. Wiewohl dieser Philosophenpudel sich nicht die Mühe machen dürfte, auch die Rechtschreibung beherrschen zu wollen.

Auch sollten die beiden im Denken und Philosophieren unabhängiger sein; (Atma vom Professor, Ali von mir); jeder seinen Mentor vielmehr aufs anmutigste unterlaufen, ad absurdum führen und widerlegen. Atma beispielsweise strikt gegen die von Schopenhauer propagierte Metempsychose. Ali, wenn auch mehr Literat und von der kleidsamen Tunika des Ästheten umwallt, sich an meinem Pessimismus ergötzend.

Ali an Atma, ihm einen zeitgenössischen Autor vorstellend: »Er zeigte seine sterbliche Blöße so grass, daß er Aussichten hat, schon nach dreißig Jahren vergessen zu sein. Schließlich, wer dem Tod in der Darlegung des bloß Animalischen eine solche Chance einräumt, der darf sich nicht wundern, wenn jener unverfroren Gebrauch davon macht.«

Atma an Ali, sich gegen des Professors metaphysische Aufbruchsstimmung verwahrend: »Was macht denn, frage ich Sie, unsre Unsterblichkeidt auß? Daß dieser heimatloose Athemfetzen des Weltgeists, von Simmplifikatoren auch Seehle genannt, Heimstatt nicht nur gesucht hat sondern auch fandt, wodurch sich Konthurschärffe, mit Porendichtigkeit gekoppelt, als aufnahmefähiger denn das gespriesenste Nirwana erweißt. Schließlich, weßhalb, nicht wahr, solln wir an unß denn gearbeitet haben, wenn nicht, um wenigstens postmortal in Anstandt, das heißt: beseehlter als lebend zu leben?«

Faulkner, auf dem Campus befragt, was man als angehender Schriftsteller tun müsse, um das Leben kennenzulernen: »Lesen, lesen, lesen.« Deprimierende Antwort. (Jedoch nur für Kolumbus, nicht für den Mönch.)

Zigeunerballade. Ruben Golbatschenski, ihr Rechtsprecher. Sie standen auf, wenn er die Kneipe betrat. Von jedem der Sippe gesiezt. Schwere Uhr in der Westentasche. Er zog sie nur, wenn es Zeit zu gewinnen galt oder Konzentration erforderlich war. Kette mit sanft klirrenden Andenkenmünzen über die Bauchmulde gespannt. Ringe auf das grüne Halstuch gezogen. (Grün: Lieblingsfarbe der Zigeuner.) Vernarrt in seine spiegelnden Schäfter, die er mit Speichel und einem Wasserglas polierte. Mittelgroß; hager bis knochig. Schwarzer, gepflegter Schnurrbart; schwarze Brauen, die bei oft angebrachter Skepsis wie haarige Raupen unter die Hutkrempe krochen. Schnell zupackende, noch schneller wieder fallenlassende Augen. Kenner der Gadsche (der Nichtzigeuner). Weiß sich den Anschein zu geben, als täte er, was sie verlangten; unterläuft es zugleich mit anbiedernden Kompromissen zugunsten der Seinen. Verhandelt, altem Zigeunerbrauch treu (nach dem der Rechtsprecher unbekannt zu bleiben hat), jedoch nur in brenzligsten Fällen mit Polizei und Behörden.

Läßt sich, will ein Gadscho ihn sprechen, anfangs immer verleugnen, vertreten. Leitet die Kriss (das Zigeunergericht). Streng; wenn auch mehr auf Ausgleich als auf Strafe bedacht. Respektiert schweigend den Rat der Männerversammlung, um ihn nach Beschlußfassung ironisch-präzis zu zerpflücken. Vier Söhne: Vatav, Kringla, Dindly und Jan, die sich auf Schrott, Fernsehantennen, Fischfang und Wildern verstehen. Fährt einen chromblitzenden Thunderbird, den die Töchter ihm putzen. Zwei Eisschränke im Wohnwagen, ständig gefüllt (Hungertick aus dem Krieg). Eigene Geschäfte undurchsichtig; Gebrauchtwagenvermittlung wahrscheinlich, denn früher hat er mit Pferden gehandelt.

»Aber Sie sehn doch, Doktor, Ihre Frau liebt mich!« Notwendiger Hinweis Willis, dem Mutter Erni, von uns kommend, sich zugewandt hatte, als wir sie zurückhaben wollten. Vater Momentchen verdutzt. Dann Pistolenschießen geübt und Will die Sekundanten geschickt. Will (Kaufmann, Seeoffizier) schickte Vater die Sekundanten dankend zurück. Am Abend kam er dann selber, Flasche Wein unterm Arm. Die kühle Freundschaft der Herren bewährt sich noch heute.

Nachprüfung I. Wenn ich mir Kindheit zu vergegenwärtigen suche, fallen mir als erstes nicht Kinder ein, sondern Kinder*figuren;* die Faulkners vor allem, Mark Twains, Salingers, der Carson McCullers vor allem. (Die deutschen Autoren sind zu sentimental, um glaubwürdig über Kinder zu schreiben.)

Plötzlich wachte sie auf. Sie stützte sich mit den Ellbogen hoch und starrte, über das Fußende der Couch weg, durchs angelehnte Fenster hinaus. Die Stellen, wo an der Hausfront der Putz abgeblättert war, leuchteten schwach. Die dunklen Scheiben dort drüben spiegelten verzerrt die Rückseite der schnörkligen Leuchtreklame-Schrift wider, die über ihr auf dem Dach zwischen Teppichklopfstange und Taubenschlag stand. Ernst atmete unruhig. Das Ziffernblatt an seinem Handgelenk glühte verschwommen. Jetzt kam es wieder: ein stählernes Klirren, das schnell in einem ständig leiser werdenden Scheppern versank. Die S-Bahn, natürlich. Ihr Ge-

räusch klang in diesem April so neu, so ungewohnt alarmierend, daß Lindy selbst im Schlaf noch Herzklopfen von ihm bekam. Obwohl der Druck auf den Schläfen und das Stechen, das er in den Augenhöhlen erzeugte, ihr signalisierten, diesmal hatte es auch noch mit was andrem zu tun. Sie ahnte, worum es ging. Sie sollte erinnert werden. Sie hatte etwas vergessen. Es war einer der ganz seltenen Fälle eingetreten, wo sich ihr etwas Wichtiges nicht tief genug eingeprägt hatte. Sie fiel wieder aufs Kissen zurück und blickte angestrengt zu der Stuckverzierung empor, einem mit flatternden Bändern versehenen Kranz, in dem ein fetter nackter Junge tanzte, der einen überquellenden Blumenkorb trug. Es gab nichts, das einem nicht wieder einfiel. Man mußte nur Geduld aufbringen; Geduld und Konzentration. Denn es galt jetzt erst mal alles durchzugehen, was man in den letzten Tagen erlebt hatte. Das hatten Erlebnisse nicht gern; sie waren zu stolz, zu bescheiden. Sie wünschten keine Wiederholung. Sie sperrten sich, wenn man sie dachte. Aber Lindy hatte Übung im Umgang mit ihren Erlebnissen. Sie wußte, ganz zuletzt waren sie eben *doch* angewiesen auf einen. Sie wollten nur, daß man sich ernsthaft um sie bemühte. Wie hätte sie sonst denn so unüberhörbar gewarnt werden können.
Eine Autobremse quietschte. Der Fahrer schimpfte. Eine betrunkene Stimme redete besänftigend auf ihn ein; Lindy hörte sie viermal das Wort Kollege verwenden. Die Luft trug, wie bisher noch nie. Noch nie aber auch hatte sie so wehgetan. Jeder Atemzug schmerzte. Die Nächte waren aus scharfkantigen Rußpartikeln gemacht. Die Tage waren Gespinste aus gläsernem Garn. Die Schritte nachts über einem; die blendenden Windschutzscheiben vormittags; das Hemd auf der Haut; der Currygeruch aus den Wurstbuden abends; der Biß in das splitternde Brötchen frühmorgens – alles verletzte. Man ging durch reißende Fäden. Sie gingen aber auch durch einen selber hindurch. Man war in sie reingewebt und sie zerschnitten einen zugleich. Die Großmutter hatte ein Instrument besessen, mit dem man hartgekochte Eier zerteilte; eine handgroße Harfe, auf der Ernst mit den Fingernägeln La paloma zu zirpen verstand. Unter den zarten Drähten war die Mulde fürs Ei. Drückte man den Drahtrahmen geschickt genug nieder,

wurde es in genauso viele Scheiben zerteilt, wie Kerben drinwaren, ohne jedoch seine Form zu verlieren. So ging es auch ihr. Sie wuchs. Das war schlimmer als Foltern. Sie hatte es mal mit den Jungens auf dem verwilderten Grundstück gespielt, auf das die Leute ihre durchgerosteten Kochtöpfe warfen. Man wurde am Eckpfosten eines ausgebrannten Pavillons festgebunden. Zwei zerrten am linken, zwei am rechten Bein; einer drehte einem das rechte, einer das linke Handgelenk um. Fratzenschneiden ergab einen Minuspunkt. Wer stöhnte, gar schrie, galt als feige, schied aus. Lindy hatte bestanden. Diesmal hätte sie gerne verloren. Oder auch nicht.
(So könnte *Lindy* beginnen: ›Handlung‹ ganz nach innen genommen. Der Leser wird gebeten, draußen zu bleiben.)

Miserabel geschrieben. Laub geharkt mit Nenad im Garten. Nervös, schlechter Laune; wies ihn zurecht. Er nahm übel; verkündete, er ziehe sich ins Kinderzimmer zurück. Ich tat, was man nicht tun soll: Deutete meine Traurigkeit an. Gleich kam er wieder zurück, assistierte mir weiter. Stunde später: »Ich hab das doch nur aus Spaß gesagt, daß ich ins Kinderzimmer gehe.« *So* verzeihen können.

Kindheit, Literatur geworden. »Ach, hören Sie doch; als ich als Kind nach einem kurzen Mittagsschlaf die Augen öffnete, hörte ich, noch ganz im Schlaf befangen, meine Mutter in natürlichem Ton vom Balkon hinunterfragen: ›Was machen Sie, meine Liebe. Es ist so heiß!‹ Eine Frau antwortete aus dem Garten: ›Ich jause im Grünen.‹ Sie sagte es ohne Nachdenken und nicht allzu deutlich, als müßte es jeder erwartet haben.«
(Wenn ich im Winter an den Sommer, im Lebensherbst an die Kindheit denke, dann ist es diese Textstelle Kafkas, die verzaubert, wärmt, herbeiholt, versöhnt.)

Nachprüfung II. Joyce lehrte mich, was Vergänglichkeit ist. Döblin hat mich das Grauen gelehrt. Von Djuna Barnes lernte ich, was Verlorenheit sein kann. Faulkner hat mir eine Vorstellung von Gnade vermittelt. Seit Hemingway weiß ich, der Tod hat (auch) ein Hyänengesicht. Sartre hat mir meinen Pessimismus bestätigt. Camus verdanke ich den Hinweis, an etwas glauben zu müssen.

Nachprüfung III. Die Chassidim erzählen eine Geschichte, in der die Literatur sogar die Mystik vertritt, das heißt, sie mit gleicher Wirkung abgelöst hat:

Wenn der Baal-schem etwas Schwieriges zum Nutzen der Geschöpfe zu erledigen hatte, ging er an eine bestimmte Stelle im Wald, machte ein Feuer und sprach, in mystische Meditationen versunken, Gebete; und alles geschah, wie er es sich vorgenommen hatte. Wenn, eine Generation später, der Maggid von Meseritz etwas Ähnliches vorhatte, ging er an jene Stelle im Wald und sagte: »Das Feuer können wir nicht mehr machen, aber die Gebete können wir sprechen.« Und alles geschah, wie er es sich vorgenommen hatte. Wieder eine Generation später wollte auch der Rabbi Mosche Leib aus Sassow etwas ähnlich Wundersames vollbringen. Auch er ging in den Wald und er sagte: »Wir können kein Feuer mehr machen, und wir kennen auch die geheimen Meditationen nicht mehr, die die Gebete belebten, aber wir kennen den Ort im Wald, wo das hingehört; das muß genügen.« Und es genügte. Als abermals eine Generation später der Rabbi Israel von Rischin eine solche Tat zu vollbringen hatte, setzte er sich in seinem Schloß auf seinen goldenen Stuhl und sagte: »Wir können kein Feuer mehr machen, wir können keine Gebete mehr sprechen, wir kennen auch den Ort nicht mehr, wo man es tun müßte; aber wir können die Geschichte davon erzählen.« Und seine Erzählung hatte dieselbe Wirkung wie die Taten der anderen.

Diese Geschichte vom Wert der Geschichten krankt nur an einem: Sie widerlegt, was sie nachweisen möchte. Der Baalschem konnte noch beten; *wir* können davon nur noch erzählen. Erzählen also nicht als Extrakt, sondern Ersatz. Präziser: Jene Geschichte zeigt exemplarisch den Niedergang des Chassidismus, der schließlich an der Verweltlichung seiner (ehemals geistigen) Führer scheiterte. Schwer vorstellbar, unlogisch auch, daß mit zunehmender Lebensverliebtheit die Wirkung mystischer Gläubigkeit ihren hohen metaphysischen Pegelstand beibehalten haben soll.

Merke. Einzig Beschwören (also Lyrik) verdichtet. Erzählen hat seit je schon das Thema verwässert.

Und wenn ich beschwörend erzähle, wie Kafka es macht? – Besser: »Fabelnd denken«, nach Bloch.

›Fabelnd gedacht‹ ist die vorangegangene Geschichte aber doch auch. – Als Gleichnis ist sie ja auch gelungen. – Als Erzählung aber doch auch. – Nein. Denn sie ist unwahr:

Rabbi Israel von Rischin *kann* mit seiner Erzählung nicht dasselbe bewirkt haben wie der Baal-schem mit seinem Gebet. Denn auch im Glauben liegt Logik; *gerade* in ihm:

»Der Platz der Bundeslade gilt nicht als Maß.« (Talmud, Bawa batra 99a.) Nach talmudischer Ansicht hat die Bundeslade weniger Platz eingenommen, als man es, ihrem Umfang nach, eigentlich hätte annehmen sollen.

»Ein Dingk wie der Kopf: Mit Welt gefüllt und passt auff ein Kissn.« (Atma an Ali.)

3. KAPITEL

Der Rahmen des Glücks

1. Oktober. Italien. Informatives Handwerksgespräch mit dem Grabsteinmetz H. Wie anteilnehmend er von seinen ›Stammkunden‹ sprach, von den entschlußlosen vor allem. Mit ›Stammkunden‹ meint er Generationen; hat bereits drei von ihnen bedient. »Hab meist schon bei Lebzeiten gewußt, was kriegt der Kunde fürn Stein.« Da tastet man sein Gebein unwillkürlich auf Petrifakte hin ab.

Petri-faktisch gesehen, sind seine Ansichten nicht die unmodernsten gewesen. (Nachruf auf einen Verknöcherten.)

Frühling, Bergstraße; 1962. Samstagabend. Die Frau des Steinmetzen, die die ausgestellten Grabsteine mit dem Staubwedel bearbeitete. Selbst hier, wo derlei Vergeblichkeiten doch mehr als bekannt sein sollten, der fruchtlose Antivergänglichkeitskrieg also noch.

Oder hat es vielleicht *doch* Sinn, den Staub zu bewegen? Muß Staub nicht schweben? Schwebt die Erde nicht auch? – Die Steinmetzfrau hatte recht. Denn Staub bedeutet ja Leben.

Meine literarische Affinität zu Friedhöfen. Gut ein Dutzend Geschichten geschrieben, die zwischen Gräbern und Grabsteinen spielen. Kein anderer Schauplatz in dieser Häufung vertreten. Da ich Friedhöfe hasse, erhebt sich die Frage, will das Unterbewußtsein mich hier mit der Gewißheit versöhnen, oder ertanzt der Schamane sich da einen Beschwörungseffekt. Weder noch. Meine zwischen die Gräber geschickten Geschichtenfiguren sollen, wenn ich es richtig sehe, Protest anmelden. Gegen die Erniedrigung nämlich, die es für das wesende Leben bedeutet, nach Nahrung und Worten, plötzlich Erde zwischen den Zähnen zu spüren. Nur: Da bisher noch keine meiner Friedhofsfiguren *von sich* aus aufbegehrt hat, liegt der Verdacht nahe, daß sich hier zwischen Ort und Besuchern ein Einverständnis anzubahnen beginnt, das es auch auf *meine* Zustimmung abgesehen hat. Gedenke jedoch standhaft zu bleiben. Bis zu meinem Tod jedenfalls.

Den Zigeunern ist der Respekt vor Friedhöfen fremd. Ist der Tote begraben, wird die Stelle vergessen. Ein Reisender ruht nicht. Gedenken ist Reisen im Weg.

Eine Ausnahme machen die Sinti. (Zu der ja auch Karls Sippe gehörte.) Jährlich, zu Allerheiligen, suchen sie die Gräber ihrer nächsten Angehörigen auf. Unter einer Bedingung: Sie müssen am Reiseweg liegen. An den Gräbern wird gegessen, getrunken. Auch die Toten sind einbezogen. Das Grab wird mit Speisen dekoriert und mit Getränken begossen. (Und der Tod läßt sichs schmecken.)

Ich brauch Dich. Der Unentschlossene, der sich für seine eben gestorbene Frau einen ›passenden‹ Grabstein aussuchen möchte. Der Grabsteinmetz, der ihn ihm ausredet. Begründung: Der Stein werde gezwungen, einen Namen zu tragen, der ihm nicht zukomme, begehe vor der Ewigkeit (der gegenüber er unbeschriftet geplant sei) also sozusagen Urkundenfälschung. Der Käufer aufs schwerste verunsichert. Bis der Grabsteinmetz ihm mit dem Hinweis Erleichterung verschafft, daß es zum Zeichen wahren Gedenkens genüge, hin und wieder irgendeinen Stein auf die Grabkante zu legen. Denn der Steinmetz ist Jude.

»Was denn –: Irgend n Stein –?!«
»Indem Se n aufheben, hört er auf, irgendeiner zu sein.«
»Und warum ham Sie dann hier in der Werkstatt all die Riesendinger behaun?!«
»Herr Pichottka. Glauben is *eine* Sache. Verdienen ne andre. Warum soll ich nich Grabsteine behaun, wenn mich der Handel ernährt?«

Die Begräbnisbrüderschaft – Chewra Kaddischa – in jeder jüdischen Gemeinde. Mitgliedschaft ehrenamtlich; Mitglieder aus allen Berufen. Nehmen die rituellen Waschungen vor; sargen den Gestorbenen ein; tragen den Sarg; sagen das Kaddisch; beginnen, noch am eben zugeschütteten Grab, die Trauernden einbeziehend, gezielt von Alltagsdingen zu sprechen. Sammeln für die Hinterbliebenen. Richten sie auf. Kümmern sich um die Kinder. Führen die Angehörigen nach der vorgeschriebenen Trauerzeit wieder ins Leben zurück. (Wäre ein Ehrenamt für einen Ehren so abholden Menschen wie mich.)

Wohl doch nicht. Denn es wird ja vor jedem Begräbnis auch das Zidduk ha-Din gesprochen, das heißt: die Anerkenntnis von Gottes gerechtem Walten verlangt.

Wieso –: Kann ich denn nicht auch als *Gegner* von Gottes Willkür den Heimgesuchten zu helfen versuchen? – Zu helfen schon; aber zu trösten?

Es kann kommen, wer will. Wer kommt, tröstet. Ich weiß, was ich sage.

November, 1965. Die Wohnungstüre stand auf. Es war weit nach Mitternacht. Versuchte, wie immer, am Schreibtisch zu schlafen, da Beine und Arme noch nicht gehorchten und Telefonbedienung zu schwierig. (Suchten seit Tagen nach E.) Zuerst kam der Hund. Dann kam der Mann. Er stellte einen dampfenden Aluminiumtopf auf den Schreibtisch, legte einen Löffel daneben. Hörte ihn mit dem Hund in die Küche gehen, während ich aß. Der Hund trank. Dann kamen sie wieder. Der Mann legte mir einen Augenblick lang die Hand auf die Schulter. »Gibt es im Grunewald noch Stellen, wo nicht gesucht worden ist?« Ich nannte ihm die entsprechenden Jagen. Er schrieb sie sich auf. »Sie kriegen Bescheid.« Dann nahm er den Topf, und sie gingen. Diesen Trost meine ich.

Ornithologisches. Der ganze Pupillenhimmel eines Februarmorgens von lautlos auf und nieder sinkenden Krähenschwärmen bedeckt. Als sei die Netzhaut nachts zu ihrem Fang ausgelegt worden.

Diese Schicksalsvögel *sind* nicht nur Schatten, sie *werfen* auch welche. Ein Schwarz, das nach Zusammenhalt strebt, flockig sich ineinander verfängt, auf den unteren Pupillenrand sinkt, an Dichte zunimmt und als kompaktes Schattengebirge von neuem aufzusteigen beginnt, wobei es Vogel um Vogel verschlingt: Die Nacht, die sich bisher mit Mund und Gehörgang, Nasenlöchern, Achselhöhle und Afterspalte begnügte und erst im Totenkopf ihre wahre Heimat, die Augenhöhlen bezieht, sie fand *jetzt* schon am Auge Gefallen. Nur noch ein gezackter Helligkeitsriß am obersten Lidrand kündete von der schönen Lüge des Lichts. Akute Erblindungsgefahr. Vier Operationen. Und im Park, neben der Klinik, krächzten Abend für Abend auf ihren Schlafbäumen die Krähen; enttäuscht über mich. (Februar 1975.)

»Die Krähen behaupten, eine einzige Krähe könnte den Himmel zerstören. Das ist zweifellos, beweist aber nichts gegen den Himmel, denn Himmel bedeutet eben: Unmöglichkeit von Krähen.« (Franz K.)

Antithese. Der Himmel behauptet, es sei tröstlich, zu ihm aufzublicken. Das ist stark zu bezweifeln, denn er zeigt ja nur seine Leere, und im Winter ist oft eine fliegende Krähe an ihm das einzig Tröstliche.

Denn. Lieber Schicksal als Nichts.

Frühherbst 1965. Die ungeheueren Krähenschwärme, die in ständig gleichbleibendem Nachmittagsrhythmus, keine hundert Meter hoch, von den jenseits der Havel gelegenen Rieselfeldern her kommend, über das Klinikgelände hinweg, zu ihren Schlafplätzen in den Wäldern der Jungfernheide und im Tegeler Seengebiet zogen. Hinter der Reanimationsabteilung schloß eine windzerspellte Baumgruppe das Gelände nach draußen hin ab. Sie blockten auf den kahlen Zweigen zu Hunderten auf: schwer, schwarz und gelassen, der Nacht spürbar verbündeter als dem Tag. Immer wellenweise zu streng zäsurierten Großtrupps geschart und nie länger verharrend, als bis der Himmel, Franz K., von neuen Krähenschwärmen verunreinigt war. Dann hoben sie sich schwerfällig, mit unbeholfen klatschendem Flügelschlag auf, verkrustetes Erdreich an den Krallen, Jaucherückstände in den sarkastisch gekräuselten Schnabellefzen, Vergänglichkeitsgrind um die wissenden Augen. Nur eine einzige blieb jedesmal als Verbindungsglied zum Minuten später einfallenden neuen Schicksalsschwarm sitzen, dessen Mitglieder ebenfalls wieder, schiefköpfig nach oben blickend, die Machtfülle der Mehrheit genossen und sich stärkten am kollegialen Flügelsturm in den Lüften, und dem Rauschen des unaufhaltsam dahinziehenden Federstroms lauschten, bis auch sie wieder abgelöst wurden. So ging das gut eine Stunde lang oft. Selbst die Ärzte und Professoren, die ich, vielleicht ein wenig zu hämisch, auf die Parzenzüge aufmerksam machte, lösten die neonlichtverwöhnten Blicke nur unter stärkster Irritation wieder von ihnen. (Verständlich, wenn man an den krähischen Aashunger denkt.)

Professor N., der mich in die dem Krankenzimmer gegenüberliegende Reanimationsabteilung mitnahm. Klinische Vorhöllenstimmung. Selbstmörder ohne Geschäftsbereich. Nur Grelligkeit, Chrom, Glasblitze, Bettlakenweiß. Schattenamputierte, an Kanüle, Schlauch, Flasche, Tropf angeschlossen. Das Leben, das sie besiegt zu haben hofften, schlug mit geballter Technik zurück. (N. ging von dem Trugschluß aus, wenn ich Schlimmeres sähe, fiele es mir leichter, mit meiner Polyneuritis fertigzuwerden. Hatte sie jedoch längst als Teil meiner selbst akzeptiert. Andererseits – allerdings von mir selber ausgehend – den verhinderten Selbstmord schon immer als ein elementares Unglück begriffen.)

Würde mich da auch erst umstimmen lassen, wenn die Statistik bewiese, der ›gerettete‹ Selbstmörder ist eines natürlichen Todes gestorben. Jedoch die Pathologen werden sich hüten, ihre wiedererweckten Patienten länger als nötig im Blick zu behalten. (Selbstbestätigung ist selbstloser Forschung im Weg.)

E. hat man zweimal reanimiert. Das einzige, was dadurch gestärkt worden ist, war ihre Lebensverachtung. Ihr erfolgreicher dritter Anlauf beweist es.

Selbstmord. Dieser Begriff kann nicht von einem Verzweifelten stammen. Denn. Wieso Mord? Der Mörder beendet ein Leben, das sich mit dieser Beendigung nicht einverstanden erklärt. Wenn dagegen der ›Selbstmörder‹ sich umbringt, so geschieht das in vollem Einverständnis mit dem Lebensrest, über den er verfügt. Er mordet nicht. Er tötet noch nicht einmal; denn auch zum Töten gehört ja Kraft. Nein: Er löscht aus. Er springt ins Nichts. Er kriecht ins Vergessen.

Professor N. sagte: »Sie muß noch identifiziert werden. Bleiben Sie zu Hause. Ich mach das für Sie.« Es knackte in der Leitung. Er fragte: »Sind Sie noch da?« – »Wo«, fragte ich.

Ich verdanke es einer Ziege, daß man sie fand. Die Besitzerin des Tieres durchstreifte das (schon mehrmals durchkämmte) Grunewaldjagen nach Löwenzahnstauden. Da sah sie E. liegen. Wir hatten Wochen nach ihr gesucht. Es muß noch einen Brief der Rentnerin an mich geben. Sie hat sich in ihm für E.s Zustand entschuldigt.

Ob Liebe, Krankheit, seelische oder existenzielle Not der Anlaß für denjenigen sind, der sich auslöschen möchte – es geschieht immer dasselbe: Die Wände rücken dichter an ihn heran; die Hausfronten verschränken sich vor ihm; die Plätze drücken ihn gegen die Mauern; der Schnittpunkt jeder Parallele springt vom Horizontrand bis vor seine stolpernden Füße zurück. Jeder Schritt führt ihn in zunehmende Verengung, die sich dem Raumempfinden, der Existenz und der Kehle gleichermaßen mitzuteilen beginnt. Die Vergolder jenes Auswegs ins Nichts haben die Atemnot des Delinquenten vor dem Absprung vergessen: Freitod ist Zwangtod.

Schuld. Sommer 1945. Westfalen. Zweispännig gemäht; Lupine, fast hüfthoch. Dabei ist der im Feld schlafende Hund in die Schermesser geraten. Sprunggelenk durchschnitten. Trug ihn ratlos beiseite, hoffend, er kehre nicht mehr zurück. Am nächsten Morgen hinkte er über den Kilometer entfernt gelegenen Hof. Tag-täglich wich er mir aus. Heute hinkt er mir nach.

Unterlassene Hilfsbereitschaft: Gäbe es ein Weltgericht, sie rangierte gleich hinter Mord.

Es gibt eins. Talmud, Bawa Mezia 85a, Bereschit rabba 33, Jalkut Tehillim 888: Rabbi Jehuda ha-Nassi saß vor dem Lehrhaus zu Sephoris, das Gesetz studierend. Da trieb man ein Kalb vorbei, das geschlachtet werden sollte. Das Kalb riß sich los und rannte zu Rabbi, um Schutz zu suchen bei ihm. Er aber sagte: »Gehe; du bist dazu gemacht. Ich kann nichts für dich tun.« Da sprach man im Himmel: »Weil der Mann so gefühllos ist gegen das Leiden der Geschöpfe, sollen auch ihn Leiden heimsuchen.« Und Rabbi Jehuda ward mit derart heftigen Schmerzen geschlagen, daß fortan gesagt werden durfte: Seine Heimsuchungen dienten dem ganzen Zeitalter zur Sühne.

Man könnte die Schärfe der Strafe in Relation zur Gelehrsamkeit und zum Eingeweihtsein Rabbi Jehudas setzen. Denn er war einer der Frömmsten, weshalb man ihn ja auch den Heiligen nannte. Dann wäre jene Strenge auf den hohen Grad seiner Kenntnis der Weisung zugeschnitten, und es erübrigte sich, als nicht Weisungsgebundener in seinen Schatten zu treten. Jedoch hier geht es um die generelle Einbeziehung der Kreatur, um ein prinzipielles Richtmaß, eine zeitlos gültige Gleichnisfigur; geschaffen, anteilnehmende Verhaltensweisen zu prägen und geprägte in Ansehen zu halten. Beleg: Der zweite Teil der Geschichte, der, wie jedes echte Gesetz, auf die Chance zur Umkehr verweist:

Dreizehn Jahre vergingen für Rabbi Jehuda in Qualen. Eines Tages schickte die Magd sich an, ein Nest mit jungen Mäusen über die Schwelle zu fegen. »Laß sie hier!« rief Rabbi Jehuda ihr zu. »Denn es steht geschrieben: ›Und sein Erbarmen erstreckt sich über all seine Werke.‹« Da sprach man im Himmel: »Weil der Mann Erbarmen fühlt, soll auch er Erbarmen finden.« Und Rabbi genas von seinen Schmerzen, und sie kehrten nicht wieder.

Einspruch. Er hat nicht Erbarmen gefühlt, er hat sich an die Weisung gehalten. – Das ist dasselbe. Denn. Erbarmen hat man nicht, man muß es erst lernen. (Um die Ich-Bestie im Menschen zu zähmen, ist der Peitschenknall nötig.)

Nicht ablenken. Und wie habe *ich* mich der Chance des Mäusenests gegenüber verhalten? Uneinsichtig; unbelehrbar; egozentrisch; verstockt; jener ›Stimme im Himmel‹ ein Greuel. E., als ich die fünf Vierteljahre im Krankenhaus lag, überredet, um größerer Beweglichkeit willen, ihren Hund töten zu lassen. Das Urteil wurde vollstreckt. Anklagepunkte: Treue und Anhänglichkeit. Das Verfahren gegen den Ankläger läuft.

»In mir selbst gibt es ohne menschliche Beziehung keine sichtbaren Lügen. Der begrenzte Kreis ist rein.« (Franz K.) Aber nur, weil sich die gewaltsam Hinausgedrängten die Ellbogen wundstoßen an ihm. Woher, Doktor, wollen Sie sonst wissen, daß es ein Kreis und daß er begrenzt ist?

Professor N.s Schrift über den klinischen Tod. Antiseptisch in jeder Beziehung: Tötet auch noch den kleinsten Anteilnahme-Bazillus. Das Fachvokabular dagegen auf eitlen Hochglanz gewienert: Silberbesteck für den Verhungerten.

Andererseits. Wie soll ein Arzt über einen zum Stillstand gekommenen Organismus denn anders berichten? – Bedauernd. Verständlich.

Und wenn es eine Dauer-Niederlage zu verheimlichen gälte? Die schwerste, korrumpierendste, die einer ganzen Berufsgruppe – ständig erneut – widerfährt?

Erst recht kein Grund, sich affektiert und überlegen zu geben, wo einzig Bescheidung, Einsicht und Trauer angebracht wären.

Zumal in einer deutschen Klinik zu sterben eher heißt, von Badewannenarmaturen, Putzeimern und funkelnden Kacheln als von schluckenden Angehörigen Abschied zu nehmen.

Hier trifft sich Oberschwester-Hygiene mit Zigeuner-Gewohnheit: Ein Zigeuner, der im Wohnwagen stürbe, würde gegen Konvention und Sitte verstoßen. Der Sterbende wird daher ins Freie getragen. Jedoch nicht, um noch einmal Luft holen zu können, sondern der Tod soll nicht die Heimstatt besudeln. (Wie ja auch Schwester Gerda erst mal in Gummihandschuhen die Spraydose schwingt.)

Dann jedoch sind die Zigeuner die menschlicheren. Die Totenwache setzt schon am Lager des Sterbenden ein. Doch er sieht kein schmerzzerfurchtes Gesicht um sich her. Die Anwesenden essen, trinken, rauchen und plaudern. Erst wenn der Tod eingetreten und allgemein bekanntgemacht worden ist, erfaßt der Vergänglichkeitsjammer nicht nur alle Männer und Frauen, sondern auch noch die kleinsten Kinder der Sippe. Doch nun ist der Betrauerte ja aus dem Schneider.

»Bey alle dem habe ich oft nachgedacht, woher es komme, daß im Kriege der Anblick des Todes, wir mögen ihn an uns selbst, oder an andern gewahr werden, uns, ohn' allen Vergleich, weniger schrecklich vorkommt, als in unseren Wohnungen: sonst wären unsre Heere nur Haufen von Aerzten und Klagweibern. Und da der Tod doch immer und allenthalben dasselbe Ding ist, dennoch die Landleute, und andre vom niedrigsten Stande, ihm durchgängig mit größerer Dreistigkeit entgegen gehen, als andre. Ich halte, in der That, dafür, es müssen die trostlosen Gesichter und die schauderhaften Anstalten seyn, womit wir ihn umgeben, die uns mehr ängstigen, als er selbst.« (Montaigne; 1795 verdeutscht von Bode.)

Bestätigung: Als ich, Winter 1943, nordöstlich Woronesch mit Wolhynienfieber im Schnee liegenblieb und wohlig spürte, der Erfrierungstod kommt.

Die Wand niederreißen. Die vor den Menschen, vor den Dingen, vorm Denken. Vor allem. Und *dann?*

Dann käme man vielleicht mit ihm aus.

Monsieur Michel de Montaigne
Gentilhomme ordinaire de la chambre du Roi
Château Eyquem
France

Porto Valtravaglia/Va.
Italien, den 5. Oktober 1975

Maître,
nachdem wir uns zu wiederholten Malen geistig begegnet sind, werden Sie, so hoffe ich, es mir nicht als aufdringlich anrechnen, wenn ich Ihnen, wiewohl gerade vom neunzehnten Kapitel des ersten Buchs Ihrer Essais angetan, es unternehme, Ihnen zum dort abgehandelten Thema vom Sterben einige (genau gesagt: zwanzig) knapp gefaßte Überlegungen hinüberzureichen, die sowohl auf Ihren Gewährsmann Cicero zielen, als auch nicht gänzlich umhin können, auch den Ärmel *Ihres* Hausrocks zu streifen. Philosophieren, zitieren Sie Cicero als Mottogeber, heiße nichts anderes, als sich auf den Tod vorbereiten. Womit ich mich, um jenen Erwägungen Raum zu geben, schon von Ihnen verabschiede, Monsieur.
Toujours le Votre,
W. S.

Vom Wert und Nutzen der Philosophie
Einige Anmerkungen über das Sterben

1. Sein halbes Leben hatte er damit zugebracht, über das Sterben zu philosophieren. Schließlich war er in der Theorie derart beschlagen, daß er seine ganze zweite Lebenshälfte lang hoffte, in der Praxis erst gar nicht geprüft werden zu müssen.

2. Eigentlich erstaunlich, wieviel kostbare Lebenszeit man darauf verwendet, um diesen paar Stunden, die das Sterben schlimmstenfalls dauert, dann auch gewachsen zu sein. Warum nur? Um als Toter eine bessere Figur zu machen vermutlich.

3. Was mich betrifft, ich versage totsicher im Sterben. Als Toter dann allerdings hoffe ich wieder voll meinen Mann stehen zu können.

4. Das Empörende am Sterben ist nicht das Umgebrachtwerden. Das Empörende sind die Warnungstafeln, die uns von eins bis achtzig darauf aufmerksam machen.

5. Für mich *allein* wäre sterben kein großes Problem, ich bin gewöhnt, daß manches mir schiefläuft. Besorgniserregend wird es erst dadurch, daß offenbar *alle* es müssen.

6. Eine der größten Schwierigkeiten, die sich beim Sterben ergeben, liegt im Zurückbleibenmüssen.

7. Wieso eigentlich ›*Zurück*bleiben‹? Was hat der Sterbende denn heute abend noch vor?

8. Die ›Hinterbliebenen‹ implizieren einen betrüblichen Todesfall. Sobald man von ›Hinterbleibenden‹ spricht, scheint letale Berechnung im Spiele.

9. Die Philosophen sind Egoisten. Fast jeder hat sich ein Leben lang sein Vademecum für's Sterben geschrieben. Aber hat schon mal einer von ihnen an eine Dienstvorschrift für's Weiterleben gedacht?

10. Das Weiterleben nach dem Tode ist eine Selbstverständlichkeit. (Nur für die Überlebenden nicht.)

11. Sterben ist eine der wenigen Disziplinen, die der Laie so gut wie der Fachmann beherrscht. Ein Studium, das man sich sparen kann also.

12. Das Sterben eines Siebzigjährigen zeitigt einen merkwürdigen Nebeneffekt. Es belebt die Gleichaltrigen.

13. Oder. Was ihn so fit gehalten habe, wurde der Hundertjährige gefragt. Schmatzend verzog er den zahnlosen Mund. »Die Todesfälle Jüngerer.«

14. Jedoch. Noch nie haben Gleichaltrige derart bestürzt, wie nach dem Tod eines Fünfzigjährigen, in den Spiegel geblickt.

15. Daß den meisten das Sterben so schwerfällt, hat mit dem plötzlichen Ansturm der Abschiedsobjekte zu tun. Weshalb der Pessimist das Abschiednehmen auf's ganze Leben verteilt und am Lebensende schließlich so leicht ist, daß er das Sterben lediglich als Bestätigung seiner Korrektheit begreift.

16. Wobei als Nebenprodukt noch eine praktikable Ethik mit abfällt. Denn wenn ich täglich befürchte, die um mich sind, morgen nicht wiedersehen zu können, habe ich anders Umgang mit ihnen, als wenn ich zu wissen glaube, mich morgen schon *wieder* über sie ärgern zu müssen.

17. Ein total verabschiedeter Mensch. Hatte so oft von so vielen Abschied genommen, daß er bereits Abnutzungserscheinungen zeigte. (An Händen, Hutrand, Gesicht.) Und deshalb jetzt nicht mehr die Kraft, nun auch *wirklich* zu gehen. Wurde schließlich von all seinen Freunden, Bekannten gehaßt. Denn er hatte ja ein Versprechen gebrochen; das Versprechen, sich nun endlich davonmachen zu wollen.

18. ›Es hinter sich haben‹ ist (zwar christlich, doch) falsch gebildet im doppelten Sinne. Es setzt, obwohl nur noch ein Niemand vorhanden, einen Jemand voraus und suggeriert obendrein, daß die Hauptsache erst komme; denn hinter mir kann ich nur etwas haben, wenn auch noch vor mir was ist.

19. Der Tod hat dafür Sorge getragen, daß ›sterben‹ zur Gruppe der intransitiven Verben gehört. Daher der verzeihliche Glaube, er trete erst beim Exitus in Aktion.

20. Ist tatsächlich noch niemand auf den Gedanken verfallen, den individuell konturierten Schatten, der mir seit dem ersten Lichtüberfall folgt, mit meinem privaten, nur mir zugeschworenen Tod in Verbindung zu bringen?

Umschreibungen für den letzten (und vorletzten) Sachverhalt

sammeln. ›Das Zeitliche segnen.‹ ›Sein Ableben beklagen.‹ ›Hinübergehen.‹ ›Hat uns verlassen.‹ ›Nach Gottes unerforschlichem Ratschluß.‹ ›Ruhe sanft!‹ ›Jäh aus unserer Mitte gerissen.‹ ›Sein Schicksal hat ihn ereilt.‹ Usw.

Statt dessen. »Seine büste wird die kamine aller wahrhaft edlen menschen zieren doch das ist kein trost und schnupftabak für einen totenkopf.« Kaspar müßte man heißen.

Lindy öffnete den Mund und lauschte angehaltenen Atems in sich hinein. Das Herz ging wieder normal. Es hatte seine Aufgabe erfüllt. Jetzt lag es an ihr. Sie preßte die Augen zu, bis blaue und gelbe hoch und nieder schwebende Kreise auf der Netzhaut erschienen. Sie zwang sich, so lange unbeweglich zu sitzen, bis nichts von ihrem Körper sie mehr an ihn zu erinnern vermochte. Jetzt noch das Blut gestoppt, damit das Rauschen hinter den Schläfen verebbte. Hundert Stunden und eine Sekunde, und die große Stille fing an. Lindy spürte, wie sie sich von den Füßen und von den Händen her mit Leere zu füllen begann. Die Leere war sichtbar. Sie kam in grauen, schnellen, glatten Flutstößen heran, überschwemmte die Adern, versickerte im Schoß, stieg im Brustkasten an, drängte sich die Gurgel hinauf, dörrte den Gaumen. Sie schmeckte, sie roch; sie schmeckte nach Gips, sie roch wie Kitt. Jetzt versuchte sie, ihr die schmerzenden Augen aus den Höhlen zu drücken. Und nun hatte sie alles, woran noch gedacht werden mußte, dicht unter der Hirnschale zusammengedrängt. Und da war es. Etwas Rotes, das eine so atemberaubende rostgoldene Ausstrahlung hatte, daß alle andern Bilder und Erinnerungen daneben verblaßten. Es gewann an Kontur. Straßenlärm brandete auf. Es roch nach feuchtem Keller und muffigem Tuch. Sie fühlte, wie sich vor Schmerz und Erstaunen ihre Zehen in den Schuhen verkrampften. Sie stand vorm Eingang der Polsterwerkstatt und starrte den grünen Chintzsessel an. Und plötzlich hatte das alles so viel Gewicht, daß Lindy umfiel im Bett und fühlte, wie sie vor Schwere und Scham durch die Matratze und den Fußboden zu sinken begann: Der Kater. Sie hatte vergessen, an Sammys roten Kater zu denken.

Er hatte auf dem frisch bezogenen Sessel vor der Polsterwerkstatt gelegen und durch Lindy hindurchgeblickt und in die Sonne geblinzelt. Es war ein kastrierter Angorakater; sehr groß, sehr abweisend, sehr gelassen. Sie hatte nie etwas Besonderes an ihm gefunden, ihm nur manchmal verübelt, daß Sammy so an ihm hing; wenn sie auch zugeben mußte, die beiden paßten gut zueinander. Aber an diesem Morgen, da war etwas Ungeheuerliches mit dem Kater geschehen. Er hatte, fast greifbar deutlich, eine Heiligengloriole gehabt. Und nicht etwa nur um den Kopf, was schon erstaunlich genug gewesen wäre; nein, rings um sich herum; und die springenden Flöhe hatten sich in den durchsichtig gewordenen rötlichen Fellspitzen, die sie umflammte, wie winzige windverwehte Edelsteinstaubpartikel bewegt. Es war ein Wunder. Sie hatte so etwas noch nicht erlebt.
Natürlich hatte sie es auch Sammy zeigen wollen. Aber sie hörte ihn mit seiner hohen fettigen Stimme sich ziemlich weit hinten in der Werkstatt mit dem Meister unterhalten; da hätte sie, um zu ihm hinzugelangen, sich dicht an dem Kater vorbeischieben müssen; bestimmt wäre dabei ihr Schatten auf ihn gefallen und hätte die Gloriole zerstört. So blieb sie regungslos vor dem Eingang stehen und hielt den Atem an und prägte sich die funkelnden Haarspitzen, die flirrenden Fellwirbel, die ruhig atmenden Flanken, die vergoldeten Schnörkelbeine des Sessels, den unstet schimmernden Glimmer im Pflaster, die blasse Narbe der Maschinengewehrsalve auf der Hauswand hinter der Lehne und überhaupt alles ein, was mit Sammys geheiligtem Kater zu tun hatte jetzt: Diesen Morgen, diese Straßenecke, diesen Lichteinfall, diese Schattenverteilung. Bis auf einmal eine Wolke Lindy, den Kater, die Sonne mit einem Frösteln erregenden Grau überzog. Schnell rannte sie weg, unter den S-Bahnbogen, preßte die Stirn gegen die urinstinkende Klinkerwand und versuchte das Gesehene, streng und korrekt, noch einmal zu sehen, zu überprüfen genauer. Denn nur so war es möglich, es in seiner ganzen Verzauberung zu bewahren. Und der Kater war ja auch wiedergekommen; gar kein Problem. Ja, noch nie war ein Erlebnis, das sie derart aufgeregt hatte, so mühelos zurückzurufen gewesen. Und wo war es heute vorm Einschlafen geblieben? Und

warum hatte es sich nicht in ihre Stichproben gedrängt? Warum war es schon wieder so tief abgesackt, daß sie erst gewarnt werden mußte, es nicht völlig versinken zu lassen?
Lindy schwenkte die Beine über die Couchkante und schob die Steppdecke weg, sie war ihr plötzlich zu schwer. Es konnte nur *eine* Antwort geben: Die Sache mit Sammys Kater war zu ungewöhnlich, um sich einem sortierenden Erinnern unterzuordnen. Ja, im Gegenteil: Ein solches Wunder mußte es geradezu darauf anlegen, so scheu wie möglich zu sein. Es entzog sich einem; es hatte Angst, daß die Erinnerung es abnützen könnte. Es wollte einmalig bleiben – auch in Gedanken. Also mußte man nach einem anderen Weg suchen, es zu bewahren, nach einem unegoistischeren. Denn jedes gewaltsame Wiedererinnern hatte mit Besitzergreifen zu tun. Loslassen, weggeben mußte man dieses Ereignis. Aber bewußt; und so, daß es dennoch nicht verlorenging, vielmehr für immer, oder doch wenigstens ein Leben lang, vor der Vergänglichkeit in Sicherheit wäre. Nur, wie machte man das? Indem man dieses Wunder verschenkte. Indem man es jemand, bis zur letzten Goldhaarspitze, erzählte. Und wem? Sie glaubte doch wohl nicht im Ernst, sich die hierfür in Frage Kommenden einfach so aus dem Ärmel schütteln zu können.
Lindy preßte die Faust gegen die Zähne und starrte, weit vornübergebeugt, auf ihre schwach leuchtenden Fußnägel nieder. Sie hatte sie, um Ernst zu erschrecken, vor einigen Tagen mit Phosphorfarbe bestrichen. Doch Ernst fand nichts daran. Perlmutt sei hübscher, hatte er gesagt. Und das nachts um zwei, nachdem er eben aufgewacht war und sie bereits fünf Minuten auf der Nachttischplatte, dicht vor seinem Gesicht herumgetanzt hatte. Nein, Ernst kam auf keinen Fall in Betracht. Eberhardt. Eberhardt wäre genau der richtige gewesen. Er hatte sie mal als gestürzten Engel fotografiert, auf dem Waldboden liegend, Dreck auf den Wangen, welke Eichenblätter im Haar. Weil er das Foto in der Schule gezeigt hatte, war er schließlich auf dem Polizeirevier gelandet. Sie hatten ihn anderthalb Stunden verhört, sie wollten ihm unbedingt nachweisen, er hätte ein totes Mädchen fotografiert. Eberhardt hatte hervorragend reagiert. Eberhardt hatte gesagt: »Warum nicht; jeder trägt schließlich seinen Tod mit sich

herum.« Nur leider hatte dann irgend so ein Schwachkopf sie auf dem Foto erkannt. Ja, Eberhardt hätte das Wunder mit Sammys Kater bestimmt zu würdigen gewußt. Aber Eberhardt war tot.

9. Oktober. In Warschau Gierek und Schmidt das Abkommen von Helsinki unterzeichnet. Kredit von einer Milliarde. Abgeltung von Rentenansprüchen (: moralischer Freikauf) in Höhe von 1,3 Milliarden. Ausreise-Zusage für 120 000 ›Deutschstämmige.‹ (Stämmige!) Und Wiedererweckung wievieler Toter? Und Wiederbelebung wievieler jüdischer Dörfer, Stadtteile, Gemeinden? Keine Friedensregelung: ein Geschäft; dazu noch ein mieses. Wenn auch ›realpolitisch‹ wahrscheinlich ein großer Erfolg.

›Realpolitik‹ besagt, daß Politik nicht real ist.

Die beiden Länder waren, in gegenseitigem Einvernehmen, einen großen Schritt weitergekommen. Sie hatten sich auf eine gemeinsame moralische Freihandelszone geeinigt.

Warum ich mein altes Lexikon liebe: »Hitler, Adolf, geb. 20. 4. 1889, Braunau (Oberösterr.), Dekorationsmaler, Begr. der Nationalsozialist. dtsch. Arbeiterpartei. – Hitler-Putsch, 9. 11. 1923 in München, mißglückt.«

Zeugen. Unser Balkon befand sich drei Stock hoch über dem Wahllokal. Ich habe den ersten Mord meines Lebens daher recht bequem mit ansehen können. Richard, gegenüber in seinem Wohnküchenfenster, hatte es da längst nicht so gut. Er schrie dauernd herüber, warum die Sandwich-Männer nicht ihre Plakate abnähmen und mitmischten. Es hatte wohl damit zu tun, daß es Erwerbslose waren. Sie hatten ihre Beschäftigung vom Arbeitsamt vermittelt bekommen. Aber auch die stehengebliebenen Passanten, auch die Gäste unten im Gartenlokal rührten sich nicht. Die beiden Männer wälzten sich auf der Erde herum. Mal war der eine oben, mal der andere. Jeder hatte ein Messer. Jeder eine Hand an der Gurgel des anderen, mit der anderen Hand die andere Hand mit dem

Messer gepackt. An den Breeches und den hochgeschnürten Bärenstiefeln des einen konnte man sehen, man hatte es mit einem SA-Mann zu tun. An dem anderen fiel einem eigentlich nur seine unglaublich festsitzende Schildmütze auf. Ein Bürgerlicher war er wohl kaum, die schlugen sich nicht. Jetzt hatte der mit den Breeches die Messerhand frei. Es ist eine ganz gewöhnliche Sache, ein Messer mit feststehender Klinge zustoßen und bis zum Griff unter einer verrutschten Jackettschulter verschwinden zu sehen; es sieht aus wie ein Trick. Auch die beiden Blutrinnsale wirkten so, die dem Mann mit der festsitzenden Mütze auf einmal aus den Mundwinkeln quollen. Der Sieger wischte das Messer an dem Leblosen ab und stand auf. Erst als er um Richards Eckhaus gebogen war, ließ er die Klinge in den Griff zurückschnappen und ist etwas schneller gegangen. (Berlin-Weißensee, 14. September 1930; Reichstagswahlen.)

»Die Scheißer sind von zwölf auf hundertsieben Mandate gekommen.« (Herr Krummhauer, paar Tage später; Richard und ich rollten das Thälmann-Plakat wieder ein.)

Das Textilwarengeschäft in der Berliner Allee, das die runden Hakenkreuzembleme verkaufte, die jetzt nur auf die verblichenen roten Fahnen genäht zu werden brauchten. Einmal den weißen Kreis mit der schwarzen Vierkantspinne darin unter der Nähmaschine gedreht, und es ist wieder Arbeit in Aussicht gewesen. (Nicht recht, aber billig).

Vater sagte: »Sie trugen eine Fahne vorbei. Die meisten hatten die Sturmriemen unter den Kinnen. Ich blieb stehn, um sie vorbeizulassen. Plötzlich schlug mir jemand von hinten den Hut vom Kopf. Ich wollte ihn aufheben. Da traten zwei andere drauf. Nun kuckt euch an, wie der aussieht! Kriegt denn den noch ein Hutmacher hin?« (Berlin, 1932.)

Die Männer redeten erst eine Weile um die Sache herum. Max schimpfte auf die SPD; wenn die mit Schleicher zusammengegangen wäre, wenigstens pro forma ein Stück, dann hätte der Knasterpriem den Dingsbums nicht einsetzen können.

»Hindenburg einen Knasterpriem zu nennen«, sagte Herr Krummhauer, »halt ich für kurzsichtig.«
»Bloß, Tannenberg ist vorbei«, sagte Karl gehässig.
Herr Krummhauer sagte, er habe sich seinen Hals nicht für Hindenburg, sondern für Deutschland kaputtschießen lassen.
»Aber gegen die Russen«, sagte Anton.
»Die Russen waren damals zaristisch«, sagte Herr Krummhauer; »Kommunisten sind sie erst siebzehn geworden.«
»Und dein Knasterpriem und die deutsche Heeresleitung, die haben sich drüber gefreut«, sagte Paul.
»Na, und –?« Das Pfeifen, das beim Atmen aus dem Loch in Herrn Krummhauers Hals drang, war lauter geworden. »Was wär denn passiert, hätten die Lenin nicht aus der Schweiz zurückkommem lassen?«
Arthur sah Herrn Krummhauer herausfordernd an. »Hätte eben Trotzki den Laden geschmissen.«
»Arschgesichter«, sagte Eddy und wärmte sich fröstelnd die Hände an seiner Malzkaffeetasse. »Die SA putzt ihr Lederzeug für heut abend, und ihr regt euch über anno Dunnemals auf.«

(Geschichte: *Das Zeichen.* Gruppe von Altkommunisten diskutiert Attentatspläne. Der Absurdeste – Feuerwerkskörper – wird in die Tat umgesetzt. – Realer Hintergrund: Laubenkolonie Onkel Ernsts Hütte, Berlin-Hohenschönhausen, 30. Januar 1933. Die Industriebahn pfiff. Herr Krummhauer zog Flugblätter ab.)

Herr Krummhauer. Kaffeebohnenpupillen. Scharf gebogene Nase; weiße Borstenfrisur. Pfeifender Atem, leichtes Keuchen beim Sprechen: Halsdurchschuß aus Weltkrieg I. Angemessen ironisch, da lebenserfahren. Gebeugter Radfahrergang. Immer Luftpumpe im Rucksack, immer Mozarthosen und dreckig-weiße Turnschuhe an. Seifensieder. Wenn arbeitslos, Kaldaunen gekauft, sie in der Wohnküche gekocht und Veilchen- und Fliederduft ins bollernde Fett. Im Schlafzimmer verdickte das Zeug, wurde in handliche Stücke zerteilt und in Dreierpackungen auf dem Arbeitsamt und unter Bekannten verkauft. Erzkommunist. Parzellenbesitzer. Karnickelschlächter. Johannisbeerweinzubereiter, Gurkeneinleger. In seiner Laube am Faulen See Zille und die Kollwitz bestätigt gefunden. Ihn politisch immer für zuverlässig gehalten. Bis ich in Rußland mal einen aufbauenden Heilhitlerbrief von ihm kriegte.

Das Paar im Wachsfigurenkabinett bei Bloch. »Griechisch war ihnen nicht zumut, das Licht der humanistischen Welt wurde schmal.« Exakt der Eindruck, den wir 1936/38 auf dem Humanistischen Gymnasium empfingen. Sokrates-Büste im Vorraum, Parteiabzeichen auf dem Revers des Direktors; und eine Menge der Herren zu Wachsfiguren erstarrt.

Die Knutschdiele in der Köpenicker Straße. (Berlin, 1937.) Katakombisch ausufernde Kellergänge. Abgeschirmte Karnickelbuchten, in denen rot bespannte Lämpchen ab zwölf Uhr mittags auf kahlgescheuerte Tischplatten schienen. Zweisitzige, abgewetzte Plüschsofas an jeder. Zerbrechliche, da unnötige Stühle. In der hintersten Bucht, gegen vierzehn Uhr, um die Wermutflasche die ersten Gäste versammelt: Heini, Herbert, Werner, ich; einander aus unseren Werken vorlesend. Der lauschende Kellner. Herberts kühles Mäusegesicht. Heinis strohblonde Stirnsträhne, die er beim Vorlesen auch dann wegwischte, wenn sie gar nicht herabgerutscht war. Werners pathetische Stimme, die klein und entwaffnend bescheiden wurde, wenn man ihn kritisierte. – Heini nordöstlich Charkow in den Flammenwerfer gerannt. Herbert über Kreta abgeschossen. Werner auf eine Mine getreten. Vielleicht lebt der Kellner noch.

Italien. Täglich Bewußtwerdung reinen Glücksempfindens. Anlaß Marina und Nenad. Wie ruhig ein Kind macht. Wie es einen abbringt vom Ich. Wie unwichtig die acht verkrampften Stunden am Schreibtisch werden, während der einem nichts einfiel. Wie schwer die eine wog, die wir Ball gespielt haben draußen. Glück relativiert. – Und Angst? Angst auch. Angst ist der Rahmen des Glücks. Sie hält es zusammen. Es würde sonst explodieren.

»Jemand lieben, daß man daran sterben könnte; jemand, dessen Züge man nie gesehen, dessen Stimme man nie gehört hat – das ist das ganze Christentum.« (Julian Green). Eben. Deshalb bin ich so ungeeignet zum Christen. Denn dieser Jemand müßte ja jeder sein können. Könnte jedoch nur für wenige sterben. Und würde den Betreffenden vorher auch gern in Augenschein nehmen. (Wäre ja möglich, daß er meine Bereitschaft als Selbstverständlichkeit nähme. Christen z. B. sind eben auch *dazu* imstande.)

»Du warst der einzige, der mich trug und trägt, und ich könnte von mir selber lassen, nur nicht von Dir.« Zelter (75) an Goethe (78). *Das* sind die Sätze, derentwegen es sich allein schon gelohnt hat zu leben.

Dennoch. Der stark Verschuldete mit dem gütigen Blick wird unter den Seinen nicht mit dem gütigen Blick weiterleben. Lieben heißt auch, die irdischen Dinge beizeiten (: täglich) in Ordnung bringen. Will sagen, des Endes sowohl wie der Verlagsvorschüsse eingedenk bleiben.

Folglich. Nicht auf Nachruhm, auf *Gedenken* hinzielen.

Hauptwunsch in diesem Zusammenhang: Für Marina und Nenad so viel Geld zu verdienen, daß, bin ich nicht mehr, keine Existenzangst aufkommen kann. Und: in Berlin ein Haus zu erwerben. (Die mich kosteten, sollen einen angenehmen Nachgeschmack haben.)

Einschränkender Steckbrief dazu. Arm- und Beinmuskeln zu achtzig Prozent atrophiert. Füße, die, ohne aufgehoben werden zu können, stolperbereit über den Erdboden schleifen. Zehen zu unbeweglichen Krallen gekrümmt. Spindelbeine, die weder sicheres Stehen, noch schnelle Gangart erlauben. Arme, von einer Gibbonmumie geliehen. Hände, denen keine Faust mehr gelingt. (Ungeeignet zum Kommunisten.) Finger, die erst mitmachen, wenn sie passiv bewegt worden sind. Für die Schreibmaschine: nur die beiden Zeigefinger geeignet. Augen, die Ausdruck gegen Sehkraft eingetauscht haben.

Dennoch nie unzuversichtlich, was jene brüchige Physis betrifft. Lediglich diese abschwirrbereite Psyche bereitet mir Kummer.

Besorgniserregend auch, mit welcher unangebrachten Gelassenheit dieser gebrannte Autor seit Jahrzehnten nun schon seine Schreibstoffe häuft, ohne sie in diesem Umfang auch nur annähernd verwerten zu können. Befürchtung, es wird ihm wie jenem Geizkragen mit der Apfelhalde ergehen, der zeit seines Lebens nur die faul gewordenen aß, um sich an den guten (optisch) bis ins höchste Alter zu freuen. Was in gewissem Umfang auch den jenem Ideenberg entstammenden Büchern entspricht: Es waren immer diejenigen Pläne, die Druckstellen hatten oder Feuchtigkeit zogen, die wohl oder übel realisiert worden sind. Denn an sich ist dieser Autor eher Lagerverwalter als Geschichtenverbreiter.

»So kam er auf die Höhe des Gebirges, und das ungewisse Licht dehnte sich hinunter, wo die weißen Steinmassen lagen, und der Himmel war ein dummes blaues Aug, und der Mond stand ganz lächerlich drin, einfältig. Lenz mußte laut lachen, und mit dem Lachen griff der Atheismus in ihn und faßte ihn ganz sicher und ruhig und fest. Er wußte nicht mehr, was ihn vorhin so bewegt hatte, es fror ihn; er dachte, er wolle jetzt zu Bette gehn, und er ging kalt und unerschütterlich durch das unheimliche Dunkel – es war ihm alles leer und hohl, und er mußte laufen und ging zu Bette.«

17. Oktober. Bücher über seelisch Gesunde sind niederschmetternd in ihrer apodiktischen Vitalität. Die zerbrechliche, wenn nicht zerbrochene Wahrheit wird nur von Labilen, von Kranken gefunden. Was sowohl auf die Figur wie auf den Autor zutrifft. Denn wonach sollte ein Ungefährdeter suchen? Er schreibt auf, was er weiß. Darum geht es doch nicht. Mein Realwissen wird von jedem Handwerkerhirn übertroffen. Ich beschreibe vielmehr, wonach ich suche. (Ihnen, Doktor Büchner, zu Ihrem heutigen Geburtstag. Mit Dank.)

Ich brauch Dich. Der Verräter. Ein Vater wird in den Kindergarten bestellt, weil sein sechsjähriger Sohn, statt, wie die Aufgabe lautet, seine Eltern zu zeichnen, zwei Männerfiguren gemalt hat. Es stellt sich heraus, die beiden Männer *sind* seine Eltern. Die kinderlose Kindergärtnerin will darauf den Jungen adoptieren. Der ›Vater‹ kann das verhindern. Grund: Der Junge hat ihm erzählt, die Kindergärtnerin, die sich für verheiratet ausgibt, lebt mit einer Freundin zusammen. Jene: »Verlorn«. Der ›Vater‹: »Eins zu eins, würd ich sagen.«

Warum Vater mich (1922) aus dem Schwarzwaldkinderheim nahm. Es erst kürzlich, nach 53 Jahren, von ihm erfahren. Nicht, weil meine Tbc verheilt war. Weil er mit der Hilfsschwester angebändelt hatte, die seinen Doktortitel und das mutterlose Kleinstkind zu ihren Gunsten addierte. Als die Rechnung nicht aufgehen wollte, schikanierte sie mich begreiflicherweise. Vater, der sich seine Empörung bis heute bewahrt hat: »Na, da nahm ich dich natürlich dort raus.«

Italien. Nenad, angesichts zweier Priester in der Soutane: »Zwei Nonnenmänner. Die sind im Kloster und beten.« Präzise.

Bloch, sinnlich widerlegt. »Jedenfalls macht es das sogenannte moderne Weltbild den Seinen nicht leicht, ohne Ausrede fortzuräuchern.« Obwohl mir gerade die von Kindheit an so verhaßte Weihräucherei allmählich doch einzuleuchten beginnt. Im Kino einmal neben einer nach Nivea-Creme duftenden Nonne gesessen. Es lief *Die Jungfrau von Orleans,* mit der unsäglichen Ingrid Bergman in der Titelrolle. Meine Filmbesprechung absagen müssen. Grund: Während des Schreibens den Nivea-Geruch nicht mehr loszuwerden vermocht. Da er sich mir mit Verreisen und Urlaub verband, war der verdiente Verriß in Frage gestellt. Unser sinnesfrohestes Organ, die Nase, muß also *zuerst* ein-, beziehungweise umgestimmt werden. Nun, Chef, und wonach riecht es, wenn ich mich zwischen meine Mitmenschen zwänge. Nach Menschen. Nach selten gewechselter Wäsche. Nach Ausdünstungen. Nach Leben. Jetzt möchte ich das alles aber mal eine Viertelstunde vergessen, um eine metaphysische Sause zur Kirchenkuppel zu wagen. Im Nu gestattet der Weihrauch der erdgebundenen Nase es da, ihre Empfindlichkeit fahrenzulassen; und schon bin ich oben. *Dafür* Beschwerde gegen die Räuchernden führen? Sie kommen doch hier unserem ureigensten Bedürfnis: erhoben zu werden, entgegen. Und hat das nicht auch schon dem Archäopteryx, geschweige Ikarus in den Knochen gesteckt? Und träumen denn nicht auch Sie, Chef, gern mal Ihrem zur Zimmerdecke hin aufsteigenden Pfeifenrauch nach und erlauben den witternden Nüstern zu konstatieren, daß der Tabakduft den Tagesmief siegreich hinwegzuräuchern beginnt?

Noch ein Nonnen-Erlebnis. Anderthalb Kilometer hoch, spätabends. Gewitter. Manchmal flackert der Blitz elmsfeuerhaft über die fahl gleißenden Tragflächen hin. Das Krachen des Donners von weitaus gediegenerer Qualität, als man es unten zu hören gewohnt ist. Die Nonne schräg vor mir hat der Schwester Oberin einen Blumenkasten mitgebracht, Geranien drin. Sie hat sich die mit Muttererde gefüllte Kiste vom Ausmaß eines Kaninchensarges auf die Knie gestellt. Die Blumen zittern erregt. Auf den Knöcheln der um den Rosenkranz gefalteten Hände sind die weißen Flechsen zu sehen. Und obwohl in tausendfünfhundert Meter Höhe fliegend, hat die Unersättliche ihren Blick inbrünstig an die Flugzeugkabinendecke geheftet.

Cherchez le Dieu. Vermutlich haben sogar die Astronauten noch ›nach oben‹ geblickt.

Pfarrer Obig. (Weil er immer auf das bereits ›oben‹ Gesagte verweist.)

Die Sicherheitsnadel, die der Pfarrer, die Soutane zur Hüfte hoch angelnd, sich aus dem Rocksaum nestelte, um mit der Spitze die zugeklebte Nahtstelle um den Bauch meines braunen Pappmaché-Osterhasen herum aufzureißen, der mit kleinen farbigen Zucker-Eiern gefüllt war. Ständig wiederkehrend in der Erinnerung. Denn Vaters Ostergabe trat hier machtlos gegen Nonnen-Bosheiten an, deren dörflich-katholische Enge sich für das Kind eines Ungläubigen die rigorosesten Erziehungsmethoden erkor. (1924; Hirschhorn, Neckar; Kinderheim II.)

Ichthys I

1. Der Weidenkorb voll glitschig-japsender Fische stand auf dem Hof vor der Küche. Die Sonne brach sich in zuckenden Rotfederflossen und gezackten Barschwiderristen.

2. Hände und Unterarme der Küchen-Nonne waren mit Schuppen bedeckt. Sie stach mit dem Küchenmesser in die seufzenden Bäuche der Fische. Jedesmal wenn sie sich über die fischblutgerötete Tischplatte beugte, schleifte das Goldkreuz, das ihr an einer feingliedrigen Kette vom Halse herabhing, durch das bunte Fischeingeweide.

3. Sie warf uns die abgeschnittenen Schwänze und Flossen zum Spielen hin. Wir testeten ihre Verwendbarkeit im Schachtelhalmbach hinterm Heim. Keine der Flossen, nicht einer der Schwänze wollte mehr schwimmen.

Ichthys II

Der die Milde
zu bringen gedachte:
Wer
verriet ihn den Netzen?
Es herrschte doch Stille am Fluß.
Das Schilf schwieg.
Der Schlamm
warf keine Blasen mehr auf.
Die Libelle
ließ den pergamentenen Schwirrton
ihres Fluges verstummen.
Das Wassergeflügel
hatte den Kopf
ins Rückengefieder gewühlt;
und angehaltenen Atems
lauschte die Dommel,
zum Pfahlstumpf erstarrt,
dem eigenen Herzen.

Es war doch
Abwehr vereinbart.
Es sollte
das Verhalten der Muschel,
die die Zartheit des Fleisches
hinter perlmutternen Türen
verschließt, doch
gelten für alle.
Wer nahm sich da aus?
Wer lief da über zum Feind,
zu den Fischern,
die es verstanden,
die Tiefe zu loten,
die Brechung
des Lichts zu berechnen;
Blei an den Säumen,
Netze niederzulassen
vor der preisgegebenen Burg?

Geheiligt die Arglosigkeit.
Nun spiegelt sich stumpf
im Glanz seiner Schuppen
das lächelnde Messer:
Gekommen,
den Ausgleich zu lehren,
verkommst du, gemordet.

Der Händler
wiegt den Kadaver;
sie erhalten dich pfundweis.

Kein schlechtes Gedicht; jedoch auch ein wahres? Die nahliegende Gleichsetzung von Christus und Fisch zwingt eben doch auch arg suggestiv die blaßgeküßte Oblate des tatenlos duldenden Schmerzensmannes herbei, in den die auf eine gläubige (=obrigkeitshörige) Basis bedachte Kurie jenen Widerstandskämpfer gegen ein verpriestertes Establishment umfunktioniert hat.

Merke. Rechtzeitig Kindheitsabziehbildchen zerreißen, und man braucht später kein Denkmal zu stürzen.

Hat der Römer Pilatus den dornengekrönten Christus dem Volk gegenüber verteidigt? Luther meint, ja. Denn er hat (Joh. 19,5) des Pilatus Hinweis »Ecce homo« mit »Sehet, welch ein Mensch!« übersetzt. Da schwingt eine Menge unrömischer Bewunderung mit. Pilatus ist jedoch alles andere als angetan von Christus gewesen. Folglich muß »Ecce homo« »Hier ist der Mensch«, im Sinne von »Hier habt ihr ihn« heißen. Was nun allerdings, trotz Nietzsches provokanter Entleihung, einen gewissen Unterschied macht.

»Jener Mann« –: So wird der Häretiker Jesus im Talmud genannt.

Gottes Wort begrenzt seine Macht. Einige Rabbiner um Rabbi Akiba streiten sich um die Verunreinigungsfähigkeit eines tragbaren Backofens. Alle sind anderer Meinung als Rabbi Eliezer. Der ruft schließlich zornig den Himmel an. Und tatsächlich antwortet ihm eine Stimme von oben: »Was habt ihr gegen Rabbi Eliezer. Seine Interpretation des Gesetzes ist richtig!« Macht jedoch keinen Eindruck auf die Rabbiner. Im Gegenteil, einer ruft verärgert zurück: »Im Himmel ist sie auch nicht!« (Talmud; Baba Mezia 59.)

Dazu Rabbi Jirmeja im Talmud: »Du hast uns am Sinai die Thora gegeben. Jetzt achten wir auf keine Stimme mehr von oben, sondern entscheiden, wie es unser Recht ist, nach der Mehrheit.«

Metaphysik dingfest gemacht: Aus, mit der Wankelmütigkeit Gottes; jetzt hat Er sich nach den Paragraphen derer zu richten, die Seiner Willkür Raster ersannen; die nicht nur glauben wollten (denn dazu hätte Gehorsam genügt); sondern die auch verstehen wollten (und dazu ist die Ausbildung des Intellekts nötig gewesen; desselben Intellekts, der Ihn jetzt in Seine Grenzen verweist: hinter jene Schattenlinie, die zwischen Gesetz und Freiheit verläuft).

Denn Rabbi Jirmejas Glaubensverständnis setzt ja keine Gesetzes*änderungen*, sondern lediglich (der Zeit) angepaßte Gesetzes*auslegungen* voraus. Das macht anwendbar, ohne Autoritätsverlust befürchten zu müssen. Gott tritt also nur *scheinbar* hinter demokratische Mehrheitsbeschlüsse zurück. Orthodox (das heißt, genauer) gesprochen: Er hatte in der Verkündigung die demokratische Mehrheit schon vorkonzipiert.

Geschichtlich gesehen, ist es ein Heidenkönig gewesen, der Jahwe in die Texte der eigenen Offenbarung verbannte. Denn nur dadurch, daß Nebukadnezar Israel in die babylonische Gefangenschaft führte, ergab sich für die Gesetzeslehrer (die Tannaiten) der Zwang, die gefährdete mündliche Überlieferung nun kanonisieren, die mythischen Offenbarungen und ihre kultischen Entsprechungen jetzt in einem gewaltigen Umformungsprozeß *schriftlich* dem gelebten Nachvollzug anpassen zu müssen. Keins der drei größten jüdischen Werke – Thora, Talmud, Kabbala – wäre ohne jene nationale Katastrophe denkbar gewesen. In der Verbannung erst wird der Wunsch nach bleibender Vergewisserung wach.

Geborgen im Heimatland, hat die mündliche Überlieferung ja auch niemand ernstlich in Frage gestellt. Vor allem: Da gab es die sinnliche Erfahrbarkeit des alten Gottes ja noch, der eins war mit seinem Volk und durch Zeichen und durch die Münder der Priester und der Propheten auch zu ihm sprach. Jetzt aber war der Tempel zerstört. Jetzt war die Überlieferung gefährdet. Jetzt war die Heimat verloren, drängten andere Götter heran. *Jetzt* war die Stunde der Schriftgelehrten gekommen. Jetzt nahmen *sie* sich der mündlich weitergegebenen Offenbarungen an. Von nun an wurde interpretiert statt empfangen. Der *neue* Gott lebte im Wort.

Wir gingen in Jerusalem an den endlosen Reihen der mit goldenen und blauen Fliegen geschmückten Widderköpfe vorbei. Ich sagte dir, Bruno, daß mich allein schon der Wunsch, ein psychisch diszipliniertes Leben zu führen, veranlassen könnte, jüdisch zu werden. Du lachtest mich aus. Israel bräche zusammen unter so strengen Orthodoxen wie mir. »Im

Gegenteil«, sagte ich: »Der Liberalismus paralysiert Euch; nur eine parlamentarisch kontrollierte Theokratie kann Euch am Leben erhalten. Ihr braucht Visionäre, Utopisten. Wenn die außerdem noch Politiker sind, gar von der Realität was verstehen, um so besser.« Hier machtest du kehrt, gingst zu den Frauen zurück, die uns folgten, nahmst Ruth um die Taille, führtest sie in ihren zu großen, klappernden Schuhen behutsam über die dreitausendjährige Treppe und holtest mich wieder ein. »Die Zeiten der babylonischen Gefangenschaft«, sagtest du, »sind endgültig vorbei.« – »Was triumphierst du«, sagte ich; »in Nehardaa, Sura und Pumbedita wurde der Talmud zu Ende gedacht. Ohne ihn wärt Ihr verloren gewesen.« Du sahst amüsiert zu mir auf. »Ich hab saure Gurken verkauft, als ich mit Ruth 33 hierherkam. Sie war schwanger. Ich mußte mir was einfallen lassen. Meinst du, ich hätt besser 'n babylonischen Talmud aufschlagen sollen statt dessen?« (November 1967.)

Quintessenz. Glaube ist Seinsdisziplin. *(Da* machte ich mit.)

Ich brauch Dich. Liebespaar in einem Keller des zerstörten Warschauer Gettos. Die letzten Verstecke werden ›geräumt‹. Sprengungen. Schüsse. Sie: Fabrikarbeiterin; er ist in die Jeschiwa gegangen. (Titel: *Liebe.)*

»Kommt der Messias, Schimon?«
»Natürlich *nie.* Mit seinem Kommen würden doch in Zukunft alle Hoffnungen auf ihn zunichte gemacht.«
»Aber warum wird sein Kommen trotzdem verkündet?«
»Um auch denen, die tiefer verzweifelt sind als wir, noch den Ausweg in die Hoffnung zu lassen.«
»Aber dann ist er doch eine Lüge, ein Popanz!«
»Was noch nicht *ist,* kann auch keine Lüge, kein Popanz sein, Lea.«
»Aber was kommen soll, muß schon irgendwo existieren.«
»Ja. Als Verheißung.«
»Schimon: Was ist eine Verheißung, die nicht eingelöst wird?«
»Das Wesen des Glaubens.«

4. KAPITEL

Im Zug nach Leipzig

Dichtertreffen. Sommer 1954. Zwei gedrungene, einander überschneidende Mittagsschatten auf dem sonnenglastflirrenden Hof des Süddeutschen Rundfunks in Stuttgart. Der eine von einem wohlgenährten schwarzgekleideten Herrn mit präzis sitzendem Homburg geworfen, der andere von einem dürren Menschen mit Lederjacke und Korkzieherhosen: Gottfried Benn und Wolfdietrich Schnurre, auf Tuchfühlung den Bus erwartend, der sie und ein paar weitere Autoren zu einer Weinprobe fahren sollte. Die Herren hatten sich in dem guten Glauben zueinandergesellt, es würden noch andere kommen. Was sich als Trugschluß erwies. Bis es ihnen mitgeteilt wurde: Zwanzig Minuten lang ehernes Schweigen. Denn die Herren wußten, sie mochten einander nicht leiden. Jeder jedoch auch so höflich, daß er den anderen nicht stehenlassen wollte, bzw. so unsicher, daß die Befürchtung nahgelegen hätte, ein Wegtreten hätte vom Standhaftgebliebenen leicht als Flucht ausgelegt werden können. Folglich, Standbeinwechsel und gedämpfte Atemtechnik inbegriffen, dokumentiert, daß man zu starren verstand, ohne sehen zu müssen. Da dieses Prinzip sofort aufs gravierendste verletzt worden wäre, hätte sich einer der beiden auch nur zwei Zentimeter vom anderen gelöst, es korrekterweise bei der dezenten Ellenbogentangierung belassen, die seit Anfang dieses Aufeinandertreffens bestand. Kein Aufatmen, als man uns mitteilte, wir würden vor dem Funkhaus erwartet. Nur eine willkommene Entkrampfung in der Gesäßmuskulatur, wie sie sich doch hoffentlich auch ihm mitgeteilt hat.

Echte Genugtuung, wenn es mir unter mehreren, gar vielen betreten schweigenden Leuten gelingt, eine peinliche Situation durch interessiert anheizende Fragen *noch* peinlicher werden zu lassen. Abgesehen vom Menschenkenntnis fördernden Nützlichkeitseffekt einer solchen Bemühung: Was bereitet (auf) einer Gesellschaft denn Pein? Die Aufdeckung von Wahrheitsbefunden. Das Bloßlegen von Tabus. Die Nichtbeachtung konventioneller Absprachen. Die Preisgabe privater Erfahrungsbereiche. Versuchungen alles in allem, denen man als Schreiber ohnedies nur schwer widersteht.

Schuld am Exhibitionismus ist der Exhibitionierte. Denn. Empörung setzt voraus, man hat zur Kenntnis genommen. Das zu wissen, macht den ungeheuren Reiz aus, den der Exhibitionist beim Exhibitionieren empfindet.

Eine Situation retten: Einen sogenannten gelungenen Abend über einen mißlungenen Mitläufer stellen.

Der Situationsretter. Ermöglicht es einem, ohne Gewichtsverlust vom Startloch innerer Bewegung zurückzutreten in die Erstarrungspose des zielgerichteten Siegers.

Der Psychiater, der uns zu einer Party einlud, weil er ein Buch von mir schätzte. Er hatte den Titel nicht mehr parat, so daß ich nachhelfen mußte. Dabei ergab es sich, er hatte das Buch eines anderen gemeint. Denkwürdiger Abend: Immer wenn der Hausherr meiner, und sei's nur von ferne, ansichtig ward, nahm er fluchtartig einen Raumwechsel vor. Da die Party nicht allzuviel hergab, das Haus andererseits über beachtlich viele Zimmer verfügte, verfolgte ich ihn ein wenig. Auf diese Weise gestaltete sich der Abend dann doch noch ganz lohnend.

»Ja, finden Sie?« Stereotype Verlegenheitsfloskel, wenn man mir sagt, eines meiner Bücher sei gut. (Und auch noch unhöflich; denn nun ist der Lobende obendrein noch zu differenzieren verpflichtet.)

Verstehe die Genugtuung von Kollegen mit hohen Auflagen nicht. Mir sind hohe Auflagen im Weg. Es liegt doch längst wieder ein anderes Manuskript auf dem Schreibtisch, wenn das neue Buch dann erscheint. Soll ich mit seiner Beendigung warten, bis fragliche fünfzigtausend Leser begriffen haben, dies ist ein Buch, das sich lohnt? Es hat sich gelohnt es zu schreiben. Also sind mögliche zehntausend Leser neuntausend mehr als genug. Und nun weiter im Text; sortieren können wir nach dem Tode des Autors noch immer.

Ali an Atma, Hermann Hesses gedenkend: »Ein wahrer Er*volks*autor, der mit der Metempsychose einmal wirklich ernst gemacht hat: Er kehrt heute in größeren Mißverständnissen wieder, als er sie sich, bei seinen mittleren Verdunklungsgaben, je erträumt haben dürfte.«

Mein völliges Desinteresse an Übersetzungen. Dutzende von Malen schon aufgefordert worden, in irgendwelche Länder irgendwelche Bücher, irgendwelche Manuskripte zu senden. Es fast immer unterlassen: verbummelt, vergessen. (Grund: Mein fremdsprachiges Buch hätte ja dann ein anderer geschrieben.)

Es kann mühsamer sein, einen Umschlag zu beschriften, eine Briefmarke anzufeuchten, drei nichtssagende Begleitzeilen aufzusetzen, als einen Monat lang mit äußerster Kraft dreißig Seiten Prosa zu schreiben.

Ein Vierteljahr an der Erzählung geschrieben. Ununterbrochen; mit sechzehn Arbeitsstunden am Tag. Vier Fassungen; jede an 60 Druckseiten stark. Dann sie beendet. Erleichtert an Neues. Verlagsanfrage nach Wochen: »Wo bleibt die zugesagte Geschichte?« Endlos nach ihr gesucht. Hatte sie am Tag ihrer Fertigstellung vergessen. (Und, wie alles Unangenehme, verlegt.)

Schreiben ist kein Problem. Das Problem liegt im täglichen Neuanfangenmüssen. Anfangen ist kein Problem. Das Problem liegt darin: man kann sich der gestern erreichten Qualität nicht unbedarft stellen; Morgen um Morgen beginnt man befangen. (Nachteil des gut Geschriebenen.)

Moralisch gesehen ist Schreiben nichts als eine Frage des Umschaltenkönnens: von asozialer Egozentrik auf sühnende Kommunikation.

Oder. »Wer bestätigt mir die Wahrheit oder Wahrscheinlichkeit dessen, daß ich nur infolge meiner literarischen Bestimmung sonst interesselos und infolgedessen herzlos bin.« (Franz K.)

Denn. Literatur meint nicht nur ein Werk. Sie setzt auch eine Haltung voraus. (Mitunter die schäbigste; was dem Werk blendend bekommt.)

Jeden Tag schreiben; jeden Tag denken; jeden Tag lesen –: Hiob, endlich von den Seinen verlassen, im Paradies. Nur Gott stünde draußen und begehrte eingelassen zu werden. Vergeblich. Denn diesen Wiedergutmachungs-Job hat Schreiber Hiob vom Teufel erhalten.

Zigeunerballade. Geburtsstunde des Plans: Als mit Marina, Frühjahr 73, in der Krypta der Kirche von Saintes-Maries-de-la-Mer, vor der verhangenen Sara-Kali, der Schwarzen Sara der Zigeuner gestanden, zu der sie am 24. und 25. Mai ihre jährlichen Wallfahrten machen. Anlaß des Buchs: Karls zu gedenken. Er wird Vitus heißen im Buch. (Die deutschen Namen der Sinte-Zigeuner sind ja ohnehin nicht die echten.) Inhalt: Etwa zehn motorisierte Zigeunerfamilien über Monate hin unterwegs. Durch Deutschland und Frankreich. Heute spielend. Glaube, Aberglaube, Wesen, Gewohnheit, Charakter der Zigeuner unbeschönigt mit hinein. Winzigstkapitel in Short-story-Zuschnitt; fast Kalendergeschichtenformat. Jahreszeitliche Vierteilung zudem. Herkömmlich: ein ›kleiner Roman‹. Der direkteren Tuchfühlung wegen im historischen Präsens geschrieben. Der Autor hält sich hinter dem nicht näher bezeichneten Zigeuner-Chronisten verborgen. Dieser arglos und wissend zugleich; objektiv unbeteiligt jedoch. Ständiger Perspektivwechsel. Denn es geht um die Sippe, nicht nur um einen. Der Erzählfaden schleift; wird immer wieder aufgenommen, immer wieder gekappt. Alle an seiner Verwebung beteiligt. Und doch aus der Grundstruktur dieses Gewebes eine Art (weniger mythologisierte, als handfest menschliche) Überfigur sich herauskristallisierend: Jorkan, Vitus' Vater. Er ist von Beginn an ein Toter. Starb *so* viele Tode, wie es darüber Vermutungen gibt. Das Buch wird zehn Todesgeschichten Jorkans enthalten; denn in jeder Familie lebt mindestens eine. Also wird Jorkan auch leben. Im Herzen der Seinen. Im Haß seiner Feinde. In der Bewunderung der Frauen. Im Gedenken der Sippe. Vitus, vierzehnjährig wie Karl, versucht, sich über den Tod des Vaters Klarheit zu verschaffen: Dies der rote, unzerreißbare Faden des Buchs.

Ganz zuletzt interessieren mich nur Minderheiten. (Das Individuum stellt ja *auch* eine dar.)

Genugtuung über Partikel meines Realitätswissens. Sich in einer Forellenbrutanstalt auskennen. Beschlagschmied-Helfer gewesen sein. Fähig zu schildern, wie der Schäfer vom Rittergut Stibbe, Kreis Schneidemühl, die Böcke kastrierte: Um die Hände frei zu haben, die Hoden mit den Zähnen festhaltend. Lappjagen mitgemacht haben. Sich aufs Schweineschlachten und Blutwursträuchern verstehen. Gesehen, geschmeckt, gerochen haben, wie die Zigeuner den Igelbraten bereiten. Der Fischwaid verbunden. In der Vogelkunde bewandert. Gepflügt haben; gemäht und gedengelt. Den Lufthauch noch spüren, den die geklafterten Schwingen des Uhus erzeugten, der auf uns herabstieß, als wir ihm das gestohlene Junge zurückbrachten. Wissen, daß Kühe aggressiv werden, wenn sie Blutwitterung haben. Ornithologen kennen, die auf die ebenerdigen Kranichgelege pissen, um die Wildschweine fernzuhalten, (die Kranicheier zwar schätzen, Uringeruch jedoch hassen).

Ornithologie, auf Kirchenbasis betrieben. Vaters denkwürdige Bekanntschaften mit Pfarrern, Küstern, Kirchenbeschließern. Sichtbarstes Zeugnis: Gewaltige Schlüssel mit kunstvoll gefrästen Bärten in Nachttischschublade und Schreibtisch. Er sollte auch *dann* in die Gotteshäuser gelangen, wenn deren Verwalter anderen Geschäften nachgingen. Grund: Vater stieg die knarrenden Wendeltreppen zu den Schleiereulen empor, die, in den Glockenstühlen zu Hause, mit ihren mehlig gepuderten Altdamengesichtern indigniert zu ihm herabsahen, wenn er auf lebensgefährdend schmalen Brettersteigen ihre Gewöllbrocken aufklaubte und in dem ausgeblichenen Brötchenbeutel verstaute. Wobei er es durchaus noch fertigbrachte, glaubens- und schwindelfrei ins Kirchenschiff hinunterzublicken, wo oft genug ein einsamer Beter den verschwimmenden Blick zu ihm hinaufgeschickt haben mag, nicht ahnend, daß zwischen ihm und dem auf Wolken thronend Gewähnten noch ein Vertreter der Naturwissenschaften herumkroch.

Irgendwann fiel ich Erni dann aber *doch* wieder ein. Sie setzte monatliche Caféhaustreffs durch, bei denen Vater als Störfaktor galt. Standardfrage, wenn am Monatsanfang wieder die mütterliche Zwangskäsetorte bevorstand: »Muß ich schon wieder zum Herrn Ober?!« Wir haben Erni diesen Satz bis heute erspart.

Italien. Nenad hat eine Fragetonlage, die an den monotonen Sommerruf der Grauammer erinnert. (Zu dem müder Sonnenglast auf Kiefernwäldern gehört und ein Himmel, in dessen verwaschenes Blau schon die ersten Dunstfaschinen eingewebt sind.)

Landschaft, Stimmung, Vogelruf –: untrennbar miteinander verbunden. Die sich kreischend jagenden Mauerseglertrupps über der Spree; urbane Weite ausflügelnd, S-Bahnrasseln am Grund ihrer Schreie. Rücksichtslos das Ende des Sommers verkündend, den Aufbruch zum Nil. Freiheitswünsche und Herbstgedenken provozierend; schwer zu vereinbaren beides.

Das harte Kuckucksläuten vom fernen Waldhang her, hier in Italien: schattiges Schluchtecho mitschwingen lassend; die Kehle von Sommerstaub rauh. Nenad ängstigte sich vor ihm; zu Recht. Denn nichts mehr von der alten Märchenbuchprophetie, von »kam der Regen, er ward naß«. Geizig dumpfe Jahreszuteilung statt dessen, eremitischen Pflichttakt zugrunde gelegt, den der hämmernde Pulsschlag vergeblich zu widerlegen versucht.

Der mittägliche Goldammernruf, aufsteigend aus verwilderten Brombeergebüschen; resonanzlos über windstillen Binsenkubben und drahtstarren Sauergrasstauden zergehend. Brannte den Zaubernamen ›Raderank‹ ein ins Gehirn, der in einer ausgetrockneten Luch-Senke auf Vaters Meßtischblatt stand: Posen-Westpreußen; ins All eingelassen, dazugehörig; Ackerkrumen- und Sonnenstäubchengefühl.

Der Käuzchenschrei: Nächtlicher Kieselsteinwurf an die verwitterten Fensterläden der Lebensgewißheit; nie wieder heilbar, die Risse. Die Unausweichlichkeit des Todes steigt auf in Kuhstallwärme und beizendem Salmiakgeruch. Gutshof in Stibbe, Kreis Schneidemühl; der Steinkauz kam vom Vorwerk herüber, wo sie einen Saisonarbeiter umgebracht hatten.

Der Brachvogelpfiff. Aus Höhen herniederperlend, die dem Auge kaum noch zugänglich sind. Doch der Blick kann der Spinnwebschnur folgen, an der Pan seinen Lieblingsvogel aufsteigen läßt. Er schwebt unter der Sonne; sein Ruf diskriminiert ihre Strahlen; wo er sie trifft, glühen Rostflecke auf im Mittagsgestänge. Dieser Pfiff hat Ikarus gelockt und gelähmt. Denn auch die Schwermut hat Flügel; und der Brachvogelpfiff heilt ja nur, um desto tiefer verletzen zu können. Alle Sehnsuchtsverse versehrt. Kremmener Luch; Wiesen und Gräben, Sumpfdotterblumen und Schwertlilienbüschel; die Augustwolkenberge von den Masten der Hochspannungsleitung gestützt.

Das Heidlerchengedudel. Als Junge darunter den heißen Nacken über den Käfergraben gebeugt, den die Forstarbeiter um die neugesetzten Kiefernschößlinge angelegt hatten. Das Lerchenlied mit Schläfenbrausen gemischt. Da sang das Herz überm Kahlschlag. Da schlug eine Lerche hinter den Rippen. Harz an den Händen, nach der erdigen Kröte getastet. Kein Blick hinauf, keiner herab; aber wir haben voneinander gewußt. Schorfheide; viele Pfingstferien lang.

Italien; Sommer. Der Wachtelschlag in den Getreidefeldern vorm Fenster. Klingt, als werde hastig eine schartige Sense gedengelt. »Lobet den Herrn!« ruft die Wachtel nach Johannes Bobrowski. Ich sah sie am Rain stehen, vier Meter vom Schreibtisch entfernt: Angstvoll aufgerichtet, die winzigen Küken um sich geschart. Plötzlich ihr Ruf. Sie würgte an ihm; er zerriß ihr den Schnabel. Ich hörte: »Fürchtet den Tod!«

Der ›Kuhmann‹ im Forsthaus Eichheide. Knochig, hager, gebeugt; knieknickriger Waldläufergang. Weißgelber, pessimistisch über die Mundwinkel hängender Schnurrbart; feuchtschimmernde Trotzunterlippe dahinter. Die silbernen Bartstoppeln ließen die Gesichtskonturen verschwimmen. Was blieb, war der verwässert-zornige Blick, mehr nach innen als nach außen gerichtet jedoch, denn er litt unter bollernder Kolik: Ihn oft in Hockstellung angetroffen im Wald, den schmerzenden Hintern in die Adlerfarnwedel getaucht. Er kaute Knospen und Triebe, was immer in Mundhöhe hing; war Fusel erreichbar, soff er ihn bis zur Besinnungslosigkeit aus. Milchfleckige, flache Brecht-Ledermütze; im schaukelnden Hängehosenboden die Depressionen der Welt. Hat bitter nach Eichenrinde, seinem fauligen Atem und verkrustetem Schweißsalz gerochen. Namenlos. Die Kühe hielten von seiner Scheinherrschaft nichts; oft brachen sie aus, rannten sie ihm mit steil aufgerichteten Schwänzen davon. Seine wurzligen Drohgebärden fruchteten wenig, niemand nahm sie für voll. Bis er sich einmal auf den Förster gestürzt hat, ihn mit seinen fuchtelnden Spindelarmen zu würgen versuchte; vergeblich jedoch; alles ist ihm mißlungen.

Lindy überlegte. Wen gab es noch. Sammy vielleicht. Obwohl Sammy ein Augenmensch war. Er mußte sehen, was er behielt. Oder es mußte ihm zugefügt werden. Wie damals, als die beiden Jungens, die er zu sich eingeladen hatte, ihn am Heizungsrohr festbanden im Werkstattkeller und vor seinen Augen alle Stühle, Kissen, Sessel und Sofas aufschlitzten. Daran dachte Sammy noch heute. Aber für Erzähltes hatte er nicht das rechte Organ. Er redete lieber; möglichst von sich. Daß ihm der Kater gehörte, war kein Argument. Deshalb hat-

te er noch lange keine Verfügungsgewalt über die *Wunder*, die seinem Kater geschahen. Die zielten auf den, der sie zu *sehen* verstand. Obwohl, fragen konnte man Sammy ja mal. Andererseits, was wäre, wenn er, ohne die Polsternägel aus dem Mund zu nehmen, nur nickte und weiterarbeitete und sagte, ja, ja, das mit diesem Geflimmer um den Kater herum, das hätte er auch schon ein paarmal gesehen.
Weiter; wer war da noch. Herr Wawra vielleicht. Er war der beste Zuhörer, den sie je kennengelernt hatte. Er konnte so konzentriert zuhören, daß die Gäste sich selber bedienen mußten. Er wollte nicht reden. Er wollte nur zuhören. Sogar der Meister hatte bei ihm eine Chance. Lindy sah ihn sich unter seinem Zeitungspapierhelm über die Theke beugen. Der scharf gekniffte Rand des Papierhelms stieß Herrn Wawra fast gegen die Stirn, und der Atem des Meisters war bestimmt auch nicht der reinste. Dennoch trat Herr Wawra nicht einen Zentimeter zurück. Sein fahles Felsbrockengesicht mit der gebrochenen Nase bewegte sich an keiner Stelle, schon gar nicht um die Augen herum; denn die waren ja blind. Er hörte nur zu. Aber genau das war es dann auch wieder, was ihn eigentlich doch ungeeignet erscheinen ließ, das Wundergeschenk zu empfangen. Herr Wawra war ein poröses Gestein. Er unterschied nicht; er saugte auf, was er kriegte.
Lindy mußte aufhören nachzudenken; Ernst bewegte sich. Die Sperrholzplatte, auf der er wegen seiner Rückgratverkrümmung liegen mußte, schabte mißtönend am Innenrand seines Couchgestelles entlang; und für eine halbe Sekunde schwebte auch wieder das Leuchtziffernblatt seiner Popparmbanduhr über ihn hin, die er, seit Lindy gesagt hatte, sie gefiele ihr auch, nun wohl nie mehr abnehmen würde. Sie wartete, ob sich das Geräusch vielleicht wiederholte. Aber Ernst hatte sich auf den Bauch gedreht, die einzige Lage, in der er es leidlich bequem hatte; da konnte man hoffen, vorerst Ruhe zu haben.
Weiter; wen gab es noch. Lara. Das schöne flache Mädchen mit den feinrasierten Brauen und dem Afrika-Look, das im Girls-Shop bediente. Es hatte ihr mal zugelächelt, obwohl es beschäftigt war und Lindy draußen vorm Schaufenster stand. Seitdem wußte Lindy, daß sie es liebte. Sie hatte es Lara ge-

tauft, weil sie den Film *Doktor Schiwago* so mochte und weil man an jemand Namenlosen schlecht denken konnte. Sicher, sie hatte noch nie ein Wort mit Lara gesprochen, und sie hatte auch fest vor, es erst mal dabei bewenden zu lassen. Aber sie konnte ihr das mit Sammys Kater ja schreiben und druntersetzen und unterstreichen: ›Jetzt sag selber, hat es je einen größeren Liebesbeweis gegeben als den, daß dir jemand ein solches Wunder mitgeteilt hat?‹ Garantiert hätte dieser Brief eine innige Freundschaft begründet. Andererseits, ging es denn hier wirklich darum, die Unfaßbarkeit jenes Ereignisses in so was Profanes wie ein Geschenk umzumodeln? In ein derart berechnendes obendrein noch? Was hatte Sammys geheiligter Kater eigentlich mit etwas so Fragwürdigem wie Liebe zu tun? Wie durfte man diese zerbrechliche Erscheinung in der egozentrischen Hoffnung weggeben, dafür was so vergleichsweise Derbes wie Freundschaft wiederzukriegen? Ein selbstloses Opfer mußte diese Weggabe sein. Der Mensch, der hier ausgewählt werden sollte, hatte ein verschlußsicheres Gefäß zu sein, und sonst nichts. Je weniger er vom wahren Wert des Schatzes mitbekam, den Lindy in ihm zu versenken gedachte, desto besser sogar. Wichtig war einzig, daß er gut aufgehoben war; und ›gut‹ das hieß: in einem guten Gedächtnis, in einem besseren noch als ihrem womöglich.
Leonore. Natürlich: Die dumpfe, die unterwürfige Leonore. Jemand Geeigneteres konnte es gar nicht geben. Leonores Gedächtnis war phänomenal. Was in sie reinfiel, blieb ohne Zusatz, ohne Trübung erhalten. Sie wußte noch, wie Muttermilch roch. Sie konnte es nicht spannend erzählen. Sie kam auf so was, als hätte sie es eben geträumt. Sie stotterte dann, verlor auch meistens den Faden. Doch was sie sagen wollte, kehrte in unglaublicher Verläßlichkeit wieder; so lange, bis sie einen, ohne jedes Mißverständnis, vollständig eingeweiht hatte und man nachher nicht wußte, stammte das alles von ihr, oder hatte man es selber erlebt. Es stimmte: Lindy konnte Leonore nicht leiden. Leonore hatte geklaut, sie kaute an den Nägeln und zitterte so, wenn sie aufgerufen wurde, daß die Bank wackelte. Aber gerade das ließ sie jetzt nur um so geeigneter erscheinen. Denn es kam ja nicht darauf an, das Erlebnis mit Sammys Kater in jemand Sympathisches zu deponie-

ren. Sondern es kam darauf an, diesem Erlebnis Dauer zu verleihen; Dauer, Geborgenheit, Glanz. Und so viel stand fest, begriff Leonore erst mal, was hier auf dem Spiel stand, sie würde dieses Wunder bis ans Ende ihrer Tage bewahren. Denn Leonore glaubte zwar an Wunder; aber sie glaubte zugleich auch, sie hätte noch nie eins erlebt. Und auch der Opfergedanke wäre dann beispielhaft in die Tat umgesetzt. Oder ließ sich vielleicht was Selbstloseres denken, als einer so trüben Gestalt wie Leonore einen solchen Schatz anzuvertrauen? Wenn man natürlich auch zugeben mußte: *wert* war sie dieser Auszeichnung nicht.
Aber wer war einer solchen Sache schon wert? Lindy wurde plötzlich heiß. Sie zerrte sich die Pyjamajacke über den Kopf und strich sich die Ponyfransen weg aus der Stirn; man konnte nicht denken unter diesem Gewicht.

Ingeborg Bachmann sagte: »Sie müssen den Wirtschaftsteil einer Zeitung lesen; regelmäßig.« Sie sagte aber auch: »Ich habe vor Bahnhöfen Angst. Ist das nicht schrecklich, all die vielen Schilder an sich vorbeiziehen zu sehen und zu wissen, jedes meint *mich?*«

Page an venezianischem Fürstenhof. Der alte Adel degenerierte und hat sich ihr Gesicht ausgeliehen. Wärmende Freundschaft unter den herrschsüchtigen Lidern. Der Mund auf seinen spöttischen Schwingen viel unterwegs. Die Stirn statisch. Die Brauen allein.

Katzenpfotenstimme. Gezielte Scheu, dosiert nach alten Rezepten. Unsicherheitsschild; sicher und sichtbar dahinter. Uneinnehmbar. Schlangenzahnzinnen. Rapunzel stieg nieder am eigenen Haar.

Vaterfeindin. Den Männern Reisegefährtin, ohne daß sie das Tempo erkannten; alle haben das rasende Zugabteil für ein ruhendes Zimmer gehalten. Den Frauen (jetzt) lieb, da klug und gestorben; alle sprechen in lebendiger Anteilnahme von ihr.

Italien. So leben, als könnte täglich die befürchtete Wendung zum Argen eintreten. Was heißt das. Umgänglich sein, auch wenn man innerlich in Leere versinkt. Denn ausgefüllt umgänglich sein ist Aufdringlichkeit.

»Da bin ich wieder.«
»Da bist du wieder.«
»Die Zeiten der Prüfung sind vorbei.«
»Du bist dicker geworden.«
»Kummer macht hungrig, Hiob.«
»Wie tröstlich zu wissen, du hattest zu essen.«
»Meine Verwandtschaft hat schon immer gut gekocht: Würzig, doch nicht zu fett.«
»Es geht dir also gut.«
»Ich kann nicht klagen. Und du –?«
»Ich habe gemerkt, daß Klagen nichts einbringt.«
»Du bist weise geworden.«
»Ich meine juristisch. Ich spreche von meinem Prozeß.«
»Habt ihr euch denn nicht geeinigt? Ich denke, es gab einen Vergleich.«
»Du denkst.«
»Ich bin auch bereit, wieder zu glauben.«
»›Wieder‹ ist gut. Du hast mich verlassen, als es aufhörte, Manna zu regnen. Jetzt, da es Kürbisse hagelt, kommst du zurück.«
»Ich komme, um dir eine gehorsame Gattin zu sein. Kleinmut ist menschlich.«
»Nur provoziert er nicht automatisch gleich Großmütigkeit.«
»Du verzeihst mir nicht –?«
»Sagen wir –: Ich könnte dich brauchen.«

(Logisch; sie soll ihm Söhne gebären: Metaphysisch bedingte Rachegelüste müssen vererbt werden, um spürbar wirken zu können. Zuschlagen, wenn Gott am menschlichsten ist; alle paar tausend Jahre wird er's ja immer mal wieder.)

Die Zigeuner sind Monotheisten. Sofern man ihre Gott gegenübergestellten Dämonenhorden und die ihnen (folglich) Widerpart leistenden Heiligen nicht überbewertet. Nur, woher weiß ich, ob die Kraft eines bescheidenen Heiligen nicht eben dort einsetzt, wo Gottes Ungeduld endet?

Als Zigeuner wären mir die Heiligen – also auch die Dämonen, die jene am Leben erhalten – näher als Gott. (Und die Dämonen sind es ja wohl auch *tatsächlich.)*

Die Kalderas glauben, die Erde habe lange *vor* Gott schon bestanden. Der alte Gott (ó puro Del) ist aber nicht alleine auf der ungeschaffenen Erde erschienen. O Bengh, der Teufel, hat ihn begleitet. Die Erschaffung des Menschen ist Teamwork beider: Der Teufel hat die papuschas, zwei Lehmfiguren geknetet, denen Gott die Sprache eingehaucht hat; und so wurden Damo und Yehwa geboren. – Die Menschheitsentwicklung dokumentiert eigentlich mehr diese als die biblische Fassung.

Daraus resultierend (trotz gegensätzlicher Grundkonzeption):

Der Ur-Kompromiß. (Talmud.) Zweieinhalb Jahre Streit zwischen denen vom Lehrhaus Schammais und denen vom Lehrhaus Hillels. Jene: Es wäre dem Menschen dienlicher, wenn er nicht erschaffen worden wäre, als daß er erschaffen worden ist. Hillel und seine Schüler: Es sei dem Menschen dienlicher, daß er erschaffen worden ist, als daß er nicht erschaffen worden wäre. Abstimmung. Ergebnis: Es wäre dem Menschen zwar dienlicher, wenn er nicht erschaffen worden wäre, als daß er erschaffen worden ist; da er aber nun schon einmal erschaffen worden ist, erwäge er, was er tue. (Sprich: Versuche er das Beste aus seinem Hiersein zu machen.) Akzeptiert.

Und was *ist* das Beste? Und woraus errechnet es sich? Und wer legt die Meßlatte an? Und wie wird die Skala gelesen? Und nach welchem Schlüssel werden die Punkte verteilt?

Und wenn das Beste wäre, daß man Hand an sich legte?

Selbsthaß und Egozentrik bedingen einander.

Das ist es ja nicht. Es ist das Ungenügen: Weder dem Glück noch dem Unglück gewachsen. Und da das sogenannte Normale schon Glück bedeutet für ihn –

»Eigentlich müßte man sich fürchten, aus dem Haus zu treten.« (Franz K.) (Was immerhin voraussetzt, man fühlt sich noch heimisch in einem.)

›Das tägliche Leben‹. Unterdrücker-Formel, um abzulenken vom *un*alltäglich Gemeinten. (Das täglich für uns verblutet.)

Der Alltag = der All-Tag: Der Tag des Alls; die Ewigkeit also.

Untauglich für dieses Leben. Auch die kürzeste Trennung (wenn Marina mit Nenad einkaufen fährt) – Autounfall vor Augen –, gepeinigt von Furcht.

Deckt Furcht sich mit Angst? Nein. Furcht schleicht. Angst nimmt schon Anlauf. Furcht läßt noch offen. Angst kreist schon ein.

Also: Hoffnung ist Furcht. Liebe ist Angst.

Kafka. Seine Umständlichkeit im täglichen Leben beruhte auf seinem sinaitischen Ernst. Dieser Ernst war ererbt; man kann ihn nicht überwinden. Man kann nur an ihm sterben. Um mit ihm leben zu können, muß man entweder ein großer Gläubiger oder ein pessimistischer Ethiker sein. Kafka war beides *nicht.* Er war verzweifelt. Jedoch, er hat seine Verzweiflung in eine atembeengende Korrektheit zu pressen vermocht. In einer kafkaesken Figur ausgedrückt: »Er hätte sich auch noch vor dem leeren Büroraum verbeugt; und das nur, weil er von vornherein *befürchtet* hatte, er wäre leer.« Schreibend ist mit dieser provokanten Devotionshaltung nur auszukommen, indem man sie in der Darstellung bricht, das heißt, Abstand nimmt von der Zwangsvorstellung, an jeder nichtbesetzten Planstelle hienieden (und höher) *mit* Schuld zu haben: Jahrtausende währender Umgang mit Gott bedingt für den hoffenden Zweifler in (und an) dieser Kette ein Distanzreglement; der Sog jenes Vakuums wäre sonst lebensgefährlich. Kafka, der Schreiber mißt diesen Abstand mit der brauchbarsten Elle, der Ironie. Man findet sie, zornig, traurig, grotesk, würgend, verspielt, in fast allen seinen Geschichten. Er braucht sie, um als orthodoxer Literat vor dem ungläubigen Juden in sich bestehen zu können. Als ›Alltagsmensch‹ nützt sie ihm nichts; da wäre ja der Mitmensch von ihr betroffen. Ihm aber hat Kafka schon immer nur anteilnehmend (=ernst) gegenübergestanden.

Ist der Mitmensch mein Nächster? Ist mein Nächster mein Liebster? Ist nicht mein Liebster mein Erster? Ist nicht der Nächste erst möglich, wenn der Erste vorbei ist? Ist nicht der Nächste unmöglich? Ist nicht der unmögliche Nächste mein Mitmensch?

»Wir haben uns ja auch sonst ganz unverändert gefunden. Jeder sagt es sich im stillen, daß der andere unerschütterlich und erbarmungslos ist.« (Franz K., über Felice B.)

Der Kampf ums Ich.

Einmal die Hand zum Schlag erhoben, und ihre Spur im Luftraum ist untilgbar geworden. (Dies trotz der Massenmorde auf Erden.)

Abwehr und Angriff sind Blutsbrüder.

Der Knüppel der abgebrannten Pechfackel, den ich, aus dem Haus tretend, im Jackenärmel hatte. Es stand eine Schlacht bevor: Straßburg- gegen Sedanstraße. Die Machtverhältnisse waren ins Rutschen geraten. Das Kaufhaus Epa mit seinen Diebstahlsmöglichkeiten (Johannisbrot, Taschenlampenbatterien, Werkzeugutensilien) und Gelderwerbsquellen (Einkaufstaschen tragen, auf Fahrräder aufpassen, auspacken helfen) war in unrechte Hände, nämlich in die der Sedanstraßenanrainer geraten. Der Pechfackelknüppel trat nicht in Aktion; bin an jenem Morgen an den Weißen See gegangen, tote Fische sortieren.

Ordnungsbedürfnis; da aus ungeregelten Verhältnissen stammend. Ordnungsbedürfnis jedoch, ohne Ordnung *machen* zu können. Deshalb zum Chaos tendierend.

Der große Irrtum. Chaos war nicht Beginn. Chaos ist Ende.

Juni 1964. Das Schicksal rückte auf zwei Ebenen an. Der eine Angriff berechenbar, der andere nicht. Gegen den unberechenbaren gesiegt. Im berechenbaren versagt.

Schicksalsschläge zeichnen sich dadurch aus, daß man sie nicht zurückgeben kann. Deshalb bin ich als miles fati auch so oft desertiert: Ich mag nicht, wenn Stärkere ihr Mütchen an Wehrlosen kühlen.

Die Uhr schlägt die Zeit; der Pendel die Freiheit.

»Was soll dieses Ächzen?« wurde der hin und her schwingende Pendel vom Vertiko verächtlich gefragt. »Ich suche eine Kompromißstellung«, keuchte der Pendel erregt.

Für den Pendel bedeutet die Kompromißhaltung Stillstand. Für das Werk, das ihn antrieb, (folglich:) den Tod.

Die Introduktion mutet an, wie auf dem Reißbrett entworfen. E. und ich in einer Unerbittlichkeit aufeinander verwiesen, die ihr Liebesrudiment nur noch im Loslassen hätte unter Beweis stellen können. Sie: Ausweglos auf dieses einst glanzvolle Bündnis fixiert. Ich: Sie benötigend; jedoch in nichts als Engagement und Arbeit verstrickt.

Der tödliche Fehler des verheirateten Schriftstellers: Zu glauben, seine Egozentrik sei teilbar. Heilbar müßte sie sein. Aber dieser Heilungsprozeß richtete sich ja dann gegen das Schreiben und käme letztlich einer Vollamputation gleich. Denn den mindesten Schreibzwang im Gewebe belassen, und die lebensgefährdenden Wucherungen begönnen von neuem.

Rache einer Schriftstellersfrau. Fordert Leidensgenossinnen

auf, über ihre Männer zu schreiben. Daraus eine Anthologie. Arbeitstitel: *Mörderrapport.*

Ali an Atma. »Die Auflagenhöhe der verehelichten Autoren ginge nach jenem Buche sprunghaft zurück. Denn zumindest die weibliche Käuferschaft würde sich fürder wohl mehr an Junggesellenpublikationen ergötzen.«

Die Muse

»Du arbeitest noch?«
»Du weißt, du kannst mich jederzeit stören.«
»Stören.«
»Verzeih: Unterbrechen.«
»Ich setz mich einen Augenblick.«
»Der Sessel steht nur da für dich.«
»Wenn du mir vorliest. Wenn ich dir zuhöre. Aber wenn ich hier einfach so reinkomme? Obendrein auch noch nachts?«
»Auch dann. Immer.«
»›Immer‹ nimm lieber zurück.«
»Ein Phänomen, Ruth: Nur gedachte Worte sind löschbar.«
»Du mußt es wissen.«
»Ich weiß *nichts.* Würd ich sonst schreiben?«
»Du schreibst, um zu erfahren, ich weiß. Ein intuitiver Vorgang.«
»Leere Blätter suggerieren mir Neugier. Das ist mein ganzes Geheimnis.«
»Wie unkompliziert du doch bist.«
»Vergiß nicht: Schlichten Formeln laufen verschrobene Denkprozesse voraus.«
»Der volle Papierkorb, natürlich. Ein Jammer, daß du mir verboten hast, beim täglichen Verbrennungsfest ein bißchen in diesen geschändeten Unschuldseiten zu blättern. Manchmal denke ich, daß man einen Schriftsteller aus seinem Schreibabfall besser kennenlernt als aus seinen Büchern.«
»Was fraglos richtig ist. Aber gedanklicher Exhibitionismus macht nur in aufgetakeltem Zustand Spaß. In der Intimsphäre

seines Papierkorbs strampelt der Schriftsteller nackt. Gott schütze ihn da vor Ehefrauen und Germanisten.«

»Apropos. Das Mädel hat mir gefallen.«

»Welches Mädel.«

»Diese Germanistin. Die ihre Doktorarbeit über dich schreibt.«

»Sie kennt jede meiner Figuren.«

»Und hat auch selber eine recht hübsche.«

»Du hättest teilnehmen sollen an unserm Gespräch. Sie ist eine ungemein kluge und einfühlsame Person.«

»Ja, einfühlsam ist sie.«

»Lieb, wie höflich du bist.«

»Hab sie nachher beim Einkauf getroffen. Wir haben uns fabelhaft unterhalten.«

»Ach.«

»Sie sagt, es wäre gar nicht so einfach, dir literarisch auf die Schliche zu kommen.«

»Da siehst du's. Ich hoffe, du hast das wenigstens pro forma bestätigt.«

»Ich bin wieder auf mein Lieblingsthema gekommen: auf den vollen Papierkorb. Sie sagt, am liebsten würde sie mich bestechen.«

»Nur, *sie* meint meine Arbeitsmethode, und *du* hoffst, mich aufs Kreuz legen zu können.«

»Ich bin keine Ringerin, Heinz. Mich würde lediglich interessieren, wie du so deinen Arbeitstag rumbringst.«

»Du wärst ziemlich enttäuscht. Ich fange nämlich immer unglaublich kitschig und gefühlsbetont an und mausere mich erst im Laufe des Tages zu jener intellektuellen Schreibe, die das kühle Charisma meiner Dichtungen ausmacht. Gut?«

»Merkwürdig, daß dich Selbstironie immer anstrengt. Übrigens, komisch: Dein Arbeitszimmer ist mir der liebste Raum im Haus.«

»Das liegt an den Büchern.«

»Das liegt an dir. Du steckst hier in allem. Man fühlt dich. Man riecht dich.«

»Kein großes Verdienst für einen Pfeifenraucher, ein Zimmer wie das hier mit Atmosphäre zu füllen.«

»Eine Zeitlang hab ich sogar deinen Tabak und deine Pfeifensammlung geliebt.«

»Und ich die Falte, die mein alter Pullover zwischen deinen Schulterblättern warf.«
»Immerhin erinnern wir uns.«
»Das Leben mit dir ist schön. Ich denke gerne zurück.«
»Ob du es glaubst oder nicht: Ich könnte hier zum Heimchen werden. Rücken an Rücken mit all diesen Büchern in *deinem* Rücken drei Dutzend Eierwärmer häkeln oder so was.«
»Die sicherste Art, mich lahmzulegen.«
»Ich weiß. Und doch haben wir so angefangen.«
»Mit Eierwärmern?«
»Eineiig, ja. Du schriebst, ich las. Im gleichen Raum.«
»Wenn du nicht zu Hause bist, fang ich an, fahrig zu werden im Schreiben. Also, wo hat sich da was geändert inzwischen?«
»Zugegeben, du brauchst mich.«
»Das Umgekehrte gilt nicht?«
»Rate mal, warum ich hier sitze.«
»Ich mein nicht jetzt. Ich mein überhaupt.«
»Du hast ein feines Gehör. Schade nur, daß die Schreibmaschine immer so klappert.«
»Ehrlich, Ruth: Es bedeutet dir keine Genugtuung, daß ich nicht schreiben kann ohne dich? Daß ich dich auch *da* nötighabe? *Gerade* da?«
»Du liest mir vor. Ich hör dir zu. Wovon leitest du da den Verdacht auf Genugtuung ab?«
»Ich bitte dich um Kritik. Du nimmst Einfluß auf das, was ich mache. Du hilfst mir, Fakten zu sammeln. Du holst mich zurück, wenn ich Höhenflüge riskiere. Ist das denn nichts?«
»Das ist mehr, als dir guttut. Und ich bade es dann ja auch rechtschaffen aus.«
»Was du ausbadest, ist dein eignes Versäumnis. So lang wie wir verheiratet sind, sag ich: Lies meine Bücher mal, Ruth.«
»Nehme ich Anteil am jeweiligen Manuskript oder nicht.«
»Daß ich dir täglich draus vorlese, besagt doch in bezug aufs Ganze noch nichts. Du kriegst Bruchstücke mit. Du hast bestenfalls ein Mosaik im Kopf. Aber was weißt du von der Grundkonzeption, vom Aufbau, der Gliederung, vom Handlungsbogen, vom Plott? Nichts.«
»Ich wär vielleicht unbefangener, wenn ich nicht wüßte: Jedes dieser Bücher hat mich zwei Jahre gekostet.«

»Na, mich vielleicht nicht?«
»Ist das ein Trost?«
»Manche Kollegen benötigen fünf Jahre für einen Roman.«
»So sehen ihre Gattinnen dann ja auch aus.«
»Worauf willst du raus.«
»Auf einen dezenten Protest.«
»Gehn wir vom Sachverhalt aus.«
»Gern. Du verschleißt mich, Heinz.«
»Nicht eine etwas starke Behauptung?«
»Wenn du damit auf meinen Zustand anspielst: Eher schlapp.«
»Und wenn du den zugegeben unhöflichen Akt puren Älterwerdens mit meinem Zwang zum Schreiben verwechselst?«
»Ich werde gern älter. Und ich halte Schreiben für eine faszinierende Sache.«
»Dann versteh ich dich anscheinend nicht ganz.«
»Geh mal von der Ruhe aus, die du zum Schreiben benötigst. Wo kommt die her?«
»Na, die ist da. Die leisten wir uns.«
»Die produziere ich dir.«
»Doch eine schöne Aufgabe, nein –?«
»Zerlegen wir sie. Wie kommt sie zustande.«
»Dadurch, daß du das Privileg genießt, deinen Mann den ganzen Tag im Hause zu haben. Unsere Ehe *ist* noch eine. Wir sind ständig zusammen.«
»Ich darf teilnehmen an deiner Arbeit; ja. Ich darf dein Wochenpensum obendrein sogar tippen. Nicht nur das. Auch deine Korrespondenz hast du mir vertrauensvoll überlassen. Vom täglichen Versand deiner Feuilletons und Kurzmanuskripte zu schweigen. Und ich darf auch die Anrufer, die Besucher abwimmeln. Lauter Privilegien, stimmt. Besonders wenn du sie in Relation zum Haushalt setzt, den ich ja nebenher auch noch besorge.«
»Du bist undankbar. Und unsre Frühstücksgespräche? Gelten die überhaupt nicht mehr plötzlich?«
»Richtig. Du unterhältst dich ja beim Frühstück auch noch über das voraussichtliche Tagespensum mit mir.«
»Also. Bezieh ich dich ein oder nicht.«
»Doch: Du ziehst mich mit rein. Aus meiner zunehmenden

Substanzlosigkeit wächst dir, wie die wackren Germanisten alten Schlages das nennen, genau *die* Schaffensruhe zu, die du brauchst.«
»Und wem sind folgerichtig alle meine Bücher gewidmet?«
»Mir; deiner Muse.«
»Aber Ruth –: Kann man mehr verlangen?«
»Man kann.«
»Aber was soll ich denn ändern? Ich brauche zwölf Arbeitsstunden, um drei Romanseiten fertig zu kriegen. Du sagst es selber: Der Papierkorb ist voll jeden Tag. Und mein Schädel ist's auch. Er platzt von den Figuren, mit denen ich mich auseinandersetzen muß, fast aus den Nähten. Ich kann nicht schlafen deshalb. Ich habe kaum die Geduld, mich zu rasieren, zu waschen vorm Frühstück. Und frühstücken wir endlich, na, worüber muß ich da dann wohl reden? –: Über das Buch.«
»Was ist dagegen zu sagen? Du könntest vierzehn Stunden arbeiten am Tag, das Frühstück unrasiert in der Küche erledigen. Das ist es doch nicht.«
»Aber ich versteh dich doch richtig –: Du fühlst dich überfahren von mir.«
»Überfahren ginge ja noch. Da steht man auf hinterher und erledigt. Das kennt man ja aus der Liebe. Nein, ich fühle mich ausgebeutet von dir.«
»Das seh ich: Ich, der sensible, der reißende Vampir, ich saug dir dein Blut aus. Doch ich weiß, was du meinst: Du mußt geben, doch du kriegst nichts zurück. Du mußt kritisieren, doch du wirst nicht geltengelassen. Du mußt zuhören, ohne selber einen Zuhörer zu haben.«
»Du näherst dich den Außenbezirken der ausgestorbenen Stadt, von der ich manchmal jetzt träume.«
»Für innere Leere ist man immer selber verantwortlich, Ruth. Doch eine alte Geschichte.«
»Ja, wirklich? Und warum hast du dann diese Evakuierung gefordert?«
»Wie –: Ich versteh dich nicht ganz.«
»Du schreibst über Menschen. Aber wenn sie realiter auftauchen, stören sie dich. Also: Verzicht auf Besuch; die Arbeit geht vor. Du machst Bücher. Aber Bücher zu lesen lenkt dich

nur ab. Also lese *ich* sie für dich. Also übernimmst du meine Meinung. Also diskutierst du nach deinen phänomenalen Dichterlesungen die Werke deiner Kollegen nach dem Geschmack deiner Frau.«
»Und all das füllt dich nicht aus?!«

Wie man heimgesucht wird. Einkaufen gegangen. Luftlöcher plötzlich. Das verläßliche Pflaster unter den Füßen gab nach. Ging in die Knie. Gummigelenke. Entsetzt stob der Pudel (Ali) davon. Verblüffte Heiterkeit noch. Ameisen dann; ihr Kribbeln an Händen und Füßen. Zum Betonsockel eines Vorgartenzaungitters gekrochen: Mir war nach Festem, nach einer Bande zumute. Rückgrat und Hals funktionierten nicht mehr. Nebelnester im Hirn. Hand über Hand die rostigen Pfeile entlang. Zugreifen mühsam; verdummende Finger. Die Eintrübung nahm zu. Passanten, die Mundwinkel krümmten. Verständliches Bogenschlagen. Belustigende Erkenntnis, für volltrunken gehalten zu werden. Loch im Gedächtnis. Erst wieder E.: zusammengebrochen. Unfähig, ihr helfen zu können; nichts mehr bewegbar an mir. Dann Klingeln. Der Taxichauffeur. (Juli 1964.)

»Was sind das für Tage, die ich verbringe! Warum ist alles so schlecht gebaut, daß bisweilen hohe Häuser einstürzen, ohne daß man einen äußeren Grund finden könnte. Ich klettere dann über die Schutthaufen und frage jeden, dem ich begegne: ›Wie konnte das nur geschehen! In unserer Stadt – ein neues Haus – das ist heute schon das fünfte – bedenken Sie doch.‹ Da kann mir keiner antworten.« (Franz K.)

Doch, Doktor; jemand kann. Der Himmel ist nicht für aufwärtsstrebende Steine gemacht. Die Erde, der sie entstammen, holt sie sich wieder zurück. Denn der Stein braucht Besinnung. Zweck ist ihm fremd.

Schachttief tönte eine monoton gestrichene Cello-Saite herauf. Noch bevor das Bewußtsein sie voll registrierte, geahnt: Dies ist der Vortod im Wahn. Geruch wie im Juden-Asyl, in dem wir als Kinder, um ihre Geschenke geschenkt zu bekommen, die Geisteskranken besuchten: Holz, Leder, Schweiß; verdorbene Luft. Bewegen unmöglich; nicht der kleinste Muskel machte mehr mit. Bis auf die Lider. Gitterschatten, als sie sich hoben. Geschlossene Abteilung. Die Cello-Mißhandlung also musiktherapeutisch bedingt. Was war, kehrte sich um. Auch hier einen Juden entdeckt. Sie hatten ihn über der Tür festgenagelt. Auf dem Kreuz zitterte ein Sonnenreflex.

»Nichts Schönres unter der Sonne, als unter der Sonne zu sein.« Immer noch; ja.

Nonnengesichter. Fahl und gefältelt unter gestärkten Hirnlauben hausend. Prüfend, ohne zu sehen. Stundenlang Pinkelflasche zwischen den Schenkeln gespürt. Aus den Augenwinkeln verkarstete Erbsensuppe auf rostfleckigem Tischchen fotografiert. Schienen mit meiner Auferstehung zu rechnen. Zunge in Streik. Langsames Wegtauchen wieder.

Einmal dann noch von oben her Licht. Explodierendes Weiß. Engel, flügellos; sie trugen mich weg. Wachstuchgeruch. Stumpfe Milchglasverbote, denen die Blicke dankbar gehorchten. Das gellende Signal über mir. Unten rotierte rasend die Erde.

Als ich die Treppe herabkam, hoben die Träger ihn schon in den Wagen. Der Wagen war weiß und roch nach Wachstuch und klinischem Sterben. Seine stumpfen Milchglasfenster verschwiegen das Leben; es gelang ihnen, selbst das Tageslicht unwirklich erscheinen zu lassen. Ich klappte einen der Sitze herab, die sich an der Koje befanden, in der sie die Bahre eingeklinkt hatten, und versuchte, in der diffusen Beleuchtung sein Gesicht zu erkennen; vergeblich jedoch, es war zur Wand hin gekehrt. Eine Fahrt wie durch weltweit sinkenden Schnee. Die Straßengeräusche waren in Watte verpackt; und hätte an den Kreuzungen nicht jedesmal das Martinshorn die Stille zerfetzt, man hätte meinen können, wir rasten auf Schlittenkufen dahin. Sogar Goschnik sah unter dem Laken, das man flüchtig über ihn geworfen hatte, wie zugeschneit aus. Er bewegte sich jetzt. Das heißt, er versuchte es nur, die Schmerzen im Innern waren zu groß, und kraftlos sanken die angezogenen Schultern wieder herab. Angehaltenen Atems beugte ich mich in die Koje hinein. Die Straße wurde hier schlechter; er hatte ächzend den Kopf hin und her zu werfen begonnen. Ich hielt ihn ihm fest; seine Schläfen glühten, deutlich war der hämmernde Puls an den zerbrechlichen Schädelwänden zu spüren. Die Augen hatte er noch immer geschlossen, jedoch gewaltsam und wie in ungeheurer Konzentration. Ratlos sprach ich ihn an, irgendwie; er sollte nur außerhalb seiner Schmerzen eine menschliche Stimme vernehmen. Ein fernes Echo schien auch in sein Bewußtsein zu dringen; der angestrengte Ernst seiner Züge verdichtete sich, das Keuchen setzte sekundenlang aus, und ungefüge und bebend versuchten die verkrusteten Lippen ein Wort zu bilden oder genauer: sich, ständig erneut, der einzelnen Buchstaben dieses Worts zu erinnern. Es schien sehr kurz zu sein, zwei Silben lang nur; aber erst aneinandergefügt, formte der Mund sie gleich wieder nach. Ich neigte mich tiefer zu ihm hinab; so, daß ich seinen Atem spürte am Ohr. Ja, nur zwei Vokale enthielt es, ein A und ein O. Und plötzlich riß er die Augen auf und starrte mich an: »Avrom«. Dicht an der Milchglasscheibe hinter ihm floß das verblaßte Gelb einer Elektrischen vorbei und füllte das kreidige Wageninnere einen kurzen Moment lang mit warmem, lebendigem Licht. »Du bist da.« Er versuchte zu lächeln; doch den rissigen Lippen gelang nur eine Verzerrung. »Du hast mich nicht im Stich gelassen.« Er schluckte ein paarmal, das Würgen im Hals schien sich jedoch nicht vertreiben zu lassen. Er stöhnte gequält. Nichts an ihm bewegte sich jetzt. Einzig dieser karstige, wie zerschmettert wirkende Mund. Aber es war nun nicht mehr zu verstehen, was er sagte. Der Fahrer schaltete die Gänge herunter; schlingernd fuhr der Wagen über eine unebene Pflasterstrecke dahin. Baumsilhouetten glitten, wie in milchigen Nebel getaucht, draußen vorbei; rötlich schimmernde Backsteinfassaden; helle flache Gebäude; und Weiß; ständig nun diese konturlos verschwimmenden Kalkflecke der Klinik-Kleidung rings im Gelände; Kalk, die Materie des Todes: Wir waren am Ziel.

So ähnlich ist es gewesen. Acht Jahre vorher geschrieben. *(Ein Unglücksfall;* geplant als Roman. Ist – und bleibt wohl – unverdientermaßen Fragment.)

Hundertsechzig Seiten vorhanden; neunzig davon vielleicht gut; 350 müßten es werden. Thema: Die mißglückte jüdischdeutsche Symbiose. Der Rahmen: Ein orthodoxer Rabbiner, leidend an Deutschland, gibt einem nichtjüdischen Glaser, der sich ihm aufdrängt, ›die Chance‹, eine wiedererrichtete Synagoge zu verglasen. Der Glaser (Goschnik) verunglückt, stürzt durch eine der Scheiben, hat etwa noch anderthalb Tage zu leben. Glaubt, durch den Sturz bewußtseinsgetrübt, in dem Rabbiner (Lovinski), der sich für diesen Unglücksfall verantwortlich fühlt, seinen ehemaligen Meister (Avrom Grünbaum) wiederzuerkennen; der, trotz Goschniks Fürsorge, zusammen mit seiner Frau, auf dem Jüdischen Friedhof in Weißensee Selbstmord beging. Der Sterbende rechtfertigt sich. Lovinski nimmt, nach anfänglichen Skrupeln, die ihm aufgezwungene Rolle an, erweckt Avrom und Sally Grünbaum für Goschnik wieder zum Leben. Ein Buch auf zwei Ebenen. Lovinski, in der schweren, schreibungewohnten Sprache des Talmudbewanderten, berichtet. Goschnik, als hätte Lovinski mitstenografiert, keucht in rasendem Slang. Dazwischen Szenen, aus Goschniks Erinnerung gefetzt oder von Lovinski erlebt, jedoch jetzt als Reflektor, oder auch direkt auf Avrom bezogen. Das Ganze rückwärts erzählt; Goschnik stirbt schließlich als schuldiges Kind. Doch auch Lovinski meint schuldig zu sein, schuldig an Goschniks Tod. Er kann nicht mehr glauben. Sendet das Manuskript an den Gemeindevorsteher, der auf der letzten Seite des Buchs den Eingang bestätigt, offensichtlich ohne die Seiten gelesen zu haben.

Wenn er sich hätte daran gewöhnen können, schreibend ein wenig souveräner mit der Zeit umzugehen, hätte durchaus ein passabler Epiker aus ihm werden können. Denn er verstand zu erzählen, konnte Charaktere entwickeln, hatte eine Witterung für Schicksale, kannte sich in menschlichen Untiefen aus, war traurig genug, was den Tod, heiter genug, was das

Leben betraf und verfügte über eine Phantasiequelle, die ihn seit Jahrzehnten unversiegbar mit Stoffen versorgte. Doch die Entdeckung der Relativität der Zeit hatte ihn der sich so gelassen gebenden Epik gegenüber argwöhnisch gemacht. Wahrheitsliebhaber, der er von Hause aus war, wußte er nun nicht mehr, wie er einer mit dem Raum identischen Zeit im notgedrungenen Nacheinander chronologischer Schreibe noch beikommen sollte. Dem erzählerischen Zugochsenpaar des ›Und dann‹ in einer Weise verbunden, daß keine andere Pflüge-Technik dagegen ankam, sah er fortan, um den Unsicherheitsquotienten so niedrig wie möglich zu halten, nur noch eine einzige Möglichkeit innerhalb seines Arbeitsbereichs: Alles Geschehen in seinen Büchern zwischen Tagesbeginn und Nachtende abrollen zu lassen; denn Licht und Dunkel waren ja wohl nicht zu bestreiten.

Und warum habe ich dieses Buch dann nicht weitergeschrieben? Weil ich mich zu sehr in Zeitgeschichtliches vertieft hatte. War schließlich den Verfolgungen, gar Auschwitz nicht mehr gewachsen. Sprach mir auch das Recht ab, hier richten zu wollen. Hinzu kommt, E. hat Monate ihres Lebens diesem Manuskript opfern müssen. Sie wurde vom Autor in jenen Problemkreis gezogen, ohne ihm je wieder entrinnen zu können.

Die schuldlosen Stellvertreter, die den Mördern zu lächeln erlauben.

Und wie steht es mit der *Pflicht*, jenes Buch weiterzuschreiben? – Jüdisches Schicksal als Pflichtübung? – Was heißt ›jüdisches Schicksal‹: *Deutsches* Schicksal, das am jüdischen scheitert. Und was heißt ›Übung‹? Hier würde der *Ernstfall* beschrieben. – Und die Gefahr, daß das nach literarischer Wiedergutmachung aussehen könnte? – Sie besteht nur, wenn man die jüdischen Figuren überbewertet.

Ohne E. in jener psychiatrischen Klinik und weiterhin der krallig zupackenden Nonnengüte ausgesetzt, vermutlich zum exemplarischen Bilderbuchkrüppel gediehen: »So straft der

Herr die Zweifler: Haben Sie den Patienten auf Nummer sechs schon gesehen?« Geduld, Gevatterinnen; wir kommen auf dieses Thema zurück.

Der Verräter. Als sie das Sauerstoffzelt abgebaut hatten, war ich schon desertiert. Obwohl am ganzen Körper gelähmt, aus allen Vorbehalten heraus: Das Leben ein Zauberkristall, sich brechend noch im unerreichbar gewordenen Bettpfannenrund. Unfähig zu leiden; auch nicht für andere. Nur Erwartung und Wille. Unterm gefühllosen Rücken die sensible Oberfläche der Welt.

Schnell herausdestilliert: Unzerstörbar zuinnerst. Im Sauerstoffzelt und auf dem Operationstisch. In der Zelle und vor dem MG. Auch vor dem Schmerz um den anderen. Manche nennen das Trost.

Kafka nennt es gar Glück: »Theoretisch gibt es eine vollkommene Glücksmöglichkeit: An das Unzerstörbare in sich glauben und nicht zu ihm streben.« Aber, aber, Doktor; das Unzerstörbare strebt doch zu *uns.* Was hätte es denn anders für eine Funktion?

Und was *Sie* meinen, ist auch widerlegbar. Ich kann nämlich das Zerstörbare durch ständiges Hinstreben zum Unzerstörbaren machen. Es wird an meiner Glaubenstiefe liegen, inwieweit das gelingt.

Als Anfangsgleichnis dann vielleicht dies: »Was würdest du machen, wenn du ganz allein auf der Welt wärst?« – »Dann setz ich mich in den Zug und fahr zu meiner Tante nach Leipzig.« Leider nicht von mir; jüdisch. Aber ich hätte den Titel dafür: *Geborgenheit.*

»Das Kind ist nervlich völlig zerrüttet.« Der Psychiater, nachdem Erni erfreut festgestellt hatte, meine Scheu lasse nach. Von da an vergaßen wir sie ein wenig. Vor kurzem – 52 Jahre darauf – hat sie sich eindringlich darüber beschwert.

Die Zitronenscheibe. Kürbisgroß, hoch über meinem Gesicht. Ihr Saft troff neben der Wange aufs Kissen. Hinwenden unmöglich, Genickmuskel aus Stahl. Feuer im Rachen, hinaufgestarrt, wo sie hing. Erst nach Tagen in ihr die Deckenlampe zu erkennen begonnen, die sie brennen ließen, weil ich in meiner Starrheit die Nacht als Grabgewölbe empfand.

Der Lächler. Porträt eines Arzts. Scheu. Die entwaffnende Güte im Blick nur während der Untersuchung von gespielter Strenge verdrängt. Neurologe; bis in die Fingerspitzen hinein. Das Klügste an ihm: die Hände. Vernichtend keusch wirkend sonst. Ungewollt kokett, wenn die eisgraue Strähne aus der Stirn gewischt wurde. Verletzbar-herzlich. Ein Arzt, dem man zu helfen wünschte. Den die wenig überzeugende Gelehrtenbrille nur durchscheinender machte. Vor Menschlich-Problematischem sich in unbeholfene Sachlichkeit flüchtend. Schnecke, im eigenen Haus nur zur Miete. Tumb, parzifalhaft; ein akademisches Kind. Guter Diagnostiker, problematischer Therapeut; zu unentschlossen, seelisch zu zart. Nichtraucher, Fußgänger. Zögerer, Umwegmacher, Hinausschieber; Vogelliebhaber, Heidefreund. Harmlose Gipfel mit hohem Enthusiasmus bezwingend. Gluckige Knollenfrau, die ihn im Ei gelegt haben könnte: Noch heute geborgen in ihrem gebuchteten Kalk. E. ihm logischerweise verfallen vom ersten Tag an.

Warum ›logischerweise‹? Weil er E. die Verantwortung abnahm für mich. Weil er mir half. Weil ich E.s Liebefähigkeit nicht genügend ausgeschöpft hatte. Weil Literatur den Mitbetroffenen nicht schützt, sondern auslaugt. Weil mein Zustand Mitleid suggerierte, sonst nichts. Weil seine Keuschheit ihn begehrenswert machte. Weil ich, diese zwölf Ehejahre lang, sprunghaft, egozentrisch und unausgeglichen gewesen war. Weil *er* hatte, was *ich* nie aufzubringen vermochte: Güte, Geduld. Weil es mir um Figuren ging, ihm um den Menschen.

Die Komparsen dieser Schicksalsinszenierung wußten Bescheid. E. möge sich doch zusammennehmen; *ich* sei die Hauptperson jetzt. Fehlbesetzung: Der *Gefährdete* braucht den

Souffleur. Der Heimgesuchte hat seinen Text ja inzwischen längst schon gelernt.

Italien noch. Nenad: »Mamma, wird in der Kirche mit dem Kugelschreiber gebetet?« Marina (da gläubig, nach einigem Zögern): »Warum eigentlich nicht?« Ich, *jetzt* (als Antwort für später): »Nur, wenn man ein geistliches Alibi braucht.«

Als der neunzigjährige Rabbi Eliser aus Lwow auf dem Sterbebett lag, fragte ihn aus der bedrückten Schülerschar einer, ob er nicht vielleicht doch noch einen Wunsch habe. Der Sterbende nickte unmerklich. »Wasser«, flüsterte er, weil er vor seinen Schülern auf dieser Welt nicht ohne ihr Kostbarstes davongehen wollte. Bestürzt über die Anspruchslosigkeit seiner Bitte, hasteten die Schüler hinaus an den Brunnen. Jeder kam mit einem Becher Wassers zurück. Rabbi Eliser wollte keinen seiner Schüler enttäuschen; so trank er aus jedem der Becher. Zu spät bemerkten die Schüler, daß sie den Meister auf dem Todeslager noch genötigt hatten. Doch Rabbi Eliser, der seinen Tod mit der Anstrengung des Trinkens um kostbare Minuten vorverlegt hatte, spürte das Erschrecken der Seinen. Er sammelte seinen letzten Atemvorrat. »Meine Kindheit war so gewürzt«, hauchte er, »daß mir der Durst nach ihr bis heute geblieben ist.« Auf diesen Satz haben die Schüler Rabbi Elisers die Lehre gestellt.

Erstes Erinnern. Kaleidoskopisch schießen glimmerfunkelnde Mauer, großer gelber Kürbis und schwarze Katze zusammen. Dann breitet das erinnerte Kraftfeld sich aus: wird ein verwunschener Friedhof. Rotdornhecken, Brombeergestrüpp. Die Mauer umschließt ihn; moosige Kappe. Es wohnen Eidechsen zwischen den überwucherten Steinen. Ein Mann fängt sie. Er hat die Hosenbeine mit silbern blitzenden Fahrradklammern verengt und wirft seinen gedrungenen Schatten auf die eingeebneten Gräber: Vater. Sein roter Schnurrbart glüht in der Sonne. Der Kürbis liegt gelb auf der Mauer. Er hat die grünen Ellbogentriebe aufgestützt und schielt aus den Augenwinkeln zu der schwarzen Katze hinüber, die auf dem anderen Ende der Mauer mit spielenden Ohren die Schwebefliegen belauert. Der Schlüssel muß abgegeben werden. Es ist eine Auszeichnung, ihn zu erhalten. Alle Toten sind damit einverstanden, daß sie nur Vater (und mir) widerfährt. (Frankfurt am Main, Oberrad, 1923.)

Friedhof: Das Ende. Kürbis: Die Welt. Katze: Das darüber, dahinter –: Ich war voll informiert.

Die erste Tote mit vier Jahren. Frau Schlettwagner in Oberrad; unsere Vermieterin. Ich nahm an, sie wäre zur Strafe gestorben; sie war immer so streng. Ihr ratlos in die gähnenden Nasenlöcher geblickt. Unangenehm berührt von der Stille im Raum, von dem Geruch. Beim Hinaustreten an das Spielzeug gedacht, das sie mir zu Weihnachten geschenkt hatte: Blechernes, aus zwei flachen Hälften nur flüchtig zusammenmontiertes Männchen, das sich mit nervös zappelnden Schlenkerbeinchen auf die Handgriffe einer aufziehbaren Blechschubkarre stützte. Ich holte es gleich aus der Kiste. Plötzlich mußte ich heulen.

Die Rache der Dinge. Zwanzig Jahre hatte er den Schmerz um ihren Tod tief in sich verschlossen. Da fiel ihm die Sicherheitsnadel in die Hände, mit der sie sich einmal den Kleidsaum festgesteckt hatte, und um seine Beherrschung war es geschehen.

Die Zigeuner wissen es. Nichts darf zurückbleiben. Andenken verkleinern. Werte sind dem Gedächtnis im Weg. Hinterlassenschaften stiften nur Streit. Je spurloser der Gestorbene aufbricht, desto ungetrübter sein Bild. Daher: Ist der Tote begraben, werden seine Kleider, seine persönlichen Gegenstände verkauft, weggeworfen, verbrannt. Das gilt für die Tabakspfeife wie für den Wohnwagen, für das Amulett wie für den Kassettenrecorder. Kein Stammesmitglied soll etwas erben.

Was bleibt, ist die Erfahrung des Todes. Als Kind sie jedoch erst aus der Literatur, dem Märchen bezogen. Jetzt der eisige Schock, der tägliche Argwohn, die ständige Angst. Begreifen wollen, ohne zu können. Monate lang Nacht für Nacht Stunde um Stunde mir jenes unmenschliche ›Nie wieder‹ so lange vorgesagt, bis die Ausweglosigkeit sich als schwarze saugende Röhre aus dem Schlafzimmerdunkel abzuheben begann. Lautlose Luftwirbel davor; sie rissen alles, was lebte, hinein. – Seither keine realistischere Auffassung des Sterbenmüssens erworben; scheint, daß jene annähernd die richtige war.

Bloch: »Das Nordlicht erster metaphysischer Ahnung.« Ja, so geht sie auf: mit lautlosen Lichtorgelschauern am schneeigen Bettlakenhimmel.

Nenad, drei Jahre, vier Monate jetzt, lebt mit dem Tod. Der bietet ihm reihum die einprägsamsten Beispiele dar, auf die wir weder hinweisen, noch sie verschweigen. Er weiß, daß die Toten Erde bedeckt; fragt aber auch, ob zwei eben gestorbene Tanten einander wiederbegegnet seien. Wir lassen diese Möglichkeit zu.

Nenad, lächelnd: »Müssen wir auch sterben?« Wir: »Erst wenn wir ganz alt sind.« Sein Lächeln erlischt. »Ihr sollt aber nicht sterben!« Wir, überrumpelt von seinem Schmerz, seinem Lächeln: »Wir sterben ja auch nicht.« Bleibt unwidersprochen. (Die Inkonsequenz der Liebe.)

Der Friedhofsangestellte trug die Urne. Tante F. in Konservenbüchsenformat. Man konnte weithin über Grabsteine, Laubenparzellen und Baustellen blicken. Marina ging mir voran: Eurydike, Orpheus im Schlepp.

Ich achtete darauf, ihr nicht auf den Schatten zu treten.

Frau Lichtigkeit und Herr Schattenreich. Kindermärchen.

Schattenboxen. Stallungen, in denen die apokalyptischen Reiter ihre Gäule für den Großeinsatz schwärzen.

Anfangs kam sie fast täglich. Kannte sich im unübersichtlichen Klinikgelände bald besser als in jeder ihrer früheren

Wohngegenden aus. Erste Frage, wenn sie hereinkam: »Wie geht es?« Zweite: »War er schon hier?« Ich konnte meistens melden: »Er wird wohl noch kommen.«

Das Verhältnis kehrte sich um. Was *ich* Leben nannte, war draußen; was *ihr* Leben jetzt ausmachte, drin. Es gab schließlich für sie nichts anderes mehr: Nur diese Klinik; nur diesen Mann. Und also auch mich. Aber *mein* größter Wunsch war, sich irgendwo an mir (Handrücken möglichst) wieder eine Sehne bewegen zu sehen; *ihr* größter, daß die Türe aufginge, und er auf seinen kalkigen Arztkittelflügeln hereingeweht käme. Gegensätze, die vielleicht zu ertragen, jedoch nicht zu vereinbaren sind.

Ich. Dem Leben gegenüber war er Autodidakt; man hatte ihn nicht auf die Strenge dieser Disziplin vorbereitet.

Ihr charismatischer Charme. Die Unabdingbarkeit ihrer Blicke. Ihre sich verdichtende Einsamkeits-Aura. Diese mit Kamikaze-Präzision gesteuerte Leidenschaft, hart an meiner Schläfenmembrane vorbei: Eros, Gerechtigkeit fordernd. (E. 1964.)

Deutsche Miniaturen. (Arbeitstitel.) Buch mit kurzen, prägnanten Geschichten. Dialogischer Durchschuß; der Pointe nicht abhold; zündender Plott. Deutsche Tiefen auslotend. Blochs »fabelnd denken« als Werkstatt-Motto. Thema: Unsere Großen in zugespitzten Typischstsituationen; Literaten bevorzugt. Als Ausgangsbasis etwa:

1. Lichtenberg, seiner *zweiten* jugendlichen Geliebten (der Kellener, seiner späteren Frau) das Kaffeekochen mit den Kaffeekochkünsten der gestorbenen ersten erklärend: »Die kleine Stechardin machte das *so:* . . .«

2. Der junge Schiller, seinem Vater, dem Offiziers-Medicus zuredend, einen sich krank stellenden Soldaten gesund, und damit einsatzfähig, zu schreiben. Der Mann fällt.

3. Johann Sebastian Bach verfolgt einen Drehorgelmann, um sich dessen Melodien einzuprägen. Verängstigt schenkt der Mann ihm seinen tanzenden Affen, dessen leichtes Kettchengeklirr Bach das Anfangsmotiv des Brandenburgischen Konzerts suggeriert.

4. Kant, einem hysterischen Nervenzusammenbruch nah, hat sich abends in den Außenbezirken Königsbergs verlaufen. Ein gutmütiger Laternenanzünder geleitet ihn in bekanntere Gefilde zurück.

5. Lessing, sich am Totenbett seiner Frau eine kritische Wendung notierend.

6. Hölderlin, zum ersten Mal im Tübinger Klinikum, von Medizin-Professor und Kanzler Autenrieth zum Tragen der von diesem erfundenen Gesichtsmaske genötigt. Hölderlin schreibt in ihr ein Gedicht.

7. Die Vulpius erklärt der auf der Durchreise befindlichen Charlotte von Stein, wie sie, zu dessen Wohlgefallen, Goethes Rüschenmanschetten behandelt. Einsichtig und machtlos reist die Stein wieder ab.

8. Matthias Claudius über den schadhaften Zaun hinweg einen in Tätlichkeiten ausartenden Streit mit dem Nachbarn anzettelnd. Grund: Der Nachbar will das Zaunloch nicht reparieren, was ebensogut Claudius' Angelegenheit wäre.

9. Kleist und Henriette von Vogel, am gemeinsamen Sterbetag einem wohlgerichteten Frühstück zusprechend und sich in gespanntem Geplauder am Gedanken ihres postmortalen Weiterlebens ergötzend.

10. Rahel Varnhagen, von der Putzfrau im Stich gelassen, bohnert wütend ihren Salon für den Abend. Heinrich Heine, der sich verfrüht, hilft ihr begeistert. Auf den Knien rutschend, Gespräch über die Auswüchse der deutschen Romantik dabei. Schluß: Heines romantische Liebeserklärung.

11. Clemens Brentano, der Anna Katharina Emmerich, seinem verehrten katholischen Medium, die morgendliche Wärmflasche offerierend, fragt nach stattgehabten Gesichten. Diesmal hatte die Emmerich keine. Verstimmt zieht sich Brentano mit der Wärmflasche wieder zurück.

12. Georg Büchner auf der Schweizer Fremdenpolizei, einem Unterinspektor seinen überstürzten Weggang aus Deutschland erläuternd.

13. Annette von Droste-Hülshoff, auf einem ihrer morgendlichen Spaziergänge Zeugin, wie eine Ringelnatter eine Eidechse verschlingt. Von nun an nicht mehr befähigt, ihre berühmten Naturgedichte zu schreiben.

14. Bismarck, der Frau eines jüdischen Textilkaufmannes und führenden Sozialdemokraten einen Höflichkeitsbesuch abstattend. Grund: Bismarcks Doggen haben den Rehpintscher der Dame zerfleischt.

15. Wilhelm Busch, als Rembrandt auf einem Kostümfest, wird von einer Maske verführt, die sich als sein Milchmädchen herausstellt. Busch von nun an zum Frauenfeind reifend. (Hatte sie schon Saskia genannt.)

16. Marx, vor einer Einladung ins Haus Rothschild, festgetrocknetes Eigelb im Vollbart entdeckend, kann den Bartkamm nicht finden. Überwirft sich deshalb mit Engels, der den Kamm, nachdem Marx losgestürmt ist, als Lesezeichen in einem Conan-Doyle-Band entdeckt.

17. Nietzsche wird von der Dame, nach der ihn gelüstet, kameradschaftlich gewarnt, sie sei krank. Er fürchtet, sie zu beleidigen, verschmähte er sie; und holt sich bei ihr die Lues.

18. Rilke berichtet Kafka in einem Prager Café von den Vorzügen, auf Fürstenschlössern zu dichten. Kafka bekommt einen Weinkrampf und konzipiert vor Neid und Verzweiflung *Das Schloß*.

19. Thomas Mann wird von Marlene Dietrich um einen Songtext gebeten. Beleidigt schickt er ihr sein Gesamtwerk, um darauf hinzuweisen, wer er sei. Marlene Dietrich ruft daraufhin bei ihm an. An sich habe sie sich den Songtext lockerer vorgestellt.

20. Alfred Döblin, der einst aufgeklärte Jude, zu Besuch bei entfernten Verwandten in Polen. Versteht den Chassidismus nicht, entsetzt sich über einen Wunderrabbi und wird von einem verkrachten Pfarrer für den Katholizismus gewonnen.

21. Ernst Barlach empfängt in Güstrow einen hohen NS-Funktionär, der ein Verehrer seines Gesamtwerkes ist und ihm das höheren Ortes dekretierte Arbeitsverbot überbringt. Barlach zeichnet den Mann, verehrt ihm das Blatt und macht ihn beim Gang über die Felder auf die gute Runkelrübenernte aufmerksam, die bevorsteht.

22. Eichmann beim Mittagessen, kauend das *Schema Israel* lernend. Ein Unterführer stört: Einer der KZ-Insassen hat im elektrisch geladenen Stacheldraht Selbstmord begangen. Eichmann verärgert; es ist der Professor für Judaistik gewesen, der ihn abhören sollte.

23. C. G. Jung, bei Hitler zum Kaffee, Plätzchen knabbernd und auf Turnvater Jahn als letzte bürgerliche Reinkarnation Wotans verweisend. Himmler setzt Darwin dagegen, Göring: Olaf Gulbransson, Dönitz: Großadmiral von Tirpitz. Bis Hitler, durch eine von Jung provozierte Selbstanalyse bewogen, zur Erkenntnis des *neuen* Wotans in sich selber gelangt.

24. Albert Schweitzer, in Lambarene einen Eingeborenen operierend. Läßt sich vom Assistenzarzt ablösen, wie er erfährt, einen heidnischen Medizinmann mit beachtlichen Heilerfolgen unterm Messer zu haben. Spielt Bach zur Beruhigung.

25. Brecht, beim Funktionärs-Schneider für eine neue Proletarierjacke Maß nehmen lassend, setzt Johannes R. Becher, den

Kulturbeauftragten Ulbrichts, davon in Kenntnis, er werde mit seinem Ensemble nach Moskau emigrieren, wenn er nicht mehr Freiheit erhalte. Becher bittet, sich ihm gegebenenfalls anschließen zu dürfen und nimmt seinen FDJ-Epheben einen Posten neu geschnittener Halstücher mit.

26. Günter Grass und Wolfdietrich Schnurre, am Tage der Abriegelung Ostberlins dem Ersten Sekretär des dortigen Schriftstellerverbandes eine Aufforderung zum marxistisch verschlüsselten Protest übermittelnd. Bei einer HO-Wurst gedenkt man unter Panzerkettenrasseln und dem Marschtritt der Betriebskampfgruppen des gemeinsamen literarischen Erbes.

5. KAPITEL

Die Tür in der Mauer

Freiheit. Der Geruch nach Farn und warmem Heidekraut, der ihn umgab, ist zuerst da. Dann der menschenleere Vorortbahnhof. Dann steigt er ein, zwängt sich, die untergehende Sonne im Rücken, ins feierabendlich überfüllte S-Bahnabteil: Rostfarbene Stoppelwangen; Bussardfeder hinterm schweißfleckigen Hutband; kühles Nagelkopfblau die Pupillen; schlägt am Handballen die Spucke aus der Mundharmonika und sagt laut und vernehmlich, daß er ein Abendbrot brauche; man solle ihm das Geld in die Jackett-Tasche stecken; in die linke möglichst, in der rechten sei das Futter zerrissen. Er spielte: *In einer kleinen Konditorei, Ich küsse Ihre Hand, Madame* und *Ich hab kein Auto, ich hab kein Rittergut,* wobei er in seiner Aura aus Sonnenglast und Kieferngold der Länge nach durchs Abteil schritt, überraschend begünstigt durch den plötzlichen Freiraum um sich herum; so eng die Leute standen, niemand wünschte ihn zu berühren. Er schien Übung zu haben; sein Repertoire paßte genau zwischen zwei S-Bahnhöfe. Bevor er ausstieg, um ins nächste Abteil überzuwechseln, sagte er laut und vernehmlich: »Sie haben mir kein Almosen gegeben, Herrschaften. Sie haben mich für eine Leistung bezahlt.« Zeigefinger an die Hutkrempe, und raus. Die Erleichterung der Fahrgäste war groß. Sie hatten ihn nicht verdient. (Berlin, 1929.)

Er war einer von *den* Arbeitslosen, die einen Arbeiter sich grün und blau ärgern lassen konnten vor Neid. Vater litt Wochen an der Unabhängigkeit jenes Mannes. »Er ist frei«, sagte Vater. »Und ich? Ich *nehme* mir frei.«

Kürzlich einen Menschen zu Gast, der bei jedem belegten

Brot, das man ihm aufdrängen mußte, »Ich bin so frei«, sagte: Die Losung des Geknechteten.

Und wer nimmt den Atem der Freiheit am innigsten wahr? Unser eingesperrtestes Organ; hinterm Kerkergitter der Rippen: die Lunge.

Er nahm sich eine Menge Freiheiten heraus. Und worin befanden die sich? In der Zigarettenpackung unter seiner Zellenmatratze.

Arbeit ist Knechtschaft. Wirklich frei bin ich nur faul. Denn müßig kann auch der Gefangene sein.

Faulsein ist hohles Existieren: Verkürzt, nach Bloch. Dem Faulsein Wunschlosigkeit zugebilligt (auf der es besteht), kann es, der Ungeduld materialistischen Zweckdenkens zum Trotz, aber auch reinstes Existieren an sich sein. (Es müssen eben nur die richtigen Leute faul sein; Marina zum Beispiel; als Russin ist sie fürs existenzielle Faulsein geradezu prädestiniert.)

Der Italiener hat kein Talent zum Faulsein; er faulenzt höchstens; was eine kurzfristige Kümmerform ist.

Müßiggang. Da ist in der letzten Silbe immer noch einer unterwegs. Er sucht Arbeit.

Müßig kann nur der Arbeiter sein. Faul nur der Faule.

Müßig ist man wissend; faul gewußt habend.

Faulheit hat Würde. Müßiggang Langeweile.

Mit ›faul‹ ist eine Arbeitgeber-Wertung verknüpft. Zu Unrecht. Mit dem Faulen ist nichts zu gewinnen. Allenfalls Zeit.

Italien. Der Arbeiter hier hängt an das, was er tut, gern einen Schnörkel. Da wirkt der Arbeitsvorgang leicht unernst, verspielt. In Wirklichkeit aber erfordert dieser Schnörkeldurchschuß der Arbeitsmonotonie noch zusätzlich Präzision. Die sich allerdings auszahlt. Denn diese Exaktheits-Schlenker sorgen für Anmut und Abstand, schließen die Vereinnahmung als Arbeitstier aus. Wer sich mit jedem Schippenheben erst eine Arabeske gestattet, ehe er das Blatt in die Kiesladung sticht, dürfte zum Lohnsklaven nicht taugen.

Das färbt ab. Handgelenkschwünge beim täglichen Tippen, die undenkbar wären in Preußisch-Berlin.

Arbeitstier. Falsch gebildet. Das Tier wird vom Menschen zur Arbeit gezwungen. Der Mensch, den man so nennt, arbeitet *gern*. Er wäre kein *Mensch* mehr, müßte er aufhören zu schuften, aber noch lange kein *Tier*.

Ist ein Tier müßig? Ist ein Tier faul? Ein Tier ruht.

Muße hat einen entscheidenden Nachteil. Sie impliziert die Frage: »Wofür?«

Waren Adam und Eva faul oder müßig? Sie waren zu faul, um müßig sein zu können. Das war es ja, was Gott so erboste: Daß der Apfelbiß ohne anstrengende Vorbereitungen und in absoluter Trägheit erfolgte.

Mit der Vertreibung aus dem Paradies hat Gott sich zum Arbeitgeber erniedrigt.

Arbeitsfreude. Beweis der Kraftlosigkeit göttlicher Flüche.

Arbeitgeber: »Aber ändern Sie doch Ihren Standpunkt!« – Streikender: »Ich biete Ihnen einen Kompromiß an: Ich wechsle mein Standbein.«

Arbeit geben. Das ist nun *wirklich* seliger, denn nehmen.

Arbeitnehmer. Da nimmt einer was weg. Warum nicht gleich ›Arbeits*dieb*?‹

Das waren noch Zeiten, als man den Arbeiter mit dem Titel ›Lohnempfänger‹ ehrte.

Broterwerb. Auch so eine Hungervokabel des geknechteten Proletariats.

Erwerbslos. Man zieht es und ist ihn los.

Arbeitsmoral. Ein zündendes Beispiel für vorbildliches Unterdrücktwerden geben.

»Und Arbeitsfriede auf Erden!« Aufkleber für Unternehmer. (Auch von der Belegschaft, nach Empfang des Weihnachtsgeldes, zu sprechen.)

Italien. Schnee auf den Bergen jenseits des Lago. Die Heidehänge darunter rostig verfärbt. – Nenad sammelt Abschiedserfahrungen: »Mamma, ist ein Knoblauchstreupulver traurig, wenn man von einem Knoblauchstreupulver weggeht?« – Ja, das Knoblauchstreupulver ist traurig; und wie. Hat die silberne Knoblauchknolle nicht *alles* hingegeben für uns? Was sich ins Dienen schickt, wünscht, nicht verlassen zu werden. (Alte Sklavenerfahrung.)

Unsere Nächste hieß Liesbeth. Klüger, älter und ordentlicher als Vater. Maliziöse Strenge, wenn ich mich an ihr Lehrerinnengesicht zurückzuerinnern versuche. Das rechte Vertrauen sproß wohl nicht zwischen uns: Alles, was mir, im Zusammenhang mit ihr, einfällt, unterbelichtet.

Das leise rhythmische Klingeln. Regelmäßig davon aufgewacht nachts. Kopf hin und her gewälzt. Immer dabei den Plüschbären mit der Schelle am Halsband neben der Wange. Oft kam Vater herein und hielt mir den Kopf fest. Stiefmutter Liesbeth kam nie. War ja als Lehrerin auch eine vielbeschäftigte Frau. (Frankfurt-Oberrad, 1924.)

Hermann; Pferdeknecht, Forsthaus Eichheide. Winzig; wurzelhaft. Jähzorniger Faulkner-Gnom. Tobte ständig mit den gegen die Stallwände keilenden Gäulen herum, die er mit Fäusten, Mistgabel und Tritten traktierte. Kleines, zusammengezogenes, an eine verdorrte Kastanie erinnerndes Zigeunergesicht. Schöne indianisch gebogene Nase. Nach kalter Tabakspfeife und beizendem Pferdeschweiß riechend. Verwitterte, kreuz und quer gefräste Kerben im Nacken. Brauner, tabaksaftglänzender Schnurrbart mit unlustig aufgezwirbelten Spitzen, die ihm etwas unentschlossen Martialisches gaben, das die hängenden Hunnenschultern jedoch von Grund auf wieder verdarben. Knochige Melkerdaumen. Nie Kragen am dünn gestreiften Metzgerhemd. Dafür Latz unter der Jacke, werktags aus Leinen, sonntags aus bläulichem Samt. Wenn Gäste abgeholt wurden, auf Hochglanz gewienerte Lederröhren mit ausgebuchteter Wade um die Manchesterhosen geschnallt. Bräunliche, zu reichlich bemessene Joppe; Art Parkwächterdienstmütze dazu. Nach Feierabend in Klotzpantinen; Pferdemistfladen unter den Sohlen: kaum zu hören auf dem Hofholperpflaster. Bissig-nett zu uns Kindern, da er, dem Wuchs nach, ja selber eins war; immer uns mitfahren lassen. Einmal ihm in Eichhorst (Werbellin-See) auf der Kirmes begegnet. Betroffen von dem Nichts an Ausstrahlung um ihn herum. Er hörte auf, wo seine rissigen Konturen aufhörten, hat nicht *einen* flirrenden Zentimeter weiter gereicht. Im Stall und auf dem Hof jedoch gleich wieder in gewittrigen Kraftfeldern wirkend, deren züngelnde Ausstrahlungen uns noch hinter den Forsthauswänden erreichten. Ihn vor allem zum Kriminalromantauschen gebraucht. Die gelb broschierten, abgegriffenen Krimis haben neben Wagenschmierbüchse, Rasierpinsel und rostigen Trensen auf einem ungehobelten Brett über der mit einem schweißdurchtränkten Woilach abgedeckten Eisenbettstelle gestanden. Leder- und Salmiakgeruch in den strapazierten Seiten, so daß noch heute Doktor Watson und Sherlock Holmes, selbst auf den vornehmsten Gesellschaften, angenehm barbarisch nach Pferdestall und durchschwitztem Lederzeug riechen.

Die Pferde bei Kafka. Das Streitroß Alexanders des Großen als Advokat Dr. Bucephalus; die beiden unirdischen Pferde im *Landarzt;* das zitternd erschöpfte Pferd der Kunstreiterin

(Auf der Galerie); die wilden Pferde der Nomaden und der Mist, den die Bürger sich wegzuschaffen bemühen *(Ein altes Blatt);* die Unmöglichkeit, reitend *Das nächste Dorf* zu erreichen; das davonrasende Pferd im *Wunsch, Indianer zu werden,* das schließlich kopflos dahingaloppiert, ehe es sich gänzlich aufzulösen beginnt; die Pferde im Verkehrsgewühl, die die Blicke der Verlassenen wieder »der menschlichen Eintracht« sich zuwenden lassen *(Das Gassenfenster);* die »verstreut auf ihren Pferden galoppierende Polizei« *(Der Kaufmann);* gar die ganze Geschichte *Zum Nachdenken für Herrenreiter –:* Überall ist diesen Pferden eine fast schon metaphysische Unschuldsaura zu eigen, haben sie, worüber Kafka vermutlich gelächelt haben würde, talmudische Dienstengel-Funktionen.

Im *Nachdenken für Herrenreiter* die beiden hinreißenden Anfangssätze, die – eigentlich in allem – mein Credo sein könnten: »Nichts, wenn man es überlegt, kann dazu verlocken, in einem Wettrennen der erste sein zu wollen. Der Ruhm, als der beste Reiter seines Landes anerkannt zu werden, freut beim Losgehen des Orchesters zu stark, als daß sich am Morgen danach die Reue verhindern ließe.«

Mit Karl auf dem Pferdemarkt. (1936; Rennbahn, Berlin-Weißensee.) Vater Jorkan hatte das ältliche Verkaufsobjekt in ein jugendliches Zugpferd verwandelt. Die flachgekauten Zähne schartig gebrannt. Stechapfelsaft eingeflößt (Kurzatmigkeit damit gedämpft); Pfeffer ins Futter, auf daß es sich prall soff, und mit Schuhwichse und Bürste kunstvoll Glanzlichter verteilt auf dem räudigen Fell. Es ist für hundertzwanzig Mark weggegangen. Vater Jorkan mußte sich allerdings ziemlich beeilen. Das vollgepumpte Pferd konnte das Wasser nicht halten. Ich sah im Losrennen noch, es machte, zum Befremden des neuen Besitzers, eine ziemlich einschneidende Veränderung durch; vor allem was die plötzlich, wie Riffe bei Ebbe, hervortretenden Knochen betraf.

Obwohl die Zigeuner als kniffreiche Roßtäuscher zu Recht verschrien sind – es ist einer der wenigen Berufe, in dem sie echten Ehrgeiz entwickeln –, lassen sich die Bauern noch heute am liebsten von *ihnen* die Pferde vermitteln. Kein Pferdehändler weiß besser über Rassen und Marktlage Bescheid. Ihr internationales, dem Pferdehandel zuliebe ausgebautes Nachrichtennetz ist unübertroffen. Und wenn sie auch miserable Reiter sind: das Pferd hat in ihnen den Menschenbruder gefunden.

Die Zuneigung des Zigeuners zum Pferd kann so weit gehen, daß er auch die ›frisierten‹ mit einbezieht. Adjam K., ein Onkel Karls, ist seinen liebevoll und kunstreich veränderten Pferden so lange nachgereist, bis er sie durch Strohmänner zurückgekauft hatte. Stark verbilligt zumeist; denn die Wirkung der Tricks ist äußerstenfalls auf Tage, wenn nicht nur Stunden berechnet. Karl behauptete, es habe Pferde gegeben, die hätte Onkel Adjam dreimal ›verzaubert‹ und viermal verkauft.

»Ihre Pferde sollen gesund bleiben.« Noch heute, im Zeitalter der motorisierten Wohnwagenkolonnen, gebräuchlichster Zigeunergruß; auch den Gadsche gegenüber.

Zigeunerballade (1.)
Mittags fahren die Zigeuner nicht weiter. Mittags gehen die Mulé, die Geister der Gestorbenen um. Es ist die Zeit ohne Schatten. Die Sonne steht im Scheitelpunkt zwischen Osten und Westen. Jetzt gehört den Mulé alles; die Felder ringsum und die Fernsehantennen an den Wohnwagen, das Große sowohl wie das Kleinste. Man muß sich den Mulé fügen, sie würden sich rächen.
Da der Mittagsrastplatz ein guter Platz ist, gibt Ruben auch gleich das Zeichen zu lagern. Er hat recht, man sollte länger hier bleiben. Es sind Dörfer durch den Hitzeschleier zu sehen; die Frauen werden bei den Gadsche dort finden gehen können, ohne sich die Füße wundlaufen zu müssen.
Vitus hilft das Kinderzelt aufzurichten. Kukas und Adjam klettern von den Traktoren. Ihre Gesäßmuskeln sind noch verkrampft, sie recken sich ächzend. Chrapos deckt auf der Sonnenseite die Reifen seines schwerbeladenen LKWs mit Wellpappe ab. Es liegt roter Staub auf den Karosserien, die

schönen verchromten Beschläge kommen gar nicht mehr richtig zur Geltung.
Vitus geht an der Wagenkette vorbei. Er setzt sich auf einen Grenzstein am Feldrain. Eine Lerche hängt hoch in der reglosen Luft. Der Junimittag hat ihr Glut in den Schnabel gestopft, sie schweigt. Vitus preßt die Augen zusammen. Es heißt, man muß sich einen neuen Blick aneignen, um einen Mulé wirklich wahrnehmen zu können. Vitus hat Übung, er übt das, trainiert seit drei Monaten schon. Er weiß, daß ein Roggenschlag anders atmet als eine Kiesgrube. Über jenem zittert die Luft, über dieser ist sie glatt wie ein Spiegel. Aber die Mulé heben sich nicht von ihr ab. Sie schlucken die Luft und sie entlassen sie wieder, je nach Belieben. Das macht, man spürt zwar ihr Wehen, doch man nimmt nicht ihre Kontur wahr.
Hinter ihm räuspert sich jemand. Es ist das Lungenrasseln Baba Tamaras. Gleich darauf prasselt wieder der Speichel in ihrer Pfeife. Sie spuckt aus, sie kaut auf dem narbigen Stiel. Dann seufzt sie. Sie sagt:
»Es ist sinnlos. Er kommt nicht; du kannst es mir glauben.«
Vitus dreht sich nicht um; sie hat das Lager, das Lachen Elys und Belas im Rücken, das hindert. Er starrt auf die flirrenden Felder. Er sagt:
»Du würdest es mir nicht so oft sagen, Baba, wenn es so wäre.«

Der Bienenmeister vom Rittergut Stibbe. Schwer, groß und kompakt. Abgenutzt wirkend und teddybärhaft. Auch im Sommer in ausgelatschten Pantoffeln. Gesamteindruck: Deprimierendes Grau. Jackett, Weste, Hose jedoch speckig vom Glanz der honigtriefenden Jahre. Weiße, an störrische Grammophonnadeln erinnernde Bartstoppeln im milden, tiefroten Lampiongesicht. Blaues Aderndelta auf der brüchig-porösen Nase. Speichelnde, Schmatzen suggerierende Lippen. Drahteingefaßte Kurzsichtigenbrille, deren dicke, stark vergrößernde Gläser die unnatürlich geweiteten Pupillen wie in silberblauem Emaille schwimmen ließen und staunende Einfalt zu signalisieren versuchten, die aber in starkem Widerspruch zur erdverbundenen Festigkeit seiner gespreizten Beinsäulen stand. Die betäubende Aura aus süßem Honigwachs um ihn herum, halb an bleiche Begräbniskerzen, halb an die blonde Zärtlichkeit frisch aufgeschnittener Brötchen gemahnend. Seine bauchige Uhr in der Westentasche, mit einer dreckigen Kordel am ausgefransten Westenknopfloch befestigt. Junggeselle; da ja auch viel mit seinen summenden Bienenvölkern unterwegs, die in ihrer Blütenverbundenheit und sinnlich krabbelnden Emsigkeit ihm eine Frau fast sichtbar und aufs angenehmste ersetzten.

Nenads Gedächtnis. Falltiefe unbekannt. Fassungsvermögen nicht abschätzbar. Jedes Gesicht bleibt erhalten. Keine Landschaft verwelkt. Jeder Name, jeder Raum darf sich auf ihn verlassen. Die Flimmerhärchen seiner Hirnalgen von klarst spiegelndem Wasser gespeist. Jüngst, in Luino: »An der Ecke da hat der Nikolaus gestanden!« Stimmte genau; vor elf Monaten; anderthalb Minuten vielleicht, mitten im Menschengedränge.

Enge Dachwohnung, fledermausnah. Schmale, durch Dunkelheit führende Wendeltreppe; oben erst heller. Gefühl, durch eine dämmrige, Schultern und Lungen zusammenpressende Röhre zu müssen, um zum Vorplatz hinaufzugelangen. Zu Traum und Trauma geronnen, noch heute vorhaltend. Dennoch sind hier die ersten Nestgedanken zu Hause gewesen; wohnlich, gemütlich in mäusegedärmfarbigen Werg eingepackt. Vater hat ihn zum Fahrradputzen verwendet.

In der Küche die weiße Emaille-Blechflasche mit dem wärmenden Kaffeebauch. Ich liebte sie. Denn sie hat sich um Vater gekümmert. Was man von Liesbeth *nicht* sagen konnte. Auch ich funktionierte ihr wohl irgendwie nicht so richtig. Jedenfalls hat sie sich von Vater ein *eigenes* Kind machen lassen. Der Kinderwagen nahm viel Platz weg. Überhaupt war es ziemlich aufdringlich, dieses neue Kind. Mir war es am liebsten, wenn der Korbwagen mit ihm vor der Haustüre stand. Dann war auch die Chance größer, daß es mal jemand mitnehmen würde. (Frankfurt-Oberrad, 1925.)

Allerdings ist das Röhren-Trauma wohl nicht *nur* auf jene Fledermauswohnung zurückzuführen. Ich muß einen animus gehabt haben; hatte jedenfalls mit dieser Welt von vornherein nichts im Sinn und mich rechtschaffen in Erni verschanzt: Zangengeburt. Sicher hat dieser ewig wiederkehrende Traum auch *damit* zu tun:

Eine Art Kanalröhre; Steingut oder Zement. Unterirdisch. Auf das ferne Licht zu sich ständig verengend. Zurückkriechen unmöglich. Man wird gepreßt und vorwärtsgesaugt. Da vorn, wo es hell wird, ist eine ausgelassene Party im Gange. Stimmengewirr. Aber die haben alle nicht *diesen* Weg nehmen müssen; die sind von außen, durch weit aufschwingende Doppeltüren gekommen. Obwohl: Eine Strafe ist das hier nicht. Nur Angst. Die aber beauftragt. Angewiesen, die Luft aus der Gurgel zu drücken, den Kopf ins Röhrengewinde zu fräsen, die Lungen verdorren, das Herz explodieren zu lassen. Erwachen immer gerade noch rechtzeitig. Fragwürdige Erleichterung; relativiert durch die Erfahrung, sterbend ergeht es einem (in der ersten Phase) genauso.

»Das letale Ursymbol der Pforte.« (Bloch.) Eingang und Ausgang zugleich. ›Pforte‹ klingt nur so ungeheuer anheimelnd, Chef; stimmt denn das auch? Vielleicht, wenn man sie von *innen* betrachtet. Zugegeben, daß sie da, mal dornen- mal hundsrosenumrankt und fast fugenlos ins Mauerwerk eingelassen, durchaus auch idyllisch zu wirken, gar Trost zu spenden versteht. Aber einmal aufgerissen, ist es damit vorbei, denn jetzt kommt der Sturz, und könnte der unter so idyllischem Vorwand Herangelockte, statt nun endlos ins Leere zu stürzen, die mit kreischenden Angeln wieder zuschlagende noch einmal von *außen* betrachten –: Ich fürchte, da trüge Ihr schmuckes Pförtlein als Türklopfer eine zähnefletschende Gorgo-Grimasse, an deren Nasenring eine eiserne Babyfaust hinge. Denn man hat uns gewarnt, Chef. Oder sind Sie *ohne* Schock in die Welt eingetreten?

Anklänge an jenen Tod-und-Geburts-Alp auch in realiter oft. Echte Phobie. Unmöglich, dicht an einer Wand einzuschlafen.

Schlafkojen sind Särge. Unbehagen vor Treppenschächten. Mißtrauen in verschachtelten Wohnungen. Fensterlose Zimmer haben Fallencharakter. Fahrstuhlschächte verengen sich unten. Nervosität auf Behörden-Fluren. Tunnelfurcht. Ganz arg im Krieg. Gefängniszellen, Erdbunker, Luftschutzkeller schlimmer als Beschuß im Freien.

Was es zu unterscheiden gilt: Todesfurcht; Todesgewißheit; Sterbenmüssen; Absterben; Sterben; Tod; Gestorbensein. (Die klinischen Zwischenphasen interessieren in diesem Zusammenhang nicht.)

Warum eigentlich ständig *der* Tod? Warum nicht: *mein* Tod? Ist denn meiner auch deiner? Es gibt doch so viele Tode wie Menschen.

Und warum im Hippe schwingenden Knochengerippe nur immer das Endprodukt eines Verwesungsprozesses? Darum geht es doch gar nicht. Es geht doch um den *lebendigen* Tod. Um den, der mich von Geburt an als schwarzer Zwillingsbruder, als getreuer Schatten begleitet.

Und was macht dieser individuelle Tod, wenn er seine Aufgabe erfüllt hat? Stirbt er *mit?* Bewahrt er mein Andenken auf?

Mein Tod lebt ewig. (Beweis: Stürbe er, kehrte ich wieder zurück.)

Die Ankunft Han-Suns im Tal der silbernen Apfelblüte. Die von Bloch nacherzählte Legende, in der der chinesische Prinz nach dem Tode seiner Geliebten die Geschichte schreibt, wie jene im Tal der silbernen Apfelblüte (= im Jenseits) eintrifft. Der Prinz schreibt derart beteiligt, daß er sich gänzlich mit in seine Geschichte hineinnimmt. Schreibend gelangt er so selber ins Tal der silbernen Apfelblüte, hilft sozusagen seiner gestorbenen Geliebten eben noch aus dem Sattel: Der Jadesessel am Lacktisch bleibt leer. (Müßte ich ohne Marina zurückbleiben, dies wäre der mir gemäßeste Tod.)

Sterben dürfen, wann man möchte. Aber Nenad ist vier. Und ich liebe ihn nicht nur; er ist auch das Faustpfand Marinas. Sie weiß: Sein Lächeln zwänge mich weiterzuleben.

Man hat erst dann die Freiheit zu gehen, wenn die Pflicht zu bleiben sich abzunutzen beginnt. – Und wann ist das? – Wenn man entbehrt werden kann.

Nenad, essend: »Pappa, hat die Forelle es gern, wenn man sie ißt?« Ich, zögernd: »*Jetzt* ja.«

Gefühl des Sinnvollen während des täglichen Frühstückbereitens. Nicht nur, daß man dabei überschaut, was man tut (schreibend gelingt einem das nie): Diese ganz auf Essen, Trinken, Wohlbehagen, Erwecken zielende Tätigkeit schränkt auch den schreibbedingten Schuldkomplex ein. Zumal die, derentwegen er einen befällt, hier endlich einmal mit einbezogen sind.

Literatur kann Sinneswahrnehmungen vollauf ersetzen; wenn nicht noch übertreffen. Urbegriff eines Frühstücks, das ich rieche, bruzzeln höre, sehe, schmecke: Wie Hemingways story-Held vor Sonnenaufgang an dem Bahndamm, den er entlangtrampt, das Lagerfeuer entdeckt und den Mann daran, der den Speck zerschneidet, die Spiegeleier brät, den Zwieback bereitlegt und den ungesüßten Kaffee in die zerbeulten Blechbecher gießt. (Daß er dazwischen auch ein paarmal seinen Begleiter, einen geisteskranken Boxer, k. o. schlagen muß, ist sekundär.)

Kriterium hautnahen (= guten) Schreibens: Wenn sinnlich Wahrnehmbares haften bleibt.

Den Morgen als tägliche Welterneuerung begriffen (wie das in seiner Blütezeit dem Chassidismus gelang), und man wäre der inneren Vollkommenheit näher, als es uns Philosopheme und Religionen verheißen.

Das Philosophem. Im Begriffsdschungel baumelnde Faultierart, Wiedergekäutes wiederkäuend.

Hitlahabut: das Brennen, die Inbrunst. Erstes der großen chassidischen Ziele. Der es erreicht, befindet sich über der Natur, über der Zeit, über dem Denken: dort, wo die Ekstase beginnt. Daß die rationalistische jüdische Orthodoxie gegen eine solche ›Entartung‹ Sturm laufen mußte, ist zu verstehen.

Die Ekstase ist ein Brennglas der außermenschlichen Zeit. Vergangenes und Zukünftiges werden von ihr zu einem Gegenwartsstrahl zusammengezwungen, der inmitten der Ewigkeit brennt. (Außenseiter-Versuch chassidischer Definition.)

»Und Gott sprach.« (Verständlicher) Anlaß für einen Zaddik, jedesmal, wenn er diesen Satz las oder hörte, in Ekstase zu geraten.

Auch chassidisch. Einem armen Rabbi wird gemeldet, daß der Mann, den er wöchentlich aus der Armenkasse unterstützt, sich auf dem Markt Wein und ein Huhn kaufe, Weißbrot und Fisch; Schlaraffenländisches, das der Rabbi sich *nie* leisten könnte. Was sagt er jedoch? –: »Ich muß ihm sein Wochengeld erhöhen; ich konnte nicht wissen, daß er so anspruchsvoll ist.«

Es liegt im Wort. Eine Unterstützung kann nur erhöhen. Nivelliert sie den Standard des Unterstützten, erniedrigt sie ihn. Der Rabbi hat recht.

Die Kernfrage des Vulgär-Chassidismus: Warum läßt Gott sich nicht simpel erfahren? Präziser: Wenn er im Buchstaben steckt, warum nicht auch in der Singdrosselkehle?

Und wenn das Paradies weder ein Ort noch ein Zustand, weder Menschheitsbeginn noch Zukunftsverheißung wäre, sondern einfach eine Frage des Schauens, Durchdringens, Begreifens? (Zu späte) Befürchtung des Sterbenden.

»Wenn das, was im Paradies zerstört worden sein soll, zerstörbar war, dann war es nicht entscheidend; war es aber unzerstörbar, dann leben wir in einem falschen Glauben.« (Franz K.)

Wege. Der, der vom Endbahnhof der ›Heidekrautbahn‹, Groß Schönebeck, erst durch die Felder, dann durch die Kusselkiefernschonung und das flechtenbefallene Stangenholz, am fern nur zu ahnenden Bauerngehöft und seinen saubergeeggten Äckern vorbei, bis an die Pforte des Paradieses: ans selbstschließende Tor im Schorfheide-Wildgatter führte. Uralte Birken am Rand. Lehmig verkarstete Wagenradspuren. Lerchentonleitern, an hitzeflimmernde Wolken gelehnt; die flatternden Flügelakrobaten auf den obersten Sprossen unauslöschliche Kindheitsstrophen ins Himmelblaue diktierend. Aber auch der monotone Singsang der Goldammer schon. Und unruhige Windhände überm liebedienernden Roggen. Denn Richtung Pinnowsee zog Gewitterfracht auf überm Wald. Später die grauen Sandheuschrecken, rot aufglühend im pergamenten knarrenden Sprung. Schließlich, von Wellen warmen Kiefernharzdufts getragen, kam der kühlende Regenruf des Buchfinken über die Wipfel gefahren –: Ein Weg eidechsenhafter Häutungsprozesse; vom Kind zum Jungen; vom Jungen zum Jüngling; und wieder zurück.

Dicht über Ernst, im untersten Fach seines Regals, stand eine angebrochene Cocaflasche. Lindy schlich hin und trank sie in einem Zug leer. Doch es wurde nur schlimmer davon. Ihr Körper glühte. Sie spürte, wie ihr ein Schweißtropfen den Rücken herabrann. Über den abgewetzten Fellteppich weg trat sie ans Fenster. Sie schob den angelehnten Flügel auf. Im Nebenhaus hustete jemand rasselnd hinab in den Hof. Ein Echo, lauter, als es die S-Bahn aufscheuchte. Lindy verzog das Gesicht. Sie strengte sich an, nicht an den alten Wühlisch denken zu müssen. Aber es nützte nichts. Sie wußte, daß er dort drüben jetzt hinter seinen verdorrten Geranien stand und keuchend wieder Luft zu holen versuchte; dieselbe, die auch sie atmete. Es war furchtbar, daß das Zarteste, das es gab, der eigene Atem, sich, einmal losgelassen, mit so vielen fremden Atemzügen vermischte. Das heißt, genau betrachtet, hatte man ja gar keinen eigenen Atem mehr. Er war ja schon millionenmal ein- und wieder ausgeatmet worden; verdorben. Sie schluckte. Das Würgen im Hals fing an unerträglich zu werden. Am furchtbarsten aber war es, daß sie so viele

Menschen kannte, und prüfte man sie, war nicht einer darunter, der würdig oder auch nur geeignet gewesen wäre, das Geheimnis um Sammys gloriolenumkränzten Kater in Keuschheit, Ehrerbietung, Verläßlichkeit und Stolz zu empfangen.
Die schmerzenden Knie gegen die Heizungsrippen gepreßt, beugte sie sich, so weit sie konnte, vornüber. Die Kälte im Zinkblech des Fenstersimses tat gut. Rechts, wo der Kurfürstendamm verlief, sah der Himmel wie eine rötlich verwischte Milchstraße aus. Links, zur Kantstraße hin, war es fast dunkel. Sie roch die Müllkästen im Hof. Es mußte schon Tau in die Asche gesickert sein; der Geruch war strenger als der am Tag. Etwas zwang sie, zu den Wäschestücken hinüberzusehen, die, ein Stockwerk tiefer, drüben bewegungslos vor zwei Fenstern des Hinterhauses hingen. Dieser kleine blasse italienische Koch wohnte dort. Sie hatte ihn neulich wiedergetroffen. Und jetzt wußte sie auch, daß er tatsächlich Luigi Piccolomini hieß. Sie hatte ihn durch eine Pizza kennengelernt. Die Pizza war noch nicht ganz fertig gewesen; sie war nur gewalkt und geknetet. Lindy sah sie aus seinen haarig-mehligen Händen aufsteigen. Er warf jede Pizza, bevor er sie mit Zutaten versah, erst bis dicht unter die rußige Decke empor. Es war wohl als Blickfang gedacht. Vielleicht machte es ihm aber auch einfach nur Spaß. Denn er fing die auch noch in sich selber rotierende jedesmal unglaublich elegant wieder auf. Nur diese eine nicht. Denn als sie wieder herunterkam, hingen ihm die Hände leblos an den Hüften herab. Die bleiche Pizza klatschte schlapp auf den Herd. Zwei größere Mädchen neben ihr hatten gelacht. Lindy konnte nicht lachen; sein Gesicht war nicht danach. Es starrte sie an. Erst dachte sie, es läge vielleicht an der Schaufensterscheibe, sie spiegelte falsch oder verzerrte. Doch es hatte mit dem Glas nichts zu tun. Seine Augen waren tatsächlich so schreckstarr geweitet; sein Mund hatte sich wirklich so verzerrt. Er mußte einen ziemlichen Schrecken gekriegt haben. Lindy war das unangenehm. Sie war sicher keine Schönheit. Aber gleich zu erschrecken brauchte man nun eigentlich auch wieder nicht vor ihr. Das mußte dringend aufgeklärt werden; sofort. Kaum trat sie ein, hob Luigi sich schützend den Unterarm vor die Augen und verschwand in der Küche. Eine Viertelstunde lang etwa

schloß sie sich in die Toilette ein. Doch jetzt hantierte ein anderer Koch vorne am Herd. Also ab in die Küche. Aber da war sie auf einmal von zwei jungen Männern flankiert. Sie zischten ihr in dem dämmrigen Kerzenlicht und zwischen all den Gästen dort zu, wenn sie es vorziehe, heil nach Hause zu kommen, wäre es vielleicht ganz ratsam, sie würde schleunigst verschwinden. Obwohl das nicht gerade zur Aufklärung beitrug, war Lindy gegangen. Ein Vierteljahr später – vor drei Wochen genauer – standen sie einander im Hausflur gegenüber. Der Schreck, den er auch diesmal wieder gekriegt hatte, wurde nur durch seine Tränen gemildert. Er riß ihr den Mülleimer weg und preßte seinen stachligen Schnurrbart auf ihren Handrücken. Es war alles wieder ziemlich unangenehm. Obendrein war er nun also auch noch hier eingezogen, mit schwangerer Frau und vier Kindern. Am unangenehmsten aber war die Erklärung für sein ganzes Verhalten gewesen. Lindy, meinte er, sähe aus wie seine gestorbene Schwester.
Lindy hatte eigentlich noch nie wie eine Gestorbene aussehen wollen. Deshalb hatte sie sich von da an auch mit Erfolg angestrengt, ihm nicht mehr begegnen zu müssen. Ganz abgesehen davon, daß es nicht richtig war, vom Aussehen Lebender auf seine Toten zu schließen. Jeder Mensch war einmalig. Angebliche Ähnlichkeiten zwischen Lebenden und Toten hingen eigentlich nur mit ungenauem Hinsehen oder einem schlechten Erinnerungsvermögen zusammen. Niemand auf der Welt würde zum Beispiel mit Eberhardt Ähnlichkeit haben, ihrem teuren Toten; niemand außer Eberhardt selbst. Obwohl man Luigi natürlich zugute halten mußte, er lebte im Ausland mit seiner Erinnerung. Im Ausland fühlten sich Tote nicht wohl. Sie brauchten ihre gewohnte Umgebung. Sie nahmen ab in der Fremde. Es war schwer an sie ranzukommen, wenn sie nicht mindestens ihren früheren Stadtteil hinter sich hatten. Sie hatte das mit Eberhardt erlebt, als sie in Kassel, bei ihrer Großmutter war. Die Großmutter war eine ungeheure Egoistin gewesen. Sie hatte genau gewußt, daß es in den Sommerferien passieren würde. Trotzdem hatte sie Lindy eingeladen. Und tatsächlich war sie dann auch prompt neun Tage später ziemlich ausführlich gestorben. Um in dieser Nacht nicht alleine zu sein, hatte Lindy Eberhardt beschwo-

ren; nicht für lange, nur so sechs, sieben Stunden vielleicht, bis die Sonne aufginge. Schließlich, man wollte seine Toten ja auch nicht überfordern. Selbstverständlich hatte Eberhardts Anwesenheit auch vollauf genügt; allerdings war er wirklich nur in sehr bruchstückhafter Weise erschienen und mehrfach auch kaum zu erkennen, wenn auch ständig zu ahnen gewesen. Kassel-Kirchditmoldt war eben nicht Berlin-Charlottenburg.

Um wieviel schwerer aber mußte es da erst Luigis Schwester haben. Denn Mailand–Berlin, das war für einen Toten eine unüberbrückbare Entfernung. Da nützte auch Liebe nicht viel. Da konnte er sie noch so sehr bitten, bei ihm zu sein: Seine Schwester mußte bedauern; ihre Kräfte reichten nicht aus; sie war an den Nordostrand Mailands gebunden, wie Eberhardt am Zentrum Charlottenburgs hing. Nur: Mußte man es Luigi dann nicht auch durchgehen lassen, wenn er, um seine Schwester wenigstens in der Erinnerung um sich zu haben, jetzt Hilfe bei den Lebenden suchte? Und hinzu kam ja wohl auch, er hatte schließlich nicht irgendwen ausgesucht, sondern sein Blick war auf sie, auf Lindy gefallen. Die Wäschestücke vor seinem Fenster begannen ineinanderzufließen. Ihre Augen brannten. Er tat ihr leid; er hätte ihr *längst* leidtun müssen.

›Mit Mitleid fang mal gar nicht erst an. Da kannst du gleich einpacken. Kuck hin. Nimm Anteil. Aber sonst halt dich raus.‹

Ja, ja, Ernst.

Es war einfach so: Sie hatte Luigis Problem zu spät begriffen. Sie hätte sich nach seiner Schwester erkundigen sollen. Er hätte die Chance kriegen müssen, sie Lindy zu beschreiben. Dann wäre ihm auch der Unterschied zwischen seiner Schwester und ihr aufgefallen. Sie würde das nachholen; bestimmt. Sie würde zu ihm gehen. Sie würde sagen:

›Sehn Sie mich ganz genau an. Und jetzt tun Sie ihr nicht weiter unrecht. Denn es hat sie ja nur einmal gegeben. Sie dürfen mich da nicht mit reinziehen. Ich verdränge ja sonst was von ihr. Ich reiß ja sonst Löcher in Ihre Erinnerung. Die kriegen Sie nachher nie wieder zu.‹

Aber genügte das auch? War damit wirklich schon wieder

eingerenkt, daß sie sich so schroff von ihm abgewandt hatte; ihm so gezielt aus dem Weg ging? Was mußte er von ihr denken? Hatte er ihr nicht sein ganzes Vertrauen geschenkt? Was gab es denn Größeres, als jemand so sehr in die Erinnerung an einen geliebten Toten einzubeziehen, daß man in den Augen des andern schon anfing, diesem Toten ähnlich zu sehen? ›Weißt du, wem ich ähnlich sehe? Dem toten Kind, das ich mal war.‹
Ja, ja, Ernst.

Täglich: Der verschlossene, etwa zwei Meter lange Zinkwagen, den das graubekittelte Männchen mit quietschender Hinterradachse, Richtung Pathologie, vor dem Klinikfenster vorbeizog. Ich war auf dem laufenden.

Aber. Oft beachtet man die Zeichen lediglich ihrer Banalität wegen nicht.

Ein Sommer der Gegensätze. Verläßlich begonnene Brücken, in Nebel und Leere endend. Vertrauen, das die Atemwege blockierte. Verständnisbereitschaft, mit Zündschnüren umwickelt. E. hinter Glas. Die Scheibe trübte sich von innen her ein. Was war, löste sich auf. Was sein würde, ohne Kontur. – Das Objekt störrisch-verwundert; sich die eisgraue Haarsträhne wegstreichend; naivische Brillenblitze riskierend; ratlos, tatlos –: Schadlos. (August, 1964.)

Tod jeder Liebe: Begriffsstutzigkeit.

Liebe wünscht nicht erwidert, Liebe wünscht verstanden zu werden.

Er: »Aber sie muß doch Vernunft annehmen!«
Ich: »Davon hat sie mehr, als ihr guttut.«
Er: »Und warum hofft sie dann noch?«
Ich: »Um leben zu können.«

»Als ich das gesagt hatte, schien er sehr beglückt. Er sagte, daß ich hübsch gekleidet sei und daß ihm meine Halsbinde sehr gefalle. Und was für eine feine Haut ich hätte. Und Geständnisse würden am klarsten, wenn man sie widerriefe.« (Franz K.)

Die Tagträume während des ersten Vierteljahrs in der Klinik. Der mit der kurzstieligen Peitsche auf das vertikal galoppierende Pferd einschlagende Jockey in den windbewegten Zweigen der Pappel. Der in einer Rüstung aus schwarzem Stahl auf einer rußigen Lokomotive reitende Junge, dessen Gesicht, wenn er das Visier hochklappte, aus einem schwitzenden Schmalzblock bestand. Die draußen vorbeifliegenden Tauben; die mit einem Eulenkopf, jene mit Raubvogelfängen: Alle Vögel hatten durcheinandergehurt; es gab keine Arten mehr, keine Familien, nur noch gefiederten Mischmasch. Das Heulen der zu Versuchszwecken gehaltenen Hunde suggerierte Liegengebliebensein in russischem Dorf; eingeschneit; erfroren ohne zu frieren, Hans Castorps in den Davoser Bergen gedenkend.

Als die Verpflegungsbombe im Schnee versank, setzte sofort von allen Seiten MG-Feuer ein. Bis Einbruch der Dunkelheit kam niemand an die Vitaminschokolade heran. Am Morgen lagen außer den Erschossenen noch Erstochene um die aufgebrochene Verpflegungsbombe herum; sie hatten mit aufgepflanzten Bajonetten um die Schokolade gekämpft. Nicht mit dem Feind; miteinander. (Eingekesselt bei Woronesch, 1944.)

Die Feindin. Eine Fliege. Sie spürte genau, daß ich sie nicht wegscheuchen konnte. Vorsätzlich nur mein Gesicht für ihre Orientierungsgänge benutzt; Wangen, Mundpartie, Nase vor allem. Zur Landung, nach spiraligen Peilflügen, immer die Stirn ausgesucht. Start in der Regel vom Kinn. An- und Abflug von genau vorauszuberechnendem Rhythmus gegliedert. Die haarigen Vorderbeine an den inneren Nüsternrändern gerieben. Fratzenschneiden, das sie hätte vertreiben können, durch Beeinträchtigung der Gesichtsmuskulatur unmöglich gemacht. Schweißausbrüche und Herzattacken unter ihrem Terrorregime. Wenn die herbeigebrüllte Schwester erschien, totale Stille im Raum. Trotz windigen Durchzugs und detektivischsten Suchens nichts von einer Fliege zu sehen. Kaum jedoch wieder allein, schwirrte ihr Summen heran wie ein Pfeil. Bestialität und Intelligenz des Teufels in ihr.

Beste Geschichte meines Lebens. Anderthalb Maschinenseiten vielleicht. Autor vergessen; in der Zeitung gelesen. Zwei Schwerkranke im selben Zimmer. Einer an der Türe liegend, einer am Fenster. Nur der am Fenster kann hinaussehen. Der andere keinen größeren Wunsch, als das Fensterbett zu erhalten. Der am Fenster leidet darunter. Um den anderen zu entschädigen, erzählt er ihm täglich stundenlang, was draußen zu sehen ist, was draußen passiert. Eines Nachts bekommt er einen Erstickungsanfall. Der an der Tür könnte die Schwester rufen. Unterläßt es; denkt an das Bett. Am Morgen ist der andere tot; erstickt. Sein Fensterbett wird geräumt; der bisher an der Tür lag, erhält es. Sein Wunsch ist in Erfüllung gegangen. Gierig, erwartungsvoll wendet er das Gesicht zum Fenster. Nichts; nur eine Mauer.

Dann, eines Frühherbsttages: Vaters gebeugte Waldläufersilhouette am ebenerdigen Klinikfenster vorbeistapfend draußen. Vaterlandsurlaub erhalten, um den unverlierbaren Sohn zu besuchen. Die DDR-Behörden für sechs spendable Stunden auf Seiten der Liebe. Herzklopfen. Monate lang nicht mehr gesehen; immer gesund, wenn bei ihm gewesen. Und nun dieser Vertrauensbruch hier, dieser unverantwortliche Anlaß zur Sorge. Sein tapferes Lächeln. Die hingestreckte Hand hat in Sekunden umlernen müssen. Denn meine rührte sich nicht, blieb unbewegt liegen. Die Klinikmaske paßte plötzlich nicht mehr. Vater schluckte. Außer Augen nichts beweglich an mir. Da fällt, dem eigenen Geist und Fleisch und Blut gegenüber, Trost ungewohnt schwer. Ausweichende Blicke. Nicht eben viel Halt an den kahlen Wänden jedoch. Die Sicherheitsnadel, die Vaters Socke am Unterhosenbein hielt. Es mußte geredet werden, wenn man nicht losheulen wollte. Wahllos eine Verlegenheitsfrage, irgendeine Freundin Vaters betreffend. Er begriff sofort. Dieser Strohhalm mußte zum Floß ausgebaut werden. Ja, sie hätte erst kürzlich geschrieben. Ob ich mich noch erinnerte, wie sie den wilden

Schnittlauch gefunden habe, als wir auf den Rieselfeldern zu Abend gegessen hätten. Ich erinnerte mich. Ob er noch manchmal daran dächte, wie fabelhaft sie die von uns erlegten Eichhörnchen und Amseln zu braten verstanden habe. Vater dachte noch manchmal daran. Er dachte auch noch an andere. Es waren jedoch noch lange nicht alle. Ich half nach. Toni mit den Haarschnecken und dem Goldreif überm Mittelscheitel. Erika mit dem Silberblick. Hanna, die wir versteckten, weil sie eine Politische war. Das Zimmer füllte sich. Schließlich standen sie auch vor dem Fenster, lehnten sie auch draußen im Gang: Unser ganzes gemeinsames Leben war mit einem nicht endenwollenden Reigen lächelnder, seufzender, kopfschüttelnder, bewundernder Freundinnen durchwirkt. Viele von Vater nur seines kränkelnden Jungen wegen geworben. Alle jedoch seiner Herzlichkeit, seiner Wärme, seinem Charme, seinen Locken, seinem roten Schnurrbart (einige auch: seinem Doktortitel) erlegen. Unser Gedenken überwand Ehen, Krisen, Krankheiten, Alter, Tode, Vergessen. Einer der machtvollsten Nachmittage, die wir je miteinander hatten.

Sex gilbt, Eros schlägt Wurzeln. Langsam beginne ich dahinterzukommen: Vater muß, im Gegensatz zum Gros seiner Artgenossen, etwas von Erotik verstanden haben. Nur so ist die verblüffend hohe Zahl älterer Damen erklärlich, die sich immer einmal wieder, ob brieflich, telefonisch, persönlich, bewegt und mit Anteilnahme, nach seinem Ergehen erkundigen. Fragt man behutsam zurück, sind fast alle dieser sechzigbis siebzigjährigen Frauen als Mädchen meist nur Monate, ja Wochen mit Vater befreundet gewesen; die meisten hat er längst schon vergessen. Doch sie sprechen, selbst unter Abzug der Alterssentimentalität, in einer solchen Innigkeit und unverklärten Gefühlsdichte von ihm, daß dieses Erinnern unmöglich nur auf Sex basieren konnte, an dem im Leben jener gestandenen Damen doch gewiß kein Mangel geherrscht haben dürfte.

»Selten haben Untreue und höchste Treue eine schrecklichere Verbindung im gleichen Akt; die männliche Liebe erlischt leicht im ›Nichts-als-Liebe‹, das der Frau das alles ist. Nicht an der unersättlich sexuellen, sondern an der unersättlich erotischen Frau fällt der richtige Mann durch.« (Bloch.) Was fraglos stimmt. Nur klingt ›durchfallen‹ eben doch noch recht milde nach Prüfung. Und eine Prüfung ist wiederholbar. Das heißt, der Delinquent hat seine Unzulänglichkeit einsehen müssen und nun die Chance, sich von neuem zu stellen. Der Durchfall des sexuell gesteuerten Mannes an der erotisch programmierten Frau aber wiederholt sich ad infinitum und endet im chancenlosen Debakel von Frustration und Erschlaffung. Denn im schließlichen Überdruß aneinander, der ja entsetzlicherweise Gewöhnung eher fördert als ausschließt, sind sich dann Mann und Frau wieder gleich: Schiffbrüchige, das qualmende Strandfeuerchen fröstelnd mit Wrackteilen füttemd.

»Du hast mir mindestens zwei Rippen gebrochen.«
»Unterwerfungssymbole: Adam erinnert an seine.«
»Los, hilf mir hoch.«
»Kann nicht. Mit meinem Bein ist irgendwas los.«
»Du hast einen Fehler begangen; man kämpft nicht mit dem Rücken zur Treppe.«
»Ganz vergessen; stimmt ja: Der Sturz durchs Geländer.«
»Sah gut aus. Dachte schon, jetzt hätt ich's geschafft.«
»Du bist stärker als ich.«
»Ich hab nur die größere Angst. Als Kind hab ich mal eine Katze erwürgt. So: bloß mit den Händen.«
»Deine aufschlußreichsten Erlebnisse behältst du immer für dich.«
»Man kann auch nachpointieren.«
»Bloß, dann ist die Signalwirkung futsch.«

(›Ehe‹-Paar nach der Schlacht. Für *Ich brauch Dich* gedacht.)

Angst in den Ecken. Krieg im Gebälk. Liesbeth, die Feindin, hatte die Mutter geschickt. Die lechzte nach Rache. Hatte sich das alles anders gedacht. Wir kuschten nicht. Legten auf unsere Freiheiten Wert. Hielten auch auf Dauer von Klavier und Vertiko nichts. Jetzt brach sie als Würgeengel herein:

Erst einmal ich. Doch das ausströmende Gas schmeckte mir nicht. Mein Husten weckte mich auf. In der zweiten Runde trat sie mit gefälltem Tranchiermesser an. Vater schien mir in echter Bedrängnis zu sein. Ich zielte auf ihre Bauchgrube. Senkte den Kopf, raste los. Der Anprall so günstig, daß sie schweigend die ganze Wendeltreppe hinabfiel. Ruhe darauf fürs erste. (Frankfurt-Oberrad, 1925.)

Würde der Mann die Erotik begreifen lernen und durch sie zur Erkenntnis des Eros gelangen –: Begriffe wie Impotenz, Bettniederlage, Emanzipation und Geschlechterfeindschaft hätten keine Grundlage mehr. (Zumindest nicht mehr die der Matratze.)

Das Siegfried-Syndrom. In Drachenblut baden und dabei den Slip anbehalten. (Deswegen werden auch so überraschend viele Männer gerade in dieser Gegend tödlich getroffen: Hagen von Tronje ist in Wahrheit die bärtige Brunhild gewesen.)

Aber einmal war es auch umgekehrt. Vater: niedergestreckt von Amors Maschinenpistole. (Frühjahr 1937; Berlin, Wallnertheaterstraße.) Wir wohnten möbliert. Das Zimmer auf den verregneten Hinterhof hinausgehend. Vor der schorfigen Mauer die Mülleimer. Dahinter: Blick auf die geöffneten Fenster einer Tanzschule frei. Vaters Ächzen und der langsame, von Schleifschritten akzentuierte Walzer *Ich tanze mit dir in den Himmel hinein.* Regenrauschen in den Pausen dazwischen. Die Bettstelle unter dem Schmerzensmann knarrte verhalten. Die eigenen Gefühle stabil; hatte Gaby, meine katholische Liebe im Rücken. Aß eine Tomatenstulle. War mir kauend des unverdienten Vorzugs sakramentaler Treue bewußt. Roch aus dem Regenduft die Vergänglichkeitsmahnung der nassen Mülleimerasche heraus. Hörte die Vergeblichkeit hinter der hallenden Tanzlehrerstimme. Sah an Vaters zuckendem Schnurrbart, daß Trauer nicht Tod, sondern Lebendigkeit zur Voraussetzung hatte. Begriff, den sauren Zitronensaft schlürfend, daß Glück und Verzweiflung austauschbar sind, einander bedingen, kameradschaftlich vom anderen gestützt werden wollen. Stand auf. »Soll ich noch mal mit ihr reden?« Vaters Schnurrbart stand still. Von der Jannowitzbrücke herüber war der heisere Pfiff eines Schleppers zu hören. »Ja, tu das.« Kein Atem dahinter. Ich wartete, ob er noch käme. Aber Vater schien erst wieder ausatmen zu wollen, wenn ich sie ihm zurückgebracht hätte. Da ging ich.

Buchregale. Hier und dort ein freigelassenes Viereck; Klee, Nolde, Kandinsky darin; Postkarten und Drucke. Halber Meter Ringelnatz. Mathematische Lehrbücher. Klabund, Wassermann, Feuchtwanger. Ihr Gesicht in dem Lockenwust verlor an Kontur. Sie lauschte dem Werber. Es ging um einen Ritter ohne Geschäftsbereich. Dennoch alle Vögel im Wappen. Vielleicht nicht immer treu. Aber immer verläßlich. So bescheiden, daß man erschrecken konnte. So freundlich, daß er allenfalls Feindinnen hatte. In der Natur und in Büchern zu Hause. Freiheitsversessen und sentimental. Egozentrisch und gutgläubig. Instinktsicher und unpolitisch. Ein Mann mit Zukunft. Für jegliches Überleben geschaffen. Befreundet mit Einzelgängern. Geschätzt von Käuzen. Geachtet von Menschenkennern. Liebefähig und hilfsbereit. Ein Kamerad für die Ewigkeit. Sie schwieg. Hinter der aufglühenden Zigarette zogen die Schatten auf Mund und Backenhügeln sich in die einstürzenden Wangentäler zurück. Ein Lungenzug, der gar nicht mehr aufhören wollte. Rauchen –: auch etwas, das sie vielleicht aufgeben sollte. Das schleichende Prasseln der Autoreifen draußen auf dem nassen Asphalt. Der Kurfürstendamm mußte jetzt wie ein Seehundsfell glänzen vor Leuchtreklame, Regen und Schweinwerferlicht. Ich blieb noch einen Moment, weil ich den Geruch ihres Zimmers so mochte. Tee, Zigarette, Parfüm. Sie war die erste, die ich uns wirklich gewünscht hatte. »Tja –«, sage ich dann.

»Wenn ich dich liebe, was geht es dich an?« Wo, außer bei Bloch, steht dieser entwaffnende Satz? – Einschränkung: Und wenn ich ihn zu Christus spreche, zu Gott?

Und wenn Gott ihn zu *mir* spräche?

»Das setzt eine Ortsbestimmung voraus.«
»Gott, die Lücke, in die Er paßte, ist nun mal da.«
»Und wie kriegt man Ihn rein?«
»Da die Metaphysik diesen fatalen Hang zu Offenbarungen hat, sollte man sie bei ihrem Geltungsdrang packen.«
»Und wie sähe das aus?«
»Niedriger hängen.«
»Und schon meldet Er sich?«
»Wenn es Ihn gibt, gibt es auch Seine Irritationen. Jeder Kirchturm ein Seismograph: Er brauchte sich Sein Unbehagen nur anmerken zu lassen.«
»Arme Kirchen. Die können ja *so* schon bald ihre Stromrechnungen nicht mehr bezahlen.«
»Beten war auch ursprünglich nicht fürs Helle sondern fürs Dunkel gedacht.«
»Ausknipsen also.«
»Nicht nötig. Ja sowieso nur eine optische Täuschung, das mit dem Licht.«

Sieg patriotischer Belletristik über weltumspannende Kunst. Die Italiener haben ihren Hunderttausend-Lire-Schein mit dem Porträt Alessandro Manzonis, den Fünfzigtausend-Lire-Schein mit dem Leonardos geschmückt. Vielleicht hätte Leonardo seine Talente mehr bündeln sollen; Verzettelung macht sich eben in den seltensten Fällen bezahlt.

»Michelangelo hat mir den Moses verdorben. Mußkeln, Bart, Pranken –: Das ist, obzwar schon aus Marmohr, zu wenig. Von den Hörnern, die er ihm aufgesetzt hat, weil das ebräische Wort führ ›vergoldet‹ (auf des Moses Antliz bezogen) falsch vokalisiert worden ist, so daß just dieß ›gehörnt‹ herauskam, zu schweigen.« (Atma an Ali.)

»Es gibt also versteinerte Druckfehler. Welch ein Alptraum für Setzer!« (Ali an Atma.)

Zigeunerballade (2.)
Manchmal träumt Romeika noch von ihm. Es sind keine angenehmen Träume, aber auch keine unangenehmen. Er ist in

den Träumen so, wie er immer zu ihr war; nur schlägt er sie jetzt nicht mehr, wenn sie vom Hausbettel zu wenig Geld mitbringt. Sie hat sich nie etwas aus den Schlägen gemacht. *Jede* Sintizza wird von ihrem Mann geschlagen, wenn sie zu wenig Geld mitbringt; das ist so. Manchmal wünscht sich Romeika in ihren Träumen, er möge sie wieder schlagen. Das wäre echter gewesen. Er sieht sie jetzt immer so nachdenklich an, das hat es früher nicht gegeben.

Oft war er allerdings auch nicht da. Es hieß, er mache Geschäfte. Er ist immer erst mit zum neuen Lager gekommen. Dann hat er das Auto geputzt und ist sich die Gegend ansehen gefahren. Manche sagen, es war nicht die Gegend, es waren die Frauen. Aber es sind die Frauen, die so etwas sagen. Sie mochten nicht, daß er wegfuhr, sie wären selber gern von ihm beachtet worden. Denn Jorkan war nicht nur mutig, er war auch schön. Er war der schönste Sinto, den es je gab.

Und er hat auch das schönste Auto gefahren. Aber die Ältesten bestanden darauf, es zu verkaufen. Glücklicherweise ist er nicht im Wohnwagen gestorben, sonst hätte auch der verkauft werden müssen. Nicht, daß Romeika etwas gegen einen neuen Wohnwagen hätte. Aber sie hatte sich eben doch an den alten gewöhnt. Er ist jetzt immer an Kukas' Traktor gekoppelt. Vitus ist verärgert darüber, er hätte gern das Auto des Vaters gefahren. Aber die Gadsche sind eigen, sie glauben, daß ein Vierzehnjähriger sich noch nicht aufs Autofahren versteht. So hat Ruben Romeika und Vitus verboten, sich einen anderen Gebrauchtwagen zu kaufen, und die ganze Familie muß nun im Wohnanhänger reisen.

Wenn Worscha nicht dabei wäre, ginge das noch. Sie nimmt zuviel Platz weg, denn sie ist schwer. Und was schlimmer ist, man sieht, sie denkt zu oft noch an Jorkan. Oft beobachtet Romeika die Kinder. Es ist nicht gut, daß sie sehen, wie Worscha so an ihn denkt. Aber die Kinder denken auf ihre Art an den Dad. Koleman hat sich seinen Gang angeeignet. Kamill ahmt nach, wie er sprach. Leana hat sowieso seine Nase. Hanenka tut sich mit seiner ererbten Ungeduld schwer. Von Vitus erst gar nicht zu reden; da ist der junge Jorkan noch einmal gekommen, nur vergrübelter jetzt.

Gern wüßte Romeika, wie die Kinder ihn sehen. Denn wenn

sie an ihn denkt, hat er kein Gesicht mehr in ihren Gedanken. Nur, wie soll man mit ihnen darüber reden? Muß man nicht annehmen, eine Frau hat ihren Mann nicht geliebt, wenn herauskommt, es gelingt ihr nicht mehr, sich sein Gesicht vorzustellen?

Das Gleichnis vom Nadelöhr bei den Talmudisten gezielter, sarkastischer, weniger salbungsvoll als im Neuen Testament: »Er ist vielleicht aus Pumbedita, wo man einen Elefanten durch ein Nadelöhr gehen läßt.« (Bawa Mezia, 38b.) (Die Gelehrten zu Pumbedita, am linken Euphrat-Ufer, galten als besonders penible Dialektiker.)

Er hatte als Holzhacker begonnen. Heute betreibt er eine gutgehende Haarspalterei. (Karriere eines Dialektikers.)

Dialektik. Die Lehre von den Mundarten.

Mundarten: Maul, Schnauze, Fresse, Gosche, Klappe, Luke, Schnabel, Nüschel.

Von Kind an alle Fische als traurig empfunden. Auch heute noch im Berliner Aquarium bedrückt. Erst kürzlich den Grund herausgefunden: Die Mundstellung der Fische. Sie suggeriert einem Trauer.

»Trauer is *nie* falsch.« (Jagomir Pelzig, Altwarenhändler.)

Der Zauberfisch. Geschichte, die ich gern schriebe. Amsterdam unter deutscher Besatzung. Ausgangssperre. Gruppe jüdischer Bürger diskutiert ihren möglichen Abtransport. Zehnjähriger Junge hört es, will seinen Goldfisch in Sicherheit bringen. Quartiert ihn aus dem Aquarium in ein Kordelglas um. Verläßt, Schnurgriff zwischen den Zähnen, über die Feuerleiter die Wohnung. Schleicht, robbt, rast durch die ausgestorbene Stadt. Wird beschossen, verfolgt. Das Wasser schwappt aus. Der Fisch japst. Muß neues Wasser erhalten. Klingeln an Wohnungstür. Der Junge schützt Durst vor. Die Leute wollen ihn dabehalten. Er flieht mit dem Wasser, dem

Fisch. Streife beschießt ihn. Er muß sich hinwerfen, das Glas zerbricht. Der Junge preßt das Taschentuch in die Lache. Wickelt den Fisch ins feuchte Tuch. Erreicht auch die Gracht. Der Fisch gleitet ins Wasser, leblos, verdreckt. Liegt bauchoben da. Der Junge schluckt. Glaubt sterben zu müssen vor Kummer. Da bewegt sich der Fisch. Kippt auf die Seite. Gewinnt die Balance. Schwanzschlag, er taucht. Vor Freude springt der Junge auf. Ein Schuß; er stürzt hin. Friede: Der Großvater schenkt ihm zur Bar Mizwa-Feier den Fisch. Er sei das Geschöpf des Messias. Die Eltern protestieren. Der Junge werde sich um den Fisch nicht kümmern. »Er wird«, sagt der Großvater. Der Junge lächelt. ›Er lächelte noch, als sie ihn am nächsten Tag fanden.‹

Nenad mit seinen Abschiedsübungen einen elementaren Schritt weitergekommen. Gestern: »Papa, wie abverschiedet sich ein Indianer?« In ›Abschied‹ steckt lediglich Wehmut vorm Scheiden, in ›abverschieden‹ jedoch schon ›verscheiden‹ mit drin. Und tatsächlich: Auf nichts anderes als aufs endgültige Loslassenmüssen zielen alle unsere kleineren Abschiede ja hin; wir sollen rechtzeitig eingestimmt werden. *Sprachlich* hat es Nenad begriffen.

Die Kinder tragen die Welt; die Erwachsenen bloß ihre Bürde.

Herr Grünbaum hatte ein Auge zugekniffen und drückte mit dem Daumen den Kitt gegen das Glas. Es war der zerschnittenste Daumen, den ich je gesehen hatte. »Vielleicht«, sagte er, »zwingt der Papen ihn jetzt, sich legal zu verhalten.« – »Wen«, fragte Herr Krummhauer. – »Na, Hitler!« – »Ach so.« (Weißensee, Glaserei Grünbaum. Februar 1933; Pinkus und ich machten Schularbeiten im Laden.)

Glück und Glas. (Herr Grünbaum als Geschichtenfigur.) Witzig; unverbesserlicher Optimist. Freut sich über jede politische Keilerei: Immer gehen Scheiben kaputt; alles Arbeitsbeschaffung. Bis er als Jude seine Kundschaft verliert. Langsam begreift er. Bekommt einen Verzweiflungsanfall. Schlägt alles

Glas in der Werkstatt entzwei, auch die Schaufensterscheibe. Eben rechtzeitig. Paar Stunden später (9. November 1938) beginnen die organisierten Schlägertrupps der sog. ›Kristallnacht‹ zu wüten, die sämtliche jüdischen Geschäfte zerschlagen. Herrn Grünbaum ›verschont‹ man; da *ist* nichts mehr zu zertrümmern. Doch er hat einen ›Trost‹ jetzt, der ihn tatsächlich aufrichtet: Das Unglück betrifft nicht nur ihn; es hat viele betroffen. Zum ersten Mal in seinem Leben fühlt er sich – im Unglück aller – als Jude geborgen.

Als Vaters Bart noch rot war sollte einen Fortsetzungsband erhalten. Arbeitstitel: *Vater/Sohn II.* Vater und Sohn kehren, nachdem sie der Wirklichkeit (der beginnenden Nazi-Ära) zu entfliehen versuchten, ernüchtert und großstadtsüchtig zurück. Die Geschichten politischer jetzt. Das alte Stammpersonal. Seit der Flucht aus Berlin ist ein halbes Jahr vergangen. Vater meist arbeitslos; daher viel Zeit. Die Schwierigkeiten vergrößern sich. Bruno, der Erzähler, kaum wesentlich älter als in Band I.

Titel-Liste, etwa:

Rückkehr ins Paradies. Vater und Sohn kommen aus ihrer ostpreußischen Emigration zurück nach Berlin. Von ›Paradies‹ keine Rede.
Freiheit, die ich meine. Brunos vergeblicher Versuch, seine Vorstellung von Unabhängigkeit in die Tat umzusetzen.
Die gelbe Gefahr. Der entflogene Kanarienvogel eines verhafteten Altkommunisten.
Pinkus der Geiger. Geschichte eines dicken, tollpatschigen jüdischen Jungen, den Bruno zum orthopädischen Turnen begleitet.
Wenn der Flieder wieder blüht. Vater und Sohn versuchen einem depressiven Friedhofsangestellten eine Geburtstagsfeier zu richten.
Treue, museumsreif. Ehemaliger Zirkusartist gibt das Gebein seines Elefantenpartners als Mammutknochen aus.
Der neue Lenin. Friedas Freund, der Order hat, den letzten kommunistischen Zellen die Auflösung anzuempfehlen.

Eine schwierige Reparatur. Vater, der Präparator, soll eine antike Christusfigur von Holzwürmern befreien.

Schüttel-Ede. Geschichte des Mannes, der sieben Instrumente gleichzeitig spielt.

Halali. Einer schießwütigen NS-Größe wird ein Zoohirsch vor die Flinte getrieben. Wütender Wilderer schießt die NS-Größe an.

Der Denkzettel. Sterbendes Mädchen macht Bruno, der es mit einem gebrochenen Arm im Krankenhaus langweilig findet, darauf aufmerksam, was Leben bedeutet.

Herr Kellotat oder Die Weite der Meere. Taubstummer Tümpelspezialist, der die Goldfische der schwerhörigen Großmutter mit Wasserflöhen versorgt.

Karlchen, der Angler. Einfältig, sprachgestört. Nächtlicher Aalangler am Landwehrkanal. Erst wie man den Ertrunkenen birgt, kommt heraus, er ist der Chef einer berüchtigten Einbrecherbande gewesen.

Der Todesfall. Bruno läßt den Vater sterben, in der Hoffnung, dann die letzte Rate fürs Fahrrad nicht zahlen zu müssen.

Schiele-Wipp. Lehrer, der sich weigert, den Hitlergruß in der Schule zu praktizieren.

Die Flucht. Rettung eines Teddybärveteranen, den der Lumpensammler abholen soll.

Der Atemholer. Vater und Sohn setzen sich für einen ehemaligen Müllfahrer ein, dessen größter Wunsch es ist, auf einer Laubenparzelle seine Staublunge ausheilen zu können.

Die Nacht der steckengelassenen Messer. Vater verhindert eine Schlacht zwischen rivalisierenden Zigeunertrupps.

Graf Koks. Geschichte eines Gaswerksangestellten, der die Arbeitslosen seines Bezirks aus Staatsbeständen mit Kohlen versorgt.

Unsere Bürgerliche. Vater erhofft sich durch Heirat Reputation. Bruno gründet ein Scheidungskomitee, das erfolgreich tätig wird.

Das Männchen. Das in Wahrheit ein gefährlicher NS-Spitzel ist.

Glück und Glas. Die skizzierte Geschichte Herrn Grünbaums, des jüdischen Glasers, der seinen Laden zertrümmert.

Clara, die Himmelsbraut. Frieda bekehrt eine Heilsarmee-Soldatin zum Kommunismus.

Das Zeichen. Die skizzierte Geschichte Herrn Krummhauers, der ›ein Zeichen‹ setzen möchte, das heißt, ein Attentat plant.
Der Generalstreik. Geschichte Herrn Reimanns, des Eckkneipenwirts, dessen Lokal die SA sich als Sturm-Treff erwählt und der darauf in Hungerstreik tritt.
Die Dame, die meine Mutter war. Hat eine gute Partie gemacht inzwischen: Amerikanischen Geschäftsmann, der blendende Abschlüsse in Deutschland getätigt hat.
Sancho, herrenlos. Geschichte des schwachsinnigen Kriegsinvaliden, der glaubt, nicht ohne Vorbild leben zu können.
Starkasten frei. Vaters politische Unzuverlässigkeit ist so weit gediehen, daß er mit Bruno untertauchen muß. Vollzugsort des Tauchversuchs: Eine Laubenkolonie.
Onkel Pelle und die Seinen. Kinderspaßmacher, der eine Liliputanertruppe vorm Abgeholtwerden rettet.
Eintracht im Walde. Vater und Sohn versuchen in der illegalen Arbeitslosen-Zeltstadt im Veltener Stadtforst Fuß zu fassen.
Der Schattenspringer. Vaters und Brunos bester Freund in Vorfreude auf die ihm zugesagte Stelle als Autobahnasphaltierer. Geringfügige Einschränkung: Er ist vorher SA-Mann geworden.
Spreeabwärts. Vater und Sohn kehren Berlin auf einem Schleppkahn den Rücken.

Dieses Buch mit Wärme, Wissen und Trauer geschrieben. Lesbar für jeden. Als Überlebender heiter; mit den Gestorbenen ernst.

Darf man Belächelnswertes schreiben, auf die Hitlerzeit projiziert? – Es gibt keine ›Hitlerzeit‹. Es gibt nur Menschenzeit, die verrinnt. Wer lächeln kann, soll es tun. Es geht auf niemandes Kosten. Es bietet für nichts eine Gewähr. Es zeigt lediglich an, hier versucht einer auf unübliche Weise mit dem Üblichen fertig zu werden: mit Gewalt, Verfolgung, Unfreiheit, Tod.

Wer schreibend zum Lächeln reizt, unterliegt einer einzigen Pflicht: Durchblicken zu lassen, daß er weiß, wie unzeitgemäß Lächeln eigentlich ist.

»Wenn immer Rabba begann, sagte er zu den Schülern etwas Heiteres, und die Schüler wurden erheitert. Schließlich saß er ehrfürchtig da und begann mit dem Lehrvortrag.« (Talmud, Schabbat 30b.)

Die didaktische Strenge, der schöne Ernst, die ergreifende Geradlinigkeit, die die alten, kämpferischen Proletarierfilme oft haben. *(Kuhle Wampe, Mutter Krauses Fahrt ins Glück.)* Drehbücher, wie von einem kommunistischen, bedachtsam um Verständnis bemühten Johann Peter Hebel geschrieben. (Stimulans für *Vater/Sohn II.* Erinnerung, optisch ergänzt.)

Die verlogene Aura, die einen umgab, wenn man als Vierzehnjähriger aus dem Kino kam: Wirklichkeitsentfremdet, wolkenfüßig; in Dunst und blähendem Nebel zu Hause. Befähigt, Windrichtungen zu ändern, Vorweltkonturen zu verwischen, das Riesen-Erbe zu ahnen: Unbewußte Erprobung amorphen Rollenverhaltens; manipuliert ohne Ziel.

Noch heute nach Filmen (auch mittelmäßigen, schlechten) in Wesen, Stimmung, Gestimmtheit verändert. Oft Mühe, dagegen anzugehen. Müssen nicht Themen, Haltungen, Schicksale sein, die das bewirken. Milieus, eine trist fotografierte Vorstadt, ein Zimmer, Landschaften, die Ärmelfalten eines Jacketts bewirken das auch.

Unter dem reichlichen Dutzend eigener (Fernseh-)Filme auch zwei, die annähernd den Intentionen des Autors entsprachen. – Merke: Drehbücher werden geändert, Bücher gelesen. – Merke abermals: Mit Drehbuchschreiben kann man Bücherschreiben bezahlen.

Vater/Sohn II. Rückblickend ist einzig Verständnis der Vergänglichkeitstrauer gewachsen. Erklären, nicht verurteilen. Schildern, nicht deuten. Lächeln, nicht weinen. Schreiben *so* aufgefaßt, lassen selbst Humor und Ironie sich als Transformatoren verwenden.

Aber. Behalten erfordert Strenge und Geiz. Vergessen ist großzügig und hat Humor.

Der Humor des Vergessens ist Sarkasmus. Sarkasmus verdrängt. Humor bestätigt. Also hat Sarkasmus keinen Humor, sondern Angst.

Der Tod hat Humor. Denn er macht ihn erst möglich. Folgerichtig hat der Ewige keinen.

Nur der Sterbliche hat was zu lachen.

Humor ist auf Wirkung bedacht. Es gehört immer einer dazu, der auch *weiß,* daß man ihn hat: Mir selber nützt mein Humor gar nichts; ich *hab* nichts zu lachen.

Ende Oktober. Italien. Wenn die Angst vor der Angst nicht wäre, man könnte versuchen, sich auf den Berliner Schreibtisch zu freuen. Aber Marinas Untersuchungstermine kommen heran; ihretwegen müssen wir fahren.

Zigeunerballade (3.)
Es ist Morgen. Die Männer in den Wohnwagen strähnen sich gähnend die Haare und boxen sich ächzend noch einmal das Kissen zurecht. Die Frauen bereiten sich aufs Findengehen vor. Sie rauchen und binden die Kopftücher um. Die Verheirateten knoten sie unter dem Kinn, die andern im Nacken. Die Beutel und Säcke haben sie schon unter den bodenlangen Röcken verstaut. Denn Findengehen heißt mitnehmen; mitnehmen, was Wert hat, und Wert hat alles, was schmeckt, schmückt, wärmt, verkäuflich ist oder Kaufen ermöglicht.
Zum Findengehen kann man auch Hausierhandel sagen. Jede der Frauen schultert schließlich ihr Bündel, jedes Bündel enthält schließlich Teppichbrücken, Wolldecken, Spitzen. Es gibt auch Sinte-Frauen, die Spitze verkaufen. Das sind keine echten Zigeunerfrauen. Eine echte Sintizza verkauft nicht. Verkauf ist immer Verlust. Es sei denn, man verkauft, was man kann:
Slava kann wahrsagen aus Kaffeesatz. Mara kann krankes Vieh besprechen. Romeika liest aus der Hand. Dikeli ist Meisterin im Kartenaufdecken. Kaschkeraka versteht sich auf schwarze und weiße Magie. Nina kann Teufel austreiben.

Hana hört die Stimmen Gestorbener. Tina bannt Geister. Lele kann Erbschaften riechen. Weiberle betet mit Erfolg über Geld. Hucka hat heilende Hände.

Solche Gaben preist man nicht an. Auf die läßt man die Bedürftigen stoßen. Der Hausierhandel hilft da. Er ist eine Brücke. Ein menschenfreundlicher Vorwand. Er bietet dem Bedürftigen die Chance, sich zu erkennen zu geben. Dazu braucht der Interessent natürlich ein Zeichen. Während man ihm die seltene Qualität der Spitze beweist, fällt einem plötzlich ein Todesfall ein. Oder ein unheilbares Leiden. Oder ein Lidzucken im Gesicht der Gadsche-Frau schreckt einen auf. Man erwähnt es, weil es Rückschlüsse zuläßt. Man spricht nicht lange darüber. Man flicht es nur ein. Preist, da man sich ja nicht aufdrängen will, gleich wieder den Teppich, die Wolldecke an.

Jetzt kann die Gadsche selber einsteigen. Jetzt kann sie fragen, befürchten, berichten. Jetzt wird sich ihr die Sintizza nicht mehr länger versagen. Jetzt wird die Bäurin, die Hausfrau erkennen, daß das Schicksal ihr wohl will, wenn sie bereit ist, nicht nur Vertrauen, auch Kleidung, auch Tabak, auch Nahrungsmittel zu schenken und vor allem: zu zahlen. Denn es ist schwer und verantwortungsvoll, mit Geistern Umgang zu pflegen, sich täglich erneut den direkten Weg zu Sunto Maria und ihrem Sohn Chretchuno zu bahnen und dem Schicksal ins Schlangenauge zu blicken.

Auf dem Weg in die Dörfer frühmorgens ist von diesem verantwortungsvollen Ernst allerdings wenig zu merken. Die Frauen sind fröhlich, wenn sie ihre Touren bereden. Erst an der Chaussee trennen sie sich und gehen einzeln weiter oder zu zweien. Denn sie wissen, zwei von ihnen kann man zur Not übersehen; bei dreien sehen die Gadsche schon hin; bei vieren rufen sie den Polizeiposten an.

8. November. Italien. Erlebnis totaler (natürlicher) Stille vorhin; draußen, beim Papierkorbauskippen. Einsetzend wie unter herniedersausendem Hammer. Weltsekunde zu Ewigkeitspartikel gerinnend. Die Hunde ringsum in den Dörfern Atemverbot. Alle Motoren mit dem Tode bedroht. Den Vögeln die Kehlen mit Wolkenwatte verstopft. Die Menschen geknebelt. Fernes Zugsignal dann: Der Zeitlosigkeit war Genüge geschehen; der Würgegriff um die Globusgurgel begann sich wieder zu lockern.

Nenad: »Parken am Horizontrand verboten.« Da scheint noch ein ähnliches Unternehmen zu laufen.

Anfangen, Abschied zu nehmen. Schwer, von einem so sorglosen Haus.

›Anfang‹ ist Ursprung; ›Beginn‹ sekundär. (›Anfangen‹ kann ich nur heute; ›beginnen‹ morgen schon wieder.)

Ja, ja. (Ungeduldig mit mir.)

Man braucht viel Geduld, ehe man Geduld mit sich hat.

Ungeduld setzt immerhin Zurkenntnisnahme der Endlichkeit voraus: Man drängt, weil man gedrängt wird. Unsterblich wäre ich die Geduld in Person.

Die letzten Zugvogelschwärme sind durch. Die verloren klingenden Rufe der ziehenden Weindrosseln nachts lassen nach. Das Rotkehlchen hat auch dieses Jahr wieder sein Leben durch gewitzte Anpassungstaktik an uns Nichtschießende vor den mit Vogelleichen behängten Himmelsschützen bewahrt. Auch an den Feldspatzen, die bei Dämmerungsbeginn in der Lorbeerhecke einfallen, ist das jährliche Vogelmassaker vorübergegangen; die Mannschaft macht einen ebenso vollzähligen Eindruck wie stets. – Nenad hat schon gepackt. Marina zögert noch. Ich stauche die Manuskripte zusammen: Licht- und Schattenseiten; hier schrieb es sich gut.

6. KAPITEL

Das gekrümmte Haar

12. November. Den Schreibtisch vertauscht. Dieser steht in Berlin. Regen. In den schwarz funkelnden Zweigen schräg gegenüber spiegelt sich fahl, im Hickhack der Schnitte, Fernsehlicht wider. Lungenentzündung. Zwei Drittel der Post durch zwei Monate Lagern erledigt. Nenad im Kindergarten. Marina kauft ein. Ihre festgemachten Untersuchungstermine. Meine Versuche weiterzuschreiben. Tun, als sei es das ganz gewöhnliche Leben.

Manchmal blättert man, um nicht weiterschreiben zu müssen, so lange im Manuskript hin und her, bis man vom bisher Geschriebenen derart angetan ist, daß man ganz sicher glaubt, auch durch Blättern werde das Manuskript vorwärtsgebracht. Das stimmt aber nicht.

Eros statt Sex: Sehen statt greifen; fühlen statt wissen; empfinden statt kennen; loslassen statt halten; Vertrauen statt Scham-Losigkeit; erinnern statt haben. Geschichte dazu:

Ich brauch Dich. Das Paar, das sich nur mit Worten ›berührt‹. Sie gefiel ihm. Er hat sie angesprochen. Sie Werkstudentin oder so etwas. Er aus Langeweile, erfolglos, eine Bank überfallen. Sein Bild in der Zeitung. Sie möchte ihm helfen.

»Warum denn helfen. Geht es mir schlecht?«
»Im Augenblick anscheinend noch nicht.«
»Kennen Sie eine andere Zeiteinheit, die zählt?«
»Die Ewigkeit, die unser Zusammensein dauern könnte, wenn Sie einsichtiger wären. Ich könnte Sie ein paar Tage verstecken.«

»Irren Sie sich nicht. Was dauert, wird abgezogen. Wenn Sie Großzügigkeit wollen, halten Sie sich an die Sekunden.«
»Für diese Großzügigkeit bin ich nicht bescheiden genug.«
»Lernen Sie es.«
»Und was *mach* ich mit meiner Bescheidenheit dann?«
»Sie wenden sie an.«
»Worauf.«
»Auf das Maß Ihrer Wünsche.«
»Meine Wünsche sind klein.«
»Jeder Wunsch hat ein größeres Volumen als die Realität.«
»Ich möchte geliebt werden. Ist dieser Wunsch groß oder klein.«
»Er ist unvollständig. Sie meinen: geliebt und verstanden.«
»Ja.«
»Jetzt ist er riesig.«
»Und Verstandenwerden *allein?*«
»Fangen Sie an mit Verstehen.«

Beginn der Philosophie: Das Benennen. Was ist, muß heißen. Heißen heißt Erkanntwordensein.

Keine Almosennamen verteilen. Keine Prachtbegriffe erfinden. Strukturanalysen, Röntgenaufnahmen verwenden. Dann Logik und Intuition.

Namen sind Grüße. Dem Sichtbaren aufgetragen, bevor es ins Nichtsichtbare geht.

Sind Frauen Benenner? – Sie wühlen im Sprachschutt oder übernehmen das Abbruchwerkzeug der Männer. Nestfetzen mit Schwalbenspeichel gehärtet. Ruinenpodest, Fußtrittspuren am Schaft. Funktioneller Baustein ist selten.

(›Scheide‹: Schwertvokabeln wie diese nehmen die Frauen seit Jahrhunderten hin.)

Denkwürdig. Schönes Wort: Würdig, bedacht zu werden.

Sprache. Einfallen: Das Dach; die Vögel; die Wange; mir etwas; die Hunnen.

Mit welcher Genugtuung Nenad (4 Jahre, fünf Monate jetzt) in jeder Abendgeschichte die gezielt zu Assoziationen einladenden Namen meiner Phantasiegeschöpfe nachspricht. Er schmeckt sie ab. Er kostet sie auf Schicksalsträchtigkeit hin. Er lotet ihre Bewohnbarkeit aus. Er erforscht ihren Klang: Namen haben ein Echo, das neue Namen verrät. Alle müssen befragt werden. Alle *werden* befragt.

Nur das Namenlose droht.

Rosinante: »Ritter, wie halten wir's jetzt –: Entweder *Ihr* legt Scheuklappen an und achtet des Wegs, so daß ich mich nach Hafer und anderen Rössern umsehen kann. Oder *ich* verenge mein Blickfeld und Ihr haltet Ausschau, was es sonst noch zur Festigung von Ehre und Gerechtigkeit zu tun gibt für Euch.« Don Quixote: »Ja, genügt es denn nicht, Teuerste, daß schon die Welt Scheuklappen trägt?« – »Abreißen«, sagte Sancho und gab dem Esel die Fersen; »Marsch, und mir nach!«

Und nach Liesbeth dann Liesl. Klein, spitzmaushaft. Weiße, wallende Kleider; buntgesäumt. Blond; Mittelscheitel und Haarschnecken. Metallreif darüber, der die verschwundenen Ohren aber noch tröstlich miteinander verband. Haferlschuhe mit klatschenden Laschen. Der Griff zur bändergeschmückten Laute obligatorisch. Dito Gesang. Zupfgeigenhansel und Hermann Löns im Gefolge. Feuernärrin im Freien: Wo es sich anließ, kochte sie ab; Apfelbrei meist. Vater ließ es für diesmal bei einer außerehelichen Verbindung bewenden. (Frankfurt-Oberrad, 1925.)

17. November. Dieser Blick über den Schreibtisch weg in den Himmel. Seit 23 Jahren derselbe Ausschnitt. Mit rostenden Reißnägeln im All festgepinnt. Und hinter sich hört man die Vergangenheit schnurren. Ich habe sie gesund und kräftig wiedergefunden. Ihr Fell glänzt. Sie spreizt genüßlich gähnend die Krallen. Wer von Versäumnissen lebt wie sie, der kann hier fett werden in dieser Wohnung.

Wir suchen ein Haus: Wir tun, als hätten wir Geld. Wir reden von einem Garten: Wir tun, als hätten wir Zeit.

Niemand kann ausgewogener sein als Marina. Etwas in ihr rechnet immer mit allem. Gelassen bucht sie jeden Tag als Gewinn. Lächelnd verschenkt sie die Stunden. Wie sie ist das Leben. Freigiebig und minütlich bedroht.

Niemals vital. Vitalität ist fehlgeleitete Kraft. Nur auf selbstlos-selbstsichere Weise bejahend. Das Ja durch Uhr und Kalender relativiert.

Ein Augenblick, der, von Lidschlag zu Lidschlag, das Heute umfaßt. Erkennt, jedoch unwissend ist. Spiegelt, und daher auf Zuversicht setzt.

»Bei schärffrem Hinsehn erkennt man aller Dings, daß Zuversicht nichtz als ein Regulatief für Aussichtslosigkeit ist.« (Atma an Ali.)

Ali an Atma. »Dennoch kann eine gemalte Wurst den Hunger auf eine echte erwecken.«

Marina besitzt, was ich nie haben werde: Einen handfesten, strapazierfähigen Glauben. Bauernbrothaft und würzig; in östlichen Öfen gebacken. Eine Scheibe im Notgepäck, und man wäre gerettet.

»Wo ich mich hinlagere am grünenden Boden, von Sonne und Mond beschienen, da bist Du meine Heiligung.« (Bettina an Goethe.)

Sie fror. Sie mußte die Zähne aufeinanderpressen, sie hätten sonst zu klappern begonnen. Die Unterarme gegen die Brust gepreßt, hastete sie lautlos zur Couch zurück und verkroch sich unter der Decke: Sie hatte etwas versäumt. Etwas, das fast so schlimm war, wie Sammys geheiligten Kater vergessen zu haben. Sie hatte versäumt, erwiesenem Vertrauen mit Gegenvertrauen die Waage zu halten. Schlimmer: Sie hatte sich dieses Vertrauens nicht würdig erwiesen. Sie hatte Luigi im Stich gelassen. Sie hatte ihn auf die schrecklichste Weise enttäuscht.

Plötzlich spürte sie, wie ihr Herzschlag aussetzte. Die Stille riß ihr die Atemluft weg. Sie schleuderte die Decke beiseite. Sie setzte sich auf. Doch sie hatte erst dann wieder ein Recht einzuatmen, wenn sie es zu Ende gedacht haben würde: Luigi war es. Er, der sie selber fast für ein Wunder hielt, würde als höchsten Vertauensbeweis das Erlebnis mit Sammys Kater überliefert bekommen. Er, einzig er kam in Frage, es, mit der Erinnerung an seine tote Schwester zusammen, ein Leben lang in Verwahrung zu nehmen.
Vorsichtig atmete sie aus. Erst mußte ihr großer Entschluß allerdings noch durch eine Sühne bekräftigt werden. Nämlich das Luftanhalten eben war noch gar nichts gewesen. Hertha gelangen beim Tauchen viel längere Zeiten. Moment; Lindy würde sie jetzt viermal hintereinander überbieten. Das erste Mal für Luigi. Dann für Luigis Schwester. Dann für Eberhardt. Dann für sich. Und sie holte tief Luft und begann. »Ist was?« fragte da Ernst mit seiner hellen Stimme dazwischen. »Warum hältst du die Luft dauernd an?«
Ächzend richtete er sich auf und versuchte, durch das körnig flirrende Dunkel zu ihr hinüberzublicken. Die Sperrholzplatte, auf der er lag, schabte knirschend am Innenrand des Couchgestelles entlang: Ernst mußte erst einen bequemeren Beobachtungsposten einnehmen. Es war typisch für ihn, sich ausgerechnet diesen Zeitpunkt auszusuchen, um sie zu stören. »Moment«, keuchte Lindy.
Jetzt war Luigis Schwester dran. Es war weniger schwer, als sie gedacht hatte, sie sich vorzustellen. Der Vater hatte sie beide mal auf einen italienischen Friedhof mitgenommen; auch Ernst, ja; unglückseligerweise. Ernst haßte den Tod, weil er ihn kannte. Eine Lungenentzündung hatte ihn mal mit ihm vertraut gemacht. Jetzt beleidigte Ernst ihn mit Witzen, sooft sich nur eine Gelegenheit bot. Auf dem Friedhof über Morcote boten sich viele. Die kleinen Urnenlöcher im Fels erinnerten ihn zum Beispiel an Schließfächer. Und daß es, wegen der Trockenheit, nur Blechkreuze und Metallblumen gab, fand Ernst schon deshalb ganz praktisch, weil er eine der rostigen Blüten erfolgreich als Flaschenöffner zu benutzen verstand. Einmal allerdings war er dann doch ins Schlucken gekommen. Das war vor einem dieser kleinen ovalen Emaillefotos

gewesen, wie sie da auf den Erdhügeln staken. Ein etwa zwölfjähriges Mädchen war auf dem Foto zu sehen. Und das Schlimmste: Es lachte. Schallend, behauptete Ernst, der seine Betroffenheit natürlich nicht zugeben wollte.
›Wer zuletzt lacht, lacht am besten; da hast du's.‹
Trotzdem, ihre Augen wiesen schon darauf hin. Sie lachten daher auch gar nicht erst mit; das überließen sie lieber dem Mund, dem Gesicht. Ja: Das hätte sie gewesen sein können: Die Tote; die tote Schwester Luigis. Lindy atmete aus. »So. Da bin ich.«

Antriebsmotor der Weltliteratur. Nenad, regelmäßig, abends vorm Einschlafen, wenn ich zu ihm hereinkomme, um ihm etwas zu erzählen: »Papa, was gibt's *noch* für eine Geschichte?« Er kennt mich; und wäre man noch so zerschlagen –: auf diese Frage kann nur erzählend geantwortet werden.

Vater viel Zeit jetzt für uns. Liesbeth hatte bei der Werkleitung erfolgreich auf seinen, speziell durch Liesl forcierten, unbürgerlichen Lebenswandel aufmerksam gemacht. Da den elektrotechnischen Herrn zu Vaters Verblüffung mehr an moralischer Biederkeit als an Facharbeitertüchtigkeit lag, wurde er dankend entlassen. (Frankfurt, 1925.)

Nebel. Germania holt das triefende Auerochsenfell von der Leine. *Dann* können es auch die Bälger bepissen. Man hört sie ihre klatschenden Fußsohlen aufsetzen. Heim in die Höhle. Dem schnarchenden Thor ist die geöffnete Faust in die Asche gefallen. Eins der rötlichen Härchen auf dem unteren Ringfingerglied hat sich in der Hitze gekrümmt.

Drängende Anfrage, ob nicht wieder zurück in den P. E. N. Danke, nein. Meine frühere Mitgliedschaft war ein Versehen. Nichts Organisatorisches mehr. Ich bin schon für die Welt verantwortlich. Ich kann es nicht auch noch für einzuhaltende Satzungen sein.

Aber dann doch wenigstens in die Gewerkschaft. – Bedaure. Mein schmales Talent billigt mir das Streikrecht nicht zu. Ich muß an Zeit zulegen, was mir an Können abgeht. Arbeite folglich 84 Stunden die Woche. Wer mag schon einen solchen Streber zum Gewerkschaftskollegen?

Atma an Ali: »Aber er ist doch auch Akademiemitglied!«

Ali an Atma: »Glücklicherweise erwächst ihm kein Nachteil daraus.«

»Und was haben Sie, bei dieser unkollegialen Einstellung, dem Autorennachwuchs zu sagen?«

Acht Punkte:
1. Solidarität ist keine Frage der Mitgliedschaft.
2. Verträge aushandeln läßt sich erlernen.
3. Wer sich nicht ausbeuten lassen will, zeige die Zähne.
4. Kein Verleger hat es bisher *ohne* Autoren zu einem Vermögen gebracht.
5. Wer Bestätigung braucht, hole sie sich bei Freunden.
6. Wer gelten möchte, lenke seinen Geltungsdrang in ein Buch.
7. Wer sich als Schriftsteller gesellschaftlich benachteiligt fühlt, wechsle seinen Beruf.
8. Ich nehme die Berufsbezeichnung ›Freier Schriftsteller‹ wörtlich.

PS. Es gibt kaum einen zeitgenössischen Schriftsteller in Deutschland, mit dem mich nicht eine aufrichtige Neugier verbände. Gegenüber vielen Kollegen droht sie in Anteilnahme umzukippen, bei mehreren ist sie in Freundschaft übergegangen. Ich habe lediglich versäumt, alle Betreffenden gebührend davon in Kenntnis zu setzen. Meine von keinem Konkurrenzneid getrübte literarische Unbedarftheit kann nämlich ziemlich beunruhigend wirken.

Noch vier Tage bis zu Marinas Untersuchungsterminen. – Warum diese Unruhe? Hätte man nicht viel *mehr* beunruhigt sein müssen, als uns noch Wochen von den Untersuchungen trennten?

Die Wahrheit hat einen Januskopf. Viele Leute blicken ihr deshalb weder ins eine noch ins andere Gesicht. Sie hoffen, daß man inzwischen noch ein drittes entdeckt – nämlich das *wahre*.

Merke. Je mehr Gesichter man der Wahrheit zubilligt, desto ähnlicher wird sie der Hydra.

Zigeunerballade (4.)
Baba Tamara sagt:
»Bei uns, bei der Sinte, ernährt die Frau ihren Mann und die Kinder. Die Róm, die Kelderari, die Gitanos werfen uns das vor. Bei ihnen handelt der Mann. Auch unsere Männer verstehen zu handeln. Als es noch Pferde gab, haben sie es bewiesen. Chrapos, mein Liebling, handelt noch jetzt, wenn auch mit Schrott. Gaspar und Backo Koslowski verstehen sich aufs Altwagenvermitteln, ohne einen Finger zu rühren. Vielleicht hat sogar Jorkan gehandelt. Wenn man auch geneigt ist zu fragen: womit. Ja, selbst Ruben Golbatschenski macht manchmal mit den Gadsche Geschäfte. Aber all das ist weit entfernt vom Verdienen. Das ist der Handel an sich. Das ist der Spaß, den er macht.
Jeder unserer Männer, Stamlo ausgenommen, ist fähig, den klügsten Gadscho zu betrügen. Nur, wozu muß man das erst beweisen? Wir wissen es. Wir bewundern unsere Männer dafür. Aber wir drängen sie nicht, es in die Tat umzusetzen. Unsere Männer lieben es nicht, unnötige Dinge zu tun. Sie sind zurückhaltend. Ihre Wirkung auf uns beruht nicht zuletzt darin, mit welcher Selbstverständlichkeit sie uns in Alltagsdingen den Vortritt lassen. Das ist eheliches Vertrauen. Und sie haben uns ja auch nicht nach körperlichen Vorzügen ausgewählt oder weil wir in jüngeren Jahren hübsch gewesen wären. Einen Sinto interessiert Hübschheit nicht. Sie kann eine Zugabe sein. Unsere Hauptmitgift ist Tüchtigkeit.
Tüchtigkeit allein allerdings nun auch wieder nicht; unsere Männer wollen auch vielfache Väter sein. Niemand, nicht mal der Igel, liebt seine Kinder wie sie, und das ist *noch* einer der Gründe, weshalb sie im Lager bleiben, wenn ihre Frauen zum Finden ausschwärmen: Sie sind der Mittelpunkt der Fa-

milie. Sie sind die Zärtlichkeit. Sie sind die Wärme. Sie sind das Vorbild. Sie sind die Würde. Sie sind die Ruhe. Sie sind die Kraft. Deshalb schmücken sich unsere Männer auch mehr als wir, ihre Frauen. Deshalb sind sie so oft auch bunter gekleidet. Wir wollen sie so. Denn wir wissen, was wir an ihnen haben.«

Blochs *Spuren.* Wenn man es noch beweisen müßte. Seine Interpretationen, lapidaren Nacherzählungen und Beispiellegenden belegen: Eine Geschichte ist in dem Maße wirklich, wie sie wahr ist.

Was ist ›wahr‹. – Das Mögliche. – Aber möglich ist doch wohl *alles.* – Nein; nur das Vorstellbare.

Wahr: Nachvollziehbar aus archetypischem Fundus.

Wahr und wahrhaftig. ›Wahr‹ ist eine Erlebnis-Kategorie, die Verschlüsseltes, Gedichtetes aufhellt; die einsehbar macht. ›Wahrhaftig‹ mißt mit moralischer Elle, will wertsetzend sein; folglich unbrauchbar in Kunst, Literatur.

›Erfreulich‹: Lieblingsprädikat des deutschen Kritikers R.-R. – Ali an Atma: »Was für ein Glücksgefühl muß es bedeuten, es ausgelöst haben zu dürfen!«

Kasten-Verdikt. »Wenn der Sinn für Literatur in einem Menschen sich erschöpft, ist er verloren.« (Brecht.) Und wenn er erst gar keine Gelegenheit hatte, diesen Sinn zu entwickeln? Werktätige, der Boß schreibt euch ab!

In einer Statistik entdeckt, daß ich zwischen 1945 und 1972 von allen deutschen Autoren die meisten Bücher veröffentlicht habe. Verdutzt und bekümmert. Bekümmert aus sportlichen Gründen. Diesen zweifelhaften Rekord kann nun keiner mehr überbieten; das hängt einem an.

Dazu: Kürzlich gelesen, daß ich der verkannteste zeitgenössische deutsche Schriftsteller sei. Daran ist etwas Wahres;

schließlich rechtschaffen daran gearbeitet, es auch zeit meines Lebens zu bleiben.

Merke. An einem verkannten Autor gibt es immer mal wieder etwas zu rücken. Der *erkannte* Autor dagegen drückt unverrückbar den Sockel.

Ali an Atma. »Ich wette, er ist auch noch in vierzig Jahren verkannt. Während viele bekannte dann keiner mehr kennt.«

Herrn Prof. Georg Christoph Lichtenberg
Königlich Großbritannischer Hofrat
Mitglied der Gesellschaft der Naturforscher in Halle und Danzig
Mitglied der Akademie der Wissenschaften zu Petersburg
34 Göttingen

Berlin-Zehlendorf,
den 14. November 1975

Lieber, sehr verehrter Herr Professor,
wiewohl der Meinung, Ihnen auf dem Gebiet der Literatur nicht allzu viel Neues mitteilen zu können; und ferner der Ansicht, daß, Ihnen Sentenziöses zuzueignen, sich ungefähr so ausmacht, wie Bacchus ein Knittertütchen voll luftgetrockneter Rosinen zu dedizieren, sehe ich nicht, wie ich Ihnen, was mir Ihre Sudelhefte und Zettelchen bedeuten, anders denn mit entfernt Ähnlichgeartetem dankbarst unter Beweis stellen soll. So finden Sie denn nachfolgend vermerkt, was ich – wie Sie wissen, seit meinem fünfzehnten Jahr Ihrem Schreibwerk anfangs adeptisch, nun in brüderlicher Verbundenheit nahe – mir zu dem von uns gleichermaßen geschätzten Thema der Schriftstellerei thesenhaft und gewiß nicht gänzlich an Ihrem Geiste vorbei, habe einfallen lassen. Überfliegen Sie es als den Erfahrungsextrakt einer Ihnen nicht völlig unbekannten und in freundschaftlicher Verehrung zugetanen Person,
nämlich Ihres
W. S.

Fünfzehn Thesen zum Thema Angewandte Schriftstellerei

1. Wichtig ist, keinen literarischen Ehrgeiz zu entwickeln. (Ehrgeiz zwingt zur Eingleisigkeit.) Wirklich nur *das* zu schreiben, was Hirn, Herz und Laune als vorrangig empfinden.

2. Sprunghaft wie eine intelligent funktionierende Assoziation.

3. Dennoch den Leser bedienend. Lautlos und unaufdringlich jedoch. Weniger auf sich, als aufs Thema hinweisend. Ein Buch ist ein Brennglas, kein Spiegel.

4. Man darf über sich selbst schreiben. Man kann auch Hauptperson sein. Aber man sollte nicht auf sich aufmerksam machen.

5. Ist der Leser mein Partner? – Warum so geschäftlich. Der Leser ist mehr. Er ist meine Hoffnung. Ohne ihn bin ich verloren. Nur *er* kann mich aus meinem Ich-Gehäuse erlösen: Gelesen bin ich gerettet.

6. Es genügt einer; Auflagenhöhe und Rechtfertigung haben nichts miteinander zu tun.

7. Das wirklich Unangenehme für meinen Verleger ist: Mir genügen im Grunde die Belegexemplare.

8. Durchbruch. Ob es mir wirklich zum Nachteil gereicht, daß ich bei diesem Begriff zuerst an meinen *Magen* denke und dann erst feststelle, daß ich, wie Kritiker meinen, noch keinen *literarischen* hatte?

9. »Er hat großen Erfolg.« Für einen Schriftsteller eine niederschmetternde Feststellung. Besagt sie doch, er hat *auch* nur zu beantworten gewußt, was ohnehin schon gefragt war.

10. Aber man muß von seinen Büchern doch leben! – Aber warum denn derart bescheidene Ansprüche stellen?

11. Daß die Buchhonorare so niedrig sind, hat damit zu tun: Jedem liegen als Richtmaß jene dreißig Silberlinge zugrunde.

12. Ein Schriftsteller, der kein mieser Verrätertyp ist, ist ein mieser Schriftsteller.

13. Schreiben heißt preisgeben. Jedes Erlebnis. Jede Erfahrung. Jegliches Bündnis.

14. Schon sich zu erinnern ist Landesverrat. Denn man beschwört ja die Namen der Inseln. Jede Benennung: Rauchzeichen für Freibeuter und Okkupanten.

15. Am redlichsten sind die Vergeßlichen. *Noch* ein Indiz dafür, daß der Schriftsteller ein schäbiger Hundesohn ist: Er kann nur behalten. (Eine Halde, die abgetragen werden muß; sie drückt sonst den Brustkasten ein.)

Einen Greis, der altersbedingt sein mühsam erworbenes Wissen verloren hat, regt der Talmud an, mit diesem Gleichnis zu ehren: »Auch die Scherben der zerbrochenen Gesetzestafeln wurden in die Bundeslade gelegt.« (Berachot 8b.) Nicht ganz logisch, diese Gleichsetzung jedoch. Die ersten Gesetzestafeln hat Moses aus Zorn über den Abfall seiner Leute zertrümmert. Das Alter aber ist verzeihend und milde, um nicht zu sagen: krumm und verlogen gekommen. Hat man nicht ständig die Weisheit gepriesen, die es verleihe? Und jetzt wird der physisch Reduzierte also von der lebenslang erarbeiteten Weisung *auch* noch verlassen. Wo liegt da, Rabbinen, der Trost? Was nützen mir die Trümmer im Schubfach, wenn das Hirn sich nicht mehr der Ordnung erinnert, der diese Sätze entstammen? Gerade dieser Zitaten-›Schatz‹ ist es doch, der uns den nun doppelt zitierwütigen Greis jetzt so unleidlich macht.

Andererseits. »Ich glaube, daß man selbst bei abnehmendem Gedächtnis und sinkender Geisteskraft überhaupt noch immer gut schreiben kann, wenn man nur nicht zuviel auf den Augenblick ankommen läßt, sondern bei seiner Lektüre oder seinen Meditationen immer niederschreibt, zu künftigem Gebrauch. Auch der abgelebteste Mann hat Augenblicke, wo er, durch Umstände so gut wie durch Wein angespornt, sieht, was kein anderer gesehen. Dieses muß gehörig aufgesammelt werden. Denn das, was der Augenblick der Ausarbeitung zu geben vermag, gibt er doch. So sind gewiß alle großen Schriftsteller verfahren.« (Lichtenberg.) – Und so *sollte* man auch verfahren, wenn man nur ein mittlerer ist.

Andererseits. Hätte man nur einen Bruchteil dessen im Kopf behalten, was diese Aufbewahrungsart rechtfertigte –: Ich hätte, bei *den* Denk-Zinsen, die Geistiges einbringen, ein hübsches Vermögen zusammen, das mich gedanklicher Schwerarbeit für immer enthöbe.

Wenn es nur *Gelesenes* wäre. Es fehlen *Jahre,* zusammengerechnet.

Vielleicht müssen wir deshalb so vieles vergessen, um es in der großen Retrospektive während der Sekunde des Todes dann nur um so leuchtender an uns vorbeirasen zu sehen.

Ernst und Genauigkeit der Talmud-Diskussionen zeigen, wie gelebt werden müßte, hätte man die Androhung der eigenen Sterblichkeit wirklich begriffen und wäre bereit, die daraus resultierenden Schlüsse zu ziehen. Was eigentlich nichts weiter hieße, als logisch zu sein; allerdings bis in die letzten Konsequenzen hinein.

So, wie E. logisch war, als sie in jener Androhung die Rettung erkannte und, Genugtuung im Schritt, das Ausmaß ihrer Ausweglosigkeit auszuschreiten begann.

Ein Herbst der Unverhältnismäßigkeit. (1964.) Immer noch: Von Nacken bis Zehe gelähmt. E. im Gehäuse; abgekapselt, verglast. Lebenswille gegen Lebensverneinung. Mein Erbarmen an Krücken. Ihre Anteilnahme vertreten durch Pflicht. Ein Prozeß, über dem das Urteil (zu scheitern) schon hing, noch bevor er begann.

Der Kronzeuge behütet wie stets. Graue Eissträhne wegstreichend, verstörte Brillenblitze werfend; geduckt in Versponnenheit; geborgen im rechten Winkel seiner bürgerlichen Moral. Ohne Schicksalswitterung; ohne Instinkt für Verzweiflungssymptome; ohne Ahnungskontur. Kohlweißling, kreidegepudert –: träumerisch die Existenz von Schmetterlingsnetz und Spinne verleugnend.

Der Patient galt als heiter; ein Vorbild. Studenten kamen. Kranke wurden geschickt. Die Geistlichkeit ließ sich herbei. Professoren erschienen, Ärzte holten sich Rat. Auch den unbefriedigten Schwestern, selbst den gehemmten Gymnastinnen, die ihn passiv bewegten, war der Leblose recht. Nun sogar E. Denn nur durch ihn sah sie Ihn.

Trieb an der Oberfläche der Tage. Schwor auf drei Sehnen. Setzte auf Nerven. Hoffte auf Greifen. Dachte an Lesen. Träumte vom Gehen. Sah. Wußte. Spürte. Verstand auch. Nur Begreifen fiel schwer.

Denn Denken braucht Zukunft; ob helle, ob dunkle. Nachvollzug kommt mit der Gegenwart aus.

Es wäre ihm leichtergefallen, hätte er noch einen Eifersuchtsanspruch besessen. Doch wer den Satz schreibt: »Lieben heißt loslassen können:« – der einzige Satz, auf den er sich etwas zugut hielt –, der hat dem ehelichen Besitzstatus für alle Zeiten entsagt. Was ja weder die Angst auszuschließen braucht, noch, wenn es sein muß, den Kampf. Was jedoch ebenso bedingungslos anerkannt wird durch jenen Satz, das sind die mörderischen Fairneßregeln, die aus ihm ableitbar sind. Und die nun auch *dann* Gültigkeit haben und haben *müssen,* wenn alle Bemühungen des anderen, sich anders zu orientieren, zum Scheitern verurteilt sind und als Letztes nur noch die Verheißung der Dunkelheit bleibt.

Zum Engpaß in die Freiheit ist Festgehaltenwerden keine Alternative.

Und wie denn auch halten. Selbst die Aussicht auf Aussichtslosigkeit bestärkt ja den Verzweifelten noch; (der jetzt nichts so sehr wie eine Bestätigung braucht).

Irgendwann hat alles einmal begonnen. Auch das, was eben gerade beginnt.

Nur die totale Selbstverleugnung kann Schuld verhindern. – Wie aber verleugnen, wenn man Hauptschuldiger ist?

»Solange du *man* sagst an Stelle von *ich*, ist es nichts und man kann diese Geschichte aufsagen, sobald du aber dir eingestehst, daß du selbst es bist, dann wirst du förmlich durchbohrt und bist entsetzt.« (Franz K.)

Kann man Schuldgefühl lernen? – Es erwächst aus erfahrener Schuld. – Und warum lehren sie dann noch Moral?

Nur aus Schuld kann Schöpfung entstehen. Denn der Schöpfer muß rücksichtslos sein.

Das ständige Schuldigwerden Gottes hat die beunruhigten Mythenstifter auf den Gedanken gebracht, die unschuldigen Gläubigen an Gottes Schuld partizipieren zu lassen. Angestelltenmoral als Entlastung des amoralischen Chefs. Weiß Gott, Er sollte uns dankbarer sein.

Adam, ernst genommen. Und wenn er nun aufbegehrt und sich zum Kampf gestellt hätte? Denn *dieser* Gott wäre zu überwinden gewesen. Mit Seiner eigenen Fehlkonstruktion: Dem freien Willen. Zu dem auch der freie Wille gehört, über sein eigenes Leben verfügen zu können. Adam hätte sich nur umzubringen brauchen. Von diesem Schlag hätte der Paradiesaustreiber sich so schnell nicht wieder erholt. Schließlich hätte da Adam nicht nur Ihn selber, sondern auch gleich die gesamte Schöpfung verneint. (Was für eine Stümperin doch, diese Schlange.)

Und welch ein Chance für die Menschheit. Denn wäre Ihm

jetzt noch an ihr gelegen gewesen, Er hätte, um nicht abermals von einem beseelten Lehmprodukt übertölpelt zu werden, wohl oder übel (wohl, wahrscheinlich) Eva beiwohnen müssen. Gottes schoßempfangener Sohn als Menschheitsvater –: Da hätte man, von der Sintflut bis zur Atombombe etwa, allerhand einsparen können.

Du bist kalt. Du rührst dich nicht. Du stehst einfach bloß da und summst vor dich hin. Was hab ich dir anvertraut! Alles, was mir im Leben etwas bedeutete. Alles, was mich gehalten hat, wonach ich mich gesehnt hab. Ich versteh, daß dir an Wärme nicht gelegen ist, daß du dich am liebsten in der Küche aufhältst, wo man die Heizung abstellen kann. Aber ich krieg sie eines Tages auch im Wohnzimmer aus, verlaß dich drauf. Ich werd dafür sorgen, daß du dich hier rundum wohl fühlst bei mir. Es soll dir gut gehen. Du sollst das Gefühl haben, es gar nicht besser getroffen haben zu können als hier bei mir. Ich stell mich auf dich ein. Du kannst schon meinen Atem sehn. Er ist weiß. Ich tu alles für dich. Ich will mich auch an deine Kälte gewöhnen. An meinem Rock ist gestern schon ein Reifsaum gewesen. Du sollst nicht sagen, ich wüßte nicht, von was für Voraussetzungen eine Verbindung wie unsere auszugehen hätte. Ich weiß, was ich dir schuldig bin. Wärme beleidigt dich. Auftauprinzipien haben vor dir ihre Geltung verloren. Was vor dir Bestand haben soll, hat sich zu kristallisieren. Ich unterwerfe mich dir. Ich rücke an dich heran. Meine Temperatur sinkt. Wenn sie den Gefrierpunkt erreicht haben wird, werde ich dir das Schlafzimmerfenster voll Eisblumen schenken. Ich liebe dich. Ich will bei dir schlafen. Ich will mit dir wachen. Ich möchte mit dir zusammen erfrieren. Gib mir von deiner Kälte. Laß mich in deinem Anblick erstarren. Rot ist nie eine Farbe, Blut nie ein Lebensspender gewesen. Was gilt, hier auf Erden, ist weiß. Was Bestand hat, ist Eis. Ich krieche in dich hinein. Ich nehme die gefrorene Hühnerkeule aus dir heraus. Sie interessiert mich nicht mehr. Ich esse von deinem Reif. Der Eisbär lügt *auch* noch. Nur das Mammut hat recht. Schlafen in deinem Eis. Ich hab dich geboren, mein Sohn. Du bist aus meiner Gletscherspalte gekommen. Ich habe gekalbt wie ein Eisberg. Du bist ins Weltmeer gefallen. Die gefrorene Milch in der Flasche hat alles bewahrt. Im Gefrierfach deiner Gedanken weht ein lautloser Schneesturm über die Fischkonserven dahin. Gestern habe ich einen Rückfall erlitten. Ich habe mir ein Kotelett aufgetaut. Aber es war kein Verrat. Glaube mir, ich habe beim Braten nicht ins Feuer gestarrt. Ich fühlte mich plötzlich so schwach und verbraucht. Meine Rente ist nicht hoch, wie du weißt. Ich möchte mich dir doch mit allen Kräften bewahren. Ich weiß, daß es falsch war. Und ich habe ja auch zwei Portionen Eiscreme gegessen, danach. Du siehst, wo es hinführt, wenn du dich mir ständig versagst. Komm mir doch etwas entgegen. Laß mich doch wenigstens frieren im Bett, daß ich nicht dauernd von fliegenden Wärmflaschen träume. Du summst. Du betrügst mich mit der Elektrizität. Ich weiß genau, wo das Leuchten herkommt in deinem Innern, wenn ich dir mal überraschend die Türe aufreiße. Es stammt von ihr. Aber ich würg sie ab, diese Schlange. Ich werd sie aus der Steckdose zerren, daß dir Summen und Leuchten vergeht. Du hast nichts mit dieser glitzernden Schlampe gemein. Merkst du denn nicht, wie sie dich zu beherrschen versucht? Sie will dich kleinhalten. Aber ich will dich groß. Ich, dein Schneewittchen, die alte Erde, mein Eisprinz, warte auf deinen frostigen Kuß.

(Beginn größeren Monologs. Alte Rentnerin, die mit ihrem Eisschrank Umgang pflegt. Vielleicht stellt sie auch noch jemand (etwas) anderes dar; schließlich: Die Temperaturen sinken, die Winter werden unwirtlicher, der Packeisgürtel schiebt sich mehr und mehr vor; im menschlichen Zusammenleben, in der Politik – überall Vereisungsprozesse.)

»Und im Traum, in einigen Fällen, hört er den Polarfuchs bellen.«

16. November. Rekonvaleszentengang mit Marina und Nenad, Schlachtensee entlang. Lungenentzündung klingt ab. Die schlanken Hälse der Haubentaucher im diesigen Dunst. Bleßhühner schilfnah: schaukelnd und den Kopf ins Rückengefieder gewühlt. Auf den Weidenwurzeln, dicht unterm Wasserspiegel, die Entenpärchen, Brust an Brust, schon in Schlafposition. Übermorgen laufen Marinas Untersuchungen an.

Flügelschlaglos,
über den kreidigen Träumen,
da kreist er: Dein Schatten,
gekreuzigt
auf das Papierdrachenrückgrat
des Winds.

Wie werd ich dich finden,
Schwalbenflüglige, des
rußigen Spiegelbildes
beraubt; gestäubt
vom fahlen Mehltau des Mittags:

Stumpfen Gefieders,
die Schnabellefzen
verkrustet,
zuckend im Lichtschacht?

Ach, stürz doch
ins Herz mir;
sein Blut
wird dich schwärzen.

Beschwörungsgedichte nützen nichts; sie legen zwischen den Beschwörenden und den, den sie meinen, eine unstatthafte Distanz.

Wenn es Teilnahme gibt, liegt sie im Selbstverständnis. Unsere Tage laufen seit neun Jahren nicht anders als dieser: unalltäglich, in erborgter Gewöhnung, die uns stündlich aberkannt werden kann. Sich die Außergewöhnlichkeit ehelicher Geborgenheit einzugestehen; zu wissen, daß auch der andere sie als ständig gefährdet empfindet; und eben das als selbstverständlich begreifen. Mehr kann man nicht tun.

Es gibt auch eine Unbescheidenheit im Aufstellen ethischer Normen.

Mein schrilles politisches Engagement gegen die Berliner Mauer. Emotional angeheizt, da nun von Kindheitsschauplätzen und den Straßen der Jugend getrennt; von Vater, den Freunden zu schweigen. (1961.)

Es war einsehbar, daß die DDR-Behörden keine andere Möglichkeit hatten, als so rigoros die Grenzen zu schließen. Warum die *eigene* Kurzsichtigkeit da auch von den *anderen* verlangen?

Daß deutsche Menschenverachtung und deutsche Gründlichkeit sich in Mauer und Todesstreifen etwas Besonderes einfallen ließen, ist gesamtdeutsch zu werten. Es sei denn, man geht davon aus, Deutschland wurde geteilt, um in der DDR die bösen und in der BRD die netten Hitlersoldaten unterzubringen.

Wer an die großdeutschen Taten nicht mehr erinnert sein will, der stelle sich folgendes vor. Die BRD unter der Herrschaft der Sozialistischen Einheitspartei, die über eine bürgerliche Mitte sowie einen rechten und einen linken Flügel verfügt, so daß alle unsere heutigen Politiker Platz gefunden hätten unterm rostigen Fittich der ferngesteuerten Glucke. Und nun wäre der Lebensstandard der demokratisch regierten Republik jenseits der deutsch/deutschen Grenze derart gestiegen, daß ein konsumhungriger Lemmingschwarm sich über die offene Grenze hinweg in Marsch gesetzt hätte und wäre für immer drüben geblieben. Was hätten unsere Regierungsparteien in brüderlich-bestürzter Einhelligkeit mit den Oppositionsparteien beschlossen? Schnellstens und aufs rigoroseste die Grenzen zu schließen. Und wie macht man so etwas in Deutschland? Indem man Mauern hochzieht, Häuser wegreißt, Todeszonen installiert und mit Wachttürmen und Scheinwerferanlagen gespickte Stacheldrahtverhaue errichtet.

Man hätte meinen sollen, daß die Panzerkanonen nach Westberlin wiesen. Aber nein; sie waren alle ins Innere der Hauptstadt der DDR gerichtet. Haben Vater und mir exakt auf die Schläfen gezielt. Augenpaare hinter den Sehschlitzen. Die

Turmluks geschlossen. Vom Anrollen her noch die graue brandenburgische Erde zwischen den Ketten. (Berlin; Leipziger Straße, 13. August 1961.)

Die Panzer fuhren so dicht an den Katen entlang, daß ein paar die strohgedeckten Dächer mitnahmen. Einer hielt hart auf mich zu. Hätte ich mich nicht mit dem Rücken gegen die Lehmwand gepreßt und wäre, da sie nachgab, rückwärts in den Bombentrichter gefallen, er hätte mich überrollt. (Archangelskaja, März 1943.)

Die Kiebitze. (Geschichte. Seit Beginn des Rußlandkrieges im Kopf.) Russischer Bauernjunge; wird Panzerfahrer. An einem der letzten Tage im Heimatdorf hat er beim Küheweiden noch einmal, wie schon als Junge, Kiebitzeier gesammelt; sie sich unter die Mütze geschoben und lachend dabei die schreiend auf ihn niederstoßenden Kiebitzpaare vertrieben. Der Kriegsausbruch verkürzt Oizeks Ausbildung. Die Panzerbrigade fährt in ihren Bereitstellungsraum. Oizek überquert mit seinem Panzer mehrere Wiesen. Kiebitze stoßen schreiend auf den Panzer hernieder. Merkwürdigerweise verfolgt den Panzer ein Paar. Und zwar auch dann noch, wie Oizeks T 34 die Wiesen längst hinter sich hat. Er beobachtet die Vögel, während einer kurzen Rast, aus dem Turmluk. Sie fangen an, ihm auf die Nerven zu gehen. Auf Wiesen sind Kiebitze kein Problem. Aber hier ist kilometerweit Mischwaldgebiet; hier fallen sie auf. Wie er abends das Tarnnetz über seinem Panzer ausbreitet, sind sie immer noch da. Und das ist nun sogar Hochwald hier; hier hat es noch nie einen Kiebitz gegeben. Beunruhigt legt er sich hin. Doch das Kiebitzschreien weckt ihn wieder und wieder. Was er nicht begreift, daß die beiden Kiebitze ständig den unbeweglichen Panzer attackieren. Oizek muß herausbekommen, warum. Er muß sie vertreiben. Mit der Taschenlampe leuchtet er ihn ab. Nichts, was die andauernde Aggression der Vögel erklärte. Bis er die erdverdreckten Gleitketten ableuchtet. Da sieht er es. Ein paar winzige Eierschalenbruchteile schimmern zwischen zwei Kettengliedern aus der glattgewalzten Erde hervor. Kiebitzeier; Oizek kennt sich ja aus: Der Panzer ist über das Gelege der beiden Vögel gefahren. Die greifen jetzt nicht mehr den Panzer an, die stoßen, aus dem Nachthimmel fallend, kreischend auf Oizek nieder. Der retiriert in den Panzer. Zweimal muß der Funker ihn wecken: Oizek hat phantasiert. Vor Sonnenaufgang noch kommt der Angriffsbefehl. Die ersten feindlichen Linien, die überrollt werden sollen, liegen hinter einem weithin einzusehenden Wiesengebiet. Oizek hält mit seinem Panzer auf die Stellungen zu. Er hat Herzklopfen. Schweiß rinnt ihm in die Augen: Er glaubt in dem Motordröhnen die Kiebitze schreien zu hören. Hält plötzlich, zwängt sich an dem verdutzten Schützen vorbei, öffnet den Turm. Vom Chefpanzer kommt über Funk die Anfrage, was los sei mit ihnen. Es scheint irgendeine Panne zu sein. Oizek, der Fahrer, ist ein mutiger Mann. Obwohl jeden Moment die Abwehr einsetzen kann, klettert er auf den Turm. Er hat die Pistole gezogen. Er will wissen, ob die Kiebitze ihm endlich verziehen haben und umgekehrt sind. Nein. In ihrem unermüdlichen Torkelflug umkreisen sie in engen Spiralen den Turm. Oizek entsichert die Pistole. Er preßt den Lauf gegen die Schläfe, drückt ab. Im selben Moment, wie sein lebloser Körper neben die vibrierenden Gleitketten fällt, setzt die Artillerieabwehr ein.

18. November. Marinas erste Untersuchungen. Es ist, wie befürchtet: Gefahr. Ein Lymphknoten wurde entdeckt. Die kühle Korrektheit Professor W.s durch aufrichtige Sorge relativiert. Wiedersehen mit Doktor C. in Aussicht gestellt. Möglich, er operiert.

»Wie ein Weg im Herbst: Kaum ist er rein gekehrt, bedeckt er sich wieder mit den trocknenden Blättern.« (Franz K.)

Marina sachlich, gelassen; zumindest nach außen, zu mir. Falls eine Operation notwendig werde, sollten wir uns, da dann doch ständige Metastasengefahr, an eine wesentlich geringere Lebenserwartung gewöhnen. Das ist ein vernünftiger Satz. Marina äußerte ihn am Steuer des Wagens. Wir kamen von einer Hausbesichtigung zurück.

Verweigerung gegenüber der Philosophie: Nicht gewappneter als der andere sein wollen.

Den anderen hält anderes.

Wenn ich *mich* halte, halte ich *ihn*.

Und die Fachliteratur? Wie hält man sich vor der eingestandenen Ohnmacht der Ärzte? Welche Haltung nimmt man vor den Krebs-Statistiken ein? Wie verhält man sich gegenüber der Unzulänglichkeit der Untersuchungsmethoden? Wie hält man die Tatsache aus, daß diese Krankheit auch abwesend anwesend ist?

Indem man das alles verdrängt.

Wenn ich die Angst um den anderen verdränge, verdränge ich auch den anderen.

Also –?

Der Angst Wohnrecht einräumen. Für immer. Sie gehört zu uns.

Sprachlogik. ›Zufall‹. Was geschieht da? Da fällt (einem) etwas zu. Und woher? Und von wem? Schließlich, etwas, das auf mich zu fällt, muß nicht nur einen Stoß erhalten haben. Da muß auch gezielt worden sein. Kurz: Hier hat Vorsatz geherrscht. Drückt aber denn ›Zufall‹ nicht gerade Un-Vorsätzliches aus?

Ausdrücken. Die Zitrone; die Zigarette; ich mich sprachlich; den Pickel.

Galgenhumor taugt nur für seelische Krüppel. Denn er basiert auf amputierter Lebenserfahrung.

Galgenhumor gibt es nicht. Wer ihn zu haben glaubt, hängt schon.

Zufall II. Kann ich ›zufällig‹ in eine Lawine, einen Steinschlag geraten? Nein. Denn ich hatte die freie Entscheidung. Ich hätte auch einen anderen Weg nehmen können. Aber ich habe diesen, in die Bahn der Lawine genommen.

Und das erste Schneeklümpchen löst sich auch nicht ›zufällig‹ los. Sondern eben in dieser tausendstel Sekunde, die zugleich die zeitliche Weiche für den anstehenden ›Unglücksfall‹ stellt, sind die Voraussetzungen für das Inkrafttreten des Gesetzes der Schwerkraft erfüllt. Und wo *ein* Gesetz unterwegs ist, schießen, nach dem großen Grundgesetz von Ursache und Wirkung, in dieser bis ins kleinste geordneten Welt mit unüberbietbarer Präzision Dutzende von weiteren Gesetzen zusammen. Von denen jedes seine Wirkungen zeitigt. Wobei als eher bescheidenes Nebenprodukt sich eben jener theoretisch exakt vorauszuberechnende Unfall ›ereignet‹.

Bloch: »Die kleinen Uranlässe.« Genau. Sie sind es, die die ersten Glieder der Kausalkette aus streng geschmiedeten Zufällen knüpfen: Schneeflocke, die durch drei Umdrehungen am Steilhang die Flaumseele der Lawine zu bilden beginnt, die dreitausend Meter tiefer das Dorf dann verschüttet.

Läßt sich an das Kausalitätsprinzip *glauben?* Nein. Ich kann lediglich überzeugt von ihm sein. Vom Zufall aber kann ich nicht überzeugt sein; an ihn muß ich glauben. Merkwürdig, daß er unter Verstandesmenschen trotzdem noch so viele Anhänger hat.

Es liegt an der Scheu vor dem Rechenexempel. Der Glaube an den Zufall spricht von der Nachprüfung frei. Er enthebt mich dem Zwang zur Einblicknahme in ein Gesetzbuch, dessen Paragraphen ohne Wertung auskommen. Sie treten in Kraft, und erledigt. Einspruchsversuche, selbst Kommentare, erübrigen sich.

Zufall und Vorsehung unterscheiden sich lediglich darin, daß man jenen schulterzuckend, diese gebeugt akzeptiert. Umständliche Denkprozesse ersparen einem beide. (Firmenschild: ›Zufall & Vorsehung, Armenanwälte.‹)

Plötzlich prasselte ein Steinhagel nieder um uns. Liesl bekam einen Schock, Vater die Wut, ich eine Beule am Kopf. Es waren die rechtschaffenen Bürger Oberrads, die der alteingesessenen Liesbeth Satisfaktion zu erschmeißen versuchten. Von einer johlenden Menge verfolgt, suchten wir das exterritoriale Gebiet einer Polizeiwache auf.

Vater versuchte Anzeige zu erstatten. Jedoch der Wachhabende meinte, *wir* hätten die öffentliche Ordnung gestört. Vater, verdutzt: Könne er uns das vielleicht noch ein wenig erläutern? Der Polizist, zu Liesl hin nickend, die mir verstört das Blut abtupfte vom Kopf: »Na, leben Sie mit dieser Person in wilder Ehe oder nicht?« Liesl preßte die Lippen zusammen. Aber nur um Spucke zu sammeln. Sie spie ihm auf die Stiefelspitzen. »Sie Wachhund der Bourgeoisie!« Das hat uns noch mal zwanzig Mark extra gekostet. (Frankfurt-Oberrad, 1925.)

16 Jahre darauf. Hinterhof, vier Treppen; Berlin, Potsdamer Platz. Liesl kommt aus dem russischen Lokal in der Budapester Straße nach Hause, packt Piroschki und eine Schüssel voll Borschtsch aus; sie arbeitet illegal da. »Mußtest du in dieser Scheißuniform kommen?« – »Ich bin in ihr sicherer als in Zivil«, sagte ich. »Hier, iß«, sagte sie. »Aber wenn du auch nur einen einzigen Sowjetsoldaten anschießt und überstehst es, bring ich dich um.«

»Sie ist die härteste Volksrichterin von ganz Berlin-Mitte. ›Wer nicht dafür ist, der ist dagegen.‹ Fabelhafter Wahlspruch von ihr. Sie setzt ihn permanent in die Tat um: Nur Höchststrafen. Sogar der Staatsanwalt hat Mühe mit ihr.« (Genosse Liesls; 1960; Berlin, Hauptstadt der DDR.)

Vater besucht sie heute noch manchmal. Er ist, von Frankfurt her, mit ihrem Bruder befreundet; und an Vater soll es nicht liegen, wenn eine Männerfreundschaft eher als mit dem Tode des einen der beiden zerbricht. »Wenn Werner genug über die Politik geschimpft hat«, sagt Vater, »greift er, um sich zu beruhigen, zur Laute. Liesl begleitet ihn dann. All die schönen alten Lieder. Du weißt ja, sie hat schon immer über eine sehr eindrucksvolle Stimme verfügt.«

»Ihr Anhang hat Aussprüche von ihr in Umlauf gebracht, nach denen sie sich durchaus fähig fühlt, so zu singen, daß es dem Volk in allen seinen Schichten bis in die versteckteste Opposition hinein eine wirkliche Lust wäre, wirkliche Lust nicht im Sinne des Volkes, welches ja behauptet, diese Lust seit jeher bei Josefines Gesang zu fühlen, sondern Lust im Sinne von Josefinens Verlangen. Aber, fügt sie hinzu, da sie das Hohe nicht fälschen und dem Gemeinen nicht schmeicheln könne, müsse es eben bleiben, wie es sei.« (Kafka, *Josefine, die Sängerin oder Das Volk der Mäuse.*)

Meine Schopenhauer-Epoche mit 16/17. (Der fiebrige Verstand allerdings wesentlich gewitzter und aufnahmefreudiger als heute.) Hauptwerke und *Parerga und Paralipomena* in wilder Anteilnahme verschlungen und, verdaut oder nicht, dankbar den üppig wuchernden Pubertätskomplexen zugeführt. Inzwischen zu einer überraschend dauerhaften Mischung verdickt. Grundsubstrat in ungern gereinigten Charakterwinkeln noch immer vorhanden. Von dort her sowohl dem dazugelernten Pessimismus, als auch den am Wegrand gepflückten Neurosen in hohem Maße bekömmlich. (Neuerliche Schopenhauer-Lektüre nur Gartenscheren-Funktion; die Wesenswurzeln noch bestens mit dem damals Getankten versorgt.)

»Er will sich anbiedern; gehen Sie nicht darauf ein.« (Ali an Atma.)

»›Bieder‹ mag stimmen. Aber um ihn konsekwenter Nichtachtungk führ wert zu befinden, scheint er mir doch *gahr* zu pessimistisch zu sein. Der Prohfesser hat an solchen Mißverständlingen immer seine reine Freuhde gehabt.« (Atma an Ali.)

Zigeunerballade (5.)
Vitus wiegt Gajda im Schoß und denkt an den Vater. Gajda ist noch nicht ganz ein Jahr; aber man sieht schon, sie wird seine Locken bekommen. Jorkan hat alles, was er hatte, ziemlich gleichmäßig auf seine Kinder verteilt. Irgendwie ähneln ihm alle. Einzig Elizinka wäre froh, hätte sie, statt seiner

scharfen Mundwinkel; vielleicht seine spöttischen Augen geerbt. Aber die hat Koleman schon erhalten, und sie stehen ihm gut. Kein Wunder, daß er Jorkans Lieblingssohn war.
Jorkan hat nur übersehen, daß der Spott in Kolemans Augen schon verdunkelt war von allerlei Wissen. »O Bengt«, sagte er schließlich, »hat dem Dad im Schlaf ein Haar ausgerissen. Jetzt hat er Macht über ihn.« Elf Tage später hatten sie Jorkan gefunden. Das war vor einundneunzig Tagen im März. Im März ist der Dad immer unruhig geworden; unruhiger noch, als er es ohnehin war.
Vitus sieht ihn auf dem Sitz seines Wagens. Es war ein wunderbarer amerikanischer Wagen. Dads Finger trommeln aufs Lenkrad. In den Steinen der fünf Ringe, von denen er drei rechts und zwei links trug, bricht sich funkelnd die bläßliche Sonne. Die anderen Ringe hat Dad auf sein grünes Halstuch gezurrt und es um den letzten verknotet. Er kaut auf seinen Schnurrbartenden und beobachtet im Rückspiegel das Lager.
Ihm ist vor allem an Adjam gelegen. Der klopft den festgetrockneten Schlamm von der Innenseite der Traktorschutzbleche ab. Im Eingang zum Wohnanhänger lehnt Cora. Sie hat ihre Fuchsmütze auf und in den weggestemmten Taschen der Steppjacke die Fäuste geballt. Auf Dads Wangen geraten die Kaumuskeln in Bewegung, wie er sie jetzt im Rückspiegel wahrnimmt.
Dad hat sich immer mit Adjam vertragen. Er war mit Ruben und Django befreundet. Sander hat er verachtet. Mischga und Barkan mochten ihn nicht. Gaspar und Karman haben Jorkan geschätzt. Chrapos ist er gleichgültig gewesen. Kukas war neidisch auf ihn. Vataf hat ihn wahrscheinlich gehaßt. Dennoch haben ihn alle geachtet; selbst Bela, wenn auch erst nach dem Peitschenduell.
Es hat wohl an Dads Stammestreue gelegen. Wo ein Sinto in Gefahr war, hat Dad sich vor ihn gestellt; egal, gegen wen. Er war bekannt für sein Lächeln. Es kam immer erst dann, wenn er zum Rasiermesser griff. Diesen Griff machte keiner ihm nach. Auch nicht das Winken des linken Zeigefingers dazu, das dem Herausforderer galt. Fünfmal hat Jorkan einen Gegner geschnitten. Dreimal ging es um Frauen. Dad war nicht schön. Er schielte sogar ein wenig. Sein rechtes Schlüsselbein

war gebrochen. Aber sein Gang war geschmeidig. Nichts wirkte fahrig an ihm, nie war er befangen. Jeden, der vor ihn hintrat, nahm er für voll. Die Frauen sprachen mit Nachdruck von ihm; viele hätten ihn gerne zum Bruder gehabt. Nur Cora wohl nicht.

Und dann dieser März. Die Äcker waren an vielen Stellen noch weiß. Krähen glitten über sie hin. Zuerst hatten sie den Wagen gefunden; unversehrt. Keinen Fußabdruck, keine Bremsspur. Vier Tage später dann ihn.

Seitdem will Vitus die Mulé, die Geister der Gestorbenen, sehen. Er hat mit einem von ihnen zu reden.

Marina bei Doktor C. angemeldet. Geht man zu einem Chirurgen, um sich untersuchen zu lassen?

Und dieses Leben läuft weiter. Ein Buch wird geschrieben; an einer Fernsehserie gearbeitet; das Diarium geführt. Ob Schreiben ganz zuletzt, jenseits der großen Vokabeln, nicht *doch* verbrecherisch ist?

Warum gerade *Schreiben?*

Weil nichts vollendeter ablenkt.

Hinlenken lähmte. Bringen Lähmungen weiter?

›Weiter‹? Von wem willst du denn weg.

Was (mich) Tränen gekostet hat. *Hiob.* Paul Celans *Todesfuge.* Hölderlins späte Gedichte. Ernst Barlachs Stimme auf einer alten Wachsplatte. Lichtenbergs Brief an Amelung, in dem er dem Freund den Tod der kleinen Stechardin mitteilt. Dylan Thomas' Hörspiel *Unter dem Milchwald.* Friedrich Rückerts Gedicht-Zyklus auf sein gestorbenes Kind. Johannes Bobrowskis Schallplattenstimme, einen Text über das Käuzchen verlesend. Goethes Briefwechsel mit Zelter. Die Ermordung Miezes, der Freundin Franz Biberkopfs. Die Sonette von Gryphius. Büchners *Lenz.* Ingeborg Bachmanns *Malina.* Johann Peter Hebels *Unverhofftes Wiedersehen.* Brechts Liebesgedicht an die Marie A. Claudius' *Kriegslied.* Die Kindergedichte Gertrud Kolmars.

»Er weint! Ein Mann, der einen Engros-Handel hat –!« (Jüdisch. Und klassisch.)

Bloch blättert zu flach in der Bibel. *Natürlich* ist sie »priesterlich redigiert«. Aber warum so maliziös, Chef? Schließlich haben wir es hier mit Fachliteratur zu tun. Und lassen *Sie* vielleicht ein Laienkollektiv an die Druckfahnen Ihrer Bücher heran?

Verfrühter Triumph. Die Hoffnung auf ein Augenzwinkern der Bibellektoren entfällt. Nicht, um irdischer Liebe den ihr fraglos gebührenden Platz zuzuweisen, hat das *Hohe Lied* Aufnahme in die Thora gefunden, sondern um der spirituellen Wechselbeziehung zwischen Gott und Israel, mit der menschlichsten aller Bemühungen: der Liebe einen einprägsamen Raster unterzulegen. Denn was Liebe ist, wissen wir alle; erst recht, wenn wir ungeliebt sind. Aber wer weiß schon, daß Gott verdorren müßte, würde er sich nicht ständig erneut unsere Liebe erzwingen.

Noch eine Möglichkeit. Verschmähte Liebhaber laufen auch Amok. (Das würde zumindest die Weltkatastrophen erklären.)

Wie ernst, wie vergeistigt die Rabbinen das *Hohe Lied* nehmen, erhellt aus einem einzigen Vers: »Frische Früchte und alte, mein Geliebter, habe ich dir aufbewahrt.« Auf diesen Satz wird im Talmud die Tatsache zurückgeführt, daß nicht nur die von Moses empfangenen Gesetze (»die alten«) gelten, sondern ebenso auch die freiwillig auf sich genommenen (»die frischen«).

Gibt es eine präzisere Treue als die Treue zum Wort? Der Schreiber darf sich hier getrost vom Gläubigen aufrichten lassen.

Matthias Claudius über den jüdischen Glauben: »Bei denen war die Gottesfurcht nicht Bedienter hinten auf dem Wagen, sondern Herrschaft und Kutscher zugleich.« – Und obendrein auch noch Zugpferd.

Ein Winter verharschter Gewöhnung für E. Die Hoffnung gefror. Sie sah Ihn; doch Er erkannte sie nicht. Selten hat größere Liebe um kleineres Verständnis geworben. Selten auch kalkiges Arztweiß so hart konturiert gegen zunehmende Schattenschwärze gestanden.

Ich sagte: »Sie müssen jetzt etwas tun, Doktor. Sie mögen sie doch. Sagen Sie es ihr. Machen Sie ein paar Gänge mit ihr. Besuchen Sie sie. Es geschieht Ihnen nichts. Sie will Sie anlächeln. Ihnen Kaffee eingießen. Ihre Nähe auskosten. Es wäre ein Gegengewicht.«

Eissträhnenwegwischen. Das zarteste, das sensibelste Lächeln, das je einem Manne gelang. Dann: »Ich mag Sie *beide*, das wissen Sie doch.« Ich starrte ihn an. »Ja und –?!« Nichts und. Er sagte, daß er jetzt noch einige Patienten besuche; und ich solle sie grüßen. (Dezember 1965.)

»Unnützes tue ich und versäume viel. Wie glücklich war dieser Einfall, das Mädchen betreffend!« (Franz K.)

Er suchte sein Heil in der Flucht. – Rennt es denn mit?

»Da scheint Sie eine Dame nicht besonders zu mögen.« Der Direktor der Rothschildschen Bibliothek, als Vater sich 1925 um eine Stellung bewarb. Liebe Grüße Liesbeths, die nach bestem Wissen üble Nachrede führte. Diesmal vergeblich jedoch. Vater wurde als Bibliothekssekretär angestellt. Bestimmungsgemäß in der Abteilung Naturwissenschaften, die ihm der Oberforstmeister von Frankfurt freigekämpft hatte, dem es Vaters ornithologische Doktorarbeit angetan hatte. (Vaters Schicksal: Die Vögel.)

613 Gesetze hatte der strenggläubige Jude zu beachten. Dazu

Rabbi Simlai im Talmud: »365 davon sind Verbote, sie haben die gleiche Zahl wie die Tage des Jahres; 248 davon sind Gebote, sie haben die gleiche Zahl wie die Knochen des Körpers.« Einprägsamer geht es nicht. Beängstigend einleuchtender Beleg aber auch dafür, warum hier (mit Jesus) ein Schisma einreißen mußte. Es gibt nicht nur Strenggläubige. Es gibt auch Gläubige. Und der Normalgläubige möchte Gott billiger haben.

Tatsache: Preiswerter als jener christliche Jesus ihn anbot, der die Einfalt im Herzen, die Schlichtheit in den Gemütern so schätzte, ist Gott an den Religionsbörsen auch nicht mehr notiert worden seitdem. Sonderlich bekommen allerdings ist ihm dieser Kursverfall nicht. Es fehlte die Deckung; und zwar weniger die gemütvolle als die spirituelle.

Merke. An Gott muß nicht nur geglaubt, es muß auch an ihm gearbeitet werden.

Und das hat nichts mit Gottes Bild, das hat mit seinem Wesen zu tun. (Und mit der Kraft, die ich mir zumuten will, es zu ›erkennen‹.)

»Du sollst dir kein Bildnis machen.« Appell an den Kopf; Gebot der Abstraktion. Einerseits. Andererseits: Angst vor der Kunst; Verbot, sich schöpferisch zu betätigen. Gott scheint Grund zu haben, selbst auf die Sonntagsmaler eifersüchtig zu sein. (Auf die erst recht; denn *er* hat ja am Sonntag geruht.)

Fluch der Bebilderung. Was für eine Anstrengung es kostet, bei der Lektüre des Pentateuch die Bibelillustrationen zu vergessen, die sich einem als Kind so eingeprägt haben. Das heißt, lesend stellt die gebotene Archaik sich ein, stäubt aus dem Text. Aber erinnert, haben diese Beduinenhorden nun alle ihren klassizistischen Faltenwurf weg.

Gottesbarbaren: Der Haufen, mit dem Moische aus Mizrajim zog.

Ganz schlimm wird es, wenn man einmal versucht, sich ein

zutreffendes Bild von Jesus zu machen. Hätte ihn doch mal einer auch *ohne* Nachthemd und Wandervogelmähne gemalt.

Dagegen imstande, fast jeden der mir bekannten Talmudgelehrten zu beschreiben. Den narbigen linken Zeh Rabbi Simlais zum Beispiel, der zum Singsang der Weisung sich rhythmisch auf und nieder bewegt.

Logisch: An die Rabbinen im Talmud hat man *gedacht*, an Jesus *geglaubt*. Glauben ist Abbilden im Weg; hat ja immer schon, statt Klärendes, lediglich Verklärtes zustande gebracht.

Jesus: Der militante Visionär. Der verbohrte Sektierer. Der fanatische Häretiker. Der tempelpolizeilich gesuchte Umstürzler. Der regierungsfeindliche Terrorist. Der linke Reaktionär. Der Priesterschreck. Der Nestbeschmutzer. Der Rädelsführer. Der Anstifter. Der Glaubensverweigerer. Der affektierte Rechthaber. Der provokante Regelverdreher. Der gekrönte Lumpenprolet. (Aus der zeitgenössischen Presse.)

›Joisl‹ –: Jesus auf Rotwelsch: Ein schwächlicher Wanderkumpel, der es auf der Brust hat. Nicht auf die Schulter klopfen; hustet. Man kann ihm ein Bier spendieren. Er betet für dich über Geld.

»Joisl wird ins Viereck gebobbt«: »Jesus wird ins Grab gelegt«. Rotwelsch verbrüdert, setzt gleich; schraubt Glaube auf Bedauern zurück: *Dieser* Tote bleibt liegen.

Meine Sprachen: Berlinisch, Rotwelsch, Jiddisch.

Ob ich mir Jesus schon mal vorgestellt hätte.
»Ja«, sagte ich. »Er ist barfuß und hat ein endloses Hemd an. Schmale Hände, traurige Augen. Geht immer ein bißchen vornübergebeugt, so, als suchte er was.«
»Eben nicht«, sagte Vater. »Jesus war ein ganz gewöhnlicher junger Mann.«
»Beschreib ihn.« Gespannt ruckelte ich mich zurecht.

Vater zuckte die Schultern. »Wir haben ihn allein auf dem Arbeitsamt bestimmt schon Dutzende von Malen gesehen.«
»Dann wundert's mich«, sagte ich, »daß es nur den einen Jesus gibt und nicht zweitausenddreihundert.«
»Es *gibt* zweitausenddreihundert«, sagte Vater. »Es gibt nur nicht den einen.«
»Und das mit der Auferstehung?«
»Jeder kann auferstehen«, sagte Vater. »Man muß nur genügend Leute zurücklassen, die das forcieren.«
Ich war ziemlich enttäuscht. Ich hatte nicht direkt an ihn geglaubt. Aber irgendwie hatte er mir doch imponiert.
»Und was ist mit den Wundern?«
Vater lief erst ein paarmal im Nachthemd im Zimmer herum und rieb sich fröstelnd die Oberarme dabei. Dann blieb er dicht vor mir stehen.
»Liebst du die Menschen?« Er schien die Luft anzuhalten; man hörte auf einmal seinen Atem nicht mehr.
»Hör mal«, sagte ich, »wo wir so viel nette kennen.«
»Also.« Vater atmete aus und stieg wieder ins Bett.
»Was heißt ›also‹?« fragte ich.
»›Also‹ heißt, dann kannst du auch Wunder vollbringen.«
Ich hatte auf einmal Herzklopfen bekommen. »Du meinst, Wunder kriegt jeder fertig?«
»Jeder, der liebt«, verbesserte Vater und boxte sich sein Kissen zurecht.
(Vater/Sohn, II. Eine schwierige Reparatur.)

Einmal zündeten wir Nenad eine Opferkerze an in einer kleinen italienischen Kirche. Er zog strahlend mit ihr am Altar vorbei und sang *»Ja, das ist die Liebe der Matrosen!«* dabei. Auf daß wenigstens der Klabautermann ihn gehört haben möge.

Denn. Gott ist ein miserabler Kirchenbesucher.

Vorschlag an die Fahrenden, den Begriff ›Prunkscheune‹ in ihren Rotwelsch-Sprachschatz aufzunehmen: für Kirche.

Dabei ist Gott noch nicht einmal in sich selber zu Hause. Der

Chassid lehrt: Die Scheschina (= die Herrlichkeit, das Verweilen, das Geborgensein Gottes) ist von Gott getrennt; lebt in der Verbannung.

Urvorstellung der Kabbala auch: Die Scheschina irrt durch die Unendlichkeit und wird sich erst in der Stunde der Erlösung mit Gott wieder vereinen.

Ein Gott, dem man helfen muß also; der Gefahr läuft, den Glauben an sich zu verlieren (den ja die Scheschina erst ausmacht).

Und was bedeutet ›Erlösung‹? –: Weltuntergang –?

Es ist unwichtig, was sie ›bedeutet‹. Es gibt sie. Denn es gibt diesen Begriff.

Es gibt ihn jedoch nur als Verheißung. In der Erfüllung erlischt jeder Traum. Die Erlösung aber muß *weiter* geträumt werden. Denn nur in der *geträumten* Erfüllung liegt Trost.

Beweis: Der Heimatlose, der Emigrant, der ›Verbannte‹. Er hilft der Scheschina, das Exil, das heißt: die Verbannung aus Gott zu ertragen. Er ist Gottes Freund, sagt der Chassid: abgelöst von den anderen. Er kann die Scheschina im Menschenbilde erkennen.

Merke. Der heimgekehrte Sohn ist nicht der Heimkehr wegen ein Gleichnis, sondern der Fremde wegen, die ihm den Heimkehrgedanken nahgelegt hat.

Und. Wie die Scheschina aus Gott, so ist der Mensch aus sich selber verbannt. (Wer statt des Befundes ein Bild braucht, halte sich an Adams Vertreibung.)

Das Paradies hat in uns selber gelegen, nirgendwo sonst.

7. KAPITEL

Das Ticken im Schreibtisch

In einem Kinderbuch Nenads das Wasserflugzeug DO X wiedergefunden. Als es in den dreißiger Jahren auf dem Müggelsee schwamm, Kurt mit gestohlenem Geld zu seiner Besichtigung eingeladen. Reisevorbereitungen: Zehn Max-und-Männe-Hefte im Bücherkeller in der Lothringenstraße, ein halbes Pfund Sahnebonbons im Kolonialwarenladen und zwanzig Negerküsse in der Konditorei Weise erstanden. Was uns die endlose Fahrt von Weißensee nach Friedrichshagen auch erheblich verkürzte. Auf dem Anmarschweg jedoch zerstritten wir uns. Ich hatte zuviel Geld ausgegeben. Der Rest reichte knapp für die Rückfahrt. Kurts Vermutung war richtig. Wir hätten jeder noch einmal fünfzig Pfennig gebraucht, um auf das Flugzeug zu kommen. Vor Enttäuschung prügelten wir uns und fuhren in getrennten Abteilen nach Hause.

Kurt. Kegelkopf, Borstenfrisur. Tiefsitzende Schiebermütze. Brauner, zu kurzer Mantel mit geflochtenen Lederknöpfen. Rundes, zu aufreizend höflichem Lächeln tendierendes Lampiongesicht. Knoblauchatem. Säbelbeine, Katzenblick. Stärker als ich. Ihn sehr bewundert, da er zwei Jahre Volksschule sparte und Filmvorführer gelernt hat. Durch seine Freikarten zum Cinéasten gereift. Sein Vater arbeitsloser Vertreter. Mittelscheitel; die Musterkofferkorrektheit auf Aussprache und Wohnküche erweitert. Kleine glattwangige Mutter, die die Arbeitslosenunterstützung auf ein halbes Dutzend Sammeltassen verteilte und den Komplex des Vaters, dem Akademikersohn gegenüber, durch liebevolle Herzlichkeit überbrückte. Kurts ständig Schularbeiten machende Schwester Erna dann noch. Möglich, daß sie mich mochte.

Wiederbegegnung. Sommer 1946. S-Bahnhof Berlin-Tempelhof; Berufsverkehr. Eine Arbeiterfrau blieb im Gedränge stehen, starrte mich an. Ihre Unterlippe zitterte. Sie schluckte, fing an zu schluchzen, wandte sich ab. Während ich ihr nachging, rollte der Erinnerungsfilm. Sah sie plötzlich wieder über das Schulheft gebeugt, den haushohen Schrottberg im Rücken, auf den man aus dem Wohnküchenfenster hinabsah. Wußte, noch bevor ich sie schweigend unterhakte, Kurt war gefallen. Wir liefen eine halbe Stunde vielleicht. Es hätte viel zu erzählen gegeben; doch es gab wenig zu sagen. Vor einem Café fragte ich sie, ob wir hineingehen wollten. Sie schüttelte den Kopf. Irgendwo trennten wir uns. Ihre zögernden Schritte. Dann erst ihr Satz: »Ich hab oft an dich gedacht.« Jetzt lief sie schneller.

Ständig das Bedürfnis, bei Marina zu sein. Sie meiner Nähe zu versichern, mir die ihre bestätigen zu lassen. Aber hieße das nicht, sie meiner Kleingläubigkeit konfrontieren?

Luxemburg. Der Mann plötzlich. Fuhren dicht an ihm vorüber: Braungebrannt, bärtig; reglos unter Hastenden. Auf erschreckende Weise Strenge und Schönheit in sich vereinend. Marina am Steuer; sie bemerkte ihn nicht. Stunden darauf ihm noch einmal begegnet. Paar hundert Kilometer ununterbrochen gefahren inzwischen. Wieder: Dicht neben dem vorübergleitenden Wagen stehend. Unbeweglich unter Bewegten; blicklos wie schon zuvor. Marina sah ihn jetzt auch; fand ihn jedoch weder schön noch erschreckend. *Mein* Erschrecken ist konserviert. (Sommer 1970.)

Kafka scheint ihn schon früher gesehen zu haben: »Geheimnisvolles Verschwinden eines jungen Mannes mit Regenmantel und Hut und geheimnisvolles Wiederauftauchen bei der Fahrt im Wagen von Vaggerloese nach Marienlyst.« (Tagebücher.)

Luxemburg ist zum Refugium der Vogelengel geworden. Überall Goldammern, Lerchen. Kein Waldtal, kein Feld, über dem nicht, entschwindender Gruß einer schon gemordeten

Welt, in gespielter Gelassenheit ein Bussardpaar kreiste. Man geht die zu düngenden Felder dort menschlicher an, als das in unseren Breiten geschieht. Das gibt Insekten und Mäusen noch einmal Lebensmut ein. Wie ja auch Engel weit mehr irdische Anteilnahme als himmlische Heimstatt benötigen.

»Darum wundert Euch nicht, gesamtdeutsche Bauern, wenn Ihr zwar kunstdüngerveredelten Roggen, parathionbesprühte Äpfel und schneckenfreie Kohlsorten erntet, jedoch Storchennestunterlage, Dorfkirchenkuppel und Himmelsglocke durch Eure Chemie-Pogrome verwaisen.« (Aus einem Flugblattentwurf Pudel Alis, Pudel Atma zur Begutachtung übersandt.)

Frauen können sich nicht mit der Existenz von Mönchen abfinden. Beobachtung im luxemburgischen Benediktinerkloster Clervaux, wo ein vielleicht vierzigjähriger überlegen-ironischer Pater unserer Gesellschaft (evangelische Buchhändlerinnen und Lehrerinnen, denen ich drei Tage Rede und Antwort zu stehen hatte) die Einrichtungen erklärte. Aggressivität und spöttische Schärfe der Frauen. Nachfolgend erregte Erörterungen über die ›unzweckmäßige‹ und ›weibische‹ Bekleidung (Soutanen) der Patres. Hauptangriffsziel der Frauen: Das Zölibat, das sie empört und emotionsgeladen als ›widernatürlich‹ empfanden.

Daraus einmal eine Geschichte. Titel: *Idiosynkrasie.*

Der Emanzipierte: »Da läßt man ihnen bereitwillig die Hosen; aber wenn sie einen von uns mal in Röcken erblicken, gleich drehen sie durch.«

Hatte Marina und mich bei jenem Pater zu einem Gespräch angemeldet. Pater C. war der Novizenmeister. Meine Frage an ihn: »Wie würden Sie sich verhalten, wenn sich Ihnen eine junge Frau anvertraute, die soeben in schwer nachzuweisender Notwehr ihren Mann umgebracht hat.« Das Gespräch (in der Klosterbibliothek – ich saß einer 24bändigen Marxausgabe gegenüber) dauerte zehn Stunden. Pater C. brach es nur ab, weil er, nach der Vesper- und Abendandacht, die Mitternachtsmesse nicht *auch* noch versäumen wollte.

Ich brauch Dich. Die junge Frau, die ihren Mann umgebracht hat. Sie gesteht es einem jungen katholischen Geistlichen, dessen Charakter, Wesen und Lebensgewohnheiten sie vorher genauestens ausspioniert hat.

»Warum sind Sie nicht ausgebrochen? Warum sind Sie nicht einfach geflohen?«
»Fragen an eine Lebenslängliche. Sie erübrigen sich, wenn man den Zellenschlüssel nicht hat.«
»Aber Sie fordern eine Freiheit für sich, die es nicht gibt.«
»Was ich brauche, gibt es. Oder der Mensch ist ein Schemen.«
»Er wird eins, wenn man ihn tötet.«
»Er oder ich; das war unser Motto seit Jahren. Ich stand hart vor dem seelischen Exitus. Hätte ich ihn hinnehmen sollen?«
»Wenn *er* Sie auf die vorletzte Stufe drängt, haben Sie noch kein Recht, ihn über die letzte zu stoßen.«
»Im Ehekampf sind die Fairneßregeln außer Kraft gesetzt, Pater. Da geht es um Luft oder Ersticken.«
»Und was *haben* Sie jetzt?«
»Höhenluft. Eine Klarheit, wie vorher noch nie.«
»Sie triumphieren.«
»Ich atme.«
»Es ist wahr: Sie sind uneinsichtig.«
»Danke. Und Sie helfen mir jetzt? Ich meine: konkret –?«
»›Konkret‹? Was verstehn Sie darunter.«
»Daß ich ihn alleine nicht wegschaffen kann.«

Viel weiter wird diese Dialoggeschichte nicht gehen. Sie ist für mich jedoch erst ein Keim. Ich sehe einen Film, einen knappen Roman (in Tagebuchform; der Pater als Schreiber). Er hilft ihr, den Toten beiseite zu schaffen. Sie soll Zeit gewinnen; ehe sie sich weltlicher Gerichtsbarkeit stellt, ist Reue vonnöten. Jedoch die Reue bleibt aus. Denn die Mörderin beginnt ihren Mitwisser zu lieben: Er hat ihr geholfen, sich aus ihrem Joch zu befreien. In gleichem Maße nimmt das Schuldgefühl des Mitwissers zu. Sein psychisches Engagement kippt in ein menschliches um. Er beginnt schließlich, sich als Hauptschuldiger zu fühlen. Zumal es ihm nicht gelingt, auch in *ihr* ein Schuldgefühl zu erwecken. Er kann nicht mehr Geistlicher sein. Wendet sich der Sozialarbeit zu. Sie macht ihm einen Heiratsantrag. Er akzeptiert unter einer Bedingung: Sie müsse sich stellen. Sie stellt sich; verschweigt seine Mithilfe. Wird verurteilt. Regelmäßig besucht er sie im Gefängnis. Doch sie ist keines Sühnegedankens fähig. ›Das hier‹ muß durchgestanden werden und fertig. Er versucht, auf sie Einfluß zu nehmen; erfolglos; sie beginnt, ihn für ihre Haltung verantwortlich zu machen. Hat er ihr nicht alle Verantwortung abgenommen? Er fängt an, an ihr zu verzweifeln. Was sie mit Aufsässigkeit quittiert. Wie sie entlassen wird, ist er seelisch am Ende, sie in jeder Hinsicht gestählt. Eine Ehe findet nicht statt.

Und jede dieser endlosen Stunden am Schreibtisch breche ich aus unserem gemeinsamen Leben heraus. Unter den augenblicklichen Umständen ein Befund, der verrückt machen kann.

»Zu spät. Die Süßigkeit der Trauer und der Liebe. Von ihr angelächelt werden im Boot. Das war das Allerschönste. Immer nur das Verlangen, zu sterben und das Sich-noch-Halten, das allein ist Liebe.« (Franz K.)

Der Oberlehrer in ihm. (Typisch für gebeutelte Autodidakten:) Manchmal in Versuchung, für den Eigenbedarf oder für Nenad eine extrem schmale Anthologie zusammenzustellen. Schwer widerlegbare, eingängig formulierte, lapidar gefaßte Lebensregeln enthaltend. Nichts Herausgerissenes, nur fertig Geprägtes. Gebot, Spruch, Aphorismus bevorzugt. Alles anwendbar. Unterteilt in: Erfahrungen, Erkenntnisse, Schlußfolgerungen. Keine Aufteilung in Sachgebiete, man ist gezwungen zu blättern. Die Sammlung begönne (etwa) mit einer Auswahl aus den talmudischen *Sprüchen der Väter*, zielte auf Goethes *Reflexionen und Maximen* (stark zusammengekocht), nähme von Lichtenberg, den französischen Moralisten, Hebbel die unwiderlegbarsten Anmerkungen mit; bezöge die Aphorismen Kafkas, Kierkegaards ein und endete mit einer strengen Auswahl der *Unfrisierten Gedanken* des Stanislaw Jerzy Lec. – Breiter Seitenrand, um Korrekturen vornehmen zu können. Jährlich eine völlig veränderte, oft der vorangegangenen Ausgabe total widersprechende Neuauflage geplant. Jedem Band einliegend: Ein Filzstift zum Streichen; denn diese Sammlung soll nicht an Umfang gewinnen, sondern (mit den Jahren) an Umfang verlieren. Werbeslogan: »Mit achtzig *ein* Blatt!«

Blochs Satz aus dem lapidar nacherzählten Musäus-Märchen vom Grafen Reinald (wie er sich in die Höhle begibt, um den Entzauberungsschlüssel für die Männer seiner Schwester zu holen): »Ein Wille war hier lebendig von intensiv schöpferischer Kraft zum Bösen . . .« paßt genau auf Döblins Reinhold, den Mörder Miezes in *Berlin Alexanderplatz*. Auch Reinhold hatte da seine intuitive Begabung, die er plangerecht auszubauen und eminent schöpferisch in die (Un-)Tat umzusetzen verstand.

Unangenehm, nicht zu ändern jedoch. Auch ein vorsätzlicher, intelligent eingefädelter Mord ist ein Kunst-Stück. Auch einem furios entfesselten Krieg, auch den Erfindungen auf dem Weg zur Atombombe, auch unseren chemischen Giften, mit deren Hilfe wir uns anschicken, diese Welt unbewohnbar zu machen, liegen echte Schöpfungsakte zugrunde.

Verkleinert. Wenn ich die Geschichte eines Mörders zu schreiben gedenke, muß ich seine Morde begehen. Und zwar so kunstvoll, so ausgetüftelt wie möglich. Denn es gilt nicht nur Spannungseffekte zu erzielen und ein Anerkennungsnicken beim übersättigten Leser hervorzurufen –: ich muß auch mit Mitwissern rechnen, also nicht nur ein Kunststück, sondern eine Meisterleistung im Morden erbringen.

Das Schöpferische will planen, erfinden, bilden, gestalten. Nichts weiter. Es ist wertfrei. Seinen pathetisch-positivistischen Beigeschmack hat es vom bürgerlichen Konsumenten erhalten. Er mag sich nicht etwas ohne Genie-Expertise ins Wohnzimmer hängen. Und ein Genie arbeitet nicht, es ›ringt‹. Und es ringt nicht mit dem Finanzamt um seinen Lebensunterhalt; es ›ringt mit den Mächten der Finsternis um die Menschheitsfackel des Lichts‹.

20. November. Endlich: Franco ist tot; 82jährig gestorben. (Der Tod – dieser zumindest – muß katholisch sein; anders ist eine solche Langmut, ist solche Milde nicht zu erklären.)

Zigeunerballade (6.)
Hanenka ist wütend. Statt den Fernseher laufen zu lassen, erklärt Romeika ihr und Leana die Hände. Romeika sagt:
»Ihr müßt unterscheiden. Manche von uns Frauen verstehen *wirklich* in den Händen zu lesen. Wohlgemerkt: in den Händen der Gadsche. Wir Zigeuner sagen einander nicht wahr. Es entstünde zuviel Streit unter uns, wenn wir es täten. Andere Frauen gehen beim Handlesen von ihrer Einfühlung aus. Schließlich, was will wohl ein sorgenvoller Gadscho schon hören; und er soll ja bezahlen.
Was mich betrifft, ich gehe beim Handlesen gern von einer gesicherten Grundlage aus. Deshalb, Hanenka, ist das Ausspionieren vorher so wichtig, die vertrauliche Unterhaltung. Jetzt sollte man allerdings das Patrin, die Zeichensprache beherrschen. Denn man muß ja beim Verlassen des Hauses der Wahrsagerin, ohne mit ihr gesehen zu werden, von seiner neu erworbenen Kenntnis berichten. Nun, Töchter, das üben wir noch.
Dann gibt es aber auch noch unser eigenes Wissen, was die Hände betrifft. Ich meine vor allem das Wesen der Finger.
Beseht euch den Daumen. Er wendet sich ab von der Hand. Er ist ein Einzelgänger; er verläßt seinen Stamm. Alle seine Wege führen ins Unglück; besonders die Wege des linken. Es sei denn, dieser linke wird von der Hand eines Toten gelöst, der schon neun Tage im Grab liegt. Ein solcher Totendaumen leuchtet dem Dieb. Die Hausbesitzer versetzt er in ohnmachtähnlichen Schlaf.
Der Zeigefinger ist fröhlich. Er ist der Finger des Glücks. Hütet euch, ihn zu verletzen. Fällt auch nur ein einziger Bluts-

tropfen von ihm auf die Erde, saugen die Nivaschi, die Wassergeister, ihn auf, und ihr werdet eines Tages ertrinken.
Der Mittelfinger ist der Finger der Toten. Muß ein Kind ohne ihn sterben, kehrt es als Vampir zurück. Aber auch wenn er einem toten Erwachsenen fehlt, hat der keine Ruhe im Grab. Höchstens, seine Verwandten haben ihm einen Mittelfinger aus Holz in den Sarg mitgegeben. Habt ihr jemand aus den Augen verloren und wollt wissen, wo er sich aufhält, laßt drei Blutstropfen des linken Mittelfingers auf den Nagel des rechten fallen. Aus der Beschaffenheit der entstehenden Flecke werdet ihr die Antwort erfahren.
Der Ringfinger ist unser Arzt. Umwickelt ihn bei Fieber mit einem roten Faden, und der Krankheitsschweiß tritt wieder in die Poren zurück.
Der kleine Finger ist vorlaut und stiehlt. Deshalb wird er auch Kaschkeraka, Elster genannt. Wir haben ihn, um kleine, aber wertvolle Gegenstände unauffällig verschwinden lassen zu können.
Und nun, Leana, wiederhole mir das.«

Vater hatte zwar einen Waffenschein beantragt und sich den Revolver auch schließlich gekauft. Aber es tat seiner Unbefangenheit Abbruch, ihn auf unseren Spaziergängen jetzt ständig am Oberschenkel zu spüren. Kurz, wir zogen vom ehrversessenen Oberrad ins noch ungetestete Eschersheim um. (Frankfurt, 1926.)

Ein Neubaukarree um einen Bleichrasen und eine Pappelgruppe herum. In der keuschen Wohnung im ersten Stock durch die Tapete hindurch noch der frische Mörtelgeruch. Ausblick auf ein fernes Laubengelände; unbebautes Brachland davor. Freiheit draußen, Helligkeit drin: Das Schicksal war noch ein wenig spazierengegangen.

Der Delinquent hatte indessen an Erdbeben Freude. Sie trugen sich in eingestürzten Muskeltälern und am Fuße karstiger Sehnengebirgszüge zu. Sylvester konnte er, allseits gestützt, anderthalb Minuten auf der Bettkante sitzen; Arme und Beine bleiausgegossen, Brust und Schultern zementsackbeladen:

Erstmalig Schwestern und Ärzten, statt in die Nasenlöcher, in die Augen geblickt. (1964/65.)

Von hierher datiert der heute noch wiederkehrende Traum, sich im damaligen Zustand nackt über die Betonschwellen einer wandlosen Hochhauswohnung wälzen zu müssen, sicheren Absturz vor Augen.

Oder. »Durch das Parterrefenster eines Hauses an einem um den Hals gelegten Strick hineingezogen und ohne Rücksicht, wie von einem, der nicht achtgibt, blutend und zerfetzt durch alle Zimmerdecken, Möbel, Mauern und Dachböden hinaufgerissen werden, bis oben auf dem Dach die leere Schlinge erscheint, die auch meine Reste erst beim Durchbrechen der Dachziegel verloren hat.« (Franz K.)

Auch der Autodidakt baut mit an der Welt. Getrost nebenherdenken also. Der Fortschritt vergißt eine Menge Ritzen zu stopfen. Vielleicht paßt ein Span des Balkens aus meinem Auge hinein. Großzügig sollen da getrost die anderen sein. Die mit dem langen Leben sind immer die Pedanten gewesen, die Zugluftempfindlichen, die Ab-Dichter.

Ein intimer Kenner Kants: »Selbst durch den Türspalt Immanuel ziehts.«

Derselbe. »Ich habe Kant«, sagte er, »in einem wesentlichen Punkte verbessert. Bekanntlich hat der große Ostpreuße für ›immanent‹ das doch arg schmälernde ›einheimisch‹ gesetzt, was leicht die Mißdeutung aufkommen läßt, es sei hier speziell königsbergisch gemeint. Ich habe ›immanent‹ daher mit ›innewohnend‹ übersetzt. Nun weiß man doch, woran man ist. Nämlich, man hat nun hier, mit meiner Übersetzung, den passenden Schlüssel für die geistigen Innenräume in Händen.«

Kaliningrad, das tatsächlich einmal Königsberg hieß, liegt heute weiter von einem entfernt denn je. Zudem: Der Hauptfriedhof war schon damals (1944) überbelegt. Kurz, mir ist das zu weit. Das Kind kennt keinen da. Sie wäre jetzt dreißig;

eine dreißigjährige Tochter ist ein Problem. So habe ich mich mit Lindy auf vierzehn geeinigt. Keine *große* Auferstehung; aber doch eine kleine. Und damit sie sich besser zurechtfinden kann, hat sie den Jungen, der ich mal war, ein wenig verfremdet, zum Bruder erhalten. Wie könnte er anders heißen als Ernst.

Sie streifte sich die Pyjamajacke wieder über den Kopf und sah ungehalten zu ihm hinüber.

Ernst räusperte sich erwartungsvoll. »Na?«

Er hatte sich nicht mehr bewegt. Er beobachtete sie noch immer. Man merkte es daran, wie er das Kinn angehoben hatte. Ernsts Lider waren nicht anders beschaffen wie die anderer Menschen auch. Aber er konnte sie ziemlich tief herabsinken lassen; so tief, daß die unerfahreneren Lehrer oft dachten, er schliefe. In Wirklichkeit war es ein Trick. Ernst beobachtete nie schärfer, als wenn er sich scheinbar so anstrengen mußte, unter den tief hängenden Lidern hervor sein Gegenüber zu mustern. Nur mußte er zum Ausgleich dann eben das Kinn etwas heben. Es war eine Art, angesehen zu werden, die man, je nach Bedarf, für lässig, nachsichtig, aufmerksam oder provokativ halten konnte. Das Beste war immer noch, sich erst mal unbefangen zu geben.

»Sag schon.« Ernst machte eine beziehungsvolle Pause –: »Was war es.«

»Ich hab Luft anhalten trainiert«, sagte Lindy. »Luft anhalten zu können ist *nie* falsch.«

»Du lügst.«

Lindy versuchte angestrengt, den Goldfisch in dem kleinen Aquarium auf ihrem Tisch zu erkennen. Er hieß Otto, nach einem Wurstbudenbesitzer mit Künstlervergangenheit und war ein Geschenk Ernsts. Manchmal spiegelte Otto auch einen Lichtreflex wider. Einmal hatte er sogar einen über sich an die Decke geworfen, eine zitternde lanzettförmige Raute. Das Ereignis war in Lindys Wundersammlung eingegangen; obwohl auch Ernst es wahrgenommen hatte, unbeeindruckt natürlich. ›So was passiert auch draußen, in Freiheit‹, hatte er gesagt. ›Deswegen jagen Fischadler, Eisvogel und Reiher ja auch lieber bei Sonne. Allerdings muß der Fisch verspielt sein und sich schräg stellen oder auf die Seite kippen dabei. Steht er gerade, ist er ja von oben durch seine dunklere Rückenfärbung geschützt.‹ Ernst hatte für alles eine Erklärung. Und was noch ärger war, seine Erklärungen leuchteten meistens auch ein.

Nein, der Goldfisch war nicht zu erkennen. »Ich hab Angst gehabt«, sagte Lindy.

»*Vor* was oder *um* was.«

»Um«, sagte Lindy.

Ernst schwieg eine Weile. »Du hast recht«, sagte er dann. »Und sie hat's auch verdient.«

»Wer ist ›sie‹?«

»Die Welt«, sagte Ernst.

Lindy wartete, bis das klirrende Scheppern der S-Bahn sich in Richtung Savigny-Platz in Stille aufgelöst hatte. Es fiel schwer, sich vorzustellen, daß ein so normales Geräusch sie vorhin gewarnt haben sollte. Das heißt, vielleicht lag es auch an Ernst; Zeichen, Signale und Wunder machten sich in seiner Gegenwart rar. Es wäre auch pure Verschwendung gewesen, ihm mit etwas anderem zu kommen als mit dem, was er ›Die Wirklichkeit‹ nannte. Um so entscheidender jetzt natürlich, ihn behutsam, wenn auch mit Nachdruck auf jenes andere vorzubereiten. Wenn Lindy sich da auch keinen Illusionen hingab. Das konnte eine Lebensaufgabe werden, soviel war klar.

»Ich mein nicht die ganze.«

Das Leuchtziffernblatt von Ernsts Pop-Armbanduhr schwebte ein paarmal dicht über seine extrem kurzgeschorene Igelfrisur. Es war seine Mönchs-Epoche, in der er jetzt lebte.

»Um so schlimmer. Je kleiner der Ausschnitt, desto größer die Angst drum.«

Lindy erschrak. Das stimmte; das stimmte genau. »Woran liegt das?«

»Man überblickt's besser«, sagte Ernst. Er hob die Cocaflasche, die Lindy ausgetrunken hatte, gegen das Fenster, und als er sah, es war nichts mehr drin, stellte er sie mit bedauernd schiefgehaltenem Kopf wieder weg. »Neulich hab ich gelesen, daß in Afghanistan Hungersnot herrscht. Sie kochen sich Gras, weil ihnen die Karakulschafe krepiert sind. Kein Regen, nur Dürre und so. Zwei Tage hab ich versucht, nichts zu essen. Am dritten Tag hab ich, noch vor der Schule, hinter'nander drei Buletten, ein Schaschlick, zwei Schrippen gefressen.« Ernst seufzte. »Man überblickt's einfach nicht; Afghanistan, das ist zu weit.«

Sie schwiegen und lauschten dem Ticken des Holzwurms in Ernsts altem Schreibtisch. Es mußte etwa zwanzig nach zwei sein, er fing immer um diese Zeit an zu nagen. Es war ein Geräusch, das ruhig und traurig machte zugleich.

Ernst hüstelte, um auf etwas Neues aufmerksam zu machen. Er hatte sich wieder hingelegt; er lag auf dem Rücken und sah an die Decke. »Aber jetzt nimm mal die Sache mit dem S-Bahn-Stationsvorsteher dagegen.« Er machte eine lauernde Pause und stellte, um sich gelassen zu geben, ein Bein auf.

»Wie war die?« fragte Lindy vorschriftsmäßig. Denn es war abgemacht, nachts nie gleich loszuerzählen. Der andere mußte immer die Möglichkeit haben, notfalls auch wieder einzuschlafen nach so einem Eröffnungssatz oder durch beharrliches Weiterschweigen anzudeuten, das Thema interessiere ihn nicht.

»Er hatte nur einen Arm«, sagte Ernst, der in letzter Zeit, da er damit zu rechnen hatte, orthopädisch turnen zu müssen, alles Behinderte besonders bemerkenswert fand. »Es war der linke. Er konnte sich phantastisch mit ihm bewegen. Alles, was er mit ihm gemacht hat, klappte, hatte sogar irgendwie Pfiff. Hast richtig gemerkt, wie sicher er war und was es ihm für einen Spaß gemacht hat, jedesmal noch so einen Vollendungsschnörkel dranzuhängen an das, was er tat. Bis er dann mal wieder so ein Richtungsschild rausziehen mußte. Weiß auch nicht, was auf einmal los war mit ihm. Er reichte plötzlich nicht mehr ran. Dauernd sackte der Arm wieder ab. Und dauernd hat er's wieder von neuem versucht. Natürlich wurde er immer verkrampfter davon. Die meisten Leute haben's richtig gemacht: Weggesehn, weitergegangen. Bloß einer, der hat's besser gemeint als alle andern zusammen. ›Geben Sie mal her, Chef‹, sagt er und hat auch schon seinen feinen, prima prima rechten Arm ausgestreckt, um nach der Signalkelle des Stationsvorstehers zu grabschen. Reißt der Stationsvorsteher sie ihm weg und brüllt: ›Maßen Sie sich gefälligst keine

Rechte an, die Ihnen nicht zustehn! Das ist DDR-Territorium hier, klar?‹« Ernst machte eine seiner bedeutsamen Pausen. »Na?« fragte er dann und richtete sich wieder auf und rutschte angetan zur Couchkante vor; »doch ungeheuer, was?«
›Ungeheuer‹ war Ernsts Lieblingswort. Es bedeutete meistens, daß er vorhatte, aus dem Erzählten, an das er es drangehängt hatte, eine seiner berühmten Geschichten zu machen.
»Es geht«, sagte Lindy. Sie zwang sich zu einem künstlichen Gähnen. »Und warum erzählst du mir das?«
Ernst nahm eine Haltung ein, die er etwas unmotiviert ›Buddhasitz‹ nannte. »Weil ich's überblicke. Das ist was, das hab ich begriffen. Da kann ich Henkel dranmachen. Da arbeit ich so lange dran rum, bis ich's anfassen kann. *Der* Punkt wär dann erledigt; *das* kann man streichen.« Er beugte sich blinzelnd zu Lindy hin vor: »Verstehst du? Die Wirklichkeit ist unordentlich. Deshalb möcht ich ordentliche Geschichten draus machen.«
»Ich versteh.« Lindy räusperte sich; sie war heiser geworden. »Du hast Angst um ihn. Du möchtest ihn mit reinnehmen. In 'ner Geschichte, da wär er geborgen.«
Ernst zog eine Grimasse. »Nicht doch. Der Mann ist mir wurscht. Was mich interessiert, ist die Sache. *Die* muß frisch bleiben, das stimmt. Obwohl –« Ernst ließ bedauernd den Kopf hin und her pendeln: »Gibt auch 'ne Menge Leute, die behaupten, das hatten wir schon, es wär alles schon mal dagewesen. Aber das ist nicht wahr. Man muß nur genau genug hinsehn, um den Unterschied rauszufinden.« Seine Stimme klang noch um einige Grade heller: »Ich sag dir, es sind Verbrecher, die sagen, es gäb bloß ein paar Dutzend Themen. Alles Bequemlichkeitslügen; es gibt siebzehnmillionenneuntausenddreihundert.«
Lindy schmerzten die Rippen, so fest preßte sie den linken Ellenbogen dagegen. Es war nicht das erste Mal, daß Ernst ihre Gedanken erriet und sie eine Strecke lang noch einmal zu denken versuchte. In manchem war er wirklich phänomenal. Schwierig war eben lediglich herauszubekommen, haßte oder bewunderte sie ihn deswegen.
»Natürlich muß man vorsichtig sein.« Ernst hob skeptisch ein wenig die Schultern. »Vieles hat seine Geschichte schon weg.

Vieles ist bereits so gut aufgehoben, daß ich's auch in die spannendste Story nicht besser einpacken könnte.« Er seufzte. »Vieles hätte allerdings auch eine interessantere Story verdient.«

»Da –:« sagte Lindy erregt: »›Aufgehoben!‹ Jetzt hast du's selber gesagt.«

»›Aufgehoben‹ heißt ›untergebracht‹«, sagte Ernst. »›Untergebracht‹ heißt ›reingearbeitet‹; reingearbeitet in eine Geschichte. Ich mein: Nimm mal den Regen.« Er rutschte zurück an die Wand und lehnte sich ächzend gegen die Taschenbuchrücken, die hinter seiner Couch fast bis zur Decke rauf reichten. »Bitte–: Woher weiß ich, wie ekelhaft Regen sein kann?«

»Du kommst vom Thema ab«, sagte Lindy.

»Ich bin mittendrin«, sagte Ernst. »Überleg. Na? Ich weiß es aus der Noah-Geschichte.« Er lauschte abwesend auf einen Katzenschrei unten im Hof. »Nirgendwo hat's schon mal schlimmer geregnet.«

Lindy glaubte, so was wie Triumph in seiner Stimme zu hören. Es war immer dasselbe mit Ernst: Wirklicher als die Wirklichkeit war eine Geschichte für ihn. Sie kniff die Augen zusammen. Es war an der Zeit, gegen seine Wirklichkeit die Wahrheit zu setzen.

»Hör mal, ich kann doch wohl auch aus der Zeitung mitkriegen, was so eine Flutkatastrophe bedeutet.«

»Nein,« sagte Ernst. Er hob ein wenig das Kinn, um Lindy unter seinen tiefhängenden Lidern hervor eindrucksvoller ansehen zu können. »Was heißt schon ›Dreihundert Menschen ertrunken‹? Nichts. Menschen vergißt man. Noah nicht. Denn Noah ist eine Figur.«

Nein; Bewunderung war es bestimmt nicht, was Lindy für ihn empfand. »Und der Stationsvorsteher –? Was ist mit dem?«

Ernst blies übertrieben laut die Luft durch die Nase. »Er hat mir Material geliefert«, sagte er schleppend. »Ich werd versuchen, was draus zu machen. Mal sehn: Vielleicht ist der Mann dann mit drin.«

»Aber ich kann doch nicht alles, was ich behalten möchte, in 'ner Geschichte verwursten!«

»Nu–«, sagte Ernst. »Man muß natürlich sortiern.«

Lindy preßte die Lippen zusammen. Ernst hatte schon wieder mal recht. Um so wichtiger, ihm gerade jetzt kontra zu geben. »Schön«, sagte sie schluckend. »Dann nimm doch mal an, der Anfang dieser Geschichte, der ginge jetzt so.« Sie ließ die Beine über die Couchkante baumeln und beugte sich weit über die Knie. Sie konnte Ernst jetzt deutlich erkennen. Er wühlte unter seinem Kissen herum. Die Weingummibärchen-Tüte, natürlich. Da hatte er sie.

Er schüttete sich ein paar in die Hand und warf sie sich geschickt in den Mund. Humphrey Bogart hatte das im Film mal mit Kaugummis gemacht; es hatte einen tiefen Eindruck in Ernst hinterlassen.

»Schieß los«, sagte er kauend.

»Also«, sagte Lindy. »Er bedankt sich bei dem Mann, der ihm hilft.«

»Stop.« Ernst richtete sich etwas auf: »Er läßt sich die Signalkelle wegnehmen?!«

»Er überläßt sie dem andern.«

Ernst sackte wieder zusammen. »Ein Erbauungstraktat. Aber niemals eine Geschichte.«

»Wart gefälligst ab. Er bedankt sich also. Nehmen wir mal an, er sagt: ›Ich bin heut wirklich mies in Form.‹ – ›Kenn ich‹, sagt der andre: ›Ich häng abends immer wie zerschlagen vorm Fernseher rum.‹ Na, und so weiter. Und zuletzt sagt der Stationsvorsteher noch aus Quatsch zu dem andern: ›Können getrost öfter mit zugreifen, Herr. Kann ich mir endlich mal in Ruhe die Zeitung ankucken.‹« Sie wischte sich fahrig die Ponyfransen weg aus der Stirn. Ernsts Gelassenheit irritierte doch sehr.

»Verstehst du, was ich meine?«

Ernst ächzte provozierend. »Ich sag's ja: 'ne Wartezimmer-Story. Lebenshilfe aus erster Hand. Find ich zum Kotzen.«

Lindy holte tief Luft. »Paß auf.« Ihre Stimme zitterte. »Ausnahmsweise Nachhilfestunde: Der Stationsvorsteher hatte nicht etwa auf die Tour trainiert. Es hat auch nicht seinem Charakter entsprochen. Er hat sich noch nicht mal dazu gezwungen. Im Gegenteil, als der andre ihm die Kelle wegnehmen wollte, da hätt er um ein Haar genauso reagiert wie bei dir. Aber plötzlich ist eben ein Wunder passiert. Plötzlich hat

der Mann sich zusammengenommen. Plötzlich war die Ausnahme da. Und nicht mehr deine blöde beschissene Regel.«
Jetzt war wieder die S-Bahn zu hören. Ein ganz ordinäres Großstadtgeräusch. Ernst konnte einem wirklich *alles* vermiesen. Er hatte skeptisch das Kinn angehoben. Typisch; es war seine Überlegenheitshaltung.
»Nochmal –: Du hast da eben ›Wunder‹ gesagt?«
»Stimmt«, sagte Lindy. »Buchstabierhilfe gefällig?«
»Geht«, sagte Ernst. »Und was für eins meinst du –? Ein blaues oder ein grünes?«
Lindy verspürte einen Stich in der Herzgegend. Sie mußte einen Augenblick den Atem anhalten. »Du wirst lachen«, sagte sie mühsam, »ich hab erst gestern ein rotes erlebt.«
»Fein für dich«, sagte Ernst.
Lindy krampfte die Fäuste zusammen. Nein, es konnte nie etwas andres gewesen sein als Haß, was sie für ihn empfand. Sie holte tief Luft. »Ich erleb übrigens oft Wunder jetzt.«
»So«, sagte Ernst.
»Ja. Täglich. Ich brauch mich nur umzusehn. Ich bin eine Art Medium für die. Ich zieh Wunder an.«
Ernst schwieg. In seinem Pyjama, der auf Zuwachs berechnet war, sah er eigentlich nicht wie ein Gegner aus, den man für voll nehmen mußte. Ja, sein dünner Hals ragte, ehrlich gesagt, ziemlich schutzlos aus dem wegstehenden Kragen heraus. Lindy preßte die Fäuste zwischen die Knie. Bloß jetzt nicht wieder dieses Mitleid mit ihm.
»Du glaubst mir nicht. Du denkst, daß ich spinne.«
Ernst seufzte. »Deine Stimme klingt ganz schön zittrig. Du hast Herzklopfen, wetten?«
Lindy spürte, wie ihr die Nägel in die Handballen drangen. »Bin die Ruhe selbst; kannste mir glauben.«
»Glaub dir alles«, sagte Ernst. »Bloß das nicht. Du regst dich auf, weil ich dir das Ding mit den Wundern nicht abnehme, stimmts?«
»Ein Dreck stimmt.« Lindy tastete nach ihrer Leselampe. Nochmal dieser onkelhaft überlegene Ton, und er war fällig.
»Warum machst du dir's nicht selber klar?« Ernsts leuchtendes Popziffernblatt fuhr ein paarmal ziellos auf seinem Kopf hin und her. »Doch alles nur Bluff. Die Wirklichkeit möcht,

du sollst abgelenkt werden. Sie hat Schiß, sich in die Karten kucken zu lassen. Und du fällst auch noch drauf rein!«
Aus. Jetzt ging es ihm an den Kragen. Sie knipste die Lampe an und richtete ihren Lichtkegel unbarmherzig auf Ernst. Der verkroch sich geblendet unter der Decke.
»Eines Tages werd ich dir jedes dieser Wunder beweisen. Jetzt bist du bloß leider noch zu kindisch dafür.«
»Danke für die Blumen«, sagte Ernst dumpf unter der Decke hervor. »Hab mich nämlich manchmal schon für hundertjährig gehalten.«

Frankfurt-Eschersheim, 1926. Nach ein paar Wochen kehrte das Schicksal im Gewitter zurück. Es schlug mit einem Dachstuhlbrand im Neubaublock zu. Welttrauer-Anmeldung durch die an- und abschwellenden Feuersirenen. (Ihre Selbstmordüberlegungen fördernde Wirkung inzwischen auch auf Fabrik- und Luftschutzsirenen übergegangen.) Vor allem: Erste große metaphysische Angsterfahrung jedoch. Es gab etwas, das den Menschen nicht mochte. Und es kam aus dem Himmel. Das unterstrich die von Vater proklamierte Machtlosigkeit, beziehungsweise Nichtexistenz Gottes mit Nachdruck.

Nur. An wen sich jetzt wenden, um Feuergefahren zu bannen? Spezialisierte Grundsatzentscheidung von bleibender Dauer: Ans Feuer persönlich. Ihm galten nun Abend für Abend die Beschwörungsgebete. Es dankte mit der Streichholzschachtelentdeckung: Pyromanchen zündelte, wo immer es sich nur anlassen wollte. Einmal brannte hinter ihm ein ganzer Heustadel ab. Neue Erfahrung: Man kann sich verbünden mit dem, was einen bedroht.

Nur im Krieg ist der Wille, meine Lage zu verbessern, so ausgeprägt wie in der Klinik gewesen. Bereit, jedes Hautzucken als Fortschritt zu buchen. Glaubte auch wirklich vorwärtszukommen. Denn die Knie ließen sich beugen; es gab Laufversuche im Wasser; und sogar ein Finger schien wieder mitmachen zu wollen. Die Gymnastinnen allerdings bewunderten mehr meine Geduld als meine Erfolge. Und die Prognosen der Krankenträger, die von Trost und Zuspruch nichts hielten, lauteten unverändert: »Lebenslanger Spitalfall.« (Februar 1965.)

23. November. Marina, lächelnd: »Was sitzt du hier dauernd bei mir herum? Schreib gefälligst.«

Was man jetzt natürlich *nicht* darf: Die Zeit, die ich mich, des Buchs wegen, Marina entziehe, in Relation zum Lesepublikum setzen. Da drehte man durch.

Unterschied zwischen Publikum und Leser. Das Publikum beurteilt den Habitus des Autors; der Leser sein Buch.

Dichterlesung. Grenzenlose Verlorenheit in nicht zu Neugier reizenden Städten, die Eutin, Recklinghausen, Wanne-Eickel heißen. Der Bahnhof verspricht Anschluß an eine Welt, die es nicht gibt. Filzhüte über Tortengebirgen. Der Bankfilialleiter kontrolliert in der spiegelnden Schauvitrine voll Erhardmünzen den anpassungsfähigen Scheitel. Die Passanten zu jeder Tageszeit mit den prall werbenden Tragetüten aus dem diktatorischen Kaufhaus behängt. Selbstmordbereitschaft fördernde Biederkeitsaggression in den blanken Gesichtern. Knapp dreihundert von ihnen dann vor dem wackligen Stehpult am Abend. Befreiter Applaus. Bücherverkäufe; schließlich rückt Weihnachten näher. Der Kugelschreiber wird heiß; sie wollen immer den *ganzen* Namenszug haben. Und über das krallig weiße Tischtuch im Vereinssaal hinweg dann in gelockerter Stimmung die Frage: »Und woran arbeiten Sie gerade?«

»Es gibt Fragen, über die wir nicht hinwegkommen könnten, wenn wir nicht von Natur aus von ihnen befreit wären.« (Franz K.)

Merke. Der Leser geht nicht zu Lesungen. Er liest. (Personifizierungen des Autors irritieren ihn eher.)

Mit das Ärgste. Nachts in fremder Stadt, aus dem Kino kommen. Alle Fäden gerissen. Bereit, sich sofort unter ein Auto zu stürzen.

Warum ich Marina so liebe. Weil sie einen selbst da noch aufzufangen versteht. *Da* vor allem.

Am schlimmsten. Schutzlos den Weihen des bürgerlichen Sonntags ausgesetzt sein.

Was den gesetzlichen Sonntag für einen an ungesetzliche Arbeitsdisziplin Gewöhnten so enervierend macht, ist die Tatsache, daß heute alle dasselbe tun: nichts.

Werktags am Schreibtisch dagegen: Solidarisch mit jedem Beruf. (Gefängnispersonal ausgeschlossen.)

Den Sabbat zu halten, *das* wäre zu machen. Denn ihm liegt nicht der Wunsch nach Zerstreuung zugrunde, sondern das Gebot sich zu sammeln.

Sabbat: Rasttag der Seele.

Geflügeltes Heimatgefühl wie noch nie im Leben empfunden: Beim Blick aus dem hochgelegenen Hotelzimmer in Haifa, und auf der sabbatstillen Straße tief unten die blauweißen Häher, die mit ihren läutenden Rufen von Garten zu Garten fliegend, den Vogelseelen die für diesen Tag geltende Einhaltung der Fluggrenzen auftrugen.

»Der Sabbat gleicht einem Sechzigstel der messianischen Zeit«, sagt der Talmud. Gemessen an jenem Blick aus dem Fenster: Unmöglich, ihr gewachsen zu sein. – Auch noch Talmud: »Drei Dinge vermitteln einen Vorgeschmack des Ewigen Lebens: Die Sonne, der Sabbat, die Liebesumarmung.« *Hier* hätte ich keine Befürchtung.

Dennoch. Hillel hat recht: Es wird kein Messias mehr kommen. Er ist schon zu der Zeit erschienen, da Hiskia König war; und viele sagen ja auch, Hiskia selber ist der Messias gewesen. Hillel lehrt das, um die Gläubigen tatkräftiger leben zu lassen. Denn nach der Überlieferung wird zwar zuerst der Prophet Elias erscheinen, um die große Wende zu verkünden. Aber dann werden die messianischen Wehen einsetzen, die den Umsturz jeder menschlichen Ordnung und die Heraufkunft und Herrschaft des Bösen bedeuten, und der mörderische Kampf mit den apokalyptischen Völkern Gog und Magog beginnt. Wie nah liegt es da, sich *nicht* zum Widerstand aufgerufen zu fühlen, wenn Terrorregime die Welt überziehen, weil man hofft, in ihrem Sturmschatten auf den Ersehnten zu stoßen, an dessen so oft verkündetem Reich man nun endlich teilhaben möchte. – Hillel hat den Messias in die Vergangenheit verbannt, um den Menschen sich die messianische Zukunft *selber* erkämpfen zu lassen.

Wir würden nicht so oft von Lichtgestalten reden, wenn wir nicht Beleuchtung nötig hätten auf Erden. *(Nicht* für die Direktionsetage einer Elektrizitätsgesellschaft gedacht.)

Ali an Atma. »Der Ausdruck ›Schlagschatten‹ wirft ein grelles Schlaglicht auf die Dunkelziffer der Helligkeitsmorde auf Erden.«

Atma an Ali. »Glauben Sie nuhr nicht, daß erloschene Lichter wieder der Dunckelheidt zugeführt wührden.«

Der trauernde Revolutionär. (Titelschutz beantragen.) Wen betrauert er denn? Die Zukunft der Revolutionen. Denn sie werden im Flutlicht von zentral gelegenen Fußball-Arenen stattfinden und voll ausgeleuchtet auf dem Bildschirm erscheinen.

Der Fortschrittsgläubige: »Dann wird das große Dunkelmänner-Sterben beginnen.«

Nein. Denn. Eine erleuchtete Dunkelkammer läßt noch keine Rückschlüsse auf Helligkeit zu.

Ali an Atma. »Ist das nicht aufmerksam? –: In ›Heiligenschein‹ steckt für alle Fälle schon ›scheinheilig‹ drin.«

Atma an Ali. »Das könnte erklähren, wieso die Heiligen noch durch diese zusetzlichen Lichteffecte kenntlich gemacht werden müssen. Offenbahr sind die Zeiten forbei, da sie noch Außstrahlungk hatten.«

25. November. Die Fahrt in die Klinik. Kein Hinweis auf Zeichen im Grunewald und die Avus entlang. Die letzte Strecke Stadtautobahn beide so etwas wie unverbittertes Heimatgefühl: Hier setzte die direkte Ausstrahlungskraft des Krankenhauses jetzt ein.

Gleich zu Doktor C. Es geht ihm schlecht. Wer ein Gespür für privates Chaos und zerbrechende Ehen hat, der sieht: über diesem Manne kreisen die Geier. Psyche schon die Waffen gestreckt; Physis mimt noch weiter auf Pflicht. Mulltuch vor der unteren Gesichtshälfte; ein Wurfgeschoß hat ihn verletzt. Ist ein schwerverwundeter Arzt eine Beruhigung? Wir luden ihn ein. Marina: »Sie können schweigen bei uns oder reden.« Er: »Lieber reden. Ich hab niemand sonst.«

Dann fiel uns ein, weshalb wir ihn aufgesucht hatten. Der Lymphknoten. Er wird ihn herausoperieren. Ich: »Und wenn der Befund für uns negativ ist?« Er bekam den immer noch funktionierenden Nagelkopfblick. »Dann werden alle Lymphzufuhren entsprechend behandelt.« Ich: »Aha.« Es kann nicht sehr informiert geklungen haben. Er zählte herrisch auf, wie freimütig er sein Messer dann zu führen gedächte. Es klang nach ziemlichem Substanzverlust.

Nenad, den wir eingeweiht haben: »Du *warst* doch erst im Krankenhaus, Mamma. Wenn die dich da *doch* nicht gesund machen können, geh doch gar nicht erst hin.« Das hat seine Logik.

Schreiben ständig problematischer. Reine Schanzarbeit. Buchstabenwälle, um den Feind abzuhalten. Als bestünde auch nur die mindeste Chance, sich zur Wehr zu setzen.

Das Ärgste jetzt: Eine Tür zu schließen zwischen mir und Marina.

Aber sie hat recht: Noch nie war die Alltäglichkeit eines Tages so von Bedeutung wie jetzt.

Nur. Es dürfte nicht alles plötzlich eine solche Leuchtkraft haben, so einmalig sein; so gefährdet.

Ulla, die Magd. Eine deutsche Geschichte. (Titel in Anlehnung an Gotthelfs *Uli, der Knecht.)* Ulla ist DDR-Bürgerin. Bißchen einfältig; Viehversorgerin auf einer grenznahen Kolchose. Ausreise beantragt, da ihr Bruder schwerkrank. Dieser bewirtschaftet in der BRD einen winzigen Hof. Drängt. Ulla wird die Ausreise verweigert. Man braucht sie; niemand versorgt die Kühe selbstloser, liebevoller als sie; es gibt schon Witze darüber. Ulla beschließt zu fliehen. Eine ihrer Lieblingskühe ist nicht in Ordnung. Sie melkt sie daher abends auf der Weide von Hand. Von der Weide zur Grenze ist es nicht weit. Ullas Plan steht fest. Die Kuh wird ihn ihr verwirklichen helfen. Den Melkschemel noch umgeschnallt, versetzt Ulla ihr eines Abends einen harten Schlag über die Kruppe. Die Kuh rast los. Die Richtung hat Ulla durch ein paar Schneegatter vorgezeichnet: zur Grenze. Ulla, zur Tarnung noch immer den Melkschemel am Hintern, rennt der Kuh nach. Sie muß sie doch vor dem Minenfeld dort vorne bewahren. Plangemäß soll die Kuh es natürlich durchqueren. Kommt sie durch, schafft es auch Ulla. Geht sie hoch, geht Ulla an ihr vorbei. Doch sie hat ihre Liebe einzukalkulieren vergessen. Wie dann tatsächlich eine Mine unter der Kuh detoniert, sackt Ulla heulend neben der Zerfetzten zusammen. Die beiden Grenzsoldaten, die sie halb abführen, halb in Sicherheit bringen, beschwichtigen sie. Gibt ja nu, weiß Gott, noch mehr Kühe als die; oder –? Nein: für Ulla gab es nur diese eine.

26. November. Der Kreis schließt sich. In der Klinik mit Marina in mein früheres Krankenzimmer geblickt. Oktober 1965, vor zehn Jahren und einem Monat genau, haben die Schwestern da drin meine Sachen gepackt. Ich war ein hartnäckiger

Patient: Achtzehn Monate lang auf diesem Bett, diesem Stuhl, gegen jede Wahrscheinlichkeit, auf die Wiederkehr einer Handvoll Sehnen- und Nervenstränge gesetzt. Zugegeben, daß ich nicht enttäuscht worden bin.

Dann an der gegenüberliegenden Reanimationsabteilung vorbei, wo sie E. nach ihrem zweiten Selbstmordversuch zu betreuen versuchten. Nichts verändert. *Alles* verändert. Ich beanspruche das Recht auf Wandlung. Marina gewährt es mir jeden Tag neu.

Zwei weitere Untersuchungen noch. – Zu Hause erwartete uns streng und unzugänglich die Angst. Marina denkt nicht an sich. Sie denkt an uns Männer. Von denen Nenad gewiß der stabilere ist. (Dennoch: Bis 70 würde ich durchzuhalten versuchen. Dann ist er aus dem Ärgsten heraus.)

Immer in dieser Ehe habe ich *wir* denken können. Jetzt taucht ständig diese hassenswerte Vokabel *ich* wieder auf. Und auch noch überwuchert von Vergangenheitsmoos.

Versuchen weiterzuschreiben. Gleichgültig, was. Schreiben mag Ohnmacht ausdrücken. Doch es hält auch zusammen. Ist anti-chaotisch. Stellt sich quer zur Verzweiflung; die wegschwemmen will.

Die Distanz zur Welt ist nur eine scheinbare am Schreibtisch: Der Abstand, den man halten muß, um erkennen zu können. »Laß dich anschauen«, sagte der Vater, nachdem er den verlorengewähnten Sohn umarmt und abgeküßt hatte, und ohne seine Schultern loszulassen, stieß er ihn so weit von sich, wie es die ausgestreckten Arme nur zulassen wollten.

»Es ist nicht notwendig, daß du aus dem Hause gehst. Bleib bei deinem Tisch und horche. Horche nicht einmal, warte nur. Warte nicht einmal, sei völlig still und allein. Anbieten wird sich dir die Welt zur Entlarvung, sie kann nicht anders, verzückt wird sie sich vor dir winden.« (Franz K.)

(Nur ›verzückt‹ würde ich ändern.)

27. November. In der Klinik. Die Lebertests noch. Dann, an den Grabsteinmetz-Werkstätten vorbei, in die alte Kneipe hinüber. Zum letzten Mal hier vor elf Jahren mit einer Krankengymnastin gesessen: Bier mit dem Strohhalm; bekam die Hand noch nicht hoch. Es dauerte fünf Minuten, bis sie mich, mit Hilfe des Wirts (der mich nicht wiedererkannte) aufgestellt hatten und ich es wagte, von der Gymnastin gestützt, mich in Bewegung zu setzen.

Marina kennt das noch. Ich konnte keinen Knopf schließen, keine Schreibmaschinentaste drücken, keinen Schlüssel umdrehen, als wir heirateten. Es war eine Risiko-Ehe, die sie da einging.

Wir hörten einem Rentner zu, der über seine Wohnlaube sprach. Sie war undicht geworden. Er sprach davon wie über eine schwere Erkrankung seiner Geliebten.

Professor W., auf den wir gewartet hatten, wird Marina und seine anderen Patienten verlassen. Die Berliner Hochschulpolitik, vor der er kapituliert, zementiert unsere Angst. Er minderte sie immerhin durch drei positive Untersuchungsergebnisse. »Suchen Sie mich in Heidelberg auf, falls einmal wieder etwas sein sollte.« – ›Wieder‹ –: Was gibt es für Optimisten.

Neid auf ein sehr altes, einander ähnlich gewordenes Ehepaar kürzlich.

Wie deprimierend wenig einem Literatur bedeutet, wenn ein geliebter Mensch in Gefahr ist. Verstehe die in Druckerschwärze und Buchleim Geborgenen nicht.

In bestimmten Situationen ist es gleichgültig, was man schreibt. Entscheidend ist einzig, etwas fixieren zu wollen.

Der Wunsch nach Konturen.

Dingfest machen: So fest, so unan-greifbar, so zwingend schreiben, wie die Dinge es sind.

Erhärten. (Ohne selber einem Verhärtungsprozeß unterzogen zu werden.)

Zigeunerballade (7.)
Hanenka ist schön. Das sagt sogar Baba Milina. Und Baba Milina versteht sich auf Schönheit. Denn sie wacht über die Tugend im Lager und weiß, im Handel bringt Schönheit nichts ein. Nämlich die Frauen sind neidisch auf sie, und Männer lenkt Schönheit nur ab. Beides schlägt sich in schlechten Bettel-Ergebnissen nieder; wofür Hanenka fast täglich ein Beispiel erbringt.
Dafür hat Hanenka andre Erfolge. Sie haben mit den Pfiffen der Bauernburschen zu tun. Hanenka erfreut das, ihr Gang, ihre Hüften freuen sich mit. Sie wünscht nur, man werde es endlich auch in der Sippe mal sehen, wie draußen gewürdigt wird, was man drin übersieht.
Denn Hanenka kann tun, was sie will, sich schmücken, sich schminken, sich kämmen: Die jungen Männer im Lager beachten es nicht. Sie lächeln sie an, wie sie ihre Schwester anlächeln. Sie reden mit ihr wie mit den verheirateten Frauen. Dabei ist Hanenka erst siebzehn. Doch Romeika weiß, sie hätte längst versprochen sein müssen.
Aber ein liebender Vater mit spöttischen Augen, sagt Baba Tamara, ist schlimmer als ein bissiger Hund. Als Jorkan noch lebte, hat er keinen der Jungen für Hanenka gemocht. Über jeden von ihnen hat er sich lustig gemacht; Hanenka haßt ihn dafür noch heute. Denn nun, da er tot ist, haben die Jungen in der Sippe sich an Hanenka wie an ein unerschwingliches Auto gewöhnt; man nimmt es wahr, es gefällt einem, aber niemand setzt sich ans Steuer.
Hanenkas Mundwinkel werden manchmal schon scharf. Sie sieht sich die anderen jungen Mädchen an; Lele vor allem. Lele hat sanfte Bewegungen, flicht sich rote Bänder und Glasperlenketten ins Haar und hat eine leise und unaufdringliche Stimme. Dennoch ist schwer zu begreifen, was einen traurigfröhlichen Jungen wie Pinkas so an sie bindet. Er hätte mehr als Leles Einfaltslächeln verdient.

Alle hätten sie mehr verdient, als die anderen Mädchen fähig sind ihnen zu geben; ob man da an Jan oder Ely denkt, an Kringla, Dindly oder gar Bela. Nein, Hanenka hat es jetzt satt, so unbeachtet zu bleiben. Sie wird ein Zeichen setzen. Sie wird auf sich aufmerksam machen.
Die Bauernburschen, die Romeika, Worscha und sie durch die Felder begleiten, spielen schon unwissentlich mit. Noch haben sie sich nicht bis ans Lager gewagt. Aber Romeika hat es bereits Baba Milina gesagt. Und was man Baba Milina sagt, kann man auch einer Elster erzählen. Mit Genugtuung nimmt Hanenka nachmittags, wenn sie vom Findengehen zurückkommt, die argwöhnischen Blicke wahr, die die Männer jetzt hinter ihr ins Unterholz werfen.
Vielleicht hätte sie sich damit begnügen sollen. Denn die zwei Bauernburschen legen es anders aus, wie Hanenka sie bittet, sie noch bis zum Waldrand hin zu begleiten. Sie zerren sie plötzlich zu Boden. Hanenka will schreien, sie hat den Mund voller Sand.
Die beiden halten sie fest. Der eine zerreißt ihr die Bluse. Der andre zerfetzt ihr den Rock. Sie schlägt um sich. Sie bekommt einen ihrer Schuhe zu fassen. Sie holt aus. Der Getroffene preßt sich die Hände gegen das Auge. Der zweite drischt auf sie ein. Hanenka tritt ihn unter das Kinn. Sie springt auf. Sie rast im Zickzack hinüber zum Wald. Keuchend, halbnackt erreicht sie das Lager.

1. Dezember. Nenad: »Der Knubbel soll drinbleiben!« Zu spät. Marina bog schon, von der Avus her kommend, in die Stadtautobahn ein. Nebel. Wertlose Silbersonne im ziehenden Grau. Der Operationsbeginn war auf acht Uhr festgesetzt. Die gleiche Station. Die gleichen Schwestern. Wie damals im Mai.

Das Operationshemd. Die weißen Strümpfe. Die Kappe. Vertraute Verkleidung. Marina Herzlichkeit und Ruhe ausstrahlend. Nenad, Nuckelläppchen in der einen, Steiff-Meerschwein in der anderen Hand, half den Schwestern das Bett zum OP-Eingang zu schieben. Marinas Lächeln. Das ich nicht aufwiegen kann.

Er glitt plötzlich vor mir zurück; und hastig zerrte der Pfleger die Bahre in den Operationssaal hinein. Das letzte, was ich von Goschnik erblickte, sind die welken, mit Schmutz und schimmerndem Glasstaub durchsetzten Platanenblattfetzen gewesen, die an seinen Schuhsohlen klebten. (Aus: *Ein Unglücksfall;* achtzehn Jahre vorher geschrieben.)

Was man macht, während der Mensch, um dessentwillen man lebt, zum zweiten Mal auf Verdacht operiert wird. Man bringt den Jungen in den Kindergarten. Man stellt das Geschirr in die Spülmaschine. Man räumt auf. Man geht den Fotos aus dem Wege. Man gibt sich Mühe, so flach wie möglich zu denken.

Dann der Blick auf die Uhr. Die Dauer war abgeschätzt worden. Man nimmt sich zusammen. Ruft nicht sofort nach Beendigung an. Zwanzig Minuten später vielleicht. Und erfährt: Die Operation dauert noch an. Stereotyp für die nächsten anderthalb Stunden. Einen bedauernden Tonfall mag sich die Schwester telefonisch nicht leisten.

Dann Doktor C., todmüde, erschöpft. Geschlagener Offizier, der seine Rückzugsgefechte erläutert. Es sei ein völlig neues Gewebe entstanden. Er hofft, daß es eine Folge der Bestrahlungen ist. Ein Arzt, der hofft. Und was bleibt da dem Laien?

Dem Laien bleibt es anheimgestellt, zwei Fragen an seine Zweifel zu stellen. 1. Kann in zwei Monaten ein bösartiges Gewebe des vorgefundenen Ausmaßes entstehen? 2. Wie kann, bei solchen Lokaloperationen, das Übel als Ganzes ausgeräumt werden? Die erste Frage nach den Labor-Untersuchungen in fünf Tagen beantwortbar, die zweite nie.

»1. März. Heute kam ich nach Grüningen und fand Sophien sehr übel.« (Novalis.)

Jetzt schreiben.

Ich brauch Dich. Schon wieder drei Friedhofsgeschichten darunter. Das Paar, das sich, da jahrelang an benachbarten Gräbern hantierend, zu mögen beginnt. Beide verschweigen es sich, da jeder den anderen als Erinnerungsablage braucht. – Die junge Mutter, mittellos, die den frischgebackenen Witwer bittet, den Schuhkarton mit dem Totgeborenen noch in den Sarg stellen zu dürfen. Der Mann ist kein Unmensch. – Die Vernachlässigte, die ein ihr unbekanntes Grab pflegt, bis der Tote in ihrer Vorstellungskraft so viel Eigenleben gewinnt, daß er sich für ihren Mann als unbesiegbar erweist.

Einen Eindruck festhalten. Das ist es: den Ein-Druck des Fußes, den in Kürze schon wieder der Flugsand verweht. Nichts anderes bedeutet schreiben.

Schreiben *so* aufgefaßt, hat es auch in Zeiten der Todesdrohung Bestand. (Also immer; denn wann bedrohte der Tod einen nicht.)

Wobei vielleicht hinzugefügt werden sollte, daß ich mich mit *meinem* Tode in leidlichem Einklang befinde. Die Drohgebärden stammen vom Tode des anderen.

Hoffnung ist eine Erwartungshaltung, die Zuversicht impliziert. Zuversicht ist eine Einstellung, die die Realität manipuliert. Krebs ist eine tödliche Krankeit, bei der man auch Glück haben kann.

»Töten Sie mich – oder Sie sind ein Mörder!« Letztes Wort Kafkas. Als er die Schmerzen nicht mehr aushielt; um seinen Freund und Arzt Dr. Klopstock an dessen Versprechen zu erinnern, ihm die zugesagte Morphium-Injektion zu geben.

Merkwürdig, daß es für letzte Worte immer Überlieferer gibt. Stirbt man denn nicht allein?

Und wieso sind gerade jetzt plötzlich *Worte* so wichtig? Nur weil es die letzten sind? Sollte man sich da bei Lebzeiten nicht schon mal vernünftiger geäußert haben, als ausgerechnet in der vernunftwidrigen Stunde des Todes?

Immerhin. Was ich Marina sagte, wüßte ich schon. »Komm, sei nicht traurig.« Wäre schön, wenn einem dazu noch ein glaubwürdiges Lächeln gelänge. Schwieriger wird es, was Nenad betrifft. Im Augenblick das sichere Gefühl, ich würde ihn auf ein Wiedersehen vertrösten. Wohler wäre mir, es genügte ein herzliches »tschüß«. Mal sehen.

Vermutung, daß ein großer Teil der sogenannten letzten Worte von den Überlebenden stammt. Schließlich, welche Professorenwitwe gibt schon freiwillig zu, daß der letzte Satz des berühmten Gatten lautete: »Emma, schüttelste mir noch mal 's Kissen zurecht?«

Dabei: Wieviel näher wäre der verdienstvolle Mann uns mit diesem Ausspruch geblieben, als er es nun mit jenem sich verräterisch paßrecht ins Gesamtwerk einfügenden letzten Wort ist, daß er die Ewigkeit nur als Durchgangsstadium in die Phase reinen Erkennens betrachte.

Kammerdienern, Witwen und Erben sollte man das Überliefern letzter Worte gesetzlich untersagen.

Der Vorsorgliche. Er ließ den Text des letzten Wortes, von dem er wünschte, daß es überliefert werde, testamentarisch verankern. Zusatz: »Sollte mir, Umstände halber, etwas anderes entfahren, widerrufe ich es hiermit schon heute.« (Dem kann ja nun eigentlich nichts mehr passieren.)

»Raus, ihr Geier! Laßt mich endlich allein!« *Dieses* letzte Wort allerdings fiele wohl unter den Tisch. (Sooft es vermutlich bisher auch variiert worden ist.)

Gerechterweise sollte man aber auch die Hoffnung auf Trost in der Gier nach letzten Worten erkennen. Denn näher dem Tode als der Sterbende jetzt hat ja noch niemand Posten bezogen. Warum also nun nicht noch eine Losung, eine Besänftigungsformel, einen Freispruch, eine Verhaltensregel erwarten? – Weil der Sterbende in einem ganz bestimmten, nur ihm einsehbaren Augenblick losgelassen zu werden wünscht.

Wer in diesem Stadium noch Erhellendes von ihm erwartet, nagelt ihn fest. (Was ja auch prominenteren Sterbenden schon nicht bekam.)

Die Existenz einer Literatur, wie das *Tibetanische Totenbuch* sie verkörpert, legt allerdings die (einleuchtende) Vermutung nahe, daß der Sterbende der Allerunwissendste ist. Denn diese Bücher haben die Unterrichtung des eben Gestorbenen durch weiterlebende Fachleute (Priester, Mönche) zum Thema. Schlußfolgerung: Letzte Worte können nur dann eine begrenzte Gültigkeit haben, wenn sie rückläufig sind, sich aufs Leben beziehen. Ins Nachher tastend, haben sie Wunschcharakter, sind sie illusionär oder lügen.

Nenad: »Auf dem Mond kann kein Schnee sein; der Schnee fällt am Mond vorbei auf die Erde.« Klarste metaphysische Weisung: Denn *hier* soll die Eiszeit erprobt werden, nicht dort.

3. Dezember. In der Klinik mit Marina die ersten Schritte bereits. Ein Stadium, in dem man das Ärgste normalerweise hinter sich hat. Aus dem Zimmerfenster nachher: Im Schloßpark drüben ruckelten sich auf ihren Schlafbäumen die Krähen-Parzen zurecht.

Der Alltag sperrt sich. Die körperlichen Handikaps zu groß, um in Gelassenheit mit ihm fertig zu werden. Nichts überflüssiger als die Bewußtwerdung der eigenen tristen Individualität, wenn diese sich in nichts als in unzulänglich bewältigter Hausarbeit spiegelt.

Post. »Danke, es geht uns gut.« Mein Erzübel, brieflich: Keine Auskunft geben zu wollen. Das Private soll es auch bleiben. Folge: Noch nie einen eigenen Briefstil entwickelt. Stets mich chamäleonhaft nach dem anderen gerichtet.

Aber was hätte der Partner denn auch von einem für mich typischen Brief? Ein Zeugnis beschränktester Egozentrik vermutlich, mit Schreibwehwehchen durchwirkt. Ist dem anderen damit gedient? Er hat mir geschrieben, um mein Interesse auf sich zu lenken. Wie dürfte ich da das seine an meinen Problemen erwecken?

Das wahre Chamäleon zieht nur deshalb das Interesse auf sich, um die Farbausstrahlung des Betrachters reflektieren zu können. (»Er soll an mir sein Blau wiederfinden«: Eine Höflichkeitsregel.)

Sieben Sätze zur Ehrenrettung des Chamäleons

1. »Ich habe von dir gelernt«, sagte das Chamäleon zum Menschen: »Ich sah dich erröten in Liebe. Ich sah dich erblassen im Tod. Da dachte ich: der Mensch muß es wissen.«

2. »Wer formal so unverwechselbar ist«, sagte das Chamäleon, »dem stehen farbliche Zugeständnisse sehr wohl zu Gesicht.«

3. »Nicht die Augen*farbe,* der Augenblick ist entscheidend.« (Wahlspruch des Chamäleons.)

4. Ein Dokument. »Farbe -?« fragte der Paßbeamte. Das Chamäleon verbeugte sich: »Ganz wie Sie wünschen.«

5. Stolz. »Aber die Farbe meines Blutes«, sagte das Chamäleon, »bleibt sich in allen Wandlungen gleich.«

6. Wie würde sich das Chamäleon verhalten, wenn sein Erzfeind farbenblind wäre? – Es würde sich ihm farblos ergeben.

7. Das chamäleonische Glaubensbekenntnis zur vollen Farbskala hat natürlicherweise vor allem den Regenbogen entzückt. Schlußfolgerung: Da er das Zeichen des Neuen Bundes ist, steht das Chamäleon Gott von allen Kreaturen am nächsten.

Das weggeworfene Apfelgehäuse. Es hatte bestimmt schon Tage im Rinnstein gelegen. Schmeckte nach verbotenem

Glück. (Schon Wochen kein Obst mehr gegessen; hatte die Ruhr.) Blaß, blutarm, schlapp; Gegenstand ständiger Haferschleimpäppelung und betrüblicher Sorge. Schwand unter Vaters wäßrigen Blicken zusehends dahin. Wenn auch mit großer Achtung vor mir:

Hatte gerade Pfeifen gelernt. Und zum ersten Mal war es mir in der Elektrischen gelungen, die Beine einknicken zu lassen im Sitzen, so daß sie jetzt nicht mehr dumm und waagrecht vor einem lagen, sondern erwachsen über die Bankkante hingen. (Frankfurt, 1926.)

Nenad, beim Frühstück: »Papa, wenn man tot ist, kommt einem dann Sand in die Augen?« (Lächelnd. Nicht mehr ganz sicher, ob mir bei der Antwort *auch* ein Lächeln gelang.)

Das Lächeln. (Geschichte; auch Film.) Taubstummer, geistig zurückgebliebener, vielleicht 13jähriger Junge. Dorfmilieu. Unehelich. Mutter Landarbeiterin; kann und will sich nicht um ihn kümmern. Die Kinder hänseln ihn. Die Erwachsenen stoßen ihn herum. Verständnis wohnt nur im Wald, auf den Feldern. Dort Streit eines Bauern mit einem Saisonarbeiter. Dieser bringt jenen um. Der Junge ist Zeuge. Rast ins Dorf. Versucht sich verständlich zu machen. Den Kindern kommt seine Erregung zupaß; sie quälen ihn. Bei den Erwachsenen nur Abwehr und Ungeduld. Verstört schleicht er zum Tatort zurück. Überrascht den Täter, der den Toten versteckt. Ein zweiter Mord droht. Versteinert läßt der Junge den Mörder heran. Versucht die Zunge zur Erklärung seiner Harmlosigkeit zu bewegen. Nur gutturales Gestammel. Der Täter begreift; erkennt seine Chance. Er bleibt stehen. Lächelt erleichtert. Unsicher, zögernd lächelt der Junge zurück. Das Lächeln des Mannes wird breiter. Beglückt strahlt der Junge ihn an.

Er hatte nicht vor, aus seinem Herzen eine Mördergrube zu machen. Dafür hatte er zwei allerliebste Mördergrübchen auf seinen Wangen.

Sein Lächeln war entwaffnend. Aber wer hatte denn vor, ihm einen Pistolenlauf an die Schläfe zu setzen?

So kam es, daß sein entwaffnendes Lächeln, da auf keinerlei Widerstand stoßend (folglich ungerechtfertigt aufgesetzt), sich vor Anstrengung zu einer aggressiven Grimasse zu verzerren begann.

Ein Lächeln aufsetzen. Da hat man offensichtlich an das einer Larve gedacht. Oder an eins, das auf dem Herd erst gargekocht werden muß.

Aufsetzen. Sich aufrecht im Bett; einen Hut; ein Schriftstück; eine Schreibfeder auf das Papier; übertreiben; als Pilot ein Flugzeug beim Landen.

Nuancen. Verschweigen, verstummen. Verschweigen spricht weiter; verstummen schweigt. Verschwiegenheit ist eine Tugend, Schweigsamkeit *kann* eine sein, Verschweigen ist keine. Stumm ist sprachlos, still kann noch reden. Stummheit lastet, Stille herrscht. Der Stumme assoziiert Mitleid, der Stille Mißtrauen. Stumm ruht der See: Da droht was. Still ruht der See: Da atmet man auf.

5. Dezember. Es dämmert. Die Türe ist angelehnt. Wenn ich aufhöre zu tippen, ist Nenads Atem zu hören. Die Krähen vor Marinas Klinikfenster strähnen sich jetzt auf den Schlafbäumen im Schloßpark für ihren Schicksalsflug über Berlin hin die Federn. Heute steht das Ergebnis der Laboruntersuchungen fest.

»Eine charakteristische Bewegung eines solchen Zustandes ist das Hinfahren des kleinen Fingers über die Augenbrauen.« (Franz K.)

Nenads Anteilnahme. Als wüßte er, was auf dem Spiel steht. Seine Innigkeit, seine Liebe müßten mich Festigkeit lehren. Doch ich kann aus Liebe nichts lernen, ich liebe.

Wir liefen die funkelnden Klinikgänge entlang. Draußen wurde ein rauchender Dezembermorgen gekocht. Marina erzählte von anderen Patienten. Mit denen sie sich unterhalten, denen sie Mut gemacht hat. Die Schwestern sagen, daß sie eine heilsame Ausstrahlung habe. Und eine zungenlösende: Sie ist bereits mit sämtlichen internen Querelen vertraut. (Dazu habe ich Monate gebraucht.) Einmal fern Doktor C.: hastig, sichtbar geschunden, auf dem Weg zum OP. Als er uns sah, hob er mühsam lächelnd die Rechte, Zeige- und Mittelfinger gespreizt zum siegreichen V. Wir hatten also für diesmal gewonnen.

8. KAPITEL

Die gerupfte Lockente

6. Dezember. Schwierigkeiten beim Schreiben. Werde diesen Mescalin-Blick nicht los. Alles weist hartnäckig auf seine Bedrohung, seine Einmaligkeit hin; fordert verbissen Anteilnahme und Trauer. Was soll ich meiner schartigen Schere versprechen? Den Schleifstein -? Geht der nicht an die Substanz?

Ja, ja: Die bruchlose Schreibe. Und das, was man die lapidare Gelassenheit nennt.

Bruchlos schreiben heißt ruchlos schreiben.

Schreiben an sich ist schon ruchlos. Denn ich kapsle mich ab, statt Anteil zu nehmen.

Ich kapsle mich ab, um mich auf meine Anteilnahme konzentrieren zu können.

Gegen wen richtet sich diese Abkapselung. – Gegen die Angst. – Aber sie ist doch vorbei. – Ihre Spuren sind liegengeblieben. Ich bin nicht Gärtner genug, um an die Kraft der Harke zu glauben.

Es ist keine Bedrückung. Die ließe ja nach. Es ist Wissen. Läßt Wissen nach? Wissen weiß.

Und was weiß die Literatur? – Sie weiß so viel, wie der, der sie schreibt. – Aber der, der sie schreibt, kann sein Wissen verschweigen.

Salomon Maimon zu Mendelssohn, der ihm einige literarische Bücher empfahl: »Ich mag keine Dichter lesen, was sind Dichter anders als Lügner?«

Der Schreiber ist ein *doppelter* Lügner. Er gibt Phantasieprodukte für Wirklichkeit aus. Und er verschweigt, was ihn stumm machen müßte.

Ist dann Lüge nicht Notwehr?

Wahrheit berichtet. Lüge ist schöpferisch.

Und. Lüge muß glaubwürdig sein. Also liegt ihr, wie der Wahrheit, Erkenntnis zugrunde.

»Wahrheit ist unteilbar, kann sich also selbst nicht erkennen; wer sie erkennen will, muß Lüge sein.« (Franz K.)

8. Dezember. Man kann zugleich glücklich sein und lähmende Befürchtungen hegen. Erfahrung, an Marinas Geburtstag gemacht. (Sie hatte Klinik-Urlaub erhalten: Urlaub ins Leben.)

Das Dilemma bleibt. Hier die Libellenschatten der Kindheit, die den Schöpferkarren befrachten; dort die Angst um das Leben eines geliebten Menschen. Niemand soll mir erzählen, es gäbe da eine Brücke.

Warum soll Angst nicht Libellenflügel haben?

Und wenn sie auf Hasenpfoten angerast käme? Und identisch wäre mit Leben? Die hier verwendete Methode des Hakenschlagens bringt mich darauf: Der Geruch eines verwitterten Kohlstrunks, schon reißt 's dieses Langohr herum. Der Fuchs nennt das sprunghaft. Den Hasen erhält es am Leben. Wenn auch am Ziel schon Frau Tod im Igelpelz steht und ungeduldig gelobt werden will. Gemach, meine Dame. Habe ich mich am Start nicht schon Ihrem Mann gegenüber freundlich verhalten? Ich durchschaue dieses Doppelspiel jetzt. Meine windgeschliffene Stirn schließt nämlich Denken keineswegs aus. Sie beide glauben durch die Zusammenlegung von Geborenwerden und Sterbenmüssen unsere Rennstrecke verkürzen zu können. Die Haken, die ich schlage, bringen Sie aus dem Konzept. Erlauben Sie, daß ich Sie tröste, Madame. Es ist ja längst auf mich geschossen worden. Ich und die Kugel, wir sind ja längst unterwegs: ich hakenschlagend, sie auf der Geraden. Geht nach Hause, Frau Tod; grüßt Euern Mann. Nicht Sie – Ihr Vorgesetzter wird siegen: Der Herr Oberförster mit dem Gewehr. Allerdings nicht früher, als bis ich den Fehler begehe, in einem Haken die Gerade zu schneiden. Bis dahin lautet mein Wahlspruch: Ick bün all hier.

Ich verdanke es meinen Minderwertigkeitskomplexen, daß ich noch lebe. Als Fünfzehnjähriger, am Tiefpunkt pubertärer Deklassierung, mit einem Kraftakt gegen sie angehen wollen. Von einem Tag auf den anderen mit einem Langstreckenlauf-Training begonnen. Morgen um Morgen. Sommer und Winter. Jahr für Jahr. Auch als Soldat noch. Wobei die Erfahrung hinzukam: Rennend war man allein; rennend fühlt man sich frei. Bis wir *alle* zu rennen begannen; Winter 1944, als die sowjetischen Panzer uns jagten; gemächlich; es war nicht so, daß man Schnelligkeitsrekorde von uns verlangte. Wir waren knapp vierhundert Mann. Nach drei Tagen noch um die hundert. Erst waren die Älteren, darauf die Raucher, dann die Nichtläufer liegengeblieben. Nun fingen auch die Sportlichen an, Seitenstiche zu kriegen, den Schnee schön zu finden, sich (was sinnlos war) zu ergeben. Nur zwei hielten durch; entkamen, als der Treibstoff einmal nicht reichte.

Der Kollege ist Kellner gewesen; hatte erst kürzlich auf Urlaub in einem großen Tanzetablissement Aushilfe gemacht, wo man ihn bis zur Erschöpfung herumgescheucht hatte. (Disponiert sein ist alles.)

Literatur als Lebenselixier. Im ukrainischen Erdloch, Granateinschläge ringsum, Eichendorffs *Taugenichts,* in deprimierender soldatischer Drillzeit Kellers *Grünen Heinrich,* in der Strafkompanie die Sonette von Gryphius gelesen.

Und immer, wenn es total aussichtslos schien, ein Vers

Simon Dachs: »Am Abend kam die Taube wieder/und trug einen Ölzweig in dem Munde./Oh schöne Zeit, oh Abendstunde.«

Das unbeschreibliche Glücksgefühl, nach vierzehn Monaten – stahlverstärkte Ledermanschette um Handgelenke und Unterarm – zum ersten Mal wieder, wenn auch mit ungeheurer Anstrengung noch, eine einzelne Buchseite umwenden (und damit lesen) zu können. (August 1965.)

Das erste Buch, das ich mir so (in der Klinik noch) erarbeitet habe, ist de Costers *Ulenspiegel* gewesen. Ich wüßte kein anderes Buch, in dem, allein schon durch diesen Neubeginn und die ständige, buchstäblich an die Substanz gehende Anstrengung bedingt, persönliches Schicksal und das Schicksal des Helden eine derart unlösbare Verbindung eingegangen wären.

Worüber ich gern einmal schriebe:

Über Spiegel. Der Spiegel als Lügner: Er zeigt nicht mehr, als man ihm zeigt. Der Spiegel als Spender: Es blickt mehr heraus als hinein. Der Spiegelbildreparierer. Wie sieht mich ein anderer im Spiegel. Was spiegelt der Spiegel, wenn er sich selbst widerspiegelt.
Über Schatten. Die Schattenlinie. Der Schattenfall: Verhandlung ohne Ergebnis. Aufruf zur Schattenspende; vom Tod unterzeichnet. Notwendigkeit, Chamisso auf einen Irrtum aufmerksam machen zu müssen: Was hat der Teufel mit dem Schatten zu tun; die Seele wirft ja gar keinen mehr. Sind Schatten sterblich? Schattensprung; neue olympische Disziplin.
Über alte Fotografien. Die leere Würde auf den festgehaltenen Gesichtern. Die vorgeschriebenen Posen: Schopenhauer und der Taschentuchzipfel. Der vorgeschobene Fotografierfuß. Die emaillierten Fotos auf italienischen Gräbern. Mein Fund: Das Ehepaar; er früh verstorben, sie über achtzig geworden. Beider Foto nebeneinander; er als lächelnder Jüngling, sie als finsterblickende Greisin –: Johann Peter Hebel, optisch belegt.

Über Gerüche. Keiner kommt ohne Bildassoziation. Lügner Parfüm. Jemand nicht riechen können. Die Nase denkt mit. Ein Milieu ohne Geruch *ist* kein Milieu. Kindheitsgerüche haben die Keuschheit von damals behalten.
Über die Büroklammer. Gegen diese entwürdigende Bezeichnung. Die Büroklammer als Ordnungsfaktor und Musenassistentin: Sie hält dem Dichter die Seiten zusammen. Auch Heidegger wäre ohne sie verloren gewesen. Ihre ästhetische Vollendung; schön wie das Ewigkeitszeichen. Sinn und Form ergänzen einander. Das grausige Bild, das sie in aufgebogenem Zustande bietet.
Über Eulen. Ihre Urwelthaftigkeit. Ihre Gabe, das Gesicht in den Nacken drehen zu können. Eulenknappheit in Athen; (alle ausgewandert). Ihre Flugtechnik. Quintessenz dieses Lebens: Das Eulengewölle. Vater, der Eulenspezialist. Der singende Sperlingskauz. Käuzchen und Tod. König Uhu. Die frömmelnde Schleiereule. Eulalia Eiserich: Nenads schmelzende Schnee-Eule. Die Eule als Buchstütze. ›Ein komischer Kauz‹ heißt die Sachlage verkennen; Käuze sind ernst. Die Welt hat ein Eulengesicht. Eines Tages wird man die gläsernen Augen erkennen.
Über Satzzeichen. Komma, der Atemfreund. Der Punkt, der nicht mit sich reden läßt. Der geschwätzige Doppelpunkt. Der springende Punkt. Mehrere Punkte sind Pünktchen. Liebling der Unentschlossenen: Das Semikolon. Der Gedankenstrich verspricht etwas, das er nicht halten kann. Der Apostroph wurde von Sprachdetektiven eingeführt: Er zeigt an, wo was fehlt. Ist der Fleischerhaken das Vorbild für 's Fragezeichen gewesen?
Über ›die Farbe‹ Weiß. Als Herausforderin des Todes: Weißes Laken, weiße Hochzeit, weiße Weihnacht. Als Handlangerin des Todes: Im Kalk. Die weiße Weste. Der Arzt und sein Weiß. Kreide und Tafel: Licht und Nacht. Der weiße Bruder. Aufstand der Bäcker. Industrieschnee. Weiß = weise?
Über Dinge. Was ist das: Ein Ding. Unmöglichkeit, diesen Begriff, wenn es überhaupt einer ist, definieren zu können: Ein Ding der Unmöglichkeit. Der Ausdruck ›Ding‹ drückt fast immer Ratlosigkeit aus; Verwandtschaft zu ›Sache‹. Ein tolles Ding. Ein Ding drehen. Verdingen und verdinglichen. Das

Herz aller Dinge: Was ist das. Ist der Stein ein Ding? Ist Leblosigkeit schon ein Charakteristikum des Dings? Ist ein Ding tot oder lebendig?

Über Vaterländer. Abwertung, wenn statt Singular der Plural genannt. Warum nicht ›Mutterland‹? Was ist das: ein Vaterland. Hat jeder eins? Wie fühlen sich die, die keins haben: Erleichtert oder verarmt? Hat Vaterland etwas mit Nationalismus zu tun? Ubi bene est. Läßt Patriotismus auf ein Vaterland schließen? Hat ein Vaterland Grenzen oder ein Zentrum? Des Deutschen Vaterland. Finis Poloniae. Warum ist das Vaterland teuer? Vaterland – Kinderland.

Über Bäume. Den Wald vor Bäumen nicht sehen: Der Sägewerker ein Fachidiot? Ohne Bäume kein Schiff. Ohne Schiff keine Entdeckung. Eine baumlose Welt wäre eine Welt ohne Kriege: Lanzen, Bogen, Pfeile, Kohle –: Fehlanzeige. Der Mensch ein Rohköstler: Wie wäre der Mensch ohne Holz ans Feuer gekommen? Sonnenenergie fünftausend Jahre früher genützt. Der Baum in der Romantik. Holzfäller Eichendorff. Der weinende Förster. Bürgerliche Möbelbäume (Teakholz, Nußbaum, Birke). Warum ist es sinnvoll, einen Baum zu pflanzen? Kann es nicht sinnvoller sein, einen zu fällen? Der Baum im Mythos (Ygdrasil); Weihnachtsbaum, Friedenspalme, Donar-Eiche. Eiche und Schwert. Kiste und Sarg. Das Brett. Baum der Erkenntnis.

Über Papier. Der weiße Bogen. Seine Duldsamkeit. Das Flugblatt kommt der Bestimmung des Papiers am nächsten. Das Buch als Gefängnis der Blätter: Verurteilt zu lebenslänglich. Die Zeitung von vorgestern. Papier und Papiere. Wertpapier, Klo-Papier. Der Papierdrachen. Der Papiertiger, vom Reißwolf erledigt. Das Papierschiffchen. Seidenpapier. Packpapier. Die Luftschlange. Der Konfettifabrikant. Im Brief war die Grenze des papierenen Nutzwertes erreicht; von da an nur noch Überschreitungen.

Über die Brille. Den Kurzsichtigen macht sie unsicher: Er erkennt plötzlich seine Gefährdung. Den Weitsichtigen enttäuscht sie: Sie schraubt seinen Fernblick aufs Nächste zurück. Allein wirkt die Brille am intelligentesten; Gesichter stehen ihr nicht. Nase und Ohr, dem Auge dienstbar gemacht. Die entwaffnende Nacktheit, wenn ein Brillengesicht plötzlich keine mehr trägt. Hat Prometheus eine Sonnenbrille getragen? Warum scheuen sich Frauen, Brillen zu tragen? Stören Brillen beim Sex? Der Mann, der sich vorm Liebesakt die Brille aufsetzt. Wäre es besser um die Welt bestellt, hätte Gott bei ihrer Erschaffung eine Brille getragen?

In der Klinik. Doktor C. kam herein. Setzte sich schweigend. Erloschenes Lavagesicht. Stumpfe Pupillen. Lebensgefährlich erniedrigt; frühere Höhen unerreichbar für ihn. Nachdem wir fünf Minuten mit ihm geschwiegen hatten, erhob er sich. »Danke. Hab nur mal abschalten wollen.«

Ohnmacht der Philosophie. Unmöglich, den Alltag in den Griff zu bekommen. Nenad frühmorgens ein Hemd zuzuknöpfen; die Haustür aufzuschließen; uns Essen zuzubereiten; einkaufen zu gehen –: Unternehmungen, deren Ausgang bei diesem Grad von Bewegungseinschränkung immer im unklaren liegt. Als purer Sachverhalt kaum feststellenswert. Jedoch das fängt an, den Charakter zu deformieren. Beginne gereizt und ungeduldig zu werden. Denn diese Handikaps kosten auch *die* Zeit, die zur Relativierung notwendig wäre. *So* entfremdet ist schließlich die Psyche dem Körper auch wieder nicht, daß sie nicht bei diesem ständigen Versagen allmählich auch *selber* zu hinken begönne.

»Kann ich meinem Weinglas gegenüber so hemdsärmelig sitzen wie zweifellos vor meinem Bierkrug?« Frage Herrn Kählers, einer (im übrigen mißglückten) Figur in Blochs 1975 geschriebenem Nachtrag zu *Spuren.* So – das heißt: entgegenkommend – den Objekten gegenüber eingestellt sein, da wäre auszukommen mit ihnen.

Mit gelassener Konzentration auf die Sperrigkeit des Unlebendigen eingehen, das würde Überlegenheit auch im Bereich des Lebendigen schaffen. Denn was heißt schon ›körperliches Handikap‹ beim Umgang mit Dingen. Ist Leblosseinmüssen vielleicht *kein* Handikap?

Will der Stein denn Bewegung?

Die Schwerkraft beweist zumindest die Sehnsucht des Steins.

Rückkehr

Du kommst;
die Schwalbenflügel geliehn.
Den Wind, der das Nest
des Rohrsängers wiegt, du
spürst ihn im Nacken.
Karauschenblitze
prägen die Bahn. Hoch
zieht im geheiligten Keil
dir die Wildentenkette
voraus. Du kommst;
gebenedeit unter den Binsen.
Geliebt von Entengrütze
und Schilf. Der Gelbrandkäfer
umtaucht dich. Die Perle,
die er dir mitbringt,
aus silberner Luft. Du
kommst; kommst auf
dem schwimmenden Stein.

11. Dezember. Marina aus der Klinik entlassen. Der Rahmen hat sein Bild wiedererhalten. (Und wohin mit der Frage: Wie lange?)

Erleichterung, Zuversicht, Hoffnung – : Alles Hilfskonstruktionen.

Wer Rückkehr denkt, ohne Abschied zu fürchten, hat den Wert einer gemeinsamen Stunde noch nicht begriffen.

Woran liegt es, daß ich Steine zu hassen beginne?

Ein Stein ist ein Ding. Ein Ding lebt nicht. Es ist. Was lebt, wird aufhören zu leben. Was ist, kann nicht aufhören zu sein.

Also, was ist das, ein Ding? – Etwas Lebloses, dessen Sein ohne menschliches Zutun gewährleistet ist.

Folglich. Dem Lebenden dauert Sein eben einfach zu lange. Deshalb haßt er, was ist. Zum Beispiel die Dinge.

Also ist ein Gegenstand kein Ding. Denn der Gegenstand zielt auf den Menschen, hat ihn zumindest nötig gehabt. (Holzscheit, Faustkeil, Briefbeschwerer.) Der Gegenstand will gebraucht werden. Das Ding will nichts.

Folglich gehe ich im täglichen Leben nicht mit Dingen um, sondern mit Gegenständen. Also sind mir nicht die Dinge, sondern die Gegenstände feindlich gesonnen. Den Dingen bin ich gleichgültig; sie sind immer schon ohne mich ausgekommen.

Der Gegenstand hat seinen Dingwert unter Druck an den Menschen verraten. (Der Briefbeschwerer ein geschliffener Stein.) –: Gegenstände sind domestizierte Dinge.

Wenn der Gegenstand meine Ungeschicklichkeit ausnutzt, um sich für seine Unterwerfung zu rächen, handelt er gemäß der ihm aufoktroyierten Bezeichnung; er ist störrisch: Er *steht* mir ent*gegen*.

»Die Tücke des Objekts.« Friedrich Th. Vischers Formulierung aus seinem Roman *Auch Einer* scheint es ziemlich genau zu umschreiben. Nur, daß es weniger Tücke als kanalisiertes Haßgefühl ist. Auf mich bezogen: Die Objekte revanchieren sich am hierfür Geeignetsten – am ohnehin schon Behinderten.

Eine Welt ohne Gegenstände wäre eine Welt ohne Menschen.

Eine Welt ohne Menschen brauchte keine Welt ohne Dinge zu sein.

»Ich erfasse nämlich die Dinge um mich nur in so hinfälligen Vorstellungen, daß ich immer glaube, die Dinge hätten einmal gelebt, jetzt aber seien sie versinkend. Immer, lieber

Herr, habe ich eine Lust, die Dinge so zu sehen, wie sie sich geben mögen, ehe sie sich mir zeigen. Sie sind da wohl schön und ruhig. Es muß so sein, denn ich höre oft Leute in dieser Weise von ihnen reden.« (Franz K.)

Ali an Atma. »Und was ist ein Unding? Logisch betrachtet, der Mensch; denn Un-Ding muß, als Gegensatz zu Ding, etwas Lebendiges sein. Und was ist es –: Eine Unmöglichkeit. Dann müßte also ein Ding eine Möglichkeit sein. Und tatsächlich, das ist es. Nur: Eine Möglichkeit ist der Mensch eben auch. So also ist es, in der Sprache derer, denen die Dinge Unbehagen einflößen, weil sie ohne sie auskommen, um die Logik bestellt.«

Atma an Ali. »Ein unbrauchbahr gewordener Gegenstandt kehrt wieder ins Reich der Dinge zurükk, kann wiehder der gleichen mahjestätischen Sinnlohsigkeidt teilhaft werden wie sie: Topfscherrbe, Pfaußtkeil, vohr Jahrtausenden in Gebrauch, sie haben im Erdtschooß, auch im Muhseumsschaukaßten, ihr Eigen Leben wiedergeffunden.«

Ali an Atma. »Vermute ich richtig, Verehrtester, daß dann auch die Flaschenscherbe, selbst das heute in so erschreckendem Ausmaß gebräuchliche Plastikspielzeug – ausrangiert, nicht mehr benötigt – ebenfalls wieder verdinglicht? Was für ein Trost ruhte bejahendenfalles doch am Grund jeder Tasse. Denn fraglos ist der Zustand der Dinge erstrebenswerter als jeglicher Dienst.«

Atma an Ali. «Jawohl; es ist, wie Sie sahgen. Wo der Ferwendungs Zwekk aufhört, beginnt die zwekkfreie Dingwelt. Das Ding ist. Was ist, braucht keinen Zusatzsinn: Seyn ist mehr als Sinn. Denn Sinn weist auf eine Aufgahbe hin. Das Seyn aber ist Aufgahben los, es liehgt sogahr noch außert der Freihheit. Nemlich, diese bildet sich auf ihrn Zustandt was ein: ist stoltz, grentzt sich, und sey 's gehgen Unfreihheit, ab. Das Ding jedoch bleibt auch in der Unfreihheit Ding. Denn es ist ja nuhr um seiner Selbst willen da. (Wobei ›nuhr‹ die gantze Armseeligkeidt des Hangs zum Sinnfelligen akzenthuiehrt. Denn vollkommner als absoluhte Selbstbezohgenheidt kann ja nichtz seyn.)«

Nur. Im Kind haben die Gegenstände und Dinge gleichermaßen ihren Freund und Bezwinger gefunden. Seinem spielerischen Charme, seiner Anhänglichkeit ist auch die verbittertste Matratzensprungfeder nicht gewachsen. Zu schweigen vom Stein, der auf das Kind als den großen Lageveränderer setzt.

Chassidisch: »Wer Gott in Wahrheit begehrt und umfängt, der schaut in allen Dingen nur die Kraft und den Stolz des Urbildners, der in den Dingen lebt. Wer aber nicht auf dieser Stufe steht, sieht die Dinge von Gott getrennt.« Eben.

Zigeunerballade (8.)
Jetzt wird es sich erweisen, wozu ein Rechtsprecher gut ist. Ruben Golbatschenski holt die Männer zusammen. Sie treten ihre Zigaretten aus und hocken sich neben Ruben ans Feuer. Adjam schiebt seinen Handgelenkriemen zurecht. Er sagt:
»Wir haben die Personenbeschreibung. Wir wissen, in welchem der Dörfer sie wohnen.«
Django spuckt seine Handfläche an und fährt sich über die Haare; sie wollen wieder nicht liegen. »Adjam«, sagt er, »hat vergessen, was für Cora zu unternehmen. Er ist Hanenka jetzt dankbar, daß er das nachholen kann. Nur, für Adjam sind die Gadsche die Falschen.«
Adjam will aufspringen. Gaspar und Mischga halten ihn fest.
Mischga sagt:
»Wir haben nichts Besseres als unsere Frauen. Wenn meiner Tochter Eleana so was passierte –: Rechtsprecher, ich hätte Sie nicht erst um einen Ratschlag gefragt.«
Ruben hört auf, mit den Schaumünzen an seiner Uhrkette zu spielen. Er lächelt. Er sagt:
»Ich weiß.«
»Hanenka ist die Tochter meines Bruders«, sagt Sander und befühlt an der Innenseite des Oberschenkels die Stelle, wo das Rasiermesser steckt: »Wenn hier einer zuständig ist, dann bin ich es.«

»Ihr seid alle zuständig«, sagt Papo Mihailo. »Wer die Ehre unserer Frauen verletzt, in den verliebt sich das Messer. Gesetz ist Gesetz.«
»Capité«, sagt Barkan und spuckt in die Glut.
Django schüttelt den Kopf. »Doch merkwürdig, daß jetzt vor allem *die* eingreifen wollen, die entweder keine Frauen mehr haben oder mit den eigenen zu nachsichtig waren.«
Barkan preßt die Lippen zusammen.
»Gewisse Leute hier«, sagt Papo Mihailo, »sollten sich wohl erst mehr Achtung vorm Alter erwerben.«
»Du sagst es, Papo.« Gako Koslowski zupft aus seinem Kräuterbündel einige Sauerampferblätter heraus und beginnt sie zu kauen. »Trotzdem reden wir alle an der Sache vorbei. Die Untersuchung Baba Milinas ergab: Hanenka hat ihre Ehre behalten.«
»Der Versuch, sie ihr zu nehmen, zählt soviel wie die Tat.« Kukas sieht alle der Reihe nach an: »Gut: Es gibt den Einwand, sie hat die Gadsche gereizt. Dazu sage ich: Wenn ich dich reize, Adjam, kannst du mich warnen. Habe ich recht?«
Adjam schweigt. Er starrt Django an.
Gaspar sagt:
»Wenn mich ein Pferd schlug, habe ich es wiedergeschlagen. Woher soll ich wissen, was es an mir nicht mag?«
»Ich mag die Gadsche auch nicht«, sagt Chrapos. Er behaucht seine Ringe und putzt sie am Revers seiner Jacke. »Aber ich handle mit ihnen.«
»Es geht hier nicht um den Handel«, sagt Karman. »Es geht auch nicht um Hanenka. Worum es geht, ist: Können unsere Frauen und Töchter sich auf uns verlassen oder können sie es nicht.«
Barkan lauscht argwöhnisch auf einen Häherschrei im Wald. Dann sagt er:
»Ich glaube, daß sie es können.«
»Sie haben es gehört, Rechtsprecher«, sagt Papo Mihailo. »Das waren unsere Meinungen. Jetzt sagen Sie Ihre.«
Ruben zieht seine Uhr: »Es wird in drei Stunden dunkel. Warum sind wir noch hier?«

12. Dezember. Doktor C., Marinas Arzt, tödlich verunglückt:

Schlagzeile am Zeitungskiosk. Die Mitteilungsformen des Schicksals bedürfen einer Angleichung ans Faßbare.

Stößt einem Verzweifelten ein Unglücksfall zu? Nie der, der anderen zustößt. Nur der, den er suchte.

Und wieder die Witterung für die Unglücks-Aura eines Menschen gehabt, ohne den Versuch einer Beeinflussung unternommen zu haben.

Es ist eine Anmaßung zu bedauern, einen in solchem Ausmaß verzweifelt Gewesenen nicht beeinflußt zu haben. Was haben meine Beweggründe, in diesem Augenblick *nicht* im Auto gegen einen Baum rasen zu wollen, mit seinen zu tun, die ihm vielleicht gerade das suggerierten?

Wenn ich für das Leben bin, und ich bin es, muß ich es vor allem dort verteidigen, wo es am schwächsten ist: im potentiellen Beender.

E.s Lächeln. Zurückgenommen von allem, was außerhalb ihres Gesichtskreises noch hätte gemeint sein können. Vor dem Klinikfenster gilbte der Frühling. (1965.)

Jeden Lebensüberdrüssigen, dessen Entschluß gefaßt ist, verrät seine Aura. Nachgiebigkeit, Abwesenheit, Gleichmut, Verständnisbereitschaft, Überlegenheit sind nur die äußeren Merkmale. Das Lächeln jedoch weist in ihr Zentrum. Denn es ist die Aura des zu Gast gebetenen Todes. Man stimmt mit ihm die Bedingungen ab, und siehe, er schenkt einem Verständnis, Bereitschaft und Liebe. Diese überwältigende Entdeckung können weder Körper noch Sinne bei sich behalten. Der Verstand will es verschweigen; aber *sie* dunsten es aus. Doch es ist ein Dunstkreis der Klarheit, in dem die Bewegungen des Abschiedswilligen, die ständig ruhiger, ausgewogener werden, für den Außenstehenden eine schmerzhafte Überkonturierung erfahren. Man spürt die Macht des anderen und die Sinnlosigkeit ihn umzustimmen, fast körperlich. Nirgendwo sonst kann einem die Ohnmacht des Lebens deutlicher werden.

Sie sagte, daß sie oft stundenlang im Grunewald spazierenginge. Sie dächte viel an Ihn. Oft wisse sie nicht, wie sie an diese oder jene Stelle gelangt sei. Es sei angenehm, das Bewußtsein hin und wieder suspendieren zu können. Man kann nicht sagen, daß sie zerstreut gewirkt hätte. Sie wirkte sogar sehr konzentriert. Sie sagte, daß sie eine Begegnung gehabt habe. Es klang fast wie: Verständnis gefunden. (Mai 1965.)

Heute weiß ich: Es waren die ersten Dunkelangebote an sie ergangen.

Der Trugschluß. Der nicht Sterbensbereite glaubt, dem Sterbensbereiten gegenüber die logischere Position innezuhaben. Ist es wirklich logisch, einen zu Tode Verzweifelten zu überreden, seiner Verzweiflung noch weitere Phasen abzugewinnen?

Die angeschossene Lockente.

Das Bedauern, einen zum Letzten Entschlossenen nicht umgestimmt haben zu können, ist deshalb so groß, weil sein Tod mich desavouiert hat. Wie stehe ich jetzt da mit meiner leicht verderblichen Ware!

Man kann allerdings auch mit dem *Tod* hereingelegt werden. Eine Ausführung erhalten, unwert in jeder Beziehung: Anton. Unterhielten uns auf dem Latrinenbalken. Weithin Himmel und Schnee. Ein weicher Knall, und Anton stürzte mit Kopfschuß und Nacktarsch nach hinten. Schwierige Bergung; (hatte zu tauen begonnen). Noch schwierigeres Gedenken. (Winter 43/44, südöstlich Charkow.)

Oder. In die Zelle einer Kneipentoilette gepfercht. Auf dem Klo hockend, vornübergesackt. Klares Bewußtsein. Ihn spüren, ohne sich rühren zu können. Lagebewußt: Marinas im Schankraum gedenkend. Nur denken können: Sie studiert jetzt die Karte. – Häufig wiederkehrende Vision, seit, polyneuritisbedingt, keine Kraft mehr in Fingern und Händen.

Man muß sich mit Riegeln, mit Schlüsseln gut stellen. (Die Objekte –: *Hier* hätten sie mich.)

Bodenloses Erschrecken oft, wenn ich an mein physisches Innere denke. Diese nach Verdunstung gierenden Säfte. Diese sich nach Zerreißen sehnenden Gewebe. Diese zerplatzsüchtigen Bläschen. Diese Rebellion ventilierenden Drüsen. Diese Muskeln, deren höchste Genugtuung es ist zu erschlaffen. Dieses Fleisch, das nur den einen Wunsch hat, verletzt zu werden, zu faulen. Diese Haut, süchtig nach Rissen. Diese Knochen, die mit der Erde ein Abkommen haben. Diese wucherfreudigen Zellen. Unbegreiflich, wie es da noch Gewalt geben kann. (Denn wir sind ja wohl alle ähnlich gemacht.)

Verwandtes, wesentlich tiefer reichendes Angstgefühl noch: Vor Nenads Gesicht, das die Zartheit erfolglos mit einem blauen Aderndelta gekennzeichnet hat. Denn erbarmungslos läßt die Natur es (in Kampf, Prellung, Sturz) seine wohlfeilen Erfahrungen sammeln.

Biß in ein altes Brötchen, und ich bin wieder in Friedberg zu Hause. Mutter und Schwester Liesls versuchten dem Sechsjährigen da mit ungesüßtem Tee, verzauberten Hafersuppen und besprochenem Uraltgebäck die Ruhr abzugewöhnen. Der Seele behagte die Geisterkost nicht. Sie führte mich nachts in unirdischeren Gefilden spazieren. Staunend nahm ich am Morgen meine durchs ganze Haus führenden Fußspuren wahr, die das vorsorglich von den Frauen gestreute Mehl aufs einprägsamste aufbewahrt hatte. Ein Kübel kalten Wassers, in dem ich aufkreischend erwachte, hat meinem Spuken ein vorzeitiges Ende bereitet. (Immerhin, man weiß jetzt, daß man es notfalls beherrscht.)

Bloch meint, die großen historischen Augenblicke gingen unbemerkt vonstatten. Einspruch, Chef. Wir sind, bei diesem Überangebot, nur wählerischer geworden; zucken nun nicht mehr gleich bei jedem Staatsstreich zusammen, sortieren auch die Attentate ein wenig. So folgenreich das auf Gandhi gewesen sein mag: ein *gelungenes* auf Hitler wäre folgenreicher gewesen. Es muß nicht gleich alles Risse erzeugen, was knallt. Und Lebenbleiben lenkt eben *auch* vom Hinsehen ab. Aber da ist ja die Nase noch. Seien Sie versichert, Chef: Reinriechen schult. Und hineingerochen haben wir alle.

Geruch nach lauwarmer Nudelsuppe und biergesäuertem Holz. Weißliche Fettreste in den Tischplattenrillen. Auf dem Emailleziffernblatt der schwarzumrandeten Wartesaaluhr standen beide Schnörkelzeiger auf der römischen Zwölf. Das Eremitenglöckchen eines Stellwerks klingelte träg. Träg auch das verschlafene Tuckern der brandroten Hühner, die sich vor dem Stationsvorsteherhaus in den Staubkuhlen sonnten. Die Milch hatte einen bläulichen Stich. Die Leibnizkekse schmeckten knackig und frisch. »Das muß man sich vorstellen«, sagte die erregte Männerstimme jetzt wieder: »Hindenburg – der große Hindenburg tot! Mann, wissen Sie denn überhaupt, was das bedeutet?!« Die andere Stimme begnügte sich damit, ein mehrmaliges Zungenschnalzen hören zu lassen; sie schien es als Bedauern aufgefaßt haben zu wollen. Ich warf mir den Rucksack über die Schulter und nahm die Angelstangen auf. Mir war so, ich hätte den näherkommenden Kleinbahnlokomotivpfiff gehört. (Stargard/Pommern; 2. August 1934; unterwegs zum Rittergut Stibbe, wo ich die großen Ferien verbrachte.)

Wunsch, wenn die Fee kommt: Einen universalen Geschichtsüberblick. Alles einordnen können; Hintergrund für jede Geschichte; Salz für jede Figur.

»In der Schule entsprechend geleitet und heute mit Zeit versehen, hätte er eine große Geliebte gehabt: die Geschichte. So aber, auf kaum mehr als den Vers ›Drei-drei-drei –: Am Issos Keilerei‹ verwiesen, muß er sich mit der vagen Erinnerung an den meist aus betrüblichem Anlaß ausgeschwitzten Aktualitätsgeruch seiner Traumgeliebten begnügen; ein bescheidener Liebhaber.« (Ali an Atma; über eine ihm bekannte Person.)

Merke. Anerkenntnis der Politik steht Erkenntnis der Geschichte im Weg. (Erfahrung des Augenzeugen.)

Es war eine der modernsten Schulen Berlins geworden. Bis zu diesem Februarmorgen hatten wir sie ein knappes Jahr lang besucht. Die Lehrer waren die alten geblieben; Sozialdemokraten und Kommunisten. Auch das Schülerparlament war beibehalten worden. Die letzte noch fehlende Summe für den Bauabschluß war durch Spenden der Eltern zusammengekommen; auch die arbeitslosen Väter hatten gespendet. Viele Eltern duzten sich mit den Lehrern, kannten sie aus den Sozialausschüssen, den Versammlungen und von der Parteiarbeit her. Bis zu diesem Februarmorgen. Wo wir dichtgedrängt vor dem Schulhoftor standen. Wir waren achthundert Kinder. Wir hatten Tränen in den Augen und die Fäuste geballt. Wir sangen. Es war die Internationale. Wir sangen sie wieder und wieder und starrten mit brennenden Augen zu der neu gehißten Hakenkreuzfahne auf dem Schuldach hinauf, die sich in dem aufgekommenen Wind jetzt prall und knatternd bewegte. (1. Februar 1933.)

Franco ist 82 geworden. Hitler wirkte meistens gesünder: Deutschland den Zweiten Weltkrieg gewonnen, und er würde jetzt, frischzellengepäppelt, ins Siebenundachtzigste gehen.

Vor der amerikanischen Ostküste sind Spuren radioaktiver Verseuchung festgestellt worden. Zwischen 1945 und 1970 wurden dort 85 000 Fässer Atommüll in 3000 Meter Tiefe versenkt. Es gibt leckgeschlagene Fässer.

Der Mensch. Spaltet Uran und Plutonium. Kippt Wasser drauf zur Beruhigung.

Formeln finden, deren Auflösung man verloren hat: Das Atomzeitalter beginnt.

Aber auch die Genetiker haben einen neuen Erfolg zu verbuchen. Es ist die Kombination einer menschlichen mit einer Tabakspflanzenzelle gelungen. Einer der Herren, besänftigend: »Aber Tabakstauden mit Armen und Beinen wird es nicht geben.« (Immerhin.)

Doch wir können es auch handfester haben. Es läuft ja noch das Zeitalter der Chemiegifte mit. Etwa: PCB, Giftstoffe, die jahrzehntelang als Weichmacher in Kunststoffen, zur Kabelisolierung und als Kühlmittel in Transformatoren verwendet wurden, kehren nun, bis zum Vierzigtausendfachen der ursprünglichen Umweltkonzentration angehäuft, in Fischen, Vögeln, Eiern, Margarine, Muttermilch und anderen Produkten der Mensch- und Tiernahrung wieder. Schon in geringer Konzentration krebsauslösend. Trotz Produktionseinschränkung von der Natur nicht abgebaut; bleibt uns, weiterhin sich verläßlich vervielfältigend, bis ans Ende der Tage erhalten. Sela.

Schreiben –: Die ohnmächtigste aller machtlosen Gesten.

»Merkwürdiger, geheimnisvoller, vielleicht gefährlicher, vielleicht erlösender Trost des Schreibens: das Hinausspringen aus der Totschlägerreihe, Tat-Beobachtung. Tatbeobachtung, indem eine höhere Art der Beobachtung geschaffen wird, eine höhere, keine schärfere, und je höher sie ist, je unerreichbarer von der ›Reihe‹ aus, desto unabhängiger wird sie, desto mehr eigenen Gesetzen der Bewegung folgend, desto unberechenbarer, freudiger, steigender ihr Weg.« (Franz K.)

Es bleibt dabei. Nie ohne Stift, ohne Zettel weggehen, gar eine Bahnfahrt, einen Flug unternehmen. Es gibt keine Situation, in der nicht notiert werden dürfte, keine Gemütslage, die einen der Pflicht des Schreibens auf den Tod zu enthebt. Das an der Oberfläche Halunkische dieses Dauerverrats kann durch die Exaktheit des Notierten wettgemacht werden.

Der Schreibprozeß
Dokumentation in 10 Phasen

1. Erleben; überlagern; absinken lassen.
2. Vermissen; riskieren; gefährden.
3. Tauchen; suchen; sich stellen.
4. Heben; bekennen; erinnern.
5. Riechen; hören; spüren.

6. Erblicken; schauen; erkennen.
7. Vermuten; bestätigen; bejahen.
8. Begreifen; verstehen; vollziehen.
9. Verknüpfen; kombinieren; schließen.
10. Benennen; beleben; bewahren.

Protokollauszug

Staatsanwalt: »Warum haben Sie dieses Manuskript veröffentlicht?«
Angeklagter: »Ich wollte seit meinem siebten Lebensjahr Schriftsteller werden.«
Staatsanwalt: »Das ist alles, was Sie zu Ihrer Verteidigung vorzubringen haben?«
Angeklagter: »Ja.«
Staatsanwalt: »Ich habe dem nichts mehr hinzuzufügen.«
Vorsitzender: »Wir gehen also jetzt in die Beweisaufnahme.«
Angeklagter: »Ich bitte vorher in Schutzhaft genommen zu werden.«
Vorsitzender: »Dem Antrag des Angeklagten wird nicht stattgegeben; denn er unterstellt, sein Buch werde gelesen.«

Literatur. Knarrend auf- und abgehende Schnallenschuhe. Ein Spinett in der Ecke. Der Rittersporn draußen im Garten mit Hummelpelzen verbrämt. In der gegenüberliegenden Ecke das Stehpult. Die henkellose Porzellantasse voll frisch geschnittener Gänsekiele. Das unersättliche Auge des Tintenfasses den Astknorren im Deckenbalken fixierend. Auf den goldbedruckten Bücherrücken liegt die blasse Wolfenbütteler Sonne. Lessing bleibt stehen, lauscht auf die Mittagsgeräusche, das Sensendengeln, das Tellergeklapper. Erwägt, ob Stehpult, ob Garten. Entscheidet sich, befreit, für die Küche.

Immer das Gefühl, ich tue etwas Obszönes, wenn ich in der Öffentlichkeit (im Flugzeug, im Café, im Zugabteil) schreibe. Das Gefühl verschwindet, wenn ich zur Tarnung Ansichtspostkarten neben mich lege.

Der Feldgendarm, der mich in die Arrestzelle brachte. Lippen zusammengepreßt, Blick unterm Stahlhelm starr vor sich hin auf den Boden gerichtet: Ansteckungsgefahr. ›Untergrabung der Manneszucht‹ stand auf dem Einlieferungszettel: Sie hatten mein Tagebuch mal wieder entdeckt. (Shitomir, Ukraine; Frühjahr 1943.)

Meine Kriegs-Tagebücher haben mich insgesamt achteinhalb Wochen Haft gekostet. Ob der Wert, den man der Schreibtätigkeit beimißt, damit nicht vielleicht doch hinlänglich genug unter Beweis gestellt worden ist?

Wieso; was hat Leichtsinn mit durch Egozentrik verursachten Schuldneurosen zu tun?

Es muß auch noch etwas anderes sein. Ich hatte ein Jahr und drei Monate, zuletzt bis zur völligen Selbstaufgabe, an den reichlich fünfhundert Seiten geschrieben. (Arbeitstitel: *Diese Woche.* Es sollte alles in das Buch hinein, was innerhalb einer Woche in einem Berliner Stadtteil passiert.) Plötzlich gemerkt, es wäre auch möglich gewesen, das Manuskript auf noch einmal soviel Seiten zu bringen. Lähmender Schock. Gerade da war unten auf der Straße die fordernd singende Stimme eines Altwarenhändlers zu hören. Ich rief ihn herauf. Wir stauchten die Manuskriptseiten zusammen, und er hat das Bündel verschnürt und am ausgestreckten Arm an den Waagehaken gehängt. Der Papierpreis hat etwas unter achtzig Pfennig gelegen. Wochenlange Erleichterung darauf. Bis ich beim Papierkorbauskippen die vier weggeworfenen Kapitel entdeckte; handfeste Prosa; sie hat mir ausgezeichnet gefallen.

»Daß ich so viel weggelegt und weggestrichen habe, ja fast alles, was ich in diesem Jahr überhaupt geschrieben habe, das hindert mich jedenfalls auch sehr am Schreiben. Es ist ja ein Berg, es ist fünfmal so viel, als ich überhaupt je geschrieben habe, und schon durch seine Masse zieht es alles, was ich schreibe, mir unter der Feder weg zu sich hin.« (Franz K.)

Unbelehrbar, nicht zu retten. Wenn schreibend nicht weitergekommen am Tag, abends total verkrampft innerlich. Unmöglich aufzuhören, unfähig abzuschalten. Bohre, selber verbohrt, weiter in den nicht weitergebohrten Termitengängen herum. Uneingedenk der nie betrogenen Erfahrungen: Morgen wird die erschöpfte Ameisenmannschaft wieder voller Arbeitswut sein.

Zigeunerballade (9.)
Worscha sitzt im schaukelnden Wohnwagen und rupft ein Huhn. Sie sortiert: Die Schwanzfedern sind für einen Staubwedel gut. Aus den Flügelfedern wird ein Krümelbesen gemacht. Die Rückenfedern geben einen Flaschenreiniger ab. Die Brustfedern lassen sich als Kissenfüllung verwenden.
Draußen, hinter den weißen Klöppelgardinen, ziehen die Chausseebäume vorbei. Die anderen sind schon vorgefahren; Adjam und Kukas auf ihren Traktoren nehmen sich Zeit.
Worscha geht mit Jorkan über ein frisch geschnittenes Roggenfeld. Jorkan hat sich bei einem Bauern ein Ersatzteil für sein Auto bestellt. Die Stoppeln sind noch voll Saft. Jedesmal, wenn Worschas Fußsohle über sie hinstreicht, spürt sie, spritzt er ihr prickelnd gegen die Waden. Sie hat ein Huhn gefangen vorhin, jetzt baumelt es ihr zwischen den Knien.
Worscha ist die beste Hühnerfängerin unter den Frauen. Die Hühner hören auf sie, wenn sie sie lockt. Seit Jorkans Tod gräbt Worscha jedes Huhn erst anderthalb Tage lang ein. Das ist die Frist, die sie neuerdings braucht, um mit den Bauern zu reden. »In allen Dörfern«, sagt Worscha, »dasselbe: der Fuchs.« Überall sei er, in der Erntezeit jetzt, auf die Hühner versessen. Sie warnt die Bauern davor, ihre Hühner auf die abgeernteten Felder zu scheuchen. Und die Bauern sind dankbar dafür und lassen auch gleich ihr Vieh von Worscha besprechen.
Jorkan hat sie immer gelobt. »Deine Schwester«, hat er zu Romeika gesagt, »ist nicht nur tüchtig, sie hat auch Verstand.«
Worscha zieht die Mundwinkel herab und starrt auf ihre rissigen Zehen. Die Nägel sind gelb wie Kieselsteine und abgeschliffen vom Laufen; sie hat sich noch nie aufs Tragen von Schuhen verstanden. Jorkan mochte das. »Es gibt dir einen ganz besonderen Gang.«

Er hätte nie so gehandelt wie Ruben. Allerdings hat er auch nie vorher gefragt. Was zu tun war, hat er besorgt. Und nie darüber gesprochen. Man hat es immer erst von anderen erfahren. Ein Mann.
Worscha schlägt das nackte Huhn in eine Zeitung ein und blickt zu Hanenkas Schlafmatratze hinüber. Hanenka hat sich aufgerichtet. Sie ist noch nicht fertig mit dem, was die Gadsche ihr angetan haben, man sieht es ihr an. Ja, sie ist schön. Die Tochter Jorkans. Selbst Romeika und Baba Milina, die ihr die Stirn gekühlt und versucht haben, Melalo zu bannen, weichen betroffen vor ihr zurück.
Hanenka blinzelt sie an. Sie versucht, das federnde Schwanken um sich herum zu begreifen. Sie fragt:
»Nicht wahr, man hat es gesühnt? Wir sind unterwegs, weil unsere Männer es den beiden gezeigt haben, ja?«
Koleman schweigt. Kamill blickt vor sich nieder. Leana sortiert hastig die Kissen.
»Nein«, sagt Worscha. »Wir sind unterwegs, weil wir einen ängstlichen Rechtsprecher haben. Der Geist Jorkans, Hanenka, ist tot. Er hat ihn keinem der Männer vererbt.«
Von vorn, vom Rücksitz des Traktors her, kommt Vitus herein. Er streicht sich das Haar aus der Stirn. Er bläht ein wenig die Nüstern. Er sagt: »Ihr habt von Dad gesprochen; ich spüre es.«

16. Dezember. Ein Haus besichtigt. Immer wieder dort beginnen, wo man aufgehört hat: Auch das ein Zeichen von Kontinuität.

Nenad, der jedes Stück Papier verteidigt, in das mal ein Geschenk eingepackt war, geschweige jedem Nagel, der rostigsten Fahrradklingel, dem zerbeultesten Pappteller die Treue hält: »Ich will kein Haus. Ich lieb mein Zimmer. Ich geh hier nicht raus.« Logisch, wo er es doch mit seiner mächtigen Freundin, der Gegenwart teilt.

Der Erwachsene ist vor der Vergangenheit auf der Flucht. Für das Kind ist sie noch nicht einmal ein anderes Zimmer. (Es hat die Relativität der Zeit noch im Blut.)

Einschränkung. Ein Kind, das sich mit der Zukunft verbündete, beginge Landesverrat. Nicht der bescheidenste Schlagbaum: Zur Zukunft hin sind die Kinderlandgrenzen hermetisch verschlossen.

Sonntag. Aus dem Spessart, dem Taunus nach Hause kommen. Harz an den Händen. In der Hosentasche drückt der Aluminiumausziehbecher. Die Nachmittagssonne liegt auf dem gelben Neubaukarree. Die unter den Pappeln spielenden Kinder sind besser als ich angezogen. In den bunten Bändern am Gitarrenhals hat sich eine Taubnessel verfangen. Liesls immer knochiger werdendes Spitzmausgesicht ist vom vielen Hermann-Löns-Lieder-Singen womöglich noch spitzer geworden. Nur Vater schreitet genauso elastisch wie immer voran, die Lippen unter dem brandroten Schnurrbart zu einem lautlosen Pfeifen gespitzt: Ein Mann, der einfach nicht genug kriegen kann. (Frankfurt-Eschersheim, 1926.)

»Erst dachte ich, es hätte sich vielleicht einer gegen die Flurtür geworfen. Denn sie haben ja ziemlich geschossen. Aber dann sah ich das Ding da liegen. Was sollte es mir auch noch den Fußboden versengen, stimmts? Also Zeitungspapier drumgewickelt und es zum Hoffenster geschleppt.« (Vater, 1946; bei unserem ersten Wiedersehen nach dem Krieg; Berlin-Weißensee.)

Die Explosion des Blindgängers, den Vater tatsächlich aus dem Hoffenster warf, hat den Hausbesitzer 42 Fensterrahmen (und später auch eine neue Fassade) gekostet. Der Granattrichter lag günstig. Man konnte den ganzen Schutt hineinwerfen. Vater regte an, noch Erde daraufzustreuen. Das so entstandene Blumenrondell inmitten der Hof-Asphaltdecke gibt es noch heute.

Der auf dem Pflaster sitzende, an die Hauswand gelehnte zerlumpte Junge in Padua. Gekonnt bettelnd. Offensichtlich verrückt; aber seine Verrücktheit so geschickt stilisierend, daß sie nicht abstieß, sondern (auch beim Durchschnittstouristen noch ankam und) Mitleid erregte.

Daraus eine Geschichte. Wie der Junge nach Einbruch der Dunkelheit per Auto abgeholt wird. Das besorgen die älteren Brüder. Sie und der Vater arbeitslos. Der verrückte Junge ernährt die ganze Familie. Verdient sogar mehr als die auf den Strich gehende Schwester. Die deshalb ständig herumhackt auf ihm; denn *sie* muß sich anstrengen, *er* ruht sich aus. Der Vater, der den Jungen verteidigt. Nicht aus Rücksichtnahme, sondern aus praktischen Gründen: Der Bengel bringt einfach mehr. Die Mutter, die das als Lästerung empfindet. Darauf einer der Brüder: »Und was hätten wir gemacht, wenn Carlo normal wär? Aufgeschmissen wärn wir gewesen!« Entsprechend wird Carlo behandelt. Kriegt *zwei* Gläser Wein, das größte Stück Fleisch, die meisten Spaghetti; noch einen Grappa als Abschluß (den sich die anderen schluckend verkneifen); und obwohl der Arzt Alkohol streng untersagt hat. Aber er soll ja ›in Form‹ bleiben, der Junge. Titel: *Eine Gottesgabe.*

Wurzel meiner Affinität zu Benachteiligten. Selber einer gewesen. Ganze Kindheit lang und noch darüber hinaus: gehänselt, beschimpft und verdroschen worden. Der Grund: Meine Beine waren zu dünn und zu lang. Ich stellte eine Provokation des Supergesunden, des Stämmigen dar. Frühzeitig daher auch der Wunsch, selber einmal eine solche Provokation empfinden und das den Provokateur entgelten lassen zu dürfen. Ich hatte Glück:

Prügel-Objekt Nummer eins. Ein geistig zurückgebliebener, buckliger, mit einem vogelhaft bleichen Totenköpfchen versehener Junge, der ständig mit einer primitiven Peitsche umherlief, mit der er sich bei meinen Überfällen auch zur Wehr zu setzen versuchte; was das vorgesehene Strafmaß für sein Aussehen auf willkommene Weise erhöhte.

Prügel-Objekt Nummer zwei. Ein großköpfiger, verlegen lächelnder, körperlich unbeholfener jüdischer Junge, dessen aufreizender Watschelgang es mir angetan hatte. Sein Vater war Schuster. Kam einmal aus der Kellerwerkstatt gerannt und erpreßte mir mit zierlichen Schraubstockhänden Name, Schule, Adresse. – Vom Rektor, nach eingebrachter Beschwerde, ausführlich und besorgt zur Rede gestellt. Und erleichtert wieder entlassen. Denn antisemitisch waren meine Beweggründe nicht; (nur antihuman).

»Schwarz steht mir, findest du nicht?« E. hatte recht. Es war ein Schwarz, dem man das zärtliche Daumen- und Zeigefingerkuppenreiben noch ansah, mit dem es auf Dichte und Schmiegsamkeit hin ausgewählt worden war. Und sie trug es nicht nur; sie unterlegte es auch jeder ihrer Bemühungen jetzt. Denn sie hatte einzusehen begonnen, daß sie tiefer ansetzen mußte; so tief, daß er, um diesen ihm vor die Füße geworfenen Schatten erkennen zu können, sich weit über seine Pantoffel beugen müßte, in die er zu Hause doch sicherlich schlüpfte. (Juni 1965.)

Der Wissende. »Rebbe –!« schreit ein Wiczlowiczer und stürmt zum Wiczlowiczer Rabbi ins Haus, »Rebbe: *gestern* ist der Messias erschienen!« – »Dann«, sagt der Wiczlowiczer Rabbi, klappt den Talmudfolianten zu, hockt sich vor den Herd hin, holt eine Handvoll Asche heraus und bestreut sich Haupthaar und Käppchen mit ihr, »dann ist *heute* die Hoffnung gestorben.«

Das Drohende an manchen Menschen, an ungeistigen meist. *Es* droht, nicht *sie* drohen. Im Gegenteil, sie können urgemütlich, zumindest umgänglich sein. Aber die Gewalttätigkeitsaura, die um sie herum vibriert, läßt in jedem Strahlungsbereich die spontane Bereitschaft zum Würgegriff, zur Lynchjustiz, zur Pogromentfesslung erkennen. Ja, es muß noch nicht einmal gleich eine Aura sein, das strahlt auch partiell aus. Handgelenke können es signalisieren; Ohrmuscheln, Nackenpartien; und merkwürdigerweise immer wieder der Hinterkopf oft. (Häufig schon den Kinoplatz wechseln müssen deswegen. Kommt hinzu: Auch der Stumpfste ist ja sensibel; sie spüren das Unbehagen, das sie erregen: Das Medium als willkommene Provokation.)

Die Träume, in denen man gemordet hat. Nicht der Mord ist das Schlimmste; das Schlimmste sind die vermuteten Mitwisser. Sie machen Andeutungen, die oft noch gar nichts besagen, aber erahnbar steigerungsfähig bis zu Zelle und Guillotine hin sind. Es ist niemals nur einer; es ist stets eine Gruppe, aus der sich der eine besonders Eingeweihte heraushebt. Es geht eine lauernd anbiedernde Gefährlichkeit von ihm aus, die beinah schon selber mörderisch ist. Sie schon häufig, wenn auch in niedereren Kategorien, auch im realen Bereich präformiert vorgefunden. Einmal allerdings auch war sie hundertprozentig widergespiegelt: In der Figur des Reinhold, wie er sich an Biberkopfs Freundin Mieze heranmacht, die er umbringen wird.

Stumm wie ein Fisch

»Ich störe Sie doch hoffentlich nicht.«

»Sie sehen, ich habe noch nicht einmal abgelegt.«

»Wenn ich Ihnen behilflich sein darf? Schwarz steht Ihnen übrigens phantastisch.«

»Wirklich: Finden Sie?«

»Manche erdrückt es. Sie richtet es auf.«

»Haben wir uns schon einmal gesehen?«

»Flüchtig. Als Sie mit Ihrem Gatten die Versicherung abschlossen bei uns. Sie wirkten irgendwie strenger als jetzt; gebeugter – im übertragenen Sinne.«

»Ich machte mir Gedanken über die Beiträge. Ich kann mich nicht verstellen; so etwas sieht man mir an.«

»Wie jetzt diese Ruhe.«

»Es war die Feier. Sie hatte viel Tröstliches.«

»Das Largo hätte vielleicht einen Hauch getragener sein können.«

»Sie haben auch teilgenommen?«

»Ich bitte Sie. Für unsere Firma doch eine echte Verpflichtung.«

»Sie sind sehr liebenswürdig.«

»Selbstverständlich habe ich mir auch erlaubt, ein Kranzgebinde niederzulegen.«

»Dann sind Sie auch Zeuge meines Ohnmachtsanfalles gewesen?«

»Sie taten mir schrecklich leid. Glücklicherweise dem jungen Pfarrer genau in die Arme.«

»So eine Grube hat etwas entsetzlich Endgültiges. Kein Ausweichen mehr; Schluß.«
»Ob Sie mir auch einen eingießen?«
»Oh, entschuldigen Sie. Ich bin noch ganz in Gedanken.«
»Nur allzu verständlich. Und Sie erwarten ja wohl auch Besuch.«
»Nein, um Gottes willen keinen Besuch mehr. Ich habe eine Kondolenzliste auslegen lassen. Ich hoffe, daß man sich an sie hält.«
»Ich dachte, wegen des vorbereiteten Sektfrühstücks in der Küche. Verzeihen Sie, daß es sich mir eingeprägt hat.«
»Die übliche Panne. Genau heute morgen ging der Eisschrank kaputt. Ich habe ihn leerräumen und abtauen müssen.«
»Scheußlich. Hoffentlich hatten Sie da dieses bezaubernde Kleid noch nicht an.«
»Stellen Sie sich vor: Doch.«
»Und keinen Schnupfen geholt!«
»Eine Erfahrung, die ich schon oft gemacht habe: in Grenzsituationen kann man das Schicksal bezwingen; intuitiv.«
»Eine göttliche Gabe.«
»Mehr irdisch. Denn sie klappt nur im kleinen.«
»Ich pflichte Ihnen bei. Für Größres hat man den Kopf. Was Gott im Detail ja nicht ausschließt.«
»Die Worte des Pfarrers.«
»Auf die verantwortungsbewußte Arbeitsweise des Verstorbenen bezogen.«
»Gewissenhaft, ohne pedantisch zu sein. Dem Teil zugewandt, und dennoch das Ganze im Auge.«
»Sie haben recht: So etwas gibt einem Halt. Ich erlaube mir, auf das Andenken Ihres Gatten zu trinken.«

Für: *Ich brauch Dich.* Die frischgebackene Witwe, die (noch als Gattin) den Kopf des Gemahls, als dieser den Goldfisch fütterte, so lange ins Aquarium tauchte, bis aus Nase und Mund kein Silberbläschen mehr aufsteigen wollte. Erst die Stirnmulde im Aquarium glattgeharkt. Dann den Gatten trockengeföhnt. Beim Umziehen der Leiche zwischen drei Hobbyhemden geschwankt. Schließlich sich für das mit dem Mövenmuster entschieden; das Motiv kam ihrem Aufbruchbedürfnis am nächsten. Der Arzt kannte den Toten als keuchenden Asthmapatienten. Ging folglich, von der Witwe kameradschaftlich darin unterstützt, von einem Erstickungsanfall mit Herzstillstand aus. – All das findet der Versicherungsbeamte kurz nach dem gelungenen Begräbnis im Gespräch mit der Witwe heraus. Anlaß seines geschäftlichen Kondolenzbesuches: Die extrem hohe Versicherung, die der jäh verschiedene Kunde auf Drängen der Gattin kurz vor seinem Dahingang noch abschloß. Argwohnaufhänger des in Detektivischem sonst unbedarften Besuchers: Ein Männerhaar hatte sich im Aquarium gewaltsam um eine Wasserpflanze geschlungen. Sie macht ihm ein Heiratsangebot, um sich zu retten. Er wird es sich überlegen.

Traum. Ein riesiger Fisch lag im Hafen vertäut. Arbeiter waren dabei, ihm mit einem Preßlufthammer einen Dampferschornstein in den Rücken zu rammen. Aufgewacht und sofort die dazugehörige Geschichte geschrieben. Am nächsten Tag zum Rundfunk gemußt. Zurück, ohne zu wissen, warum, statt des hundertfach gegangenen Wegs einen neuen, mir unbekannten gewählt. Auf einem Bretterzaun plötzlich eine Kinder-Kreide-Zeichnung: Ein riesiger Fisch mit einem Schornstein im Rücken; aus dem Schornstein stieg Rauch auf.

Unirdisches Glücksgefühl im Traum; auch entfernt nicht nachzuvollziehen im Wachen. Anlaß: Die Übereinstimmung der Färbung einer Schar hühnergroßer Vögel mit der Farbe der frisch gepflügten, jedoch an den Bruchstellen bereits zu Staub getrockneten Erdschollen, zwischen denen sich jene, träge pickend und Kuhlen scharrend, bewegten. Mythisches Urempfinden dabei. Präzise Rückerinnerung daran bis heute verfügbar geblieben.

Realistische Entsprechung dazu. Fünfzehn Jahre später vielleicht. Amrum. Schwerer Sturm kündigte sich an. Die windigen Vorboten hobelten die Grasbüschel flach. Flatterndes Pferd auf der Weide; Mühe, sich auf den Beinen zu halten. Kein Mensch außer uns. Eine vieltausendköpfige Schar von Weindrosseln war vor dem anbrechenden Sturm in die winzigen mit nur dürftigem Baumbestand versehenen Hausgärten eingefallen. Instinktiv flach auf der Erde geblieben, die Vögel. Wo sie nun, ein gefiederter Lavastrom, Urgrauen suggerierend, durcheinanderbrodelten, so daß man vor stahlglänzender Federflut keinen Grashalm mehr sah.

Bloch hat recht. Die chassidische Geschichte vom unfrommen und doch von Gott frommen Wunders für wert gehaltenen Jizchak Leib und dem *wirklich* frommen Rabbi Raffael von Belz ist besser als die tolstoische von den drei übers Wasser laufenden Greisen, die vom Bischof noch einmal das vergessene Vaterunser zu hören verlangen. Die chassidische ist deshalb besser, weil sie für Gottes unverständliche Wahl keine Erklärung gibt. Jizchak Leib ist ein alter versoffener Mann. Ein schiecher Händler, der sich auch noch am Sabbat einen gewinnbringenden Handel erhofft; die Vorschriften und Gebote interessieren ihn nicht. Und doch hat Rabbi Raffael die Traumprophezeihung erhalten, er werde im Jenseits neben ihm sitzen. Kauzige Einfälle hat Gott, denkt er, wie Jizchak ihn schließlich, ungeduldig geworden, hinausexpediert. Und –: schlägt ohnmächtig hin; Gott verteidigt seine Entschlüsse. Dem weit schwächer irritierten Bischof bei Tolstoi passiert derlei nicht. Allerdings sind jene drei Greislein auch so marzipanen gefertigt, daß der Wasserlauf für sie eigentlich noch das mindeste ist.

Nur: Warum muß dann auch Jizchak noch auf seinem Kaftan übers Wasser fahren, Rabbi Raffael nach, um die Wirksamkeit des von diesem gespendeten Segens besorgt? Hätte es, nach jener Traumprophezeiung, denn nicht genügt, Rabbi Raffael hätte sich *glaubend* (statt sehend) von Gottes absurder Wahl ›überzeugt‹? Er war doch schon in sich gegangen. Außerdem gab es da doch auch noch die Brücke, die zwar schadhaft war, aber Rabbi Raffaels Wagen hatte sie ja schließlich *auch* überquert. Aber nein, das Legenden-Schema zwingt ihn aufs Wasser. (Beweis für die Notwendigkeit, nicht nur Glaubensverdeutlicher, sondern auch Literaten an eine so eindringliche Geschichte zu lassen.)

Glaubenspointen sind schlagend in doppeltem Sinn. Immer hört man zugleich auch den Hammer hindurch, der das Gleichnis ans Tennentor nagelt.

Warum sind Gläubige so selten gute Geschichtenerzähler? Weil Literatur und Religion einander ausschließen. Glaube will beweisen. Literatur begnügt sich mit zeigen.

Andererseits. Wenn dem Sünder und Gesetzesbrecher Jizchak Leib das Wasserwunder gelingt, das doch hier lediglich unterstreicht, was Rabbi Raffael ja ohnehin schon hat schlucken müssen, also nur noch eine didaktische Schnörkelzugabe für die *immer* noch nicht ganz Mitgekommenen ist: Was muß diese, wenn auch ein wenig überstrapazierte Wundergabe *hier* erst Ungeheueres signalisieren, wo sie sich auf diesen verschlossenen Schrank bezieht, als der Jizchak sich uns und dem Rabbi Raffael darstellt. Denn schroffer als Jizchak kann ein Auserwählter nicht sein, und die Vermutungen über die Vorzüge, die Gott, da er ihm jenen Logenplatz im Jenseits reserviert hat, nun doch ganz offenbar in ihm entdeckt haben muß, sie gleiten ab am unnahbar gehobelten Äußeren des Mannes. Es läßt nicht die mindesten Rückschlüsse auf sein Inneres zu. (Das allerdings die Lösung vermutlich auch nicht enthielte; denn Gott meint nicht nur Haltung, Wesen, Charakter, er meint oft genug, reichlich irritierender Weise, auch die sich erst noch ereignende, weit in der Zukunft liegende Tat. Wenn er *überhaupt* etwas meint, und den Gläubigen nicht durch seine Willkür zur Demut anhalten will.

Tatsache. Ein Schöpferwort. Es enthält die beiden wichtigsten Substantiva der Welt.

Glaubwürdig. Würdig, um daran zu glauben: Und auf dieses Kriterium stützen sich Literaturkritik und Jurisprudenz.

›Lebend‹ meint Fleisch; ›lebendig‹ den Geist.

Berlinisch. »Er fällt mir auf den Geist«: Er geht mir auf die Nerven.

Glücksgefühl aus literarischem Traum bruchlos ins Wachsein gerettet und heute noch von ihm zehrend. Träumte (vor vielleicht fünfzehn Jahren), ich sei ein kleiner amerikanischer Farmerjunge. Stand in blauen, verdreckten Overalls auf dem gepflasterten Hof des Ritterguts Stibbe, Kreis Schneidemühl, wo ich mehrmals die großen Ferien verbrachte. Ein Farbiger führte ein gesatteltes Pferd aus dem Stall, einen Rappen. Ein kleiner Mann mit eisgrauem Haar, rassig gebogener Nase und dunkel gefärbtem Schnurrbart kam vom Herrenhaus herüber, leicht o-beiniger Reitergang, Gerte im blitzenden Stiefelschaft: unverkennbar Faulkner. Ich hielt ihm den Steigbügel. Er lächelte mir zu, als er sich in den Sattel schwang, dankte nickend und trabte, sanft anreitend, zum Hoftor hinaus, wo er kurz darauf in einer gelblichen Staubwolke, die die Pferdehufe von den abgeernteten Feldern aufsteigen ließen, verschwand.

Er hatte wieder lange gelesen. Das aufgeklappte Buch sah noch unterm Kopfkissen hervor. Ernst las viel. Er hatte sich mit seinen elf Jahren bereits restlos die Augen verdorben. ›Ich freu mich auf meine Brille‹, sagte er immer; ›dann gehts der Welt dreckig, dann wird sie durchschaut.‹ Er kannte ein Taschenbuchantiquariat. Dort erstand er sich Woche für Woche fünf bis sechs schmuddelige Gegenstände, die sich bei näherem Hinsehen tatsächlich als Bücher erwiesen. Ernst frischte sie auf, indem er sie mit neuen Einbänden versah. Auf jeden klebte er ein Foto des Autors. Denn Ernst schätzte es, wenn, wie er sagte, Gesicht und Text sich ergänzten. Gefiel ihm ein Schriftstellergesicht nicht, konnte das dem Buch auch *dann* zum Nachteil gereichen, wenn es Ernst vorher zugesagt hatte. Die Bücher mit den ungünstigen Gesichtern wurden nachts heimlich von ihm in den Briefkasten des Altersheims gesteckt. Mochten die sich da die Leichtfertigkeit gestatten, ein Buch lediglich unter seinem Lektürewert zu betrachten; Ernst konnte sich eine so einseitige Betrachtungsweise nicht leisten. Trotz dieser laufenden Verluste bedeckte seine Taschenbuchbibliothek inzwischen fast die ganze Längswand des Zimmers. Zwischen Decke und oberstes Fach hatte Ernst noch eine mottenzerfressene Eule gepreßt. Er hatte Lindy ge-

zwungen, sie ihm zu seinem zehnten Geburtstag zu schenken. Sie sei der Vogel der Schriftsteller, behauptete er; und also auch seiner.
Lindy starrte immer noch mit mahlenden Kinnbacken dieses geblümte Häufchen da an auf Ernsts Couch, das ihr Bruder sein sollte. Von seiner Überlegenheit jedenfalls war nicht mehr viel zu erkennen. Er bewegte sich jetzt.
»Los«, sagte Lindy; »komm raus, du Kaninchen.«
Ernst hatte eine ganze Weile zu tun, bis er sich wieder herausgewühlt hatte. Zwinkernd sah er ins Licht. »Und was willst du mit diesen Polizeimethoden erreichen?«
»Dir klarmachen, daß du keine Chance bei mir hast mit deinem traurigen Wirklichkeitstick.« Sie stellte die Lampe weg und wippte zufrieden auf der Couchkante herum. »Meine Wunder-Beweise ziehn dir die Stiebel aus, wetten?«
»Deine Beweise«, sagte Ernst gähnend und zog umständlich seine Beine unter der Decke hervor und nahm seinen sogenannten Guru-Sitz ein, »beweisen höchstens, es sind keine Wunder gewesen. Ein Wunder verträgt keinen Beweis. Wenn man es beweisen könnte, wäre es ja keins.« Er lauschte herausfordernd abwesend auf das Rauschen eines Wasserzugs im oberen Stockwerk. »Was übrigens auch der Beweis dafür ist, es gibt keine Wunder. Denn was es gibt, kann man beweisen.«
»Klugscheißer.« Lindy sah sich nach einem Wurfgeschoß um.
»Solltest du vorhaben, mir was an den Schädel zu schmeißen«, sagte Ernst, »möcht ich dich daran erinnern, daß ich das alles aus Freundlichkeit sage und nicht, weil ich rechthaben will.« Er zog ergeben den Kopf zwischen die Schultern. »Ich denk, du nimmst am besten das Kissen.«
Lindy sackte erschöpft wieder in sich zusammen. Es war noch nie viel dabei herausgekommen, wenn sie sich handgreiflich mit Ernst angelegt hatte. Einmal hatte sie ihn verhauen. Der Erfolg: Sie hatte vor Mitleid mit ihm geheult, und Ernst war beschämend höflich auf den Aggressionstrieb zu sprechen gekommen, der sich, doppelt in so einer frustrierten Familie wie ihrer, eben einfach mal austoben müsse. Wahrscheinlich hatte er auch hier wieder recht. Wenn er eben bloß nicht immer zugleich so überlegen und so mitleiderregend ausgesehen hätte. Das war eine schreckliche Mischung.

»Könntest natürlich auch das Buch hier nehmen.« Ernst schubste es mit dem Fuß zu ihr hin. »Ist zwar nicht direkt schlecht; aber ich hab leider nicht aufgepaßt: Sein Verfasser ist eine Frau.«
»Du kannst mich«, sagte sie wütend.
Ernst legte bedauernd den Kopf schief und sah sie unter seinen tiefhängenden Lidern hervor nachsichtig an.
Er liebte seine Schwester. Er liebte sie über alles. Denn er brauchte sie. Obwohl sie sich in letzter Zeit verändert hatte. Sie hörte nicht mehr so aufmerksam zu. Sie wurde rasch ungeduldig. Vielleicht hing es damit zusammen, daß sie auf einmal wie ein Mädchen aussah. Mit dieser albernen Andeutung von Busen war sie gottseidank selber nicht einverstanden. Aber sie wuchs so ungeheuer schnell. Ihre Bewegungen kamen da gar nicht richtig mit. Sie fielen entweder weich und schleichend oder eckig und unbeholfen aus; auf jeden Fall unberechenbar und beunruhigend. Neuerdings ließ sie auch immer den Mund ein bißchen offenstehen. Zugegeben, das sah hübsch aus, allerdings auch ein wenig dümmlich. Obwohl Ernst natürlich wußte, das täuschte. Man konnte Lindy vieles vorwerfen: ihre Sprunghaftigkeit, ihre Besserwisserei –, aber daß sie dümmlich gewesen wäre, bestimmt nicht. Was *nicht* täuschte, das waren die Schatten unter ihren Augen. Die machten ihm Sorgen. Er räusperte sich.
»Na, schön. Dann sag mir doch mal, was du empfunden hast, als sie passiert sind.«
»Die Wunder –?« Lindy kniff die Augen zusammen.
»Das, was du so nennst«, verbesserte Ernst.
»Ich war glücklich«, sagte Lindy. »Falls du dir darunter was vorstellen kannst.«
Ernst versuchte ein paarmal, sich die kurzgeschorenen Haare in die Stirne zu streichen. »Als Kind«, sagte er tastend, »hab ich mal einen ungeheuren Teddybären zum Geburtstag gekriegt.«
»Du brauchst mir das nicht zu erzählen, als hättest du einen Tausendmarkschein in ihm deponiert.« Sie deutete mit dem großen Zeh auf den zusammengesunkenen Teddybärveteranen, der auf der Kommode saß, die an Ernsts Fußende stand. »Fummelst ja jeden Tag an dem Staubfänger rum.«

Ernst hob ein wenig die Stimme. »Ich rede von meiner Kindheit.«
»Greis«, sagte Lindy verächtlich.
Ernst blickte durch sie hindurch. »Es handelt sich um einen Augustmorgen, der einmalig war. Sprengwagenwassergeruch in der Luft. Die Tauben vorm tiefblauen Himmel so weiß, daß einem die Augen wehtaten, sah man rauf. Die Geburtstagstorte stand in der westlichen Wohnzimmerecke. Die fünf Flammen über den Kerzendochten bewegten sich nicht. Obwohl die Sonne draufschien, waren sie, wegen ihres blauen Kerns, genau zu erkennen. Der Teddybär war damals noch blond. Er lag voll in der Sonne.« Ernst schluckte. »Ich hab so was von Glücksgefühl nie wieder erlebt.«
»Hat er so eine Art Gloriole um sich gehabt?« Lindys Stimme klang krächzend, als hätte sie einen Sprung.
»Er flimmerte«, sagte Ernst. »Er hatte gar keine richtige Kontur mehr vor lauter Licht.«
Lindy war auf einmal so schwach zumute, daß sie sich hinlegen mußte. »Ja«, sagte sie heiser; »ja, ja; genau.«
Ernst beugte sich aufmerksam blinzelnd ein wenig vor. »Ich wollt dir eigentlich nur klarmachen, daß ich weiß, was du meinst.«
Mühsam stemmte sie sich wieder hoch. »Hattest du Herzklopfen, als du es sahst? Haben dir die Fingerspitzen gekribbelt? Ist dir die Spucke zusammengelaufen im Mund? Hast du so einen komischen Druck auf den Schläfen gespürt?«
»Mir war vor Schlappheit fast schlecht«, sagte Ernst. »Ich hab mich hinsetzen müssen. Einen Augenblick lang hat sich alles gedreht.«
Lindy zog hastig die Beine an und umschlang ihre Knie. Sie mußte das Kinn auf sie stützen, es zitterte plötzlich. »Weißt du, was du da an diesem Geburtstagsmorgen erlebt hast?« Sie sah aus den Augenwinkeln rüber zu ihm. Jetzt hatte sie ihn.
Ernsts Blick glitt unkonzentriert über die verstaubten Filmstarfotos hin, die hinter Lindys Couch die Wand bedeckten. An sich war Lindys Filmstar-Epoche längst schon vorbei. Aber sie hatte damals einen Klebstoff verwendet, der offenbar jeder Art von Vergänglichkeit standhalten sollte. Es brachen jedesmal ganze Putzplacken mit ab von der Wand, wenn

man mal einen besonders in Ungnade gefallenen Schauspieler ablösen wollte. So waren sie eben *alle* hängengeblieben.
Ernsts Blick kam aus dem Wesenlosen zurück und blieb an Lindys linkem Ohrläppchen haften. »Ja«, sagte er schleppend; »ich glaube, ich weiß es.« Er zog sich fröstelnd ein wenig in seinen viel zu großen Pyjama zurück, der sich dabei noch nicht mal bewegte.
»Es war das Glück.«
»Es war ein Wunder.«
Lindy mußte erst warten, bis ihre Herzstiche nachließen. »Man merkt es daran, wie du es erzählst«, sagte sie dann. »Kannst es mir glauben. Ich kenn mich da aus.«
»Es war ein schönes und einmaliges Erlebnis«, sagte Ernst. »Nicht weniger und nicht mehr.«
»Mehr«, sagte Lindy. »Denn schön und einmalig sind immer nur Wunder.«
Ernst rieb sich die Nasenwurzel. Er war seit längerem der Meinung, daß dahinter das Konzentrationszentrum läge. »Ich glaub doch, man sollte da unterscheiden.« Er kam wieder ein bißchen aus seiner um ihn herumstehenden Pyjamahütte hervor. »Hier«, sagte er und wies auf den unansehnlichen Teddybärtorso, »ist das Ereignis. Und hier –« Ernst legte sich die Rechte aufs Herz, »ist der, dem es passiert. Das Ereignis ist ganz was Normales: Die Sonne scheint auf ein Teddybärfell. Wer nicht normal ist, das ist der Betrachter. Er kommt mit einer Erwartung. Er wünscht sich was. Er ist voreingenommen.«
Lindy strich sich fahrig die Ponyfransen weg aus der Stirn. »Darf man mal fragen, wieso das unnormal sein soll? Ich komm immer mit einer Erwartung.«
»Stimmt«, sagte Ernst. »Und so kommen ja auch deine ›Wunder‹ zustande.«
»Einverstanden.« Lindy schwenkte aufgekratzt die Beine über die Couch. Sie strahlte. »Warum soll man nicht was *dazu* tun? Ich find das Leben schön. Trotzdem kann man ′s doch manchmal ergänzen. Ist das falsch?«
»Nein«, sagte Ernst zögernd. »Das Leben ist schön. Gar nichts gegen zu sagen. Trotzdem.« Er warf unentschlossen die zu weiten umgekrempelten Ärmel seines Pyjamas zurück. Er hatte ihn sich bewußt zwei Nummern zu groß kaufen lassen

in der Hoffnung, nun etwas zu tragen, was so etwas zwischen Jiu-Jitsu-Kittel und Mönchskutte läge; er nannte es den asiatischen Schnitt. »Frage ist eben jetzt nur: Will ich die Wahrheit oder laß ich mir einen Bären aufbinden – um nicht Teddybär sagen zu müssen.«

»Hör zu«, sagte Lindy –:»Darf man staunen?«

»Man *muß* staunen«, sagte Ernst. »Ist doch ungeheuer, was so alles passiert.«

»Staunen ist aber doch das Gegenteil von Erklärn. Oder -?«

Ernst schwieg verblüfft.

»Erklärn zerstört«, sagte Lindy. »Staunen läßt heil. Okay -?«

Sie beugte sich gespannt zu Ernst hin ins Zimmer.

Ernst nagte an seiner rissigen Unterlippe. Man sah, wie sich seine Kaumuskeln bewegten. Plötzlich hob er den Arm vor die Augen. »Vielleicht machst du dieses verdammte Licht endlich aus! Bin doch hier nicht bei der Kripo!«

»Die Kinder nur auf die Beine!« Gebrüllter Befehl des Polizeioffiziers an die stürmenden Schupos, die uns, Sturmriemen unter den Kinnen, mit Gummiknüppelschlägen von unseren Steinvorräten vertrieben, aus deren Fundus wir die LKWs bombardierten, auf denen die SA-Männer, Flugblattwolken hinter sich lassend, die Berliner Allee hinabbrausten. (Die Polizisten in bezug auf Anatomie sich nicht ganz im klaren: Richard Platzwunde hinter dem Ohr; ich vorzeigenswerte Blutergüsse auf Schultern und Arm. Weißensee, Frühjahr 1932.)

Innere Emigration. Tanzschule Lutz Hoffmann; oberer Kurfürstendamm. Marschtritt durch die schurrenden Schritte der Tanzenden: SA-Kolonnen zogen unten vorbei. Brechreizerregendes Begreifen des Mißverhältnisses zwischen dort unten und hier. Reaktion eher bescheiden. Warf den Tanzenden unauffällig die vom Schulausflug mitgebrachten Kienäpfel zwischen die scharrenden Füße. Zwei Stürze. Keine rechte Befriedigung jedoch. Stand nur mißmutig zwischen den schaukelnden Paaren herum. Lediglich wenn die verschlafen blickende Jüdin, die wegen ihrer Länge Schwierigkeiten hatte, einen Partner zu finden, wieder einmal sitzen geblieben war, raffte ich mich unwillig auf und bog sie mir zu einem steifen Tango zurecht. (Berlin, Herbst 1937.)

Es gibt Zeichen, gar keine Frage. Doch sie *werden* mir nicht gegeben; *ich* gebe sie mir. Wenn ich Angst habe um einen Menschen, brauche ich von dieser Angst nichts zu wissen. Aber das pedantische Unterbewußtsein ist so sehr nach Bestätigung aus, daß das geringste optische Ereignis schon ausreicht, als verstärkender Hinweis zu dienen. Was voraussetzt, auch mein Bewußtsein muß es erkennen. Zwar nicht gleich als Hinweis; wohl aber herausgehoben und akzentuiert: Ich habe jetzt *wirklich* ein Zeichen erhalten. Obwohl es sich nur um eine ganz reale Bewußtseinsspiegelung auf Tiefenebene handelt. Meiner Auslegung steht nichts mehr im Weg.

(Anlaß: Das Schiff mit dem schwarzen Segel, das mir, vom Lago her, fast auf die Stunde genau, Brunos Tod signalisierte, ohne daß ich die ›Botschaft‹ ›verstanden‹ hätte. Legte sie mir vielmehr erst rückwirkend aus.)

E. sagte: »Es ist ein Farbiger. Ein Neger. Er hat diesen elastischen Gang. Ich merk, wenn er hinter mir ist. Er überholt mich. Er geht lächelnd an mir vorbei. Kein Duft, kein Geruch. Er sieht auch nicht auf. Doch er liebt es, wenn die Sonne die Kiefernrinde abplatzen läßt. Dieses Geräusch verstärkt sich, wenn ich ihm folge. Ich folge ihm immer. Nicht, weil ich will. Ich will nicht; es genügt, daß ich ihn sehe. Nein, weil ich muß. Er geht schneller als ich. Er blickt sich nicht um. Doch er lächelt weiter, ich weiß es. Denn er weiß, daß ich jetzt hinter ihm bleibe. Wenn ich wieder zu mir komme, begreif ich nicht, wo ich bin.« (August, 1965.)

Amselzehen sind warm. Dieser Satz umschließt das höchste irdische Glücksgefühl, das ich jemals empfand. Zum ersten Mal im Klinikgelände allein unterwegs. Gewickelte Beine; Zeitlupentempo. Schweißausbrüche. Das Herzschlagecho hämmerte gegen die Schläfen. Kein größeres Wunder, als ein Bein vor das andere zu setzen und dadurch von dieser Stelle an jene zu gelangen. Plötzlich der Sturz. Ich hatte aus Scheu vor Zuschauern eine wenig frequentierte Ecke gewählt. Das zahlte sich aus. Niemand, der mich wieder hätte aufrichten können. Lag reglos da; jede Motorik erloschen; Pflaster unter den Knien; Wange in kränkelndem Gras; da kam sie. Hüpfte erst scharrend um mich herum. Schreckte auch einmal, als mir das Augenlid zuckte. Dann aber mich als dazugehörig zu diesem Rasenfleck betrachtet. Auf der Schulter den Schnabel gewetzt. Den Arm entlangbalanciert. Und schließlich von Finger auf Finger umsteigend. Ein Jahr lang kein Gefühl in den Händen, und nun die Wärme dieser sanft zugreifenden Amselzehen empfunden. Das war es. Höher läßt sich das Leben nicht schrauben. (August, 1965.)

9. KAPITEL

Die Kreise des Hundes

Strandbad Wannsee; Sommer 1936. Zuerst die Gerüche. Schlick, Wasser, Teer, Niveacreme, sonnebeschienenes Holz. Dann der brausende Stimmenvorhang, der vor diesem Julitag hing. Und die bunt blühenden Sonnenschirmblumen auf der Caféterrasse. Jetzt auch die weißangezogenen Eisverkäufer zwischen all dem glänzenden Fleisch, die, Bauchladen um, über Liebespaare, Kleinkinder und Großmütter stiegen. Und aus der Sicht der flügelschlaglos segelnden Möven schließlich dann noch: Zwei dunkle Gestalten unter dem blanken Gewimmel; Doktor Holz (Latein, Griechisch, Geschichte) und ich. Wir bewachten die Kleiderbündel. Die Mitschüler im Wasser. Alle Strandbadbesucher aufgesogen von der flirrenden Sommerkulisse. Nur wir beide – er, der Philosoph, ich, sein schlechtester Schüler – waren draußen geblieben. Der Sommer hatte keine Verwendung für uns; das Licht spie die ungenießbaren Fremdkörper aus: Doktor Holz, im blaugrauen Anzug mit Silberstreifen (was farblich aufs eindringlichste mit seinen igelig geschorenen grauen Schläfen harmonierte), hatte den Sokrateskopf mit dem blaurasierten Pekinesenprofil auf die Brust sinken lassen. Ein dunkler Schweißfleck hatte sich unter der Doppelkinnfalte auf dem lasch gebundenen Schlipsknoten gebildet. Doktor Holz dachte. Es war Schatten, Bewegungslosigkeit und weltabgewandte Stille um ihn. Nur manchmal fuhr die schlaff herabbaumelnde Hand zum Pillenkästchen in der Westentasche empor, und eine Rheila-Perle oder eine Salmiakpastille verschwanden im mümmelnd schmatzenden Meerschweinchenmund. Ich, meiner dünnen Beine wegen, wie üblich wasser- und menschenscheu, hatte mich in meinem schwarzen, silbern gestreiften Tanzstundenanzug auf die Fersen niedergelassen und war damit beschäftigt, die Saure Gurke, die mir in den Sand gefallen war, wieder in einen eßbaren Zustand zurückzuverwandeln.

Ali an Atma: »... Eine Beschäftigung, die ich eigentlich typisch nennen möchte für ihn; er wischt sozusagen noch heute an dieser in den Sand gefallenen Saueren Gurke herum.«

Aus dem Gymnasium nur Schulängste, Vokabeln und Zahlen mit nach Hause gebracht. Doch täglich erlebt, wie philosophiert worden ist. Denn wir haben einen praktizierenden Stoiker zum Vorbild gehabt: Doktor Holz. Der den neubefohlenen Hitlergruß in der Klasse wie ein ungeduldiges Abwinken besorgte und mich mit dem tröstlichsten Satz charakterisierte, der je für einen solchen Typ geprägt worden sein dürfte: »Sie sind zwar dumm. Aber glücklicherweise verstehen Sie zu denken.«

Schiele Wipp. Die für *Vater/Sohn II* notierte Geschichte. ›Schiele Wipp‹ nennen die rabiaten Schüler ihn. Einen stotternden, schielenden, mit Komplexen beladenen Lehrer. Wie der Hitlergruß eingeführt wird, weigert sich im Kollegium nur ein einziger Lehrer beharrlich, jenen Gruß im Unterricht zu praktizieren: Schiele Wipp. Von nun an wird er von den Schülern verehrt. Nicht lange jedoch. Zwei Herren in Ledermänteln nehmen ihn mit. Von da an hat ihn niemand mehr gesehen. Der Verehrungsgrad der Schüler nimmt zu. Bruno läßt das nicht ruhen. Unauffällig forscht er nach. Auf detektivischen Umwegen erfährt er, Schiele Wipp hat Rheuma gehabt. Er wäre umgekommen vor Schmerzen, hätte er, wie befohlen, den rechten Arm hochgehoben. Das mit dem Rheuma durfte er natürlich nicht sagen; man hätte ihn sonst aus dem Schuldienst entlassen. Bruno hat ein Organ für Heldenverehrung. Er behält das Ergebnis seiner Nachforschungen für sich.

4. Januar 1976. Es gibt in Berlin viele Einfamilienhäuser zu kaufen. In den Stadtteilen, in denen wir wohnen möchten, kennt Marina sie alle. Es ist noch keins mit der Gewähr für einen gemeinsamen Lebensabend dabei.

Nenad baut unterdessen sein Zimmer zum Bollwerk gegen lokale Untreue aus. Anklagend recken die Kissen die Zipfel zur Decke. Vorwurf im Glasblick, starren einen die Steifftiere an. Da kann man nur froh sein, daß das Schaukelpferd gute anderthalb Jahrhunderte zählt. Es braucht keine Scheuklappen mehr; ist vermutlich schon unter den bonbonklebrigen Biedermeierkinderhänden erblindet.

Die übrige Wohnung verhält sich neutral. Wenn auch ein gewisser Wandel von purer Aufenthaltsnotwendigkeit in provisorische Geborgenheit nicht negiert werden sollte. Doch Blochs Satz vom »zu trauten Behagen am falschen Ort« gilt nach wie vor. (Wobei allerdings die Frage abfallen sollte, wo denn nun der *richtige* sei.)

Letztes zu Liesl. Eines Morgens hat sie Vater mit dem gleichen Blick angesehen, den auch Liesbeth zuletzt immer hatte. Ich hatte ihn den Pfeilblick getauft. Denn er wurde nicht geworfen, er wurde geschossen. Und zwar stets aus dem Hinterhalt. Das heißt, in Momenten, wo eigentlich gar kein konkreter Anlaß zu solcher geschliffenen Schärfe bestand. Doch ich wußte Bescheid: Der Pfeilblick hatte sein Gift, so seltsam es klang, aus *Vaters* Blicken gewonnen. Nämlich, die schweiften oft ab jetzt. Blieben an Bubiköpfen, an Rocksäumen hängen. Und nicht mehr lange, da war es so weit: Vater hatte Feuer gefangen. Man merkte es an seinen neuen Krawatten. (1926.)

Zigeunerballade (10.)
Es ist das günstigste Lager seit langem. Eine verlassene Ziegelei, trocken und windgeschützt. Weit genug, und doch wieder nicht *allzu* weit, eine Mergelgrube mit bleichem Wasser darin. Und überall noch die Holzgestelle, auf denen die Ziegel hart werden sollten. Die Streben so morsch, daß die Frauen sie überm Knie brechen können. Es wird schnelle Feuer geben an diesem Abend.
Aber kein Fernsehen, kein Lachen. Denn es ist ein Wagen verlorengegangen; der Thunderbird, den Chrapos sonst fährt. Diesmal hat ihn Bela gefahren; im Fond haben Ely, Dindly und Kringla gesessen. Ein Zufall, so scheint es.

Aber wenn Chrapos zurückdenkt, haben ihn seine Söhne eigentlich richtig vom Steuer verdrängt. Und Lele und Weiberle können sich nicht erinnern, Dindly und Kringla je so höflich erlebt zu haben. Weiberle sagt:
»Sie meinten, die Sitze seien zu durchgesessen. Wir sollten doch in *ihren* Wagen einsteigen.«
Dindly und Kringlas Wagen ist der Ford ihres Vaters; und ihr Vater ist Ruben.
Die beiden Väter lehnen an einem Mauerrest und versuchen, in dem erregten Stimmengewirr die Stimme der Angst nicht hören zu müssen.
»Ein abgekarteter Plan«, sagt Baba Tamara. »Kommt mir bloß nicht und redet von Panne.«
Adjam zieht sich den Hut in die Stirn. »Was warten wir noch? Sollen uns diese Kindsköpfe wirklich beschämen?«
Chrapos fühlt, wie die Kälte der Steine durch den Jackenstoff in die Schulterblätter zu dringen beginnt. Er stößt sich mit dem Gesäß ab. Er keucht:
»Ich verbiete dir, so von Bela und Ely zu reden!«
»Trotzdem –« Kukas faltet lächelnd seine drei Kinne: »Du wirst zugeben müssen, Belas Peitsche sitzt locker. Denk dran, wie Jorkan ihn zurechtweisen mußte.«
»Laß diesen verfluchten Jorkan hier raus!« Chrapos schluckt. Sein Schnurrbart zittert.
»Komm«, sagt da Ruben. »Wir holen unsre Söhne zurück.«
Papo Mihailo schlägt mit der Faust auf den Kühler. Er schreit:
»Ein Rechtsprecher verläßt seinen Stamm nicht!«
»Stimmt,« sagt Ruben aus dem heruntergekurbelten Fenster. »Und ein Stamm ist so stark wie seine verletzbarste Wurzel. Ich will nichts, als zusammen mit Chrapos verhindern, daß diesem Stamm jetzt ein Unglück geschieht.«
Die Männer treten zur Seite. Die Frauen bekreuzigen sich.
Der Wagen fährt an.
»Wenn wir bis morgen früh nicht zurück sind«, ruft Chrapos, »dann sucht uns!«

Blochs verständliche »Ekelangst« vor dem »Vormorgen«, der Zeitspanne, bevor der eigentliche, für Bloch: »menschliche« Morgen beginnt, ist nur nachzuvollziehen, wenn man es fertigbringt, in der Natur die bare Vernunft werkeln zu sehen. Chef, das heißt aber doch, den eigenen Kopf über den Faunsschädel setzen. Bekommt einem das?

Angst ist noch tierisch, Ekel schon Zivilisationsprodukt. Jene »Ekelangst« dürfte also eine Mischung aus uneingestandener Archaik und forcierter Fortschrittsgläubigkeit sein. Wobei die menschliche Angst, im Gegensatz zur tierischen, deren Objekt eindeutig der Tod ist, noch eine spezielle Unterart entwickelt hat: Die des mythenmüden Atheisten vor der Unbegreiflichkeit und (scheinbaren) Willkür der Natur. Zu glauben, ihre Gesetze am Tage verstehen zu können, an besagtem Vormorgen aber sich schaudernd die pfleglich gebürstete Hutkrempe in die Augen zu ziehen, beweist lediglich, Hans hat mal wieder rückwärts getauscht: den in die Natur eingebetteten Instinkt für den sogenannten technisch-naturwissenschaftlichen Fortschritt gegeben.

Und vom Instinkt verlassen, muß einem die Natur im brodelnden Vormorgengrau natürlich besonders unheimlich sein. Un-heimlich, das trifft es ziemlich genau: Wir waren zu Hause in der Natur, hatten in ihr unser Heim. Jetzt ist sie uns zum Un-Heim geworden; der Verstoßene fröstelt.

Die eigentliche, die große gleichgewichtsgefährdende Schaffenskrise des Schriftstellers ist in der Regel für die Zeitspanne zwischen seinem 45. und 55. Lebensjahr terminiert. Sie ist sowohl psychisch wie physisch bedingt. Denn, auf den Produzenten bezogen, ist Schreiben ein einziger, gemüts- und lebensgefährdender Abnutzungsprozeß. Denken fördert; daher die hohe Zahl altgewordener Philosophen. Aber Gedachtes, Erlebtes in Gleichnisse umzusetzen, ist ein *doppelter* Arbeitsgang, auch nicht der Pflicht des Philosophen zum System zu vergleichen. Denn die Systemstruktur ist der Philosophie immanent. Das Gleichnis, die Fabel, die Parabel jedoch, ohne die der Schriftsteller seine Erlebnisse, seine Gedanken nicht an den Mann bringen kann, sie liegen außerhalb der Literatur, die zwar die trockenen Regeln liefert, nicht aber das Material, auf das sie anwendbar sind, das vielmehr mit Hilfe der

Phantasie erst dingfest gemacht, der Realität erst entrissen werden muß. Das fördert nicht, das erledigt. Daher die hohe Zahl frühzeitig verstummter Schriftsteller.

Ein Glücksumstand. Glaube fest, von jener an die Wurzeln gehenden Schaffenskrise verschont zu bleiben. (Bin auch über dieses Alter hinaus.) Meine Körperkräfte sind mir, im Zusammenhang mit der Polyneuritis, ziemlich abrupt abhanden gekommen. Den nachfolgenden, wenn auch unzulänglichen Heilungsprozeß daher als ausgesprochenes Positivum empfunden. Und welcher Schriftsteller kann denn schon von sich sagen, mit 46 Jahren, atemlos vor Aufregung, unter Schweißausbrüchen und Herzattacken, zum ersten Mal wieder – Ledermanschetten um das Handgelenk, Unterarm am Flaschenzug hängend – den Buchstaben A geschrieben zu haben? Das verpflichtet nicht nur, das macht auch immun. Denn erfahrene Wunder sind etwas anderes als nur geglaubte; sie lehren einen dankbar zu sein. Wenn aber (was Hirn und Handwerk betrifft jedenfalls) jeder Schreibtag als Geschenk empfunden wird, wie sollte man da noch vor einer Schaffenskrise Angst haben können? (Diesem Autor geht es auf andere Art an den Kragen.)

»Es ist Zeit, daß du sprichst, du bist ja schon verlegen. Fühlst du dich bedrängt? Warte doch! Du kennst ja diese Lagen. Überlege es ohne Eile! Auch die Umgebung wird warten.« (Franz K.)

Auch der Richter, Doktor, ich weiß. Diese Art von Prozessen läuft ja nicht nach irdischen Zeitmaßen ab. Doch ich verteidige mich ja auch nicht. Hören Sie denn nicht, wie ich schweige?

Man sprach von typischen Hinweisen. Es sei gar kein Zweifel, daß es sich um eine Demonstration gehandelt habe. Ich fragte, ob die Wohnungstür offengestanden habe. Nein, die Wohnungstür sei verschlossen gewesen; sie hätten sich gewaltsam Einlaß verschaffen müssen. Ich fragte, wie die Tablettenröhrchen dagelegen hätten. Achtlos, hieß es, eins sei unter der Couch gefunden worden. Ich sagte: »Danke, daß Sie sie gerettet haben.« (Sommer, 1965.)

Objekteinbeziehung. Verschanzt hinter Funkelblicken, die nicht er warf, sondern die Brille. Weggetaucht unter forcierter Empörung, die nicht der Aussichtslosigkeit ihrer Lage galten, sondern E.s Versuch, der Aussichtslosigkeit zu entkommen. Bürgerliche Doktorallüren, die einen Fall zu konstruieren versuchten, wo Schicksal hätte definiert werden müssen. Eissträhnenwegwischen, wo an die Stirn dahinter appelliert worden war.

Der Verzweiflung des Demonstrations-Selbstmordversuchs wohnt noch die Chance zur Umstimmung inne. Der Wunsch, hart an der Schwelle dann doch noch zurückgehalten zu werden, entspricht der letzten Aufforderung ans Leben zu einem akzeptablen Gegenentwurf. Wer sich in diesem Stadium dem Todeswunsch des anderen entgegenstellt, der muß die Kraft zu einer grundsätzlichen Veränderung haben. Nur in ihr kann sich die zögernde Wandlung von Todesnähe in Lebenshoffnung vollziehen.

Richter: »Warum haben Sie sie nicht in der Klinik besucht.«
Angeklagter: »Ich hatte Angst.«
Richter: »Angst wovor.«
Angeklagter: »Vor ihrer Entschlossenheit.«
Richter: »Waren *Sie* denn nicht auch entschlossen?«
Angeklagter: »Ja. Aber zu *leben.*«
Richter: »Auf ihre Kosten.«
Angeklagter: »Das hieße, man hätte ihr noch etwas wegnehmen können. Das war unmöglich. Ihr Umriß deckte sich mit ihrem Schatten.«
Richter: »Das Gericht nennt das Feigheit.«
Angeklagter: »Der Rekonvaleszent nennt das Selbsterhaltung.«
Vorsitzender: »Einigen wir uns auf Egoismus.«

Der Gangster. (Geschichte. Film.) Dreizehnjähriger; neurotisch, sensibel. Fernsehkonsument, Krimi-Leser. Sohn reicher Eltern;

verwöhnt und umhegt. Wird von drei Gangstern gekidnappt. Abwechslungsreiches Abenteuer für ihn: Endlich passiert einmal was. Kennt sich mit Entführungen aus. Macht Verbesserungsvorschläge, die die drei verblüfft akzeptieren. Sät Mißtrauen. Behauptet, einer wolle allein mit ihm los. Bis der die Nerven verliert; einen der anderen beiden bedroht. Die bringen ihn um. Der Junge denunziert jetzt den zweiten. Der schöpft Verdacht. Glaubt, daß der dritte ihn ausbooten wolle. Setzt sich zur Wehr. Der andere kontert. Verwundet den Komplizen. Flieht mit dem Jungen. Der Junge bewundert den dritten. Macht gemeinsame Sache mit ihm. Stilisiert ihn; baut ihn sich auf zur Vaterfigur. Setzt die Eltern verstärkt unter Druck. Erhöht die Lösegeldforderung. Verschafft dem Gangster die Summe. Hofft, sich so eingekauft zu haben bei ihm. Doch der muß ihn loswerden jetzt; der Junge ist eine Gefahr. Weiß das auch. Spielt es, verbittert, gegen sein Vorbild aus. Der Gangster versucht dem Jungen durch einen Trick zu entkommen. Doch der Junge durchschaut ihn. Rächt sich mit einem raffinierten Verrat. Man kreist sie daraufhin ein. Der Junge nun wieder voll auf der Seite des Gangsters. Der versucht sich freizuschießen. Erschießt einen Polizisten, wird selber erschossen. Der Junge, der neben ihm lag, ihm Ziele wies (ihn auch auf den jetzt Getöteten aufmerksam machte), erhebt sich lächelnd, strahlt in die Blitzlichtbatterien der Zeitungsreporter: Ein Held. Auf den die glücklichen Eltern warten zu Hause. (Noch ein Kommissar mit hinein. Der den Jungen durchschaut hat, ohne ihm etwas nachweisen zu können. Und aktionsunfähig bleiben mußte, um das Leben des Jungen zu schonen.)

Das Stockholm-Syndrom. Solidaritätsempfinden der Geiseln mit ihren Entführern. Unterm Druck der Polizeimaßnahmen entstanden. Berücksichtigen.

8. Januar. Tschu En-lai ist gestorben. Der große pragmatische Mandarin. Der Mäßiger Maos. Das Hirn des Reichs. Der philosophische Politiker. Der diplomatische Philosoph. Der Mann des Volks. Der Verbündete der Intelligenz. Sehe niemand auf dieser (allerdings menschlich auch ziemlich heruntergewirtschafteten) Welt, der an ihn herangereicht hätte. Selbst Mao ist ihm ja nur visionär überlegen gewesen.

Bloch wirkt sich nachteilig auf die Auch-Schreibenden aus. Gershom Scholem wirkt, selbst in seinen spezifischen Schriften, plötzlich glanzlos und angestrengt neben ihm.

Lakonie auf die Spitze getrieben. Talmud und rabbinische Literatur kennen die Abkürzung. Rabbi Salomo Izchaki, der klassische Exeget von Bibel und Talmud, wird Raschi, der große Arzt und Gelehrte Rabbi Mosche ben Maimon gar Rambam genannt. Untrüglicheres Indiz für Unsterblichkeit kaum denkbar. Denn Abkürzen lohnt sich ja nur beim ständig Zitierten.

Sprache. Damit soll es sein Bewenden haben. Aber hat es damit auch seine Bewandtnis? Nein; denn eben die zielt ja weit über das Bewenden hinaus.

Also machte der bewanderte Fachmann sich auf den unbewanderten Weg.

Die Neue hieß Ilse. Sie war in der nächtlichen Elektrischen übriggeblieben, und Vater hatte sie erfreut nach Hause begleitet. Seine Freude ließ nach, als ein fünfjähriger Junge im Nachthemd ihn fragte, ob er bloß hier schlafen oder Ilse heiraten wolle. Vater hatte eigentlich mehr an ein erstes Kennenlernen gedacht. (Frankfurt, 1926.)

Zahllose, ergreifend weinende Chinesen bei den Trauerzeremonien für Tschu En-lai. Die Urne mit der Parteifahne geschmückt. (Hammer für Leben, Sichel für Tod.) Dem letzten Wunsch entsprechend, wird seine Asche im ganzen Lande verstreut. Weise noch jetzt. Denn Mao wird doch sicher ein Mausoleum erhalten. Zu ihm muß das Volk dann erst pilgern. Tschu kommt zum Volk mit dem Wind.

Ali an Atma. »Dennoch, Verehrtester: Nach allem, was die alten Totenbücher in geduldeter Übereinstimmung mit moderner Tiefenpsychologie und den Erfahrungen im herkömmlichen Sinne für tot Erklärte vom Zustand unmittelbar nach dem Tode berichten, ist Leichenverbrennung ein barbarischer Akt. Nicht nur, daß der Sapiens hier wieder einmal schneller sein möchte als die Natur mit ihrem wohlweislich gelassenen Auflösungsprozeß. Obendrein zerstört er der orientierungsbedürftigen Seele nun auch noch das Konzentrationsfeld mit dieser vorschnellen Feuervernichtung, sengt ihr sozusagen unter den schmerzlich gekrümmten Zehen die Startbasis weg. Darf man sich da noch über die mannigfachen Heimat-Neurosen wundern, wie sie in unserem seelischen Bekanntenkreis doch geradezu büschelhaft wuchern? Forschen Sie nach. Fast jeder liegt eine Feuerbestattung zugrunde.«

Atma an Ali. »Der gantze Totenkullt wirt sich wandeln, mein Beßter. Platzknappheidt, wohin man blikkt. Denn auch Urnen glauben ja noch, ihr Kaniehnchenloch nötig zu haben, um sich vor der Fergenglichkeidt zu verkriechen, beziehungs Weise fallen als aschene Totenhühnchen in windigen Gedenkniesschen ein und denken, auf ihrn tönernen Füßchen da nuhn ewich stehnbleiben zu dürffen. Ein unverzeilicher Irrthum, wenn man bedenkt, daß es mehr Friedthöhfe als Laubenkolonien giebt auf Erden. Schlußfolgerunk hieraus: Die Hinterbliehbenen müssen entweder zu einem subbliemeren Vergeißtigungsprozeß angehalten werden oder zu rigoroserem Vergeßn. Schlieslich schahdet es weder ihnen noch mir, wenn ich nicht täglich meiner Uhrahnen gedenke. Wie 's andrerseitz das Lehben doch ziehmlich erleichterte, hörte man auf, an jedem fleischlichen Entpunkd eine Fahmieljengrufft zu errichten. In Kürtze wird daher die Chemie ihr löbliches Strehbn auch aufs spuhrlose Verschwinden lauffend anfallender Leichnahme richten. Das wird fraglos ein gewißes Revirement in den Aufferstehungsriten zur Folge haben, im übrigen jedoch Landgewinne in nicht zu überschäzzenden Außmassen erbringen; eben nur nicht mehr all zu viehle auf dem Gebiehte der Fanthasie.«

Märchen. Allen voran die von Clemens Brentano. Hinkel und Gackeleia haben das goldene Rätsel-Ei der Kindheit gelegt. Dann Hauff. Die verwunschene Geborgenheitsaura seiner

Märchen bis heute (in der Erinnerung zumindest) bewohnbar geblieben. Selbst in den grausamen noch mit wohligem Schauder zu Hause. Die des alten Musäus schon strenger. Da liegt der Hall der heimchendurchzirpten Backstube drunter, in der sie die gähnende Magd, um die Gesellen wachzuhalten beim Backen, frühmorgens zwischen drei und fünf Uhr vorlas oder erzählte. Die Grimmschen Märchen dagegen – welches auch immer man heute wieder anzudenken, gar nachzulesen versucht –, alle schrubbsüchtig und wurzelbürstenhaft. Überall sieht man da die mit blankgetretenen Astlöchern versehenen Dielen der Gesindestuben darunter. Zweck- und Meck-Märchen. Die Phantasie auf Zwergengröße geschrumpft. Mythisches mit der Nudelrolle zerwalzt. Lebenshilfe aus erstbester Hand. Die bösen Stiefmütter nur noch tauglich, um den Sieg des Guten an ihnen demonstrieren zu können. Blond Gretchen nur schwindsüchtig schlapp, um am Kuß des geschlechtslosen Prinzen keusch und züchtig genesen zu dürfen. Kindermärchen? Oma-Kost.

An
die Herren Professoren
Jacob und Wilhelm Grimm
Mitglieder der Akademie der Wissenschaften zu Berlin

1 Berlin-Zehlendorf,
den 10. Januar 1977.

Hochzuverehrende Herren,
gestatten Sie Einem, der Abend für Abend seinem noch nicht fünfjährigen Sohne, sei 's aus dem Ärmel, sei 's aus Notizen, ein frisches Geschichtlein darzubringen die freudige Pflicht hat, mich Ihnen mit einem querköpfigen Wunsche zu nähern. Sie haben meine Kindheit mit Ihrer Märchensammlung auf recht zwiespältige Weise befruchtet; wie ja der schutzlos daliegende Boden selten etwas für die Samen kann, die auf ihm landen. Nun, sie schossen aufs steilste ins Kraut, und ich wünschte mir heute, der Faszination jenes Geraunes in vielleicht nicht ganz so extremen Graden erlegen gewesen zu

sein. Denn Sie haben da doch allerhand Trollköpfiges um sich geschart, was sich zum Träumen schlecht, das heißt: besonders gut eignet. Jedenfalls habe ich noch ein zweites Mal die Probe aufs Exempel gewagt, werte Herren, und auch meinem Sohn zu erzählen begonnen, was jene Kräuterweiblein und Spinnstubenparzen Ihnen zugeraunt haben; froh vermutlich, auf ihre alten Tage noch einem so liebevollen Interesse begegnet zu sein wie dem Ihren. Allerdings muß ich Sie nun wieder auf andere Weise betrüben. Denn, verehrte Herren Professoren, melde gehorsamst, diese Märchen kommen, ihrer strapazierenden Unlogik wegen, und weil es ihnen an Spannungsbögen gebricht, bei meinem Sohne nicht an. Auch verwahrt er sich gegen Greuel, der ausgeprägter ist, als die Gerechtigkeit es erfordert. Daß ich, selber ein wenig des Erzählhandwerks kundig, nun wieder zu eigenen Phantasieprodukten zurückgekehrt bin und gut damit fahre, erlaubte ich mir, Ihnen bereits an den Anfang zu setzen. Gestatten Sie nun noch hinzuzufügen, daß ich Ihnen jetzt aber nicht verhehlen möchte, *warum* ich mich von Ihren Schätzen meiner Hauskost zugewandt habe. Um es Ihnen auch im Detail ersichtlich zu machen, habe ich mir daher gestattet, meine Begründung in etliche Thesen zu betten, die ich Sie bitten möchte, Ihrem nachsichtigsten Wohlwollen zu empfehlen. Gestandene Germanisten, die die Herren sind, werden Sie es gewiß zu schätzen wissen, die Thesen in einem Tone gehalten zu sehen, den man am besten vielleicht mit zeitgenössisch umschriebe.
Genehmigen Sie, werte Herren Professoren, den Ausdruck meiner vollkommenen Hochachtung: Ihnen und Ihrem Werk gegenüber,
Ihr
W. S.

Ketzerisches zum Märchenschatz
24 kurzweilige Thesen

1. Jedem Märchen liegt eine Mär zugrunde. Diminutivformen zeigen Verstümmelungen an.

2. Eine Mär ist eine schicksalgebeizte, durchdachte Geschichte, die gleichnishaft auf der Wirklichkeit fußt und vorgefundene Erfahrungen ins Exemplarische hebt.

3. Mythen entstehen. Sagen wurden gelebt. Märchen werden gemacht.

4. In den Sagen sperrt sich die *Geschichte* gegen Fehlinterpretationen. Das Märchen aber kann nur auf den *Menschen* verweisen. Und der ist manipulierbar.

5. Die Märchen waren einmal die Schlüssel zur Welt. Hätten wir sie rechtzeitig kanonisiert – uns wäre, zwischen Unterbewußtsein und Himmelsgewölbe, eine Menge Wohnraum erhalten geblieben.

6. Unsere Märchensammlungen sind Trümmerhalden. Die sie sammelten, haben Scherben gesammelt. Die sie bewahrten, haben Zerbrochenes bewahrt.

7. Jeder in Literatur auch nur leidlich Beschlagene kann, schon bei oberflächlicher Untersuchung, pro Märchenkörper auf ein halb Dutzend Schändungen kommen.

8. Die Hauptschuld am Niedergang des Märchens fällt auf ihre Macher zurück. Sie haben dem Märchen den Copyrightstempel aufzudrücken vergessen.

9. Daß die Märchen Volksgut seien, ist ein Märchen. Ein Gut pflegt man. Das Volk hat die Märchen verhunzt.

10. Mündliche Überlieferung empfiehlt sich nur dann, wenn Klarheit über die Lieferung herrscht.

11. Es gibt nur *eine* Erzähltechnik. Die spannende. Und nun sehe man sich unseren ausgewalzten Märchenteig an.

12. *Natürlich* schaden die Grausamkeiten im Märchen nun unseren Kindern nicht mehr. Denn *so* ordentliche Grausamkeiten kommen in Wirklichkeit eben nicht vor.

13. Wenn die Spinnrocken-Oma die Märchen ›bewahrte‹, dann hebt der Reißwolf neuerdings Zeitungsmeldungen auf.

14. Oma trifft jedoch keine Schuld. Woher soll sie sich in Archetypen auskennen? Woher soll sie die Symbolsprache kennen? Woher soll sie ahnen, daß ihr kasteites Seelchen, wie aus dem Märchen-Urgrund ersichtlich, durch Schlammtümpel und Blutbäche watet?

15. Nicht Freud hat die Psychoanalyse erfunden, sondern der erste Märchenerfinder hat sie entdeckt.

16. Denn. Märchenmacher sind zuerst Verhaltensforscher gewesen.

17. Ausgedachte Märchen gibt es nicht. Es gibt lediglich Gleichnisfiguren, die Wirklichkeitsbefunde erhellen.

18. Das Kind im Märchen war nicht das Kind. Das Kind im Märchen war der arglose Mensch.

19. Aus dem Krieg im Kinderzimmer ist das Märchen als Vollamputierter nach Hause gekommen.

20. Wenn die Märchenschallplatten schenkenden Mütter doch nur begriffen, daß die mordlüsternen *Stief*mütter lediglich eine Höflichkeits-Chiffre für urmütterliche Grausamkeit sind.

21. Denn. *So* groß ist weder die Müttersterblichkeit noch die Ehescheidungsquote (geschweige die Blindheit der Märchenväter) gewesen, daß eine solche Unzahl von Stiefmütterscheusalen angebracht wäre, wie sie jetzt die Märchenbücher bevölkert.

22. Der Begriff Kunstmärchen geht in die Irre. *Jedes* Märchen ist Kunst. Kunst ist Abstraktion. Und Oscar Wilde hat für seine Märchen kein anderes Material in Anspruch genommen als der Steinzeitmensch auch: Erfahrung und Phantasie.

23. Sind die Märchen noch zu retten? Vielleicht. Indem Spezialisten ihre Wurzeln freilegten und sie von Grund auf neu und ihrer Substanz entsprechend erzählten.

24. Wobei man, was das Erzählen betrifft, vielleicht auf den zeitgenössischen Schriftsteller zurückgreifen sollte.

Der Erzählende steht immer im Jetzt. Bloch rekapituliert die folgende ostjüdische Geschichte. Die, allein schon ihrer vertrackten Technik, genauer: ihres atemberaubenden Zeitwechsels wegen, zu den schönsten und ergreifendsten zählt, die ich kenne: Die Juden im Bethaus fragten einander, was jeder sich wünsche, wenn der bekannte Engel erschiene. Zuletzt fragte der Rabbi einen zerlumpten Bettler, der seit dem vorigen Abend in der hintersten Bankreihe saß. Der antwortete: »Ich wollte, ich *wäre* ein großer König und hätte ein großes Land. Da säße ich auf dem Thron, wäre gefürchtet von meinen Freunden, geliebt von meinem Volk. Aber im Krieg *habe* ich kein Glück, der Feind bricht ein, meine Heere werden geschlagen, und alle Städte und Wälder gehen in Brand auf. Der Feind steht schon vor meiner Residenz, ich höre das Getümmel auf den Straßen und sitze im Thronsaal ganz allein, verlassen von allen meinen Würdenträgern und höre, wie das Volk nach meinem Blut schreit. Da ziehe ich mich aus bis aufs Hemd und werfe alle Pracht von mir, springe durchs Fenster hinab in den Hof. Komme hindurch durch die Stadt, das Getümmel, das freie Feld und laufe durch mein verbranntes Land um mein Leben. Zehn Tage lang bis zur Grenze, wo mich niemand mehr kennt, und komme hinüber zu andern Menschen, die nichts von mir wissen, nichts von mir wollen, bin gerettet *und seit gestern abend sitze ich hier.«* – Nichts als der Wechsel aus der Wunschform ins historische Präsens und aus diesem in die *wirkliche* Gegenwart läßt in dem ›Bettler‹ den geflohenen König erkennen: Hinreißend und bewegend; für mich: exemplarisch. Schulbeispiel auch dafür, wie wichtig es ist, eine so gute, formal starke Geschichte nur schriftlicher Überlieferung anzuvertrauen.

Wohin es führt, läßt man eine derart prononcierte Geschichte nur in der mündlichen Überlieferung leben, erhellt aus dem hausgebackenen Lebkuchenschnörkel, den die üblichen Döntjes-Verteller auch hier als angeblichen ›Schluß‹ noch drangehängt haben: Verblüfft haben die Juden zugehört. Dann sagt der Rabbi zum Bettler: »Wozu wünschst du dir alles, wenn du alles wieder verlierst? Was hättest du denn dann von deiner Herrlichkeit?« – »Ein Hemd«, antwortet der Mann wahrheitsgemäß, denn mehr hat er ja tatsächlich nicht an. Da lachen sie aber, die Juden. (Und die ganze ungeheuere Pointe verschenkt für einen unlogischen Witz.)

Belletristik ist entbehrlich. (Deshalb sollte die, die man macht, immer ein wenig über der üblichen liegen.)

Zusammenfassung. Wer so porös geplant ist wie ich, der sollte sich beizeiten an Verdichtendes halten. Als da sind: Liebe, Philosophie – und der literarische Essigschwamm.

Ich brauch Dich, I. Der Selbstmörder auf dem Hochhausdach; bereit zu springen. (Seine Zehen müssen schwindelfrei sein; lugen sozusagen schon über die Dachkante weg.) Wäsche aufhängende Frau, die ihn irritiert und unsicher macht: Anfängt, aus ihrem Leben zu plaudern; ihn überredet, ihr beim Wäschewringen zu helfen. Plott: Ihr querschnittgelähmter Mann, den sie immer aufs Dach zu seinen Brieftauben trug, hat sich fast an der gleichen Stelle hinabgestürzt. Was der andere (der es ihm ›nachmachen‹ wollte) jetzt feige und empörend findet. Die Frau nun doch ziemlich erschöpft. Dankbar läßt sie es zu, daß der umgestimmte Selbstmörder sie zur Bodenluke begleitet.

Ich brauch Dich, II. Eine graue, unscheinbare, seit Jahrzehnten unterdrückte Frauensperson will sich ihr Restchen Selbstachtung beweisen. Kommt im Zirkus der Aufforderung des Dompteurs nach, dem Löwen den Kopf in den Rachen zu stecken. Donnernder Applaus: Erfolgserlebnis par exellence. Es gelingt ihr beim Abgang, dem Dompteur die Pistole zu entwenden. Mit der zwingt sie den Sklavenhalter von Gatten, ihr ›einmal im Leben zuzuhören‹; denn sie will ihm das natürlich haarklein berichten. Der Mann ein Nervenbündel vorm Lauf der Pistole. Verspricht, sich (und ihr Leben) von Grund auf zu ändern. Da klingelt 's. Pistole im Anschlag, schickt sie ihn öffnen. Wer es sei, will sie wissen: denn sie hört, er läßt jemand herein. »Der Dompteur«, sagt er lächelnd; »er erbittet seine Pistole zurück.«

Ich hatte sie am Tag vorher einem schlafenden Zahlmeister vom Koppel gestreift. Jetzt hielt ich sie auf den Feldwebel gerichtet, der die Divisionskartenstelle leitete. Bat ihn, mir die Generalstabskarten von Pommern bis nach Westfalen herauszusuchen. Er hätte sich auf mich stürzen können. Ich hätte nicht abgedrückt. Doch er suchte mit zusammengepreßten Lippen die Karten heraus. Er konnte nicht wissen, daß er einen versierten Feigling bediente. (Mitte März, 1945; südöstlich Stettin.)

Stettin, Sommer 1932. Nacht. Der Taschenlampenkegel gleitet über die gestreiften Beine des selbstversunken ins Leere starrenden Okapis hinweg, wirft riesig den kautschukhaft sich ausdehnenden und wieder zusammenziehenden Schatten des Gorillas gegen die Decke, rutscht die drahtverstärkten Rückenwirbel des aufgerichteten Dinosauriergerippes hinab und richtet sich nun voll auf die mit der Aufschrift ›Privat‹ versehene Durchgangstür, die zu den Diensträumen führt. Walter B. (Vaters Freund), Direktor des Naturkundemuseums, hatte darauf bestanden, uns zu mitternächtlicher Stunde eine Neuerwerbung: einen seltenen, knapp mausgroßen Kolibri vorzuführen, den Vater erwartungsgemäß phänomenal und großartig fand.

Ich schlief unter Sperbern. Kein Romantitel; real. Häusliches Arbeitszimmer Walter B.s. Das blankgescheuerte Ledersofa hat nach Seegras und kalter Zigarre gerochen. Der Stettiner Mond fiel herein. Schnitt exakt das gläserne Mausoleum aus dem Dunkel heraus. Säuberlich abgebalgt, gefiederte Mumien, hatte man sie, mit präzis beschrifteten Fundortzettelchen an den gelblichen Fängen, unter dem funkelnden Glassturz pyramidenartig aufeinandergetürmt. Kein Max Ernst hätte sie grausiger festhalten können. Vater, der dem Sperber viele Lebensjahre gewidmet, zahllose Arbeiten über ihn geschrieben hat, sortierte die Bälge am Morgen begeistert. »Also, ich hätte ja nie gedacht, Walter, was es für unterschiedliche Spielarten gibt!« Gewiß, es gibt da auch noch den naturwissenschaftlichen Standpunkt.

»Mein Gott, Walter –!« Refrain eines hinreißenden Liedes, wohl aus der Hamburger Szene. Erstmalig im Sommer auf Baltrum aus dem scheppernden Musikautomaten gehört. Cognac, Kaffee, Bloch. Saß neben der riesigen Scheibe. Konnte im Wellenbad nebenan Marina und Nenad sich tummeln sehen. Wo liegt das Glück? Wirklich schon hinter einem –?

Was Glück ist, bestimme ich selbst.

Ilse. Bubikopf, dunkelblond; hübsch. Modische Jitterbug-Fähnchen; ansehnliche Figur. (Was auch andere Herren fanden.) Sie stand einem privaten Kinderhort vor, dem sofort auch ich einverleibt wurde; einver*seelt* wohl genauer, denn Ilse hielt es mit den Anthroposophen. Die ihrem Charme, ihrer Herzlichkeit allerdings nichts anhaben konnten. Außer einem gewissen Herrn Steiner, der sich bis auf ihren Nachttisch vorgewagt hatte, von wo aus er sie stechenden Blicks, glücklicherweise in einen Fotorahmen gezwängt, zu ständigen Höchstleistungen auf dem Gebiete der Selbstverwirklichung anhielt. Die, wie Ilse nicht müde wurde, Vater darzulegen, in diesem Leben das Wichtigste sei.

Verwirklichen. Setzt einen weniger wirklichen, also einen Unwirklichkeitsstatus voraus. Nur, wie will der, der ihn innehat, in seiner Unsicherheit jetzt wissen, ob der Boden vor seinen Füßen ihn trägt? Er wird sich erkundigen. Und Auskunft um Auskunft geleitet ihn vom für ihn gepachteten Brachland weg und schrittweis zur schunkelwalzerverklärten Anpassung hin: Nachbarschaftshilfe; fälschlich auch Nächstenliebe genannt.

Vaters Vorschlag, doch kostensparend zusammenzuziehen, schien Ilses Vorstellung von Selbstverwirklichung jedoch nicht so recht zu entsprechen. Zusammenziehen war spießig für sie. Ein Ausdruck, der Vater um so mehr irritierte, als er ihn eigentlich auf genau die entgegengesetzte Sorte Menschen anzuwenden gewohnt war, wie *er* sie darstellte. Es begann ihm zu dämmern, daß er sich anstrengen müsse, wollte er Ilse und Kurt, ihren Sohn, als Hausgenossen gewinnen. Da ich ihm hierbei zunächst nur im Weg stehen konnte, beziehungsweise als Vatersöhnchen in einem mütterlichen Frauenherz leicht Gefühle auslöste, die uns dem Vorwurf propagandistischer Zielstrebigkeit ausgesetzt hätten, schob Vater mich erst einmal ab nach Berlin; wo er einen Bruder hatte, der Rechtsanwalt war. (1926.)

16. Januar. Ausgehend von der Liedzeile: »Morgen früh, wenn Gott will«, Nenad gefragt, wer dieser Gott denn nun sei. Nenad: »Gott ist ein Kirchenmann. Er läutet die Glocken und bedient die Menschen.« Erschöpfend.

Lindy knipste die Lampe aus und sank befriedigt zurück auf die Couch. Jetzt wußte sie, was sie für Ernst empfand. Liebe. Einmal war sie zusammen mit ihm an der Havel gewesen. Es war so ungefähr das Größte, was sie, bis auf die Sache mit Sammys Kater, erlebt hatte bisher. Sie wollten zur Pfaueninsel rüber. Es zog gerade ein Gewitter auf und fing an zu regnen. Die Leute rannten zu den Ausflugsbussen zurück. Die Frauen hielten sich Zeitungen über die Frisuren, die Männer hatten die Jacketts über die Köpfe gezogen.
»Laß sie flitzen«, sagte Ernst; »die wissen nicht, was eine Gewitterstimmung ist.«
Sie waren allein auf der riesigen Fähre. Das Wasser sah von dem Regen wie ein wackelndes Reibeisen aus. Auf der Insel warteten gut hundert Ausflügler auf dem Anlegesteg. Sie schimpften und rissen sie beinah um, so drängten sie auf die Fähre.
Ernst trat zur Strafe einem Dackel auf den Schwanz. »Man muß das Besitzbürgertum *da* treffen«, sagte er, »wo es am empfindlichsten ist.«
Durch den Regenvorhang waren die kahlen Segelboote zu sehen. Jetzt, wo sie die Segel hatten einziehen müssen, wirkten

sie eigentlich ziemlich bescheiden. Es war wunderbar auf der Insel. Die Buchenstämme waren auf der Regenseite fast schwarz, die andere Seite war silbern geblieben. Es donnerte und blitzte in einem fort. Ernst hatte wieder die Geschichte von dem Förster erzählt, der die Waldarbeiter anschnauzte, weil sie sich während des Gewitters in der Eichenschonung untergestellt hatten. Murrend gingen sie raus in den Regen. Kaum hatte der letzte die Schonung verlassen, da war der Blitz reingefahren, und die Schonung brannte ratzekahl ab. »Von da an«, sagte Ernst, »wurde der Förster wie eine Art Heiliger verehrt.«

Es war die zweite Fassung der Geschichte gewesen. In der ersten hatte ein Waldarbeiter, der dringeblieben war in der Schonung, noch eine Verbrennung dritten Grades und eine Nervenlähmung bekommen. Der Regen war immer heftiger geworden, so daß sie sich schließlich in einem verrotteten Pavillon untergestellt hatten. Regen regte Ernst an. Er erzählte, wie er in einem ähnlichen Pavillon im Charlottenburger Schloßpark mal einen alten Folianten gefunden hatte. Die Feuchtigkeit hatte aus den bestimmt tausend Seiten einen einzigen Papierblock gemacht. Als Ernst den Deckel aufzureißen versuchte, war der Band in der Mitte auseinandergebrochen. »Weiß nicht, warum«, sagte Ernst; »aber ich fing an zu heulen. Dabei hätte ich's gar nicht lesen können. Man konnte nämlich an der Bruchstelle sehen, es war irgendwas in Hebräisch.«

Gerade da war der verregnete Pfau angerannt gekommen. Es war ein Männchen. Er stellte sich neben sie und klappte seinen Schwanzfächer auf, um die Tropfen besser rausschütteln zu können. Es war, um es mit Ernsts Worten zu sagen, ein ungeheures Erlebnis. Und irgendwie hatte es auch ungeheuer mit Liebe zu tun. Vielleicht nicht direkt mit Liebe zu Ernst. Auf jeden Fall aber mit Liebe zur Welt und zum Leben, wie *er* die zwei sah. Denn mit Ernst sah man alles ganz anders: schmerzhafter, schöner. Alles – ? Fast alles. Oder sagen wir: vieles.

Sie lauschte. Die S-Bahn war wieder zu hören. Ein Geräusch, das notwendig war; ohne das man es nicht ausgehalten hätte wahrscheinlich. Aber da war noch etwas. Die Sperrholzplatte unter Ernsts dünner Matratze. Sie schabte mißtönend am inneren Couchrand entlang. Ernst war sich offenbar noch nicht im klaren, welche Lage er einnehmen sollte. Schließlich blieb er ächzend auf dem Rücken liegen und sah an die Decke. Auch Lindy blickte hinauf. Sie stellte sich vor, daß sich ihre Blicke dort oben jetzt träfen, zwischen Henkel und Korb des dicken tanzenden Gips-Blumenjungen vielleicht.

»Du hast recht«, sagte sie leise; »wir sollten Schluß machen jetzt. Wunder vertragen es nicht, wenn man zu lange über sie spricht.«

Ein Autoscheinwerfer tastete sich über die Wand. Das Fenster hatte seinen Schattenrahmen um ihn gepreßt; doch er dehnte ihn der Länge nach aus und rutschte, zu einer schmalen Raute verzerrt, über Ernsts Gesicht weg und verschwand hinter der Couch.

»Lindy.« Ernst bewegte sich nicht.

»Was ist.«

»Sieh dich vor. Kann mal ganz schön eklig werden für dich.«

»Was.«

»Das mit den Wundern.«

»Psssst«, machte Lindy; »gut Nacht.«

Ernst seufzte. »Hab dich jedenfalls gewarnt.«

An der Decke flimmerte was. Lindy blickte sich um. Es war Otto, der Goldfisch. Er hatte sich von irgendwoher einen dunkelroten Lichtwiderschein geborgt. Der ging von ihm aus wie ein rostiges Glühen. Es tat gut, es gerade jetzt zu entdecken.

Bedichten contra Benennen. Der Dichter umkreist seinen Gegenstand sprachschwärmerisch mit Metaphern, Assoziationen, Vergleichen. Statt eine Mauer zu schildern, schildert er das *Bild* einer Mauer. Statt ein Gesicht festzuhalten, gibt er den *Eindruck* wieder, den es in ihm hinterläßt. Gewiß ist die Sprache auch zum Schwärmen geschaffen. Die vorgefundene Undeutlichkeit jedoch wird durch Bedichten nur schöner. Schönere Undeutlichkeit aber ist undeutlichere Undeutlichkeit. (Bei der Lektüre von Benjamins *Städtebildern.)*

Atma an Ali. »Nahmen, Bezeichnungen sind Sichtblenden, hinter dehnen sich das zu Bezeichnende, ohne jeh Tat sächlich bezeichnet werden zu können, ferbirkt; führ immer. Denn Nahmen sindt an Sprache gebunden. Sie müßen erst mal Festigkeit in sich selber erlangen. Dann erst sindt sie im Stande, sich nach einem Objeckt umzusehen, auff das sie nohtfallß anwendtbahr wärn. Die Dekkungsgleichheidt, die da entsteht, entspricht ungefehr der, die sich zwischen einem aufgeklapten Rehgenschirm und einem frischgeschählten Apfl ergiebt.«

Namen sind Freiheitsberauber, Prisma-Verdunkler, Aura-Ignoranten. Sie verengen, ohne Schärfe zu erzielen; erhellen, ohne Leuchtkraft zu gewinnen, bezeichnen, ohne benennen zu können. Sie streben nach Deutlichkeit, ohne die Klarheit zu wollen.

Ali an Atma. »Aber ich bitte Sie, Verehrtester: Ein Pferd *heißt* doch nicht nur Pferd. Ein Pferd *ist* doch auch Pferd!«

Atma an Ali. »Sie irren, mein Beßter. Erst ist die Sache da, dann die Bezeichnung. Um bei ›Pferd‹ zu bleihben: Durch diesen Begriffsreifen hat es erst springen müßen, als mans so nannte. Dabei ist ›Pferd‹ beßten Falls eine Markierung: Von hier auß nehmlich müßte nuhn außgeschwärmt zu werden beginnen, um in gebührenden Erforschungsprozeßn des eigentlichen Pferdewesens habhaft wehrden zu können.«

Ali an Atma. »Gut, gut. Nur: Wie *das* dann benennen?!«

Atma an Ali. »Gahr nicht. Das wahre Pferd muß nahmenlos bleihben. Schon um der Denkfreiheit willen. Denn was solln Benennungen? –: Ruhe stifften; Prellbökke seyn. Daß die *Schiehnen* nicht weiterführn, was sagt daß? Der *Weg* ist entscheidendt. Und wo führt der hinn? In die Fielvälltigkeidt.«

Ali an Atma. »Ich bin beruhigt. Dann geht der Dichter *doch* weiter als der Namenzuteiler. Denn wer läßt mehr Freiheit zu: Die Deutlichkeit oder die Undeutlichkeit? Diese natürlich. Denn Begriffsbestimmungen, sagten Sie, engen ja ein.«

Herr Jellinek. Ungelernter Arbeiter. Fahlgesichtiger Raubvogelkopf; kurzgeschoren, unbedeckt. Kragenloses Hemd unterm Wintermantel. Das gute Jackett im Leihhaus, Werktagsjackett wurde geschont. Dafür dünner Kunstseidenschal, dessen Schmuddelfransen bis auf die Halbschuhe reichten. Diese geputzt. Rasur einmal die Woche; Seife und Klingen zu teuer. Pendelverkehr zwischen Arbeitsamt, Wettbüro und Reimanns Kneipe aufrechterhalten. Fünf Kinder, die Frau Jellinek auf die genannten neuralgischen Punkte verteilte. Nie betrunken. Daher schwierig, ihm Geld abzunehmen. Tulla, der Kleinste. Geschickter Murmelspieler; gut zu gebrauchen, um bei Warenhaus- und Lebensmitteldiebstählen Schmiere zu stehen. Herbert, gleichalt mit mir; mies, schweinisch, verschlagen; Kettenraucher. Ella, 14; trübe Katzenaugen, verwaschene Konturen, hielt sich ungelüftet an den wechselnden Schlafburschen schadlos. Mutter Jellinek, dunkler Schnurrbart, müdes Teiggesicht, durch die Geburten auseinandergegangen, nie wieder zusammengefügt, ist oft gegen ihren Mann angetreten. Doch da sie die herkömmliche Armierung (Nudelholz, Ausklopfer, Müllschippe, Messer) verschmähte, war er ihr technisch meist überlegen. (Berlin-Weißensee, 1928/30.)

Mein Satz. (Wenn nicht mehr.) »An und für sich sehr vernünftig, daß Wese weitergeht. Aber er geht ins Messer des Schmar.« (Kafka, *Ein Brudermord.*)

Professor M., Direktor des Frankfurter Senckenberg-Museums, berühmter Eidechsenkenner und Giftschlangenspezialist, Freund und Co-Autor Vaters (Thema: Smaragdeidechse), ist, achtzigjährig, streng standesgemäß an einem Giftschlangenbiß gestorben. Selbst verschuldet. Die Mörderschlange so selten, daß man, auf Professor M.s Anraten hin, auf eine Giftabnahme zur Serumgewinnung verzichtete. Folge: Keins der internationalen Serum-Institute, die sonst in der Lage sind, innerhalb von Stunden zu helfen, konnte ihn retten. Sehe ihn, Liste neben dem Telefon, korrekt, ohne exakte Anlaßerwähnung, die entsprechenden Anrufe tätigen; in der schwachen Hoffnung, einer der Fachkollegen habe sich seinem Rat widersetzt. Jedoch sein Renommee ist zu groß, die Schlange zu selten, das Serum tatsächlich nirgendwo bereitgestellt worden. Der zuletzt Angerufene erhält keine Antwort auf eine Rückfrage hin. Professor M. ist vom Schreibtischstuhl auf den Fußboden geglitten. In seinen funkelnden, gleichwohl untätigen Brillengläsern spiegeln sich die seinen Arbeitsraum wie ein Festungsring umlaufenden Terrarien mit den Giftschlangen wider.

Vater hatte (1950) gehört, daß sich in Odernähe ein Gebiet befände, in dem vor Jahren einmal Smaragdeidechsen gesichtet worden seien. Da er, mit Professor M. zusammen, gerade über Smaragdeidechsen arbeitete, war der Entschluß, nach einem gewissenhaften Meßtischblattstudium, schnell gefaßt: Das Gebiet war in der Tat für Smaragdeidechsen geradezu prädestiniert. Vater erstattete nach Frankfurt Rapport. Auftrag Professor M.s: Möglichst ein Männchen, ein Weibchen zu fangen. Denn DDR-Smaragdeidechsen hatten bisher – offiziell jedenfalls – noch nicht den Weg über die deutsch/deutsche Grenze gefunden. An Ort und Stelle angekommen, bastelte Vater sich das Fanggerät zusammen. Das heißt, an der Spitze einer elastischen Weidenrute wurde eine Roßhaarschlinge befestigt. Sodann begab sich Vater, teils kriechend, teils robbend, auf Jagd. Natürlich hatte er, wie immer bei solchen Prognosen, hundertprozentig richtig getippt. Schon nach kurzer Zeit schossen die unterarmlangen smaragdgrünen Blitze vor seinem Schatten auf und davon. Vaters Jagdfieber tat ein übriges, und schon nach einer halben Stunde hatte er ein schönes blaukehliges Männchen gefangen. Jetzt noch das Weibchen. Plötzlich standen zwei unverkennbar als soldatisch zu bezeichnende Schaftstiefel vor Vater. Verblüfft ging er aus dem Liegestütz in die Hocke – und blickte einem Maschinenpistolenlauf in die wenig einladende Mündung. Diesmal sah die Situation etwas brenzliger aus. Ohne es zu bemerken, hatte Vater, fasziniert von seiner Eidechsenjagd, einen Stacheldrahtzaun unterkrochen, der ein ansehnlich bestücktes sowjetisches Munitionslager von der Außenwelt abschloß. Nach seiner Verhaftung machte Vater, der das alles noch gar nicht so recht realisiert hatte, das sowjetische Kommando vor allem erst einmal mit seinen Fangmethoden vertraut. Der Offizier verstand Deutsch, übersetzte, wo Vaters russischer Sprachschatz nicht ausreichen wollte, enthusiasmiert. Entschiedener Höhepunkt: Vorführung des gefangenen Eidechsenmännchens, das, wütend genug, sich sofort auch wunschgemäß in Vaters Zeigefinger verbiß. Endloses Händeschütteln und eine Ehren-Eskorte zum Ausgang darauf. Was Vater allerdings ein wenig verdroß: Er hatte, nach der obligaten Nötigung, ein Wasserglas voll Wodka zu trinken, Bauchgrimmen und Durchfall bekommen. Dennoch, wenige Stunden darauf war auch das Eidechsenweibchen gefangen. Beide Tiere sind wohlbehalten nach Frankfurt gelangt.

Walter Benjamin möchte das Déjà-vu retten. (Ich auch.) Es sei das Echo eines in der Vergangenheit, wenn nicht im Vorleben liegenden Urerlebnisses, meint er. Leider nicht haltbar. Denn das Déjà-vu tritt ja, wesensbedingt, auch in Konstellationen auf, wie sie nur heute, ja, eigentlich nur in diesem Moment möglich sein können. Wie soll der Auto-Unfall, den ich, bis in die letzte Einzelheit hinein, so schon einmal erlebt zu haben glaube, in mein Vorleben passen? Diesen Autotyp gibt es drei Jahre. Die Modefrisur der Verunglückten ist noch nicht einmal zwei Monate alt. Der neue Straßenatlas, der aufgeklappt in der Öllache liegt, ist erst seit einigen Wochen im Handel. Um was also kann es sich in diesem Falle nur handeln? Um eine Erinnerungstäuschung, W. B., so leid es mir tut.

Als sie wiederkam, war sie geworben. Endgültig. Sie strahlte es aus. Die Dunkelheitsprobe hatte ihren Wünschen entsprochen. Wir besprachen ein mögliches Alternativ-Angebot. Sie sah ein ziemlich konkretes. »Er soll endlich den Mut haben zu zeigen, daß er mich mag.«

Ich fand diese Forderung nicht überteuert. Leitete sie weiter. Ich sagte: »Wir haben eine Möglichkeit, sie zu halten.« – »Sie wissen es«, sagte er: »Ich bin immer auf Ihrer Seite.« – »Schreiben Sie ›Ihrer‹ groß oder klein?« – »Riesig«, sagte er und zeigte sein verletzbarstes Lächeln.

Ich war ein guter Vermittler. Habe nur die Pausen falsch übersetzt. Das heißt, weniger falsch, als ein wenig zu frei. Denn mein übersetzter Text hat keine Pausen enthalten. Da war das wortkarge Objekt plötzlich gesprächig geworden. Ich war auch sprachschöpferisch tätig. Er hätte seine Freude gehabt, was ich ihm für Wendungen zutraute. Einige sind direkt hilfreich gewesen. E. war auch ganz erstaunt. (Herbst, 1965.)

»Laß dir keinen Gedanken inkognito passieren und führe dein Notizheft so streng wie die Behörden das Fremdenregister.« (Walter Benjamin.)

Strafe und Schock. Nach einem Streit mit E. ziellos durch die Stadt gefahren. In einem U-Bahnhof erschöpft auf eine Bank fallen lassen. Und – tödlich erschrocken. ›Gemütliche Gas-Träume‹ stand da auf einem Schild neben mir. Minuten gebraucht, ehe ich begriff, daß es ›gemütliche Gasträume‹ hieß.

Ähnlichen Schreck einmal spätabends erfahren. Der Bus brachte die Flugpassagiere vom nebligen Flughafen Tempelhof zum klaren Flughafen Tegel. Stand auf dem Perron, starrte hinaus. Ein gewaltiges Firmenschild über einer Hofeinfahrt plötzlich. Darauf in riesigen Lettern: ›Deutsche Vergaser-Gesellschaft, e. V.‹ Diesmal allerdings gab es nichts richtigzustellen. Die Firma stimmte.

Unstatthafte Empfindlichkeit, wenn es um ›Jüdisches‹ geht. Einmal unter Protest eine Gesellschaft verlassen, weil man sich jüdische Witze erzählte. Was heißt ›unstatthaft‹. Der wahre jüdische Witz hat Getto-Charakter; er zündet echt nur unter Juden, für die er trotz (besser: wegen) seiner Schärfe und Trauer ein heimatliches Spezifikum ist. Unter Nichtjuden erzählt, fällt nicht nur die fast jedem jüdischen Witz immanente Selbstkritik weg und kehrt sich abrupt in Kritik; der jüdische Witz wird hier zudem noch zum Alibi-Beschaffer mißbraucht: Man beweist seine Unbefangenheit, wenn man über ›Jüdisches‹ lacht.

Vitus lauscht. Jetzt wieder: Vom Sternhimmel fällt das Meckern des Ziegenmelkers hernieder. Nachtschwalbe sagen die Gadsche zu ihm. Jorkan hat ihn Teufelskuckuck genannt.
Vitus fröstelt. Die Feuer sind niedergebrannt, die Wohnwagentüren verschlossen. Aus den Ritzen der Läden fällt spärliches Licht. Es ist gefährlich, jetzt hier draußen zu sitzen. Die Mulé lieben Verbotsübertretungen nicht. Ihre Mittagsherrschaft ist sanft im Vergleich zu der in der Nacht. Mittags blasen sie die Lebenden mit ihrem Eis-Atem an. Nachts würgen sie einen und versuchen einem ein Loch in den Schädel zu beißen, um an die Seele zu kommen.
Allerdings, Jorkans Mulo ist anders. Er hat keinen Hunger auf Seelen. Er hat nur Hunger auf Wahrheit. Vielleicht hat er auch schon von ihr gekostet. Vielleicht fällt sie nachts mit dem Tau. Vielleicht spuckt der Ziegenmelker sie aus. Vielleicht wohnt sie tatsächlich im Eingeweide der Kröte. Viele sagen ja auch, sie sei eine tausendgesichtige Frau. Das paßte zu Jorkan. Und paßte auch nicht.
Genau wie sein Tod. Vielleicht ist auch der Tod eine Frau. Vielleicht ist er nur eins ihrer tausend Gesichter. Vielleicht ergeben tausend Gesichter erst einen einzigen Tod.
Jorkan hatte *gar* kein Gesicht mehr, als man ihn fand. Es war ihm abhanden gekommen. Die Tiere hatten es untereinander verteilt. Der Marder die Nase. Das Wiesel die Lippen. Das Eichhorn die Wangen. Die Krähe die Augen. Der Fuchs seine Schläfen. Das Wildschwein die Stirn.
Was übrigblieb, färbte der Frost. Die Hände malte er blau. Kein Ring mehr an ihnen. Die linke zur Kralle erstarrt, die rechte zur Faust. Auch Dads Halstuch verschwunden; weg, mit all den hineingeknoteten Ringen. Die Füße fast schwarz. »Wie die der heiligen Sara«, hatte Baba Milina gesagt. Der heilige Jorkan. Geschwärzt vom Märzfrost. Und wo waren die Stiefel? Wer hatte ihm das Amulett abgeschnitten? »O Bengt«, sagt Romeika, – der Teufel. Also hatte o Bengt ihn *vor* den andern gefunden. Vor wem.
Mischga und Barkan hatten ihn ins Lager gebracht. Sie trugen ihn, wie man ein Brett trägt. Als Mischga die Schulter losließ,

um sich den Schweiß abzuwischen, fiel Dads Arm nicht herunter. »Jorkan hat Haltung bewahrt bis zuletzt«, pflegt Ruben Golbatschenski zu sagen.
Aber haben Mischga und Barkan ihn denn auch *gefunden?* Nein. Finden konnte ihn nur ein Waldgänger wie Karman. Dad hat in der Nähe des Flusses gelegen; am Waldrand; in einer Wehe aus vorjährigen Blättern und Schnee.
Aber warum hat Karman ihnen dann nicht tragen geholfen? Er war doch bei Jorkans Wagen geblieben. Er hat ihn doch ins Lager gefahren. Aber stand das Auto nicht fast zwei Kilometer von Jorkan entfernt? Ja. Im Straßengraben; auf freiem Feld. Abgeschlossen; unversehrt. Und wie kam dann Karman hinein? Mit dem Schlüssel. Mischga und Barkan hatten doch gesagt, er habe gesteckt. Dann hat also nicht Karman, dann haben Mischga und Barkan den Wagen gefunden? Ja. Karman hat sie, auf dem Weg ins Lager, getroffen.
So klingt die Wahrheit. Hohl, wie der Husten Baba Tamaras. Vitus starrt in den Himmel. Eine Sternschnuppe hat ihm die Augen geritzt. Sie brennen.

Nenad. (4 Jahre, acht Monate jetzt.) Sein Verhalten im Kindergarten wird auf die Normwaage gelegt. Ergebnis vorauszusehen gewesen: Seelisch als zu gewichtig befunden. Sie wollen das leichtgewichtige, das unkomplizierte Kind. Ein Kind, das zu denken beginnt, die Logik (folglich auch die Gerechtigkeit) liebt, die Hüpftaktik der Assoziationen bevorzugt, die Realität bei der Phantasie denunziert, das irritiert da natürlich. (Zumal keine dieser Eigenschaften die Anpassung fördert.)

Sommer 1930. Ein Kauf von bleibendem Wert. Unsere Weißmetallringe, mit dem rot unterlegten Hammer-und-Sichel-Emblem, die wir zwischen Angelhaken, Schrauben und Nägeln aus dem winzigen, ölig-vernarbten Kästchen kramten, in die die Schubladen der Eisenhandlung Mägdefrau eingeteilt waren. (Weißensee; Berliner Allee.)

Tiefensee, 1931. Ferienlager mit russischen Pfadfindern. Lagerfeuer nach Einbruch der Dunkelheit. Wir sengten uns die dampfenden Schuhsohlen an. Mal sangen jene, mal wir. Ich mußte passen. Bekam plötzlich den Mund nicht mehr auf. Hatte zu fest auf einen harten Sahnebonbon gebissen. Er hielt Ober- und Unterkiefer gut eine Dreiviertelstunde zusammen. Von meinen Leuten darauf geschnitten. Obwohl ich zu erklären versuchte – sie blieben dabei: Ich hätte etwas gegen die Russen.

Sommer 1942. Als Nachrichtensoldat Stichleitung zum Gefechtsstand ziehen müssen. Ziemlich unangenehm; Granatwerferbeschuß. In einem Sonnenblumenfeld den ersten schwerverwundeten Sowjetsoldaten gefunden. Kabeltrommel abgesetzt und ihn zurück zur Vormarschstraße geschleppt. Vier Wochen verschärften Arrest: ›Feindbegünstigung‹. Sie hatten meinetwegen einen Angriff abblasen müssen; war zu spät mit der Leitung gekommen.

»Essen! Trinken!« Aufforderung Major Roshnikoffs, der mein Zimmer bewohnte, als ich im Mai 1946 nach Berlin zurückkam. Es war jeden Morgen dasselbe. Er wies auf das Viertelpfund Speck, das er mir unverpackt auf die laufenden Manuskriptseiten gelegt hatte, goß das Wasserglas voll Wodka und trommelte mit den Fingerspitzen auf seine Pistolentasche. Ich hatte fünf Minuten Zeit. Das erste Mal hatte ich sie um ein paar Sekunden überzogen. Von dem Schuß in die Decke war der ganze Stuck heruntergekommen. »Nach Möglichkeit«, sagte Vater, »versuch es doch bitte in der gewünschten Zeitspanne zu schaffen.« Wunsch oder Befehl – man konnte es sich aussuchen, wovon einem schlecht werden sollte.

Sprache. Der soziale Unterton. Saufen ist die Steigerung von trinken. Und doch ist ein Trinker etwas Ärgeres als ein Säufer. Ein Säufer kann nichts dafür. Da spielt das Milieu mit hinein; da sind die Verhältnisse schuld. Ein Säufer ist immer ein Proletarier. So einen Proletarier, den packt schnell mal die Wut. Wo soll er dann hin mit seiner Verzweiflung? Er ersäuft sie; das kann man verstehen. Ein Trinker jedoch, das ist immer einer aus höheren Kreisen. Da tut einer etwas total Anrüchiges. Da ruiniert einer seinen Ruf, seinen Namen, die Firma, seine Familie. Vor allem: Da tut einer was, das fällt in seiner unbeherrschten Verderbtheit auf uns *alle* zurück.

Dicke Dame zum Windbeutel mit Schlagsahne; Schriftsteller zum streichwütigen Lektor: »Du schadest meiner Figur.«

Herzliche Sympathie für Oskar Loerke, wie er in seinen Tagebüchern erscheint: Schriftsteller-Tode gelten nicht.

Mühe dagegen mit Loerkes Gedichten. *(Die Abschiedshand.)* Zu privat. Das Gedicht ist, trotz intimster Erfahrung, zum Exempel verpflichtet. Es taugt nicht zum Angriff, wozu es Loerke benutzt. Niederschmetternd, wie ohnmächtig es sich hier in nazistischen Schaftstiefeln spiegelt.

Gesinnungslyrik: Die bluttriefende Baalstatue wird in einem unbewachten Moment mit einem kahlgekauten Kirschkern bespien. Überraschenderweise auch bei Karl Kraus' *Worten in Versen* oft dieses fatale Gefühl.

Ein Aphorismus kann töten; ein Gedicht das Grauen nur rhythmisieren.

Das Arge am Dichten. Der Lyriker muß Hitler auslassen oder ihm eine Symbolchiffre zuweisen. Was ist schlimmer?

Dies –: Die *Opfer* kann ich bis zur tiefsten Erschütterung bedichten (Paul Celan, Nelly Sachs); die *Mörder* sind gegen Gedichte gefeit.

Aktionslyrik, wie sie Pempfert verstand, *die* kann gefährden. (Text der *Internationalen;* Langhoffs *Moorsoldaten;* Majakowskij; vieles von Brecht.) Doch sie muß es sich gefallen lassen, an ihrer Wirkung gemessen zu werden; kein Kriterium für Lyrik.

Warum ich ein schwieriger Freund bin. Mir stehen die Jugendfreunde im Weg. Wenn sie noch lebten, hätte man sich vielleicht längst auseinandergelebt. Aber sie sind gefallen, getötet worden, genauer; nicht einer der sieben ist übriggeblieben. Da bleibt man bis ans Ende seiner Tage befreundet. Logischerweise so unvollkommen und schmerzhaft, daß gerade aus dieser Unvollkommenheit Maßstäbe entlehnt werden, die man keinem lebenden Freunde zumuten möchte.

»Komme ich nun auf einsamen Reisen über Höhen, Bergspitzen, durch Schluchten und Thäler, so werden mir Deine Worte zu Gedanken, die ich *mein* nennen möchte. Aber es fehlt an allen Orten und nur mein eigenes kleines Talent kann mich retten, daß ich nicht versinke.« (Zelter an Goethe.)

Es gibt eine fast schon dem Flutspiegel des Unbewußten aufliegende Sphäre tödlicher Gewißheit. Aus ihr erfahre ich täglich die Unumgänglichkeit meines von langer Hand vorbereiteten Todes. Aus ihrer Tiefe tönt wie versunkener Unkenruf das Gedenken an die Freunde herauf. Dort unten braut der *andere* Nebel über den Wassern. Nicht der, der die Möglichkeiten verbirgt. Der über den Wellentälern des Nichts.

Die Intensität verebbt. Ich sehe Nenad, ich spüre Marina. Ich weiß, dieser Augenblick (wie jeder, wo ich den Kopf hebe, aufblicke, Luft hole, wahrnehme) verdiente Anteilnahme bis zur Selbstaufgabe. Ich könnte der Innigkeit, die der Vergänglichkeit dieses Augenblicks innewohnt, meine Körperwärme hinzufügen, die ja ebenso vergänglich ist. Aber die Zärtlichkeit macht halt in den Augen. Der Augenblick und ich sind aus zweierlei Stoff.

Der eigentliche Bruch im Leben, aus dem es sich nie wieder zu vollem Atem erhebt, findet mit der Bewußtwerdung statt. Ich sterbe in gleichem Maße ab, wie meine Handlungen, wie ich selber mir bewußter zu werden beginne. Analysieren heißt auflösen, zurückführen, vereinfachen, verharmlosen, abtöten: in Spiritus setzen. Doch der gewonnene Klartext auf dem Flaschenetikett hellt die fortschreitende Trübung im Innern nicht auf. Die Auslaugung der Substanzen ist beschlossene Sache.

»Haß gegenüber aktiver Selbstbeobachtung. Seelendeutungen wie: Gestern war ich so, und zwar deshalb, heute bin ich so, und deshalb. Es ist nicht wahr, nicht deshalb und nicht deshalb und darum auch nicht so und so. Sich ruhig ertragen, ohne voreilig zu sein, so leben wie man muß, nicht sich hündisch umlaufen.« (Franz K.) Aber wenn der Hund, Doktor, nun einmal aufs Umkreisen dressiert ist –?

Der schreckliche Sprung. Aus der idyllischen italienischen Schreibstube über die Angst um Marina hinweg ins jetzige, scheinbar so ungerührte Weiterschreiben hinein.

Leere nun wieder in meinem Gehirn; nicht einmal eine Geruchserinnerung mehr, die einem ein verlorengegangenes Bild doch so oft erneut zu verdeutlichen hilft. Und dabei liegt dieser Unglücksfall doch noch keine drei Wochen zurück. Aber ich darf den Riß nicht vergessen, der seither mein Zeitbewußtsein durchläuft. Es ist zuviel Ewigkeit eingesickert inzwischen, als daß es mir gelänge, eine Sekunde noch unbefangen eine Sekunde nennen zu können. Und wo die Zeit sich aufzulösen beginnt, verliert auch das Gestern an Glaubwürdigkeit; vom Morgen erst gar nicht zu reden. Es gibt in diesem Stadium keinen Zeitablauf mehr. Es gibt nur noch ein ewiges Jetzt. Ich weiß, daß dieser Satz für viele von uns, auch heute noch, die Grundessenz unseres religiösen Selbstverständnisses ist. Doch ich bin auf andere Weise auf den Grund dieses Satzes gelangt. Er ist eine Lager-Erfahrung für mich. Die Zeit tritt auf der Stelle, wenn man die Vergangenheit braucht. Sie läßt sich nicht einmal das Gestern entreißen. Selbst das Eben-noch ist schon auf ewig verloren. Wie eine so störrische, eine so wenig hilfsbereite Zeit heilen soll, habe ich niemals begriffen. Sie stiehlt. Sie rafft. Sie betrügt. Und jeden, den sie verrät, und alles, was sie hortet, was sie tötet, zerbricht, liefert sie gnadenlos – ein diensteifriger Weltpolizist – der Vergänglichkeit aus. Deren Verbündeter das Vergessen, deren Auftraggeber die Ewigkeit ist. Dieser Vorgang läßt sich auch gesetzestreu interpretieren, gewiß. Wobei dann die Thora das Ewige wäre, und die Spitzeldienste, die die Zeit der Vergänglichkeit leistet, als irdisches Draufgeld ausgelegt würden, für dessen Abgabe der Gläubige sich das Anrecht auf einen gültigen Beitrag für die Exklusivität unseres Gottesbündnisses erwirbt. »Dieses ist die Thora, daß der Mensch todesbereit ist im Zelte.« Ich kenne den Satz. Jedoch die Dialektik unserer Weisen erweist sich dem irdischen Pragmatismus dieser Zeit so sehr überlegen, daß diese Überlegenheit, an den jüngsten Ereignissen gemessen, sich, fürchte ich, ebenso in Rauch aufgelöst hat wie das Leben derer, die, zwei Jahrtausende lang, von jener Dialektik geprägt worden sind. Nein, es ist kein Verlaß mehr auf die Zeit; im Großen nicht und nicht im Kleinen. Und ich weiß wirklich nicht, sind Minuten oder sind Stunden vergangen, seit die Tür des Operationssaals sich schloß. Irgendwann jedenfalls schreckte eine Stimme mich auf. Eine Stimme, bei deren vitalem, unbeteiligtem Klang ich mir jählings uralt und gebrechlich vorkam; die Schwester. Sie wollte die Namen von Goschniks Angehörigen wissen. Ich mußte bedauern, ich kannte nur die Firmenadresse. Mit hakiger Sütterlinschrift trug sie sie in die Karteikarte ein. Und wer sei ich? »Der Rabbiner Lesser Lovinski«, antwortete ich. Unter dem Nagel ihres Zeigefingers, der auf der Spitze des Kugelschreibers ruhte, wurde einen Augenblick lang eine weißliche Druckstelle sichtbar, dann fügte sie meine Angaben in eckigen Klammern hinzu und überließ sich, hinter der Glaswand des Anmeldezimmers gegen die Heizung gelehnt, wieder ihrer Illustriertenlektüre. (Aus: *Ein Unglücksfall.)*

Nein; dieses Buch bleibt kein Fragment; dieses Buch wird weitergeschrieben. Denn so etwa wäre die Prosa beschaffen, auf die ich insgeheim ziele.

»Nicht liegt es an dir, das Werk zu vollenden, aber du bist auch nicht frei, von ihm abzulassen.« (Rabbi Tarphon, Awot II, 21.)

10. KAPITEL

Der Gertenhieb Mohammeds

2. Februar. Schneeluft strömt durchs geöffnete Fenster herein. Alles weiß draußen. Wattierte Krähenrufe, molliges Meisengepiep. Erinnerung an Wintersonntage mit Vater. Vormittags ornithologische Schneestapfereien mit Goldhähnchenzirpen und Bratwurstvisionen. Am frühen Nachmittag, es dämmerte schon, den nadelnden Weihnachtsbaum noch im Rücken, mit Iwan gespielt, dem russischen Hampelmann, der nicht nur Arme und Beine hochwerfen, der auch mit dem Bart wackeln konnte. Dann Jumbo, den aufziehbaren Blechelefanten dressiert. Es kam darauf an, ihn *so* marschieren zu lassen, daß er die in einer Reihe aufgestellten Zinnsoldaten gleich mit dem ersten Trampelschritt umwarf –: Hannibalchen probte die Zukunft; alles schon vorprogrammiert: Iwan; der russische Winter; der Krieg; das Abnadeln der Gemütlichkeit; der fragliche Trost der Natur; und jene haltbare Art von transportabler Geborgenheit, wie sie Vater im Schreibtischstuhl garantierte. (Berlin-Weißensee, 1928/32.)

Die Leuchtspurgeschosse pflügten um mich her zischende Schneewehen auf. Es war nicht mehr daran zu denken, den Kopf anzuheben. Der Tarnanzug war schon dunkel genug. Das bärtige Gesicht wäre *noch* dunkler gewesen. Ich preßte es in den Schnee. Und da sah ich ihn. Er saß am Schreibtisch, kramte im Zettelkatalog. Trotz der Schüsse war deutlich sein fast tonloses Pfeifen zu hören. Und ich sah auch: Vater hatte unter dem roten Schnurrbart die Lippen gespitzt. Sicher hatte er eine Verabredung abends; Verabredungen haben ihn *immer* fröhlich gemacht. Etwas riß an mir. Der Schuß hatte die Feldflasche durchschlagen. Doch das Wasser war ja gefroren in ihr. Es rann kein Tropfen heraus.

Der Strohschober auf den schneebedeckten Feldern. Wir umkreisten ihn, bis ihn die klare Februarsonne erfaßte. Dann die Querbalken geentert und uns tief in die muffigen, nach süßlichem Schimmel riechenden Garben gewühlt. Schon nach Minuten wurde die Wärme spürbar, die der Körper von den menschenfreundlichen Roggenhalmen wiedererhielt. Als erstes packte Vater die Kekstüte aus. Dann wurden die Kriminalromane aus dem Rucksack gekramt; Vater hatte sie, das Dutzend zu fünf Reichsmark, bei Wertheim, in der Papierabteilung erstanden. Wir suchten uns jeder einen verheißungsvollen Titel heraus und begannen zu lesen. Reden verboten. Es war nur das hastige Seitenumblättern, das Rascheln des Strohs unterm Kopf oder mal zwischen dem krachenden Zerkauen der Kekse, fern, vom Waldrand herüber, ein heiseres Eichelhäherkrächzen zu hören. (Berlin-Ahrensfelde, 1935.)

3. Februar. Erdbeben in Guatemala. 23 000 Tote. »Eben stand er an einem Wandpfeiler und befestigte den Strick, der ihn dieser jammervollen Welt entreißen sollte, an eine Eisenklammer, die an dem Gesimse derselben eingefugt war; als plötzlich der größte Teil der Stadt, mit einem Gekrache, als ob das Firmament einstürzte, versank, und alles, was Leben atmete, unter seinen Trümmern begrub. Jeronimo Rugera war starr vor Entsetzen; und gleich, als ob sein ganzes Bewußtsein zerschmettert worden wäre, hielt er sich jetzt an dem Pfeiler, an welchem er hatte sterben wollen, um nicht umzufallen. Der Boden wankte unter seinen Füßen, alle Wände des Gefängnisses rissen, der ganze Bau neigte sich, nach der Straße zu einzustürzen, und nur der, seinem langsamen Fall begegnende, Fall des gegenüberstehenden Gebäudes verhinderte, durch eine zufällige Wölbung, die gänzliche Zubodenstreckung desselben. Zitternd, mit sträubenden Haaren, und Knien, die unter ihm brechen wollten, glitt Jeronimo, über den schiefgesenkten Fußboden hinweg, der Öffnung zu, die der Zusammenschlag beider Häuser in die vordere Wand des Gefängnisses eingerissen hatte. Kaum befand er sich im Freien, als die ganze, schon erschütterte Straße auf eine zweite Bewegung der Erde völlig zusammenfiel. Besinnungslos, wie er sich aus diesem allgemeinen Verderben retten würde, eilte er, über Schutt und Gebälk hinweg, indessen der Tod von allen Seiten Angriffe auf ihn machte, nach einem der nächsten Tore der Stadt.« (Kleist, *Das Erdbeben in Chili.)*

Gut, das ist *einer.* Obwohl er ja sowieso gerade sterben wollte, geht es ihm schlecht genug; seine neugelieferte Todesangst steht durchaus zur Gesamtkatastrophe in akzeptabler Relation. Und die *anderen?*

»Hier stürzte noch ein Haus zusammmen, und jagte ihn, die Trümmer weit umherschleudernd, in eine Nebenstraße; hier leckte die Flamme schon, in Dampfwolken blitzend, aus allen Giebeln, und trieb ihn schreckenvoll in eine andere; hier wälzte sich, aus seinem Gestade gehoben, der Mapochofluß an ihn heran, und riß ihn brüllend in eine dritte. Hier lag ein Haufen Erschlagener, hier ächzte noch eine Stimme unter dem Schutte, hier schrieen Leute von brennenden Dächern herab, hier kämpften Menschen und Tiere mit den Wellen, hier war ein mutiger Retter bemüht, zu helfen; hier stand ein anderer, bleich wie der Tod, und streckte sprachlos zitternde Hände zum Himmel. Als Jeronimo das Tor erreicht, und einen Hügel jenseits desselben bestiegen hatte, sank er ohnmächtig auf demselben nieder.«

Und zwar nicht nur aus Erschöpfung sondern auch, weil ein Mehr an Schilderung den Gesetzen der Novelle zuwidergelaufen wäre. Denn die Literatur ist einsichtig. Sie gesteht, einer Katastrophe solchen Ausmaßes nicht gewachsen zu sein. Sie braucht das Individuum. Wenn sie das allgemeine Elend streift, bleibt sie stammelnd auf der Strecke.

Aber ist das Schicksal des einen wirklich imstande, uns auch das Schicksal aller vor Augen zu führen? Zweifelanmeldung.

Denn. Es ist ein Unterschied, ob ich als Literat den einen gegen den Hintergrund einer *Natur*katastrophe zu stellen gezwungen bin, oder ob es mir mit Hilfe des einen gelingen muß, *selbst*verschuldete Katastrophen wie Krieg oder Konzentrationslagergreuel glaubwürdig, ergreifend und angemessen mit einzubeziehen.

Aus einem jener Schuhgebirge, wie sie unmenschliche Gewissenhaftigkeit aufgetürmt hat, nachdem die Besitzer im Inferno der Gasöfen umgekommen sind, ein paar Kinderschuhe herauszulösen und ein wieder ›zum Leben‹ erwecktes jüdisches Mädchen hineinzustellen, ist merkwürdigerweise eher zu vollziehen, als ein von Erdbebentrümmern erschlagenes Kind zum Mittelpunkt einer auf eben dieses Erdbeben zielenden Geschichte zu machen. Woran liegt das?

An etwas ungeheuer Banalem. Kriegsverbrecher, Konzentrationslagerschergen können abgeurteilt werden. Wenn auch das Strafmaß der Kaduk, Mulka, Bogner in keinem Verhältnis zu ihren Untaten steht, es hat Sinn, sie zu beschuldigen. Der Gerechtigkeit ist zwar nicht Genüge geschehen, aber man hat sie immerhin anrufen können. Und: Die Genannten sind gewissenlose Apparatschiks eines verbrecherischen Regimes, dessen Vertreter man zur Rechenschaft ziehen und anklagen kann.

Wie aber klagt man ein Erdbeben an? Wohin zielt man, um ihm die Verantwortung für jene 23 000 Toten aufzubürden, die ihm doch zweifellos zukommt? Was hat Gerechtigkeit auf einem Erdbebentrümmerfeld für eine Funktion? Über wen haben wir uns hier zu empören –: Über die Wissenschaftler, die Behörden, die uns nicht warnten? Über die Heimtücke der Erde? Über das Beben? Über die Gesetze, die es hervorgerufen haben? Über die Unruhe im Erdinnern? Über unsere Voreiligkeit, jetzt schon auf dieser Erde zu siedeln?

Merke. Naturkatastrophen sind Wesensmerkmale. Die ihnen zum Opfer fallen, können betrauert werden, mehr nicht. Vergeltung, Verantwortung, ausgleichende Gerechtigkeit haben keinen Anteil an ihnen.

Wenn aber ein Mensch keinem anderen Ende entgegengeht, als dem, daß gemäß einer im Erdschoß tickenden Uhr, die Erde unter ihm aufbricht und ihn die zusammenstürzenden Häuser erschlagen, stirbt er einen tristen, ausstrahlungslosen, nicht-tragischen, im letzten un-menschlichen und daher für den Literaten unergiebigen Tod.

Auch wird der zukünftige Erdbebenchronist sich in Zukunft schnell daran gewöhnen müssen, vor den zu beklagenden Opfern erst die zerstörten Fabriken, die Chemieprodukte wie TCDD oder PCB herstellten, sowie die in Mitleidenschaft gezogenen Atomreaktoren zu zählen. Da könnte es leicht geschehen, daß man gezwungen ist, eine Zahl wie jene 23 000 Tote als glimpflich bezeichnen zu müssen.

Schlußfolgerung aus dieser Entwicklung: Dringend eine neue, Technik und Atomzeitalter angepaßte Moral.

»Nur nicht mehr so pingelig mit der Metaphysik!« (Zwischenruf aus dem Kybernetik-Lager.)

Ali an Atma. »Wie kann man sich an etwas anpassen, das man nicht kennt?«

Atma an Ali. »Ganz einfach: Indehm man sich Selber nicht kennt. Mathemahtisch ergiebt sich daraus sogahr gerechter Weise ein Plub.«

»Der wahre Weg geht über ein Seil, das nicht in der Höhe gespannt ist, sondern knapp über dem Boden. Es scheint mehr bestimmt stolpern zu machen, als begangen zu werden.« (Franz K.)

Häufig mythische Vogelzüge im Traum. Es beginnt mit einem realistischen Kranichzug. Dann immer größere, immer unbekanntere, seltsamere Vögel; stets jedoch weiß, grau, hellblau, blaugrau; pelikanhaft. Tief ziehend, in majestätischen Flugformationen; von ungeordnet fliegenden Möwenschwärmen begleitet. Es herrscht völlige Lautlosigkeit; weder Stimmen noch Fluggeräusch. Und ist hell, spürbar Vormittag; Landschaft Wattenmeer meist, Marschwiesen auch. Doch sie sind auch schon über unbewohnte Häuser gezogen. Und über ihnen dann auch, bis in höchste Höhen hinauf, andere, ebenso gelassen ziehende Flugformationen. Anfangsempfinden des Träumenden: Sehnsucht. Schnell sich über Faszination zu Unbehagen, von Unbehagen zu Grausen, von Grausen zu Grauen steigernd jedoch. Befreites Erwachen.

Zugestandenes Nachholbedürfnis. Wir überlegten, wen wir noch einladen könnten. Nenad: »Herrn L.« (Von dem er weiß, er hat Selbstmord begangen). Marina: »Woher soll er denn kommen?« Nenad, lächelnd: »Aus dem Grab. Er ist doch immer so traurig gewesen.« Gerechtigkeit, noch für die Toten.

Es sei eine ganz bestimmte Musik, sagte sie. Jazz; ähnlich, wie Charles Mingus ihn mache. Schrill. Wegbrechend plötzlich. Jetzt nur Herztakt und Schlagzeug. Dann das die Eingeweide zersägende Saxophon wieder. Und dann die Trompete: »Sie braucht Atem. Man hört ihn noch keuchen in ihr. Lippenhautfetzen sind an ihrem Mundstück hängengeblieben. Und nun streng, sparsam und mit abgewürgter Resonanz jedesmal, das Klavier; spürbar, Takt um Takt, seine näher kommenden Schritte dabei. Er muß diese Musik aber auch irgendwie hassen. Man merkt es an seinem Gesicht. Das Schwarz trügt. Es sieht nur so aus, als sei er gelassen. Ich gehe zum Plattenspieler, um die Platte herunterzunehmen. Doch es liegt keine auf; die Musik ist in mir. Er sieht mich an, wie ich zurückkomme. Sein Augapfelsilber ist trüber geworden. Er sah wirklich schon besser aus. Er hat das erst alles, seit sie mich fanden.«

Die Oberseite fliegender Vögel, auf die einem manchmal von Bergen, Türmen, Burgen zu blicken vergönnt ist, lädt mit schwer zu widerstrebendem Sog zum armausbreitenden Tiefensprung ein. Bisher noch jedesmal vor derart geflügelten Aufforderungen den Bauch eingezogen und mit ausgestreckten Armen zu Geländer und Brüstung Distanz aufgenommen. Doch es wäre auch denkbar, das Glücksgefühl zu leben nimmt *so* überhand, daß man einer solchen gefiederten Verlockung nur noch im freien Fall widersteht.

Geflügelte Augen – gesteinigte Stirn.

»Es war ein Mauersegler, der mich hinabriß.« Derlei Erläuterungen sollte man ab fünfzig immer in der Brieftasche tragen.

Interview mit dem gestürzten Engel. Auf die Frage, was er

sich denn habe zuschulden kommen lassen, antwortete er: Nichts. Er habe es lediglich versäumt, schwebend die befohlene Distanz zum Menschen zu halten und sich *so* in den Luftraum geworfen, wie *wir* das in unseren Träumen besorgten: kopflos beseligt und in krasser Verzückung; was beides eben doch arg menschliche Animiertheiten seien. Engelsflüge jedoch gälten als reine Pflichtaufgaben. Jede Gefühlsaufwallung, ja, schon jede über das pure Flugerfordernis hinausreichende Sinneswahrnehmung werde als hemmender Ballast empfunden und sei mit englischen Diensten nicht zu vereinen. – Und wo fände er fortan nun Verwendung? – Als Selterswasserverkäufer an kirchlichen Feiertagen zunächst.

Die sicherste Verkleidung für einen Engel sind Flügel.

Kinderliebe. Else Krause. Wie anders dürfte sie heißen. Ihre Mutter hatte die Wäscherei und Gardinenspannerei in der Wörthstraße. Ich brauchte mich nur über die Balkonbrüstung zu beugen und hatte das herzklopfenerregende Schaufenster vor Augen, hinter dem sich die weißen Wäschepakete stapelten. Manchmal schwamm ein helles Gesichtsoval mit winzigen, in der Sonne funkelnden Ohrringen in dem Dunkel dahinter vorüber; das war sie. Wäscheabholen Himmel und Hölle zugleich. Denn *sie* war es, die die Wäsche verpackte, fragte, ob alles vollzählig sei. Vater mußte oft noch ein zweites Mal kommen; vor Else war es nur möglich zu nicken. Kaum je mit ihr gesprochen jedoch. Dafür die Augen verrückt und hungrig nach ihr. Die ihren schräg geschnitten und grün; passend zum lakenblassen Gesicht, das die funkelblonden Bubikopfgardinen mit zittrigen Schattensträhnen umrahmte. Denn immer brannte in der Wäscherei Krause das Licht. Und immer hat auf Elses Zügen jener verlegen-ironische Ausdruck gelegen, der mich, ihren Duft nach Stärke und trockener Sauberkeit in Seele und Hirn, schließlich anhielt, diesen verhängnisvollen Liebesbrief an sie zu richten, in dem ich ihr den Ernst meiner Neigung gestand. Er wurde in einen Band *Münchner Bilderbogen* gelegt; ich nahm mir vor, ihn ihr beim nächsten Wäscheabholen zu borgen. Aber ich hatte auch Erwin mit Lesestoff zu versorgen und bin da leider ein wenig durcheinandergeraten. Jedenfalls hat Erwin, an den hämischen Zitaten gemessen, die ich von nun an täglich auf der Straße zu hören bekam, mit seinen öffentlichen Verlesungen große Erfolge erzielt. (Weißensee, 1930.)

Erwin. Wieselhaft flink; an den traurigen Charme einer abgegriffenen Billardkugel erinnernd. Anbiedernd devot. Stechende Iltisäuglein, die die Bosheit kannten und den (berechtigten) Neid. Sein Leben fand unter dem Kanarienbauer in der Wohnküche statt. Süßlicher Wachstuchtischdeckengeruch. Man sah auf die Brandmauer schräg gegenüber. Erwins Weisheit entstammte dem Abreißkalender, der an der Anrichte hing. Täglich verlas die Mutter die auf den Blättern stehende Losung. Die Kochrezepte auf der Rückseite kamen *nicht* so gut an. Denn da Vater Herwig, so lange wie wir ihn kannten, arbeitslos war, gab es nur Mittwoch und Sonntag was Warmes. Erwin, der gern und oft aß, mußte sich in der Regel mit trockenen Stullen begnügen, die er, damit das daraufgestreute Salz besser hielt, erst mit Leitungswasser besprengte.

Rabbi Eliser im Talmud: »Der Mensch ist leichter zu erlösen als zu ernähren.« Ein realistischer Gläubiger.

Lichtenberg verbittet es sich, seine Werke ins Hebräische zu übersetzen. Zu Unrecht. Auch wenn sich Ihnen die Perücke sträubt, Professor: Ihr Stil ist talmudadäquat. Ihr Thema: Der Mensch, ist identisch mit dem der Rabbinen. Diese suchen dieselbe Wahrheit wie Sie. Der Gott, den Sie bitten, Ihnen »was aufs Zettelchen« zu diktieren, ist der gleiche, den Moses um die Beschriftung der Steintafeln bat.

Der Rationalist Lichtenberg im Talmud blätternd jedoch –: Eine unmögliche Vorstellung, leider. Hillel dagegen, selbstvergessen in Lichtenbergs Aphorismen blätternd und sich schmunzelnd Auszüge machend –: absolut vorstellbar.

»Das sieht mir aber doch stark nach Vorsatz aus.« Onkel Adolf, bedenklich, nachdem er aus dem Messingtrichter des Grammophons ein zusammengeknotetes Bündel durchlöcherter Damenstrümpfe herausgezerrt hatte. Und richtig. Beim Abendbrot bekannte Tante Elli sich zu der Untat. Wenn er sie weiterhin so kurz halte, sagte sie und lächelte mich abwesend an, müsse er sich auf weitere Überraschungen gefaßt machen; auf kostspieligere allerdings dann. In diesem Augenblick stürzte weinend das Dienstmädchen herein. Das Kristall-Service liege im Mülleimer, völlig zertrümmert! Onkel Adolf blickte mit mahlenden Kaumuskeln auf die strahlende Dammasttischdecke nieder. »Wieviel brauchst du.« Tante Elli spreizte zierlich den linken kleinen Finger ab und schob meiner Cousine behutsam die Schielbrille zurecht. »Fünfhundert«, sagte sie lächelnd. »Denn für dreihundert habe ich ja schon Schulden gemacht.« (Berlin-Charlottenburg, 1926.)

Ich brauch Dich. Das dreizehnjährige Mädchen, das einen gefährlichen Triebtäter, der polizeilich gesucht wird, im Keller versteckt. Der Mann ist ihr großes Geheimnis. Er ist verletzt worden. Sie pflegt ihn. Er gibt ihrem Leben Inhalt und Sinn. Sie erfährt, wer er ist, was er macht. Beginnt ihn zu quälen. Lügt ihm vor, er werde noch immer verfolgt. Bohrt, stellt ihm Fragen, die er unter ständig sich steigerndem Druck beantworten muß. Es stellt sich heraus, er ist auf einer kindlichen Entwicklungsstufe stehengeblieben. Das nutzt sie aus. Sie hält ihn sich schließlich wie ein seltenes Tier. Legt sein Kindheitstrauma bloß. Man begreift, warum er so ist. Doch jetzt will er weg. Er bedroht sie. Doch sie siegt, indem sie ihn sich unterwirft. In letzter Verzweiflung gelingt es dem Manne zu fliehen. Sie fühlt sich durch seine Flucht hintergangen. Rächt sich an ihm durch Verrat. Doch man glaubt ihr nicht. Muß annehmen, daß sie sich wichtig tun will. Ohnmächtig kehrt sie in ihre bürgerliche Umwelt zurück. *(Ein Dressurakt.)*

»Ich habe es immer gesagt –: *So* radikal darf man nicht sein!« (Ein Passant. Als Herr Grünbaum verhaftet wurde. Grund: Er war Jude. – Weißensee, Ende November 1938.)

Der Radikalenerlaß hat nur einen einzigen Fehler. *Der* allerdings ist fundamental: Man hat Radikalen erlaubt, ihn zu verfassen.

Merkwürdig: Verfassen ist nicht vergreifen. Aber vergreift sich einer an der Verfassung, begreift man gar nicht, warum man ihn nicht ergreift.

Sprache. Ausziehen. Aus der Wohnung. Die Hose. Den Tisch. Aus dem Plenarsaal. Den Zahn. Etwas aus einem Buch. Um das Gruseln zu lernen. Aus Ägypten. Radieschen.

Wie schön zu wissen, daß der Freiherr von Eichendorff sich das Schläfenhaar schräg aufwärts in die Stirn bürstete und die Spitzen ganz offensichtlich mit der Brennschere ankräuselte oder pfleglichst pomadisierte. (Vorteil der Porträtmalerei.)

Kürzlich ein Bild Jean Pauls gesehen, auf dem er mir nicht zugesagt hat. Gleich ist der Wunsch, die Taschenbuchausgabe seines Gesamtwerks zu besitzen, wieder geringer geworden. Hatte glücklicherweise noch die vage Erinnerung an ein weiteres Porträt von ihm im Kopf, das mir wesentlich besser gefallen hatte. Mühsam grub ich es aus. Jetzt ist es möglich, ich besorge mir die Taschenbuchausgabe *doch.*

Ali an Atma. »Und wo kommt man mit einer solchen Auffassung hin? Zu einer Feststellung wie dieser: »Der sieht ja fabelhaft aus! Der muß aber *wirklich* ein bedeutender Schriftsteller sein.«

Atma an Ali. »Stellen Sie sich vor, der Professer Schoppenhauer hätte außgesehn wie der Geheimbderat Göhte. Sie glauhben doch wol nicht im Ernst, einem solchen Ausbundt an wolproportzjonierter Männlichkeidt währe es eingefallen, das wahrzunehmende Weltbild in *dem* Maße in Zweifel zu ziehn, wie das das drängende Anliehgen des im herkömmlichen Sinne doch nur schlicht als froschhaft-verdrossen zu bezeichnenden Professers war!«

Ali an Atma. »Verehrtester, verstehe ich recht, daß man einen Buckel haben muß, um sich dem Menschen kritisch zu nähern?«

Atma an Ali. »Professer Lichtenberg, seiner Zeit wohnhafft zu Göttingen, giebt zu Mindest zu der Bemerkung Anlaß, daß ein Bukkel (welch Selbigen er mit zierlichem Anstand zu trahgen gewußt) zu den Menschen Dißtanz schafft; und zwar genau die, welche man braucht, um sie als Gantzes überblicken zu können. Daß solcher Dißtanzblick nicht eben die rosigsten Ergebnisse zeithigt, hat aller Dings wehniger mit dem Bukkel des Betrachters als mit gewissen Verkrümmungen der Betrachteten etwaß zu tuhn.«

Walter Benjamins *Berliner Kindheit um Neunzehnhundert* zu lesen begonnen. Eine beängstigende, gleichsam schalltote Stille breitet sich über diesen Seiten aus. Adornos Pythia-Sätze, man spüre das Kommende heraufziehen in diesem Buch, erweisen sich als Pfropfreiser, die das Aufgehen verweigern, da sie vom Hauptstamm keine Säfte beziehen. Nichts spürt man hier als das, was Benjamin festhalten wollte: Einen in die Objektwelt eingeschlossenen, hermetisch behüteten, skeptischliebevoll gezeichneten, ernst genommenen kleinen Jungen. Keine einzige andere Figur gewinnt Plastizität. Allerdings *soll* auch keine andere sie gewinnen. Das scheint an der Bescheidenheit des Autors zu liegen. Sie geht so weit, daß er, obwohl ständig kindliche Hauptperson, sich ständig zurück- und herausnimmt. Es liegt eine ungeheuere, oft geradezu schmerzende Entfernung zwischen Autor und Stoff. (Umgekehrt wie in der von Bloch nacherzählten chinesischen Legende, wo der Prinz sich in die Geschichte *hinein*schreibt, bis an die Seite seiner geliebten Figur, schreibt Benjamin sich aus diesen doch so exemplarisch intimen Stücken *hinaus* bis an die ätzend scharfe Peripherie.)

Adornos Blick. Wie Peter Suhrkamp mich aufs suggestivste anhielt, haargenau vorm Rednerpult Platz zu beziehen. Theodor W. Adorno, der über Mörike sprach, sollte eine Blick-Stütze haben. In der Tat auch den ganzen Vortrag lang das keineswegs immer angenehme Gefühl, Adorno hefte seinen brillig-weltscheuen Blick einzig auf mich. Obwohl es sehr anstrengend war, ihm die vollen anderthalb Stunden lang auch den gewünschten Blickwiderpart, gleichsam lidschlaglos, zu bieten vermocht. Überraschende Folge: Nicht einen einzigen Satz verstanden. Zweite, *noch* größere Überraschung: Suhrkamps besorgte Order war an etwa noch sechs weitere Blickspender ergangen. Alle hatten, obwohl in den entgegengesetztesten Saalecken sitzend, auf mein Befragen hin das Gefühl, Adorno habe ausschließlich *sie* angeblickt.

Sprache. Etwas anhaben. Einen Anzug. Aber: Wer kann *mir* schon etwas anhaben. Nicht jedoch: Ich habe *dir* etwas an. Wohl aber: Ich habe dir etwas zu Buntes an. Und: Ich habe etwas *an* mir: einen ganz bestimmten Wesenszug. Und daher: Ich *habe* etwas an mir; das heißt: ich zehre von mir, finde mich toll.

Eindeutschen. Furchterregendes, nach ›einverleiben‹, ›einebnen‹ gebildetes Wort. Hitler hat Österreich und die Tschechoslowakei eingedeutscht, könnte man sagen.

»Das is e Nizez von Awrohom Owinu!« –: ›Ein Funke von unserem Vater Abraham!‹ (Jiddisch.) Von einem besonders frommen, besser: gläubigen Manne gesagt. Könnte Sally im *Unglücksfall* auf Avrom beziehen; was dem jedoch nur ein müdes Lächeln entlockt; für ihn hat Abraham in anderen Feuern gestanden.

Weltsprache Berlinisch. Bammeln = hängen. Ein Lämmerschwanz bammelt: hängt herab. Daher Bammel für Schiß, Angst. Angst vorm Hängen vielleicht? Denn: Bammelmann (Rotwelsch) = Der Erhängte. Und, noch einprägsamer: Einen Bammelmann machen; das heißt, sich erhängen.

Inbegriff eines Samstags. Der schwarze Kater, abgewendeten Kopfs, jedoch Aufmerksamkeit bis in die letzte Haarspitze hinein, auf die Reste der Fischsuppe wartend. Autolärm durchs geöffnete Fenster, vom Kurfürstendamm her. Die große blonde, mit der linken Pupille nach links schielende Polin, die Doktor H. den Haushalt führte, packte, noch im Sprechstundenkittel, die belegten Brote für die Autofahrt ein.

Doktor H. etikettierte die Fläschchen, stopfte mit der Pinzette die gelbe, äthergetränkte Watte in jede, verkorkte sie wieder. »Fertig?« – »Fertig«, sagte ich kauend, wischte mit der Weißbrotrinde den Teller aus und schob dem Kater die Fischköpfe hin. (Berlin, 1935, Nähe Lehniner Platz. Wir brachen zum Käferfang in die Schorfheide auf.)

Doktor H. Dunkles, glatt nach hinten gekämmtes Haar; scharfgeschnittene Nase; Savonarola-Profil. Mager, groß; da für Geschlechtskrankheiten zuständig und auf Insekten aus, immer etwas vornübergebeugt. Schnell zusammenklappbar; im Aufrichten langsamer. Witzig-ironisch; hierbei mehr Wert aufs Beobachten des Zuhörers als aufs Ausschmücken legend: Sein Sarkasmus war didaktisch gemeint; denn er war teuer erworben, hatte Hornhautcharakter. Jedes Klingeln konnte sie bringen. Sie hatten ihn bisher nur seines Bekanntheitsgrades wegen verschont. Er war eben nicht nur als Facharzt eine Kapazität, sondern hatte auch als Insektenforscher europäischen Rang. Vater war auf dem nahliegenden Umweg über die mannigfachen unverdaulich gebliebenen Käferflügel im Waldkauzgewölle auf ihn gestoßen. Wie immer auf ähnlich verschlungenen Pfaden, hatte sich aus verwandten Interessen schnell eine bleibende Freundschaft entwickelt.

Nächst der polnischen Sprechstundenhilfe und seinem Kater, war es Doktor H. vor allem um das leibliche Wohl seines Laubfrosches zu tun, der auch Barometerfunktionen erfüllte. Bis Vater für die Freiheit des Frosches zu missionieren begann. Den täglich dahinschwindenden Vorrat an Gesamtfreiheit vor Augen, rang Doktor H. sich dazu durch, Vaters eifernden Rat zu befolgen. Wir fuhren, um dem Frosch eine *besondere* Freiheit zu suchen, bis weit über Potsdam hinaus. Hier, an einem Waldrand ruhte Vater nicht eher, bis er auf einer Brombeerhecke auch tatsächlich einen anderen Laubfrosch entdeckte. Immer noch nicht gänzlich erleichtert, ließ Doktor H. den seinen da hüpfen. Großes, mit Weiße-Gläsern, Buletten und Sol-Eiern garniertes Befreiungsfest hinterher. Heute noch schmeckbar; auch den knirschenden Sand aus den märkischen Käfergräben dazwischen.

Doktor H. hatte uns gebeten, wenn möglich – er sagte nicht: notfalls –, für seinen Kater zu sorgen. Aber er hat es sich dann doch anders überlegt. Denn als die SS in die Wohnung eindrang, fand sie zwei Tote: Den jüdischen Praxisinhaber und eine Katze; eine ebenfalls gesuchte Polin war flüchtig.

Lebensimpuls als Todesursache: Herzschlag.

Unmöglichkeit, in Treue bewahrten Lebenswillen wachsender Todesbereitschaft unterzuordnen. Ich missionierte nicht. Mein Glaube war nicht anpreisenswert. Schlug Kompromisse vor. Warum nicht doch noch versuchen, mit den nächsten Monaten gemeinsam fertig zu werden. E. drückte die Zigarette aus. Der Zeigefinger auf der Kippe zitterte. »Hör endlich mit dieser verdammten Zukunft auf!«

Die Nachtschwester sagte, diesmal gäbe sie mir aber doch lieber eine Tablette. (Spätsommer 1965.)

15. Februar. Depressionsphase. Banale Gründe. Verdiene kein Geld, da ausschließlich am Buch *(Ich brauch Dich)*, das in knapp zwei Monaten fertig sein muß. Anlauf um Anlauf; auch noch steckengeblieben. Wir leben von der Substanz. Diese Summe war für die Anzahlung eines Hauses gedacht. Den Wunsch, sich einen Wunsch auch einmal realisieren zu sehen, sollte man als Schreiber lieber gar nicht erst aufkommen lassen.

Benjamins an Zauber grenzende Fähigkeit, Stimmungen schildern, Gefühle ausloten, scheinbar Lebloses (kraft Suggestion) beleben zu können. Manchmal allerdings auch Haarwurzelschmerzen, so gewagte, kaum mehr nachzuwitternde Beziehungen stellt er her.

Der Beziehungshersteller. (Kann auf die Objekte verzichten.)

Benjamins Sprache ist noch ganz in Denken befangen. Das hätte eigentlich, einen Arbeitsgang vorher, bereits das Formulieren ausbügeln sollen.

Allgemeinverständlich schreiben heißt, seiner Sprache nicht anmerken lassen, daß auch in ihr gedacht worden ist.

Die intellektuellen Schriftsteller sind unhöflich. Sie lassen zu, daß man sich anstrengen muß, um Einlaß in ihre Sprache zu finden.

Die oft nicht geringe Schwierigkeit, Benjamins dichterische Prosa zu lesen, beruht zu großen Teilen auf der überraschenden Unlust des Autors, einen schreibend gedachten Satz noch einmal auf hirnliche Wucherungen hin zu durchjäten. (Rein stilistisch nämlich geht die erhoffte Gleichung, prägnant Gedachtes müsse identisch mit brillant Geschriebenem sein, eben leider nicht auf.)

Woraus sich dann Stellen wie diese ergeben: »Der Großmutter auf ihrem Erker guten Tag zu sagen, wo neben ihrem Nähkorb dann sehr bald Obst oder Schokolade vor mir stand, mußte ich durch das riesige Speisezimmer, um dann das Erkerzimmer zu durchwandern.« (*Berliner Kindheit.*)

Merke. Dunkel zu denken ist nicht zu vermeiden. Dunkel zu *schreiben* sollte allein schon deshalb vermeidbar sein, um der Sprache nicht ihren Erhellungswert bestreiten zu müssen. Denn welchen hätte sie *sonst?*

Dennoch. *Berliner Kindheit um Neunzehnhundert* ist ein schönes, ein zartes, ein trauriges Buch. Benjamin seziert nicht, er lotet. Er verkindlicht nicht, er macht transparent. Tiefe und Durchschaubarkeit –: Besseres läßt sich über die Verarbeitung eines so spröden Themas nicht sagen.

Manchen, besonders den kürzeren Stücken Benjamins ist eine auffällige Affinität zu Kafka anzumerken, den Benjamin ja in der Tat sehr geliebt hat. Das geht bis in den Sprachduktus, bis ins Wort, ja: bis in den Fehler hinein. Wie Kafka verwechselt Benjamin ständig *trotzdem* mit *obwohl.* »Trotzdem es regnete, war die Straße fast trocken.« Kafka, obwohl er die klarste Prosa schreibt, die ich kenne, ist man geneigt, hier das

Pragerdeutsch zugute zu halten. Bei Benjamin sieht man sich vergeblich nach einer Entschuldigung um.

Benjamins Vorliebe für ›übrigens‹. Mit ›übrigens‹ läßt sich *alles* zusammenkitten. Es ist ein Verlegenheitsräuspern; ein Kaugummi, kein Wort. Ein Stilist, der auf sich hält, sollte sich weigern, es zu gebrauchen. Denn jeder weitere Satz, der auf einen ersten folgt, könnte mit ›übrigens‹ anfangen. *Alles* ist ›übrigens‹ in einer Geschichte, einem Roman, einem Essay; alles, was nach dem Einleitungssatz kommt.

Von der Lebendigkeit des Wortes. »Der Verfasser mußte einigen versteinerten Personen seiner Umgebung hin und wieder ein Wort der Vorzeit ablauschen.« (Aus dem 1880 geschriebenen Vorwort zu den *Sprichwörtern und Redensarten Deutsch-Jüdischer Vorzeit* von Abraham Moses Tendlau. Diesen Abraham Tendlau sehe ich vor mir – nur nach diesem einen Satz: Meist anthrazitgrau, auf jeden Fall dunkel gekleidet. Groß, schmal, storchhaft. Ruckartig federnde Bewegungen, besonders beim Gehen. Große, beherrschte Hände, die beim Reden gern auffahren und sich flatternd einmischen möchten; vom Willen nur mühsam niedergezwungen. Beinschaden wahrscheinlich; rechts; sorgfältig kaschiert. Denn er kennt viele Leute, die einen ähnlichen Beinschaden haben, und möchte nicht ihr erstauntes Befremden erregen. Hilfsbereit, höflich, verlegen. Junggeselle, da total vernarrt in sein Hobby, das das Frankfurter Jiddisch bis zum Mittelalter erfaßt. Orthodox erzogen; jedoch nicht religiös. Dadurch unbefangener der Tradition gegenüber, die er sich jetzt leisten darf zu lieben, statt sie als Joch zu empfinden. Aufklärerisch, mit einem leichten Hang zur Selbstironie. Wäre gern Lehrer geworden. Instinktiv jedoch Angst vor kindlicher Gnadenlosigkeit. Daher über Privatstunden nie hinausgekommen: Religionsgeschichte, Deutsch und Hebräisch. Sonst ohne Beruf. Von tiefer Genugtuung erfüllt, wenn seine Sprachglossen und Sprichwörterfunde im Fachblatt oder im Feuilleton einer Zeitung mit dem Hinweis erscheinen, daß sie profunde Kenntnis verrieten, wie sie so umfassend eigentlich nur ein unabhängiger Privatgelehrter sich anzueignen vermöchte.

22. Februar. Sprung in den Sommer; über den eigenen Schatten hinweg: Für einen Monat bei Möwen und Austernfischern zu Gast. Auf Baltrum eine Wohnung gemietet. (Nur eine Wohnung –? – Auch einen Schauplatz.)

Darf man das überhaupt: Planen –? Auch nur einen einzigen kostbaren Tag überspringen? (Das lahmende Känguruh, in seiner Bauchtasche Schicksalssplitter sortierend.)

Man darf. Denn das Schicksal mietet ja mit.

Planen: Man wirft ein Haltetau in die Zukunft, spürt Widerstand, gibt sich zufrieden. Ist man nach Monaten angelangt an der Stelle, hatte die Lassoschlinge sich in einer verrosteten Matratzensprungfeder verfangen.

Im Bilde geblieben. Werfe ich das baltrumsche Anlegetau nicht auch über Marinas Untersuchungstermine hinweg? – Ja. Aber darf man nicht hoffen?

Man darf. Denn Hoffnung ist ein Abstraktum. Sie läßt die Alleinherrschaft des Schicksals unangetastet.

Pläne hingegen sind Sandkastenspiele: Hier wirft sich der miles fati zum Heerführer auf. Hier wird eine forcierte Meinung vertreten; die Meinung, man sei in der Lage, jene Pläne dann auch realisieren zu können. Das ist eine Kampfansage ans Schicksal. Stündlich kann nun der Gegenangriff erfolgen.

Eine Meinung vertreten. Gut, gut; und wo ist sie selber geblieben? –: Zu Hause; sie schont sich ein wenig.

Meine Meinungen über die Meinung
(Nach dem neuen Zwölf-Punkte-System)

1. Meinungen *hat* man nicht. Meinungen läßt man gelten. Selbst eigene.

2. Widersprüche nicht aufheben. Die entgegengesetzte Meinung stützt die gesetzte.

3. Spuren rückwärts verfolgen. Nur die Ferse blickt auf Gewißheit zurück. Die Zehen tappen ins Leere.

4. Tausend Fußstapfen im Schnee. In der Mitte zwei Sohlenabdrücke, die erdig sind und aus denen Schneeglöckchen wachsen. Das kann der Messias gewesen sein. Oder ein Warme-Würstchen-Verkäufer. (Vom Wert der Vermutungen.)

5. Besser keine Meinung als eine. Denn eine legt fest. Keine legt frei.

6. Man muß auch Meinungen probieren dürfen. – Per Todesurteil oder per Freispruch?

7. Es gibt Meinungen, die einem stehen, und Meinungen, die man durchsetzt. Es gibt aber auch Meinungen, die man durchsitzt, und Meinungen, die stehen. Und dann gibt es noch Meinungen, die man durchsteht, und Meinungen, die sitzen.

8. Auf jeden Fall weiß ich mehr von einer Sache, wenn ich *zwei* Meinungen über sie habe.

9. Jede Meinung veraltet in gleichem Maße, wie ich versuche, sie mir zu bilden. Dann doch lieber eine ungebildete junge.

10. Meinungsumfrage besagt: Es gibt eine Meinung. Diese umfragt man. Man umfragt sie so dicht, bis sie nicht mehr herauskann. Jetzt läßt man sie gelten.

11. Am gefährlichsten sind die Meinungen, die sich für Überzeugungen halten. Denn sie wollen nicht nur recht haben; sie wollen auch noch das *richtige* Recht.

12. Meinungsfreiheit, wörtlich verstanden, bedeutet entweder, man könne *alle* Meinungen haben. Oder aber: Man habe sich aller Meinungen zu entschlagen; das heißt: solle *frei* von Meinungen sein. Die Entscheidung für diese oder jene Definition liegt beim Regierungssystem.

Der Dienstag als dritter Schöpfungstag ist der günstigste Tag für den Talmudbewanderten; ob es sich um geschäftliche Unternehmungen handelt oder private. Denn am dritten Schöpfungstag heißt es zweimal: »Und der Herr sah, daß es gut sei« (»ki tow«). Bei den übrigen Schöpfungstagen sah er, daß es gut sei, nur einmal; beim zweiten heißt es sogar nur: »Und es geschah also.« Was sich auf die neu geschaffene Feste zwischen den aufsässigen Wassern bezieht; weshalb denn auch der Montag als ungünstig für alle Unternehmungen gilt.

Mystisch erklärt: Am ersten Tag ward das Licht geschaffen; die Barmherzigkeit also. Der zweite Tag rief, im Kampf der streitenden Fluten, die Gegnerin des Lichts, die Dunkelheit auf den Plan und mit ihr den Streit und in ihm die Hölle. Und erst der dritte Tag, an dem die Erde der Tiefe entsteigt und die Pflanzen sich zum Gan Eden verdichten, beschwichtigt die Fluten, besänftigt den Streit und läßt im Schutz des Friedens das volle Licht der Barmherzigkeit siegen. *(Das* waren noch Zeiten.)

Zigeunerballade (12.)
Am Dorfrand hält Ruben an. Im Mondschatten einer Rübenmiete steht ein Auto. Chrapos muß sich nicht erst überzeugen; er könnte seinen Thunderbird auch unter einem Strohhaufen wiedererkennen.
Die Frauen haben recht; es ist ein Dorf, in dem der Hausbettel lohnt. Hanenkas Beschreibung stimmt *auch*: Hohe, weiße Fachwerkhäuser, Wohntrakt und Scheune in einem. Die Vorderfronten von Kletterrosen und Glyzinien berankt; die großen Höfe an diesem Samstag so leergefegt, daß man im Mondlicht nicht mal mehr eine Hühnerfeder entdeckt. Und jetzt auch die Kirmesmusik.
Gadschezeit ist nicht Zigeunerzeit. Überall sitzen die Leute noch draußen. Ihre Gespräche verstummen, wie Chrapos und Ruben die breiten Lichtgevierte durchqueren, die aus den Fenstern auf den Bürgersteig fallen. Einmal schickt man ihnen einen heisergebellten Schäferhund hinterher. Chrapos spannt die Gesäßmuskeln an, er glaubt, die hechelnde Schnauze des Hundes in den Kniekehlen zu spüren.

Sie brauchen sich nur nach dem Lärm der Kirmes zu richten. Die hellerleuchteten Stände lassen das Mondlicht verblassen. Es sind auch aus den Nachbardörfern Besucher gekommen. Das Gedränge zwischen den Buden ist groß.
Ruben hat sich den Mützenschirm in die Stirne gezogen. Er bedauert, die Ketten mit den Münzen nicht abgelegt zu haben. Auch die Ohrringe hätte man besser im Wagen gelassen. Aber sicher ist es das nicht allein, was so viele Mundwinkel sich krümmen läßt.
Chrapos schwitzt vor Erregung. Dabei ist er den Umgang mit den Gadsche gewöhnt.
»Und wenn sie sie längst nach Hause verfolgt haben? Und es ist vielleicht schon passiert?«
Ruben spuckt die erkaltete Zigarette aus. Er blickt zur Schießbude hin. Eine Menschenmenge hat sich vor ihr gestaut. Man hört den Beifall, die scheppernden Schüsse.
»Zeigts den Zigeunern!« schreit eine Stimme.
Ruben und Chrapos drängen sich hin.
Chrapos hat den Kopf zwischen die Schultern gezogen. Er benutzt seine fettgepolsterten Schultern als Rammbock. Man stößt sie, man tritt ihnen gegen die Beine; dann bleiben sie stecken. Nah genug jetzt jedoch, um alles überschauen zu können.
Zwischen zwei Gadsche und Bela und Ely ist ein Wettschießen im Gange. Selbst wenn man den sommersprossigen Bauernburschen nach Hanenkas Schilderung *nicht* wiedererkennen würde: wer die beiden sind, ist schon daran zu merken, wie argwöhnisch sie von Dindly und Kringla beobachtet werden.
Bela geht in Anschlag. Er zielt auf eine vorbeiziehende Blechfigur. Er sagt: »Jetzt knall ich einen von denen über den Haufen, die denken, unsere Frauen sind Freiwild.«
Er schießt. Die Blechfigur kippt.
Nun ist wieder der Sommersprossige dran. Er schluckt. Er geht in Anschlag. Er sagt: »Und ich leg einen von diesen dreckigen Zigeunern hier um.«
Er schießt. Die Blechfigur kippt.
Bela schiebt Ely, der das Gewehr hebt, beiseite. Er sagt auf Romani:

»Laß mich erst *den* fertigmachen.«
Er nimmt Druckpunkt. Er sagt auf deutsch:
»Schweine schießt man aufs Blatt.«
Er zieht den Hahn durch. Die Blechfigur kippt.
Der Sommersprossige zittert. Plötzlich richtet er sein Gewehr gegen Bela. Ely reißt es ihm weg.
Bela hat sich geduckt. In seinem Rasiermesser spiegeln sich die Glühbirnen wieder.
»Los; gebt ihm was zu stechen, dem Knaben.«
Einer wirft dem Sommersprossigen ein Messer zu. Der fängt es und läßt die Klinge vorschnellen.
»Komm ran.«
Der Kreis erweitert sich. Chrapos und Ruben werden zurückgedrängt.
»Schnell«, keucht Ruben, »mim mit mir auf betrunken.«
Chrapos begreift. Er brüllt los, schüttelt Ruben. Er stößt ihn vor sich her in den Kreis.
Ruben taumelt. Stolpernd schwankt er auf Bela zu, fällt, reißt ihn fast mit.
Die Umstehenden lachen.
Ungehalten senkt Bela das Messer. Die hellen Peitschenstriemen auf seiner Wange färben sich rot.
»Müssen Sie sich hier zum Gespött machen? *Wir* verteidigen die Ehre des Stammes, und *Sie –?*«
Ruben stützt sich schwankend auf Kringla und Dindly; er richtet sich auf. Er sagt leise:
»Bei unsern Vorfahren –: Kommt.«
Jemand wirft eine Tomate. Sie zerplatzt in Rubens Gesicht. Die Zuschauer grölen. Sie zerren Chrapos den breitrandigen Hut über die Ohren. Sie drehen ihn um die eigene Achse, bis Ely den Keuchenden auffängt.
Ruben wischt sich blinzelnd den Tomatensaft aus den Brauen. Er sieht, jetzt lachen auch die zwei Schützen; man kann gehen.

Sommerkühle und Frieden. Beides aus erster Hand. Der Schöpfkellenschluck bitteren erdkalten Kaffees aus der eingegrabenen Kanne unterm Schattenholunder auf den kurzgeschorenen Feldern. Wir brachten die Heuernte ein. Das Gras hat noch genauso wie in der Kindheit gerochen: Nach Sahnebonbon. (Juli 1945; Henglarn bei Paderborn.)

Benjamins *Berliner Kindheit* schmeckt wie ein zu lange gehüteter Baumkuchen. Man ißt sich hindurch; zu Anfang allerdings mehr der Auszeichung halber, die damit verknüpft zu sein scheint, als um unaufschiebbaren Gaumenfreuden zu frönen. Doch je mehr Schichten man abträgt, desto würziger beginnt er zu munden. Ein merkwürdiger, appetitanregender Zauber wohnt ihm inne, der das ältlich kostende Kind unmerklich wieder dem Stande damaliger Unschuld anzunähern beginnt; wissend nur diesmal jedoch und kenntnisreich Geschmacksparallelen vergleichend. Bis man betroffen begreift: So und nicht anders hat sie tatsächlich gerochen, geschmeckt; und nicht nur die seine, nein: die Kindheit an sich.

Und dabei hat dieser doch nur allzu behütete, viel zu ernste, viel zu einsame Junge sich ständig wie unter einem hermetisch abgeschlossenen, staubfreien Glassturz bewegt. Nach wie vor keine einzige greifbare Zusatzgestalt im ganzen Buch. Die Großmütter sind zu Einrichtungsgegenständen erstarrt; die Silhouetten der Eltern kaum zu erkennen hinter den Dämmergardinen. Nicht mal ein Dienstmädchen, nicht mal ein Droschkenkutscher, nicht mal ein Lehrer gewinnt hier Kontur. Und auch er selber, der Junge: nur ahnbar, nur spürbar, nicht *ein*mal zu sehen. Aber seine Gefühlswelt von diesem unbestechlichen Autor zu einer Klarheit und Dichte komprimiert, daß jener Glassturz nun auch noch den stumpfesten Glanz reflektiert. Und so taucht unterm Schattengespinst des seismographisch erarbeiteten Koordinatensystems dieses eingeengten Lebensbeginns eben dann *doch* ein Kinderantlitz auf: schmerzhafter, brüchiger, wahrer, unvergänglicher, beunruhigender noch als viele der weltbekannten literarischen Kindergesichter, deren Abbild man, doch schon betroffen genug, seit je mit sich herumträgt.

In der bunten Schleife, die Tante Elli mir umgebunden hatte, knisterte der Wind. Ich hielt krampfhaft meine Cousine an der Hand und blickte starr an dem Objektiv und dem geflickten Ellbogen des Fotografen vorbei, über den sonneglitzernden Lietzensee hin. Man hörte Mauerseglergekreisch und die S-Bahn rattern vom Bahnhof Witzleben her. Ohne sich zu bewegen, fragte das Dienstmädchen, ob wir uns richtig aufgestellt hätten. »Sie sollten Ihren Hut abnehmen«, sagte der Fotograf dumpf unter dem Tuch. »Ungern«, sagte das Dienstmädchen. »Er ist nämlich neu, müssen Sie wissen.« – »Aber Ihr ganzes Gesicht liegt im Schatten!« – »Schatten macht mir nichts aus«, sagte das Dienstmädchen. »Ganz, wie Sie wollen«, sagte der Fotograf. – (Das Foto gibt es noch heute; das Dienstmädchen nicht mehr; es hat sich geirrt.) (Berlin-Charlottenburg, 1926.)

Rabbi Elieser; Talmud, *Sprüche der Väter:* »Einen Tag vor deinem Tod kehre um.« Einspruch, Rabbi. Wem ist eigentlich mit dieser späten Umkehr gedient? Der Erkenntnis, den falschen Weg eingeschlagen zu haben? Gerade sie würde durch meine abrupte Kehrtwendung doch total korrumpiert. Denn was gewönne ich, kehrte ich um? Genugtuung, Rabbi. Erlauben Sie mir zu fragen, worüber. Den wahren Weg *betreten* zu haben, kann doch nur sinnvoll sein, wenn ich mir die Fähigkeiten erwerbe, ihn auch zu *gehen.* Kann ich die auf dem falschen Wege erworben haben? Nein; dazu brauche ich die Erkenntnis des wahren. Doch meine Zeit reicht nicht mehr aus. Ist es da nicht einsichtiger, in voller Erkenntnis den *falschen* zu Ende zu gehen und zu sterben mit der Sehnsucht nach dem *wahren* im Herzen, als in blinder Erwartung den Fuß auf den wahren zu setzen und fortzugehen, die Last dieser abgeschworenen Jahre im Nacken?

Gott hatte recht: Arbeit befriedigt nur bei der Arbeit. (Also untauglich zur Menschheitsbeglückung: Marx wütet in seinem Bart.)

Ali an Atma. »Verehrtester, helfen Sie mir: Welches ist die Bestimmung des Menschen?«

Atma an Ali. »Wie kann der Mentsch, wenn Sie sich an seine Entwikklung halten, eine Bestimmung hahben? Er ist falsch abgebohgen. Er war als Endglied der Affenserje geplahnt. Es war vorgesehn, diese Serje, da biß dato alle möglichen Arten durchgespielt warn, wieder einzukassiern. Da hat plözzlich einer dieser 4-Beiner sich auffzurichten, ein andrer einen Aßt als Waffe in die Handt zu nehmen, ein dritter seine Paar Gramm Hirn zu strapazziehren begonnen. Daß sind keine Fortschritte, Beßter, das sind entwikklungsgeschichtliche Pannen. Denn damit begann es. Damit fingk die nicht voraus zu sehende Wucherungk an, die Man sich jetzt Ziefilisatzjohn und Technikk zu nennen beliehbt. Geschwüre Beides, die im Intresse des Weiter Bestands dieser Erde und der wieder Herstellungk des natührlichen Evolutzjohnsprozzesses ausgemerzzt werden müssen. Wozu, am munteren Reakktor Bau, an trauter Chemie Berieselung von Feldern und Fluhren und am fröhlichen Auffbruch des Mentschen ins Welt All gemessen, ja bereitz die tröstlichsten Hoffnungks Signahle gesezt wohrdn sind.«

Ali an Atma. »Und was ist dann die Philosophie, die Dichtung gewesen?«

Atma an Ali. »Beßter, wenn ein Einbeiniger über ein Rinnsahl hüppft, sind Wir begeißtert über seine Kunst Fertigkeidt. Aber was besahgt dieses Kunst Stükk *an sich?«*

Ali an Atma. »Und die Weltreligionen?!?«

Atma an Ali. »Dampf des all gemeinen Verdunstunks Prozzesses, der, ohngeachtet höherer Feuchte, hinieden zu den trokknen Formeln länkst fälliger Aufflöhsung führt. Jeh mehr Metafühsikk ohben, desto mehr Staub unten. Je mehr Staub, desto wehniger feßte Materje. Je wehniger Materje, desto Schemen haffter der Mentsch. Er ist auf dem richtigen Weg: Ins Verschwinden.«

Die Fische sterben aus. Der Abfall auf dem mit soviel Hoffnung gedüngten Meeresboden streckenweise schon ärger als die mechanisierten Fangmethoden. Werde eine filmische Schreckvision nicht mehr los. Frühere Fischbänke, mit Hunderten von Arten übersät, heute mit einer mehrere Meter hohen Schicht unauflöslichen Plastikabfalls bedeckt. Paar graue Fischsilhouetten darüber: Die Sorte, der das nichts ausmacht. (Entsprechung zum kommenden Menschen: aggressiv und verhaltensgeschädigt; grau und korrekt: Die Sorte, die die Restposten verwaltet.)

Feuchtigkeitsperspektiven. »Ein paar bröckelnde Inseln im Weltmeer werden noch von ihm beschmutzt.« (Antwort des in der Waagschale sterbenden Fischs, von der Schmeißfliege nach der Ausbreitung des Menschengeschlechtes befragt.)

9. März. Horst ist gestorben; mein Halbbruder. Herzinfarkt, vier Jahre jünger als ich. Mutter Erni findet gebrechlichen Trost darin, daß sowohl die Vereinsbrüder des ortsansässigen Schießklubs, als auch Polizeikollegen, ja, der Polizeipräsident von Darmstadt persönlich Kränze anschleppten. »Es war ein schönes Begräbnis.« Zitatende.

Horst. Peripheres Gedenken. Zu weit voneinander entfernt. Erinnerungen an einen Kriegsurlaub. Mutter Erni war ausgebombt worden. Wir hatten brennende Vertikoteile gelöscht, eine Kiste mit Eingemachtem gerettet. Hockten, heißes Pflaumenmus essend, zwischen den Trümmern. Horst hielt ein Referat über Krawattenknoten. Nichts ärger als locker geschlungene, die vielleicht auch noch sauber aussähen. Ein Krawattenknoten müsse fast bis zu beginnender Atemnot festgezurrt werden und habe abgegriffen und speckig zu sein; nur so sei er chic. Er verschob damals Eisenbahnschwellen. Immer eine Gefährdungs-Aura um ihn gewittert. Schönes, finsteres, ovales Jungensgesicht. Dunkelhaarig, kurzgeschoren; zusammenstoßende Brauen. Voll angenehm böser Ironie. Vater Will, als U-Boot-Kommandant, ihn in die Marine gelotst. Horst sich mit Nervenzusammenbrüchen an Land simuliert. Fehlrechnung leider. In der Strafkompanie erfahren, was ein *echter* Nervenzusammenbruch ist. Jazzmusiker später. Reiseschriftsteller. Gerichtsreporter. Trotz großem Feuer immer auf kleiner Flamme gekocht. Erloschen in Darmstadt. Requiescat in einem pace, gewisser als unserer.

Goethes Traum

Goethe hatte an jenem Abend nicht sonderlich gut gegessen. Eine zwar frische, aber an einigen Stellen nicht ganz gar gewordene Forelle, Müllerinnenart, hatte eine leichte Magenverstimmung bewirkt, die sich im ersten Einschlafdämmer zu einer echten Vergiftungsangst aufzublähen begann, unter deren fahl schwelendem Baldachinsegel der Delinquent in einen gekachelten Alptraum einfuhr, der sich bei näherem Hinsehen, und auch geruchlich, als dampfgefüllte Fischbratküche erwies, in welcher adrett gekleidete Müllerinnen mit mehlig gepuderten Wangen und kalkblätternden Armen schleimig sich windende Aale und hüpfende Forellen servierten. Eckermann machte der status vivendi der Fischgerichte nichts aus; er stach seinem Aal frohgemut die Gabel in den vibrierenden Nacken und begann ihm, die zuckende Rückenkerbe entlang, die speckig gepolsterte Haut abzuziehen; Goethe hingegen vermochte, selbst besten Willens, nicht, seiner nach jedem Sprung klatschend auf den Teller zurückfallenden Speise mit Fischmesser und Gabel zu Leibe zu rücken. Vielleicht war es ein Zufall, vielleicht wohlgeordnete Fügung, jedenfalls, als er schließlich erschöpft und ekelgepeinigt sich abwandte und schweißgebadet erwachte, spürte er etwas Pergamentenes zwischen Zeigefinger und Daumen der Rechten. Umständlich beugte er sich zu der Unschlittkerze hinüber, in deren zage aufkeimendem Flämmchen er das Knisterplättchen als Fischschuppe zu diagnostizieren vermochte, was er jedoch, nach kurzem Zögern, sich dahingehend zu erklären verstand, daß es ja das gastliche Haus des Fischers war, das ihn und Eckermann, weit vor den Toren Weimars, in so zauberischer Unbefangenheit aufgenommen hatte, es folglich als durchaus natürlich angesehen werden konnte, ja mußte, eine Fischschuppe im Bettzeug zu finden. Lächelnd schob Goethe den nächtlichen Fund in das an Lotte adressierte Couvert auf dem Nachttisch, löschte die Kerze und glitt mit einem wohligen, nicht endenwollenden Seufzer als sich räkelnder Aal in die Fischbratküche zurück. *(Deutsche Miniaturen.)*

Aus dem Logbuche Noahs

(Noahs Problem: Wo sind die Fische geblieben?)

Angenommen also, es gibt die Fische nun unwiderruflich nicht mehr. Schön; einmal muß es ja raus: Das ist – ich meine: Das wäre die größte Gemeinheit, die sich nur vorstellen läßt.
Aber ob nicht, wer sich laufend Neues einfallen lassen muß, auch laufend ausrotten darf? Vielleicht sollte man das in einem größeren Zusammenhang sehen.
Es geht hier doch nicht um Biologie! Es geht um Gerechtigkeit. Also um Logik:
Warum hat der Chef die Fische konzipiert? –: Um eine Alternative zu haben zum Fleisch.
Das Fleisch ist sündig geworden. Deshalb ist die Sintflut gekommen.
Die Sünde ist irdisch. An die Fische im Wasser kam die Sünde also nicht ran. Sie sind sauber geblieben. Sie haben ihre Unschuld bewahrt. Sie haben sich geheiligt, um es mit einem Chef-Wort zu sagen.
Folglich wären die Fische in der Lage gewesen, die sündige Erde zu retten.
Doch der Chef hat die Erde untergehn lassen wollen. Da konnte. Er das moralische Gegengewicht, mit dem die Fische sie hätten aufwiegen können, nicht brauchen.
Um abzulenken von dieser Tatsache, hat Er die Fische in der Sintflutbegründung verschwiegen.
Und jetzt, wo man Ihn nicht mehr auf die Fische festlegen kann, hat er sie absaufen lassen.
Vom Rache-Standpunkt aus doch durchaus verständlich. Was ist denn da unlogisch dran?
Daß Er, um Schuld sühnen zu können, die Unschuld vernichtet.
Vielleicht war das Opfer der Unschuld nötig, um die Sühne auch *wirksam* werden zu lassen. Was wäre da ungerecht dran?
Daß Er die Heiligkeit der Fische dann hingeopfert hätte für die Verderbtheit des Fleischs.
Aber genau daraufhin ist der Fisch doch angelegt worden! Und genau daraufhin ist sein Tod doch jetzt konzipiert!
Dann könnten ich und meine Leute und all dieses Viehzeug hier auf dem Kasten nur *deshalb* leben, weil die Fische umgebracht worden sind?!

Vom Standpunkt der Sühne aus gesehen: Ja; allerdings.
Bedaure. Ich nehme dieses Opfer nicht an.
Es geht ja auch nicht nur um Noah. Es geht um die Menschheit.
Also pro Baby ein Hering. Macht eine solche Rechnung diese Ungeheuerlichkeit etwa verdaulich?!
Erst mal schlucken; übers Verdauen reden wir später.

Ein Karpfen, statt mit Flossen, mit Floskeln versehen. Hofft, durch die ständige Beteuerung, Christus habe sich des Fischs doch als Symbolchiffre bedient, nicht auf den Sylvesterteller zu kommen. Und: Ist schon einem fundamentalen Irrtum zum Opfer gefallen. Denn: Der Fisch ist ja nur tot (oder sterbend) Symbol. (Aber eben *das* ist der Wert einer Floskel: Daß sie tödliche Einsichten gar nicht erst aufkommen läßt.)

»Fisch als Speise, als Materie begriffen, drückt die Unschlüssigkeit Gottes ja wohl noch am peinlichsten aus. Wenigstens aus dem Luftraum und vom Land her betrachtet.« (Aus dem tierischen Sitzungsprotokoll, i. V. von Adler und Schwein unterzeichnet.)

Die den vier Elementen Erde, Wasser, Feuer, Luft entsprechenden Tätigkeiten sind: Beerdigen, verwässern, feuern, lüften.

12. März. Die Polen-Verträge sind (im Bundesrat) einstimmig angenommen worden. Deprimierendes Gerangel vorher. Die Polen ungemein entgegenkommend, ausdauernd, langmütig. Ein großer historischer Tag.

Nur. Worum ist es gegangen? Um die Aussöhnung? Um die Rentenzahlung. (Die fraglos auch Bestandteil der Aussöhnung ist. Aber ihr vorrangigster?) Na, und natürlich: Um die Ausreise ›Deutschstämmiger‹, (die man hier im ersehnten deutschen Kulturkreis nach wie vor ›Pollacken‹ nennt). Kein Wort über die im Krieg getöteten Polen. Nichts über die in Polen vernichtete Judenheit. Das Zwillingstrauma bleibt eingefroren.

Frühjahr 1939. ›Polnischer Korridor‹; nachts. Der Zug hielt gleich hinter der Weichselbrücke. Polnischer Posten mit aufgepflanztem Seitengewehr draußen. Polnischer Offizier, von schwerbewaffnetem Soldaten begleitet, besah sich, schweigend von Abteil zu Abteil gehend, schmallippig, blaß, mit mahlenden Kaumuskeln die kommenden Okkupanten. (Waren zwei Tage zuvor zum *Arbeitsdienst* eingezogen worden. Auf der Fahrt nach Gumbinnen. Wo wir exerzieren lernten, Flugplätze bauten, Vormarschstraßen planierten, die Spaten gegen Gewehre eintauschten.)

Herbst 1939. Südöstlich Radom, Polen. Weiße Septemberwolken. Die aufgewühlten Felder und zerschossenen Stellungen mit Hunderten von Gefallenen bedeckt. Wir hatten sie mit Kalk zu bestreuen. Die abgebrochenen Hälften der Erkennungsmarken wurden in alte Marmeladeneimer geworfen.

Januar 1945. Tschenstochau, Polen. Nacht. Die sowjetischen Panzer, die uns seit Tagen gejagt hatten, begannen, den Nordostrand der Stadt zu beschießen. Leere Straßen. Kein Mensch. Die gewohnten Spuren überstürzten Aufbruchs, kopfloser Flucht. Willi konnte nicht mehr. Schleppte ihn mit. Hatten uns die Zehen erfroren. Lazarett geräumt. Betrunkenes Restkommando jedoch. Erfreut, noch etwas zu tun zu bekommen. Aus dem Schnee unter die Brause. Seit einem Jahr wieder ein Bett. Nachts einen Traum. Der Sternhimmel tanzte. Krachende Donnerschläge dazu; reißende Blitze. Erwachte. Es war kein Traum. Zwei der Sanitäter trugen mich im Laufschritt durch die rings um den Bahnhof detonierenden Panzergranaten. Erreichten noch eben den Zug. Es war der letzte, der Tschenstochau verließ.

»Und in Gleiwitz hats dann auch wieder Sanitäter gegeben, die haben uns Wolken von grauem Insektenpulver unter die Decken gejagt, und ich bin bald kaputtgegangen vor Schmerz, so hat das Zeug die Wunde gebeizt. Und die ganze Ewigkeit lang, die wir da auf dem Abstellgleis standen, hab ich aus m Fenster und auf die Verladerampen und auf die Kohlenplätze und Lagerschuppen gestarrt und mich wieder und wieder gefragt: Na, was is nu mit deiner Heimat? Hier fängt sie an. Willste nicht wenigstens Herzklopfen kriegen? Doch; ich wollt schon. Aber mein Herz wollte nicht. Genauso normal wie immer geschlagen. Und auch als es weiterging dann, und ich hab die Oder wiedergesehn, und nachts raste mit bleichen, verfluschten Rotkreuz-Schwesterngesichtern der verdunkelte Bahnsteig von Breslau vorbei –: Auch da hat sich nichts in Goschnik gerührt. Gegenteil, er hat auf einmal gemerkt, irgendwas vereiste in ihm, wenn er jetzt so auf die nächtlichen Felder, auf die Waldsilhouetten und die schließlich wieder im fahlen Morgengrau sich um die Kirchtürme duckenden Dörfer raussah. Erst dacht ich: Bist eben nicht mehr sentimental genug, um n Stück Natur oder so n rauchig verhangenes Dorf schön zu finden. Dann aber hab ich gemerkt: Stimmte ja gar nicht. 'n Lokomotivpfiff zum Beispiel, oder der frische Erdgeruch, der durch die zerschossene Scheibe reinkam, oder n Fenster, auf das die Sonne drauffiel, das konnt mich ja noch genauso wie früher aufregen. Also, was wars *dann?*

Weißte, wo ich s erst rausgekriegt hab? In Küstrin. Kennste doch, nicht: Küstrin an der Oder. Hübsches Städtchen; bis auf die Kasernen. Da lud man uns aus. War wohl ne Gleisanlage in die Brüche gegangen bei nem Fliegerangriff, und LKWs gabs nicht. Also kam n Konvoi strohausgelegter Leiterwagen an den Stadtrand gezockelt, wo wir inzwischen ausgerichtet auf ner Rampe rumlagen. Und mit den Wagen sind auch so zwei Dutzend Mädchen aus nem Kinderverschickungslager gekommen, die nahmen uns jetzt in Empfang. Siehste, und als ich da nu, in ne Decke gewickelt und sauberes Stroh unter mir, an der rumpelnden Wagenwand lehnte und konnt auf die frischgepflügten Äcker sehn, und in den blanken Schollen, die noch die Form der Pflugschar hatten, hat sich der unnatürlich blaue Aprilhimmel widergespiegelt, und n silbriger Taubenschwarm flog drüber hin, und alles voll zwirbliger Rauchfähnchen auf n Dächern der Stadt, und die Birken, die Chaussee lang, an denen konntste die Blätter schon ahnen, und dauernd hat sich so n blasses, mitleidkrankes Schulmädchengesicht zu einem runtergebeugt –: *Da* wurde mir s klar.

Brauchte doch nur dran zu denken, was ich vorhatte jetzt: So schnell wie möglich mein Bein auszuheilen, Zivil zu besorgen und los. Sind ja nicht mal mehr achtzig Kilometer gewesen bis nach Berlin. Na, und wie *war* denn das mit dieser lieblichen Gegend hier dann? Mit diesen herrlichen Wäldern, diesen idyllischen Feldwegen, diesen beschaulichen Dörfern, diesen anheimelnd rauchenden Schornsteinen, hm? Schlimm wars. Zu Todfeinden geworden wär das dann alles. Jeder kreischende Eichelhäher im Wald n Verräter. Jede Rübenmiete auf m Feld gefährlicher als n russischer Panzer. Jeder Hund n Gendarm. Jedes Haus n Gefängnis. Die Sonne n Scheinwerfer. 'n Fluß ne Falle. 'ne Wiese n Exekutionsplatz. Oder nimm doch bloß mal die Schulmädchen, die uns da abgeholt hatten und in der Lazarettbaracke nachher was zu essen ranschafften und dann schluckend auf n Bettkanten saßen, bis sie von ner Schwester weggescheucht wurden: Alles arme, nette ordentliche Dinger gewesen. Aber was wär aus ihnen geworden, hätten sie Wind von meinen Plänen gekriegt? Erstklassig funktionierende Meldeapparaturen.« (Der schwerverletzte Glasermeister Goschnik; da nicht mehr viel Zeit, atemlos auf den Rabbiner Lovinski einredend, den er mit seinem früheren Meister verwechselt. *Ein Unglücksfall.)*

Schwierigkeiten mit dem Vaterland. Soldat gewesen fürs *ganze.* Zurückgekommen ins *halbe.* Kindheit in Frankfurt. Aufgewachsen in Ostberlin. Marina ist Russin. Nenad ist Jugoslawe. Unser Haus steht in Italien. Meine Lieblingsautoren sind Amerikaner. Mein Traumland ist Israel. Ich liebe Minderheiten; besonders Zigeuner. Ich schätze die jüdische Orthodoxie. Ich schreibe deutsch.

Es war einmal ein starker Mann. Der wurde *so* stark, daß er alle Nachbarn um sich herum zu unterjochen begann. Das genügte ihm aber nicht. Er unterwarf jeden, dessen Eigentum ihm gefiel. Da taten sich alle Unterjochten zusammen. Es gelang ihnen, den starken Mann zu besiegen. Doch nun stellte es sich heraus, daß allen auf einmal seine Tüchtigkeit fehlte. Also beschloß man, ihm zu verzeihen. Erfreut wurde der starke Mann auf allen Zusammenkünften begrüßt. Man war ihm dankbar, daß er niemandem grollte. Nur wenn sein Söhnchen auftauchte, das er jetzt manchmal mitzubringen beliebte, wurden die Mienen der Nachbarn streng, stießen sie einander mit den Ellenbogen an. Konnte man wissen, ob nicht ein Okkupant in dem Blondköpfchen steckte? (Fürs europäische Lesebuch.)

Ali an Atma. »In Anbetracht des von Ihnen, Verehrtester, prophezeiten Davongangs des Menschen, der sich ja, Technik hin, Chemie her, durchaus noch über etliche Jahrhunderte hindehnen kann, ist mir ein globaler Gedanke gekommen. Man mag zum Sapiens stehn, wie man will: Er ist es auf jeden Fall wert, daß man sich seiner in der noch verbleibenden Zeit so eindringlich wie möglich zu vergewissern, um nicht zu sagen: zu erinnern versucht. Ich habe zu diesem Behuf das System eines Bestand aufnehmenden Schlußlexikons entworfen, das alle anderen ähnlich gearteten enzyklopädischen Werke, ihres streng spezifizierten Detailwissens wegen, mit einem Schlage entbehrlich macht. Es wird nur ein einziger Band. Dennoch finden Sie den Sapiens in ihm, kulturgeschichtlich und anthropologisch, komplett. Was Sie übrigens auch schon dem Titel anmerken dürften. Er lautet: *Von Kopf bis Fuß*. Untertitel: ›Abschied von einer Erscheinung‹. Zweiter Untertitel: ›Endlexikon zur Menschenbestimmung‹. Ich gehe streng vom gegebenen Erscheinungsbild aus. Wenn ich den Sapiens mustre, wo fängt er an? Er fängt an mit dem Kopf, mit dem *Haupthaar* genauer. Und wo endigt er? Wo die *Fußsohle* endet. Dies die auch im Titel gemeinte Begrenzung. Die notwendige Unterteilung nimmt nun jedoch nicht systematisierende Willkür vor, sondern wird von der weisen Einteilung des Sapiens in Gliedmaßen, Organe, Drüsen, Säfte und Zellen bestimmt. Doch natürlich hat es damit noch nicht sein Bewenden. Nämlich jedes Stichwort wird zugleich auch im Hinblick auf die anschießenden Assoziationskristalle hin abgeklopft werden. Nehmen wir die Lunge. Jetzt heißt das bei dieser Methode (nachdem über die Lunge an sich, vom Lungenbläschen bis zur Embolie, referiert worden ist), *alles* herbeiassoziieren, was das Umfeld unseres Stichworts belebt. Um es unstatthaft vergröbernd deutlich zu machen, werde ich also von Lunge auf Luft, von Luft auf Freiheit, von Freiheit auf Demokratie, aber andererseits auch selbstverständlich von Lunge auf Rauchen, von Rauchen auf Dunst, von Dunst auf Droge, von Droge auf Abhängigkeit, von Abhängigkeit auf Revolution, von Revolution auf Bürokratie zu sprechen kommen. Und zwar werden nun keine Definitionen mehr gegeben (die dürften ja wohl hinreichend aufgestellt worden sein); sondern jedem der solcherart heranzitierten Begriffe wird eine zündende, dem Aphorismus angenäherte Verdichtung von zwei bis, sagen wir: zehn Sätzen zuteil, die wurzelweisende Prägekraft haben. Unter dem Sammelbegriff ›Nase‹ wäre also etwa vom Niesen dieses zu sagen: ›Niesen ist ein kultischer Akt; man verbeugt sich und trompetet dazu.‹ Als Arbeitsmotto für die Fertigung solcher Sätze hätte zu gelten: 1. Kenntnis mit Erfahrung, Wissen mit Weisung zu mischen. 2. Den drohenden Ernst eines solchen Unternehmens mit abschiednehmender Heiterkeit aufzufangen. 3. Dessen ungeachtet sich jedoch immer eingedenk zu bleiben, daß es hier um Endbemerkungen zu einem Endprodukt geht. Ich habe nun, Verehrtester, schon einmal den Eingangsbegriff, besagtes *Kopfhaar* nämlich, in Angriff genommen. Das Ergebnis liegt bei. Es ist eine erste stichwortartige Bestandsaufnahme zunächst, die, Kraftfeld um Kraftfeld auslotend, im nächsten Arbeitsgang natürlich dann, entsprechend erweitert, vertieft werden müßte. Wiewohl es sich wahrscheinlich empfiehlt, den Sapiens erst mal auf einen Rutsch abzuhandeln. So daß, *so* gesehen, nun als nächstes wohl erst mal die *Stirne* drankäme. Ob *Sie* das wohl zu übernehmen vermöchten und überhaupt, Verehrtester, Bereitschaft und Interesse am Projekt sowohl wie am verblassenden Sapiens aufbrächten? So daß es nicht gar zu vermessen wäre, sich Ihrer geschätzten Mitarbeit für versichert halten zu dürfen?

(Anlage: *Von Kopf bis Fuß.* Abschied von einer Erscheinung. Endlexikon zur Menschenbestimmung, Pagina 1, ff.: *Das Kopfhaar:)*

Samson. Die Mähne des Löwen. Dalilas Glatzentraum. Der

Skalp als Manko und Kraftspender. Loreleys Kamm. Kämmen strafft die Büste der Damen, daher fälschlicherweise als Verlockung gewertet. Rapunzels Pragmatik. Je länger, je lieber. Haaransatz und Denkansatz. Von der Pflicht der Dialektik, auch Haare zu spalten. Dem Teufel ein Haar ausreißen. Das Haar in der Suppe. Um Haaresbreite. Um sich das Haar raufen zu können, ist Fülle vonnöten. Kann ein Langhaardackel als haarige Angelegenheit bezeichnet werden? Sich die Haarwurzeln erkälten. Haarsträubendem liegt entweder Empörung oder Gruseliges zugrunde. Haare lassen ist unangenehm, man hätte sie gern wieder mitgenommen. Der Frisör: Bändiger oder Beichtiger? Zu Berge stehende Haare täuschen keineswegs über Gedankentäler hinweg. Was ist und zu welchem Zweck trägt man eine Frisur? Die Dauerwelle: Bruchstück versteinerten Meers. Bubikopf und Pagenschnitt sind Unterwerfungsfrisuren. Das Anmaßende der Tonsur liegt in der Erwartung, sie würde Leuchtkraft verbreiten. Was dem Herrenschnitt billig, ist dem Zopf teuer. Der Zopf: Schwanz oder Peitsche? Das Pony als Visierrudiment. Die Sträflingsfrisur verhilft zu einem kühlen Kopf. Langes Jünglingshaar symbolisiert eine Freiheit, die den Nachteil hat, häufig gewaschen werden zu müssen. Jemand den Kopf waschen kann man auch, ohne sein Haar zu befeuchten. Haarwasser und Taufwasser. Der Scheitel als solcher. Wie kann ein Scheitel ein Punkt sein? Dennoch steht die Sonne in ihm. Der Zenit und seine Bedeutung für den, der unangefochten hinaufschaut. Haarfärben: Die Frau als Chamäleon. Frisuren der Weltgeschichte. Die Perücken Friedrichs des Großen, nebst den Gedanken, die unter ihnen produziert worden sind. Hitlers Stirnsträhne hatte Scheibenwischerfunktion. Hindenburgs Bürstenschnitt ließ auf häusliche Sauberkeit schließen. Frauen, die in den Locken ihrer Liebhaber wühlen, sehen in ihren Träumen die Glatze als Penissymbol. Glatzenfurcht hängt mit dem Irrtum zusammen, man gäbe sich eine Blöße, wenn man sein Edelstes unbehaart zeigte. Glatzenpflege weist auf Überlegenheit hin. Die Frage bleibt aber dennoch: Tuch oder Schwamm? Warum Furcht vorm Ergrauen, werteste Damen? Die Furcht des Gatten vor unstatthaftem Erblonden wiegt doch wesentlich mehr.

Was Kafka während eines Brahmskonzerts, genauer: während der *Tragischen Ouvertüre* auffiel: »Die Zerstörung in der Frisur des Dirigenten.« (Prag, 13. Dezember 1911.)

Und umgekehrt. Johann Strauß, Sohn: »Die Melodien fließen aus mir heraus wie Wasser.«

Sprache. Montage. Sind das zwei erste Wochentage, oder wird da eine Brücke zusammengesetzt?

Weltsprache Berlinisch. Bockig und zickig. Ein Bock kann uralt sein. Ein Zicklein ist jung. Jedoch zickig ist eine alte Jungfer, bockig ein Kind.

Atma an Ali. »Ich zolle Ihrem Plahn, ein so zu sahgen Abschied nehmendes Mentschheitz Lecksikonn zu entwerfen, vollste Applauditzion. Sie wehrdn gewiss auch, noch im Lauffe dieses Dezennjums, in den Standt gesetzt seyn, sich meiner Mitarbeit vollstens versichert zu fühln. Nur erlauhben Sie Mir, mein Beßter, im Augen Blikk erst *mein* Lecksikonn der vom Mentschen zum Außsterbn verurteilten Tier Welt fertig zu stelln. Der Umsattlungksprozzeß dann dührfte gewiss nuhr ein geringfühgiger seyn.«

Ich biß gerade in ein mit Prager Schinken belegtes Brötchen, da erschien plötzlich auf der Feuerleiter, die draußen am Küchenfenster vorbeiführte, ein wütender Mann mit einem Karton auf der Schulter. Das Dienstmädchen schrie auf und wollte wegrennen. Aber er klopfte so herrisch ans Fenster, daß sie es öffnete. Fluchend kam er hereingeklettert. »Wenn Ihr schon 'n Extraaufgang für Lieferanten und Dienstboten habt, dann sorgt wenigstens dafür, daß die Klingel auch funktioniert. Hier«, sagte er und stieß mit der Schuhspitze an den Karton: »Da sind die Hüte für Ihre Gnädichste drin.« Das Dienstmädchen unterschrieb erleichtert den Lieferschein. »Ich laß Sie gern vorne raus, Herr.« – »Ich scheiß auf vorn«, sagte der Mann. Da schloß sie ihm die Lieferantentür auf. (Berlin-Charlottenburg, 1926.)

Marina, der es gelingt, auch noch den unleidlichsten Verkäufer, die erschöpfteste Verkäuferin, oft mit einem einzigen Satz nur, *so* zu nehmen, daß jene sich in ihrer Privatsphäre wähnen und auch entsprechend gelockert bedienen.

Meine Unfähigkeit dagegen, mit Kellnern fertig zu werden. Sie wollen einfach nicht den normalen Gast in mir sehen, geschweige den Herrn. (Den ich allerdings auch selber einige Mühe hätte zu finden.) Es beginnt mit der Bestellung. Ohne pikiertes Kellnergesicht ist mir nur äußerst selten eine gelungen. Ganz arg wird es bei der Bezahlung. Sie merken sofort, ich habe kein Verhältnis zum Geld. Was sich aufs anschaulichste beim Trinkgeldgeben erweist. Ich überhöhe es so, daß die Verachtung der Kellner keine Grenzen mehr kennt.

Herr Reimann. Wirt der Eckkneipe, über der wir (im dritten Stock) wohnten. Tonne von einem Mann. Wurstarme; ächzender Watschelgang, da dicker als hoch. Sitzen unmöglich: nichts mehr knick- oder faltbar an ihm. Stand nur. Hinter der Theke. Vor dem Lokal. Würdevolle Lage des kuglig geschorenen Kopfs auf den halsverdeckenden Speckkaskaden. Weißgelber, von getrocknetem Bierschaum störrisch gewordener Schnurrbart, dessen wilhelminisch aufwärts weisende Spitzen an einem Marionettenkreuz befestigt zu sein schienen, dessen Fäden den schweren, schwer an Welttrauer erkrankten, jedoch unvermindert Autorität ausstrahlenden Mann im Gleichgewicht hielten. (Berlin-Weißensee, 1928/35.)

Herr Reimann in seiner Geschichte. (Für *Vater/Sohn*, II.) Die SA hat sich die Eckkneipe zum Sturm-Lokal erkoren – wider seinen Willen. Er verliert alle Stammgäste und, was schlimmer ist: auch alle Freunde, Bekannte dadurch. Tritt, ohne Aufhebens davon zu machen, aus tiefstem (und stillem) Protest in einen totalen Durst- und Hunger-Streik. Bedient weiter dabei. Die Qualen, die der kompakte, trink- und eßfreudige Mann aussteht. Bis er eines (nationalen Gedenk-)Tages, Tablett voller Biergläser balancierend, unter den feiernden SA-Männern zusammenbricht. Herzversagen aus Unterernährung, stellt der Arzt kopfschüttelnd fest. Das Lokal bleibt geschlossen. (Titel: *Der Generalstreik.)*

Herrn Reimanns Eckkneipe, außen. Günstige Lage: Letztes Lokal vor dem katholischen Friedhof. Jede Trauergesellschaft suchte (und fand) in Reimanns Kneipe wieder Anschluß ans Leben. Schmaler Vorgarten, parallel zu Vereinssaal und Schankraum. Von gelblich lasierten Kachelsteinen umfriedet, die das Betonfundament für den schwarzgerosteten Jugendstilzaun verdeckten. Dieser knapp hüfthoch, schnörkliges Lilienmuster; alle zwei Meter viereckiger Faunskopf: grinsend, Zunge zwischen den Zähnen. Verwitterte Tische und Stühle; er holte sie im Spätherbst erst rein. Die Kiesfläche weinüberrankt. Da niemand die Erde in den Kästen goß, waren, hob man den Kopf, jedoch weit mehr rostige Spanndrähte als an ihnen entlangkriechende Weintriebe zu sehen. Und die Mauersegler darüber.

Inbegriff der Welttrauer; Machtlosigkeit der Hoffnung; Sinnentleertheit jeder Umweltschutzphrase: Am vom Menschen verursachten Aussterben unserer (einheimischen) Vogelarten gemessen. Wobei man allerdings, wie ich, so etwas wie eine brüderliche Wesensverwandtschaft zu den Vögeln empfinden und tiefgehende Jugendfreundschaften geschlossen haben muß. Zu Lerche und Ammer; zu Storch, Fischreiher, Kranich; zum Seeadler, zum Milan; zum Teichrohrsänger und Haubentaucher; zum Bussard, zum Wanderfalk, zu Habicht und Sperber; zu allen Eulen vor allem. (Zusätzliche Rechtfertigung: Als Embryo habe ich dem des Perlhuhns geglichen.)

Die Ornithologen haben es noch gar nicht so richtig begriffen. Logisch: Forschen hindert am Merken. Wenn über ihnen ein Bussardpaar kreist, ist der Bussard für sie noch da. Daß es das letzte Bussardpaar sein kann, dafür fehlt diesen Enthusiasten Ohr, Auge, Antenne. Sie hausen der mageren Mutter Natur zu nahe am Herzen. Zugegeben, da trommelt noch manchmal der Specht. Da klingt der Grundtakt noch einigermaßen verläßlich und fest. Doch die Stille über den Feldern, die Kahlheit des Himmels, das Schweigen im Walde beunruhigen den Großstädter mehr. Denn es ist *seine* Hoffnung gewesen, was da in den Vogelkehlen verstummte. Er war es, der den ersten Wildgansketten im März seine Sehnsucht nachgeschickt hat. In ihm erweckte der ziehende Kranich den alten Ikaruswunsch wieder neu. Nun also statt dessen kreisende Satelliten und schädlingsfreies Gemüse.

»Was für ein Glück, mein Beßter, daß Wir Uns recht Zeitig aus dem Stauhbe gemacht. Ich führ mein Theil jeden Falls will in einer Welt ohne Flügel nicht lehben.« (Atma an Ali.)

»Gemach, Verehrtester. Die Flügel bleiben. Sie haften in Zukunft eben nur den Unwürdigen an. Denn wer wird das Rennen machen? Der Dreck- und Allesfresser natürlich: Die Krähe, die Elster und (andernortes) die Geier. Nicht mehr der schärfste Blick oder Schnabel, geschweige Verstand, nein: die schärfsten Magensäfte werden entscheiden.« (Ali an Atma.)

Atma an Ali. »Wolln wir wenigstens hoffen, daß das auch eine neue Sorte von Engeln ergiebt. Die alte war ja speckulatiev zu nichts zu gebrauchen. Nuhr ein Bißchen anfilosofiert, schon schlugs dieser windigen Sippe aufs Himmelsgemüth und auf den vegetarischen Mahgen.«

Ali an Atma. »Ich habe es immer gesagt: Der Fortschritt ging unbeachtet an der Kirche vorbei. Bedenken Sie doch, nicht einmal Lilienthals Flugapparat hat diesen Engelmachern zu denken gegeben; von den modernen Leichtmetallkonstruktionen zu schweigen. Vielmehr knattern ihre geschlechtslosen Damen und Herren noch ebenso mühsam und altmodisch beflügelt vom irdischen Sumpf hoch, wie schon der Archäopteryx das einstens besorgte.«

Walter Benjamin sieht Engel in Kafkas Werk. Möglich, ja. (Obwohl Kafka abgewinkt hätte.) Es sind jedoch nicht die rauchhäutigen Männerengel des Alten Testaments; es sind auch nicht die sanftäugigen Schutzengel, denen man als Kind so gern die Schläfe gegen die Schulter gelegt hätte; und es sind auch nicht die wütenden Rächer mit dem hauenden

Schwert oder die Kinder mit dem Jahrtausendwissen. Sondern jene Himmlischen in Kafkas Geschichten sind die streng zweckgebundenen Dienstengel des Talmud, die Gott laufend zu Tausenden schafft, um sie, sobald sie ihre Aufgabe erfüllt und vor dem Schöpfer ihre Stimme erhoben haben, zu Tausenden wieder zu vernichten. So könnte man etwa die drei bärtigen Zimmerherren in der *Verwandlung* zu diesen Dienstengeln rechnen. Die Aufgabe dieser ›Herren‹ war, sich von Gregor Samsas Zustand zu überzeugen, was sie aufdringlich und stärkstens befremdet vollzogen. Hatte Gregors Vater sich vor ihnen eben noch geradezu unterwürfig gezeigt, so ist er jetzt, da sie ihre Aufgabe erfüllt haben, fähig, sich hoch über sie zu erheben. Er kündigt ihnen. Er wirft sie beinah hinaus. Denn ein Dienstengel hat nur so lange Kraft, wie er bedienstet ist. Außer Dienst erlischt seine Vollmacht. Wozu soll Gott ihn jetzt noch beschützen?

Zigeunerballade (13.)
Slava hat es geahnt. Jedesmal, wenn es Stamlo bevorstand, hätte sie es voraussagen können. Nicht auf die Stunde; auf den Tag jedoch schon. Nichts an Stamlo ist dann verändert. Sein Gang ist genauso unentschlossen, seine Art sich zu bewegen, ebenso fahrig wie immer. Er redet. Er geht im Lager umher. Er knallt mit seiner traurigen Peitsche. Doch es ist an solchen Tagen etwas Gläsernes um ihn. Slava sieht ihn in silberne Fäden gewickelt. Sie zerreißen bei jedem Schritt, den er tut.
Slava könnte es sagen. Aber sie schweigt. Sie kann es sogar wieder vergessen. Denn es hindert beim Findengehen, daran denken zu müssen. Wenn sie wahrsagt jedoch, ist es da. Sie sieht nicht ein, warum andre es gut haben sollen, wenn Stamlo es schlecht hat; von ihr erst gar nicht zu reden. Man muß viel Geld zahlen, um sie zu einem Gegenzauber zu bewegen, der das Angekündigte abwendet.
Heute hat niemand einen Gegenzauber erhalten. Heute hat Slava nur Unglück verkündet. Denn heute morgen haben die gläsernen Fäden um Stamlo beim Zerreißen schon beinah geklirrt. Slava hat den ganzen Tag gewußt, was sie erwartet. Sie ist deshalb nicht früher, nicht schneller ins Lager gekommen;

nur schwerer. Trauer in den Füßen; Zorn in jedem Gelenk. Sie hat fünf Kinder. Stamlo wiegt sie alle fünf auf.
Niemand versteht das; am wenigsten Sander. Er ist zu Vataf hinübergegangen, als Jan und Vitus ihn brachten. Es stimmt, Stamlo ist so alt wie Vataf; und Vataf ist dreißig: Ein schöner, tüchtiger junger Mann, der Geld für ein eignes Auto zurücklegt. Stamlo aber fließt der Speichel aus dem Mund, er redet irr, und ständig quält ihn die Fallsucht.
Jetzt geht es ihm besser. Jetzt ist die Zeit, wo Slava sich für ihn umbringen könnte, würde es ihm etwas nützen. Er sitzt unter den Ikonen. Er lächelt; er ist weit weg mit den Augen. Kein Kind im Lager strahlt soviel Zerbrechlichkeit aus. Niemand, den Slava gekannt hat, wirkt so entrückt, so schutzbedürftig, so weise.
Er ist immer so, wenn es dann wieder vorbei ist. Es dauert eine Stunde vielleicht. Dann erlischt das kühle Feuer in ihm. Sein Blick wird blöde. Der Kopf sinkt herab. Er lallt. Er versucht, das Sonnenviereck wegzustoßen, das vor ihm auf dem Fußboden liegt. Er wird wütend; er nimmt seine Peitsche, schlägt draußen die Bäume.
»Melalo hat ihn wieder verlassen«, pflegt Baba Tamara zu sagen. »Jetzt macht die Leere im Hirn ihm doppelt zu schaffen.«
Sander will, sie soll Stamlo behandeln. Slava läßt sich darauf nicht ein. Bestimmt ist Baba Tamara eine echte Drabani, die sich auf solche Dinge versteht. Doch auf Stamlo versteht Slava sich besser; man kann ihm nicht nehmen, was zu ihm gehört.
Denn gegen Melalo hilft *nichts;* das weiß auch Baba Tamara. Wie aber sollte Stamlo vor Melalo bestehen, wenn man ihn seines Schwachsinns beraubt? Er ist auf ihn angewiesen. Er braucht ihn, um weiterleben zu können. Geheilt, würde Stamlo die Furchtbarkeit Melalos begreifen; das wäre sein Tod.

Diesmal mußte die Tür aufgebrochen werden; es war abgeschlossen von innen. Bis der Schlosser kam, lehnten sie mich an die Wand. Die Wohnung abweisend, böse, chaotisch und fremd. Dabei nichts verändert im Grunde. Um die Couch herum in der Luft eine silberne, rechteckig verlaufende Naht: Die Wirklichkeit war mit dem Glasschneider aus der Wirklichkeit herausgelöst worden. Hyeronima im Gehäuse. Kein Atem, kein Puls. Die Cognacflasche und die Tablettenröhrchen noch in die Küche gebracht. Ihr Lippenmuster von einer Zigarettenkippe bewahrt.

»Von einem gewissen Punkt an gibt es keine Rückkehr mehr. Dieser Punkt ist zu erreichen.« (Franz K.)

Wir lieferten E. in die Reanimationsabteilung ein. Sie lag meinem Klinikzimmer genau gegenüber. Uns trennten vier Wände, dieses Leben, ein Weg. (September 1965.)

Vermißtenanzeige. Wo sind die Menschen bei Walter Benjamin? Finde nur Stimmungen, Zustände, Gefühle, Prognosen, Meinungen, Apodiktik, Sachen, Massen, Gegenstände, Dinge bei ihm. Fraglos: Am ungeheuerlichsten ist er, wenn er Wohnungseinrichtungen und Möbelgruften beschreibt. (Sowohl in der *Berliner Kindheit*, wie in der *Einbahnstraße.)* Aber in diesen bürgerlichen Katakomben wird doch wohl auch *gelebt*.

Herr Fethge. Er hatte den Kohlenkeller, links neben dem Hauseingang. Fahler, durch den Rußstaub bläulich wirkender Teint. Formbares Teiggesicht, dessen Linien und Falten sich auf verächtliche Resignation eingehangen hatten. Stammgast bei Reimann. Immer Zigarette im Mundwinkel, flache Greiling, mit Goldmundstück. (Weiß das, da die weggeworfenen Stummel häufig weitergeraucht.) Aschblonde Strähne unter nicht unflotter Schildmütze, die er mit schwarzen Knochenfingern wegzustreichen versuchte. Hände meistens in den Hosentaschen vergraben. Was den zu weiten, fleckigen Zweireiher noch beuliger machte. Dreckigen Kunstseidenschal um, der ihm, zusammen mit dem schmuddeligen Kavalierstaschentuchzipfel und dem ewig hochgeklappten Jackettkragen, einen verkommenen Chic verlieh, der frösteln machen konnte, wenn man Herrn Fethge, den Lichtfeind, das schwarze Eingangsgeviert im Rücken, auf seinem Stammplatz, neben dem Kellertreppengeländer erblickte, von wo aus er, unter den schweren Lidern hervor, kenntnisreich die sterbliche Qualität des Sonnenlichtes abschätzte.

Wenn ich die Wahl hätte zwischen sentimental und sentimentalisch, ich würde mich für letzteres entscheiden. Doch das Gefühl ist mir längst zuvorgekommen. Es hat für das Sentimentale optiert. Und so genügt nun schon ein Sonnenreflex auf der zerbeulten Tuba eines die Backen blähenden Friedhofsmusikanten, um diesem windigen Schreiber eine Idee einzugeben. Während der sentimentalische Autor doch immerhin noch die Genugtuung hätte, lediglich kraft seiner Imagination an jenen Friedhofsmusikanten geraten zu sein.

Der sentimentale Autor ist der Welt ausgeliefert. Der sentimentalische dagegen verfügt über sie. (Allerdings auch wieder nur *so* lange, wie er sie zu beschwören versteht. Indessen den sentimentalen Autor die Welt auch dann noch betört, wenn ihre Signale sich ihm in Allergien zu verwandeln beginnen.)

Lieber allergisch als verlassen. (Also bleibt es dabei.)

Die Kehrseite. Vor etwa zwanzig Jahren Zeuge gewesen, wie man einen Blinden forttrug, der sich vor die S-Bahn geworfen hatte. Den Tränen nah. Jedoch nicht des Mannes wegen. Sondern wegen des Blindenhundes, der dem Manne winselnd gefolgt ist.

»*Weinen* ist wichtig. Worüber, laß uns *danach* überlegen.« (Jagomir Pelzig, Altwarenhändler.)

Fehlendes Licht. Alle Blinden-Geschichten sind sentimental. Denn alle wurden von Sehenden geschrieben.

Und wenn die allersentimentalste von einem Blinden stammte?

Kann denn ein Blinder rabiat über das Blindsein berichten? – Man muß ihn nur lassen. Und keinen Blindenführer von ihm verlangen.

Ein Jahr lang einen blinden Mitschüler im Gymnasium gehabt. (Als Kind mit einer Handgranate gespielt.) Dunkelblond; altmodisch wirkende, wellig gescheitelte Tolle. Grau und sauber gekleidet. Eckige Bewegungen. Blasser Teint, da außer Schulweg kaum frische Luft. An jeder Hand fehlten zwei Finger. Gesichtsausdruck: Nachsichtige Ironie, so als ob er sich ständig beobachtet fühlte. Schneidend sarkastisch. Klassenprimus. Schrieb (in Blindenschrift) die kältesten und intelligentesten Aufsätze von allen. Niemand mit ihm befreundet. Er war uns als Blinder nicht hilflos genug.

Ein blinder Schiftsteller hört (mühsam) hinter einer Kneipentür eine Verabredung zum Mord. Wie er ihn zu verhindern versucht, stellt sich heraus, er war selber gemeint. Verhindert ihn dennoch; glaubwürdig sogar. Teilwiderlegung der These, Blinden-Geschichten seien sentimental. Diese war gut. Englischer Film. Titel: *Dreiundzwanzig Schritte zum Abgrund.* Vergessen, von wem.

»Ersatzweise auch Denken gestattet.« Wandspruch in der Blindenabteilung des Bundesverfassungsschutzes.

Der Rivale. Geschichte. Ehepaar, beide berufstätig. Er blind. Handfeste Verbindung. Der Mann erinnert sich seines als Blindenführer ausgebildeten Hundes. Hat sehr an dem Hund gehangen. Der Hund war gänzlich auf ihn fixiert. Ständig schwieriger für die Frau. Der Hund hat sie schließlich als Hilfe beinah entbehrlich gemacht. Plötzlich starb er. Schwerer Schlag für den Mann. Die Frau blühte auf. Endlich wurde sie wieder gebraucht. Das ist vor 30 Jahren gewesen. Durch eine winzige Unvorsichtigkeit ihrerseits kommt heraus, der Hund ist keines natürlichen Todes gestorben. Er wurde vergiftet. Die Frau hat dem Tierarzt erzählt, daß der Hund Passanten anfalle. Da hat er die entscheidende Spritze erhalten. Der Blinde versteht seine Frau. Und das ist (fast) das Schlimmste für sie. Wie darf er, der sie so braucht, ihr so überlegen sein?

»Wenn du schon *immer* n Hundenarr gewesen wärst –. Aber warst du ja gar nicht. Hast ja auch Harras noch nicht mal gesehn.«

»Aber gespürt. Denk an die gemeinsame Wellenlänge, die wir hatten.«

»Muß ich?«

»*Du* hast mit Harras angefangen, nicht ich.«

»Entschuldige, Erwin. Hab einfach manchmal n schlechtes Gewissen.«

»Wozu. Wir wissen doch beide, was wir Harras verdanken.«

»Eben.«

»Man muß nicht über ihn reden. Genügt, wir denken an ihn.«

»Ich *will* aber nicht mehr an ihn denken. Ich möcht ihn vergessen.«

»Hindre ich dich daran?«

»Du nicht.«

»Wer dann.«

»Die Träume, die ich von ihm hab.«

»Harras hat mich zehn Jahre geführt. Das heißt, er hat uns zehn Jahre geholfen. Auch dir.«

»Ja, wir wären aufgeschmissen gewesen ohne ihn. Obwohl –: Ich hätt natürlich auch *allein* arbeiten gehn können.«

»Und wer hätt mich zur Blindenschule gebracht? Und wer hätt mit mir trainiert? Hast du vergessen, was für ein miserabler Schüler ich war? Und wie ich mich immer aufgeregt hab, wenn ich an irgendwas stieß?«

»Einmal hast du im Zorn sogar Harras verprügelt.«

»Ja. Es war furchtbar. Er hat sich nicht gerührt. Er hat mich noch nicht mal gebissen.«

»Aber als ich versucht hab, dich wegzureißen, hat er mich angeknurrt.«

»Laß den Vorwurf weg in deiner Stimme. Harras ist seit über dreißig Jahren jetzt tot.«

»Er lebt. Das ist ja das Schlimme. Und wenn nicht in meinen Träumen, dann in dir.«

»Ich kann nicht einfach aufhörn an ihn zu denken, Ella. Ich verdank ihm zu viel.«

»Ja. Jeden Schritt, den du tust. Jeden Gang, den du machst. Jede Bekanntschaft. Sogar dein Lachen, deinen Humor hat er dir wiedergegeben.«

»Na und? Ist das nicht wunderbar? Was war ich für ein verbittertes Nervenbündel, als du mich aus m Lazarett geholt hast.«

»Nein; leicht war 's nicht, mit dir fertig zu werden. Aber wir hatten einen Anfang gemacht.«

»Und wie sah der aus? Daß ich dich bei jeder Besorgung verdächtigt habe, du würdest nicht wiederkommen. Bis du dich schließlich überhaupt nicht mehr wegtrautest und die Nachbarn für uns einkaufen mußten. Und wir saßen hier rum, und ich wollte dauernd von dir hörn, nein, du *hättst* kein Mitleid mit mir; worauf ich dich anschrie, dein Abgestumpftsein wär typisch für dich.«

»Ich hab dich geliebt, Erwin. So, wie ich dich immer geliebt hab. Vergiß das doch nicht.«

»Ich war drauf und dran, diese Liebe kaputtzumachen. Bis du die Idee mit dem Blindenhund hattest.«

»Ist das nicht merkwürdig: Ich verdräng manchmal völlig, daß *ich 's* ja war, der dir Harras besorgt hat.«

»Also verdank ich alles, was ich *ihm* verdanke, ganz zuletzt *dir.*«

»Wär schön, wenn man das so sehn könnte, Erwin. Aber ich hab ja was ganz andres gewollt. Ich wollte, daß Harras dich ablenken sollte. Daß er als Blindenhund ausgebildet war, hab ich als ne angenehme Zugabe empfunden.«

»Harras hat meinen Ehrgeiz geweckt. Er war erfahrener als ich. Ich wollt ihm beweisen, daß seine Anstrengungen nicht umsonst gewesen sind, Ella.«

»*Ihm* wolltest du 's beweisen. Nicht etwa mir.«

»Kein Mensch kann die Ausdauer eines Tiers aufbringen. Du hättest mich jeden Morgen zehnmal über die Straße geführt; und das ist viel. Harras hat mich fünfzigmal rübergeführt. Und immer noch hab ich gemerkt, wie er damit rechnete, es auch noch das einundfünfzigste Mal zu versuchen.«

»Zugegeben: Er war enorm gut dressiert.«

»Die Dressur war sein zweites Fell, sozusagen. Einfühlung, Aufopferung, Pflicht, Konzentration, das war doch überhaupt nicht mehr zu trennen bei ihm.«

»*Ihr* wart nicht mehr zu trennen, meinst du.«

»Ich hab bei ihm gelernt, Ella. Er ist mein Meister gewesen. Ich war genauso auf ihn konzentriert, wie er auf mich. Nur so war 's möglich, daß sich der Stromkreis zwischen uns jedesmal schloß.«

»Ja, und ich bin jedesmal draußen geblieben. Das heißt, draußen, da seh ich das ja auch ein. Obwohl *ich* dir natürlich *auch* ganz gern was beigebracht hätte. Aber das nehm ich hin: Harras ist da besser gewesen. Denn wo ich mit meinem Gefühl gekommen wär, da habt ihr euch auf euern Instinkt verlassen. Und den hätt dir tatsächlich niemand brauchbarer entwickeln können als er. Bloß – zu Hause, *da* hätt ich dich eben dann *doch* ganz gern wiedergehabt.«

»Ella, wie kannst du so was sagen.«

»Die Zeit in der Blindenschule, das seh ich ein. Da habt ihr euch aufeinander einarbeiten müssen. Da war der Druck, unter dem ihr standet, so stark, daß er sich auch zu Hause nicht lösen konnte. Aber dann.«

»Ella. Wir sind beide arbeiten gegangen. Du ins Kaufhaus, ich zur Post. Harras hatte mich da schon so sicher gemacht, daß wir trotz des Berufsverkehrs zu Fuß gegangen sind. Oft sind wir auch zu Fuß zurückgekommen. Aber zu Hause –: Zu Hause warst du.«

»Da war ich, ja. Und die ganze Zeit, Erwin, Abend für Abend, hat dieser Hund dich nicht aus den Augen gelassen.«

»Sag nicht ›dieser Hund‹. Sag ›Harras‹.«

»Ich sag ›Harras‹; gut. Du hast dir ein Bier aus dem Eisschrank geholt: Harras kam mit. Du bist ins Bad gegangen: Harras hat sich vor die Türe gelegt. Du bist vom Sessel zur Couch rübergewechselt: Harras mit. Und hab ich ihm etwa Futter machen dürfen? Nein. Er hat keinen Bissen von mir genommen. Er hat mich kaum eines Blickes gewürdigt.«

»Ein Hund. Ella. Du sprichst von ihm, als wär er ein Mensch.«

»Mir wär 's lieber gewesen, du hättst ne Freundin gehabt. Mit der hätt ich reden können. Vor ihr hätt ich meine älteren Rechte geltend gemacht. *Sie* hätt ich ausstechen können. Ihr hätt ich beweisen können, was Liebe ist, was Geduld fertigbringt. Aber was kann ich einem Schäferhund klarmachen, dem mein Mann seinen Lebensmut, seine Menschenfreundlichkeit, sein Selbstvertrauen verdankt? –: Nichts. Du hast Harras zehn Jahre gehabt, ja. Und genauso lang hat *er* dich gehabt. In jeder Sekunde. Ich war nur geduldet. Ich bin nur eure Untermieterin gewesen, die Zeit.«

»Um Gottes willen, sei doch nicht so undankbar, Ella.«

»›Undankbar‹? Ja begreifst du denn nicht, daß ich alles, was ich an dir bewundere – deine Ausgeglichenheit, deine Ruhe, deine innere Zufriedenheit – einem – einem Tier verdanke – nem *Hund –?!*«

22. März. Schwierigkeiten, das Buch zu Ende zu bringen. *(Ich brauch Dich.)* Nur noch knappe vier Wochen. Wie darf es Termine geben für das Beenden von Büchern; für das, was einen geistig am Leben erhält? Dennoch. Noch ein Vierteljahr Zeit, und ich wüßte, ich könnte im Augenblick kein besseres machen. In diesen vier Wochen dagegen kann ich nur versuchen, von vielleicht zwanzig begonnenen Stücken noch fünf etwa so fertig zu schreiben, daß sich die Gegengewichte ergeben, deren die anderen Geschichten so dringend bedürfen. Das ist Werkstattarbeit. Die Schreibtischarbeit, die sich daran anschließen müßte, entfällt. (Dafür wird der Text der Umschlagklappe vom Autor verlangt.)

Zum Gedenken an die Zerstörung Jerusalems soll, nach rabbinischer Vorschrift, in jedem Neubau, gegenüber dem Eingang, ein kleines Stück Mauer unfertig bleiben; keine Frau ihren Schmuck vollständig tragen; keine Mahlzeit in letzter Vollendung aufgetischt werden. (Bawa batra 60b.) Ist mir nicht streng genug. Denn wenn ich an die Stelle Jerusalems ein Menschenleben setze, das ebenfalls zerstört worden ist, und diese kleinen Gedenkhilfen in neue Verhaltensweisen zu transponieren versuche, die aus jener Zerstörung resultieren, dann ist der Wandlungswert, den ich mir hier zubillige, erschreckend gering.

Merke. Schuld kann nicht getilgt, aber Schuldgefühl kann verarbeitet werden.

Sie brauchten drei Tage, bis sie dem Irrtum zum Sieg verholfen hatten, E. wolle noch leben. Der Psychiater hatte ihre aufflackernde Aggressivität offenbar in die falsche Kehle bekommen. Er wirkte verärgert, beleidigt, empört. Er habe der weiterhin hochgradig gefährdeten Patientin mitgeteilt, daß man sie zu ihrem eigenen Schutze in der Nervenklinik vorerst noch ein wenig beobachten wolle. Bei aller verständlichen Überreizung habe die Patientin sich jedoch absolut uneinsichtig gezeigt; sie wolle entlassen werden, nichts weiter.

»Ich, meines Theils, habe von gewaltthätigen Leidenschaften so viel eben nicht zu befahren. Meine Fassungskraft ist von Haus aus trocken, und ich mache solche von Tage zu Tage noch steifer und harscher, durch Überlegung.« (Montaigne.) Sicher, Monsieur. Aber wie Sie schon sagen: Das muß einem liegen.

29. März. Sadat in der Bundesrepublik. Kein Charisma wie Nasser. Eher ein politischer Techniker. Mann mit Umgangsformen, mit Charme. Die ungeheuere persönliche Sicherheit, die er ausstrahlt. Selbst bei Protokoll-Leerläufen unverlegen, gefestigt. Ein Lächeln, das zwar gekonnt ist, aber auch stimmt. Ausübende Gläubige als Politiker können ein Alptraum sein. (Khadhafi.) Bei dem ausübenden Mohammedaner Sadat ist es eher umgekehrt. Die Druckstelle auf seiner Stirn, die davon herrührt, daß er fünfmal täglich mit ihr im Gebet die Erde berührt, wirkt wie ein zusätzliches Gütesiegel. (Was natürlich Einbildung ist. Denn er könnte trotzdem ein politischer Scharlatan sein.)

Mit der Stirn die Erde berühren. Wohl die logischste Verehrungsgeste: Der Geist (= die Stirn) stößt mit jener Materie (= der Erde) zusammen, deren Erschaffung für seine Existenz Voraussetzung ist. Ohne Erde kein Kopf; ohne Kopf nichts Gedachtes; ungedacht keine Schöpfung.

Schöpfung. Präziser Begriff. Das deutet auf Feuchtigkeit hin. Da ist etwas eingetunkt und herausgeschöpft worden. Aus dem Geschöpften entstand das Geschöpf. Biologisch korrekt: Das Leben ist aus dem Wasser gekommen. (Daher die Taufe: Archetypische Rückkoppelung.)

Der Gertenhieb Mohammeds. Überquerte, Marina den Arm um die Schulter gelegt, den Platz um die El-Aksa-Moschee in

Jerusalem. Plötzlich von einem stoppelbärtigen Araber einen Gertenhieb über genau *die* Hand verpaßt bekommen, mit der ich mich, da nun mal meiner Laufkünste verlustig gegangen, auf Marina stützte. Den Mann, der sich murmelnd entfernte, für spinnert gehalten. Erst als er die Prozedur wiederholte, in seinem verstärkten Gemurmel das Wort ›Sure‹ erkannt und begriffen: Der Prophet will nicht, daß ich mich vor einem Heiligtum Allahs am Weibe verunreinige. Die Moschee nun zwar schwankend, jedoch kontaktlos betreten.

Da hat der Steinmetz jetzt aber ganz schön arbeiten müssen. Jedenfalls im Innern der Moschee, die ja über dem Felsen erbaut worden ist, von dem aus Mohammed, wie die einfallslose Legende besagt, auf seinem schwarzen Pferd geradenwegs in den Himmel geprescht ist, eine enorme Gesteinsmulde gezeigt bekommen: Da sei er gegengebummst. Schon eindrucksvoll, diese Einfalt. Aber ob Weltreligionen nicht getrost ein wenig mehr investieren sollten, wenn es darum geht, ihre Stifter verschwinden zu lassen?

Ali an Atma. »Da ist das Christentum doch spendabler gewesen.«

Atma an Ali. »Gerahdezu vorbildlich in dieser Beziehung die Juhden. Bedenken Sie, Beßter, wie spuhrloos Moses verschwand. *Ein* Kuss, und ward nicht mehr gesehn. Daß heiß ich nicht nuhr Liehbe; daß heiß ich Diskretzjohn.«

Ali an Atma. »Und was auch noch geklärt werden müßte: Hatte Mohammeds Pferd denn ebenfalls gesetzgeberische oder wenigstens prophetische Verdienste? Ich sehe mich redlichst verpflichtet, diese Frage zu stellen; denn eigentlich hätte es doch, nach stattgehabtem Hinaufritt, von Mohammed jetzt wieder *hinab*geschickt werden müssen. Statt dessen, was geschieht –? Das Pferd bleibt ebenfalls oben.«

Die neue Sphinx: »Hat Gott das Nichts *vorgefunden* oder hat er es *geschaffen?*«
Der alte Herakles: »Nichts gibt es nicht. Etwas war immer;

denn auch ein Gott braucht Materie; und sei es als Background.«
Die neue Sphinx: »Nach welchen Gesetzen ist das Chaos chaotisch?«
Der alte Herakles: »Nach Seinen.«
Die neue Sphinx: »Gäbe es Archetypen auch ohne den Menschen?«
Der alte Herakles: »Warum soll der Schmetterling nicht von der Urspinne träumen?«

In ›Archetyp‹ steckt bereits ein Archetyp drin: Arche-Typ = Überlebensfähiger Mensch.

Am eindrucksvollsten versteht Benjamin merkwürdigerweise darüber zu schreiben, was er als Junge *nicht* erlebt hat, worüber er damals nur Vermutungen anzustellen vermochte. Andererseits auch wieder logisch. Die Erwartungshaltung bleibt spannungsbezogen. Auch das aufregendste Erlebnis dagegen schlafft ab und verflacht. (Selbst der nachvollziehende Erzählduktus ist ja machtlos dagegen, versteht die abgeklungene Erregung nicht neu zu entfachen.)

Drei Sätze, um die ich Benjamin aufrichtig beneide:

1. *(Das bucklichte Männlein.)* »Das Männlein kam mir überall zuvor. Zuvorkommend stellte sich 's in den Weg. Doch sonst tat er mir nichts, der graue Vogt, als von jedwedem Ding, an das ich kam, den Halbpart des Vergessens einzutreiben.«

2. *(Unglücksfälle und Verbrechen.)* (Wie der Junge vom Landwehrkanal einen Unglücksfall fordert, jedoch keinen erhält.) »Umsonst war jede seiner vielen Brücken mit einem Rettungsring dem Tod verlobt.«

3. *(Die Mummerehlen.)* »Sie war das Stumme, Lockere, Flockige, das gleich dem Schneegestöber in den kleinen Glaskugeln sich im Kern der Dinge wölkt.«

(Wenn der Begriff Dichtung vielleicht eben doch auch in *dem*

Sinne noch etwas taugt, daß er, da trauerbeschwert, vergänglichkeitsbewußt, weltgefühlhaltig, formvollendet, über den der Literatur noch hinausweist –: *Hier* sollte man sich auf ihn einigen können.)

Ein wirklich runder Vormittag. Ich hatte die Schule geschwänzt, W. B., war um den Weißen See gelaufen. Es gab immer viel zu tun an seinen Gestaden: Krebse greifen zwischen den Wurzelbärten der Weiden; Bleßhuhn- und Entenfedern sammeln; die angeschwemmten Fische begraben. Manchmal tanzte auch eine zugelötete Kaffeesahnenbüchse zwischen den lanzettförmigen Trauerweidenblättern. Sie war mit Schnur umwickelt und hat dem Bootsverleiher als Karpfenangel gedient. Wickelte man sie auf, hing ein mundliches Stück Kartoffel daran, das geschickt und tückisch einen Angelhaken bedeckte. Heute jedoch war etwas ganz Besonderes los. Leute standen am Schwanengehege, starrten mit gesenkten Köpfen hinein. Ich schob mich zwischen ihnen hindurch, und da lag sie –: Weiß, triefend, tot; eine angenehme Bereicherung dieses so freiheitlich begonnenen Tages. Die Wasserratten hatten ihr die Augen herausgebissen und auch am Mund wohl schon zu nagen begonnen. Weißbrüstige Schwimmkäfer schnellten, auch auf dem Trockenen noch rudernd, in ihren strähnigen schwarzen Haaren herum; und es war angenehm, unter der faltig anliegenden Bluse deutlich ihren Bauchnabel und auch die Brustwarzen erkennen zu können. Als ich mich sattgesehen hatte, blickte ich auf. Alle Gesichter wirkten streng und verbissen. Einige waren von Ekel verzerrt. Ich konnte das gar nicht verstehen. Wenn ich mich richtig erinnere, bin ich auf dem Nachhauseweg ziemlich lange gehüpft, *so* lange, bis ich Seitenstiche bekam. Ich habe noch gern und oft an die Tote von jenem Vormittag gedacht. (Berlin-Weißensee, 1932. Für Sie, W. B., der Sie die Ereignislosigkeit Ihrer Kindheit beklagen. Ist Ihnen mit diesem Kindheitserlebnis gedient?)

11. KAPITEL

Das gehässige Streichholz

1. April. Traum. Aus einem hochgelegenen, hohen Fenster auf eine dicht überlaubte Straße geblickt. Erkannte sie wieder. Es ist eine jener unvergeßlichen Vorfrühlingsstraßen gewesen, die den Deserteur 1945 in die Heimat einschleusten. Huftakt und Radknarren waren zu hören. Durch die gleißenden Kastanienblätter und die dicht vorm Aufbrechen stehenden Blütenkerzen hindurch konnte man einen sich nähernden Maulesel sehen, der einen kastenartigen Karren zog. Der Maulesel war tiefbraun, wirkte fast schwarz. Halb rechts unter mir blieb er stehen. War ihm, trotz der Höhe des Fensters, so nahe, daß ich deutlich seine wirbeligen Fellstrukturen erkannte. Er stellte erst das eine, dann das andere Ohr auf. Ich wußte, warum: »Wegen der Blätter.« Gleichzeitig dachte ich: »So ein Mauleselohr hat die gleiche Form wie der Flügel des Todesengels Asriel.«

Schmerzhaftes Wiederbegegnen. Bei Durchsicht meiner während des Krieges und in der unmittelbaren Nachkriegszeit entstandenen Gedichte ein völlig ausgewogenes, wenn auch erfahrungsbeladenes Ich vorgefunden. Es wußte noch, wie die Kindheit geschmeckt hat und es hat sie zu beschwören verstanden. Es war in der Tradition geborgen und es hat sich lange dort sicher gefühlt. Irgendwann, Todesdatum ungewiß, ist es an Verzweiflung gestorben. Doch Zorn und Empörung haben es wiederbelebt. Nur, jetzt hat ihm alles, was es so unbegreiflich gefestigt hatte, gefehlt. Es war nackt, störrisch, verletzt. Es wäre viel mit ihm anzufangen gewesen.

Dem Nichts so nahe wie dem Tode fern. Titel eines unveröffentlichten Gedichtzyklus; 1946 geschrieben. Diesen Mut, diesen Glauben noch einmal haben.

Und wenn dieser Mut, dieser Glaube wohlproportionierter Verdrängung entspräche? Denn jene lebensgefährdende Ernüchterung hat ja wohl einen Grund. Schließlich, sechseinhalb Jahre lang (als Hitler-Soldat) auf der falschen Seite gestanden zu haben, ist, wenn man den Verzweiflungsmut hat, es sich einzugestehen, eine Erkenntnis, mit der zu leben, gar: zu schreiben nicht ganz einfach ist. Unerträglich jedoch wird sie, wenn man sie auf eine konkrete Situation projiziert.

Etwa: Walter Benjamin, 1940, nach dem Zusammenbruch Frankreichs, zur spanischen Grenze hin auf der Flucht (wo er sich das Leben nahm), wäre auf mich, den damaligen Angehörigen der *Deutschen Wehrmacht* gestoßen; (der ich damals noch zweieinhalb Jahre brauchte, ehe ich zum ersten Mal desertierte). Ich hätte ebenso der äußere Anlaß für seinen Selbstmord sein können, wie dann jener spanische Beamte es wurde, der der Gruppe, mit der Benjamin die Pyrenäen überquert hatte, androhte, sie wieder nach Frankreich zu schicken.

Die Tür hatte keine Klinke. Das Fenster keine Gardine. Tisch und Hocker waren festgeschraubt. Das Bettlaken so unter der Matratze verknotet, daß es nicht losgelöst werden konnte. Alle Viertelstunde sah eine glanzgesichtige Schwester herein. Zweimal täglich kam der Professor. Dreimal täglich sein Assistent. Man hörte Schreie, Kreischen, Lachen und Flüstern. Das Gitter vor dem Fenster war weiß. (E. in der Geschlossenen Abteilung.)

»Ach, meine Diotima: reden Sie mir nicht von meiner Diotima; dreizehn Söhne hat sie mir geboren; der eine ist Papst, der andere ist Sultan, der dritte ist Kaiser von Rußland. Ond wisset Se, wie 's no ganga ischt? Närret isch se worde, närret, närret, närret!« (Hölderlin am 24. Januar 1843.)

Das Objekt hielt sich fern. Ließ durchblicken, man könne aus einem voreiligen Besuch leicht falsche Rückschlüsse ziehen. Der sensible Professor X., der die Psychiatrie befehligte, bestätigte das. Er fügte hinzu, worauf es jetzt ankomme, sei, Abstand zu gewinnen. Das Leben müsse, mit Hilfe forcierter

Verdrängung, die Chance erhalten, den Anlaß seiner voreiligen Unterbrechung ins psychische Aus zu verweisen. Nichtsehen werde da nützlichere Vorarbeiten leisten können als Sehen.

Gib dich milde. Gehe mit allen Sinnen voll auf Empfang. Wittere die Unsicherheit in der einstudierten Leutseligkeit derer, die *wir* sagen, wenn sie *dich* meinen. Beantworte die durchschaubaren Fangfragen des diensttuenden Arztes mit scheinbarem Grübeln und im Sinne eines Verirrten, der sich, kraft der gebotenen Hilfe, mühsam, doch abgesichert, wieder zurechtzufinden beginnt. Lasse dir deine Überlegenheit nicht anmerken. Zügle den schon geschmeckten Triumph. Zeige dich zuspruchbedürftig, mache dich klein. Nenne sie wohltuend, die nicht vorhandene Stille um dich herum. Steigere dein Lächeln bei jeder Visite, so daß ein psychiatrisch Geschulter in dir die wieder lebenszugewandte Patientin erkennt. Gib dem Professor auf deiner Bettkante das Gefühl, er sei tatsächlich die Vaterfigur, als die er sich sieht. Übersieh die Angriffsflächen, die er dir bietet. Füge dich bereitwillig dem Schema ein, in das sie dich pressen. Verdirb ihnen nicht die Genugtuung, die sie darüber empfinden, dir versichern zu dürfen, es lägen, was dein betrübliches Fehlverhalten betreffe, bereits drei voll ausgewertete Fallstudien vor. Gönne es ihnen, täglich an dir genau *die* Symptome zu erkennen, die sie dir vorausschauend schon vorgestern nannten. Blicke großäugig. Wirke gläubig. Verbiete deiner Stimme auch nur den leisesten ironischen Ton. Und vergiß nicht zu fragen, ob er denn wirklich schon gehen müsse, wenn der Professor dich wieder verläßt.

(:Ratschläge für entschlossene Freitodanwärterinnen, um so schnell wie möglich zum Zuge zu kommen, nachdem sie, auf die ersten mißglückten Versuche hin, in die Geschlossene Abteilung einer Nervenklinik verbracht worden sind, wo man sie unter Beobachtung hält.)

Max Ernst ist gestorben. Mein grausiger Lieblingsmaler; Sohn des vogelköpfigen Lava-Engels, Urweltförster im schorfigen Algenwald. Einziger Compositeur, der die Komponente zwischen Samtsofatroddel und Weltmeersalz fand und, das Meerschweinchenheer der von den Spaniern gemeuchelten Inkapriester anführend, die, wenn auch inzwischen geschliffenen Mondpyramiden zurückzuerobern verstand. Meisterkoch Jean-Hans Arp, die hohe, reinliche Röhrenmütze auf und in die fettfleckigen Pepitahosen gezwängt, wird ihm, von seinem totenäugigen Stiefsohn Kaspar unterstützt, ein Leviathan-Steak zubereiten zum Empfang.

Der beinamputierte Ziehharmonikaspieler unter der knorrigen, blitzzerspellten Grunewaldeiche. Er hatte ein kräftig illustriertes Schild neben sich stehen. Man sah pfeilgespickte zusammenbrechende Stiere und siegreich die Capa schwenkende Matadore darauf. Der Text, den uns Onkel Adolf bei jedem Sonntagsausflug erneut vorlesen mußte, besagte, man hatte es hier mit einem echten ehemaligen Stierkämpfer zu tun. Leider habe ihn ein Stier einmal auf die Hörner genommen und ihm mit mehreren Stößen ein Bein abgetrennt, da sei er in seine vergeßliche Geburtsstadt zurückgekehrt, und nun sitze er hier und mache garantiert echte Stierkampfmusik. Tatsächlich klangen seine Melodien auch immer ungemein wild, was er durch gekonntes Augenrollen, ein rotes Halstuch und zuckende, ihm rhythmisch die schwarzen Haare in die bleiche Stirn schleudernde Kopfbewegungen noch außerordentlich wirkungsvoll zu unterstreichen verstand. Er saß an einer recht günstigen Stelle. Auf dem Wegweiser ihm gegenüber waren vier Ausflugsziele vermerkt, die alle Kaffee und Kuchen verhießen. Da wagte sich eigentlich niemand an ihm vorbei, ohne sich nicht vorher durch ein Geldstück bei ihm dafür entschuldigt zu haben, noch auf zwei Beinen Kuchen essen gehen zu können. Nur einmal blieb ein völlig ungerührter Herr vor ihm stehen, klopfte plötzlich, was schauerlich klang, mit dem Spazierstock gegen das eigene Holzbein und stapfte, ohne das Portemonnaie gezogen zu haben, hinkend davon. Irgendwie muß das dem Harmonikamann mehr zu schaffen gemacht haben, als man hätte annehmen sollen. Denn an den kommenden Sonntagen blieb der günstige Platz unter der Grunewaldeiche jetzt leer. (Berlin, 1926.)

Was Benjamins *Einbahnstraße* auch ist: Ein Buch nicht eingetroffener Prognosen. Er berauscht sich an der Technik; überschätzt die Reklame; kokettiert mit der noch nie zu haltenden These, das Ende des Buchs sei gekommen; Gegenwartsspekulationen, die einen so großen, zeitlosen Autor streckenweise gnadenlos ins veraltete Aus katapultieren.

Dann aber wieder so zauberhafte Beobachtungen wie diese, über die Schrift: »Wenn vor Jahrhunderten sie allmählich sich niederzulegen begann, von der aufrechten Inschrift zur schräg auf Pulten ruhenden Handschrift ward, um endlich sich im Buchdruck zu betten, beginnt sie nun ebenso langsam sich wieder vom Boden zu heben. Bereits die Zeitung wird mehr in der Senkrechten als in der Horizontalen gelesen. Film und Reklame drängen die Schrift vollends in die diktatorische Vertikale.«

Nur allzu genau nachprüfen darf man das nicht. In Italien zum Beispiel wird sonntags die Zeitung – reine Männersache, versteht sich – in den Bars und Cafés, um sie übersichtlicher studieren zu können, auf die Theken, die Billardtische gebreitet. Der Lesende stützt sich auf Bierfilz und Bande bei der Lektüre, liebevoll über seine hingestreckte druckgeschwärzte Geliebte gebeugt.

Lese-Haltungen. Meine typischste: Die zusammengelegten Hände zwischen den Knien aneinandergepreßt, beuge ich mich freischwebenden Oberkörpers über meine Lektüre – ohne sie zu berühren. Art unbewußter Devotionshaltung wohl. Nie jedenfalls gelingt es mir, mich lesend *bequem* hinzusetzen. Das *Buch* muß es bequem haben, wenn ich es lese; wozu *ich?*

Was kann ich als Schriftsteller dazu beitragen, vielleicht auch in dreißig Jahren noch gelesen zu werden? Viel. Weniger über Personen, Figuren, als über den Menschen schreiben. Nichts beschönigen. Das Recht auf Individualität verteidigen. Die Angst Angst nennen. Keine neue einführen. Reelle geistige Überlebens-Chancen andeuten. Auf die positive Seite der

Daseinstrauer verweisen. Zu Identifikationsprozessen einladen, die auch morgen noch laufen. Ein donquixoteskes Hoffnungsprinzip entwickeln, befähigt, aus der Utopie in die Verwirklichung überzutreten. Exemplarisch erzählen. Denken beim Schreiben. Zeitströmungen ausweichen. Erfolge vermeiden. Spannend sein. Lesbar bleiben. Traurigkeit und Mut kombinieren. Auf die Liebe verweisen.

Nie in Büchern über Gebühr zu sogenannten Zeitfragen Stellung nehmen. Zeitfragen erledigt die Zeit. Auch politische und gesellschaftliche Gruppierungen stets nur als Schatten, als Farbe, als Hintergrundschraffuren benutzen. Zusammenballungen sagen heute nichts mehr; sie sind morgen schon wieder zerfallen oder umgruppiert.

Den Offenbarungen dieses gewissenhaften Chronisten hing die Schnellebigkeit der Epoche lediglich noch die Eid-Formel an.

Das marxistische Vokabular war ihm derart zuwider, daß er bei ›Klassenfeind‹ immer an einen Volksschullehrer dachte, den die Schüler nicht mochten, weil er Schwitzhände hatte.

Ein Könner. Seit ihm die Haare ausgingen, sah er überall Glatzen. Aber nicht als Schreckbild. Als Trost.

Er schrieb über Zeitströmungen. Es gab kein Quellgebiet, das er nicht, übers winzigste Rinnsal bis zum Hauptfluß hin, seinen Forschungen dienstbar gemacht hätte: Er verband schließlich *alles* miteinander. Fische allerdings sind ihm bei seinen Gewässerstudien *nicht* untergekommen.

Prophet, zufriedengestellt. Wie lange wird das Buch laufen, an dem ich jetzt schreibe? Etwa dreieinhalb Jahre. Dann tröpfelt die mühsame zweite Auflage zähflüssig aus. Die Taschenbuchauferstehung dürfte noch einmal zwei Zusatzjahre erbringen. Originalauflage auf 10 000, Taschenbuchauflage auf 40 000 geschätzt. Untere Werte. Aber doch fabelhaft, alles in allem; wenn man Ehrgeiz besäße.

Vermutlich wird man (wenn überhaupt) mit extrem anderem überdauern, als man es sich wünscht. Wie Morgenstern mit dem *Palmström,* ich mit dem *Pudel Ali* wahrscheinlich, der, obwohl 1952 geschrieben, immer noch unverdrossen als Originalband und als Taschenbuch läuft.

Ali an Atma. »Ich will Ihnen auch das Rezept verraten, Verehrtester. Man muß dichten. Schreiben kann jeder. Oder um es doch auf einen Nenner zu bringen: Der Schriftsteller schreibt. Der Dichter schreibt *nieder.*«

Niedergeschlagen. Gilt erst für den Blick. (Falls er einsichtig ist.) Dann für die entsprechende Stimmung. Und nun erst für die Wirkung des Fausthiebs, den sie einem versetzt.

Andere Autoren knüpfen an ihre Schreiberfahrungen an. Ich knüpfe an die Depressionen an, in die ich nach jedem neuen Buch falle. Was bewirkt, daß man jeden Buchplan so realisieren muß, als sei es der erste. Ohne dabei allerdings über jene chuzpische Unbedarftheit verfügen zu dürfen, die Reiz und Stärke so vieler Erstlinge ausmacht. Denn Charme und Unschuld ist man ja los.

Als er Mühe hatte, sich noch etwas einfallen zu lassen. »Jetzt heißt es sich nach der Schädeldecke strecken.«

Von der Schwierigkeit, ein Schriftsteller zu sein. Veröffentlicht man ein Jahr *kein* Buch, heißt es: »Es ist still geworden um ihn.« Veröffentlicht man zwei Jahre kein Buch, heißt es: »Er hat sich ausgeschrieben.« Veröffentlicht man jährlich ein Buch, heißt es: »Vielschreiber!«

Es gibt allerdings auch eine Zauberformel, auf die hin schleichen Sortimenter wie Kritiker, wenn es sein muß, Jahre lang andächtig-behutsam am Fenster des Literaten vorbei. Die Formel lautet: »Er schreibt an einem Roman.«

Sprich: Er klittert die Zeit.

Wunsch des Romanciers: Im Kern der Rosine der Weinberg. Unterm Weinberg das Erz. Im Erz alle Kriege. Also in der Rosine die Zeit.

Rosi Nante, die wirklich nur ihren nächsten Nachbarn bekannte Frau des berühmten Berliner Eckenstehers, erinnerte sich, in ihrem Vorleben einmal einen Ritter auf den Schultern getragen zu haben. Das verzieh ihr niemand so wenig wie das Berliner Proletariat. Weshalb denn auch Nante sie eines regnerischen Tages verstieß. Nachdem sie sich eine geraume Weile auf Rennbahnen und in Wettbüros herumgetrieben hatte, soll sie sich unter die Hufe einer Schwadron Kaiserlicher Ulanen geworfen haben. Der Leichenbeschauer, heißt es, habe einige Mühe aufwenden müssen, um ihr den Mund zu schließen; was, wie er sich vernehmen ließ, ihres gewaltigen Pferdegebisses wegen, wahrhaftig keine Kleinigkeit gewesen sei. Der Totengräber vermochte das noch dahingehend zu ergänzen, daß sich unter den dürftigen Abschiedsgrüßen auf dem glattgeklopften Lehmhügel auch eine rostige Trense befunden habe. Es sei ein Zettel an ihr befestigt gewesen; auf ihm in Spanisch, das er sich neugierhalber habe übersetzen lassen, der aber immer noch unerklärliche Satz: »Entschuldige, daß ich dich immer so schikaniert habe. Ewig Dein Don Q.«

Zigeunerballade (14.)
Baba Tamara schätzt es nicht, über Melalo zu sprechen. Sie sagt:
»Würde die Elster zu schweigen verstehen, sie zöge das Unheil nicht an. Andrerseits«, sagt Baba Tamara, »muß man kennen, was einen bedroht. Ich kann nur bannen, was ich auch sehe. Und Melalo«, sagt sie, »sehe ich wie ihr alle. Und wir alle sehen ihn, wie bereits unsre Väter ihn sahen; denn es gibt ihn schon lange.
Es gibt viele Dämonen. Manche sagen, Poreskoro, der Bruder Melalos, sei der schlimmere, weil er Pest, Cholera und die Viehseuchen bringt. Ich aber sage euch: Melalo ist schlimmer. Er ist der schrecklichste aller Dämonen. Er ist weit über mannsgroß. Er hat die Gestalt eines zweiköpfigen Vogels.

Sein Gefieder ist grau und schorfverklebt. Seine Klauen sind schärfer als eure Rasiermesser, Männer. Er zerreißt euch die Herzen mit ihnen und euren Frauen die Leiber.
Doch töten geht ihm zu schnell. Erst streckt Melalo sein Opfer mit einem Flügelschlag nieder. Jetzt vereinigen sich Haß und Wollust in ihm, und er beginnt, den in Ohnmacht Geschlagenen zu würgen. Warum warne ich euch, sich Stamlo zu nähern, wenn ein Anfall ihn hingemäht hat? Weil dann Melalo ihn schüttelt. Kämt ihr dazu, Melalo bräche vor Wut in eure Familien mit Tobsucht, Mord und Vergewaltigung ein.
Baba Milina behauptet, man kann ihn mit geweihtem Wasser verscheuchen, und die Heiligen seien stärker als er. Baba Milina soll schweigen. Hat Melalo der Sunto Maria nicht auch den Sohn weggerissen und ihn lebendig ans Kreuz nageln lassen? Was hätte da geweihtes Wasser genützt? Essig war in dem Schwamm, den man Cretchuno gegen den Mund gepreßt hat; Essig, der der Speichel Melalos ist.«

11. April. Traum. Saß unter mehreren Schriftstellerkollegen mit Marina an einem langen rechteckigen Tisch. Der junge Brecht unter uns. Wir schienen eine Art Verbandssitzung zu haben; es lagen Handzettel und Formulare umher auf dem Tisch. Plötzlich begann Brecht krampfartig in seiner Aktentasche zu wühlen. Obwohl sich die hektische Mechanik seiner Bewegungen sofort ins Unerträgliche steigerte, nahm niemand von dem Vorfall Notiz, wiewohl alle eingeweiht schienen. Und auch ich wußte es: »Brecht hat einen Wahnsinnsanfall.« Doch mir war auch klar, daß ich mir ebenfalls nichts anmerken lassen dürfe. Ich sah nur kurz, mich vergewissernd, zu Marina hinüber. Sofort sprangen einige der anderen auf, drohten mir und forderten Rechenschaft für jenen Blick. Ich versuchte ihn herunterzuspielen, vor allem zu beweisen, daß er keinen Verstoß dargestellt habe. Aber genau das war der Fall. Inzwischen waren nämlich auch noch einige andere Kollegen von Brechts Verhalten angesteckt worden. Man beschuldigte mich, das mit meinem Blick verschuldet zu haben. Und es schien jetzt auch für mich keine andere Erklärung zu geben.

Aus Pudel Alis Zettelkasten

Punkt: Auf sich selbst zurückgeführtes Endgültigkeitszitat; eingeigelt; läßt nicht (mehr) mit sich reden.
Komma: Kaulquappe, sich von Atempausen ernährend.
Semikolon: Punkt, durch unsachliches Komma zum Spielball degradiert; ein Spiel, das nur der Entschlußlose mitmachen sollte.
Fragezeichen: Der Fleischerhaken der Rhetoriker; sie hängen dran auf, was sie nicht beantworten können.
Ausrufezeichen: Punkt mit Potenzstörung; weist mit Zeigestock auf sein Vorhandensein hin. (Die dadurch gewonnene Auffälligkeit durch die Penetranz dieses Vorgangs jedoch wieder zunichte gemacht: Auf nichts läßt sich klagloser als auf ein Ausrufezeichen verzichten.)

Sachdienliches zum Aphorismus
20 Aphorismen darüber
(Für Zbigniew Herbert, i. V.)

1. Stimmt; der Aphorismus ist nur eine Scherbe. Aber was für Gefäße wurden zertrümmert, um aus dem unüberschaubaren Angebot gerade diese zu wählen.

2. Ein Aphorismus muß stimmen. Geistvoll zu sein kann er dem Aperçu überlassen.

3. Der ideale Aphorismus lädt zum Zurückdenken ein. Im Ziel steckt er ja schon. Aber welcher Verletzte hat ihn geschossen?

4. Ein Aphorismus, über den man hinausdenken kann, ist unvollkommen. Der vollkommene Aphorismus ist nicht *Glied*, sondern *Endprodukt* eines Denkprozesses.

5. Es ist das Wesen des Aphorismus, daß er eher zur Grimmigkeit als zur Höflichkeit neigt. Seinen formalen Gipfel erreicht er, wenn ihm Grimmiges liebenswürdig zu sagen gelingt.

6. Ein Aphorismus, der mehr als drei Sätze enthält, ist bereits zur Reflexion entartet.

7. Der Aphorismus ist ein Einzelkämpfer. Doch er greift immer frontal, nie aus dem Hinterhalt an.

8. Ein guter Aphorismus deckt Sachverhalte auf. Und zwar so, daß die Sache eine Lungenentzündung bezieht. Das kann bis zum Exitus gehen.

9. Es muß keine Weisheit im Aphorismus stecken; Wissen genügt.

10. Einen Aphorismus, der schmeckt, statt zu ätzen, nennt man Bonmot.

11. Der Aphorismus darf amüsieren. Die Zielperson jedoch nur, wenn der Nickeffekt sie den Kopf kosten kann; was heißt: die aphoristische Rasiermesserschärfe muß da die Gurgel schon durchgetrennt haben.

12. In der Sentenz stellt sich der Brachialakt der Klassiker dar, dem Aphorismus mit der Bildungskeule den Garaus machen zu wollen.

13. Der Aphorismus ist autoritär. Er behauptet, ohne belegen zu müssen. Womit die Aufforderung an den Konsumenten ergeht, den Beweis gefälligst selbst zu erbringen.

14. Sprüche kann man auswendig. Den Aphorismus muß man lesen. (Seine Zitierbarkeit beweist, es war keiner.)

15. Der gute Aphorismus überführt die Allgemeinheit der Mitwisserschaft: Er sagt ihr nichts Neues. Er sagt es nur neu.

16. Kenner behaupten, daß der Aphorismus zum Tyrannenmord tauge. (Eiszapfenprinzip: Löst sich im Herzblut.)

17. Vom Aphorismus Lebenshilfe zu erwarten, heißt, den Skorpion um eine Blutspende bitten.

18. Der Aphorismus versucht der Wahrheit so nahe wie möglich zu kommen. Dicht vor ihr jedoch macht er halt. Ginge er weiter, müßte er auf die Pointe verzichten. Denn die Wahrheit hat nun mal keine.

19. Der Gedankensplitter verhält sich zum Aphorismus wie die Holzwoll-Locke zum frisch gehobelten Sarg: Abfallprodukt und Endfassung.

20. Aphorismen: Zahnstocher der Resignation. (Vorsicht, vergiftet.)

Herr Urbanitz. (1936/37 Pensionsgast im Forsthaus Eichheide.) Österreichischer Textilmillionär. Schlank, groß, gebeugt. Mehlig-zartes Gesicht, das bei der geringfügigsten Anstrengung knochig und grau zu werden begann. Kettenraucher. Schwer herzkrank. Immer viel Kummer aus Österreich mit ins Forsthaus gebracht. Und seine schlechtgelaunte dicke jüdische Frau. Die die Natur »mies« fand und die Sommergäste noch mieser, denn niemand hatte bei diesem Wetter Lust, Kanaster mit ihr zu spielen. So saß sie meist hinter den zugezogenen Gardinen im Zimmer und legte Patience. Während Herr Urbanitz die ersten Tage damit zubrachte, daß er die Hunderter-Packungen Papyrossi im Forsthaus verteilte. Denn er rauchte fast eine Packung am Tag und wollte nicht jedesmal erst nach einer neuen den Koffer durchkramen. Die Papyrossi, von denen er, trotz des Protests der Försterin, auch noch einen Teil des Pappmundstücks mitrauchte, weil er die einmal angerauchten nicht mehr aus dem Mund zu nehmen pflegte, hatten eine fransige Lücke in seinen braunen Schnurrbart gebrannt. Sie stimmte annähernd mit dem linken Mundwinkel überein, was machte, daß Herr Urbanitz, wenn man nicht genau hinsah, wie ein Zyniker wirkte. Vieles an ihm wirkte so. Auch der Homburg, den er sich, wegen der Hitze, meist auf den Hinterkopf schob. Auch der korrekte schwarze Anzug mit Weste, der sich im Angelkahn allerdings schnell blaugrau verfärbte, was von Herrn Urbanitz' Angewohnheit herrührte, jeden Fisch, um ihn besser vom Haken lösen zu können, dabei an sich zu pressen; und die Hände mußten ja auch irgendwo abgewischt werden. Am verblüffendsten aber wirkten die bis zum Knie hinauf geschnürten SA-Stiefel, die Herr Urbanitz seinen ganzen Urlaub lang trug. Er hatte dem Förster den Bodenraum abgemietet und Dutzende von Gestellen für seine komplizierten Spinnangeln einbauen lassen. Es dauerte immer gut anderthalb Stunden, ehe er die für den jeweiligen Tag geeigneten Ruten ausgewählt hatte. Der Weg vom Forsthaus zum Pinnowsee war an sich in einer Viertelstunde zu schaffen. Mit Herrn Urbanitz zusammen brauchte man die fünffache Zeit. Er bewegte sich draußen im Zeitlupentempo. Ständig auch blieb er stehen, ächzend die Hand auf dem Herzen, und steckte sich an dem glimmenden Pappmundstück eine neue Papyrossi an. Zwischen Forsthaus und Seeufer hat er etwa dreißig Zigaretten geraucht. Eigentlich war es nur meine Aufgabe, die glühenden Pappröhrchen zu zertreten, die er achtlos ins vorjährige Eichenlaub warf. Doch er hatte Gefallen daran gefunden, daß ich zu schweigen verstand, und so war er auf den naheliegenden Gedanken verfallen, mich das Angeln zu lehren. Im Kahn nämlich ging eine Verwandlung mit Herrn Urbanitz vor sich. Er hörte auf zu ächzen. Er rauchte nicht mehr. Seine Gesichtshaut straffte sich. Er schob sich den Hut in die Stirn. Er spitzte die Lippen, wenn er den Spinnangelköder genau in ein handgroßes, zwanzig Meter vom Kahn entferntes, von Seerosenblättern umgebenes Wasserloch setzte. Er hatte plötzlich die ruhigsten, die geschicktesten Hände, die man sich nur vorstellen kann. Und er war gerecht zu den Fischen. Die meisten erhielten ihre Freiheit zurück. Wäre es nach ihm gegangen, wir hätten *alle* wieder ins Wasser gesetzt. Denn worauf es Herrn Urbanitz ankam, das war das Angeln an sich. Und Angeln, sagte er, heiße, Erwartungen hegen. Nicht der Biß sei entscheidend, sondern die Überlegung, was beißen *könne*. Streng gesehen, lasse sich beim Angeln auf die Fische verzichten. Ja, es gäbe Phasen, da störten die Fische. Wenn zum Beispiel die rote Spitze der Pose reglos, ohne einen einzigen Kreis auszusenden, in tiefschwarzem Wasser stehe und eine Libelle angeschwirrt komme, um sich auf ihr niederzulassen. »Angeln«, sagte Herr Urbanitz, »knüpft die Nabelschnur zur Weltmitte neu. Gleite mit den Augen die Schnur entlang;

fühle, wie Schnur und Blick eins zu werden beginnen. Wer leitet wen? Die Tiefe spiegelt die Sonne. Die Sonne ist ein gespiegelter Fisch.« Das waren keine Sätze für Frauen, die in abgedunkelten Zimmern Patience legten. Also behielten wir auch einige Fische für uns. Die brachten wir Frau Urbanitz mit. Angewidert sah sie sie an. »Na ja –: Besser als nichts.« – »Genau ein Abendbrot für uns«, sagte Herr Urbanitz ächzend und steckte sich mit zitternder Hand an dem glühenden Papprällchen, das ihm im linken Mundwinkel hing, eine neue Papyrossi an. Diesmal hatte ich mitgezählt. Es war die sechsunddreißigste, seit wir den Kahn an Land gezerrt hatten.

Leider legte es E. darauf an, Professor X, den Leiter der Nervenklinik, ihre Überlegenheit spüren zu lassen. Es dauerte keine zwei Tage, da hatte sie ihm seine politische Vergangenheit entlockt. So daß er nun Stunden darauf verwandte, ihr zu erklären, wie er das ›existenzielle Kunststück‹ fertiggebracht habe, aus Berufsrücksichten und der Familie zuliebe zwar Parteigenosse geworden zu sein, dem ›Gedankengut‹ des Nationalsozialismus gegenüber sich jedoch immer in einer ›inneren Abwehrhaltung‹ befunden zu haben. Für E. eine geradezu ideale Figur. Obwohl ich ihn mehrfach vor ihrer unbestechlichen Radikalität gewarnt hatte, ist er ihr jedes Mal wieder voll ins Messer gelaufen. Was E.s Entlassung natürlich erheblich verzögerte. Denn mit der Beharrlichkeit des uneinsichtigen Beschwichtigers hat er bis zuletzt auf seinen Freispruch gehofft, und sei es nur auf einen aus Höflichkeitsgründen. Wie vorauszusehen, vergeblich jedoch. E. ließ ihn aufgewühlt und mit flatternden Nerven zurück.

»Na, aber was wolln S' denn, Frau?«
»Ei, geliebt möcht ich wer'n.«
»Da sind S' aber schlecht beraten, Sie. Ich bin nämlich der Kasper.«
»Genau Ihn mein ich ja auch.«
»Mich meinen S'? Mich –?! Ja, aber wieso denn? Sie sind doch bloß meine Frau!«
»Wie d' mich genommen hast, Kasper, hast gesagt, ewig tätest mich lieben.«

»So, so. Fällt mir ein, das hab ich gemeint, wenn ich tot bin, Frau, wissen S'.«
»Wenn Er tot is, kann Er mich doch nich mehr lieben!«
»Sagen S' das nich. Da werd ich nich abgelenkt, verstehen S'. Da kann ich mich voll auf Sie konzentriern ... Da haben S' mich ganz und vollständig.«
»Ja, also *das* wär mir zuviel. Ich möcht Ihn ja ga nich ganz. Ich möcht, was mir zukommt, wissen S'. Vom Kasper ein Stück. Noch nich mal sein bestes.«
»Ein Stück. Hm, hm. Da könnt man nachdenken drüber. Die Mütz vielleicht –?«
»Wär schon recht, wenn unter der Mütz noch der Kopf wär.«
»Nehm'n S' doch die Klatschen. Da is der Schweiß vom Humor dran. Ich bin nämlich humorig, müssen S' wissen.«
»Ich möcht nich Seine Absonderungen, Kasper. Ich möcht was von der Subschtanz.«
»Ja, sagen S' das doch gleich! Da geb ich Ihr n paar Weisheiten mit auf n Weg, daß S' sich wundern wer'n Frau, wie weit S' damit komm'n.«
»Er versteht mich nich.«
»Das is wahr, Frau. Aber Müh geb ich mir, stimmts?«
»Müh, mir auszuweichen. Is richtig.«
»Das müssen S' hinnehm'n, Frau. Der Kasper, wo nich ausweichen tut, der is verlorn. Ausweichen, das is sein Prinzip. Davon lebt er, wenn S' mich verstehn.«
»Ich versteh.«
»Na, los! Weiter –!«
»*Du* bist dran.«
»Ich –?«
»Ich hab gesagt: Ich versteh.«
»Wenn der Kasper verstanden wird, was soll er darauf noch sagen?«
»Er kann sich auf seine autoritären Strukturen berufen. Wofür hat er die Klatsche?«
»Er haut auch den Schutzmann, das Krokodil und den Teufel.«
»Vergiß nicht die Grete.«
»Sagt *sie* das?«
»Das fällt ihm von selbst ein.«

(Ehepaar, das seine Probleme per *Kasperltheater* zu lösen versucht; so auch der Titel.)

Abgekürztes Verfahren. Alter jüdischer Brauch zum Purim-Fest: Bei Verlesung der Esther-Rolle klopfen die Gemeindemitglieder jedesmal, wenn der Name Hamans, des Erzbösen fällt, mit hölzernen Hämmern auf die Pulte. In die Aufschlagseite des Hammers ist Hamans Name geschnitten.

Oder. »Leoparden brechen in den Tempel ein und saufen die Opferkrüge leer; das wiederholt sich immer wieder; schließlich kann man es vorausberechnen, und es wird ein Teil der Zeremonie.« (Franz K.)

Die Existenz des Bösen ist allein schon damit gerechtfertigt, daß es eine Instanz geben muß, die Sorge zu tragen hat, daß die Entsprechungen, die wir an seine Stelle zu setzen geneigt sind, nicht zu glimpflich ausfallen.

Der Fischotter stirbt aus. Unsere Flüsse sind zu sehr mit Chemikalien verdorben, um ihn noch halten zu können.

Die Nidda. Flüßchen bei Frankfurt (Eschersheim). Klarheit der Kinderzeit symbolisierend. Untrennbar Birnengeruch verbunden mit ihr: Der Weg zum Freibad führte an zwei Obstgeschäften vorbei. Dann Teergeruch in der Nase und der Duft nach nassem, in der Sonne quellendem Holz. Die grüne Algenglätte der überrieselten Asphaltschräge machte das Hinaufklettern schwer. Auf dem Grat oben war Vorsicht geboten. In der quirlenden Tiefe des jenseits gestauten Wassers hatte ich einmal eine weißbrüstige Nixe mit einer blauen Badekappe gesehen. Doch ich mußte hinauf. Denn ständig trieben Soldatenkäfer und goldbeinige Heuhüpfer an. Und die Bachstelzen, die man auf dem lauwarmen Steinwall verscheuchte, ließen für die Zeit, die man hier *nicht* nach dem Rechten sehen konnte, wenig Gutes vermuten.

Benjamin über das sammelnde Kind: »An ihm zeigt diese Leidenschaft ihr wahres Gesicht, den strengen indianischen

Blick, der in den Antiquaren, Forschern, Büchernarren nur noch getrübt und manisch weiterbrennt.« Ein hinreißender, jedoch auch arg apodiktischer, ja ungenauer, gar hochmütiger Satz.

1. Der Blick des sammelnden Kindes ist nicht streng, sondern zärtlich. Wäre er streng, das heißt: selektierend, würde das Kind nur unter bestimmten Gesichtspunkten (dem der Verwertbarkeit etwa) sammeln. Einziges Sammelkriterium des Kindes ist aber gerade: Es hat für alles, auch für das scheinbar ›Unsinnigste‹ Verwendung. Wenn ich aber für alles Verwendung habe, muß ich weitherzig sammeln. Wenn ich weitherzig sammle, muß ich liebevoll suchen. Wenn ich liebevoll suche, muß ich zärtlich blicken. Nur so kann die weggeworfene untere Hälfte der verrosteten Fahrradklingel ihren Weg in die Spielzeugkiste finden.

2. Der »strenge indianische Blick« dagegen ist ein Jägerblick. Er hat nichts mit Sammeln zu tun. Er ist auf Fährten gerichtet, auf Feind- und Nahrungssuche spezialisiert. Die verrostete halbe Fahrradklingel hätte keine Chance unter ihm; sie bliebe unbeachtet, zum zweiten Male verworfen, am Straßenrand liegen.

3. Dabei gäbe es den Sammlertyp, der Benjamin für sein verunglücktes Gleichnis vorgeschwebt hat. Es ist der Zigeuner. Der Zigeuner *lebt* vom Sammeln. Er hat für diese seine Haupttätigkeit den sinnvollen Ausdruck ›finden gehen‹ geprägt. (Der allerdings auch *das* mit umgreift, was wir mit Einschleich- oder Gelegenheitsdiebstahl bezeichnen.) Und ›Finden‹ im zigeunerischen Sinne ›geht‹ nun, in der Tat, das Kind *auch.* Insofern wäre der »strenge zigeunerische Blick« dem »strengen indianischen« entschieden vorzuziehen. Doch nun ist der Zigeuner beim Findengehen ja eindeutig auf Verwertbarkeit aus, sein Blickwinkel folglich bedeutend schmaler, als der zwecklos künstlerische des sammelnden Kindes. Aufs letzte gesehen, müßte man also selbst noch auf den »streng zigeunerischen Blick« hier verzichten.

4. Benjamin sieht den Sammlerblick des Kindes in den »Antiquaren, Forschern und Büchernarren nur noch manisch und getrübt« weiterbrennen. Offengestanden, ich sehe ihn in den angeführten Herren überhaupt nicht. Denn eben *die* Spezialgebiete, die den echten Sammler blind für alle anderen machen, eben die sind es ja, die ihn so grundsätzlich von seinem großen Rivalen, dem sammelnden Kind unterscheiden. Das Kind sammelt universal, der Sammler bedingt. Das sind keine Verwandtschaftsgrade, das sind Gegensätze.

5. Benjamin läßt, wie es sein gutes Recht ist, nur Sammler gelten, die seinen eigenen Interessen gemäß sind: den Antiquar, den Naturwissenschaftler, den Büchernarren. Um die Mutationen der ursprünglichen kindlichen Sammlerleidenschaft im Erwachsenenstadium weiterzuverfolgen, taugen diese drei, wie dargelegt, aber nun gar nicht. Und doch hätte zum Beispiel schon der Briefmarkensammler zum Kind hin die Brücke geschlagen. Wie ja in der Tat die Briefmarke, der Benjamin so viel liebenswürdige Aufmerksamkeit geschenkt hat, die erste Spezies ist, die das unangeleitete Kind, noch ganz vom Bild, vom Abenteuer, von der Farbe her kommend, nach einem vorgefundenen System zu sammeln beginnt. Benjamin, der Intellektuelle, läßt, mit dem angestammten Hochmut dieser Kaste, aber auch die Sammler von Kuriosa hier aus: den Mann, der die ondulierten Porzellanpuppenköpfe, die Frau, die die erzgebirgischen Häkeldeckchen, den Weltkriegsveteranen, der Soldatenfeldflaschen sammelt. Diese Interessenten am Ausgefallenen, am scheinbar Sinnlosen, zumindest Zweckfreien nähern sich nämlich dem sammelnden Kinde auf Tuchfühlung fast. Um jetzt noch einen Erwachsenensammler zu finden, dessen ziellose Methodik sich voll mit der kindlichen deckt, brauchen wir nun nur noch den einen Schritt zum Müllfahrer hin zu tun. In keiner anderen Berufssparte gibt es so viele Sammler wie hier. Jeder dritte hat aus seinen Müllkästenfunden die abenteuerlichste Kuriositätensammlung zusammengebracht: Auch hier dem Kinde, bis hinein in die Weigerung, die Vergänglichkeit anzuerkennen, von Grund auf wesensverwandt.

Das Stammkino, in das Großmutter mich mindestens dreimal

wöchentlich einlud, befand sich im selben Haus wie Onkel Adolfs Wohnung. Dennoch achtete Großmutter streng darauf, daß man es nicht in häuslichem Zustand betrat. Ein Kinobesuch war für sie mindestens so festlich wie eine Theateraufführung. Das heißt, genau betrachtet, war das Kino dem Theater sogar weit überlegen. Denn es kam ohne Sprache aus. Hierbei galt es allerdings zu berücksichtigen, daß Großmutter schwerhörig war. Im Theater (in *Peterchens Mondfahrt* zuletzt) hatte sie mit ihrem Hörrohr doch immer eine Menge Kinder erschreckt. Bei ungenauem Hinsehen nämlich konnte man es tatsächlich für eine Schußwaffe halten. Derlei Mißdeutungen fielen in unserem Stammkino weg. Und nur hier auch wich die Anstrengung auf Großmutters Gesicht: Die stummen Buster Keaton, Harald Lloyd und Charly Chaplin gaben ihr *die* Unbefangenheit wieder, von der sie früher, als sie noch hören konnte, bestimmt einen beträchtlichen Vorrat besaß. (Berlin-Charlottenburg, 1926.)

Höflichkeit beeinträchtigt Konzentrationsbereitschaft. Habe die (anstrengende) Angewohnheit, Gesprächspartner stets voll anzublicken. Dabei geht meine gesammelte Aufmerksamkeit im Beobachten des anderen drauf. Rückerinnerung an das behandelte Thema ungemein schwierig danach. Dafür jedes Fältchen im Antlitz des Partners behalten.

Und wenn diese Höflichkeit Unsicherheit wäre? Man möchte nicht unvorbereitet angesehen werden. Also kommt man dem anderen mit Anschauen zuvor. Das Blickschwert schirmt ab.

Nach der Netzhautoperation in der glücklichen Lage, den anderen anblicken zu können, ohne ihn klar zu erkennen. Überraschende Folge: Größere Unbefangenheit und volle Konzentration auf das besprochene Thema. (Leider inzwischen durch optische Normalisierung wieder verlorengegangen.)

Tippfehler. Statt ›moderne Kriminalistik‹ eben ›mordende Kriminalistik‹ geschrieben. (›Modernde‹ wäre auch möglich gewesen.)

Was ich bin. »E verschütt Bsom-Büchs.« Jiddisch; genauer: Frankfurterisch und verdorbenes Hebräisch (: boßem = Gewürz). Ein Mensch, ohne Lern- und Denkmethode; nur hier und da mal genassauert; und *das* muß er nun, beim geringfügigsten Anlaß, in einem Buch beispielsweise, *auch* noch verschütten.

16. April. Will ist gestorben. Vaters erfolgreicher Rivale um Erni, und seit einem reichlichen halben Jahrhundert ihr Mann. Bis zuletzt (achtundachtzigjährig) hellhöriger Elektronik-Kaufmann gewesen. Deutsch sein heißt tüchtig sein. Ob Schweißbänder, Büromaschinen, Uniformknöpfe: Es gab kaum etwas, das Will nicht hergestellt, das er nicht umgesetzt hätte. Nur seine Gesinnung behielt er. Immer Nazi und Antisemit geblieben und es lautstark und störrisch verkündet. Klein, stämmig, gedrungen. Borstiger Schädel, kantiges Kinn. Die große Erni seine Standarte: Nichts hat er höher gehalten. Nichts baumelt jetzt schlaffer. »Gesegelt in dem Wind, den er machte« (:Grabspruch). ›Korvettenkapitän a. D.‹ hat Erni folgerichtig auf die Traueranzeige gesetzt. »Will wird verbrannt«, sagte sie weinend am Telefon. »Da fressen ihn nicht die Würmer.« Ich scheine meine Sensibilität doch mehr von Vater zu haben.

Während des Krieges von Will einmal auf sein U-Boot befohlen worden. Er hoffte, den Stiefsohn der Mannschaft als klirrenden Rußlandkämpfer präsentieren zu können. Ich hatte den Urlaubsschein jedoch, wie üblich, um eine Zivil-Erlaubnis ergänzt und bin an Bord mit meinem dunklen, silbrig gestreiften Tanzstundenanzug erschienen. Will arg ergrimmt. Wir legten uns in der Kieler Förde auf Grund. Er zwang mich ans Sehrohr. Ob ich was sähe. Was ich verneinte. Hatte allerdings die Verschlußkappe abzunehmen vergessen. Nur Zwerge und Gnome an Bord. Stieß mir, bei meiner Länge, etwa zwölfmal den Kopf. Heilfroh, als ich im Bombenhagel abheuern durfte. (Auf Kiel fand gerade ein Luftangriff statt.)

Kleist war drauf und dran, eine Art archaisches U-Boot zu erfinden. Jedenfalls korrespondierte er mit dem Freunde Ernst von Pfuel (Juli 1805) über diesen ›Hydrostat‹ ziemlich pedantisch und ins Detail gehend schon. (Von Königsberg aus; sicher die Ostsee dran schuld. Denn was soll er sich im Inland von einem Unterwasserfahrzeug versprechen? –: Havelgrundinspektion auf brandenburgische Wrackteile hin.)

»Und indem wir uns entfernten und nach Hause gingen, sahen wir beide Fremde Hand in Hand den Berg hinunter nach dem See springen, schäkernd und sich jagend, als wenn sie Zeck spielten. Überhaupt habe ich selten zwei Leute gesehen, die so freundlich zusammen gewesen wären, wie diese auf dem Berge. Sie nannten sich beständig Kindchen, liebes Kindchen und waren außerordentlich vergnügt.« (Tagelöhner Johann Friedrich Riebisch über Kleist und Henriette Vogel, eine halbe Stunde vor deren gemeinsamem Freitod.)

Inzwischen war aber auch der große Verlocker nicht untätig geblieben. Nach dem sattsam bekannten Raster der unerwiderten Liebe hielt er vorsorglich noch einen Parallelfall parat. Eine Schwesternschülerin hatte sich in E. zu verlieben begonnen. (Wozu, allein an deren wilder, zielgerichteter Strenge gemessen, viel Anlaß bestand.) E. setzte jene Adeptin auch sofort vertrauensvoll als eng aufs Objekt bezogene Späherin an. Aufgabentreue und Verzweiflung darüber haben sich in dem so erkorenen Opfer denn auch folgerichtig die Waage gehalten.

Immerhin konnte ich mich nun wieder ein wenig auf mich selber besinnen. Was nicht viel erbrachte. Jedoch notwendig war. Denn meine Entlassung rückte heran. Und da zu neunzig Prozent noch behindert und unfähig, auch nur die banalsten Griffe zu tun, war mir nicht ganz klar, wie dieses Leben jetzt aussehen sollte. (Herbst, 1965.)

Professor N., der eingeweiht war, sagte, er verstünde meine Skepsis nicht ganz. Könne es eine dankbarere Aufgabe geben für E., als sich nun voll meiner Weitergenesung zu widmen? – Er appelliere da, sagte ich, an jemand, der sich am Tag meiner Entlassung als unerbittliche Feindin erwiese. Denn nicht nur, daß ich gänzlich auf sie angewiesen sei; obendrein bestehe, vom Zeitpunkt meiner Rückkehr an, doch auch nicht mehr der mindeste Anlaß für sie, noch in die Klinik zu kommen und dort Den zu sehen, auf Den hin sie doch immer noch lebe – falls dieser Begriff noch zulässig sei. Professor N.: »Also, nun übertreiben Sie aber mal nicht.«

Sie mögen alle die Wahrheit nicht so recht leiden: Die Patienten schon gar nicht; aber auch nicht die Ärzte.

»Auf beiden Ufern fuhren hin und wieder schiebende Züge mit erglänzendem Rauch.« (Franz K. Gleißender Verreise-Satz; trotz des falsch gebrauchten ›schiebend‹ bildlich, rhythmisch unüberbietbar.)

Verreisen für immer. Mit Marina (und Nenad) unterwegs sein in einem Land ohne Schatten.

Aber er wächst.

Die Rettung besteht darin, den Schatten als Bestandteil dessen zu lieben, den er begleitet.

23. April. Kernkraftwerk Biblis (Hessen) abgeschaltet: Schäden im Reaktor. Sachverhalte, an die wir uns gewöhnen müssen. (Um den unpopulären Strahlenschäden beizeiten gewachsen zu sein.)

Benjamin schreibt nicht für die Massen. Benjamin schreibt für die Auguren. Merkwürdigerweise schreibt er aber für die Auguren über die Masse. Von welcher Hoffnung beseelt eigentlich?

Genau besehen, haben die Schriftsteller, Politiker und Philosophen, die sich über die Masse ausließen, das Proletariat definierten, ihm Ziele und Bedürfnisse zuzuordnen versuchten, nicht für die Masse, sondern an ihr vorbei, für die Führer, die Beherrscher und *Ver*führer der Massen geschrieben; für den postrevolutionären Verwaltungsapparat also, für die kommende Funktionärshierarchie. Denn wie könnte es sonst sein, daß sich die Massen im sozialistischen Lager ständig gegen einen zu eng, zu einseitig, zu selbstherrlich, zu obrigkeitlich interpretierten Marx wenden müssen. Vorausgesetzt, dieser Pyramidenspitzenmarxismus, der die Basis nur nach der Phonstärke ihrer Akklamationen berechnet (beziehungsweise sie lediglich aus den Geheimdossiers seines Spitzelapparates kennt) hat den Massen *überhaupt* noch Raum für eine Wendung gelassen.

Die Masse zum *Handeln* zu bewegen, genügt ein Megaphon. Um sie zum *Denken* zu bringen, muß man allerdings schon näher an sie heran. Sollte die Tatsache, daß die großen Massenbeweger das mit dem Denken lieber selber besorgen, am Ende mit einer gewissen Scheu zu tun haben, sich unter die Leute zu mischen und diese Masse auf einmal in lauter Individuen zerfallen zu sehen?

Denn. ›Masse‹, das katalogisiert sich so weg. Da kennt man die Ablagefächer im Schlaf. Aber wo mit der Überzeugung eines einzelnen hin?

Masse. Der Menschen meinende, menschenfeindlichste Begriff, den ich kenne. Masse, was ist das. Das ist was Dumpfes, was Breiiges. Da wälzt sich was. Da schäumt was. Da bäumt sich auch mal was auf. Da quillt was. Da brodelts. Da brüllt was nach Führung, nach Formung. Masse, das ist Rohmaterial. Da schwingen inhumane Synonyme wie Lava, Schlamm, Teig, Schutt, Staubballung mit. Da braucht was ein Flußbett, eine Ideologie, eine Peitsche. Da muß was bewegt werden. Da muß Takt rein. Da muß was marschieren.

Deshalb stelle ich Brecht über Marx. Marx meint die Massen. Und ihre Beherrscher legen dankend die Hand an die Mütze. Brecht meint den Mann, die Frau, das Kind in der Masse. Und der lesende Arbeiter und die liebende Frau und das spielende Kind spüren seine Hand auf der Schulter.

Verständlich sein. Im Grunde die einzige Pflicht, die ich als Schriftsteller habe. Denn sie bedeutet den entscheidenden

Schritt in die angewandte Humanität.

Wenn die Elite sich über die Bedürfnisse der Massen in einer schnörkelreichen, eigens abgekarteten Taubstummensprache zu unterhalten beliebt, darf sie sich nicht wundern, wenn das Hauptbedürfnis der Massen: Sprache zu finden, sie niederartikuliert.

Solange nicht auch der Hilfsschüler meine Geschichten zu lesen versteht, gestehe ich, meinen Beruf noch nicht voll zu beherrschen.

»Man hat den Eindruck, er wahrtet auf die Lehser-Zuschrift eines Analphabeten.« (Atma an Ali.)

»Er beruhigt sich wieder, glauben Sie 's mir. Das ist seine simplifizierende Phase. Er hat sie immer, wenn er lange an Unverständlichem schrieb.« (Ali an Atma.)

Über alles. Titel der einzigen Anthologie, die ich wirklich liebend gerne herausgeben würde. Die Nationalhymnen aller Länder der Erde. Original und kongeniale deutsche Übersetzung. Möglichst, wo entscheidende Veränderungen stattfanden, mehrere Hymnen ein- und desselben Landes nebeneinandergestellt. Einziger (da notwendiger) Kontext: Kurzer politisch-geschichtlicher Abriß des betreffenden Landes. Zur graphischen Auflockerung pro Land eine aktuelle politische Karikatur, wie es in den Augen des ihm am wenigsten gewogenen Nachbarstaates erscheint.

Zigeunerballade (15.)
»Hört nicht auf Baba Tamara«, sagt Baba Milina. »Wie kann sie von der Machtlosigkeit Marias sprechen, wenn sie die Sunto Maria und ihre Kräfte nicht kennt? Natürlich muß man wissen, daß Maria all ihre Kräfte Cretchuno vererbt hat. Denn, wie jede Mutter: sie hatte im Blut, was ihrem Sohne bevorstand; sie wollte ihn wappnen. Der Pfarrer bestreitet das. Erkennen macht ungläubig, sagt er. Er irrt sich. Es trübt nur das Blut.
Deshalb ist es auch falsch, von der unbefleckten Empfängnis

Marias zu reden. Schon das Blut ihrer Eltern war wissend. Einen Sohn wie Cretchuno ahnen die Vorfahren bis ins siebente Glied. Wie will man da unbefleckt bleiben – derart beunruhigt? Sauberkeit setzt Unwissen voraus. Sunto Maria aber war wissend. Da liegt ihre Kraft, die die unbesiegbare Kraft ist Cretchunos.

Wollt ihr ein Beispiel? Dann hört. Was ist das Wesen Melalos, den Baba Tamara, in der Sprache der Gottlosen, den Unbesiegbaren nennt? Grauen erregt er; würgen und vergewaltigen will er; und ständig giert er nach Mord.

Denkt an Hanenka. Was mag sie empfunden haben, als die beiden Männer sie überfielen? Ich denke doch, Grauen; Grauen und Angst. Und was wollten die beiden? Was ihr Auftraggeber Melalo gewollt hat: Gewalt anwenden, ob zu Lust oder Mord. Jedoch, was ist statt dessen geschehen? Ein Wunder; Hanenka konnte entfliehen. Ratet, warum. Weil sie ein Kreuz um den Hals trug, das blutige Zeichen Cretchunos.

Wie groß, sagt Baba Tamara, ist doch Melalo? Weit über mannshoch. Das Kreuzchen Hanenkas aber ist winzig; ihr könntet eine Fliege drunter begraben. So sind die Waffen beschaffen, mit denen Melalo besiegt wird.

Vielleicht sagt ihr, Cretchuno zaubert mit göttlichen Händen. Gut; dann laßt uns jemand nehmen, der vor Demut nicht wagt, auf seine Füße zu blicken. Ihr wißt, wen ich meine. Die Schwarze Sara, die *unsere* Heilige ist. Habe ich Weihwasser aus Tresmaié oder nicht? Ich habe eine ganze Flasche davon. Es ist dort geschöpft worden, wo der Kleidsaum Saras das Meer berührt hat; an genau dieser Stelle.

Und nun erinnert euch Jorkans. Ist er nicht der einzige gewesen unter euch Männern, der Stamlo auch dann zu suchen gewagt hat, wenn Melalo ihn würgte? Hat Jorkan nicht wieder und wieder Stamlos armen, wild hin und her schlagenden Kopf festgehalten und achtgegeben, daß er sich während seiner Anfälle nicht die Zunge zerbiß? Wie konnte er das? Wie kam es, daß Melalo ihn da nicht vor Wut und Ingrimm zerfleischt hat? Denkt nach.

An meinem Weihwasser hat es gelegen, mit dem ich Jorkan heimlich besprengte. Sara Kali hat Jorkan unangreifbar gemacht, indem sie Melalo mit ihrem Kleidsaum besiegte.«

Gaby. Feste Freundin mit sechzehn. Streng katholisch. Polnische Eltern; Vater Waldhornbläser, Mutter Wäscherin. Wohnung vier Stock hoch, gegenüber dem Schlesischen Bahnhof. Rangiergeräusche beim Küssen. Aber auch die zarten Geräusche des schweigend hin und her hüpfenden Kanarienvogels im Bauer unter der blauen Madonna waren zu hören. Der Madonna ein Hütchen, und sie wären auszutauschen gewesen: Porzellangesicht; Dauerwellenfrisur. Hübsche, wenn auch nie in Besitz genommene Figur. Der Pfarrer meinte, daß sie in seelische Schwierigkeiten geriete, wenn ich als Nichtkatholik »so etwas« täte. Es war angenehm, in derart engem Rahmen zu lieben. Man behielt die Übersicht und konnte überall die gewünschten Regeln ablesen. Sie waren leichter einzuhalten als die die Kriegsspiel, Marschtritt und Gehorsam verlangten.

Die Kartäuser. Es gibt noch etwa 6000. Das gilt für die Welt. Eine ihrer Kartausen am Fuße der Dolomiten. Insgesamt von sieben Patres bewohnt. Daneben zwanzig Laien, die die sieben versorgen. Trotz Hühnerzucht ein Zuschußunternehmen: Beten ist teuer geworden. Fast hermetisch von der Welt abgeschlossen. Als wären die sieben nicht *auch* Bestandteil von ihr. Sie wohnen jeder in einem eigenen Haus, das in den Kreuzgang einmündet. Schweigepflicht. Es ißt jeder für sich. Lediglich sonntags und an Feiertagen wird mit den Laien zusammen im Refektorium gegessen. Einer liest dabei vor. (Womit die gottgegebene Speise dem Wort gegenüber ins Hintertreffen gerät.) Beschäftigung, täglich: Exerzitien, Andacht, Studium heiliger Schriften. Und Beten; Beten für sich, für die Welt. Zwanzig Uhr hinlegen, schlafen. Die tägliche Mitternachtsmesse dauert zwei bis drei Stunden. Aufstehen: 6 Uhr. Kein Frühstück. Das erste Essen um elf. Fast ein halbes Jahr fasten: Nur Wasser, nur Brot. Einmal wöchentlich ein gemeinsamer Ausflug; Dauer: vier Stunden. Jetzt dürfen sie reden. Ausflugsradius auf zehn Kilometer um das Kloster begrenzt. Weiter scheint der Schutz vor Versuchungen, den es gewährt, nicht zu reichen. (Als fänden die Hauptanfechtungen draußen und nicht vielmehr *im* Kloster statt, wo sie doch viel gefährlicher sind.) Weder Radio, Fernsehen noch

Zeitung. Nachwuchssorgen; was man verstehen kann. Hoher Prozentsatz ›Ausfall‹: Selbstmord, Nervenzusammenbrüche und Flucht. (Flucht vor Gott?) Vor der Fernsehkamera: Vollwangige, nachsichtig lächelnde Gesichter. Keine Spur von Askese; aber auch nichts von Vergeistigung lesbar in ihnen. Dafür ausgefüllt wirkend. Seelisch gesättigt. Jedoch schnelle, hektisch wirkende, das Gesprochene ungeduldig unterstreichende Gesten, die in seltsamem Widerspruch zu den sonst in den weiten Ärmeln der weißen Kapuzenmäntel verschränkten Arme stehen. Ritus gregorianisch. Alle angenehm unpathetisch, auf leicht überhöhte Weise sachlich wirkend während der Andacht: Leichte Arbeit bei mittlerer Konzentration. Stirbt ein Kartäuser, erhält er ein namenloses Holzkreuz. Sein Name ist ausgelöscht, es gibt ihn hier unten nicht mehr.

Ali an Atma. »Was ich Sie schon immer fragen wollte: Was geschieht mit dem Namen eines Gestorbenen, den niemand mehr hochhält, da ihn niemand mehr kennt; der auch nirgendwo registriert worden ist. *Gibt* es diesen Namen jetzt noch? Wenn nicht: Wo ist er geblieben? Wenn ja: Wer bewahrt ihn jetzt auf?«

Atma an Ali. »Es bewahrt ihn auf: das Fergeßn.«

Ali: »Was heißt schon ›Vergessen‹?«
Atma: »Fergeßn heisst: Es wirdt etwas nicht mehr genannt.«
Ali: »Ist Verschweigen ein Beweis für Nichtexistenz?«
Atma: »*Ver*schweigen sezzt voraus, dass es das Verschwiegene giebt.«
Ali: »Andererseits aber kann nur verschweigen, wer das Verschwiegene kennt. Den Namen, den *ich* meine, kennt aber niemand.«
Atma: »Also kann ihn auch niemandt verschweigen.«
Ali: »Also gibt es ihn *doch.*«
Atma: »Er kann dennoch verblaßn: Indehm er dem *Schweigen* an Heim fällt. Dem großn.«
Ali: »Das betrifft seine Nennung. Aber mit nichten sein Sein.«

Atma: »Richtig; eksistenzjell ist er noch da.«
Ali: »Ist er nun aber ein Vampir, der sich vom Blut seines Trägers ernährt hat?«
Atma: »Nein; denn dann währe er sterplich wie jehner. Aber Wir meinen doch hier den Nahmen ohne Subjeckt.«
Ali: »Er ist also übriggeblieben.«
Atma: »Eksistent, ohne zu eksistiern; seyend, ohne zu nennen; jawol.«
Ali: »Nur: Lebt eine Bezeichnung nicht von dem, was sie meint? Was hält den Namen Kurt Kunz noch zusammen, wenn es Kurt Kunz nicht mehr gibt?«
Atma: »Die gedachtn Buch-Stahben; sie haben sich an einander gewöhnt.«
Ali: »Ergibt diese Gewöhnung denn noch einen Sinn?«
Atma: »Sie denken da aber noch sehr mentschlich, mein Beßter.«

Mein Name erklärt mich. Er signalisiert, zur Computerformel des Welthirns verknappt, warum ich bin, was ich bin. Mein Sein bedarf nun keiner Entschuldigung mehr. Ich bin gerechtfertigt durch meinen Namen. Weil ich heiße, wird mir verziehen. Die Auguren erkennen an meinem Namen, wer mit mir gemeint ist. Er spricht mich von ihrer Verurteilung frei. Ich lebe genannt.

Einer meiner unbestechlichsten Gewährsleute für die begründete Annahme, es im Namen mit einer gar nicht ausschöpfbaren Nenn- und Beschwörungsformel zu tun zu haben, die den Wesenskern des Trägers hermetisch umschließt, ist Nenad, der in drei Monaten vier wird. Er spricht die Phantasienamen, die ich mir für die Abendgeschichten ausdenke, kaum, daß sie genannt worden sind, sofort nach; hört sich in sie ein; lauscht auf das Summen der Konsonanten; befragt die Vokale nach ihrer Tiefe; lotet die Deutungsreize, die Assoziationsfähigkeiten, die einem Namen innewohnen, schon aus, bevor die Figuren überhaupt zu handeln beginnen. Allein der *Name* beschreibt sie ihm, bringt sie ihm nah, gibt ihnen Farbe, Leben, Kontur.

Merke. ›Kurt Kunz‹ beschreibt auch.

Daß es mit dem Namen eine wesentlich tiefere Bewandtnis hat, als wir sie ihm zubilligen möchten, beweist allein schon der Umstand, daß man einen Namen nicht ›hat‹ sondern *trägt*. Ja, man spricht sogar ausdrücklich vom *Träger* eines Namens. Womit der Bezeichnete dem, *was* ihn bezeichnet, nachdrücklich untergeordnet wird: Der Name ist mehr als der Mensch.

Denn. Was den Menschen zum Menschen macht, das ist: Er hat einen Namen.

Nur wer damit rechnen darf, angeredet zu werden, hat einen Namen verdient.

Sich einen Namen machen (I): Voraussetzungen für eine Anrede schaffen.

Sich einen Namen machen (II): Den Schritt tun. Den aus dem Sein in die Existenz; aus der Anonymität in die Benennung; aus der Willkür unter das Dach.

Heißen –: Zu Hause sein.

In der rabbinisch-talmudischen Literatur wird dem Begriff ›Name‹ eine göttliche Bedeutung zuteil; ja, der Terminus ›Name‹ steht für Gott, dem man nicht sagt, wer er ist; der zu groß ist, um noch mit seinem Namen angesprochen werden zu können.

Israel ben Elieser (1699/1760), Begründer des Chassidismus, wurde Baal Schem, Herr des (göttlichen) Namens genannt.

Fragt man: »Wer bist du?« Nein; man fragt: »Wie heißt du?« (Diese Frage stammt aus der Zeit, da die Menschen noch Mitwisser waren, Namen ihnen noch etwas sagten.)

Einst war der Mensch ein Gefäß. Da war der Name der Griff. Und Gott griff zu, hob ihn auf.

Als Literat die Gegenposition inne. Großen Respekt vor dem Aussagewert jedes Namens. Pflege meinen Figuren daher nur immer die echolosesten, scheinbar unscheinbarsten zu geben. (Namen, die klingen, gar ›etwas‹ bedeuten, schaden der Figur, die sie meinen.)

Merke abermals. Kurt Kunz beschreibt *auch*.

Wie man mir einmal zu meinem treffsicheren Pseudonym gratulierte. Die befremdete Nachfrage ergab, man hatte den Namen Wolfdietrich Schnurre gemeint.

»In der That sind in diesem Nahmen natzjonahle Niflheim-Schwahden und derb fölkischer Ulk auch ein bedenkliches Bündtnis eingegangen, mein Beßter.« (Atma an Ali.)

»Was um so fataler ist, als dieses Bündnis auch in realiter stimmt. Genau diese von Ihnen so trefflich bezeichneten Wurzelstränge sind es, aus denen er, häufig genug, seine literarischen Säfte bezieht.« (Ali an Atma.)

9. Mai. Ulrike Meinhof hat Selbstmord begangen. Das trifft den Lebensnerv unserer Rumpfdemokratie ärger als alles, was sie und Baader ihr lebend angetan haben.

10. Mai. Buch beendet. *(Ich brauch Dich.)* Mitte September vorigen Jahres begonnen. Ein Monat fällt fort. Bleiben sieben Monate, alles in allem. Für 26 Geschichten. Reichliches weiteres Dutzend unvollendet, also draußengeblieben. Allerdings schon Monate vorher begonnen, Notizen zu machen. Auch eingeschrieben durch das vorangegangene Buch. *(Ich frag ja bloß.)* Wäre insgesamt gern auf 30 Geschichten gekommen. Vier würde ich gerne noch ausgetauscht haben. Doch das gesteckte Ziel ist erreicht. Gesamtbeurteilung: Ein zögerndes ›Gut‹.

Rückblick. Kein einziges Mal, während der Arbeit am Buch, unleidlich oder gereizt. Was mit daran lag, daß täglich, parallel zum Buch, die Geld-Arbeit lief. Das erspart Selbstvorwürfe; neutralisiert das Schuldgefühl; enthebt einen der ständig erneut anstehenden Zwangsvorstellung, sich als weltabgewandter Dichter fühlen zu müssen. Hauptgrund jedoch: Dieses Buch hat Freude gemacht, wie schon seit Jahren nichts zu Schreibendes mehr. (Schicksalhaftes in Abzug gebracht.)

Schlußfolgerung. Nur noch schreiben, was ernsthaft Schreibspaß bereitet. Nichts mühsam Experimentelles, *rein* Literarisches mehr. Immer das Leben, stets den Menschen vor Augen. Viel Zeit hat er ohnehin nicht mehr. Jedoch interessante Wandlungen stehen bevor. Eine arbeitsreiche Epoche für liebende Kommentatoren. (Die unliebenswürdigen erhalten ja ohnehin recht. Schließlich, Prophet zu sein, bedarf es, bei *dieser* Entwicklung, keines Zusatztalents. Wir wissen alle, was aus uns wird.)

»Er gefällt sich neuerlich in der Rolle des sorgenden Hausvaters. Sieht den Schreibberuf so, daß er den Leser, behutsam, versteht sich, aufs Abschiednehmen vorbereiten möchte. Aufs Abschiednehmen von der veruntreuten Erde. *Ich brauch Dich* war da Band eins.« (Ali an Atma.)

Atma an Ali. » ›Veruntreut‹, mein Beßter, klinkgt aus Ihrem Munde aber ungewohnt starck. Was macht es diehser Ehrde sub specie aeternitatis denn auß, sich ein paahr Billjohnen Jahre auch mahl unbewohnt im All zu vergnühgen?«

Ali an Atma. »Gerade die Aeternitas wird den Davongang des Sapiens als besonders verlustreich empfinden. Die Ewigkeit nämlich, Verehrtester, hat sich seit Ewigkeiten schon satt. Bedenken Sie, wie enervierend es ist, ständig auf kahle Gestirne zu blicken. Da hat der Sapiens denn doch schon eine gewisse, wenn auch kurzlebige Unterbrechung gebracht.«

Der Glücksfall ist eingetreten. Eine Achtzigjährige will uns, dank Marinas unermüdlicher Suche, ihr 1906 erbautes skurriles Fachwerkhäuschen, samt über tausend Quadratmeter Zaubergarten verkaufen. Im uns (zum Wohnen) liebsten Stadtteil Berlins, in Nikolassee. Jetzt ›nur‹ noch das Geld. Und: Übereinstimmung mit der Erbengemeinschaft erzielen.

Großmutters Hörrohr. Dreiteilig; ehemals schwarz. Jetzt funkelte überall unter dem abgeblätterten Lack das gelbe Messing hervor. Sie trug es ständig in zusammengeschobenem Zustand in ihrer gewaltigen Handtasche mit sich herum. Oft, wenn ich, als Junge, mit ihr zu reden wünschte, verschaffte ich mir, zwischen Pillenkästchen, Kämmen, Gummibändern, Arzneifläschchen, Briefmarken, alten Pralinen, Puderdosen, Haarnadeln, Heiligenbildchen und Schlüsselbunden kramend, selber Zugang zu ihm; zog es, immer mit einem leichten Erregungsschauer im Nacken, auseinander und reichte es ihr. Später gewöhnten wir uns daran, daß ich ihr, zum Zeichen, etwas sagen zu wollen, lächelnd die Hand auf die Schulter legte. Großmutter lächelte immer ungemein herzlich zurück und begann, allerdings bedeutend weniger zielstrebig als ich, geruhsam in den Tiefen ihrer Tasche zu wühlen. Man hatte viel Zeit indessen, sich das, was man sagen wollte, noch einmal genau zu überlegen. Auf diese Weise sind die Gespräche mit Großmutter eigentlich immer recht gehaltvoll gewesen.

Auch in der kleinbürgerlichen Kitsch-Idylle liegt Wahrheit. Ich empfinde meine schriftstellerische Grundhaltung in Spitzwegs *Armem Poeten* eigentlich ziemlich korrekt wiedergegeben.

Zigeunerballade (16.)

»Wer so leichtfertig redet, wie Baba Milina,« sagt Baba Tamara, »der zeigt damit nur, er hat die Furchtbarkeit Melalos überhaupt nicht begriffen. Sara Kali ist *unsere* Heilige, ja. Aber Melalo ist der Feind des ganzen Menschengeschlechts. Er haßt nicht nur jeden Zigeuner. Er haßt jeden Menschen. Baba Milina täte gut daran, sich in Erinnerung zu rufen, wer für Melalos Dasein verantwortlich ist. Seine Vorfahren, die Locolico, sind Menschen gewesen, ehe o Bengt, der Teufel, sie unter die Erde verstieß. Aber statt die Überlieferung zu bedenken, denken gewisse alte Frauen sich hier lieber rührende Geschichten mit niedlichen Kreuzchen aus, die an Mädchenhalsketten baumeln.

Hole deine Flasche voll Weihwasser, Milina. Sprenge es um dich. In der Stunde unseres Todes wird Melalo so oder so alle

Heiligenbilder zertrümmern. Winke nur ab. Hat er nicht auch das Hirn Stamlos zertrümmert? Und hat Stamlo nicht, als er noch klar war, Gesichte von Heiligen gehabt, gegen die sich deine bleichen Träume von Sunto Maria wie verschimmelte Maisbrotscheiben ausnehmen? Capité. Melalo weiß, wen es sich lohnt zu vernichten. Stamlo würgt er noch heute. Dich, Milina, läßt er hundertneununddreißig Jahre alt werden.
Gut, ich frage dich: Wer sind Melalos Eltern gewesen? Du weißt es nicht mehr. Du hast es vergessen. Laß mich dir Nachhilfe geben. Seine Mutter war Ana, die Königin der Keshalyi; das sind die schönen, die sanften Feen des Guten. Sein Vater war ein Ungeheuer, eben der König jener Locolico, die man auch Erdgeister nennt.
Ist es nicht seltsam, Milina, daß von den Anlagen der Mutter so gar nichts wiederzufinden ist in Melalo? Woran liegt das. Wenn du denken könntest und nicht nur glaubtest, du würdest den Schlüssel zur Antwort in der Überlieferung finden. Denn Ana hat sich ihrem Manne versagt. Er mußte eine List anwenden, um ihr beiwohnen zu können. Die List hat darin bestanden, er hat ihr, wie eine goldene Kröte ihm riet, ein Elsternhirn zu essen gegeben. Davon schlief Ana ein. Jetzt hat er in sie eindringen können.
Daß er da Sieger blieb, liegt auf der Hand. Denn Anas Gaben schliefen, waren betäubt. Melalos Zeugung fand zwar in ihr, aber dennoch ohne sie statt. Und nun laß uns wieder Stamlo, Melalos Opfer, betrachten. Selbst dir, Milina, kann man Melalos unbesiegbare Hartnäckigkeit, die auch kein Weihwasser aufweicht, jetzt nämlich mit einem einzigen Satz nur beweisen: Schwatzt Stamlo in seinem Schwachsinn nun nicht sinnlos wie eine Elster?«

Die U-Bahn-Fahrten mit Großmutter. Ihr erleuchtetes Lächeln, das unversehrt über die draußen vorbeirasenden Steinwände glitt. Der lila Hut darüber, auf dem ein starräugiger, ein wenig gerupfter Phantasievogel mit drahtverstärktem Schnabel das Schleierchen festhielt, dessen sanft in dem leichten Lufthauch zitterndes Gittermuster einen zarten Tüllschatten auf die hellgepuderten Wangen warf. Manchmal brach von außen Helligkeit ein, und wir stiegen, aus der warmen, geheimnisvollen Tiefe kommend, in einen ordinär blauen, mit Odol- und Trumpf-Schokolade-Plakaten verstellten Himmel hinein. Obwohl Großmutter viel mit dem Himmel im Sinn hatte: Jedesmal sah ich ihr an, auch sie wäre lieber noch unten geblieben. (Berlin, 1926.)

Unter Oberaufsicht der Fernsehleute in Wien mich mit dem Burgschauspieler M. treffen müssen, dessen gewalttätigem Charme zu erliegen Marina und ich uns ungeheuer angestrengt haben. Vergeblich; wir begingen den Fehler, manchmal auch etwas sagen zu wollen. Was den Mimen schließlich bis zu abrupter Verstummung ergrimmte. Meine Vermutung erwies sich als richtig: Man kann nur dann für einen Schauspieler schreiben, wenn man, statt seine Vorstellung zu besuchen, sich von ihm eine eigene macht.

Den eigenen Gesichtsverlust zeigen am einprägsamsten immer noch die Gesichter der anderen an: Fundbüromasken.

Kleine Umstellung. Ich weiß, daß ich glaube: Sicherheit. Ich glaube zu wissen: Unsicherheit.

»Die kann nicht genug kriegen.« Streichholz, gehässig, zur schattenwerfenden Kohle.

20. Mai. Helga Neumann gestorben. Zweiundvierzigjährig. Frau Robert Neumanns. Befreundet gewesen mit beiden. Vor kurzem meinte sie noch, Marina trösten zu müssen. Nun hat sich die Trostlosigkeit *uns* zugesellt. Marina ist ihr selbst jetzt noch gewachsen. Wir verdrängen beide die Todesursache. Wobei ich der Talentlosere bin. Ich blicke auf den Kalender. Noch sechs Tage. Dann setzen Marinas Vierteljahresuntersuchungen ein. Sie finden im Schatten derselben Krankheit statt, wie Helga Neumann sie hatte.

Jede gemeinsame Stunde Geschenk. Jede Autofahrt neben Marina, und sei es, um einzukaufen, ist Glück. Jedes Frühstück, jedes Mittagessen mit Marina und Nenad außerhalb der Gewöhnung.

Es gibt keine Regeln. Es gibt nur Ausnahmen, für die man die Gnade erwerben muß, sie zu erkennen. Denn sie haben sich als Regel getarnt.

Lernen, in den Bodensatz der Minuten zu tauchen.

Nicht sich seiner selbst bewußt werden, sondern der Unwiederbringlichkeit des Augenblickes eingedenk bleiben, schafft jene Tiefe.

Vergänglichkeitsmedium: Wach und selbstvergessen zugleich.

Blicke erwecken, die befähigt sind, Uhren stehen zu lassen.

Zärtlichkeiten, die die Erdoberfläche erschauern machen.

Den Atem des anderen als Odem begreifen.

22. Mai. Seit längerem wieder einmal gestürzt. Obwohl nur zwei Füße, sie dreimal gebrochen. Man wollte mich in der Klinik behalten. Dankte verbindlich. Mit Gehgips zu Hause. Da Fuß stillgelegt: storchhaft, auf Stelzen. Zu Nenads Freude befähigt, mich auf dem winzigen Absatz gut sechsmal um die eigene Achse zu drehen. Man macht sich.

Was Schreiben so selbstmörderisch macht. Das eben Beendete gilt nichts mehr. Ist erledigt. Worauf es jetzt ankommt, ist einzig, die hinter dem Schlußpunkt aufklaffende Leere zu füllen. Lediglich Geplantes allerdings ist da uninteressant. Wird weggerissen. Ist unhaltbar dem Sog des unterm Schreibtisch aufklaffenden Abgrunds verfallen.

Streng (das heißt: lebenserhaltend) gesehen, hätte man das neue Buch während der Beendigung des letzten anfangen müssen. Denn: Weiterschreiben ist kein Problem. Das Problem liegt im Anfangenmüssen.

Es gilt im Grunde nur die heute geschriebene Seite. Schon die gestrige könnte ungelesen vergilben. Und morgen wird es mir mit dieser ebenso gehen. Aber was gilt mir *heute* die Seite von morgen?

»Die Wirkung seiner Bücher interessiert ihn nicht. Ihn interessiert lediglich der Prozeß, den sie ihm machen.« (Ali an Atma.)

Um die literarische Technik zu vervollkommnen, schlägt Walter Benjamin Gewöhnung an gediegene Schreibutensilien und exklusive Papiersorten vor, an die es sich pedantischst zu halten gelte. – Der sicherste Weg in die Dauerkrise. Eine einzige Papiermühlenpanne, und ich bin aus dem Schreibgleis geworfen.

Im Gegenteil, W. B. –: Nie die Voraussetzungen zum Schreiben nach *außen* abgeben. Auf jeder Unterlage, mit jedem Stift, in jedem Raum schreiben können. Wie wären sonst die KZ-Berichte auf uns gekommen?

Etwa dreißig Jahre am großväterlichen Schreibtisch gearbeitet, an dem auch Vater vorher schon saß. Sogar an die tickenden Holzwürmer und ihre gelblichen Häufchen gewöhnt. Ernstlich der Meinung gewesen, nirgendwo anders schreiben zu können; und das auch erst gar nicht versucht. Bis der Schreibtisch eines Nachts, exakt die Perforationslinie eines pedantisch gebohrten Holzwurmganges entlang, in der Mitte auseinanderbrach und den mit hinstürzenden Schreiber außerordentlich eindrucksvoll in eine gelbliche, Husten erzeugende Vergänglichkeitsstaubwolke hüllte. Unmöglich gewesen, diesen Zusammenbruch *nicht* symbolisch zu sehen. Fast ein halbes Jahr gebraucht, ehe ich es wagte, mich zögernd an einen anderen Schreibtisch zu setzen.

». . . ungefähr so, wie ein Literarhistoriker von der Trauer Goethes nach Schillers Tod sagte: Er schien zu fühlen, daß damit die zweite Periode seiner Dichterlaufbahn abgeschlossen war.« (Bloch.)

Und einmal im Leben mich einen halben Tag lang auch tatsächlich als Dichter gefühlt, unironisch gemeint. Wirklich und bewußt von dem noch nie dagewesenen, nie wiedergekehrten Gefühl durchdrungen, ein schönes, aussagestarkes, für mich wichtiges Buch geschrieben zu haben. Sommer 1956. Mit Peter Suhrkamp und seinen beiden Lektoren von Frankfurt aus in den Taunus zum Spargelessen gefahren. Es wurde mein Gedichtband *Kassiber* begangen. Das Hochgefühl hielt an bis in den Abend hinein. Auf einer Kirmes sogar den Schwur gebrochen, nie wieder ein Gewehr in die Hand zu nehmen, und fast ein Dutzend Papierblumen geschossen. Dann nahm mich Peter Suhrkamp beiseite und sagte, daß er jetzt als nächstes Buch von mir einen heutigen *Leberecht Hühnchen* erwarte. Schlagartig ernüchtert.

Urbild des Friedens. Als Soldat, bereits die ersten zwei, drei Jahre Kriegserfahrung im Nacken, durch den fremden Pensionsflur zur bezeichneten Tür. Immer, obwohl sie es längst nicht mehr hörte, und stets auch von den Stubenmädchen belächelt, erst behutsam geklopft. Dann langsam die Klinke gedrückt, die Tür aufgeschoben und auf Wolkenschritten hinein. Plötzlich ging ein Ruck durch die Welt. Die Erde blieb stehen. Kein Schuß mehr, keine Bombe, keine Detonation. Die Toten waren nicht tot. Die Lebendigen hatten gesiegt: Dort saß sie im Erker, das vergessene Buch aufgeschlagen im Schoß und blickte abwesend, weit weg in ihrer Erinnerung, hinaus. Stille. An der Scheibe war das pergamentene Sirren einer Eintagsfliege, am Himmel das Kreischen der Mauersegler, in den Schläfen das Pochen des Blutes zu hören. Schwierig, sich aus dieser Verzauberung heraus bemerkbar zu machen, ohne sie zu erschrecken. Traumhaftes Zeitlupentempo. Bis sie sich umwandte. Lächeln: Die müde Sonnenblume der Güte ging auf. Sie hieß mich setzen, schweigen. Erst das leibliche Wohl – Kaffe, Kuchen, Sahne. Dann, wenn der Kuchenberg abgetragen war, man draußen den Staubsauger hörte, die Erde wieder sich drehte, heischte das funkelnde Hörrohr Bericht.

An der Wand das Foto. Sie ist Mitte fünfzig darauf; so alt, wie ich heute bin. Stützt sich, was sie unfotografiert noch nie getan hat, mit abgespreiztem kleinen Finger das Kinn. Auf das schnörkelbeinige, mit einer sparsamen Samtdecke belegte Tischchen vor ihr hat der schwerpunktbewußte Fotograf eine Buchattrappe mit dilettantisch angedeuteten Goldschnittseiten gelegt. Um sie herumgruppiert, kesse Lebenserwartung im Blick, ihre Söhne: Ein Diplomat, ein Jurist, zwei Bibliothekare. Thilo tot, Adolf tot. Karl und Otto haben sie an Jahren längst überholt. Denn was sie *gar* nicht schätzte, waren die Bombenalarme. Sie hätte sich das alles gern rücksichtsvoller gewünscht. Als wieder einmal ein aufgescheuchtes Stubenmädchen nachts Großmutters Zimmertür aufriß und zeternd zur Decke deutete, als drohe nicht eine Bombe, sondern nur der Stuck herunterzukommen, hatte Großmutter sich bereits in eine friedvollere Sphäre begeben. Adolf hat oft und gerne erzählt, sie habe überlegen gelächelt. Ach nein; überlegen wohl doch nicht. Denn sie hat dieses Leben von Herzen geliebt.

12. KAPITEL

Das Moos auf den Dächern

25. Mai. Marinas Vierteljahresuntersuchungen haben begonnen. Wie machtlos sind Ärzte. Wie bemüht versuchen sie, sich den Anschein von geschäftigem Wissen, von unbestechlicher Erfahrung zu geben. Wie ungenügend, wie wenig gesichert, wie angezweifelt, wie im Tiefsten fragwürdig sind ihre Erkennungsmethoden. Wie triumphal beherrscht diese Krankheit zum Tode den Menschen. Wehrt man sie ab? Hält man sie fern? Sie läßt sich nicht fernhalten. *Sie* ist es, die sich gelassen jedes Zugriffs erwehrt. Sie gestattet nur festzustellen, ob sie abwesend oder ob sie anwesend ist. (Wobei ihre Abwesenheit *gar* nichts, und ihre Anwesenheit *alles* besagt.)

In letzter Zeit mehrfach wiederkehrender Traum. Voll Abwehr und Unbehagen aus ungeheuerer Höhe, fast satellitenbildhaft, ohne atmosphärische Trübung, Blick auf einen reliefkartenartig ausgebreiteten Erdteil. Langgezogenes, von Ost nach West verlaufendes, zum Teil gebirgiges, von Flüssen zerschnittenes gelbbraunes Küstengebiet; schattenlos, Weltmeerahnung dahinter. Ich schwebe; nur körperlose Flugsubstanz aber; weder menschlich noch technisch; jedoch sehend, empfindend.

Dreimal, Anfang der sechziger Jahre, lange Gedichte geträumt. Da nie gleich aufgeschrieben, immer nur jeweils den Anfang behalten. 1. »Kriege überdauern Geschlechter.« 2. »Zeitworte sterben für Gott.« 3. »Niemand, der vor die Stammburg der Iltisse hintritt, darf es ohne dein Wissen.«

Bis kurz vor Ausbruch der Polyneuritis an einer erweiterten Neuausgabe meines Gedichtbandes *Kassiber* gearbeitet. In vier Gedichten plötzlich (immer in klinischem Zusammenhang) die Farbe Weiß. Im vorletzten Gedicht eine Krankenschwester. Im letzten, *Insel der Kindheit,* ist es um einen orthopädischen Laden gegangen. Erinnerte mich an die blassen, kränklichen Kinder, die dort ihre funkelnden Beinschienen erhielten. Der letzte Vers lautet: »Hinkend versuchte ich,/ den Gelähmten zu ähneln, doch niemals/ versagten mir Beine und Füße den Dienst,/ wie sehr ich sie dafür auch haßte.« Vier Tage später war ich am ganzen Körper gelähmt. (Juni, 1964.)

Es ist ein Sonntag gewesen. Das Klinikgelände so leer wie noch nie. Krähenschreie. Ledermanschetten. Zum letzten Mal hatte mir eine der Schwestern die Beine gewickelt. Zum ersten Mal das Gefühl, dem, was kommen würde, nicht gewachsen zu sein. E. ließ mich warten. Kam am frühen Nachmittag erst. Brachte einen Verbündeten mit; einen Arzt. Der schon immer der Meinung gewesen war, zwischen der ihm unbegreiflichen Tatsache, daß ich E. ›freigegeben‹ hätte und meiner Freundlichkeit, den Gymnastinnen gegenüber, müßten Zusammenhänge bestehen. Schweigende Fahrt. E. blickte abwesend hinaus. Die herbstliche Avus. Der arglose Grunewald. Wieder die Wohnung; diese: In der ich jetzt sitze und dieses hier schreibe. Es ist der 14. November 1965 gewesen; ich war seit siebzehn Monaten wieder ›richtig‹ zu Hause.

Die sehr frühe, vielleicht in Wirklichkeit *so* nie existent gewesene Samttroddellampe, die sanft ein ebenfalls kaum mehr verifizierbares Wohnzimmer mit einer japanischen Bambusvase erhellte, das sich immer wieder während der russischen Winter als stärkende Zufluchtsstätte erwies. Niemand im Raum, auch der Erinnerer nicht. Nur sichtbar-spürbare Geborgenheit, aus Erfahrenem und aus Erhofftem geliehen. Frühkindlicher Zuhause-Verschnitt; Nest- und Wohnungswärme, sichtbar gemacht. Und: Geahnte Vaternähe; wissen, wohin.

Frankfurt; Winter 1924. Aus einem offenen Parterrefenster drang Klaviermusik. Vater lief frierend, Hände in den ausgebeulten Manteltaschen, hochgezogene Schultern, rauchender

Atem, auf und ab, hörte zu. Ich baute einen Schneemann so lange. Inbegriff unseres Zusammengehörigkeitsgefühls und seiner innersten Wesensart: in der Rückerinnerung. So war er immer. Fort und doch da. Stets, wenn im Krieg nur noch wenig zu hoffen, auf diesen Frankfurter Wintertag zu schalten versucht. Denn es bricht da auch noch etwas schwach Mythisiertes mit ein. Die Straße muß steil abgefallen sein. Verlockender Himmel und herzerhebende Weite ringsum. Traumgefühl des sich Abstoßenwollens. Das Glück hat bei Vater und in den Lüften gewohnt.

Nenad nachts, schlaftrunken noch, sich im Bett aufsetzend: »Pappa, es gibt keine Geister. Und es gibt auch keine Ungeheuer.« Beschwörender Tonfall; also geträumt. Die Gespenster und Unholde halten als Rummel-Attrappen Einzug in ihn. Denn *wir* versuchen ihm die Originale tunlichst fernzuhalten. Aber wie ja nicht nur die gefiederte Schlange erschreckt, sondern (den Laien zumindest) auch der Totempfahl, der die Aufgabe hat, sie zu bannen, so jagen nun Nenad die Plastikdämonen die Furcht vor den richtigen ein: Der Ungläubige infiziert sich an den Schamanismen der Abergläubischgewesenen.

Aufschub oder Freispruch? Marinas Untersuchungsergebnisse liegen vor: Aufatmungserlaubnis. Wir machen tief und heftig von ihr Gebrauch.

Nichts verdrängen jedoch. Allenfalls subkutan. Diese Angst muß weiterhin jederzeit abrufbar sein. Das Umgewöhnen kostet zuviel Substanz.

1. Juni. Nenad, heute zu Marina: »Du bist ein Zustand.« Ich möchte vertiefen: Ein Dauerzustand. Bitte.

Wen ich beneide. Die Dichter im vorindustriellen Zeitalter. Was schwebte da nicht noch Einatemwürdiges um die Wipfel der täglich neu erwanderten Wälder. Wie wert war es die Menschheit da noch, mit Idealen versehen zu werden. Wie gefragt sind da noch so schlichte Tugenden wie Aufopferung,

Freundschaft und Vaterlandsliebe gewesen. Wie wenig lenkte einen da noch vom eigenen überschäumenden Ichgefühl ab. Wieviel spätere Gemeinplätze haben da noch, hundsrosenüberwuchert, inmitten einer unerforschten Wildnis gelegen. Welch ein Fundus an funkelnden Symbolen, was für Schätze an jungfräulichen Metaphern waren damals noch, ohne Schürfrechterwerbung, aus fast jeglichem Boden zu holen.

Der Lesende auf der Waldlichtung im Deister. Sein gebeugter, in der Sonne leuchtender Nacken verriet ihn. Schimmerte plötzlich durch das Unterholz und den Farn. Schlich mich heran; wollte sehen, ob ich ihm Eßbares wegnehmen könnte. Hatte seit Tagen nur Sauerampfer gegessen; zu gefährlich noch, sich Häusern zu nähern. Er war Lehrer. Hatte ein rohes Hühnerei in der Tasche, das er mir schenkte. Dann las er weiter. Es war der *Empedokles* Hölderlins. Am Morgen hatte eine amerikanische Patrouille auf mich geschossen. (25. April 1945.)

Erzählung. Die Figur eines gewissen H. in den Mittelpunkt stellend. Dessen fortschreitende innere Zerrüttung den eigentlichen Handlungsablauf ergäbe. Erzählerstandpunkt nicht in der Figur verankert, sondern auf sachlich kollegiale Tuchfühlung bedacht; so als erzählte, völlig unbeteiligt, sein Schatten (der ja nichts zu befürchten hätte). Der äußere Rahmen der Erzählung scheint eine geglückte Entführung zu sein. Unter heftiger Gegenwehr jedenfalls wird H., der ständig fliehen will, in einen Wagen verladen und von Homburg nach Tübingen gebracht. Es ist der schizophrene Hölderlin, den der Weißbinder Georg Hamelmann ins Authenriethsche Klinikum bringt. Die Rahmenerzählung endet damit, daß man H. die von Professor Authenrieth erfundene Gesichtsmaske anlegt. H., den eben ein Tobsuchtsanfall heimgesucht hat, wird ruhiger unter der Maske. Setzt sich. Bittet um Schreibutensilien. Verfaßt, ›geschützt‹ durch die Maske vom Außen, ein Gedicht. Die Erzählung selber, die dieser Rahmen umgrenzt, mischt Vergangenheit und Zukunft. Zwei Pole großer Glückseligkeit: Diotima; und wie es ihm in der Werkstatt Schreinermeister Zimmers gelingt, eine Brettkante gerade zu hobeln. Die Außenwelt ebenfalls von zwei entgegengesetzten Seiten her einbezogen:

1. »Seine Irrungen haben den Pöbel dahier so gegen ihn aufgebracht, daß bei meiner Abwesenheit die ärgsten Mißhandlungen seiner Person zu befürchten stünden.« (H.s Freund Sinclair aus Homburg an H.s Mutter.)

2. »Da im Klinikum nichts weiter mit H. zu machen war, so machte der Kanzler Authenrieth mir den Vorschlag, H. in mein Haus aufzunehmen, er wüßte kein passenderes Lokal. H. war und ist noch ein großer Naturfreund und kann in seinem Zimmer das ganze Neckartal samt Steinlacher Tal übersehen.« (Schreinermeister Zimmer.)

Alfons. Freund und Banknachbar im Gymnasium. Mir zuliebe mit sitzengeblieben. Ausübender Katholik. Hatte vor, Mönch zu werden. (Das gefiel mir vor allem an ihm.) Widerborstig gescheitelte Frisur. Stechender Blick. Überraschend energisches Kinn. Gehemmte Gesten, eckige Bewegungen. Uneins mit seinem Körper. Was er durch feierlich-umständliches Auftreten wettzumachen versuchte. Erfolglos; es wurde nur ärger dadurch. Großer Schaubeter, gekonnter Bekreuziger. Mehr auf Maria als auf Christus fixiert. Kein Abt, kein Prior in Großberlin, dem er sich nicht schon einmal aufgedrängt hatte. Direkt neben der schützend von Mietskasernen umschlossenen Pius-Kirche (Palisadenstraße) gewohnt. (Bestätigung der Milieutheorie.)

Er ist jedoch nicht Mönch sondern Kriminalkommissar geworden: Die *andere* Möglichkeit, bei dieser Veranlagung. Wenn ich über ihn schriebe, hätte er sich das Referat Kirchendiebstähle geschaffen und wäre immer dann eingeschaltet worden, wenn kirchlicherseits ein Interesse daran bestand, interne kriminelle Vorkommnisse wie Unterschlagung von Kollekten, Mordversuch am neugewählten Prior, Mißbrauch des Beichtgeheimnisses u. ä. so dezent und öffentlichkeitsfern wie möglich zu klären.

Zahllose Andachten – auch große: Mitternachtsmessen, Pontifikalämter – mit Alfons zusammen. Kein metaphysisches, immer rein weltlich bedingtes Interesse. Die einhellige Disziplin der Gemeinde, das versunkene Beten aller tat gut. Gegengewicht zu den ausufernden NS-Veranstaltungen, der Hitlerjugend vor allem.

Einmal mit Alfons unter Tausenden von Katholiken vor der Hedwigskirche *Unter den Linden* Fronleichnam 1938 den Bischof erwartet. Als er endlich in der Sänfte herangetragen wurde, brachen plötzlich, erschreckend unerwartet für mich, alle Menschen auf dem gewaltigen Platz, wie von der Sense gefällt, in die Knie. Soweit das (in diesem Falle in 1,86 Meter Höhe installierte) Auge reichte: Kein Kopf mehr, nur Rücken. Auch Alfons hatte sich wohlig, dicht neben meinen Füßen, zu dieser Unterwerfungsgeste zusammengekrümmt. Weniger aus Trotz als aus Unsicherheit, und weil es ja wohl auch nicht so ganz gestimmt hätte, blieb ich als einziger stehen. Als hätte ich einen teuflischen Magnet in der Tasche, schwebte der die Menge segnende Bischof auf den Schultern der Sänftenträger geradenwegs auf mich zu. Die Stelle zwischen den Augen, wo der Brillenblitz einschlug, den er mir aus vier Meter Entfernung entgegenschleuderte, juckt bei Regenwetter noch heute.

Produktives, bis weit in die Kindheit reichendes Behaglichkeitsempfinden, sobald ein Gewitter heraufzieht, der Himmel sich vielversprechend zu bedecken beginnt. Stärkt die Schreiblust. (Abkapslungsbedürfnis.) Steigert sich zum Gänsehaut erzeugenden Geborgenheitsgefühl, wenn Regen einsetzt. Bei Dauerregen fast glücklich (: Einhornwetter). Schlecht schreiben während der Regenphase unmöglich. Bei Aufhellung oft deutlicher Abfall bemerkbar. Mißmut, wenn Sonne nach Regen.

»Das Gewitter entfernt sich, und die Mamsellen treten vertikal an die Fenster.« (Lichtenberg; den der Regen als passionierten Fenstergucker natürlich gestört hat.)

Sprache. ›Weg vom Fenster‹ = Keine Chance mehr; abgemeldet; Anschluß verpaßt. Meist politisch gemeint. (Hitler am Fenster der Reichskanzlei; unten die jubelnden Massen: Scheint, diesem Bilde zufolge, noch immer richtungweisend zu sein.)

Regel. Wer sich häufig am Fenster gezeigt hat, darf seinen Standort nicht mehr verlassen. Die sich an die Silhouette gewöhnten, sähen das leere Geviert sonst als veruntreuten Rahmen.

Die erst wie Willkür anmutende, dann ständig umsichtiger, zielender, geplanter wirkende, obendrein noch, von Seite zu Seite an unaufbrechbarerer Geschlossenheit zunehmende Dichte in Kafkas *Heizer* (dem ersten Kapitel des *Amerika*-Romans) benimmt mir den Atem. Wie soll man, nach einer derart biegsam-gepanzerten Prosa, je wieder den Mut aufbringen, eine Geschichte zu schreiben?

Und dann, in den Tagebüchern, dazu noch das: »Übermut, weil ich den ›Heizer‹ für so gut hielt. Abends las ich ihn den Eltern vor, einen besseren Kritiker als mich während des Vorlesens vor dem höchst widerwillig zuhörenden Vater gibt es nicht. Viele flache Stellen vor offenbar unzugänglichen Tiefen.«

Zeitungsmeldung. Ein zwölfjähriger Junge erschlägt aus Wut eine Rentnerin, für die er immer eingekauft hat. Sie hatte ihm diesmal kein Trinkgeld gegeben. Der Junge offenbart sich dem Vater. Der Vater geht mit dem Jungen zur Polizei.

Und wie hättest *du* gehandelt? Anders.

Das muß eine Geschichte werden. Der Junge älter, sechzehn vielleicht. Der Mord sinnloser. Dennoch, in feinsten Ausläufern, zu Anfang schon fast virulent. Der Vater ist Makler. Liebt den Sohn. Keine Mutter. Paul fühlt sich vom Vater bevormundet. Schule abgebrochen aus Trotz. Arbeitet in einer Autowerkstatt. Mordopfer ein Tabakwarenhändler. Er hat Paul verärgert. Paul wollte nicht töten. Er versucht die Spuren zu verwischen. Gelingt nicht. Zu Hause bricht er zusammen. Sagt es dem Vater. Der Vater läßt Paul die Koffer packen. Holt Geld aus dem Tresor. Will zum Tatort. Schon Polizei. Die beiden fahren los. Irgendwohin. Paul atmet auf. Der Vater hilft. Man kann sich auf ihn verlassen. Doch der Vater hat einen Plan. Paul braucht Zeit, findet er. Paul muß das begreifen. Er muß selber das Bedürfnis haben, sich zu stellen. Das darf unmöglich jetzt schon der Fall sein. Paul muß der Strafe, die ihn erwartet, gefestigt begegnen. Paul sieht das anders. Diese Fahrt, weg vom Tatort, lenkt ab. Er löst den Vater ab. Fahren ist schön. Fahren macht Spaß. Wenn man fährt, ist man sicher. Der Vater glaubt nicht richtig zu hören; Paul pfeift lautlos vor sich hin. Da sagt der Vater ihm, tastend, langsam, gezielt, seinen Plan. Paul ist versteinert: Der Alte will, daß er sich stellt. Der Vater wird ihn verraten. Von nun an gibt es für Paul nur noch eins: Weg. Weg mit dem Auto. Im ersten unbewachten Moment. Aber der Vater gibt acht. Versucht, ihn für den Plan zu gewinnen. Doch der Junge stellt sich nicht. Er wird nicht gefaßt. Wer auf der Strecke bleibt, sich schuldig fühlt, ist der Mitwisser: der Vater.

Titel des ersten Teils: *Denunziation.* Kennzeichnung des Erzählerstandpunkts: Berichtend, beinah verratend. Zwang zur Sachlichkeit. Schließt Entschuldigung und Parteinahme aus.

Das Verhältnis Wolfdietrich Schnurres zu Religion und Kirche. Zulassungsarbeit zum Staatsexamen; man staunt. Die Autorin hinterläßt ihr Objekt allerdings heimatloser, als diesem zu Mut ist. Schließlich dürfte die Schädelnaht des Alls heute winddurchlässiger sein, als es der Arbeitsraum eines angeblich atheistischen Schriftstellers ist.

Als ich 1947 im Berliner Konsistorium vor Hunderten von evangelischen Pfarrern und Kirchenmännern meine Geschichte *Das Begräbnis* (Gottes) vorlas. Es brach ein Bekenntnisorkan los hinterher. Jeder der kirchlichen Herren wollte am Dahingang meiner Attrappe mitschuldig sein. Keiner ist auf den (der Geschichte zugrunde liegenden) Gedanken gekommen, daß die Todesursache *dieses* Gottes vermutlich seine Bedeutungslosigkeit war.

Ein Schisma findet immer dann statt, wenn pures Glauben entweder zu unglaubwürdig oder zu anstrengend wird. Wäre es nicht so, hätte es weder Aristoteles noch Galilei, weder Jesus noch Luther, weder den Baal Schem noch den Eurokommunismus gegeben.

Disputation. »Gibt es das Nichts?« – »Das Nichts gibt es.« – »Dann gibt es auch Nichtsein.« – »Nichtsein gibt es auch.« – »Wenn aber das Nichtsein *ist*, dann kann es doch nicht *nicht* sein!« – »Falsch. Das Nichtsein gibt es nur, weil wir darüber reden. Aber es *ist* nicht.« – »Falsch. Wenn das Nichtsein nicht wäre, wäre es Sein.« – »Verdammt.« (Tauglich als scheinbarer Gottesbeweis.)

Der Chassid. Nicht Gesetzesstrenge. Nicht Vergeistigung. Nicht Askese. Sondern: Aboda (Herzensfreudigkeit); Kawwana (Andacht; Intention). Und: Schiflut (Demut). Feinde allerdings darf man bei diesen Gaben *nicht* haben.

Und wenn Gott sich damals von Nebukadnezar *nicht* hätte ins Wort verbannen lassen? Und wenn er den Kindern Israels *doch* Bilder zu machen gestattet hätte? Und wenn er ihnen das Konkrete nahegelegt hätte, statt sie im Abstrakten zu stählen? Bestimmt hätte es dann mehr jüdische Freiheitskämpfer als Schriftgelehrte gegeben. (Aber ob es das Volk Israel dann noch gäbe?)

18. Juni. Don Quixote aus der Rüstung gepellt. Der Gehgips ist zertrümmert beim Orthopäden geblieben. Verstört, des Schutzes seiner Heuschreckenbeine beraubt, wankt der Ritter von der tristen Gestalt den heimatlichen Pantoffeln entgegen. Ob er wohl noch mal ein Abenteuerlein wagt? – Gemach, Sancho, gemach. Erst die leidlich geheilten Füße, zugegeben: zögernd, auf Nordseesand setzen. (Baltrum rückt näher.) Dann, gewiß mehr stelzender Reiher als stolzierender Ritter, wollen wir weitersehen.

Inzwischen hatte Vater natürlich, erwartungsgemäß, auf der ganzen Linie gesiegt. Als ich die Eschersheimer Wohnung, nach mehr als zwei Monaten Berlin, wieder betrat, merkte ich an der neuen Art von Unordnung gleich: Wir lebten nicht mehr allein.

Vater und Ilse hatten mich nicht vom Bahnhof abholen können. Sie hatten an diesem Tage ehrenamtlich den Tombola-Tisch eines Wohltätigkeitsmaskenballs vorzubereiten. Ich erfuhr das von Kurt, Ilses Jungen, der plötzlich, in meiner Lieblingshose, meinen Lieblingsteddybären in der Tasche meiner Lieblingsschürze und in meinen Lieblingspantoffeln im Türrahmen stand. Er sagte, wir seien jetzt Brüder. (Frankfurt, 1926.)

Nenad auf dem Operationstisch. Winzig; Blut im Gesicht. In der Narkose wie tot. Dutzende Male vorweggeträumt schon. Jetzt also bleibend. Wir liefen indessen die klinisch weißen, uns wohlbekannten Gänge entlang. Wie schwer es fällt, mit diesem Weiß Frieden zu halten.

Während der Rückfahrt aus der Klinik: Nenad kregel; der Vater erschlagen. (Weniger Nerven als Empfindlichkeit gegen Bilder jedoch. Denn sie hatten ihn ja auch noch festgeschnallt auf dem Operationstisch.)

Das Leben geht weiter. Den Kaufvertrag für das Nikolasseer Märchenhaus unterschrieben. Der Zaubergarten dahinter reicht bis ans Ende der Welt. Der Notar hat die Grenzen enger gezogen: Drei Erben müssen noch ihr Einverständnis erklären. (Vorfreude vielleicht doch besser noch ein wenig auf Eis.)

Der Eiskeller der Forellenbrutanstalt. Zwischen See und Zuchtteichen liegend. Sechs Meter tief ausgeschachtete Grube. Dach und Wände meterdick Schilf. Niemand war auf den Gedanken verfallen, ihn ausgerechnet hier zu vermuten. Wir suchten erst die Bruthallen ab. Stocherten dann in den Teichen. Bezogen auch das Seeufer in unsere Suchaktionen mit ein. Anhaltspunkte recht dürftig. Wir wußten nur: Er hatte mal wieder getrunken. Aber wer trank in dieser gottverlassenen Einsamkeit nicht. Der Förster beispielsweise fing ja meistens schon am Vormittag an. Und er hatte auch jetzt, wo wir nach dem so plötzlich verschwundenen Forellenteichpächter suchten, wieder ziemlich geladen. Deshalb stürzte ich mich auch sofort auf ihn, als er schwankend die Eiskellertür aufriß. Denn es hätte eine Weile gedauert, ehe man ihn von dort unten wieder heraufgehievt hätte. Aber es lag ja nun schon der Teichpächter unten zwischen den weißlich glitzernden Blöcken; wir entdeckten ihn beide zugleich. Er war auf so verrenkte Weise gefroren, daß wir uns Zeit nehmen konnten. Wir füllten sie mit auf Vorrat wärmenden Schnapsschlucken aus. Allerdings hat es dann trotzdem, und obwohl auch der Fischer uns half, noch beinah zwei Stunden gedauert, ehe wir ihn, umschichtig arbeitend, endlich losgehackt hatten. (Sommer, 1938; Grenzmark Posen-Westpreußen, Forellenbrutanstalt Sandkrug.)

Förster K., Forsthaus Sandkrug. Kurzleibig, langbeinig. Rotblond; winziger Mittelscheitel. Aufgedunsene, suffgerötete, mit geplatzten Äderchen überzogene Wangen. Zinkige Wilderernase: Physiognomie eines verfetteten Habichts. Halsansatz verlorengegangen. Rundliche Schultern; Sommersprossen auf Rücken und Bauch. Nüchtern schnell mürrisch. Betrunken hinreißend. Man mußte mithalten. Regelmäßig Wettangeln. Regelmäßig mein ganzes Pensionsgeld wiedergewonnen. Nur einmal *beide* ins Wasser gefallen: Das Boot kippte um. Da wir beide Nichtschwimmer waren, entstand vorübergehend ein gewisses Problem. Denn der Kahn war abgetrieben. Was uns rettete, war ein freischwimmendes Haubentauchernest. Hielten uns strampelnd an ihm fest. Bis der Fischer erschien. Zufällig; wollte nur eine kaputte Reuse austauschen.

Am Forsthaus hastete die Rhora, ein schilfflankiertes Flüßchen vorbei, das die beiden großen, tief in endlose Kiefernwälder eingebetteten Seen verband. Stundenlange Kahnfahrten. Wildschweine im Uferschlamm, an denen sich nur die Büschelohren bewegten. Rotwildrudel, verhalten den bewegungslos vorbeitreibenden Kahn beäugend. Aussteigen verboten. Die polnische Grenze verlief in der Nähe. Es waren gerade die ersten, noch feuchten Bunker und neugezogenen Stacheldrahtverhaue fertig geworden. An manchen Stellen waren die Spanischen Reiter bis in die Wildschweinsuhlen hinein ausgelegt worden. Ich machte meist zwischen den knochigen Zweigen ins Wasser gestürzter Eichen fest, habe Barsche geangelt und jeden Nachmittag einen halben Band Goethe gelesen. Ich wußte nicht, daß dies das letzte Friedensjahr sein würde. Aber ich hatte während dieses Sommers fast immer das Gefühl, besonders tief einatmen zu müssen. (August, 1938.)

Kindheitslektüre. *Das Jägerhaus am Rhein.* Eins der schönsten und nachhaltigst wirksamen Jugend-Bücher, die ich je las. Zwei Jungen, die ihre Ferien im Forsthaus beim Förstergroßvater verleben. Natur, Jagd; Vogel- und Fischfang; Jägerlatein. Gleich nach dem ersten Weltkrieg erschienen. Mit zeitgenössischen *Gartenlaube*-Illustrationen. Es zum ersten Mal mit acht Jahren gelesen. Dann immer wieder. Meine ganze Forsthausbegeisterung vorweggenommen, ins Rollen gebracht. Irgendwann ging es verloren. Immer arg betrübt darüber gewesen. Vor wenigen Jahren es wiederentdeckt. Bewegt und mit Herzklopfen die alten Illustrationen betrachtet. Beim Lesen gestockt. Das Buch hat ein Vorwort. Es ist der wehrhaften deutschen Jugend gewidmet, um sie an Körper und Seele zu stärken und sie dereinst den ›Schandvertrag von Versailles‹ zerreißen zu lassen. Und in dieser Tonart dann auch geschrieben. Ungenießbar, der Text. – Der Vorfall einer der eindringlichsten Unschuldsbeweise, die ich meiner Kindheit, dank Vaters politischem Desinteresse, nur ausstellen kann.

Knastlektüre. Entweder Hitler oder die Bibel. Alternativangebot, als im zweiten Kriegsjahr zum ersten Mal wegen Befehlsverweigerung ins Gefängnis gemußt. Spontan für Hitler entschieden. Ging davon aus, daß ich dieses Buch *(Mein Kampf)* sonst *nie* lesen würde. Dummerweise ging mein Zellenkollege von derselben Voraussetzung aus. Da man nur ein Exemplar hatte auftreiben können, mußten wir teilen. Und zwar buchstäblich. Das heißt, wir rissen das Buch auseinander und knobelten, wer die erste, wer die zweite Hälfte erhielte. Ich mußte in der Mitte beginnen. Hielt auch bis zum Ende hin durch. Auf den ersten Teil allerdings dann keine Lust mehr gehabt. Lieber Fliegen gefangen und zum Kartoffelentkeimen gemeldet.

Denunziation

Jeder Satz denunziert. Auch dieser.

1.

Es war ein Samstag, an dem es geschah. Nichts an diesem diesigen Oktoberabend war ungewöhnlich gewesen. Der Feierabend lief ab, wie alle andern Feierabende im Herbst jetzt auch abgelaufen waren. Er warf das ölverschmierte Arbeitszeug in die unterste Ecke des rostigen Blechschranks und versuchte, so gut es gehen wollte, unter der Brause den Benzingeruch loszuwerden. Die Kollegen hatten den Warmwasserboiler schon ausgeleert. Er mußte sich mit kaltem Wasser begnügen. Auch die Seife taugte nicht viel. Als er sich nach dem Abtrocknen beroch, schlug sofort wieder der Benzingeruch durch. Vielleicht gab es Mädchen, die das mochten. Vielleicht übertrieb er aber auch. Es gab Tage, da störte ihn der Öl- und Benzingeruch am Körper und in der Kleidung überhaupt nicht. An anderen Abenden beobachtete er die Gesichter der Leute um sich herum, ob auf einem vielleicht ein Ekelausdruck erschiene. Es war noch nicht geschehen bisher. Er wußte auch nicht, wie er sich daraufhin verhalten hätte. Er hoffte, herausfordernd. Er war dann, wie immer, als letzter, durch die dunkle Reparaturwerkstatt gegangen. Später erinnerte er sich, dabei gedacht zu haben, es könne nicht schaden, wenn die Fensterfront einmal gründlich gesäubert würde. Das war ihm immer merkwürdig erschienen. Vielleicht war es ihm aber auch nur rückwirkend so vorgekommen; danach. Denn: Gegen das Neonlicht drüben im Parkhaus konnte man ja sogar in der Dunkelheit sehen, wie dick verfilzt sich Staub und Ruß auf den Querstreben der rostigen Fensterrahmen abgesetzt hatten. Jede der winzigen Scheiben wirkte wie von einer schmutzigen Schneeverwehung bedeckt. Es war ihm auch noch erinnerlich, daß er sich über den Kalender geärgert hatte, der in der gläsernen Kabine zwischen den Ölbüchsenpyramiden hing. Vielleicht kam auch das noch hinzu. Er hatte, wie jeden Abend, noch einmal die Klinke heruntergedrückt, um zu prüfen, ob auch abgeschlossen sei. Dabei sah er ihn. Er war ihm sonst nie aufgefallen. Es war ein Abreißkalender; seine Alpenlandschaft veränderte sich nicht. Diesmal fiel der Kalender ihm auf. Er kam noch einmal zurück. Doch es war ihm erst klargeworden, als er den Münztank kontrollierte: Jemand hatte nicht nur das heutige Samstagsblatt, sondern auch das vom Sonntag schon abgerissen; es war Montag auf dem Kalender. Seine Gereiztheit darüber war stärker, als er es sich eingestand. Noch draußen, unter den Passanten, hatte sie ihm zu schaffen gemacht.

3. *Juli.* Heute vor 93 Jahren wurde Kafka geboren. Man sollte rechtzeitig ein paar Notizen über ihn hinterlegen, ehe zu seinem hundertsten Geburtstag die ideologischen Vereinnahmungen einsetzen und aus den hochgelegenen Studios der kühlköpfigen Kafkakenner die ferngesteuerten Interpretationslawinen zu Tal zu donnern beginnen.

Der Notar, gelangweilt: »Woran dachten Se denn.«
Der Kafka-Leser, verschüchtert: »Nun, etwa an so Bemerkungen wie diese:«

1. Wenn einer die Kompliziertheit sogenannten normalen menschlichen Umgangs, die Anstrengung zu atmen, den Entschluß, eine Tür zu öffnen, die Problematik, unter anderen nicht aufzufallen, die Aussichtslosigkeit, sich, seinem Nächsten gegenüber, dessen Erwartung gemäß zu verhalten, von Grund auf begriffen, um nicht zu sagen: erlitten hat und dennoch jeden seiner von vornherein zum Scheitern verurteilten Schritte unsäglich mühsam, ja, existenzgefährdend an einer kaum mehr auffindbaren ethischen Norm überprüft hat – dann ist es Kafka gewesen.

2. Kafka bestraft sich in Lebensführung und Literatur für das Ungenügen anderer. Denn unerbittlicher als er umschleicht niemand sein eigenes Ich. Ein altruistischer Masochist.

3. Kafka ist kein Eingeweihter. Er notiert sich noch die bekanntesten jüdischen Bräuche. Seine Neugier in dieser Richtung hält sich in sympathisierenden Grenzen. Unterirdisch jedoch ist das Wurzelwerk dieser Existenz tief und unlösbar jenem saugenden Vakuumwissen verbunden, dem die großen jüdischen Stifter ihre sinaitische Ethik eingepflanzt haben.

4. Kafkas Flucht in die Literatur hat Abstreifcharakter. Er will loswerden, was ihn am Leben erhält: Die christliche Schlangenhaut, die ihn vor seiner angeborenen Jüdischkeit schützt. Doch diese wäre schutzlos seinem Nichtwissen ausgesetzt, würde er sich jener begeben. So bleibt er Kierkegaard näher, als er selber es weiß, und ist den Rabbinen ferner, als er es zugeben würde.

5. (Unwissen weiß von vornherein nichts. Nichtwissen resümiert, was es weiß. Unwissen ist behaglich. Nichtwissen peinigt.)

6. Die meisten seiner Geschichten hat Kafka allerdings weit mehr mit handwerklichem Kunstverstand als unter Wissenshypnose geschrieben. Er scheint viel Traummaterial verarbeitet zu haben. Aber was sagt das. Die Intuition träumt ja auch. Die Phantasie erst recht. Und die größte Träumerin ist die Realität. Wie kämen sonst die ihr Atemzug für Atemzug abgelauschten Geschichten zustande, wie Kafka sie so pedantisch nachzuerzählen versteht.

7. Viele von Kafkas Geschichten muten an wie Ausgrabungsfunde, an deren mühsam zu entschlüsselnder Bilderschrift man ermessen kann, wie tief man heute zu atmen verstünde, hätte man rechtzeitig begonnen, dieses Leben ernster zu nehmen. Petrifakte ausgeschlagener Odem-Verheißung.

8. Andere Geschichten erinnern – oft auf einer zweiten, dritten Ebene erst – an alte jüdische Grabreliefs. Man muß sich schon tief über sie beugen, um noch den judäischen Löwen, das levitische Ölkännchen, die Menorah oder die Libanonpalme erkennen zu können. Dann aber durchfährt einen Sterblichkeitsbewußtsein und Vergeblichkeitsahnen wie ein doppelt geschliffener Dolch.

9. Und doch. Gelänge es einem, an den messianischen Samen im Herzen der Menschheit zu glauben, deuteten viele von Kafkas Geschichten in eine Zukunft, die dem einzelnen berechtigt die Wiedererwerbung der transzendenten Aura ver-

hieße. Denn schon das Erkennen des eigenen Ungenügens legt ja den Hebel um auf Empfang.

10. Kafkas Geschichten peinigen. Stärkeres läßt sich über ein literarisches Produkt kaum sagen. Der Grad der empfundenen Peinigung ist vom Autor nicht festgelegt. Er entspricht der Selbsteinschätzung des Lesers, in der Hilflosigkeit, dem Ausgeliefertsein, der gläsernen Fremdheit und liebedienerischen Kommunikationsschwierigkeit der kafkaschen Helden Teilaspekte eigenen Ungenügens wiederzuentdecken. Und das, obwohl viele seiner Figuren gar nicht persönlich auftreten, sondern uns durch ein kompliziertes Spiegelsystem nahegebracht werden, das sowohl korrigiert wie verzerrt; (was dem *wahren* Abbild in genau dem Maße entspricht, wie wir uns weigern, die empfundene Ähnlichkeit jener gespiegelten als unsere eigene zu begreifen).

Der Notar, ungeduldig: »Und was soll nu damit passiern?«
Der Kafka-Leser, verunsichert: »Genügte, wenn Sie 's beurkunden, Herr.«

Nachtrag, privat. Mit elf Jahren in einem verrotteten Pavillon am Weißen See (Nordosten Berlins), zwischen schneckenschleimglänzenden Backsteinen, faulenden Brettern und rostigen Büchsen, einmal einen schweren, von Feuchtigkeit aufgequollenen Folianten gefunden. Kein Hinweis auf dem schimmligen Deckel. Beim Versuch, den Band gewaltsam zu öffnen, ist er wie ein kompakter Papierblock auseinandergebrochen. An der Bruchstelle waren, ohne daß man auch nur einen Seitenteil hätte aufschlagen können, hebräische Schriftzeichen zu erkennen, wie ich sie vom Weißenseer Jüdischen Friedhof her kannte. Würgende, die erste Zeit nie eingestandene, allmählich immer lastender werdende Trauer darüber empfunden, daß die geheimnisvolle Botschaft nun unverstanden von mir zerstört worden war. Hielt Jahre lang an. Und heute nun endlich, 45 Jahre darauf, ist mir beim Wiederlesen der Geschichten Kafkas, als bekäme ich den Inhalt jenes Folianten nun doch noch – Bruchstück um Bruchstück – aus einer nahen Vergangenheit herübergereicht.

Leider ein Irrtum jedoch. Es ist nur der Verwandtschaftsgrad zwischen damaliger Erwartung und heutiger Hoffnung, was hier korrespondiert. Denn unter Kafkas Texten befindet sich einer, der sowohl die ›Schlüsselgeschichte‹ zu jenem Folianten darstellt als auch zu dem, was er verkörpert; nämlich zur Lehre: Uneingeweiht dringt man nicht in sie ein. Der Türhüter *Vor dem Gesetz* hat die Aufgabe, bis zum Tode des verhinderten Schülers den einzigen Eingang zu bewachen, der dem Schüler persönlich gegolten hat: Die Ausstrahlung der göttlichen Ordnung setzt sich im Ungläubigen in das fressende Radium der Vergeblichkeit um.

Mit Kafka kann man leben – vielleicht sogar sterben.

Was dem chinesischen Prinzen in der von Bloch nacherzählten Legende möglich war –: sich ins Jenseits, an die Seite seiner gestorbenen Geliebten zu schreiben –, müßte, ähnlich, vor Kafkas Geschichten auch dem beteiligten Leser gelingen. Jedenfalls laden ihre Tunnel, überdachten Galerien, unterirdischen Gänge, vielfachen Unterkellerungen, verschachtelten Bodenräume mit wehendem Sog dazu ein, sich traumwandlerisch ihren verlockenden Labyrinthen anzuvertrauen. Ahnte man nicht, in einer verwinkelten, menschenleeren Sackgasse schließlich, schweratmend an der Mauer lehnend und sich mit einem weißen, zerknitterten Taschentuch die Stirn betupfend, Kafka selber anzutreffen, höflich, ja, dankbar lächelnd; ratlos jedoch –: Es wäre denkbar, man machte sich auf den Weg.

Denn. Wie war dieser rabbinische Intellekt, wie war dieses eingeengte, unwillig und sehnsüchtig Traditionslast erduldende Lebensgefühl prädestiniert, eine Lehre, ein Philosophem, eine neue, transzendente Ethik zu entwerfen. Was für ein angstschweißgedüngter Acker, übersät mit Hinweisen; aber worauf –? Der Sämann wußte es nicht.

Dabei hatte er sich schon manchmal (zumal in den sachlicheren Vormittagsstunden) die ersten Schritte von seinem Schatten gelöst.

Schattenspender. Wir bitten zuvörderst, doch erst einmal die Eigentumsverhältnisse klären zu wollen. Spendet hier tatsächlich der *Baum? Wird* dem Baum hier nicht vielmehr gespendet?

›Schattenlinie‹ ist ein Euphemismus. Wenn es Linien gibt auf Erden, sind es Linien des Lichts. Schatten hat immer Flächencharakter.

Der Schatten ›fällt‹? Es fällt, der ihn wirft. Genauer: Der fällt, ward geworfen; und der Schatten wirft sich neben ihn hin: Die Treue des Zerberus.

Tage des Gleichmuts. Tage, an denen gehofft werden durfte. Tage totaler Verzweiflung. E. war am Ende. Doch gab noch ihr Letztes. Gab noch nicht auf. Weiterhin Vorwand, in die Klinik zu kommen: Die neuerworbene Freundin. Die im Schwesternheim wohnte. Sich dienend verzehrte. Jede Bewegung des Objekts observierte. Jeden Rapport mit Eifersucht beizte. E. nahm zur Kenntnis. Setzte abermals an. Das Objekt schien sich etwas gelockert zu haben. Jedenfalls buchte E. eines Tages einen ungeahnten Erfolg. Der Doktor versprach, zum Kaffee zu kommen.

Und kam. Eissträhne wegwischend. Brillenblitze werfend. Mit dem zerbrechlichsten Lächeln, das je einem Manne gelang. E. war hingerissen von ihm. Was noch blühen konnte an ihr, blühte auf. Sie war schön. Sie war geistvoll. Es gelang ihr, nicht ironisch zu werden. Ich sah ihn zum ersten Mal ohne Kittel. Weiß stand ihm besser als Grau. Er strahlte mich an. Fabelhaft sähe ich aus. Man merke doch gleich: Die häusliche Pflege. E. preßte die Lippen zusammen. Ihre Zigarette zitterte leicht. Seine Gluckenfrau pickte die Krümel vom Teller. Lobte den Kaffee. Wies auf ihre nicht vorhandene Linie hin, die es ihr verbiete, Zucker zu nehmen. Ausgerechnet; wo sie Süßigkeiten so schätze. E. stand auf. Knallte die Tür. Verdutzt sah die Glucke ihn an. Was habe sie denn? Das Objekt strich sich die Eissträhne weg. Ein wenig fahriger jetzt.

2.
Er war dann in eine Teestube gegangen. Er hatte nur vorgehabt, etwas Heißes zu trinken. Der Tee war auch nicht schlecht. Eine Gruppe junger Leute an seinem Tisch diskutierte einen Film, den er anders verstanden hatte. Er griff ein paarmal in ihre Unterhaltung ein. Sie ließen ihn uninteressiert zu Ende reden, obwohl er sich äußerlich kaum von ihnen unterschied. Dann sprachen sie jedesmal da weiter, wo er sie unterbrochen hatte. Das trug wohl auch dazu bei. Vermutlich war er gereizt. Mit Sicherheit trank er sein Glas leer. Starrte schließlich nur noch auf das Jesus-Poster neben der Tür. Später ging er nach vorn. Unterhielt sich auffällig laut mit dem Mädchen, das den Tee aufbrühte. Er fragte sie nach Zigaretten. Sie sagte, sie rauchten hier nicht. Sofort wurde sein Bedürfnis zu rauchen so stark, daß die plötzliche Schlappheit ihm bis in die Kniekehlen sackte. Als er hinausging, nahm er sich vor, Zigarette im Mundwinkel, wiederzukommen; gleich, sie sollten ihn sehen.

Mit aufgekrempelten Ärmeln sah Vater ganz ungewohnt aus. Er hatte dem Hasen die Sehnen durchstochen und ihn mit gespreizten Hinterbeinen an einen eingekerbten Kleiderbügel gehängt. So bekam man das Fell besser ab. In Hillmanns Garten lehnte am alten Nußbaum der Sommer. Er war *auch* nicht mehr ganz der Jüngste. Das Licht auf den Erdbeerrabatten fing schon an zu rosten am Grund, und auch die Buchsbaumumfriedung des moosigen Kieswegs zeigte bereits gelbliche Flecke im Innern. Hinter den beulig spiegelnden Verandafenstern sah man Ilse über einen Haufen grüner Bohnen gebeugt. Immer, wenn sie einer der Schoten mit dem blitzenden Küchenmesser den Nahtfaden abzog, wippten auf ihren Wangen die Schattenzipfel der Bubikopfspitzen. Kurt und ich hatten die Nachbarkatze in den alten Puppenwagen gestopft und fuhren singend mit ihr im Garten umher. Irgendwie gefiel ihr das nicht. Alle paar Augenblicke legte sie die Ohren an und versuchte uns zu entkommen. Doch mit zärtlichem Würgegriff drückten wir sie jedesmal wieder in die Kissen zurück. Diese Katzen würden schon noch begreifen, wie gemütlich sie es hätten bei uns. (Frankfurt-Eschersheim, 1926.)

5. *Juli.* Gepackt. Vor der Ikone eine Minute Besinnung. Gesundheit, bitte; für Marina vor allem. Keinen Autounfall. Nenad soll es schön haben auf Baltrum. Ich könnte bessere Füße gebrauchen. Sela.

Mesmersiel. Das Auto ist untergestellt. Der Bäcker hat versprochen, den Koffer an Bord zu schaffen. Nette Menschen hier; trinkgeldgewohnt. Der Schellfisch hat gut geschmeckt. Der Eiergrog auch. Jetzt noch ein bißchen Festland unter die Füße. Marschwiesen. Wir scheuchen Säbelschnäbler und Strandläufer auf. Schnurgerade Entwässerungskanäle. Der Himmel von den windschiefen Pfosten eines alten Koppelzaunes gestützt.

Schön, unterwegs zu sein. *Ziele* allerdings haben den Nachteil, daß sie erreicht werden können.

Baltrum. Marina und Nenad am Strand. Und womit vertreibt sich ein Schreiber in so einer Ferienwohnung die Zeit? Damit, daß er die Fahnen seines neuen Buchs korrigiert.

Fahnen signalisieren Sieg; Druckfahnen Niederlagen. Denn obwohl diese dem kommenden Buche voranziehen, künden die schwer blessierten Sätze, entstellten Worte und gefolterten Buchstaben von einer längst verlorenen Schlacht: Druckfehler und Schimmel sind Verbündete. (Schon der Zwiebelfisch hat Order vom Chaos erhalten.)

Ob ich ein früheres Buch von mir im Ramschkasten finde oder den Text eines neuen vor dem Untergang zu bewahren versuche: Die Grunddepression ist die gleiche.

Wenn ich ein druckfertiges Manuskript einreiche, sind zehn übersehene Tippfehler viel; und ich bin ein Laie auf der Maschine. Wenn ich das gesetzte Manuskript zurückerhalte, sind dreihundert Fehler wenig; und hier war ein Fachmann am Werk.

Unfähig, nach vollzogenen Buchkorrekturen einen Monat

lang auch nur einen halbwegs literarischen Satz zu schreiben. Bei den zirka 40 Büchern, die bisher korrigiert werden mußten, sind das vierzig Monate alles in allem. Die Unachtsamkeit der Setzer hat mich also dreieinhalb Jahre gekostet. Und mit diesen Produktionskillern, verlangen Schriftstellerverband und Gewerkschaft, solle ich mich solidarisch erklären. Eher mit dem Reißwolf.

Baltrum. Die Austernfischer. Schwarzweiß; roter, langer, gebogener Schnabel. In der Silhouette an den Brachvogel erinnernd; gedrungener nur. Ihre hellen alarmierenden Rufe am Nachthimmel. Tags Wachtposten stellend auf von ihnen plattgetretenen Rundhügeln im Dünengelände. Der Argwohn, den sie vor jedem Spaziergänger hegen, so stark, daß die Warnsignale der Posten jedesmal die Nester leerfegen. (Schlechtes Gewissen, wenn die Schreckrufe ausstoßenden Eltern einen, um abzulenken, umkreisen.)

Herrn Professor
Ernst Bloch
74 Tübingen

2985 Baltrum, Nordsee, den 8. Juli 1976

Chef,
wo auch immer diese Zeilen, die ich Ihnen heute, an Ihrem Geburtstag schreibe, Sie verfehlen oder antreffen werden: Ich verdanke Ihnen die Besinnung auf eine Literatur, wie ich sie, sobald Sie dem Transzendenten Gleichberechtigung neben Hoffen und Denken einräumen, für einzig zeitgemäß halte. Fabelnd denken, das ist eine Formel, die mir lange gefehlt hat. Auch sehe ich in Ihnen einen der raren, Irdisch-Allzuirdischem zugewandten Denker, die, wenn es sein muß (Chef, und es muß), sich auch denen verständlich zu machen verstehen, deren Geschäft sie besorgen. Man kann Sie lesen, auch wenn einen Lesen und das Gelesene begreifen sonst umständlich dünkt. Man findet in Ihrer Sprache den längst verklungenen Fibelton auf anderer Ebene wieder. Man kann hier anknüpfen, wo man gestern aufgehört hat, und fühlt sich hilfreich weiterverwiesen. So, als hätte man, mit brausenden Schläfen von Alphabet und Abzählreim kommend, zum er-

sten und für immer bleibenden Male Johann Peter Hebels backfrische Kalendergeschichten gelesen. Andere mögen Ihre philosophischen Verdienste hochhalten, Chef; ich halte dagegen, daß das Höchste die auf den Nächsten zielende Verständlichkeit ist.
Es muß gewiß kein Fehler sein, der Menschheitsentwicklung noch eine Chance einzuräumen. Vielleicht haben Sie recht, daß der unfertige Mensch der unfertigen Welt organisch eingepaßt ist. Vielleicht bleibt tatsächlich noch übrig, unser verloren gewähntes Heil in der Hoffnung auf ein umstürzlerisches Novum zu sehen; Sie schätzen die Möglichkeiten, ich weiß. Verzeihen Sie, wenn *ich* keine Möglichkeit mehr entdecke, vielmehr uns längst überrundet sehe von dem, was Sie noch in menschlichen Zuständigkeitsbereichen erblicken. Das soll mich aber nun wahrhaftig nicht hindern, wenn auch die kalte Wand meiner Überzeugung im Rücken, weiterhin Ihrer kraftvoll wärmenden irdischen Predigt zu lauschen.
Luther, Chef, mit dem Sie, trotz vielem Trennenden, in vielem verwandt sind, ist in der Religio historisch geworden, aber in der Sprache am Leben geblieben. Sie werden in der Sprache am Leben bleiben und zwischen Hoffnung und Religio einen neuen Wohnsitz erhalten.
Ihnen ein Buch zu widmen, wäre vermessen. Ich lege Ihnen statt dessen jüngste Forschungsergebnisse über ein eigentümliches, gewiß auch Ihnen nicht unbekanntes Männerpaar bei; obwohl ich mir Mühe gegeben habe, hier neueste, noch weithin unbekannte Fakten ans Licht treten zu lassen. *Diese* Seiten nun allerdings, die gehören voll und ganz Ihnen. Denn ich habe meine Recherchen (so hoffe ich doch) ganz in Ihrem Sinne betrieben.
Item: Wo auch immer diese Zeilen, die ich Ihnen heute, an Ihrem Geburtstag schrieb, Sie verfehlen oder antreffen werden: Ich danke Ihnen für die Spuren, auf die Sie uns in dieser sandigen Epoche angesetzt haben.

Ihr
W. S.

1.
In Madrid wurde kürzlich, am Todestag Francos, in einer zum Abriß stehenden ehemaligen Volksbibliothek, als die Spitzhacken schon ins Fundament fuhren, ein fleckiger Pappdeckel mit der in ungelenken Buchstaben gehaltenen Aufschrift *Diarium des Sancho P.* aufgefunden. Experten haben inzwischen, nachdem die Trauerzeremonien für den Caudillo beendet waren, durchblicken lassen, daß es sich hier um nichts Geringeres als den Vordereinband des Tagebuchs jenes legendären Sancho Pansa handelt, der sich dem berühmten Ritter von La Mancha als Knappe verdingte.

2.
Schreiber dieses hat sich sofort an Ort und Stelle des genauesten Sachverhalts zu versichern versucht. Die zerrissenen Bänder am Rücken des Pappdeckels sowie dessen rabiater Versehrtheitsgrad legen den Schluß nah, daß Sancho Pansas Diarium gewaltsam zerstört worden ist. Dem Kenner besagter Gestalt drängen sich drei Versionen auf, wie es zu dieser Vernichtung gekommen sein kann. Erstens: Sanchos Esel, der das Derbe und Würzige, kurz: das Wahrhaftige liebte, hat es gefressen. Zweitens: Don Quixote, dem Sanchos Wirklichkeitssinn eine ständige Peinigung sein mußte, hat es vernichtet. Drittens: Es ist den Falangisten in die Hände gefallen.

3.
Wie auch immer. Schreiber dieses ist es gelungen, in einem Vorort Madrids den dort unter schärfster Bewachung (einander sporadisch abwechselnder separatistischer Volksgruppen) lebenden Sohn jenes Volksbibliothekars ausfindig zu machen, der besagter, jetzt abbruchreifer Volksbibliothek einmal vorstand. Die Falangisten-These ist richtig. Denn jener Bibliothekar hat das Diarium Sancho Pansas noch als Ganzes gekannt. Seinem Sohne hat er leider nur eine außerordentlich knappe, wenn auch recht vielsagende mündliche Zusammenfassung gegönnt. Schreiber dieses erlaubt sich, sie hier kommentarlos wiederzugeben. Die Fakten sprechen für sich.

4.
Wie Don Quixote und Sancho Pansa sich trennten. Eines Tages gerieten Don Quixote und Sancho Pansa in ein Gefecht. Die Waffen schwiegen, als die Schützen der beiden ansichtig wurden. Ärgerlich rief Don Quixote: »Weiterkämpfen! Wie soll man sich denn sonst für die gute Sache entscheiden?!« – »Vielleicht«, warf Sancho ein, »vielleicht, Ritter, sollte man erst einmal fragen, welche von beiden Seiten die gute Sache vertritt?« – »Dummkopf«, fuhr Don Quixote ihn an; »sie wird von dem vertreten, der am tapfersten kämpft.« – In diesem Augenblick brachen die Falangisten, die Feuerpause nutzend, aus ihrer Deckung hervor und gingen zum Angriff über. »Ich bin bei euch, ihr Helden!« rief Don Quixote und spornte sein Pferd.

5.
Wie Sancho sein neues Zuhause entdeckte. Nachdem Sancho Pansa von seinem Herrn verlassen worden war, legte er sich in einen Pinienschatten und schlief. Aufwachend stellte er fest, sein Esel war ihm entlaufen. Das traf ihn tief. »Habe ich dir nicht immer die stachligsten Disteln zu fressen gegeben?!« rief er über die Ebenen hin, die er auf seiner Suche nach ihm durchstreifte. Doch der Esel antwortete nicht. Erst am siebzehnten Tag fand Sancho Teile des Tiers auf republikanischer Seite in einem brodelnden Kochkessel wieder. »Gebt auch mir vom Fleisch der Geduld«, sagte Sancho und setzte sich ächzend ans Feuer.

6.
Warum es nie zu einer Konfrontation zwischen Herrn und Knecht kommen konnte. Bemerkenswerterweise haben Sancho Pansa und Don Quixote einander im Bürgerkrieg, wie beide Seiten nicht müde werden, stets wieder neu zu betonen, nie gegenübergelegen. Was wohl auch mit darauf zurückzuführen sein dürfte, daß Sancho meistens als Essenholer fungierte; während sein früherer Herr es sich angelegen sein ließ, zwischen Francos Hauptquartier und den umwölkten Häuptern der Kirche Kurierdienst zu leisten. Denn dies mußte eine Person von erlesenster Vertrauenswürdigkeit sein; und eben die, das

müssen auch seine Gegner bestätigen, war bei dem Ritter von La Mancha in höchstem Maße gegeben.

7.
Warum die Annahme berechtigt erscheint, daß Sancho durch die Literatur umgebracht wurde. Am letzten Tage des Krieges ist Sancho Pansa gefallen. Er wurde, darf mit an Sicherheit grenzender Wahrscheinlichkeit angenommen werden, von einer gezielten Kugel aus den eigenen Reihen getroffen. Er soll sich, geht die bereits zur Fama verdichtete Kunde, geweigert haben, für eine Gruppe internationaler Abenteurer, die vorhatten, ihre Kriegserlebnisse auf republikanischer Seite in den Mittelpunkt ihres literarischen Schaffens zu stellen, das Essen zu holen. Da hat einer der Herren, ein bekannter amerikanischer Draufgänger, gar nicht mal sonderlich ernst gemeint offenbar, die Pistole gezogen. Und schon ging der Unglücksschuß los, und Sancho Pansa ist zusammengebrochen.

8.
Sanchos Vermächtnis. Als man jedoch zu der Stelle gelangte, hat es weder einen Abdruck im Gras, noch Blut an den Steinen gegeben. Sanchos Leichnam war auf die rätselhafteste Weise verschwunden. Jedoch mehren sich seither aus allen Teilen der Welt, von Jahrzehnt zu Jahrzehnt zunehmende Hinweise, daß *das Lächeln Sancho Pansas,* mit dem er seit je schon die Taten seines Herrn kommentierte, in fast alle diktatorisch – sei es kapitalistisch oder sozialistisch – beherrschten Länder des Erdkreises Einlaß gefunden hat. Wo es besonders unter der Masse der Armen und Entrechteten in einem Maße verbreitet sein soll, daß verschiedentlich staatlicherseits erwogen wird, Lächeln generell zu verbieten. Denn den Polizeiakten besagter Länder zufolge handelt es sich um ein entwaffnendes Lächeln. Was sich nicht nur auf Polizeistreitkräfte sondern, wie man hört, auch schon auf Armee-Einheiten bezieht.

9.
Abschließende Erwähnung dessen, daß jedoch auch der Ritter nicht untätig ist. Don Quixote indessen soll, wie aus einigen abschriftlich dem Diarium beigefügten Unterlagen hervorging,

einigen Ländern (Es befinden sich Argentinien, Chile, Rhodesien, Israel, Südafrika, Brasilien darunter) im Sinne völkerfreundschaftlicher Zusammenarbeit den Vorschlag unterbreitet haben, den Posten eines, sei es religiös, sei es ideologisch arbeitenden Großinquisitors neu auszuschreiben. Wie aus in der Regel gut unterrichteten Kreisen bekannt wurde, hat der Ritter von La Mancha, bei seinem internationalen Renommee, die besten Aussichten, diesen Posten selbst zu bekleiden.

Baltrum. Nachts. Gang über die Insel. Ein Mond, der Dünengras liebt; es, für all die devoten Rücken, reich mit Silber belohnt. Die Sichelsilhouetten der Austernfischer gegen den lichtstaubgepuderten Himmel. Entenschreie über dem Meer. Eine Laterne kam uns entgegengeschaukelt. Die knickrigen Pferdebeine davor zu stöckelnden Stelzen verlängert. Im Wagenkasten, als wir zur Seite traten, ein rumpelnder Sarg. Marina lächelte. »Gehört alles dazu.« Mir war, es hätte ein wenig beschwörend geklungen.

9. Juli. Gustav Heinemann gestorben. Kein Großer, aber ein Rechtschaffener. Politisch das Beste, was hierzulande im Augenblick möglich, wo man gezwungen ist, Gesinnung für Können, Unbestechlichkeit für Größe zu nehmen. (Politiker haben wir en masse; Staatsmänner nicht einen.)

»Als der brave Mann todt war, so trug dieser den Hut, der den Degen so wie er; dieser ließ sich so frisiren, jener ging wie er, aber der redliche Mann, wie er, wollte keiner sein.« (Lichtenberg.)

Unser Hauskauf findet nicht statt. Die Erben hoffen aufs Sterben (der Jetztbesitzerin). Schade; hatte Nenad schon im Zaubergarten sein Indianerzelt aufschlagen sehen. Man muß die Phantasie zu Hause lassen, wenn man einkaufen geht.

3.

Der Kiosk, mit dem er gerechnet hatte, war schon geschlossen. Er mußte eine Kneipe ausfindig machen. Es hatte wohl auch zu nieseln begonnen. Ihm war, er habe den Kragen seiner Lederjacke hochgeschlagen. In der linken Hosentasche hatte er das körperwarme Kleingeld gespürt. Das Erinnern fing jetzt an schwierig zu werden. Alles war entweder ätzend klar oder verschwommen. Doch das Klare gab keine Auskunft, weil es das Nebensächliche war. Ein Straßenmädchen in einem schiefen Lichtgeviert. Er machte einen Bogen um sie, obwohl er sie hätte fragen können. Ein Baum, der dicht an einer Leuchtreklame stand; rötlicher Nachthimmel hinter den schwarz funkelnden Zweigen. Auf den Zweigen hellwache Stare mit gepunktetem Brustflaum und gelblichen Schnäbeln. Also hatte er nach oben gesehen. Ein Zwitschern fiel ihm ein. Also war es sehr still gewesen. Und dann jetzt immer wieder sofort das Geräusch der im Automaten niederrutschenden Münze; überlaut. Ein Geräusch, wie eine herabfallende Münze es im Automaten eigentlich gar nicht hervorbringen konnte. Also war kein Verlaß auf seine Sinneseindrücke gewesen. Warum nicht. Weil im selben Augenblick, als er auf der anderen Straßenseite den Automaten sah, ihm der Speichel im Mund zusammenschoß und gänzlich unmotiviert, oder eben auch nicht, sein Herz loszujagen begann. Er spürte den Herzschlagtakt, während er den Damm überquerte, bis in die Schläfen hinauf. Es war ja eigentlich auch ein Unding, eine Arbeitsstelle mit Rauchverbot anzunehmen. Obwohl: Selbst verschuldet; der Vater hatte andere Pläne mit ihm gehabt. Die Pläne des Vaters gehörten hier jetzt nicht her. Die Rückerinnerung an die Überquerung des Fahrdamms war aber mit der Erinnerung an die Pläne des Vaters verquickt. Ja; doch sie hatten keinen Gebrauchswert.

Nacht. Regen. Auch jetzt die Austernfischer zu hören durch das monotone Rauschen hindurch. (Immer noch Fahnenkorrekturen; die letzten.)

Sawalinka. Ukrainischer Ortsname und Arbeitstitel meines zweiten (unveröffentlichten) Romans. Regengeräusch hatte ihn suggeriert. Mir war eingefallen, wie die Waldbauern in der Karpato-Ukraine parallel zur Dachkante ihrer ohne einen Nagel zusammengefügten Katen eigens dafür geschnitzte Tröge aufstellten, um das unterm Moosbelag der Dächer entlangsickernde Regenwasser aufzufangen. In jedem der Tröge hat, wenn der Regen vorbei war, das Aufschlagen der Tropfen anders geklungen. (April, 1944.)

Schöne Männer; blauäugig, schwarzhaarig: Topffrisuren. Nach Harz und kalter Herdasche riechend. Die Frauen ernst und verarbeitet; kopftuchummummt. Im April bereits barfuß. Aufrechte Gangart; Lastträgerinnen: Mit jedem Schritt die ganze Sohle aufsetzend. Schafskäse-Aroma um sie herum. Die Kinder blaß und unterernährt. Fichten und Bergahorn gaben mehr Schatten als guttat. Der Boden steinig, allenfalls für Hirse geeignet.

Sie hielten mich knapp einen Monat versteckt. Einmal waren polnische, einmal ukrainische Partisanen im Dorf. Es gab auch ungarische. Am gefürchtetsten waren die streunenden Trupps desertierter Sowjetsoldaten. Die Männer in Sawalinka trugen Steine in den Taschen, um notfalls zuschlagen zu können. Ich wartete auf die Rote Armee. Sie kam aber nicht. Die Deutschen, hieß es, hielten noch die Pässe besetzt. Als sie mich daher im Dorf nicht mehr durchfüttern konnten, ging ich zurück. Ich sagte, ich sei aus einem Gefangenentransport geflohen. Man lobte mein Pflichtgefühl. (April, 1944.)

Der Roman *Sawalinka* ist vierhundertdreißig Seiten stark. Ich habe 19 Monate an ihm geschrieben. Tag und Nacht. Seine Heldin ist jenes Dorf. Die Figuren sind mir zuletzt so nah gewesen, daß ich für die Außenwelt unbrauchbar war. Meine Geschäfte wurden von E. wahrgenommen. Als ich das Manuskript beendet hatte, schien mir beim Durchblättern, daß es besser gewesen wäre, aus jeder Gruppierung (Partisanen, Dorfbewohner, Sowjets, Ukrainer, Polen) einzelne herauszuheben, als alle Figuren gleichberechtigt handeln zu lassen. Ich nahm mir vor, das gelegentlich nachzuholen. Konnte mich dann aber doch nicht dazu entschließen. Fand es auch uninteressant, das Ganze dann noch einmal in Reinschrift zu bringen.

So steht das Manuskript noch heute im Schrank. Ich liebe es sehr. Ich habe damals noch mit der Hand schreiben können; sogar Tinte benutzt. Man sieht der Handschrift, trotz ihres harten Sütterlin-Duktus, fast auf jeder Seite die innere Spannung und die Atemlosigkeit an, mit der hier der Realität Konkurrenz gemacht wurde. Manchmal sind braune Monde im Text aufgegangen. Das scheint die abgestellte Kaffeetasse gewesen zu sein. Viele Seiten haben Brandflecke: Ich erinnere mich, daß ich mir oft an der Zigarette die Lippen versengte. Zwei Seiten sind bis zur Unleserlichkeit mit Tinte übergossen. Unbegreiflich allerdings, wieso die tintigen Katzenpfotenabdrücke, wenn auch blasser werdend allmählich, noch weitere zehn Seiten bedecken. Bis zur Mitte hin etwa sieht man den Tagespensen noch die unterschiedlichen Stimmungen an, denen der Autor offenbar ausgesetzt war. Dann sind die einzelnen Schreibschübe immer schwerer auseinanderzuhalten, und schließlich, auf den letzten, vielleicht hundert Seiten, scheint die Feder überhaupt nicht mehr abgesetzt worden zu sein, so zielstrebig-störrisch arbeitet die Schrift sich, unwandelbar jetzt, bis zum Schlußpunkt hin vor. Ich wiederhole mich: Ich liebe dieses Manuskript sehr.

Chaos von nun an. Auslöschgespräche. Drohungen. Beschuldigungen. E. hatte verstanden. Es gab nichts mehr zu hoffen. Nichts mehr zu tun. Die Eifersucht ihrer neuen Freundin unangebracht. Wie kann man eifersüchtig sein auf das Nichts? (November, 1965.)

Die Wohnung zog das Rückgrat zusammen.

Der Hauptschuldige im Zeugenstand jetzt. Es wurden Beweise für den Sinn dieses Lebens gefordert. Die Antworten ließen starke Zweifel am Wert der Zeugenschaft des Befragten aufkommen. Er hatte bisher immer gemeint, der Sinn sei mit seiner Genesung bewiesen. Das stellte sich jetzt als Irrtum heraus. Eine Genesung, die ein Leben kosten kann, ist eine Genesung zum Tode.

Jedoch die Freundin kam ihr zuvor. Es war beinah ein friedlicher Tag. Die Gewißheit der Ausweglosigkeit begann E. gelassen zu stimmen. Sie durchbrach ihre Abwesenheitsmauer. Es war nicht mehr Gewöhnung, es war wieder Hilfsbereitschaft, die von ihr ausging. Dann der Anruf. E. möge in die Klinik kommen; es gehe der Freundin nicht gut.

Es war nicht schwer, jetzt weiterzudenken. Ich bat sie, mich mitzunehmen. Sie sah mich an. Es wäre beinah ein Lächeln geworden. Ob ich sie beaufsichtigen wolle.

Stunde später zum letzten Mal ihre Stimme. Sehr ruhig. Die Freundin habe versucht, sich das Leben zu nehmen. Das sei jetzt alles ein bißchen zu viel. Sie komme nicht wieder nach Hause. Alle guten Dinge seien drei. Dieses Mal werde es gelingen. Es knackte in der Leitung. Ich fragte, ob sie noch da sei. Ja, sagte sie, *noch* sei sie da.

Am Abend war die Freundin gerettet. Die Suchaktion nach E. war erfolglos geblieben.

Nach der jüdisch-mystischen Lehre strebt die neschama, der göttliche Hauch, sofort nach dem Tode wieder zu Gott. Die ruach (wörtlich: der Wind), die redende Seele, das belebende Prinzip, ruht sich erst einmal im Paradies aus. Die nephesch, die tierische Seele jedoch bleibt, bis zu dessen völliger Verwesung, mit dem menschlichen Körper verbunden. Ist die Verwesung vollzogen, verbindet sich die nephesch wieder mit der ruach und beide mit der neschama, also mit Gott. Wenn ich es richtig sehe, wartet also der göttliche Hauch geduldig auf die Verwesung des Fleisches. Höher kann man, glaube ich, die Achtung vor dem Leben nicht stellen.

13. KAPITEL

Der exemplarische Baumkuchen

Unterwegs. Lerchengedudel hinter dem Autobahnlärm. Marina fragt den Tankstellenpächter nach seinen Verdienstchancen aus. Ihre Neugier hat Beispielcharakter; jedoch ich nehme mir keins. Der Kaugummi schmeckt noch. Nenad hat sich für einen Eisbrocken vom Format einer versteinerten Pansflöte entschieden. Marina, die Optimistin, provoziert die Süße des Daseins mit einem sauren Zitronebonbon. Der Tankstellenpächter flirtet beim Windschutzscheibenpolieren noch einmal zwinkernd herein; dann, an der kornblumengeschmückten Roggenfeldkante entlang und hinein in den ferienhaft dichten Autoverkehr. Gesegnet, betrauert die Orte, die man nie wieder im Leben betritt.

22. Juli. Und wieder am italienischen Schreibtisch. Die Felder vor dem Fenster bereits gemäht. Die gelben Garbenhütten wie ein endloses Sommerzeltlager über die nachgrünenden Stoppelflächen verteilt. (Die scheckig getarnten Herbstsoldaten bestimmt schon von irgendwoher unterwegs.) Marina in der Hängematte im Garten. Nenad planscht auf der Terrasse. Glücklich. Werde nicht ›dichten‹. Ich werde gut Verkäufliches schreiben, um diesem Glück die Wirbelsäule zu stärken.

»Die Tribuna Ludu bitte.«
»Beachten Se die Seite vier. Die wolln 'n Zuckerpreis anheben.«
»Tag, Herr Pelzig.«
»Tag, Herr Jaworski. Der Hund wieder gesund?«
»Alles bestens. Prima Tip gewesen, das mit dem Pferdefleisch. Hat sogar für *uns* noch gereicht.«
»Na bitte. Und Sie, Genosse?«

»Mir is die Frau abgehaun.«
»Name?«
»Wislawa Piatrowska, bisher wohnhaft: Miloczstraße 58, bei Kupicz.«
»Notiert. Zwo Zloty Anzahlung. Sehn Sie morgen wieder vorbei.«
»Können Se mir nich privat noch was raten?«
»*Wie* lang verheiratet –?«
»Zwoundzwanzig Jahre.«
»Glücklich –?«
»'s geht.«
»Verbreiten Sie, daß Sie sich so wohl fühlen wie noch nie. Lassen Se durchblicken, Ihnen steht ne bescheidene Erbschaft ins Haus. Der Nächste.«
»Stimmts, daß Sie ne Quelle wissen, wo die Milch noch fetthaltig is?«
»Kind oder Katze?«
»Ich bitt Sie, meine Mutter hats auf der Lunge.«
»Haben Sie n interessantes Pornoheft?«
»Tut mir leid, nee. Aber ne reich bebilderte Zeitschrift für Freikörperkultur.«
»Is mir zu langweilig, danke.«
»Lüstling. Die sollt man einsperrn.«
»Doch besser, als wenn er sich an seiner minderjährigen Nichte vergeht. Milch, sagten Sie. Straße des Roten Oktober 12, Hinterhaus, drei Treppen bei Bialosewski. Sie zahln mir drei Zloty. Genosse, und Sie?«
»Hab Schwierigkeiten beim Wohnungsamt. Der Genosse Wieczinskij, Zimmer 311 –«
»– spricht auf Cognac-Bohnen und Westzigaretten an. Acht Zloty; zwo sind Gefahrenzulage.«
»Und wo krieg ich das Zeug?«
»Mieczlavstraße 89, Tischlerei Czerny, die Zigaretten. Cognacbohnen: Stanislavplatz 9, Herr Krpinskij in dem Sarggeschäft da. Haben Sie 's nicht kleiner, Genosse? Stop, Bürger! Macht nochmal zwo Zloty pro Auskunft.«
»Sie machen aber 'n ganz schönen Schnitt hier.«
»Beschwerden bitte schriftlich, mit voller Adresse, damit ich auch antworten kann. Tut mir leid, Herrschaften: Muß heute früher nach Hause.«

»Aber *mir* müssen Sie noch helfen, Genosse.«
»Sagen Se ›Herr‹ zu mir; is gemütvoller.«
»Ich – ich hab mein Parteibuch verbrannt.«
»Hm. Sie hätten 's vielleicht lieber erst ne Weile weglegen solln.«
»Wissen Sie, ich hatt so ne Wut. Bloß, wenn's rauskommt, werd ich gefeuert.«
»Sagen Sie doch einfach, 's wär Ihnen beim Schnürsenkelzuknüppern aus der Brusttasche gerutscht und in n Gully gefallen.«
»Mann –! Das is ja *die* Lösung! Was schuld ich Ihnen?«
»Geschenkt. Eingebungen streng'n mich nich an.«

Das könnte Jagomir Pelzig sein; polnischer Staatsbürger; Jude; geboren in Deutschland. Altwaren- und Neuigkeitshändler; betreibt momentan im Stadtzentrum Warschaus einen Zeitungskiosk. Hat einen Ausreiseantrag laufen; Ziel: Israel; doch da liegt noch Deutschland dazwischen. Und in Deutschland liegt Jagomirs Vater begraben; genauer: auf dem Jüdischen Friedhof in Berlin-Weißensee. Der Vater soll weg da; das ist keine Erde für ihn. Jagomir wird die sterblichen Überreste mit nach Israel nehmen. Da ist der Boden zwar härter, aber geheiligt. Doch in Deutschland wird ihm die Brieftasche gestohlen. Jagomir kommt nicht mehr raus aus dem Land; vorläufig jedenfalls nicht. Erst mal ein paar Vorurteile abbauen; ein paar andere vertiefen.

(Formal kann das *alles* sein: Fernsehspiel, Hörspiel, Erzählung, Roman. Man wird sehen.)

Anatoli L. Kaplan. Mein Lieblingsillustrator jüdischer Geschichten. Er lithografiert wie Kafka schreibt: Granitstaubbedeckt, mit Moos unterlegt. Beider Figuren in eine Vergänglichkeitsaura gebettet. Die Kafkas jedoch wie von einem Rasiermesser umrissen dadurch; die Kaplans konturlos übergehend in die Schöpfungsmaterie des Staubs.

Genugtuung. Ein Buch in der Hand zu wiegen, das man selber zerlesen hat. Grundgefühl, wie Philemon es vor Baucis gehabt haben dürfte: »Du bist an mir gealtert, mein Schatz.« Baucis: »Ich hoffe, ich habe dich glücklich gemacht.« Philemon, lächelnd: »Glücklich nicht; aber wissend.«

Als gewönne nicht täglich das Vergessen an Macht.

Die Welt eine Leihbücherei. Nichts bleibt einem zu eigen. Das Wissen senkt sich wieder aufs Buch. Das Buch frißt der Reißwolf; den Reißwolf überkrustet der Rost; den Rost nagt die Vergänglichkeit an. Die Vergänglichkeit ist keinem Rechenschaft schuldig.

Das pausbäckige Nichts. Nichts gedeiht *mehr.*

Aber wieviel umfriedete Hoffnung auf einem unbeschriebenen Bogen Papier.

Sechsjährig. Blätterte zum ersten Mal in den Adamson-Alben des Schweden Jacobson. Hingerissen von den Bildgeschichten über dieses Männchen mit den drei Haaren und dem vergrämten Affengesicht. Erwachsenengemurmel im Hintergrund. Die Erwachsenen sprachen von einem Kind, das in der Regentonne ertrunken war. Die Mutter des Kindes sagte »Jener«, wenn sie von ihrem Mann sprach. Ich hörte »Jena« heraus. Kämpfte weiter mit Adamson gegen die Tücke des Objekts. Ließ mich nicht stören. Doch von jenem Tag an war Welttrauer in mir. Und nicht nur dumpf und gefühlt, sondern klar und geschaut. Es ist heute noch so wie damals: Zuerst taucht Adamson auf, Zigarre im Faltenmund; grüßt mürrisch und verschwindet, sich perspektivisch verkleinernd, in einer grob gezeichneten Schneelandschaft. Er hat Musik mitgebracht; eine ziehende, monotone Melodie, die man nicht hört, die man nur weiß. Denn ich weiß auch, daß damals eine Schallplatte gelaufen ist, als die Erwachsenen sprachen. Die Musik ist nötig, um von Adamson auf das Kind überzuleiten. Es ist ein Mädchen; sehr unpraktisch gekleidet, und beugt sich, zwischen elefantenohrgroßen Rhabarberblättern, über das schwarze Wasserrund, das die tief eingegrabene Regentonne umgrenzt. Hinter dem gespiegelten Mädchengesicht ist ein gelber, an Pralinenfüllung erinnernder Abendhimmel zu sehen, von dem feststeht, daß er nur über Jena so aussehen kann. Ich wüßte keinen Trauerbestandteil, der es auch nur annähernd mit jenem Jenaer Abendhimmel, dem Regentonnengesicht, der stummen Musik und meinem vergrämten Freund Adamson aufnehmen könnte.

Adamson, lebendig geworden. 1935, Frühlingsunrast im Gebein, mit dem Fahrrad in den Tiergarten gefahren. Es begann zu dämmern; vom *Großen Stern* her war schon der Waldkauz zu hören. In den *Zelten* war Tanz. Man sah sich die Paare unter den blühenden Kastanien und den mückenumschwirrten Laternen auf den betonierten Flächen im Schurrtakt bewegen. Ich stand, das Fahrrad zwischen den Beinen, am Rinnstein. Schwankte zwischen Leben und Sterben. Roch den regennassen Asphalt, die blühenden Kastanien. Lauschte den Rumbarasseln, dem Wind und dem Rauschen der Autos. Fühlte das Würgen im Hals, das Ziehen in den Knochen. Da kam er plötzlich auf seinem gedrungenen Spezialfahrrad angebraust: Ein kleiner, älterer, braungebrannter, sehniger Mann in schwarzer Turnhose, weißem Turnhemd, die wirbelnden Knorpelbeinchen ganz ins rasende Treten der Pedale vertieft, und unter dem flachen, ständig auf- und zuklappenden Strohhut, Herzstiche erzeugend, unverkennbar: Adamsons ungerührt grimmiges Affengesicht. Er drehte erst einige Runden, um auch gebührend auf sich aufmerksam zu machen. Dann begann er mit seinen Fahrradkunststücken. Ich bin ihm an jenem Abend, in einem Pulk von anderen Radfahrern, durch halb Berlin gefolgt und habe von da an zu seinen treuesten Jüngern gezählt. Wir waren eine auf ihn eingeschworene Crew. Es durften auch Neue mitfahren. Nur eins war verboten: Wer über ihn lachte, schied aus.

4.

Dann die Glasscheibe im Automaten. Das winzige Drahtmuster in ihr. Die sauberen, zum Streicheln einladenden, zellophanierten Zigarettenpackungen dahinter. Ganze Stöße; von seiner Marke mindestens fünfzehn Stück aufeinandergestapelt. Er spuckte aus; er bekam den ständig sich sammelnden

Speichel nicht mehr hinunter. Hatte die Fingerkuppen schon im Zuggriff, noch ehe die Münze im Geldauffang angelangt war. Zog dann. Vergeblich. Das Zugfach klemmte. Obwohl er überdeutlich beobachtet hatte, der Stapel war um die eine Packung, die jetzt in dem verklemmten Fach liegen mußte, tiefer gerutscht. Der Druck auf den Rückgabeknopf löste nichts aus. Die Handballenschläge, die Automatenkante entlang, blieben wirkungslos. Er sah nach, ob sich noch ein Markstück unter dem Kleingeld befände. Ja, die Handfläche hatte gezittert. Ja, er war enttäuscht gewesen. Ja, er war wütend geworden. Faustschläge erst. Tritte. Der Automat behielt beides, Münze und Zigaretten. Er sah sich nach einem Stein um.

30. Juli. Italien. Vor etwa vierzehn Tagen sind in Meda, Gemeinde Seveso, anderthalb Autostunden von hier, aus der (Schweizer) Chemiefabrik Icmesa, zwanzig Kilometer nördlich von Mailand, durch eine ›Fehlreaktion‹ bei der Herstellung von Trichlorphenol (wird für die Herstellung von Hexachlorophen gebraucht, das man für Seifen, Puder, Salben benötigt), etwas mehr als zwei Kilogramm des gasförmigen Giftstoffes TCDD ins Freie gelangt. Fallout einer Atombombe. Bisherige Oberflächenverseuchung: 3,2 Quadratkilometer. Paar Gramm ins Grundwasser genügen, um den Lebensnerv einer Großstadt zu lähmen. Pflanzen- und Tiersterben. Die Ungeborenen von dreihundert Schwangeren durch Mißbildung bedroht. Hunderte von Erkrankungen mit ungewissem Ausgang bereits. Die Evakuierten mag niemand aufnehmen: Angst vor Übertragungsgefahr.

»TCDD ist eine der giftigsten, von Menschen synthetisierten Substanzen überhaupt.« Amerikanische Fachzeitschrift; Titel vergessen.

›Ökozid‹ –: Mord an der Natur. Von den Amerikanern, zehn Jahre hindurch, unter dem Parkwächterslogan ›Entlaubungsaktion‹ in Vietnam begangen. Hierbei mitverwendet: TCDD – 70 Milligramm je Hektar »genügten«. (US-Botaniker A. H. Westing; Monographie des Stockholmer Internationalen Friedensforschungsinstituts.)

Forschungsergebnis. Vietnamesische Wissenschaftler stellten fest: TCDD kann bei Menschen die Immunreaktion des Organismus blockieren. Selbst Erkältungen verlaufen dann tödlich.

Warum eigentlich noch Angst vor dem Atomkrieg? Ein Mauerriß in einem Reaktor, ›menschliches‹ Versagen eines Chemiefabrikarbeiters, ein umgestürzter Tankwagen besorgen den Tod einer Stadt, ganzer Landstriche doch weitaus kostensparender. Und sehr viel gemütvoller auch: Wenn die Atombombe fällt, *ist* es zu spät. Seveso vor Augen, kann man immerhin noch *begreifen*, daß es zu spät ist.

»Der Tod geizt doch nun wirklich nicht mit beeindruckenden Happenings und einprägsamen Werbeaktionen. Dennoch sind die voll auf ihn angewiesenen Konsumenten geneigt, eher dem verwaschenen Pappkameraden der Konkurrenz Beachtung zu schenken.« (Ali an Atma.)

»Verkauffte das Lehben diesen Lahdenhüter von Eksistenz nicht noch immer mit Firmen schädigendem Hoffnungsrabatt, es hätte bereitz beim Ersteinkauf des Neanderthalers Pleite gemacht.« (Atma an Ali.)

Wie Vater von dem zerstreuten Herren gefragt wurde: »Wie geht es eigentlich Ihrer verstorbenen Frau?« , »Danke, hervorragend«, sagte und sich in seiner Arglosigkeit ausschütten wollte vor Lachen, als man ihn auf den grundlegenden Irrtum aufmerksam machte.

Der uneingestandene Zorn, den ich in Rußland auf all die Toten und Erfrorenen hatte. Ich verzieh ihnen ihre Verdinglichung nicht.

»Wir suchen überall das Unbedingte, und finden immer nur Dinge.« (Novalis.)

Warum ich noch heute die Nachtigall hasse. Weil sie nach jedem Sturmangriff erneut ihre Stimme erhob. Honig paßt nicht zu Blut.

Die Bienen sind anderer Meinung.

Die Schmeißfliegen auch.

Der an Vater gerichtete, von mir versehentlich geöffnete Brief, in dem eine fünfundsechzigjährige Dame sich dafür bedankte, daß Vater sie als Mädchen am Verzweiflungssprung in die Spree gehindert »und so nett bei sich aufgenommen« habe. Vater erinnerte sich nicht mehr daran.

Das Telegramm, in dem Ingeborg Bachmann E. zu meinem Tode ihr herzliches Mitgefühl ausdrückte. (September 1965. Der Presse dauerte meine Krankheit zu lange; man raffte ein wenig.)

Es war aber anders gekommen. Wir suchten E. Wochen. Ich wußte, wie sie den Grunewald liebte. Gewiß hatte sie ihn ins Vertrauen gezogen. Ich schlief am Schreibtisch. Tags vor der Grunewaldkarte. Kreuzte die Jagen an, wo schon gesucht worden war. Telefonierte. Erhielt Berichte. Bat weiterzusuchen. Ein einziger Wunsch: Daß kein Schnee fallen möge. Schnee hätte das Weitersuchen sinnlos gemacht.

Die Wohnungstür Tag und Nacht offen. Gehen und Kommen. Freunde und Fremde. Alle halfen. Es halfen ganze Organisationen. Doch E. und der Grunewald blieben ihnen weit überlegen. (Dezember, 1965.)

Gedacht, daß von Italien aus die Vergangenheit vergangener wäre. Das Gegenteil ist der Fall. Ein so traditionsreiches Land ist dem Verdrängen feindlich gesonnen. Hier wird erinnert. Hier wird behalten. Hier tritt die Vergangenheit bruchlos in die Gegenwart ein.

Fluchterfahrung. Räumliche Entfernung hebt die zeitliche auf, holt sie wie durchs Fernglas gesehen, auf brennende Nähe heran. Feuergefährlich.

Gertrud Kolmar und Franz Kafka sind Wahlgeschwister. Ob sie es wußten?

Hatte vor, Gertrud Kolmar und Walter Benjamin in den *Deutschen Miniaturen* einander begegnen zu lassen: Benjamin hätten es vor allem die Wappen-Gedichte der Kolmar angetan. Er hatte das Romanische Café als Treff vorgeschlagen. Gertrud Kolmar bevorzugte jedoch ein in der Stadtmitte gelegenes tristes Gartenlokal. Da sie schweigsam und eintönig war, brach Benjamin einen Monolog über die Struktur der modernen Lyrik vom Zaun. Gertrud Kolmar nippte an ihrem Weiße-Glas, schwieg. Sie wurde erst lebhaft, als durch eine Zufallswendung die kindliche Phantasie gestreift wurde. Jetzt übernahm *sie* die Gesprächsführung. Sie sprach von ihrem eigenen Kind. Über die Gedichte, die sie ihm machte. Über die Spiele, über die Spaziergänge mit ihm. Über die Beobachtungen, die sie, im täglichen Zusammensein mit ihrem Kind, hatte anstellen können. Benjamin war fasziniert. Er kam auf die eigene Kindheit, die Kindheit an sich, auf seine Kinderbuchsammlung zu sprechen. Abstrahierte jedoch. Während die Kolmar das Thema ›Kind‹ nur konkret zu behandeln vermochte. Bis sich herausstellte, es gab dieses Kind gar nicht; es war nur immer ihre Wunschvorstellung, eins zu haben. Benjamin vereiste. Abrupt erhob er sich und verließ grußlos (und ohne zu zahlen) das Lokal. Abwesend lächelnd blickte die Kolmar auf ihren Bierdeckel nieder. Sie hatte das ›Berliner Kindl‹ auf ihm entdeckt.

Soweit meine Geschichte, von der ich annahm, daß auch die Grundkonstellation Kolmar/Benjamin meine Erfindung sei. Jetzt in den Erinnerungen von Jean Selz an Benjamin (auf Ibiza) gelesen, daß Walter Benjamin (wohl um über sie zu schreiben) Gedichte Gertrud Kolmars mitgebracht hatte.

Phantasie ist *immer* wahr. Im Gegensatz zur Realität, die nur hin und wieder mal stimmt.

Wille zum Zwang. Nicht alle der 613 jüdischen Gesetze stammen von Gott. In *so* enge Umfriedung hat er seine Kinder nun *auch* wieder nicht einschließen mögen. Vielmehr war ein eifernder Geist, seine Gebote noch zu überbieten, virulent in den Vätern. Jener Vers des *Hohen Liedes:* »Frische Früchte und alte, mein Geliebter, habe ich dir aufbewahrt«, auf den die Gesetze zurückgehen, wird im Talmud *so* interpretiert: »Herr der Welt, ich habe mir mehr Verordnungen auferlegt, als du mir auferlegt hast, und ich habe sie gehalten.«

Ali an Atma. »Und die Belohnung dafür?!«

Atma an Ali. »Die Belohnungk liegt dahrin, die Erlaubniß da-führ zu haben, daß man die Geboote auch einhalten *darf.*«

Unterwerfung ist Gnade.

Und schon ist man wieder bei Kafka. Doch da es ihm an Wissen gebricht, ermangelt es ihm auch an Gnade. (Das ist nicht christlich, das ist jüdisch gedacht. Aber Kafkas Geschichte *Vor dem Gesetz,* in das man, obwohl persönlich gemeint, nicht eintreten kann, meint ja auch nicht die menschliche sondern die göttliche Weisung.)

Die Entwicklung des Glaubens
Zwanzig Punkte zu seiner Verbreitung

1. Angst. Mystifizierung der Angst.
2. Angst vor der Mystifizierung. Brechung der Angst durch Gleichnis, Legende.
3. Ermöglichung eigener Glaubenserfahrung.
4. Eigene Glaubenserfahrung wird mit Gleichnis und Legende zu haltbarer Hauskost gemischt.
5. Die Philosophie nimmt sich des Bodensatzes des Vorgefundenen an.
6. Intellektuelle Durchdringung des bisher Geglaubten.
7. Ausbau der Metaphysik. Hinauskatapultieren des Gleichnishaften und Legendären. Abstrakter Gottesbegriff.
8. Gefahr totaler Vergeistigung. Die religiöse Elite erkennt die fehlende Basis.
9. Handfestes Vertäuen des bis hierher Erdachten. Dogmenbildung. Gesetzesbeginn. Aus mündlich wird schriftlich.
10. Dogmen erzwingen Bildhaftigkeit. Wiederhereinnahme von Gleichnis, Legende.

11. Symbolisierungsprozeß. Ritus-Ausbildung.
12. Die Basis möbliert ihre Schlafzimmer mit Mystik. Kreuz und Menorah als Versatzstück.
13. Forciertes Einpendeln auf die Zweiheit Haggada/Halacha = Legende/Lehre.
14. Der Glaube wird angehoben; das Transzendente heruntergeschraubt.
15. Burgfriede zwischen Schäfern und Herde.
16. Nicht das Schaf geht verloren, sondern der Schäfer zieht sich zurück. (Er will nicht mehr hüten. Er will aufsässig sein.)
17. Der Ersatzschäfer kommt. Religion als Sozialamtsersatz.
18. Beten schadet nichts.
19. Glauben ist in.
20. Heimweh nach dem Wesentlichen. Die Stunde des Scharlatans. Hauptsache, östlich.
(Hier, ungefähr, stehen wir *jetzt.*)

»Er hat genau *die* mittlere, ihn nicht sonderlich peinigende Intelligenz, um für Mystifikationen und Geheimlehren anfällig zu sein, ohne Gefahr zu laufen, in ihrem Vorhof den Verstand zu verlieren. Nämlich so weit kommt er erst gar nicht.« (Ali an Atma, über eine ihm bekannte Person.)

»Was der Gerechte beschließt, bringt der Herr in Erfüllung; und was der Herr beschließt, kann der Gerechte umstoßen.« (Talmud.) Ein ungeheuerer Satz. Kern- und Keimzelle der Figur Jagomir Pelzigs, dem der Ruf vorausgeht, ein Gerechter zu sein. Schwierigkeiten mit der Jüdischen Gemeinde Berlins daraufhin, deren robuster Vorsteher »diesen Spuk« nicht mitmachen will. Jagomir ergeht es wie ihm; er setzt wacker in Umlauf, sein Großvater habe ihm jenen Ruf angehängt in der Hoffnung, daß er ihm beruflich förderlich sei. Aber unglückseligerweise ist genau *das* das Verhalten des wahren Gerechten, der *nie* zugeben würde, einer zu sein.

Jagomir Pelzig: Mit der Zeit ähnelte er sich immer mehr.

Jagomirs Lieblingswort: Unscheinbar. Hat eine kleine Sprachphilosophie zu ihm entwickelt. »Merkwürdiges Wort. Denn wörtlich mußte unscheinbar = *nicht* scheinbar, also *wirklich* bedeuten. Streiche ich jedoch die Verneinungssilbe ›un‹, löst sich der neue Begriff, statt nun Festigkeit zu erhalten, im Unwirklichen auf. Denn ›scheinbar‹ hat Fata-Morgana-Charakter.«

Das Brett fault. Nur der Span kennt das Feuer. (Erfahrung des Sarghobels.)

Der exemplarische Baumkuchen. Nachgebildet dem Stumpf des Babylonischen Turms. Wer von ihm ißt, schweigt in den Sprachen sämtlicher Bäcker der Welt.

Ein lohnendes Leben. (Nachrufmuster.) An seinen Komplexen gemessen, hätte er durchaus das Zeug zum Moralisten gehabt. Doch fehlte ihm die Selbstironie, sie sich einzugestehen. So hat er es nur zu einer mittleren Verklemmung gebracht. Erst im Alter war er dann prüde genug, daß er sich rechtschaffen hätte empören können. Doch der Mangel an Anlässen hatte ihn milde gestimmt, so daß die Nachrufe ihn einhellig tolerant und großmütig nannten.

Ein Spessart-Dorf. Sonntäglich leer. Höfe und Gassen mit Orgelbrausen und dem Gesang der geputzten Gemeinde gefüllt. Eine Katze schnürte uns über den Weg. Das traf sich gut. Wir hatten gerade ein paar handliche Steine gesammelt, um uns an der Vogelscheuche im Gemüsegarten des Bürgermeisters zu rächen; sie hatte uns mit ihren Spiegelscherben geblendet. Die Herausforderung der Katze wog jedoch schwerer. Wir deckten sie mit einem Steinhagel ein. Erzielten auch mehrere Treffer. Mit wegbrechendem Hinterteil versuchte sie uns zu entkommen. Wir stürmten ihr nach. Wir schlugen auf sie mit Zaunlatten ein. Wir faßten uns bei den Schultern und trampelten auf ihr herum. Sie provozierte uns bis zuletzt. Sie wollte einfach nicht sterben. Bis ich auf die Idee kam, den Kadaver in einen Brunnen zu werfen. (1927.)

Zwei Tage nach diesem Mord haben wir im Wald auf einer frisch gefällten Fichte geschaukelt. Dabei drehte der gewaltige Stamm sich ein wenig, und meine Hand ist zwischen Baum und Stubben geraten. Ich schrie, bis ich ohnmächtig wurde. Als die Waldarbeiter die Fichte endlich weggewälzt hatten, waren zwei Finger geplatzt und die Hand zu einem unförmigen Klumpen geschwollen.

»Was hast du nur dauernd mit dieser Katze?« Der Arzt, der die Finger genäht hatte, als ich aus der Narkose erwachte.

Sie kam jede Nacht. Sie sprang mir vom Schrank auf die Brust. Sie starrte mich an. Ich hörte sie atmen. Ihr Blick war das Grauen.

Manchmal konnte ich schreien. Dann weckte Vater mich auf. Er kannte sie auch jetzt. Doch ihr Blickbefehl lautete Schweigen. Nur im Schweigen gedieh die Angst, die sie meinte. Es war keine Todesangst. In der Todesangst steckt die Hoffnung auf Leben. In der Angst vor der Katze steckte die Angst vor der Angst.

Ich begann ihr heimlich wie einem Götzen zu opfern. Warf liebstes Spielzeug weg. Ließ bestes Essen stehen. Vergrub das Taschengeld. Nichts nahm sie an.

Sie kam mit. Sie hat die Kindheit, sie hat die Jugend begleitet. Sie brach sogar mit in den Krieg auf. Es hat auch jetzt noch lange gedauert, bis ich begriff, was sie wollte. Sie wollte nicht nur Grauen erregen. Sie wollte befreit werden aus ihrer Todesgefolgschaft.

In Schützenlöchern, in Unterständen begann ich meine erste Geschichte zu schreiben: Die Geschichte der Katze. Ich schrieb mich nicht rein. Ich blieb blutbefleckt wie ich war: von meinem siebenten Lebensjahr an. Aber ich ließ mein beschriebenes Ich etwas tun. Der Soldat in meiner Geschichte rettet einer Katze das Leben. Er setzt dabei das eigene aufs Spiel. Ertrinkt fast dabei. Denn er hat die Katze von einer treibenden Eisscholle heruntergeholt. Es geschah, was er einkalkuliert hatte. Da er sich eine Lungenentzündung holt, kommt er wegen ›Selbstverstümmelung‹ vors Kriegsgericht. Er erhält ein halbes Jahr Strafkompanie.

Dort fragt ihn ein Freund: »Und wie hat sich die *andere* Katze darauf verhalten?« Antwort: »Sie ist seither nicht mehr wiedergekommen.«

Ich nannte diese Geschichte *Die Tat.* Merkwürdigerweise hat man bei der Verurteilung besonders an diesem Titel Anstoß genommen. Die Geschichte wurde nämlich bei mir entdeckt. Einem Kollegen hatte mein dauerndes Schreiben unheimlich zu werden begonnen. Ich habe vier Wochen Gefängnis erhalten. Es waren seit meinem siebenten Lebensjahr die ersten vier Wochen, in denen die Katze nicht mehr erschien.

5.

Die Straße war gut beleuchtet. Er las ihren Namen. Die Häuser waren vier Stock hoch. Sie waren alt. Einige hatte man renoviert. An einer Hausfront waren die Einschüsse einer MG-Salve zu erkennen. Alle Häuser hatten Balkone. Die meisten Fenster waren erleuchtet. Er hörte Gelächter und Stimmen. Ein Autoschlag fiel zu. Ein Anlasser fauchte. Ein Motor sprang an. Das Auto kam die Straße herab. Es war ein alter VW. Der linke Scheinwerfer war etwas schwächer als der rechte gewesen. Er ging an den Straßenrand vor. Immer bestritt er vor sich, daß die rissigen Lehmbrocken und zerborstenen Kacheln am Rinnstein seine Chance gewesen waren. Denn: Zugleich mit ihnen gewahrte er jetzt aus dem Abstand, der Automat gehörte zu einem Tabakwarengeschäft. Er glaubte sich fest zu erinnern, sogar erleichtert gewesen zu sein, die handliche Kachel, die er gerade hatte aufheben wollen, nun liegenlassen zu können.

Und eines Abends wieder die angenehm sachliche Stimme des Kriminalkommissars am anderen Ende der Leitung. E. sei gefunden worden. Von einer Rentnerin. In einem Jagen, das zweimal systematisch durchkämmt worden sei. Ich dankte ihm für die Nachricht. Das Jagen gehöre übrigens zu den dreien, auf die ich die Polizei am ersten Tag schon hingewiesen habe. »Ich weiß«, sagte ich und versuchte die Anerkennung in seiner Stimme zu überhören. (Dezember, 1965.)

Die Meldungen in der Presse. Ihr Foto daneben. Die Reporter. Die Anrufe. Die Besucher. Dann ging es nicht mehr.

Dann ging es doch noch. Kino: Eine Telefonstimme bat mich, ins Leichenschauhaus in der Invalidenstraße zu kommen.

Der Taxifahrer schwieg respektvoll, nachdem ich ihm das Fahrtziel genannt hatte. Es fing an zu dämmern. Ich fuhr durch zwölf Jahre Ehe.

Das Licht wirkte blau. Der Kriminalkommissar wartete schon. Versicherte mich seines Beileids. Ich sah keinen Grund, an seiner Versicherung zu zweifeln. Er sagte, er müsse mich warnen. Ich sagte, es sei nicht nötig, und dachte ohne Haß an Fuchs und Krähe dabei. Der kühle Ernst des weißbekittelten Schauhausangestellten tat wohl. Sie begleiteten mich in einen gekachelten, schattenlos ausgeleuchteten Raum. Durch die Hintertür schob ein ebenfalls Weißbekittelter mit verlegenem Räuspern E. auf einer Bahre herein. Dabei hätte er Grund gehabt, stolz auf sein Können zu sein. Denn obwohl es bestimmt nicht einfach gewesen sein konnte, hatte er E. noch so etwas wie ein Lächeln zu modellieren vermocht. Auch war er sehr rücksichtsvoll, ließ sie mich nur von der Schauseite sehen. Frage des Kommissars: Ob sie es sei. Antwort des Identifizierers: Sie sei es. Frage des ersten Weißbekittelten: Ob der Wunsch bestehe, sie noch einmal aus der Nähe zu sehen. Antwort des Befragten: Dieser Wunsch bestehe nicht. Kehrt wieder. Formular unterschrieben. Durchsichtigen Beutel dafür: Ehering, Puderdose, Münzen, Papiergeld; kleingerissene Fotofetzen dazwischen; Teil eines bebrillten Auges mit einer eisgrauen Strähne darüber auf einem. Gemurmelter Dank. Draußen die Nacht.

»O Edelgeborene, als sich dein Körper und Geist trennten, mußt du einen Schimmer der Reinen Wahrheit erfahren haben, sanft, sprühend, hell, blendend, wunderbar und strahlend, Ehrfurcht-erregend, anzusehen wie eine Fata Morgana, die über eine Landschaft im Frühling in einem ununterbrochenen Strom von Vibrationen dahinzieht. Laß dich nicht davon anfechten, nicht erschrecken, nicht einschüchtern. Das ist die Strahlung deiner eigenen wahren Natur. Erkenne sie. – Aus der Mitte dieser Strahlung kommt der natürliche Klang der Wirklichkeit, widerhallend wie tausend Donner, die zugleich erschallen. Das ist der natürliche Klang deines eigenen wirklichen Selbst. Laß dich nicht davon anfechten, nicht erschrecken, nicht einschüchtern. – Der Körper, den du jetzt hast, wird der Gedankenkörper der Neigungen genannt. Da du keinen materiellen Körper von Fleisch und Blut hast, können, was auch kommen mag – Klänge, Lichter oder Strahlen –, alle drei dir nichts anhaben: du bist zu sterben unfähig. Es genügt völlig, daß du weißt, daß diese Schemen deine eigenen Gedankenformen sind. Erkenne dies als den Bardo.« (Bardo Thödol, Das Tibetanische Totenbuch.)

Sieben Sätze gegen die Zentrifugalkraft

1.

Man kommt aus dem Zentrum. Obwohl Wärme und Geborgenheit als erste erfahrene Glaubenssätze unauslöschlich ins Bewußtseinswachs geritzt, lockt sogleich das Entfernte, das immer das *Anti*zentrische ist. Man glaubt die Erkenntnis des Ungeborgenseins nötiger als die bewußt verlassene Heimat zu haben. Und kehrt, soweit die zurückgelegte Durststrecke es zuläßt, mit erlahmender Kraft, blind vom Zwiebelschälen, unter den Herzschlag der vermoderten Mutter zurück.

2.

Man kommt aus dem Zentrum. Es ist ein Wegdrängen, ein Ausstoßen: die ärgste Trennung, die einem je widerfährt. Denn das Leben, das wir zurückgeben müssen, ist ja erfahren. Die Agonie lehrt uns, daß sein Nachgeschmack den ersten Todesbiß überdauert. Was *vor* unserer Verstoßung lag jedoch, ist nur geahnt, war nur geträumt. Die Hoffnung, es werde schon noch ins Erfahrbare steigen, beseelt uns, solange wir leben. Erst im Spiegel des Todes schaut uns die lächelnde Vanitas an; und verneint. Das Vorgeburtsparadies bleibt im Dunkeln. Es ist ein *anderes* Dunkel, in das wir jetzt gehen.

3.
Man kommt aus dem Zentrum. Doch wir haben den Hinauswurf zu wörtlich genommen. Geborenwerden erfordert nicht Flucht sondern Be-Stehen. Man braucht seinen Geburtsort nicht zu verlassen. Die auf mich angesetzt sind, finden mich so oder so.

4.
Das Recht auf Rückkehr basiert auf dem Satz: Man hat uns nicht nach unserer Bereitschaft geboren zu werden, gefragt. Denn unter pränatalem Aspekt ist die Lust auf Licht gleich Null.

5.
Man kommt aus dem Zentrum. Die Zentrifugalkraft nutzt unsere Unkenntnis aus; sie wirft uns in die schleudernde Außenspirale, deren Tempo wir Überrumpelte für den Zeitablauf halten. Es sind jedoch nur *wir*, die hier laufen, und zwar nicht hin sondern weg. Kehrt also; und unter den ständig sicherer werdenden Füßen *steht* die ehemalige Schleuderspirale, ja: trägt uns zurück.

6.
Man kommt aus dem Zentrum. Geworfen, so daß man ins Taumeln gerät und unsicher schwankt bis zuletzt. Diesen Schleuderprozeß gilt es anzufechten. Mit den Argumenten, die sich aus der Drohung des Todes ergeben: Standhaft im Rückwärtsbewegen.

7.
Man kommt aus dem Zentrum. Ich schreibe mich jetzt wieder zurück, schreibe nach innen. Hoffnung, die berechtigt erscheint: Je näher dem Ausgangspunkt meines Ichverständnisses, desto intensiver die Sendekraft in die Außenbezirke. (Die Aufnahmebereitschaft der Empfänger ist eine andere Sache.)

Kafkas Erzählung *In der Strafkolonie* (I). Trotz Walter Benjamins zum Teil berechtigter Einwände: Neige zu einer theologischen Interpretation. »Ehre deinen Vorgesetzten« –: Dieses

Strafmotto, das dem Delinquenten mit dem Apparat auf den Rücken geschrieben wird, wäre zu banal, wollte man es realistischer fassen. Es meint Gott. Gott ist der ›alte Kommandant‹, dessen Grab sich unter den (besetzten) Wirtshaustischen befindet. Sein Grabspruch verheißt Auferstehung an *dieser* Stelle, was, da so eng umgrenzt, überhaupt nichts besagt; es ist eine Floskel, der Tote bleibt tot. Der ›neue Kommandant‹, den der Offizier so häufig erwähnt, ist der personifizierte Fortschrittsglaube. Er vernachlässigt die Traditionspflege, hat keinen Sinn mehr für Schaustellungen, mißachtet Bestrafungsanlässe –: Ganz offensichtlich hat er den alten Kommandanten gestürzt. Der Offizier, der den Apparat mit soviel liebender Einfühlsamkeit bedient und seine Straffunktion in jeder Schraube verteidigt, hat Mittleraufgaben, ist eine militante Christusfigur. Doch zwischen einem toten Vorgesetzten und der dumpfen Renitenz traditionsloser Untergebener ist keine Vermittlung mehr möglich. Dem christlichen Kamikaze-Offizier bleibt (daher) nichts weiter übrig, als ›Harakiri‹ zu verüben, das heißt, sich in Stellvertretung des straffällig gewordenen Ungläubigen unter die tödliche Egge des Apparates zu legen. Sein Tod ist der sinnlose Tod der Orthodoxie. Sie opfert sich für ein längst gestorbenes Prinzip: den Glaubensgehorsam. Folgerichtig bricht das Gehäuse, das diesen Gehorsam einst stützte und für seine strikte Einhaltung sorgte – eben ›der Apparat‹ –, nach seiner letzten Amtshandlung, der noch leidlich perfekten Ermordung des ›Offiziers‹, auch total auseinander: Der neue Kommandant hat gesiegt.

In der Strafkolonie (II). Sähe man in diesem Gewissens-Rapport, wie Kafkas Verleger Wolff, lediglich eine gut gebaute, Grauen erregende Geschichte, oder wie Tucholsky eine Novelle, die in ihrer unbeteiligten Erzählweise an Kleists *Kohlhaas* heranreiche, hätte Kafka sich einen ›besseren‹ Schluß einfallen lassen müssen. Der zwanghafte ›Freitod‹ des Vollstreckers ist, unter rein literarischem Aspekt, weder überzeugend noch zwingend. (Thomas Manns Einfall, Naphta im Duell mit Settembrini sich selber erschießen zu lassen, ist da weitaus tragischer.) Ein ›literarisch besserer‹ Schluß wäre dieser – zum Beispiel: Der Offizier legt sich, wie bei Kafka, nackt und todesbereit unter die Maschine. Er stellt sie an. Delinquent und Soldat schnallen ihn fest. Der Apparat läuft, die ›Egge‹ beginnt sich auf den nackten Rücken zu senken. Da bleibt der Apparat plötzlich stehen. Die Egge arbeitet, einen Zentimeter über dem Rücken, im Leeren, ihr Zitter-Rhythmus verebbt. Nichts sonst geht entzwei. Im Gegenteil, noch nie ist dem Reisenden der Apparat so strahlend, und wie mit einer metallenen Aura umgeben, vorgekommen wie jetzt. Peinlich berührt schnallt er den Offizier wieder ab. Denn der Soldat und der Delinquent, die neuen Verbündeten, haben sicherheitshalber das Weite gesucht. Der nackte Offizier jedoch rührt sich nicht. Eine unendliche Scham steht auf seinem verkrampften Gesicht. Schulterzuckend wendet der Reisende sich ab. – Daß Kafka sich jedoch *keinen* anderen (›besseren‹) Schluß hat einfallen lassen, darf man als Beweis dafür nehmen, daß er mit der *Strafkolonie* eben *keine* lediglich literarische Geschichte hat schreiben wollen. Und so ist es denn auch. Die Erzählung ist die gleichnishafte Entsprechung für einen privaten und historisch bedingten Sachverhalt. Der Autor möchte gern (und kann nicht mehr:) glauben. Für diesen schwersten Teil seines als lastende Dauerverfehlung empfundenen Ungenügens (erst der nächstschwere ist der im menschlichen Bereich) sind auf Seiten des Anklägers, erst recht des Vollstreckers (beider Interessen aufs unerbittlichste vom Autor selbst wahrgenommen) Qual, Lebensbedrohung und Tod die einzig angemessenen Strafen. Sie haben mit rein literarischen Erwägungen nichts mehr zu tun. Deshalb *muß* der Vollstrecker sterben. Deshalb *muß* der Apparat sich, von innen heraus, selber zerstören. Deshalb ist nur *der* Schluß ›richtig‹, den Kafka gewählt hat.

In der Strafkolonie (III). Es gibt die Auffassung, in dieser Erzählung habe Kafka die hitlerschen Konzentrationslager vorausgeahnt. Nichts nachweislich falscher. In Kafkas Geschichte ist ein scheinbar sinnentleerter Strafvollzug in totaler Auflösung begriffen. Die Konzentrationslager dagegen haben, was ihre Installateure sich vorgenommen haben, bis zur letzten grausigsten Zahl ›erfüllt‹. Zu schweigen davon, daß, gegen die perfekte Todeslogik und die bestialische Simplizität der in

KZs üblich gewesenen sogenannten ›Prügelböcke‹ oder gar gegen die teuflische Banalität einer ›Bogner-Schaukel‹ gestellt, sich Kafkas ›Apparat‹, trotz seiner umständlichen Kompliziertheit, wie ein altmodischer, liebevoll verschnörkelter Stickrahmen ausnimmt.

Wie Auschwitz entstand. (Arbeitstitel.) Sollte ein langes Gedicht werden, dem erst gegen Schluß angemerkt worden wäre, um was es hier ging. Vor etwa fünfzehn Jahren notiert. Erst die sumpfige Gegend; der winzige Ort. Dann die günstige Lage: 60 km westlich Krakau; Bahnknotenpunkt. Dann einige Herren in grauem Zivil; dann die Vermessungstrupps. Planierarbeiten, Dränage. Bauarbeiter, Maurer, Zimmerleute. Betonpfostensetzer, Stacheldrahtzieher. Die Ortsansässigen, froh über den Betrieb, der jetzt herrscht. Die Gleisanschlüsse als letztes. Richtfest der Zimmerleute. Der schöne Monat Mai (1940). Ein paar Lastwagen halten. Uniformierte begleiten Gruppen fröhlich pfeifender, ausgelassener Männer, die sich auf die Häuser im Lagergelände verteilen (:Gewohnheitsverbrecher, die die Lagerhierarchie aufzubauen hatten.) Hier, in Erwartung des Kommenden, wäre das ›Gedicht‹ zu Ende gewesen.

»Noch das äußerste Bewußtsein vom Verhängnis droht zum Geschwätz zu entarten. Kulturkritik findet sich der letzten Stufe der Dialektik von Kultur und Barbarei konfrontiert: nach Auschwitz ein Gedicht zu schreiben, ist barbarisch, und das frißt auch die Erkenntnis an, warum es unmöglich ward, heute Gedichte zu schreiben.« (Adorno, *Kulturkritik und Gesellschaft.)*

Dreizehn Thesen gegen die Behauptung, daß es barbarisch sei, nach Auschwitz ein Gedicht zu schreiben

1. Wenn man ›das Gedicht‹ überhaupt verurteilen kann, dann einzig doch das, das geschrieben wurde, während über Auschwitz die Rauchwolken aufstiegen und das vor dieser Todesfabrik einen bestickten Metaphernvorhang herabließ, so daß der Lyrik-Konsument vor sogenannten Ewigkeitswerten und innerer Erbauung die Realität nicht mehr wahrnahm.

2. Wie kann es barbarisch sein, ein Gedicht zu schreiben? *Auschwitz* war barbarisch. Damit ist dieses Adjektiv für den weiteren Sprachverbrauch erledigt. Für ›das Gedicht nach Auschwitz‹ muß man sich, besteht man auf seiner Ablehnung, eine differenzierendere Bezeichnung einfallen lassen. Vorschläge: Inhuman; instinktlos; taktlos; unbedarft; blind; ahnungslos; vergeßlich; ungerührt; verbrecherisch; ästhetisierend.

3. Warum aber ausgerechnet die zarteste, die sensibelste literarische Disziplin, die Lyrik mit einem derart niederknüppelnden Verdikt belegen? Hätte es nicht nähergelegen, der schaftstiefligen Feuilletonphilosophie menschenverachtender Kulturkritik, wie sie gleich nach dem Kriege die Beine unter die Schreibtische schob, Schweigen anzuempfehlen? Oder der ungerührt weiterschwafelnden, Christi historisch bedingten Häretiker-Tod mit dogmatischen Krokodilstränen wässernden und der Judenverfolgung damit seit je Vorschub leistenden Sonntagstheologie beider christlicher Konfessionen Zurückhaltung nahezulegen? Oder den nationalen Gesundbetern, die von Schuld und Verantwortung nichts wissen wollten, das Handwerk zu legen?

4. Natürlich ist die Lyrik, wie alles Gefühlsbetonte, für Verrat anfällig. Es gibt große Beispiele: Ezra Pound, Weinheber, in gewisser Weise auch Benn. Und es gibt ganze Marschkader von mittleren und kleinen Lyrikverrätern. Und es ist auch richtig, daß die Lyrik verschweigt. Nämlich alles, was sie, im Augenblick, thematisch ablenken würde. Aber wogegen spricht das? Doch nicht gegen das *Wesen* der Lyrik, die wie keine andere literarische Ausdrucksform, intuitiv und seismographisch arbeitet; Schwingungen aufzeigt von Beben, wie sie oft noch nicht einmal unsere Träume erschüttern; Bedrohungen artikuliert, die wir eben noch für Rettungsmaßnahmen hielten; Sachverhalte darlegt, gegen die Ökologie und Kybernetik nur undechiffrierbare Formeln ins Feld führen können; und Weltbewußtsein, Schmerz, Ohnmacht, Kraft und Hoffnung in Bilder zwingt, die plötzlich auch den Ahnungslosesten treffen.

5. Haben die ich-bezogenen Gedichte des Andreas Gryphius den Greueln des Dreißigjährigen Krieges standgehalten oder nicht. Sie haben ihnen ebenso standgehalten, wie Celans *Todesfuge* den Akten des Frankfurter Auschwitz-Prozesses standhält.

6. Die menschliche Sprache ist nicht zum Verstummen, sie ist zum Sprechen gedacht. Rhythmus und Melodie müssen einem Wahrheitsbefund nicht abträglich sein. (David hat zu seinen Wahrheiten sogar noch die Saiten geschlagen.)

7. Nicht auf die Hereinnahme eines so unfaßbaren Themas wie Auschwitz kommt es an im Gedicht. Es kommt darauf an, daß der Gedichteverfertiger es sich *klarmacht*, nach Auschwitz zu dichten. Er kann schreiben, worüber er will. Auch über Bäume. Aber seine Bäume müssen andere sein als die, die in den Gedichten rauschten, die *vor* Auschwitz entstanden.

8. Niemand hat jenes Verzweiflungsverdikt glaubwürdiger widerlegt als eben *die* Lyriker, die sich bewußt waren, nach Auschwitz zu schreiben: Günther Eichs lebenslange, bis an die Existenzaufhebung heranreichende Bestandsaufnahme; Ingeborg Bachmanns *Anrufung des Großen Bären*; Johannes Bobrowskis *Sarmatien*; Enzensbergers sehend machende *Blindenschrift:* Celans Gesamtwerk; Zbigniew Herberts Beschwörung der Philosophie; Dylan Thomas' verzweifelte Religiosität; Rafael Albertis blutendes Gedächtnis; Pablo Nerudas todgeweihte Menschenliebe –: Sämtlich gültige Antworten auf Auschwitz und auf das, was sich in seinem rußigen Schatten verbirgt.

9. Lyrik ist sinnlich. Also meint sie das Leben. Also verteidigt sie es. Und da soll sie, nach einem derart globalen Todessieg, schweigen?

10. Lyrik ist abstrakt. Also meint sie den Geist. Also verteidigt sie ihn. Und da soll sie, nach einer so endlos währenden Herrschaftsphase des Ungeistes, aufhören zu denken?

11. Die Lyrik hat sich im Niemandsland zwischen gestern und morgen eine auch von der Politik nicht zu haltende Vorpostenstellung erkämpft. Ihr die streitig zu machen, gar sie von dort vertreiben zu wollen, hieße, eben jener Gefühllosigkeit, jenem Gleichmut erneut Vorschub leisten, die, zur Menschenverachtung degeneriert, an den Kriegsgreueln vorbei, nach Auschwitz geführt haben. Lyrik stabilisiert das Gefühl. Und das Gefühl ist rebellisch.

12. Was also soll der heutige, nach Auschwitz schreibende Lyriker tun? –: Mit lotender Intuition, sensibler Intelligenz und magnetischem Assoziationsmaterial, Auschwitz im Rücken, den Menschen vor Augen, Gedichte machen, die, statt die Sicht zu vernebeln, für Klarheit am Hirnhimmel sorgen.

13. Ob nicht, nach Auschwitz noch Schlaf zu finden, weit ärger ist, als nach Auschwitz Gedichte zu schreiben?

Ängstliche Heimatdefinition, August 1976. Radikalenerlaß. Smog-Alarmpläne. Verschärftes Polizeigesetz. SPD-Kanzler Schmidts Kapitalistenkritik am verarmten Italien. Die ungeduldige Troika Strauß/Dregger/Carstens hinter Biedermann Kohl.

Zusammenhänge. Die harten fünf Jahre Haft, die die polnischen Demonstranten aus dem Traktorenwerk *Ursus* dafür erhielten, daß sie ihren Unmut über die Preiserhöhung der Grundnahrungsmittel in der Unterbrechung der Bahnstrecke Moskau/Paris Luft machten, hat mit den Unpäßlichkeiten eines befreundeten nachbarlichen Staatsoberhauptes zu tun. Leonid Breschnew bevorzugt aus Gesundheitsgründen die Bahn. Den Fuß bereits auf dem Trittbrett, mußte er jetzt ins ungeliebte Flugzeug umsteigen. Da kommen – nimmt man zum erhöhten Blutdruck noch den Ostberliner Ärger über den neuen Nationalkommunismus hinzu – schon ein paar polnische Kerkerjährchen zusammen.

Wenn ich meine Nationalität wechseln könnte (Ich kann es

nicht, weil ich so deutsch wie ein hinkender Schäferhund bin), würde ich gern die polnische haben. Soweit man mit dem Überstreifen einer neuen Staatszugehörigkeit auch das Geschichtsbewußtsein des betreffenden Landes gewinnt. Dann könnte man als Schreiber all das ins Fundament einlassen, was dieser Hitler hierorts für immer diskreditiert hat: Nationalstolz; Vaterlandsliebe; Unabhängigkeit; Freiheitsbedürfnis; politischen Mut. So aber spinnt man in grämlicher Abstinenz weiter sein ungefettetes Garn.

Ein deutscher Herr berichtete im Ausland mit Abscheu davon, wie er bei Kriegsbeginn, im Herbst 1939, eingezogen worden sei. »Aber im Mai fünfundvierzig«, sagte er beifallheischend, »bin ich desertiert.« Erster Zuhörer: »Mancher braucht eben Zeit.« Zweiter Zuhörer: »Nur warum die der *andern*?«

22. August. Telepathisches Geburtstagstelegramm. »Liebe Erni, danke für diese neun Monate Mühe und Last. Mehr konntest du nicht für mich tun.«

Zum Aussuchen. Im sechsten Jahr fünfzig oder in vier Jahren sechzig. Unverfänglicher klingt: Ich bin Jahrgang zwanzig.

Je älter, desto unleidlicher. Der Grund fast immer der gleiche: Es wieder einmal unterlassen, nach Abbau des letzten, ein *neues* literarisches Zelt zu errichten, in das dieses schaukelnde Lastkamel die flachgehobelte Stirn ducken könnte, um vor dem Zeitentreibsand sicher zu sein. (Versuche gelten hier nicht. Wir wollen Ergebnisse sehen.)

Als ob das, was einem bestenfalls literarisch gelingt, in einem auch nur annähernd ausgleichenden Verhältnis zu dem Schatten steht, den man wirft.

Die Diskrepanz zwischen Schreibtischkonzentration und schreibbedingter Unleidlichkeit schmälert nicht das Werk. Wohl aber den Autor. Denn wissendes Ungenügen zehrt an der Substanz.

»Ich will nicht so weit gehn, zu sagen, daß ich die Ursache dessen bin, etwa als ›der Mann mit dem allzu großen Schatten‹, aber mein Schatten ist in dieser Welt tatsächlich allzu groß, und mit neuem Staunen sehe ich die Widerstandsfähigkeit mancher Menschen, dennoch, ›trotz allem‹, auch in diesem Schatten, gerade in ihm leben zu wollen . . .« (Franz. K.)

6.
Vor dem Schaufenster des Tabakwarengeschäfts war der Roll-Laden heruntergelassen. Unter dem Laden, der die Eingangstür verschloß, drang ein Lichtschein hervor. Er schob die Fußspitze unter die Lasche. Ein paar kreidige Kinderkritzeleien glitten auf den rasselnden Eisenlamellen an ihm vorbei, verschwanden über der Tür. Die Tür lag jetzt frei. Das Klinkenrütteln wäre nicht nötig gewesen. Der Ladeninhaber hatte schon die Gardine vor dem Fenster beiseite gezogen. Der Mann stand im Gegenlicht. Die paar Haare auf seinem kahlen Schädel flimmerten silbern. Wahrscheinlich war die Stimme des Jungen zu heftig gewesen. Oder es war der Atem des Ladeninhabers, der die Scheibe eintrübte. Er solle sich bei der Automatenfirma beschweren. Und wenn er jetzt nicht verschwinde, rufe er die Polizei. Dieses Reizwort kam wohl auch noch hinzu. Paul stieß den Mann beiseite. Er trat in den Laden. Seine Zigaretten; los: Er zähle bis drei.

Zu Beginn des sechsundfünfzigsten Jahrs. Stehe exakt wieder dort, wo schon immer gestanden: Am Fuß einer Geröllhalde literarischer Vorsätze, den unguten Blick auf die staubig verbogenen Schuhspitzen gesenkt; Bergsteiger ohne Geschäftsbereich.

Dabei glücklich. Glücklich, um zwei Menschen Angst haben zu dürfen, auf denen all meine Hoffnung und wenig gefestigte Zuversicht ruht: auf Marina und Nenad. Die Literatur hat da nur Schmierölfunktionen; ich laufe sonst nicht.

Hätte man sich in gebührender Trennschärfe zu entscheiden: Ich bliebe lieber als freundlicher Ehepartner und umgänglicher Vater in *zwei* Köpfen wohnen, denn als problematischer Schriftsteller in anderthalb tausend.

»Von Compromissn hält er wol nichtz?« (Atma an Ali.)

»Er schreibt ja nicht, um eine Leserschaft zu erfreuen. Er schreibt, um seine Persönlichkeitsblässe (die er, trotz immenser Farbunsicherheit, als störend empfindet) mit ein bißchen Rouge aufzufrischen. Mit wem soll er da kompromisseln?«

Als die Egozentrik ihn ausgehöhlt hatte, verlegte er sie in die Außenbezirke.

Ich weise auf mich hin, um von mir abzulenken.

Daß man, trotz seines Einhorncharakters, als Autor den Leser benötigt, hat damit zu tun: Auf die Dauer ist man in seinem eigenen Schädel eben doch ziemlich allein.

Schnappschuß. Militante Schicksalsvokabel, die die Mordabsichten des Fotografen, dem momentan herrschenden Augenblick gegenüber, eindeutig unter Beweis stellt: Erst geschnappt, dann erschossen. Auftraggeber: Die Ewigkeitsmafia. (Die das Fotoalbum am Tag des Jüngsten Gerichts als Erpressungsgrundlage für ihren Dauerfreispruch benötigt.)

Tod eines Unentdeckten. Es traf ihn völlig unausgeschlachtet. Nur ein paar Vorurteilsverkünder hatten Kränze geschickt.

›Per aspera ad Aspik.‹ Grabspruch des Schlachtschweins.

»'s Chaserche steckt 's Füßche raus.« Frankfurter Jiddisch für einen, der sich talentlos anbiedern möchte. Das Chaserchen (= Schweinchen; hebräisch: chasír, mit deutscher Endung) steckt das Füßchen heraus, um zu zeigen, daß es zu den reinen Tieren gehöre, denn es hat ja, vorschriftsmäßig, gespaltene Klauen. Doch es käut eben nicht wieder, was *auch* noch zur Reinheit gehört. Folglich (3. Mose, 11,7) bleibts dreckig.

»Tja. Also, nach Israel wolln Sie. Bißchen arg kriegerisch nur neuerdings; nee–?«
»Halten Sie die Warschauer Paktstaaten für pazifistisch?«

»Nich direkt.«
»Nu sehn Sie. Ich schätz Länder, in denen man weiß, *wofür* man Angst hat. Hier weiß ich bloß, *wovor* ich Angst hab.«
»Ich seh hier, Sie haben auch n Visum für Deutschland.«
»Sie wern lachen, Genosse: 's is das Land meiner Väter.«
»Ich denk, Ihr Vater is schon dreiunddreißig gestorben?«
»Genau rechtzeitig: Am 29. Januar; ja.«
»Also, ›rechtzeitig‹, Jagomir, das nimmste zurück!«
»Aber 's is doch bestimmt niemand von Ihrn Leuten mehr da.«
»Genosse Taborskij, das weiß man nie.«
»Na ja –: Deutschstämmig *sind* Sie; kann man nich anders sagen.«
»Höchstens, daß es n bißchen eklig klingt, wie Sie das betonen.«
»Wundert Sie das? Gern läßt Sie der polnische Staat nämlich *nich* raus, Herr Pelzig.«
»Fühl mich geehrt. Aber was soll der Mensch machen?«
»Sie sind für uns einer der fähigsten Kontaktmänner zur Jüdischen Gemeinde gewesen.«
»Sie meinen, soweit 's die noch gibt.«
»Ich sprech als Pole zu Ihnen, Genosse.«
»Ich hab auch Polen gemeint. Oder empfinden Sie 's als ne Leistung, daß es in ganz Warschau mit Ach und Krach noch ne einzige Synagoge gibt, Genosse Taborskij?«
»Sohn, biste verrückt, vor dem so zu reden?!«
»Worauf ich rauswollt: Der polnische Staat wird Sie *trotzdem* vermissen, Herr Pelzig. Ihre Verständnisbereitschaft is angewandte Realpolitik. So was könnt man sogar honoriern.«
»Würd mich ungeheuer irritiern, ehrlich gesagt.«
»Tja.«
»Hier. Für Ihre Frau. 's Beste an Parfüm, was Se augenblicklich unterm Ladentisch kriegen. Hat doch Geburtstag heut, stimmts?«
»Fabelhaft, Ihr Gedächtnis.«
»'n Abfallprodukt. Ich vergeß so schwer, wissen Sie. Da bleibt eben auch allerhand andres mit hängen.«
»Sie sind n dialektischer Mensch.«
»Geschult is geschult, Genosse Taborskij: Sie Marx, ich n Talmud.«

»Wußt gar nicht, daß Sie n Orthodoxer sind.«
»Nich doch. Wenn ich ›Talmud‹ sag, mein ich: Den hat unsereiner im Blut.«
»Haben Sie uns Marxisten aber ne Menge voraus.«
»Ich weiß.«
»Gib nich so an, Sohn. Schließlich nich dein Verdienst, daß de n bißchen was weißt.«
»Tja. Also, dann.«
»Schalom, Genosse Taborskij. Immer angenehm gewesen, mit Ihnen zu plaudern.«

(Jagomir Pelzig auf der Auswanderungsbehörde. Vermutlich wird er, wie hier, immer von der Stimme seines ›rechtzeitig gestorbenen‹ Vaters begleitet. Schwierig allerdings, falls das mal ein Buch werden sollte. Dann müßte die Vaterstimme wahrscheinlich kursiv gesetzt werden. Oder der Leser muß sich, wohl oder übel, ans Dazwischenreden des Vaters gewöhnen.)

So allmählich bekam Vater den Bibliothekssekretär dann allerdings satt. Er kannte zwar keinen Ehrgeiz. Aber es gab da über ihm noch ein paar Leitersprossen, von denen aus man einfach einen besseren (und besser bezahlten) Überblick hatte. In Frankfurt waren diese Sprossen besetzt. Vater bewarb sich daher um eine Bibliothekarstelle in Mainz. Die Bibliotheksdirektion, erfreut über die schönen Eignungspapiere und auch bestens mit Vaters Doktorarbeit vertraut, sagte zu. Auch die Stadtverwaltung im Grunde. Diese vermißte nur eins: den katholischen Glauben. (1926.)

Italien. Nenad, nach einem Kirchenbesuch, zu Marina: »Nich, Gott ist in deinem Kopf drin?« – »Ja; da auch.« Nenad: »Du stehst vor Gott, und Gott steht vor dir. Aha.« (Könnte mir die Haare ausreißen vor Neid auf dieses ›Aha‹.)

Philatelistische Existenzerhellung. Auf einem Brief aus Indien eine Briefmarke, die in tabakfarbenen Brauntönen Michelangelos Gottvater (nebst ihn umwaberndem Himmelsgefolge) zeigt, wie er mit immer noch schaffensfreudigem Zeigefinger den Zeigefinger des lässig hingestreckten Adam berührt. Sowohl Gott als auch Adam können zugleich als Einzelmarke, jede überraschenderweise zum selben Preis (50 Cent) verwendet werden: Die Perforationslinie läuft exakt durch den Berührungspunkt der beiden Zeigefingerkuppen hindurch. Einprägsamer läßt der wahre Sachverhalt sich schwerlich darstellen. Zwar wird das magnetische Kraftfeld um die so unterschiedlich begabten Zeigefingerkuppen der ungleichen Kontrahenten von den Religionen nach wie vor als intakt angenommen. Jedoch tastet man sich näher ans vermeintliche Berührungszentrum heran, klafft zwischen beiden Polen ein Spalt, wie kein Erdbeben ihn abgründiger aufreißen könnte. So daß nun Gottvaters mumifizierter Zeigefinger ebenso ins Leere weist, wie der nach wie vor neugierversessene Adams in eine Zukunft, deren Gottferne jener Leere an Kälte und Fortschrittsfanatismus in nichts nachsteht.

3. September. Italien. Herbst in der Luft. Jenseits des Sees, Richtung Ascona, der erste Schnee auf den Bergen. Ziehende Weindrosseln nachts. Die Pfeilspitzen ihrer versehrenden Rufe sind in den ahnungslos aufkeimenden Winterroggen gefallen. Als was werden sie aufgehn? Das weiß man, bei diesem chemischen Dünger, heute nie.

Doch. Nenad im Garten: »Ich bin der Gärtner; ich rieche den Samen in der Erde.«

Nachdem das Schweizer Fernsehen gemeldet hatte, daß die seit 15 Jahren in Genf tagende Abrüstungskonferenz, in der es um die Einschränkung völkerausrottender Gifte, unterirdischer Atomexplosionen, bakterieller Kriegführung und ähnliches gegangen war, um fünf Monate unterbrochen worden sei, mit schelmischem Ansagerlächeln die Meldung, daß die Murmeltiere bereits ihren Winterschlaf begonnen hätten, was auf den frühzeitigen Einzug jener Jahreszeit Rückschlüsse erlaube. (Die sensiblen Tiere scheinen per Pfeif-Funk direkt mit Genf in Verbindung gestanden zu haben.)

Was wir wirklich dringend benötigen: Lehrstühle für angewandte Schizophrenie. (Hausfrauen, Soldaten und Arbeitslose sollten sich die unakademische Spielart in verbilligten Volkshochschulkursen aneignen können.)

Falls man mich einmal fragen sollte. »Was verstehen Sie unter zeitgenössischer Literatur?« Antwort: »Das *Handbuch der gefährlichen Güter,* zusammengestellt von Polizei-Hauptkommissar Günter Hommel, Mannheim.« Es beschreibt 414 extrem gefährliche, hochgiftige, explosive ›Güter‹, wie sie täglich über die Autobahnen und die Schienennetze der solcherlei chemischem Fortschritt ja überaus gewogenen Bundesrepublik rollen und gibt, neben den Reaktionen der Gifte, auch Hinweise auf mögliche Hilfs- und Rettungsmaßnahmen. In Kürze wird diese (im wahrsten Sinne:) lockere, rot eingebundene Loseblattsammlung noch durch eine zweite ergänzt. Dieser Band wird erst mal nur circa 200 weitere hochgiftige Substanzen enthalten.

Die Chemikalien-Idylliker. Klingt an ›Lady-Killer‹ an. Dabei werden diesmal die Gentlemen genauso zur Kasse gebeten.

»Es gibt keinen Schutz gegen Chemiegifte.« (UN-Direktor Hans P. Mollenhauer in seinem für die UN zusammengestellten Register für potentiell giftige chemische Stoffe.)

Amen.

7.

Der Mann wich zurück. Er war in Pantoffeln und Weste; hatte Totoscheine sortiert. Vermutlich wäre zu erkennen gewesen, daß es Zorn war, nicht Angst, was ihn trieb. Paul zählte gedehnt; sah sich dabei nach seiner Zigarettenmarke um. Das nutzte der Mann. Er schloß ab. Hastete zum Telefon. Paul riß die Leitung aus der Wand. Der Druck der Ladentischkante plötzlich gegen die gespannten Gesäßmuskeln. Die leberfleckige Faust, die sich in der Knopfreihe seiner Jacke verkrampfte. Sie mußte sich ihm so eingeprägt haben, daß er sie angestarrt hatte. Also war er überrascht gewesen. Also konnte es nicht gleich geschehen sein. Da hatte er ja auch den schweren Zigarrenanzünder noch gar nicht entdeckt. ›Da‹ war keine Zeitbestimmung. Doch. Denn erst, als die Faust eine Spirale in die Jacke zu drehen und die Luft ihm knapp zu werden begann, hatte er hinter sich gegriffen. Nicht gegriffen; getastet. Nicht getastet; sich abzustützen versucht. Dabei war der Zigarrenanzünder umgefallen. Auf einmal hatte er gespürt, wie seine Hand ihn umschloß. Er war noch warm gewesen. Er war kalt gewesen. Warm wurde er erst, als das Blut ihn entlangfloß. Wessen Blut. Das des Ladeninhabers. Wo kam das her. Aus seinem zerbrochenen Schädel. Was war denn geschehen. Paul hatte ihn seitlich von sich gestoßen. Der Mann war mit dem Kopf gegen die Ladentischkante gefallen. Er hatte den Zigarrenanzünder mitgerissen und war zu Boden geglitten. Also hatte er ihn aufgehoben. Ja. Er hatte den Ladeninhaber aufgehoben. Nein: Den Zigarrenanzünder. Warum. Um die Fingerabdrücke abzuwischen. Wie waren seine Fingerabdrücke an den Zigarrenanzünder gekommen. Er hatte den Mann doch mit ihm bedroht. Er hatte gleich zugeschlagen. Gleich, nachdem der Mann angefangen hatte ihn zu würgen. Der Mann hatte ihn nicht gewürgt. Er hatte ihn an der Knopfleiste seiner Lederjacke gepackt. Aber so fest, daß man keine Luft mehr bekam. Dazu war der Mann zu klein; dazu hatte er zu tief zugefaßt. Das war ja das Gemeine. Das Gemeine war, daß der Mann ihm den Knopf abgerissen hatte. Den Knopf von seiner Talisman-Jacke, ja: In der man gefeit war; die einen selbstsicher machte. Die man alt gekauft, die einem Schiffer gehört hatte. In die die Kräfte des Schiffers eingegangen waren. Ja. Das Signal des Abreißgeräuschs. Der über das Linoleum rollende Knopf mit dem abgegriffenen Anker darauf. Beschädigt. Ein Loch in der Jacke. Da war es aus. Da gab es nur noch diesen kahlen, mit Runzeln und Sommersprossen bedeckten Kopf unter ihm. Und den Zigarrenanzünder.

Luzie. Blaß, mild; lächelnd, still. Brünette Zöpfe, zarte Brauen. Rundes Gesicht. Die leicht abstehenden Ohren in eine Flimmerhaar-Aura gebettet. Knapp fünfzehn, als sie starb; Tbc. Sie immer nur am Rande bemerkt, wenn ich Paul, ihren Bruder, besuchte. Sie war zu lautlos, zu in sich gekehrt, um einem aufzufallen. Daher auch nie viel mit ihr gesprochen; selten an sie gedacht. Erst als sie gestorben war, war da plötzlich in der Wohnung und im Gedenken ein schmerzendes Loch, kehrten die Gedanken (später dann selbst aus dem Krieg noch) zu ihr zurück: Vergegenwärtigten sich das lichtlose oder in blaues Gaslicht getauchte Hinterhofzimmer, in dem Schränke, Kommoden, Pappkartons, Fahrrad, Nähmaschine, Bügelbrett kaum für den Tisch, das Sofa, die drei Stühle Platz ließen. Es lag vier Stock hoch, im dritten Hinterhaus in der Koppenstraße, nicht weit vom Schlesischen Bahnhof entfernt. Das Fenster ging auf die abgeblätterte Fassade des vierten Hinterhauses hinaus. Trocknende Wäsche, bunte Blumenkästen, blitzend verchromte Vogelbauer, spielende Kinder –: Es gab viel für Luzie zu sehen. Sie las oder nähte am Fenster. Um acht brachte sie uns die Abendbrotstullen; setzte sich wieder. Sie war lieber bei uns als bei den Eltern. Wir sahen sie wenigstens nicht dauernd so mitleidig an wie die Mutter. Oder redeten, wie der Vater, der Straßenbahner war, nicht ständig auf sie ein, doch wenigstens mal runter zu gehen, *so* jedenfalls würde sie nie einen Freund kennenlernen. Doch, sie hat einen: mich.

»Das wehmütige, nur auf Firmatafeln gebräuchliche ›vormals‹.« (Franz K.)

Mit Vater und Ilse war jetzt irgendwie nichts mehr los. Vater wirkte unkonzentriert, Ilse gereizt. Sie schoben es überraschenderweise auf die Überhandnahme von Erziehungsproblemen. Doch Kurt und ich wußten es besser: Für Vater waren die Probleme die Frauen, für Ilse die Männer. Wir beschlossen da vorzubauen. Es wäre nicht gut gewesen, sich von der Trennung überrumpeln zu lassen. Die Spielzeugrückgabe gestaltete sich zwar etwas schwierig. Aber sonst verlief unsere schrittweise Sympathie-Entflechtung eigentlich recht unproblematisch. Und als dann eines Morgens tatsächlich Vaters bekanntes Räuspern einsetzte, mit dem er bevorstehende Neuorientierungen einzuleiten pflegte, da hatten wir unseren Freundschaftsabbau bereits mit den ersten Haßkeilereien besiegelt. (1927.)

7. September. Italien. Gang über die Felder. Glasklare Luft. Deutlich der Monte Rosa zu sehen. Der blaue Himmel ist leergeschossen; nichts flügelt da mehr. Die durchziehenden Lerchen, Krammetsvögel und Wachteln dafür, Nacktbrust an Nacktbrust, kompanieweise in den Auslagen der Metzgereien aufmarschiert; dienstfreudig das Hausfrauenkommando erwartend, um sich, dem großen vaterländischen Magen zuliebe, in Pfanne und Kochtopf zu stürzen.

Brief des Verlags: »Und was wir nun von Dir erwarten, das ist ein schöner Roman.«

Sätze, wie 1850 gesprochen.

Was ist denn in so einem Roman schon Entscheidendes unterzubringen? Reißbrettkonstruktionen. Breitgewalzte Unterhaltungseffekte. Schnieke Stimmungen. Steile Entwicklungsprozesse. Knorrige Charakteristika. Hüpfende Zeitströmungsbojen. Schicksalsaufrisse bis ins achtzehnte Glied. Selbstschußanlagen für Leuchtspurplatzpatronengeschosse ins Samtherz der Modebewußten. – Und wenn wir statt dessen *Ergebnisse* brauchten?

»Merken Sie was?–: Der Fuchs verkauft uns viertelpfundweis die saueren Trauben, die ihm zu hoch hängen.« (Ali an Atma.)

Die Epische Krankheit trat ihren unheilvollen Siegeszug, unter dessen dickleibigen Folgen wir heute noch ächzen, mit *dem* Augenblick an, als ein Zuhörer, der es zu weit in seine Felshöhle hatte, den an sich aufhörwilligen Erzähler zum ersten Mal fragte: »Und dann –?«

Formulieren widerspricht schildern. Geschildertes ist vorhanden. Eine Formulierung aber muß ich erst finden. Deshalb genügt es, daß der Epiker schreibt. Der Formulierer dagegen muß *denken.*

»Das Dumme beim Litteraten ist nuhr, daß auch der, der denkt, sich was *aus*denken muß. Ich meine ›ausdenken‹ im

Sinne von lühgen. Denn Handlungk giebt es nicht. Sie muß erst erffunden werden. Lehben und Schikksahl kommn ohne sie auß: Daß Uhrsachen Würkungen haben, hat ihnen bisher eigentlich immer genühgt.« (Atma an Ali.)

»Ich habe es immer gesagt: Daß ein Buch keine Handlung hat, ist ein positives Kriterium. Zumindest scheint dem Autor an Wirklichkeitsnähe gelegen zu sein.« (Ali an Atma.)

»›Würklichkeitznähe‹? Der Kahsus macht mich lachen. Die Gefängknißzelln müßten, wenns eine litterarische Gerechtigkeit gäbe, mit Autorn überfüllt seyn. Ich habe jehden Falls noch keinen kennengelernt, der nicht zu Gunstn des Haupthandlungksstranges *das* unterschlühge, was zu gleicher Zeit den *andern* Figurn seynes Buchs widerfährt.« (Atma an Ali.)

Wollte man die Gleichzeitigkeit, genauer: *das, was auch noch geschieht,* in gebührende Relation zum Geschehen um die Hauptperson setzen, so müßte man beispielsweise eine etwa im Juli 1976 beginnende Geschichte ähnlich anfangen, wie Johann Peter Hebel in seiner Parabel vom *Unverhofften Wiedersehen* die Sterblichkeit der Menschenzeit mit einer rhythmisch gegliederten Reihe historischer Fakten belegt; etwa so:

Eben hatte das einstmals strahlende Frankreich mit des finsteren Buren-Premier Vorsters pulvergefülltem Südafrika ein Abkommen über die Lieferung der ersten beiden Atomkraftwerke geschlossen und war dem westdeutschen SPD-Bundeskanzler die große, exakt vorausberechnete Freude vergönnt, seine Kritik am armen Italien, das sich nicht entschließen konnte, die zögernden Kommunisten an der Regierungsverantwortung teilnehmen zu lassen, sich in klingende Wahlpropaganda verwandeln zu sehen, und waren im selben Italien, aus dem brüchigen Schornstein der eher bescheidenen Schweizer Chemiefabrik Icmesa in der Gemeinde Seveso, zwanzig Kilometer nördlich Milano, gute, nein: schlechte zwei Kilo eines Giftes entwichen, von dem zwanzig Gramm im Grundwasser genügen, um das Leben einer Stadt wie New York lahmzulegen, und war den freiheitsdurstigen Basken in

Spaniens Gefängnissen bedeutet worden, daß die Amnestie des schönen Don Carlos sie durchaus nicht mit einschloß, und hatte der immer noch rüstige Außenminister Amerikas dem waffenstarrenden Persien weitere Waffenlieferungen versprochen, und sollte nun endlich auch das korrupte, wenn auch hungernde Pakistan seine Atomkraftwerke erhalten, wie ja auch das nicht minder hungrige Indien, statt Brunnen zu bohren, sich den Stolz gestattete, eine selbstverfertigte Bombe zu haben, und waren im Libanon die Christen noch immer dabei, unter gesegneten Panzerketten moslemische Frauen und Kinder sterben zu lassen, und hatte der archaisch-asketische Libyer Khadhafi abermals einen Teil seiner überflüssigen Ölmillionen in die notleidenden internationalen Terrororganisationen gesteckt, und begann der kranke Parteisekretär Leonid Breschnew, schwer auf die Hausbar seiner Datscha gestützt, zu begreifen, daß nach dem Ostberliner Treffen der kommunistischen Bruderparteien die ungebrochene Macht der großen Sowjetunion sich wohl oder übel anzuschicken hätte, in ihrem Führungsanspruch bescheidener zu werden, und mußte im riesigen, mühsam zur Besinnung kommenden China der große, altersgelähmte Mao zu seinem niemand gegenüber geäußerten Kummer nun einzusehen beginnen, daß die vorsorglich ausgebildeten Seuchenärzte für die Hunderttausende von Erdbebengeschädigten in Tangschan, dem dichtbesiedelten Schwerindustriezentrum und Kohlenrevier, leider nicht ausreichten, und war auf dem Mars, dem Stern des Krieges, ein winziges Apparätchen dabei, für drei Milliarden Dollar ein Schippchen Geröllstaub zusammenzukratzen, auf das sich, im Lande der elendsten Slums, die klügsten Männer der Welt wie die altmodischsten kleinen Jungen auf Weihnachten freuten, – als auf dem abgeplatteten und mit Teppichklopfstangen versehenen Dach des sechsstöckigen, vom Krieg verschont gebliebenen Hauses Zbignjewstraße 117 in Warschau ein untersetzter, vielleicht fünfundfünfzigjähriger, in einen schmuddeligen Frotteemantel gehüllter Mann, ein gewisser Jagomir Pelzig, Altwarenhändler und Zeitungsverkäufer, mühsam eine vier Meter lange Bohnenstange, an der ein karierter Kissenbezug im Morgenwind knatterte, über sich in der Luft herumschwenkte, um den blitzenden

Taubenschwarm hoch im Gewölk am Niederfallen zu hindern, denn der Schlag der strapazierten Friedensvögel sollte endlich einmal gründlich vom Mist befreit werden.

Grell erleuchtetes, schlichtes Hotelzimmer. Fliegenleichen in der trüben Lampenschale. Kreuz über der Türe. Christliches Hospiz, Nähe Lehrter Bahnhof. Das Fenster stand auf. Man hörte die ankommenden und abfahrenden Züge. Die Häuserzeile gegenüber schon dunkel. Ich nuckelte schläfrig am elften oder zwölften Glas Orangeade. Die beiden Männer am ätzend weiß gedeckten Tisch noch immer, wie schon seit Stunden, in den ungeheueren Mengen grauen, muffig riechenden Waldohreulengewölles herumwühlend, über das sie sich, Notizen machend und Mäuseschienbein zu Mäuseschienbein und Vogelschnabel zu Vogelschnabel sortierend, angeregt unterhielten. (Vater und Herr Uttendörffer, Direktor der *Herrenhuter Brüdergemeinde,* in die Vorarbeit für das gemeinsam verfaßte Standardwerk über die *Ernährung der deutschen Nachtraubvögel* vertieft.) (Berlin, 1932.)

»Ein wertvoller Mensch.« Vaters bedenklich oft geäußerte Abschlußbezeichnung, wenn ihm Umgangsformen, Lebensumstände, Ausstrahlung oder Schicksal eines Zeitgenossen gefielen. Zur Gegenkategorie hat er glücklicherweise *nie* ausgeholt.

Ausnehmend netten Menschen kennengelernt. Leider nur im Schweizer Fernsehen. Den Mann, der die erste Atombombe auf Hiroshima ausgeklinkt hat. Drahtiger Vertreter-Typ; unangefochtenes Baseballspieler-Gesicht. Als Offizier die vorgezeichnete Laufbahn beendet. Geht ihm blendend. Er habe mit jenem Abwurf sein Vaterland verteidigt, meinte er, in Geographie offenbar nicht ganz so wie im Bombenausklinken bewandert. Auf die Bombe hatten sie den Namen seiner Mutter geschrieben. Die alte Dame hatte man leider zu interviewen vergessen.

Abgekürztes Verfahren: Das Kleinkind lernt sterben statt laufen. Die Zeit für die Ausbildung der japanischen Kamikaze-

Flieger reichte nicht aus. Man konnte ihnen lediglich noch den Sturzflug ins Ziel suggerieren. Auch hat kein einziges Übungsflugzeug mehr zur Verfügung gestanden. Die Delinquenten haben den Sturztod an Holzattrappen geprobt. Alles Studenten gewesen; nur Freiwillige. Man hat sie singen hören, bevor sie zu ihren Todesmaschinen rannten.

8.

Paul hielt ihn noch fest. Sah, weder erregt noch angewidert, nur leer, wie die hellgraue, in Blut eingebettete Hirnmasse aus der schattigen Öffnung hervortrat. Stellte den Anzünder ab. Trat über den Toten hinweg. Knipste das Licht aus. Lauschte mundoffen rückwärts ins Haus. Unterschied Topfdeckelklappern, Kinderweinen, Murmeln, Grundtakte einer Radio- oder Fernsehmusik. Hatte auch schon, ohne es sich befohlen zu haben, das Taschentuch in der Hand. Bearbeitete pedantisch Ladentischplatte, Lichtschalter, Zigarrenanzünder. Ging in die Hocke, exakt die Finger dabei auf die Schuhspitzen gestützt; suchte im vagen Schein der Straßenlaterne den Knopf. Plötzlich die Stimme; die einer älteren Frau. Sie rief nach dem Mann. Paul schlich zur Tür. Die Tür war verschlossen. Er riß den Leichnam in die Rückenlage herum. Lautlos quoll ein ausufernder Blutstrom aus der umgelagerten Schädelöffnung hervor. Linke Hosentasche: Pfeifenreiniger, Sicherheitsnadeln, Feuerzeug; rechte: Schachtel Tabletten, Lederläppchen, Brillen-Etui. Die Stimme. Drängend, mißtrauisch. Schritte dazu; sie näherten sich. Noch nie hatte er einen Menschen so sehr gehaßt wie diesen Toten, der ihm den Schlüssel verweigerte. Auch in der Weste fand er ihn nicht. Paul erwog, durch die Scheibe zu springen. Die Gesäßtasche noch. Er wälzte den Leichnam in die Bauchlage zurück: Einer der Arme stieg auf, die Hand schlug ihm schlapp gegen den Hals. In der Bahnhofstoilette hatte er einen rötlich entzündeten Streifen an der Stelle entdeckt. Der Schlüssel war in die Brieftasche gerutscht. Er mußte sie einstecken, wegen der Fingerabdrücke. Seine Hand zitterte etwas. Der Schlüssel faßte nicht gleich. Licht hinter der Milchglasscheibe der Innentür jetzt. Eine Silhouette näherte sich. Das schwere Atmen der Frau. Ihr Stolpern dann plötzlich. Der Vorsprung, den er dadurch gewann. Er drückte mit dem Ellenbogen die Türklinke nieder. Er trat auf die Straße hinaus. Schloß hinter sich ab.

Argentinien, September 1976. Nationalsozialistische Literatur in den Auslagen der Buchhandlungen. Hakenkreuze auf den Zeitschriften der Straßenkioske. Belästigungen jüdischer Bürger. Demolierte Synagogen. Eine Luft, die sich mit Eichmanns unverweslichem Atem vermählt. Argentinisch-deutsche Zusammenarbeit.

Italien. Nenads sensible Nase die ersten Röstkastanien geortet. Jeder seine heiße *Corriere-della-Sera*-Tüte in gierigen Händen, zum Seegitter, wo über den scheeläugig heraufblickenden Eglis das große Zerknacken begann. Sättigend, mehlig und süß: Wir haben vom Fleisch des Herbstes gegessen.

9. September. Mao ist tot. Der letzte Große auf dieser Welt. Nach dem weißen Elefanten haben seine ihm im Knochenbau nächsten Verwandten, die Klippschliefer, das Regierungsgeschäft übernommen.

Trotzdem. Traditionsauslöscher machen es sich zu leicht. Nichts einfacher, als bei Null zu beginnen.

Das Kunststück beginnt dort, wo die Uminterpretation einsetzen müßte.

Nicht ausmerzen: Versöhnen. Das Wasser der Reisplantage mit der Tusche des Schreibers. Die Fahne der Revolution mit dem Farbband des Intellektuellen. Die Ideologie mit dem Glauben. Die Philosophie mit der Lehre. Das Buch mit der Hand. Weltfremdheit mit Welt. Da brauchte kein Schuß zu fallen, keine Zelle aufgeschlossen, kein Stacheldrahtzaun gezogen zu werden. Nur kenntnisreiche Traditionalisten hätten die Verkünder der neuen Ordnung zu sein. Und damit auch Kenner des Satzes, daß eine gebrachte Ordnung desto fester gefügt ist, je fugenloser sie auf einer vorgefundenen aufbaut.

»Die Demokratie ist nichts als ein Aberglaube.«
»Franco war eine Wohltat für sein Volk.«
»Ich bin völlig einverstanden mit der chilenischen Militärjunta.«
»In Argentinien werden zu wenig Leute von Staats wegen erschossen. Aus Sentimentalität gegenüber Verbrechern.«
»Die Umstände seines (García Lorcas) Todes waren sehr vorteilhaft für ihn. Für Dichter ist es günstig, so zu sterben. Außerdem hat Lorcas Tod es möglich gemacht, daß Antonio Machado, der ein besserer Dichter war, ein hervorragendes Gedicht auf den Tod Lorcas schreiben konnte.«
(Jorge Luis Borges, 77jährig, blind, bei seiner Ankunft in Spanien am 9. September 1976.)

Beleg für meine immer gehegte Befürchtung, wie schnell hypertrophierter Intellektualismus in Zynismus und Menschenfeindlichkeit umschlagen kann. Nur: Die giftmischenden Chemiker, die Genetiker und Bombenbauer erkennt man spätestens an ihren Produkten. Borges aber ist ein großer Dichter. Er schreibt von den Lebenden die spirituellste Prosa dieses Jahrhunderts. Was nun.

Die Literatur ist eine Hure, die nach jedem Beischlaf mit einem begabten Schurken ihre Unschuld wiedergewinnt. Nur ist eben mit dieser wiedergewonnenen Unschuld keine Wertung verknüpft. Lehm kann trocken sein oder feucht; es kommt auf den Atem an, der ihn umweht. Und auch fauler Atem belebt.

Es gibt Geschichten, die sind derart geschlossen, daß sie einen passionierten Erzähler zum Einschleichdiebstahl verleiten. Mit der von Bloch zitierten chinesischen Legende vom Bauern Li ergeht es mir so. Ich nenne sie jetzt *Die Schuld des Gerechten:*

Bloch erzählt, wie der Bauer Li von seinen Gefährten ins zürnende Unwetter hinausgestoßen wird, weil sie es, unter den mit böser Beharrlichkeit über der Hütte kreisenden Blitzen, als erwiesen ansehen, in Li einen Sünder vor sich zu haben, denn das befragte Sturmorakel hatte von ihren hinausgehängten Hüten nur den Li's mit weggerissen. Das ›Unwetter‹ hatte es aber anders gemeint. Kaum hatte Li die Hütte verlassen, erschlug die Zurückgebliebenen der Blitz: Li ist der einzige Gerechte gewesen.

Ich würde jetzt die Witwe eines der Blitzopfer zu Li gehen lassen. »Nun, wie fühlst du dich, Gerechter?« würde sie fragen. Und schon würde Li sich und – schlimmer – den Tod der anderen rechtfertigen müssen. Die Gerechtigkeit jedoch verträgt eine Rechtfertigung nicht; es gibt sie nur pur, ohne Erklärung. Die Witwe würde Li folglich als Ungerechten zurücklassen. Denn als Gerechter müßte er einerseits den Tod der Ungerechten ertragen, andererseits ihn aber auch, da er nur durch *ihn* aus der Menge hervortrat, als ungerecht, da unangemessen empfinden. Dieser Widerspruch ist nicht auflösbar.

Im Grunde also ist diese Legende ›falsch‹ erzählt. ›Richtiger‹ ist die jüdische von den 36 Gerechten, die die Welt im Gleichgewicht halten. Denn sie sind unwissend Gerechte. Li aber weiß, daß er auserwählt ist.

Wie aber kann ich *wissend* gerecht sein? Ich kann doch nur *hoffen,* ich bin es.

Es macht das Wesen der Gerechtigkeit aus, daß man sich ihr nur *nähern* kann, ohne sie je zu erreichen. Und beträte dennoch einmal einer (in einem Märchen) ihr Haus, wäre die oberste Dienststelle ohnehin nicht besetzt.

Das Märchen vom Tod der Technik. Nachdem der Golem die Menschen genug geängstigt hatte, beschloß er, sie wieder zu besänftigen. Er schuf sich einen Rabbi, gab ihm Kraft und Schönheit und nannte ihn Löw. Doch Rabbi Löw nahm dem Golem heimlich das Ölkännchen weg, das der brauchte, um sich geschmeidig zu halten. Rabbi Löw fertigte sich eine Öllampe daraus, unter der er fortan die Heiligen Schriften auslegte. Als Rabbi Löw darauf, nach längerem Studium, wieder die Gasse betrat, entsetzten die Menschen sich so über das Licht, das ihn umgab, daß sie sich nach der Angst zurückzusehnen begannen, die einstmals der Golem ihnen eingeflößt hatte. Doch der Golem war tot: dahingesiecht an überhandnehmendem Rost. Nun hieß es, die Stirn Rabbi Löws ertragen.

16. September. Das sanfte Chaos. Im Schweizer Fernsehen Film italienischen Teams. Heftig schwankende Kamera. Man sah im heimgesuchten Friaul die Erde abermals beben. Die eben noch notdürftig ausgebesserten Häuser zitterten, wankten, entließen Mörtelstaubwolken aus gefräßigen Rissen und stürzten so lautlos zusammen, daß man zu Anfang noch die rennenden Schritte der Zurückgekommenen, dann aber nichts als einen weichen, gleichsam gepolsterten Aufprall vernahm. Verdorbene Ohren. Man ist bei ähnlichen Zerstörungen an jaulende Artilleriegeschosse und krachende Bombendetonationen gewöhnt. Das natürliche Chaos wird dadurch, mit dem kriegerischen verglichen, als gespenstisch und unnatürlich empfunden.

Italien. Das Haus ist winterfest. Die Penaten haben ihr Opfer erhalten. Dem Oleander heute morgen noch vorschriftsmäßig die alten Blüten gekappt. Man sieht schon die neuen Knospen darunter. Richtig; das Leben soll weitergehen, heißt es.

Luzern. S., die gemeinsame Freundin, stellte mit jener schweizer Gründlichkeit, die Uneingeweihte leicht mit Anteilnahme verwechseln, einschlägige Fragen im Zusammenhang mit Marinas Operationen. Resümee (nachdem sie sich überzeugt hatte, Marina war nicht im Raum): »Nun hattest du 's schon so schwer, und jetzt muß du sie *auch* noch überleben!« Gestärkt schritt ich von hinnen.

Frankfurt. *Ich brauch Dich* ist erschienen. Liegt angenehm in der Hand. Riecht gut. Drucktype mäßig. Drucktechnik schlecht: es sind Spieße stehengeblieben. Seitenaufteilung (bogenbestimmt) miserabel. Druckfehler noch keinen. Einmal kein Außenrand. Schutzumschlagrückseite: Unproportionale Schrifteinteilung. Weg jetzt damit; fertige eigene Bücher sind Gedankensärge. Nur nie wieder den Deckel aufklappen müssen.

Ali an Atma. »Er war auf der Buchmesse; Sie vermuten ganz richtig. Ab heute – 20. September 1976 – steht jedenfalls fest: Sollte er einmal ernst machen mit seinen sporadisch auftauchenden Selbstmordgedanken, wird er sich am Eröffnungstag der Buchmesse in der Belletristikhalle erhängen.«

Atma an Ali. »Vermuhtlich nicht die schlechteste Art, sich einen umfassenden Über Blikk zu verschaffn.«

Ali an Atma. »Ergänzend hier die Äußerung eines Berliner Sortimentsbuchhandlungsbluthundes zum angesprochenen Thema: »Belletristik –? Da belle trist ick.«

22. September. Richtung Wartha, zehn Kilometer vorm deutsch/deutschen Grenzübergang, noch ein paar Schritte durch die herbstlichen Wälder. Wie schön, Papier auch einmal im Rohzustande zu sehen.

14. KAPITEL

Der schießende Besen

Berlin-Zehlendorf. Warum muß man immer nach Hause kommen? Warum ist Ikarus wieder runtergefallen? Warum wird Odysseus nicht noch immer vermißt? Warum haben Peer Gynt nicht die Trolle zerfetzt? –: Der bürgerliche Heimwehgedanke, der mit Adlerschwingen ums Nußbaumvertiko kreist.

Nenad sich gleich wieder aufs Spielzeug gestürzt. Je kaputter, desto lieber. Brennt es, ich würde meine Rettungsaktionen auf seine Spielzeugkisten beschränken. Alles andere ist doch wohl zu ersetzen.

Die Kunst. Anfangen, ohne aufgehört haben zu müssen.

Oder. Schlußstriche als Startbasen benutzen.

Was die Ehe mit Marina so elastisch erhält. Unsere dauernden Anfänge.

Anfänge, die dauern.

Das erste Mal ist Marina mir literarisch angekündigt worden. Hatte mich, noch in der Klinik, in Ulenspiegels Freundin Nele verliebt. Das heißt, in Neles Wesen genauer. Marinas Wesen entspricht dem Neles aufs Haar.

Zum zweiten Mal ist Marina mir angekündigt worden, als ich mich eben entschlossen hatte, noch so lange leben zu bleiben, bis man E. gefunden hätte. Freunde hatten mir einen Termin bei einer bekannten Wahrsagerin verschafft. Ich rief den Kriminalkommissar an. Er sagte, es könne nicht schaden. Wenn die Mordkommission nicht weiterkomme, wende sie sich stets an die K. Sie habe schon manchen Fall aufklären können. Ich fuhr also hin.

Es war fürchterlich. Am schlimmsten war das schlauchartige, antik eingerichtete Zimmer mit den drei Dutzend Madonnen, garantiert auch ein paar echte darunter. Die K. eine robuste Endfünfzigerin. Funkelnd und klirrend vor Schmuck; Typ Portiersfrau, durch Hinterbliebenen-Rente zu spätbürgerlichen Weihen gelangt. Nein, sagte sie, zu E. habe sie keine Verbindung. Ihr Blick schweifte an meiner linken Ohrläppchenkante vorbei ins Leere. Plötzlich schrie sie mich an, ich solle verschwinden, sie könnte diese Chaos-Ausstrahlung, die ich mitgebracht hätte, nicht länger ertragen. Ich bat sie, ihrer Haushälterin Bescheid zu sagen, die mich hereingebracht hatte; ich war zu tief in den Sessel gerutscht, kam alleine nicht hoch. Mühsam beruhigte sie sich. »Und packen Sie vor allem wieder die Koffer aus! Das ist die sinnloseste Reise, die Sie sich je vorgenommen haben.« Ich sagte, ich wollte sehen, was sich machen ließe. Sie hatte das verarbeitete Gesicht in die reich beringten Waschfrauenhände gestützt. Man hörte sie laut und unbeherrscht atmen. Sie fing an, mir in leierndem Tonfall eine Zukunft zu prophezeihen, wie sie der Horoskopecke der Regenbogenpresse entspricht. Erfolg. So viel Geld wie noch nie. Zufriedenheit. Glück. Und als wohlproportionierten Gipfel: Am 16. Februar würde ich ein hübsches Mädchen kennenlernen, das auf mein weiteres Leben einen entscheidenden Einfluß gewönne. Ich bedankte mich artig. Genauso hatte ich mir das alles gedacht. Mit einer Betulichkeit, die auch einen Neunzigjährigen nervös gemacht hätte, wurde ich darauf von der Haushälterin zur Taxe gebracht. (November 1965.)

Die K. muß es dem Kommissar gesteckt haben. Er rief fast jeden Tag an. Ich sollte es doch einfach noch ein wenig versuchen. Ich versuchte es noch ein wenig.

Eines Tages rief eine junge Dame an. Sie hatte Berlinbesucher zu betreuen. Wollte eine Lesung von mir. Ich konnte mich nicht entschließen. Bat sie, noch einmal anzurufen. Es wurde das längste Telefongespräch, das ich je in meinem Leben geführt habe; dauerte reichlich zehn Stunden. Da darf man schon neugierig sein, den Gesprächspartner einmal aus der Nähe zu sehen. Die junge Dame konnte jedoch nicht sofort. Sie schlug den 17. Februar vor.

Das ist eigentlich das einzige Mal gewesen, daß Marina unpünktlich war.

Mal wieder ein Friedhof. Der große, menschenleere jüdische in Berlin-Weißensee. (*Politische* Lagebestimmung: Weißensee, Hauptstadt der DDR.) Ein mittelgroßer, etwas gedrungen wirkender, vielleicht fünfundfünzigjähriger, mit einem abgewetzten, viel zu langen Mantel bekleideter Mann geht traumwandlerisch, wie verzaubert, an den alten Grabdenkmälern, eingesunkenen Hügeln und hingestürzten Grabsteinen vorbei. Ein Rotschwänzchen schreckt. Man hört den Regenruf des Buchfinken fern. Noch ferner den Autolärm von der Dimitroffstraße, die hieß früher mal Berliner Allee. Paar tastende Schritte noch, und der Mann hat gefunden, was er suchte: Einen verwitterten Grabstein. ›Du wirst das Fleisch des Leviathan essen‹ steht unter dem Sterbedatum. Der Mann schiebt sich blinzelnd den Hut aus der Stirn. Sieht sich mit einem tiefen Atemzug um. Geborgener kann eigentlich ein Toter nicht liegen. Ächzend zerkrümelt er einen Erdklumpen zwischen den Fingern. »Also, eigentlich haste recht, Tate; *so* übel biste nu hier auch wieder nich untergebracht.« Hinter ihm räuspert sich jemand. Er sieht sich um. Ein alter Mann steht da, weißbärtig, den schwarzen, speckig glänzenden Hut tief in die Stirne gezogen.
»Sie machen 's wie ich: Sie reden mit ihnen.«
»Na, irgendwie muß man doch Verbindung halten. Finden Se nich?«
»Wär schön, wenn man im Leben auch noch so ne Menge Gesprächspartner hätt.«
»Irgendwie kenn ich Sie, Rebbe.«
»Nu, wenn schon. Daß *Sie* der Sohn vom Max Pelzig sind, is ja auch kein Geheimnis.«

»Ich bin jetz zwanzig Jahr älter als er.«
»Brauchste *mir* nich zu sagen. Hab doch deine Bar mizwa gemacht.«
»Der Gerechte bestraf mich –: Reb Jakov –: natürlich. Erinnern Se sich, wie ich da mit zehn Jahrn die Schöpfungsgeschichte interpretiert hab?«
»Gab n Riesentumult auf der Feier. Du fandst, Adam hätt Gott mit ner Selbstmorddrohung unter Druck setzen solln, und 's Paradies wär gerettet gewesen.«
»Vielleicht nich gerade 's Paradies. Aber n paar *mehr* wärn wir heute bestimmt.«

26. September. 1940, auf den Tag vor 36 Jahren (Jedes Jahr ist seither einer jener sechsunddreißig Gerechten getötet worden, die einst die Welt im Gleichgewicht hielten; und dieser hier ist der erste gewesen) hat sich an der französisch-spanischen Grenze Walter Benjamin, achtundvierzigjährig, das Leben genommen. Vergiftet; als ein Alkalde drohte, ihn ins besetzte Frankreich zurückzuschicken.

Geschichte und Roman. »Der Erzähler nimmt, was er erzählt, aus der Erfahrung; aus der eigenen oder berichteten. Und er macht es wiederum zur Erfahrung derer, die seiner Geschichte zuhören. Der Romancier hat sich abgeschieden. Die Geburtskammer des Romans ist das Individuum in seiner Einsamkeit, das sich über seine wichtigsten Anliegen nicht mehr exemplarisch auszusprechen vermag, selbst unberaten ist und keinen Rat geben kann. Einen Roman schreiben heißt, in der Darstellung menschlichen Lebens das Inkommensurable auf die Spitze treiben. Mitten in der Fülle des Lebens und durch die Darstellung dieser Fülle bekundet der Roman die tiefe Ratlosigkeit des Lebenden.« (Walter Benjamin.)

Genauso ist es. Dem Geschichtenverfertiger ist an Kommunikation gelegen. Er weiß etwas, das er mitteilen möchte. Es muß kein Rat sein. Auch Erfahrungen, die sogenannten negativen am ehesten, sind es wert, in gebührender Verpackung übermittelt zu werden. Geschichtenerzählen ist ein menschenfreundlicher Akt. Man soll nicht aus meiner Mitteilung lernen; man soll eigene Erfahrung mit meiner vergleichen; Vergleiche gleichen aus, machen leichter. Romane erschweren; das Verständnis des Lebens sowohl, als auch das Verständnis des Menschen. Dem Romancier ist nicht nach Erhellung zumut. Er will auch nicht kommunizieren. Er will schreiben; schreibend auf die egozentrischste, die abgekapseltste Art, verbietet er seinem Verstand das Exempel, preßt er – unberaten und wahrhaft rat-los in einem – aus seiner Phantasie die blühendsten Wucherungen heraus. Ich weiß schon, warum ich keinen Roman veröffentlicht habe: Ich bin nicht ratlos genug. Ich weiß, was geschieht. Ich discipliniere meine Phantasie daher lieber. Denn ich liebe den Menschen. Auch den der Romane; mehr jedoch den, der sie liest. Selbst auf die Gefahr hin, daß er die eigene Ratlosigkeit lieber in seinem Roman wiederfindet als in meiner Geschichte die Schlußfolgerung aus seiner Erfahrung.

9.
Die Straße war ruhig. Paul, der Zufallspassant. Den Schrei noch abgewartet. Zu gedämpft, um auf ihn reagieren zu müssen. Spaziergängerschritt. Nein, gerannt. Warum. Im dunklen Hauseingang neben ihm hatte sich etwas bewegt. Das Paar war mit sich selber beschäftigt gewesen. Nicht auch beschäftigt gewesen mit ihm? Er hatte nur die hellen Gesichterscheiben erkannt. Wie sollten sie *sein* Gesicht da erkennen. Durch die Straßenlaterne. Die die Ladenfront erhellte, aber nicht in den Hauseingang reichte. Liebespaare beobachteten nicht. Wahrnehmen mußte nicht beobachten sein. Was sollte sich denn wahrnehmen lassen in seinem Gesicht? Die Schaufensterpuppen des Textilgeschäfts trugen Berufskleidung. Einigen hatte man den Arm eingeknickt und Werkzeugtaschen und Hobbykästen in die Beuge gehängt. Ein ausdrucksloses weiches Jungengesicht musterte ihn in der Schaufensterscheibe: Leer, blaß. Spärlich angedeutete Brauen. Nase mittellang, unausgeprägt. Leicht hängende Unterlippe; konnte aber auch vom heftigen Atem herrühren. Kinn schwach; Entschlußlosigkeit signalisierend. Adamsapfel pubertär groß. Besondere Kennzeichen keine. Wirklich keine? Er stieß fast mit der Stirn an das Glas. Was hatte ihn vor dieser dunkel spiegelnden Schei-

be denn mitten im Rennen gestoppt? Sein schulterlanges, sorgfältig toupiertes Haar, das ihm, kompakt auf und nieder wippend, nachgeweht war. Der Schreck. Er war zu beschreiben. Nicht nach seinem Gesicht. Nicht nach seinen Jeans. Nicht nach seiner Jacke. Nach seinem Haar.

Täglich mühsameres Abtragen stündlich nachwachsender Depressionsmauer früh. Einzelbestandteile: Angst um Marina. Nenad rückt ferner. Zuviel Vergangenheit in dieser Wohnung. Zuwenig Gewißheit in dieser Zeit. Zuviel Fremdarbeit; zuwenig eigene. Das Ichbewußtsein wiegt mir zu schwer; sehe die Relation nicht, in der es sich auflösen müßte.

Der korrekte Verstand. Ohne spürbaren Anlaß signalisiert er mit quälendem Planspiel das Alter: Blind, allein; auf die Greisenlaunen von Mitheiminsassen angewiesen; unfähig, sich auszulöschen. Für noch ein trübes Sabberjahrfünft zum Asthma geboren, zum Schlurfen bestellt. – Rechtzeitig aussteigen. Alter muß Freiheit, nicht Zelle verheißen.

Je weniger Lebenszeit zur Verfügung, um Liebe noch in die Tat umzusetzen, desto inniger lernt man (logischerweise) zu lieben. Folgerichtig dürfte man in der Stunde des Todes dann endlich der geborene Liebhaber sein – derer, die man zurückläßt, des Lebens.

Liebeserfahrung ist einem ständigen Gärungsprozeß unterworfen. Früheste Phase: Biß in die Traube. Späteste: Die versiegelte Flasche schweren Eisweins blinzelnd im Taschenlampenschein vor die Brille gehalten und den verblaßten Etikett-Text zu entziffern versucht.

Erfahrung: Wegweiser, die in die entgegengesetzte Richtung zeigen, die die Sterblichkeit uns einzuschlagen zwingt.

Es gibt aber auch Leute, die ganz versessen darauf sind, immer wieder dieselben Erfahrungen zu sammeln. Und zwar nicht der Varianten wegen, sondern weil sie jede dieser alten Bekannten für eine Grundsatzbekanntschaft von nicht abzusehender Einmaligkeit halten. (Grund, weshalb die Frauen Vater so schätzten.)

»Er sucht saan Ripp.« = »Er sucht seine Rippe.« Frau K., die uns, nach Ilse, den Haushalt führte, von Vaters Bestrebungen, nach einer neuen Freundin Ausschau zu halten. (Frankfurt-Eschersheim, 1927.)

Es dauerte nicht lange, da war auch wieder eine in Sicht. Vater schrieb sehr begeistert von ihr. Allerdings in Worten, die Allgäuer Kinderheimtanten auch vorlesen konnten. Und so wäre mir Carla, die offenbar Kunst oder so was studierte, bestimmt noch nicht sonderlich nahegerückt. Wenn sie nicht eines Tages angefangen hätte, selber Briefe zu schicken. Und zwar gezeichnete, keine geschriebenen. Und in die Zeichnungen waren noch Magazin- und Illustriertenfotos geklebt. Carla fand, daß mich *alles* zu interessieren habe. Vom untergehenden Ozeanriesen bis zur Straßenschlacht. Ich mußte ihr beipflichten. Zum ersten Mal in meinem Leben hatte ich das Gefühl, von einer Frau für voll genommen zu werden. (Allgäu, 1927.)

6. Oktober. Arge Nacht. Nenad einen schweren Asthma-Anfall; Pseudo-Krupp. Er fuhr aus dem Schlaf auf und schrie mit erstickender Stimme: »Mediziiiin!« Ihn lange im Arm. Er glühte. Gefühl, das Körperchen schmölze mir weg. Ständig der Organismus von bellenden Hustenanfällen und röchelndem Keuchen geschüttelt. Dennoch Zärtlichkeit, Verständigungsversuche, Vertrauen. Liebe paralysiert mich; ich kann die Trennungslinie zur Todesangst nicht erkennen. Gibt es da überhaupt eine?

Niemand in solchen Situationen gefaßter, gefestigter als Marina. Sie sieht die Gefahren und die Gefährdung wie ich. Sie kennt Tod, Angst und Krankheit weit besser. Aber sie hat vor diesen Erfahrungssätzen zu einer Lebenskeuschheit zurückgefunden, die man nur deshalb nicht mit Zuversicht zu umschreiben wagt, weil dieser Begriff zu lange in Glaubenspacht war. Er *wird* aber hier nicht geglaubt. Er wird gelebt. Kaukasisches Erbe. Denn das einzige Deutsche an Marina bin ich.

Es war das erste (und ich fürchte: einzige) Mal, daß meinetwegen ein Dankgottesdienst stattfand. Ich war erleuchtet worden. Gott hatte an mir ein Wunder vollbracht. So hieß es. Ich sah das allerdings alles ein bißchen anders. Warum soll man eine Sache, die später passiert, nicht schon vorher mal träumen? Doch da die kleine weiße Kapelle mit dem Zwiebeltürmchen direkt neben dem Kinderheim stand, widersprach ich den Schwestern nicht weiter und ließ auch die unangenehm feuchte Hand, die der Pfarrer mir immer wieder auf den Kopf legte während der Predigt, geduldig da liegen. (Allgäu, 1927.)

Es war nichts weiter passiert, als daß wir uns beim Skifahren verirrten und in einen Schneesturm gerieten. Niemand von uns kannte die Gegend. Wir waren elf Kinder. Gerade als die ersten nicht weiterwollten, glaubte ich mich zu erinnern, das alles schon einmal erlebt zu haben. Ich sagte den anderen, es müsse hier jetzt irgendwo ein von einer Lawine zerbrochener Telegraphenmast kommen. Wir erreichten ihn auch. Ich sagte: Und jetzt hinter dem Mast die Hangschräge rauf. Vielleicht eine Vietelstunde, dann rage da der Kamin einer ehemaligen Sennhütte auf. Genauso war es. Das klappte noch viermal. Immer wußte ich, obwohl ich noch nie in diesem Teil der Berge gewesen war, haargenau über ein paar Kleinigkeiten, die uns weiterwiesen, Bescheid. Bis auch die anderen sich wieder auszukennen begannen.

Ein Déjà-vu-Erlebnis war das aber eigentlich nicht. Denn ein Déjà-vu-Erlebnis *hat* man, und aus. Es ist zweckfrei. Man kann nichts mit ihm anfangen. Nichts aus ihm ableiten. Man kriegt seinen Schock, und der Fall ist erledigt. Hier war es anders. Hier gab es ein sachdienliches, schockfreies ›Wieder‹-Erkennen, das Nutzen brachte, weiterhalf. (Leider nur war Telepathelchens Wundertüte damit schon leer. Ein zweites Mal gab es so etwas nicht.)

Einige Anmerkungen zum Déjà-vu

1.
Bloch meint, das Déjà-vu werde hauptsächlich von Kindern

erfahren. Einspruch, Chef. Wir sitzen einem Irrtum auf, wenn wir Kindern verstärkte Anfälligkeit für Déjà-vu-Erlebnisse zuschreiben. Was uns diesen Schluß fälschlicherweise so nahlegt, ist die unverbrauchte Phantasie des Kindes und seine beneidenswerte Fähigkeit, in der Phantasie Vorgestelltes als bare Münze nehmen zu können; ja, oft genug nehmen zu *müssen.* Denn. Wie ja auch Sie einräumen: Das Kind wird mit Versprechungen überhäuft, äußert zudem täglich Wünsche. Nur ein Bruchteil von beidem geht jedoch in Erfüllung. Hier muß die Phantasie einspringen. Und sie besorgt das in allen bekannten Fällen so rigoros, daß die Wirklichkeit Mühe hat mitzuhalten. Hin und wieder allerdings decken Phantasievorstellung und real erfüllter Wunsch sich *doch.* Das sind dann die angeblich so häufig erfahrenen Déjà-vu-Erlebnisse des Kindes: Es hat dieses Schaukelpferd mit den lächelnd gekräuselten Mundwinkeln, das da endlich in realiter unter dem Tannenbaum steht, tatsächlich schon einmal umarmt. In der Phantasie nämlich. Und machte das Kind (wozu es glücklicherweise noch nicht mißtrauisch genug ist) die Probe aufs Exempel, würde es dem Schaukelpferd der Phantasie fraglos den Vorrang einräumen. Die beiden Exemplare ähneln einander zwar bis aufs Haar. Nur der Glanz und die Sehnsuchts-Aura gehen dem jetzt unter dem Tannenbaum stehenden ab. Aber zum ›Wieder‹-Erkennen reicht es natürlich. Und der bekannte Ausruf: »Genauso hab ich 's mir vorgestellt!« ist jetzt so bezeichnend wie berechtigt. Nur. Mit einem Déjà-vu-Erlebnis hat das, verzeihen Sie, Chef, überhaupt nichts zu tun. Denn dieses setzt zumindest das *Gefühl* voraus, etwas eben Wahrgenommenes schon *einmal* wahrgenommen zu haben. Genau auf diesem angeblichen oder wirklichen Wiedererkennen beruht ja auch der mit Recht von Ihnen hervorgehobene Schock, den wir zugleich mit jenem blitzhaft Wiedererkannten empfinden. Dieser Schock nun (ein sehr spezifisches Ingrediens des Déjà-vu) fällt beim kindlichen »Genauso hab ich 's mir vorgestellt« aber weg. Da die Phantasie des Kindes treueste Freundin ist, blockt sie den Realitätseinbruch ja ohnedies ab. Wieviel mehr, Chef, wird sie jetzt hier, wo die Wirklichkeit das selbstmörderische Risiko eingeht, sich an jener messen zu wollen, in Sanftheit und Liebe darauf bedacht sein, ein mögliches Erschrecken des Kindes über das Vorauserfahrene aufzufangen und abzubiegen. Also: Weder wiedererkannt, noch von Wiedererkanntem geschockt. Sondern: Sehnlichst gewünscht, und das dann tatsächlich Eingetretene von der ungeduldigen Phantasie schon vorher gezeigt bekommen, und darüber erfreut. Fazit, Chef: Wollen wir dem Déjà-vu auf die Schliche kommen, bringt das Kind uns nicht weiter.

2.
Und was doch vor allem gefragt werden muß: Wie kommt die so ungeheuer pedantische Optik innerhalb des zeitlichen Bruchteils jenes schockhaften (vermeintlichen) Wiedererkennens zustande? Erinnere mich da an Déjà-vu-Momente, wo der Schatten der Telefonzelle, die Mörtelporen im Mauerbewurf, die Konstellationen der Fahrzeuge und Fußgänger an der Straßenkreuzung bis ins letzte Detail hinein dieses beunruhigende Gefühl suggerierten, exakt so schon einmal von mir wahrgenommen worden zu sein. Und es ist doch auch merkwürdig, daß niemals noch etwas Zusätzliches mit jenem rein optischen Wiedererkennen verbunden ist. Eine telepathische Schwingung zum Beispiel hätte doch den gesamten, ins Unterbewußte abgesackten Erfahrungsfundus zur Verfügung gehabt. Nichts davon. Nie hat dieses schockhaft sich mitteilende Wiedererkennen eine tiefere Bedeutung im Gefolge gehabt. Das Signal »Genauso ist es schon einmal gewesen« ist alles, was sich hier meldet.

3.
Denkbar wäre natürlich auch, daß ich mich im Augenblick der Grundsteinlegung jenes dann später vermeintlich wiedererkannten Erlebnisses in einem nervlich-seelisch besonders sensiblen Zustand befunden habe, der einen telepathischen Sekundenblitz auslöst, in dessen Grellheit sich das erst später ›so‹ zusammenschießende Bild ›schon jetzt‹ ins Unterbewußte einspiegelt und dort so lange gespeichert wird, bis die Realkonstruktion dieses vorausgeschauten Augenblicks ihn aus dem Unterbewußten abruft, so daß wir schockhaft, wenn auch immer noch im Dunkeln gelassen, unserer punktuellen

Zukunftskenntnis innewerden. Das scheint mir von allen Erklärungsversuchen (bisher) noch der plausibelste zu sein.

4.
Eigentümlich auch, daß alle Überlegungen im Hinblick auf das Déjà-vu fast immer von dieser fausse reconnaissance, diesem falschen Wiedererkennen ausgehen und nicht davon, was eigentlich das Objekt jenes – ob nun ›falschen‹ oder ›richtigen‹ – Wiedererkennens gewesen sein könnte. Denn: Nicht das *Wieder*, sondern das *Schon-einmal* müßte doch hier zum Ausgangspunkt genommen werden. Wenn ich das Déjà-vu von vornherein als Sinnestäuschung, als falsches Wiedererkennen abtue, ist die Frage nach dem Woher ja nur noch spekulativ lösbar; das heißt, exakt gesehen, überhaupt nicht.

5.
Nun kann aber das Déjà-vu auch den Verdacht aufkommen lassen, unsere Zeit- und Raumaufteilung sei ›falsch‹. Was sie ja, da vom Menschen gesetzt und nicht objektiv angenommen, in gewisser, vielmehr recht konkreter Weise auch ist. Dann habe ich nämlich diese Straßenecke mit diesem Schatteneinfall und jener grünbehüteten Dame mit dem zögernden Schritt eben nicht *vor einiger Zeit*, sondern *›heute‹* schon einmal gesehen. ›Heute‹ nun allerdings nicht als aktuellen, auf die jetzige Zeitungsnummer bezogenen Begriff, sondern dieses Heute als seiend, als Zeit an sich, als unabmeßbaren Raum verstanden, innerhalb dessen ich also sowohl heute ›noch‹ geboren werde, als auch morgen ›schon‹ sterbe. Womit das Déjà-vu folglich eher ein Raum- als ein Zeitproblem, in Wirklichkeit jedoch eine reine, fatamorganahafte Raumzeitspiegelung wäre.

6.
Eine wesentlich näherliegende Vermutung ist jedoch leider die, daß wir im Déjà-vu tatsächlich einer echten, obendrein noch uns selbst suggerierten Sinnestäuschung erliegen. Und zwar insofern, als daß wir nur *glauben*, diese Straßenecke mit ebendiesem Schatteneinfall und jener grünbehüteten Dame schon einmal gesehen zu haben. Denn: Wie es für geschulte

Ohren und wache Sinnesverwalter inmitten des ärgsten Großstadtlärms Momente absoluter, geradezu panischer Stille gibt, so gibt es für zupackbereite oder erinnerungsträchtige Augen (die jeder mal haben kann; man erarbeitet sich solche Ein-Sichten nicht) Blicke auf Situationen, Gegenden, Konstellationen, auf das Zusammenwirken von Objekten, wie sie in ihrer ätzenden Schärfe, ihrer erhellenden Durchdringung, ihrer schockhaft spontanen Strukturoffenbarung einfach nicht (mehr) zu ertragen wären, wenn man nicht annehmen dürfte, diesen elementaren Coup d'œil irgendwann schon *einmal* vollzogen zu haben. In Anlehnung an Huxley könnte man ihn den Mescalin-Augen-Blick nennen: Plötzlich offenbart mir mein seit Jahrtausenden durch Nahrungssuche und nun auch noch durch Schrift und Zerstreuung heruntergekommenes Auge, wie sein eigentlicher Sehauftrag gelautet hatte: Im Sein den Sinn zu erkennen; im Tisch die Bejahung; im Mauerriß wertungsfrei den Zerfall wahrzunehmen – ohne philosophische, ohne erkenntnistheoretische Unterstützung: rein visuell.

7.
Daß ein solcher Blitzriß durch die zivilisatorische Netzhauttrübnis einen Schock verursachen muß, liegt auf der Hand. Daß der so von der Strahlkraft des Ur-Auges Heimgesuchte hier, geblendet, zur metaphysischen Hilfskonstruktion eines Déjà-vu Zuflucht nimmt, sich sozusagen gegenüber der Sehschärfenkostprobe aus adamitischer Zeit ein Alibi im Vorgestern schafft, ist daher nur allzu verständlich. Schließlich ist Herr Meyer kein Guru. Wohl aber, immer mal wieder, Erinnerungsobjekt ursprünglich angestrebter, inzwischen aus bekannten Gründen heruntergewirtschafteter Gottähnlichkeit.

Schopenhauer hat recht. Das Ärgste am Materialismus ist, daß seine Anhänger mit ihrer Diesseitsbetonung den Menschen jede Hoffnung auf eine – doch immerhin denkbare – Metempsychose verbauen. Und das Christentum mit seiner unschluckbaren Glaubensprämisse von der Auferstehung des Fleisches in einer an Übervölkerung krepierenden Welt schlägt (für *seine* Gläubigen) mit ebenso stumpfen Holzhammerschlägen zurück. Denn die christliche Seele wandert ja nicht, sondern wird den neu erhobenen Kadaver noch einmal beleben. Das steht an einfallsloser Tristesse der faden Jenseitsabsage materialistischen Zweckdenkens in nichts nach. Was uns Abendländlern fehlt: Spekulatives Eingedenken im seelischen Bereich und philosophische Glaubenserhellung im religiösen.

Religion sei also Opium fürs Volk. Und was haben die Verkünder dieser Offenbarung dem Volk als Ersatz anzubieten? –: Den Glauben an die Unfehlbarkeit ihrer Partei.

10. Oktober. Mao erhält (wie befürchtet) ein Mausoleum in Peking. Um sein Andenken zu verewigen, erklärte der Regierungssprecher, werde er in einem Kristallsarg »für die Volksmassen sichtbar bleiben«. Direkt gläubig klingt das allerdings nicht. Soll es vermutlich auch nicht. Denn. Gibt es ein einleuchtenderes Beispiel für das Ende einer Ära als den einbalsamierten Leichnam dessen, der sie geprägt hat?

›Letzte Ruhe‹: Startrampen-Begriff mit eingebautem Ermahnungs-Charakter. »Carpe noctem!« = Mach was aus deinem Tod, ehe der große, immerwährende Aufruhr beginnt. (Gedankengang, der mir anläßlich des Schildes ›Letzte Tankstelle vor der Autobahn‹ kam.)

Antipsalm

Frohlocke nicht über die Goldader im Gestein. Du brauchst Dynamit, um es zu sprengen.
Frohlocke nicht über die stattgefundene Sprengung. Detonationen sind Geheimniserheller.
Frohlocke nicht über das handlich umherliegende Gold. Maultiere gehen eigene Wege.
Frohlocke nicht über den geglückten Transport. Beim Aufkäufer liegt der Revolver neben der Waage.

»Nur unser Zeitbegriff läßt uns das Jüngste Gericht so nennen, eigentlich ist es ein Standrecht.« (Franz K.)

10.

Die Phase des Spurenverwischens, des Unkenntlichmachens begann. Der Gegner hatte noch keine Gestalt angenommen; diesen Vorsprung galt es zu halten. Den Tascheninhalt des Tabakwarenhändlers an der Haltestelle in den Papierkorb gestopft. In der Straßenbahn die Überprüfung der Mitfahrer auf Argwohn, auf Neugier hin, auf Befremden. Niemand beachtete ihn. Es schien nichts Außergewöhnliches an ihm zu sein. Obwohl ihn das hätte beruhigen müssen, irritierte es ihn. Es widersprach der Erfahrung. Einmal war er vier Tage, vier Nächte mit einem Mädchen zusammengewesen. Hatte abwesend in der S-Bahn an der Tür gestanden. Nicht einmal mehr an sie gedacht. Ständig tasteten ihn die Blicke der Fahrgäste ab. Man strahlte es aus. Sie merkten es einem an. Jetzt war es anders. Wieso. Er blickte an sich herab. War sich bewußt, es unauffällig zu tun. Das Unbehagen dabei. Mußte bewußte Unauffälligkeit nicht auffällig wirken unter Leuten, deren Unauffälligkeit unbewußt war? Er stieg eine Station früher aus; jemand hatte seine Schuhe gemustert. Es war jedoch nichts an ihnen zu entdecken. Vor dem Hauptbahnhof merkte er, daß er schon wieder atemlos war. Die Uhr auf der Kuppel. Vierzehn Minuten nach neun. In einer Viertelstunde schloß der Frisör. Er zwang sich tiefer zu atmen. Zwang: Er war unfrei. Nein: Er hatte sich nur nach etwas zu richten. Er hatte sich nie nach etwas gerichtet. Früher. Jetzt zählte die Norm. Sein wie die andern. Die Menschenmenge in der Bahnhofsvorhalle tat gut. Dazugehören. Er sah in viele Gesichter. Sein Anbiederungsbedürfnis war groß. Berührt werden. Jetzt reden. Zwei Polizisten kamen ihm entgegengeschlendert. Er fühlte, daß er ihnen ausweichen wollte. Hielt dann so hart auf sie zu, daß er den einen fast streifte. Falsch; beides falsch. Richtig wäre gewesen, er hätte sie gar nicht bemerkt. Wie merkte man, ob etwas richtig war, wenn man es gar nicht bemerkte. Er dachte zuviel. Auch fiel ihm auf, daß er sich hütete, zu den Zügen hinüberzublicken. Das war richtig. Flucht wäre das Letzte gewesen. Wer floh, war verloren.

11.

Als er zum Frisör abbog, lächelte von der Treppe, die zu den

Toiletten hinabführte, ein Junge ihn an. Schnell sah er weg. Eine Glocke erklang. Hier wurde auf einen aufmerksam gemacht. Die Frisöre hatten schon mit Feierabend gerechnet; sie rauchten. Sie sahen ihn an. Er ging auf sie zu. Vor jedem Stuhl hing ein Spiegel. Augenfallen. Er zielte auf ein freies Stück Wand. Der Zigarettenrauch wurde kompakter. Er mußte sich stützen. Er setzte sich hin. Der Druck in den Schläfen. Das Herz wieder dann. Der Speichel. Das Schlucken. Die Spiegel zerschmolzen zu grau strudelndem Brei. Es war auch Hirn an dem Zigarrenanzünder gewesen. Dieses Haar kurz? Das sei nicht sein Ernst. Paul sagte, er habe gewettet. Scherengeklapper. Nach dem Baden hatte die Mutter ihm manchmal die Nackenhaare geschnitten. Der Frisör roch nach Rasierwasser und Schweiß. Das Aderndelta auf seinem Augapfelsilber. Auch seine Mundhöhle roch. In der Neonröhre über dem Spiegel zuckte das Licht. Der Aschenbecher war mit siebzehn Zigarettenkippen gefüllt. Die zunehmende Kühle am Kopf. Durchzug: Die Innentür mit der Milchglasscheibe stand auf. Auch die Außentür jetzt. Man hörte den Polizeifunk im Wagen. Der Gegner fing an, Kontur zu gewinnen. Wer floh, war verloren. Stiche: Der Frisör hatte das Haar zusammengefegt; es in eine Plastiktüte getan. Paul fragte, ob er es mitnehmen könne. Zu hastig. Der Frisör sagte, es werde für Perücken verwendet. Gezahlt. Die Bürste im Nacken. Bevor er hinaustrat, durch die Spiegelschrift zu den Toiletten hinübergeblickt. Der Junge war weg.

Angst. Nicht einen Tag ohne sie, ohne Angst um Marina. Seit zwanzig Jahren tritt die Krebsforschung auf der Stelle. Überall fehlen gesicherte Ergebnisse. Und die Sterblichkeitsrate wächst. Statistiken sind nicht für die Betroffenen gemacht.

Die Freundin des Literaten. Sie war im Grunde gut bei ihm aufgehoben. Er hatte sie in den vier aus ihrer Epoche stammenden Büchern eigentlich nur in dreien ein wenig verraten.

»Ich habe nicht mit dir gelebt als literarisches Material, ich verbiete es, daß du über mich schreibst.« (Max Frisch, *Montauk.*)

Antwort, i. V.: Meine Augen sehen dich. Meine Sinne fassen dich. Ich bin gemacht wahrzunehmen. Soll ich an dir erblinden? Soll ich abstumpfen um deinetwillen? Wie kannst du mir verbieten, einen wahrgenommen Farbwert nicht zu bestimmen?

Über andere schreiben, um nicht an sich selber verstummen zu müssen. Darauf läuft es ganz zuletzt wohl hinaus.

»Wenn die Kunst des Erzählens selten geworden ist, so hat die Verbreitung der Information einen entscheidenden Anteil an diesem Sachverhalt.« (Walter Benjamin.) Kein Zweifel. Nahliegende Forderung an den Dennoch-Erzähler deshalb: Informativ (und denkend, das heißt: nicht nur handeln lassend) zu schreiben. ›Informationen‹, wie die über den Arbeitsplatz und dergleichen, die die ohnehin schon an der Realität leidende Literatur vollends auf die Reportage verweisen, sind hier allerdings weniger gemeint. Gemeint sind: Informationen über den Menschen. Wir wissen immer noch vergleichsweise wenig über ihn. Haben ihn gerade eben zu entdecken begonnen, und schon erdrücken ihn wieder ›die Massen‹. Das Objekt dürfte dem Forschenden also nicht mehr allzu lange zugänglich sein. Für den informativen Erzähler gilt folglich auch Paragraph zwei: Es ist Eile geboten.

Die Zeit der ›rein literarischen‹ Geschichte, die verläßlich, spannend und handlungsstark ihren Faden zwirbelt, ist abgelaufen. Wir sollten sie noch ein paarmal gebrauchen, um ihren Abschieds-Charakter deutlich werden zu lassen. Der Mensch ist gar zu gut in ihr aufgehoben. Wir müssen ihm jetzt anders beizukommen versuchen. Es gilt auch nicht nur Verhaltensweisen aufzudecken. Es gilt, vorgefundene Fingerzeige, erfahrene Zeichen und Gleichnisse auszubauen. Auch: bereits gedeutete Zeichen umzuinterpretieren. Es ist vieles gar nicht so morsch, wie es aussieht. Es muß ihm nur ein neues Rückgrat eingezogen werden. Und: Der Schreiber muß sich aufs Abklopfen verlegen. Als da sind: Glaubenssätze, Ideologien, Philosopheme. Während es jedoch bis vor kurzem noch genügte, den Hohlraum mit einem Kreidekreis zu bezeichnen, wird nun gefälligst um Eigenfüllung gebeten.

Der große, im Alter unmenschlich gewordene Jorge Luis Borghes geht jedoch nur scheinbar den hier anzuvisierenden Weg. Seine geschichts- und philosophiedurchtränkten Gleichnisgeschichten interessieren, wen Philosophie interessiert; beschäftigen, wen Geschichte beschäftigt; sind für den Mitwisser, für den geschmäcklerischen Auguren geschrieben. Diese Spezies muß für die gewährte Restzeit leider unbedient bleiben. Die Verständnisbereitschaft des zeitgenössischen Autors hat nicht auf den Mit*wisser*, sondern auf den Mit*täter* zu zielen, das heißt, auf den Zeitgenossen schlechthin. *Ihm* sich (und die anstehenden Themen) verständlich zu machen – *darauf* käme es an.

»Doppelten Korn. Aber schnell. Das heißt –: Geben Se mir zwei. Nich, Puhlmann: Sie trinken doch auch einen mit?«
»Mensch, Pelzig –! Biste 's auch wirklich? Ich denk, dich ham Se damals auf m Transport –«
»Totgestellt, Puhlmann. *Den* Trick kennen Sie doch auch.«
»Tatsache, Junge: Du bist 's ! Na, is ja wohl nich zu fassen. Und wie du aussiehst –!«
»*Sie* haben damals besser ausgesehen.«
»Arbeitslos. Was sollste da machen. Na, wir komm'n auch mal wieder ran. Zum Glück ham wir ja ne Demokratie. Dann also auf die alten Zeiten, Pelzig. Wie habt ihr immer auf hebräisch gesagt: Lechajjim!«
»Ja, ich trink auf damals, Puhlmann. Auf den Goldstein, den Levi; auf Hauschild, auf Karpeles, auf den Lublinskij –«
»Genügt. Verdirb einem doch nich die ganze Wiedersehensfreude. Herr Wirt, zwo Bier könn Se uns bring'n; der Kollege bezahlt.«
»Sie wohnen hier in Berlin? Sie haben hier Arbeit gehabt? Man hat Sie nach m Krieg nich – Ich meine –«
»Na, klar. Irgendeinem fällt man doch *immer* auf. Acht Jahre; davon viere verbüßt.«
»Menschen sind 's einzige, was bei euch *nich* teurer geworden is. Haben Sie aber n prima Reibach gemacht, Puhlmann.«
»Mensch, sei doch mal ehrlich, Pelzig –: Wärst du *nich* Kapo geworden, wenn de die Chance gehabt hättst?«
»Das Dumme bei mir is: Ich erfüll die Voraussetzungen nich, die zu so ner Chance gehörn.«

»Und was machste so jetz?«
»Ich handel und feilsch; wie schon immer.«
»Und mit was?«
»Nu, Sie sehn ja –: Mit allem.«

Puhlmann, der ehemalige Lager-Kapo, gibt Jagomir Pelzig den Rest: In diesem Land kann man nicht leben. Morgen noch wird er die sterblichen Überreste des Vaters holen und mit ihm nach Israel fliegen. Doch eben dieser Puhlmann ist es dann auch, der Jagomir die Brieftasche klaut. Damit ist er fürs erste an dieses Land hier gebunden.

Nachzutragen wäre da noch, daß *Jagomir, der Gerechte* die riesige Wiedergutmachungssumme – er hat in Berlin-Charlottenburg ein Textil-Haus gehabt – einem jüdischen Altersheim übermacht hat. Nicht etwa, um Not zu lindern. Bewahre. Sondern weil da was dranklebt an diesem deutschen Geld, das möchte man einfach an seinen Händen nicht haben. Jetzt, wo die Brieftasche weg ist, sieht das natürlich anders aus. Da könnte man schon einen kleinen bescheidenen Teil jener verschenkten Summe gebrauchen. Zu spät. Die Altersheimbesitzer haben schon alles verplant.

Ich denke, daß ich Jagomir vielleicht auf Umwegen einen Schrottplatz oder so was erwerben lasse. Und natürlich klebt er mit ganzer geschundener Seele an diesem verdammten Berlin. Daß er obendrein, Bruno, auch noch die Rebecca, seine Frau sucht, weil er sich einfach weigert anzuerkennen, was auf der Hand liegt: nämlich, daß sie gleich bei einem der ersten Transporte mit weggeholt wurde, ist, bei der Art, wie er der Wirklichkeit gegenübersteht, ja eigentlich logisch. Ich sag Dir das nur, weil das, wenn es mal ein Buch wird, Dir und Deiner Frau gewidmet sein wird, Eurem Gedenken, genauer.

Daß es Vater nach Berlin verschlug, hat er, wie bei einem Ornithologen seiner Art nicht anders zu erwarten, einem Vogel zu verdanken; dem Girlitz, präziser. Professor S., Direktor des Berliner Naturkunde-Museums, hatte die Dissertation eines Doktoranden für gut befunden, in der dieser den Girlitz-

Passus in Vaters Doktorarbeit zerpflückte. Vater setzte sich beflügelt zur Wehr und wies dem Angreifer nach, entscheidende Literatur nicht beachtet zu haben. Professor S., dem Vater die Erwiderung schickte, mit der freundlichen Bitte versehen, sie in der von jenem herausgegebenen Zeitschrift erscheinen zu lassen, jetzt in einer schwierigen Lage. Er konnte schlecht eine Arbeit veröffentlichen, die eine von ihm akzeptierte Doktorarbeit indirekt als unzureichend qualifizierte. Bat daher, von einer Veröffentlichung abzusehen. Vater, Fairneß schon immer weit über Gebühr zugetan, zog die Arbeit darauf, wenn auch bedauernd, zurück. Nun war es an Professor S. nachzusinnen, wie er sich für Vaters wieder fliegengelassenen Girlitz erkenntlich zu zeigen vermöchte. Von der richtigen Annahme ausgehend, daß ein intakt gebliebener Ruf verpflichte, hat er Vater an der Berliner Stadtbibliothek eine Bibliotheksratsstelle vermittelt. Nach einer knappen Beratung sagten wir zu. (Frühjahr 1928.)

Bewußtwerdung lebensgefährlich. Bei Nachtarbeit Notwendigkeit unbedingten Wegkonzentriertseins geboten. Schon sich klarzumachen: Ich sitze jetzt hier um drei Uhr nachts am Schreibtisch, zerreißt den Denkvorgang, legt ermüdende Alleinseinsangst bloß, die sich lawinenartig zu einem talwärts sausenden Depressionsknäuel verdickt. Schwer, da nicht mitgerissen zu werden.

Statt ›Nachtarbeit‹ eben ›Nachbarkeit‹ getippt. Bessere Erklärung für die Angst am nächtlichen Schreibtisch kaum möglich: Bin ein Alltagsschreiber. Gut zu wissen, jetzt ist Bürozeit, jetzt arbeiten mit dir zehntausend. Gut auch, Autogeräusche im Ohr zu haben, Stimmen, den Lärm, den die Müllfahrer machen. Froh selbst, wenn Nenad andere Kinder mitbringt, obwohl vom Kinderzimmer nur durch eine Normalwand getrennt: Das Leben muß anwesend sein, wenn man schreibt. Es nur auf dem Papier zu beschwören, schützt vor der Stille, die die Stimme des Todes ist, relativ wenig.

Figur des Schattenerklärers einführen; (für die, die nicht aufgepaßt haben):

»Am Morgen folgt der Körper leichtfüßig seinem dahinschwebenden Schatten. Gegen Mittag meldet ein sanfter Stich in der Lendengegend, es scheint die Chance gekommen zu sein, fest und verläßlich auf diesem geschwärzten Zinnsoldatenfundament stehenbleiben zu können; es schickt seinen kühlenden Trost schon bis in die Kniekehlen hinauf. Gegen Nachmittag dann sind die Endlichkeitssignale hinter den Schläfenwänden unüberhörbar geworden, und der Schatten weist als verläßliche Landzunge bereits weit hinaus ins sterbende Licht. Nicht die tiefer sinkende Sonne, nein: der an Kraft und Schönheit gewinnende Schatten ist es, der die verheimlichte Schwärze hinter den Lidern jetzt lockt. Und abends dann schließlich, wenn der Körper bis an die Unterseite seiner Außenkonturen mit dem körnigen Ruß des Schattenbluts angefüllt ist, erfüllt sich auch endlich das Tagesversprechen: Schattenbehaarung und Dämmerungsfell beginnen ineinander überzugehen. So daß Du, während Du mit klammen Schulterblättern auf den Eisfluten treibst, nur deshalb glaubst, von ihm verlassen worden zu sein, weil der erfrorene Blick Deinen Schatten nicht mehr als Bestandteil der Weltnacht wahrnehmen kann.«

Klappstullen-Wunsch. Geschichten schreiben, die, ohne daß es sonderlich auffällt, halb Hagadah, halb Halacha sind: Stoffgewordene Lehrbeispiele, poetisch verfremdet.

Deutsche Miniaturen. Hegel prüft in einem Zimmer der Berliner Universität Schopenhauer, der sich zu habilitieren gedenkt. (Authentisch.) Dabei werden die beiden Herren ein wenig von den draußen in den Platanen vorm Fenster brütenden Saatkrähen abgelenkt und legen jeder, von den stahlschwarzen Vogelparzen animiert, dem anderen seine Schicksalsauffassung dar. Plötzlich fällt ein noch nicht flügges Krähenjunges aus dem Nest. Habilitant Schopenhauer rast mit einer Entschuldigung aus der Tür, und amüsiert sieht Hegel am Fenster, wie jener das flatternd davonhüpfende Krähenjunge bis *Unter die Linden* verfolgt, wo er es endlich, gerade noch vor den herantrabenden Hufen eines Vierspänners, zu fassen bekommt. Wie Schopenhauer atemlos, den wütend um sich hackenden Vogel gegen die knirschende Hemdbrust gepreßt, wieder im Prüfungszimmer erscheint, ist Hegel verschwunden. Auf dem Tisch liegt ein Zettel. »Ich für meinen Theil glaube das Schicksal mit einem pünktlichen Mittagessen stärker beeinflussen zu können als mit dem, zugegeben heroischen Versuch, mich seinen Medien unentbehrlich zu machen. H.« Verärgert blickt Schopenhauer die Jungkrähe an. Die blickt verärgert zurück.

Atma an Ali. »Wirklich wie aus dem Lehben gegriffen. Wenn jehmandt bei Tische die Vermuthungk äußerte, er glaube den Nahmen des Huuhns zu kennen, das man gerahde verzehrte, so konnte daß dem Professer das gantze Weiteressen vergällen.«

Zeitgeschichtliche Untersuchungen sollten auch aus dem Bodensatz des Untersuchten noch Wahrheit und Würze beziehen. Es genügt nicht, sich nur das ins Auge gefaßte Sujet vorzunehmen. Zu leicht kann es sonst geschehen, daß man hier, bei aller konzentrierten Prägnanz, ein paar Jahrzehnte später in nichts als einer Sammlung blendend formulierter Gemeinplätze blättert: Gefahr des elitären Bewußtseins, den erst morgen zur Sprache kommenden Stoff schon heute, statt in sachlich aktueller Umgrenzung (und daher transparent gemacht), ins unstatthaft Überzeitliche erhoben (und dennoch stoff-fixiert), zu betrachten. (Anlaß: Benjamin, *Das Kunstwerk im Zeitalter seiner technischen Reproduzierbarkeit.)*

Benjamin: »Die ursprüngliche Art der Einbettung des Kunstwerks in den Traditionszusammenhang fand ihren Ausdruck im Kult.« Aber doch nicht ausschließlich, W. B. Denn der Mensch hat ja nicht nur Angst gehabt und ihre Erreger zu beschwören versucht. Er hat, auf frühesten Kunststufen, auch pur Geschautes wiedergegeben (Jagd, Waffen, Gerät). Und vor allem: er hat gespielt. Kult setzt Bewußtwerdung voraus; des eigenen Selbst sowohl wie die der Dämonen, die dieses Selbst jetzt bedrohen. Das Paradies lag *davor.* Und seelisch hat es das unreflektierte Selbstverständnis des Menschen umfaßt; in ihm war der homo ludens zu Hause; er, den wir meinen, wenn wir uns nach dem Paradies-Adam sehnen. Der homo ludens aber hat sich graphisch zuerst einmal als Strichmännchen gesehen. Darauf hat er, im voraus schon schmatzend, die erhofften Beutetiere in den Felsen geritzt. Und *nun* erst, von der Beute ausgehend, kam der Beschwörungseffekt einer solchen Felszeichnung hinzu. Der schiere Erfahrungswert, dem der skizzierte Auerochse (bisher) entsprang, wurde mit dem wünschenden Willen gekoppelt, auch *in Zukunft* mit diesem lebensnotwendigen Wildbret versehen zu sein –: Der erste Schritt auf den urmenschlichen Stierkult hin war getan; *jetzt* erst.

Zusammengefaßt. Auf der niedrigsten, der ersten Stufe war die Kunst rückwärts gerichtet, wertete sie als Erfahrung die *Vergangenheit* aus. Auf der nächsten Stufe, der der Beschwörung, war sie schon *zukunfts*betont. Denn Beschwörung meint immer das Nachher, das Morgen. Was gestern war, braucht nicht mehr beschworen zu werden. Die kultische Kunst dann brachte auf der dritten Stufe den Kompromiß: Vergangenheit und in die Zukunft weisende Gegenwart schossen in ihr zu Traditionsbewußtsein und erhoffter Vorausschau zusammen.

Schnakensummen in totaler Stille assoziiert – über bewegungslose Kerzenflamme, mondschimmerndes Dachlukenfenster, Goldmundstück einer flachen Reemtsma-Zigarette und die Erinnerung an den beizend strengen Geruch, wie ihn der rötliche Vergänglichkeitsmulm in den ausgehöhlten, vielhundertjährigen Eichen ausströmte, hinweg – ein sanftes, mich ungläubig musterndes Mädchengesicht: Brünetter Pagenkopf; kleine, schwach schneckenhäusig gerundete Nase, Bartschatten auf der Oberlippe, besorgte Anteilnahme im Blick. Pfingstferien im Forsthaus Eichheide. Unter dem Dach untergebracht. Dem Förster Zigaretten vom Schreibtisch gestohlen, im Wald sie geraucht. Nachts Hanni, der Haustochter, im abgeschrägten Mansardenzimmer selbsterlebte, gefahrenstrotzende Lügengeschichten erzählt. Darin eingepackt die große herzklopfenerregende Liebe des Vierzehnjährigen, der sich, da dünnbeinig, stimmbrüchig, aufzuwerten wünschte. (1934.)

Zwei Jahre später. Rittergut Stibbe, Posen-Westpreußen. Mittag. In der Pflugschar, die als Vesperglocke im knorrigen Birnbaum vor dem Gutshaus hängt, spiegelt sich die hochstehende Sonne. Ich stehe festgewachsen im Schatten der Ställe. Das Herz schlägt im Hals. Die Hand, die den eben aufgerissenen Brief hält, zittert ein wenig. Hanni schreibt, ja, sie würde sich freuen, mich wiederzusehen. Alles in diesen Minuten hat die große nicht erwiderte Liebe unvergessen gemacht. Den beizenden Salmiakgeruch aus den Pferdeställen. Die mit schorfigen Kuhfladen bedeckten Holpersteine unter den durchlöcherten Turnschuhen. Die stählernen Schwalbenspiralen am leeren Augusthimmel. Das seidige Zischen, wenn die Pferde drin in den Buchten mit gezielten Schwanzhieben die Fliegen verscheuchten. Und wieder, hinter der staubigen Sommerkulisse, jenes besorgt blickende, Anteil nehmende, nie erreichte Mädchengesicht.

»Wenn ich Deine Briefe so lese, begreife ich eigentlich nicht, was uns so ganz trennen konnte. Aber je älter ich werde, um so weniger verstehe ich.« Hanni, 1976; an die sechzig muß sie jetzt sein.

12.
Er ging die Treppe hinunter. Zögerte unten. Glaubte, den Chlorgeruch nicht zu vertragen. Vertrug ihn jedoch. Paul blickte starr auf seinen Urinbogen nieder. Es waren neue Paßfotos fällig. Diese Umsicht beruhigte. Er hatte nie etwas geplant. Planen war Sache des Vaters. Die Pläne des Vaters zu verwerfen, war Sache des Sohns. Pläne engten ein. Pläne machten frei. Der Toilettenpächter faltete die Zeitung zusammen. Morgen würde er es lesen. Seine dicken Brillengläser, die die Augen vergrößerten, sie einfältig machten. Paul hatte das Bedürfnis, freundlich zu ihm zu sein. Er warf sich das Handtuch über die Schulter, ging in den Waschraum hinüber. Die verchromten Armaturen, die funkelnden Kacheln begeisterten ihn. Hier war es sauber. Während er den Pullover auszog, das Gefühl, seit Wochen auf diesen Zeitpunkt gewartet zu haben. Unmöglich: Seit zweieinhalb Stunden. Also seit Wochen. Er beugte sich unter die Röhre. Der ausgehöhlte

Baumstamm, auf den er sich stützte, roch nach Algen und Kuh. Schmelzwasser, sagte die Mutter, sei das klarste Wasser, das es gebe. Die Glocke. Abends kamen die Kühe von den Almen herab. Nicht einen einzigen Kotfleck im Fell. Er sah in den Spiegel. Noch Seifenreste im borstigen Haar. Naß, triefend; Dampf stieg von den Schultern empor. Das Jugendfoto des Vaters: die gleiche Frisur. Die gleiche Stirn. Die gleichen Schläfen. Paul wischte über den Spiegel, starrte sich an. Immer hatte er es gehaßt, dem Vater in etwas zu ähneln. Die Augen. Die gehörten nur ihm. Der Argwohn in ihnen. Der Argwohn mußte aus seinen Augen verschwinden. Ablenken. Wegsehen. Bestimmt nur ein Schatten gewesen. Er trocknete sich ab. Konzentrierte sich auf den Hunger, den er plötzlich verspürte. Nein. Das harte Neonlicht leuchtete die Augenhöhlen voll aus: Jeder, der ihn kannte, würde es sehen. Der Vater. Der Vater vor allem. Er mußte an den letzten Streit mit ihm denken. Der bohrte doch wieder. Da nahm er es wahr. Ein rötlich entzündeter Streifen lief über die Halsschlagader hinweg. Er zerrte den Rollkragen höher. Das Wort Allergie fiel ihm ein. Er mußte jetzt schnell etwas essen.

13.

Die vergrößernden Brillengläser noch einmal. Münzen auf Porzellanuntertassen klirrten anders als Münzen in Automaten-Rückgabeschalen. Der Toilettenpächter wollte herausgeben. Paul winkte ab. Die Blechschachtel, die der Mann aus der Schublade holte. Dann wolle er ihm wenigstens den Knopf annähen, der ihm da fehle. Die Schuhspitzen unter den Fingerkuppen. Nein, es war der Tisch, auf den er sich stützte. Und die Zeitung auf ihm. Morgen früh. Unter Lokales. Weggerollt. Der Schein der Straßenlaterne auf dem stumpfen Linoleum. Er mußte zwischen Ladentheke und Heizkörper liegen. Bitte: Sogar, wie die andern, mit einem Anker darauf. Der Toilettenpächter begann schon zu nähen. Ein Traum. Was hatte man dauernd mit seinen Knöpfen. Es waren nicht seine. Es waren die dieser Jacke, die er zufällig trug. Es gab viele Jacken wie diese. Aber nicht viele mit diesen Knöpfen. Genug. Aber nicht genug, die heute einen dieser Knöpfe verloren hatten. Der Wurstverkäufer wiederholte seine Frage. »Scharf«, sagte Paul. Er dachte an Feuer. Oder Wasser. Der Fluß. Was besagte ein Knopf, wenn es die Jacke nicht mehr gab, an die er gehörte. Wie kam er hierher. Er hörte eine Lautsprecherstimme; sie sagte eine Zugabfahrt an. Er sah Gesichter um sich herum; sie kauten und sprachen. Er roch Curry; er wurde aus einer Büchse gestreut. Das Schlucken: Er sah auf den Rost. Graurosa; und in Blut eingebettet. Der Speichel schon wieder. Das Würgen. Er wandte sich ab. Hastete los. Sein Instinkt war intakt: Die dunkelste Stelle. Stein an der Stirn. Uringeruch; Kot. Er erbrach sich.

14. November. Ein ängstlicher Mensch. Jede Stadtfahrt Marinas, gar mit Nenad zusammen, läßt, und sei es uneingestanden, Angst und Sorge aufkommen. Schließlich haben die täglich Verunglückten die Befürchtungen anderer um sie ja auch beiseite geschoben. Direkt leicht lebt es sich mit derlei Dauerbefürchtungen allerdings nicht. Dabei heißt, mit allem rechnen, noch lange nicht, allem gewachsen sein. Im Gegenteil, da man mit der Vorstellung von Unfällen auf Dauer nicht leben kann, schleift die Einbildung das Befürchtete zur Gebrauchsmünze ab. Man will den Opfergroschen in den Schicksalsautomaten stecken, nichts weiter.

Daß das Ritual stimmt, genügt jedoch nicht. Die Liebe muß stimmen. Es ist zuviel Egoismus in jenen täglich virulenten Ängsten enthalten. Gelänge es einem, ihn herauszuhalten, mehr um den anderen, statt für sich selber zu fürchten, man würde der fatalen Frage, ob man den Folgen eines Verkehrsunfalles des anderen gewachsen sei, allenfalls mit der Hoffnung begegnen, die erwünschte Antwort nie realisieren zu müssen.

Morgen für Morgen. Eine Knäckebrotscheibe mit Kräuterkäse, eine mit Kunstsirup. Beide dergestalt angeschrägt gegeneinandergelegt, daß Käse und Sirup, da von annähernd gleichem Flüssigkeitsgrad, sich auf der Berührungsgeraden der beiden Knäckebrotscheiben untrennbar miteinander vermengten. Dazu Gerstenkaffee; sonntags ein Ei; und den Blick auf die Kiefern im Garten. (Das in den Preis fürs möblierte

Zimmer in Berlin-Hermsdorf einbegriffene Frühstück. Frühjahr, 1928.)

Die Wirtin. Täglich erfolgloser, in einen fleckigen Morgenmantel gehüllt. Ob Wäscheklammern, Haarnadeln, Einmachglasgummis, Hängebusen – alles fiel ihr wieder heraus. Der Gatte, ehemaliger Reichsbahnangestellter, auf herzliche Weise verrückt. Wir mußten täglich vorm Frühstück den Sitz seines neu gekniffften Zeitungspapierhelms bewundern. Da wir alle unsportlich waren und er niemand benachteiligen wollte, hat er sich immer den Sportteil erwählt. Die Regale im Keller bereits mit zahllosen, bedenklich vergilbten Helmkollektionen gefüllt. Doch Herr Kaunitz war anhänglich. Es sei gut, sagte er, wenn es erst losgehe, über einen größeren Vorrat an Helmen zu verfügen. Denn es müsse mit völlig neuen Methoden gerechnet werden, wo ein Helm pro Tag, wenn nicht pro Stunde nun wirklich das mindeste sei, was zum Schutze des eigenen Lebens dann angebracht wäre.

»Das Unangenehme«, sagte Vater, »bei dieser Angelegenheit ist, daß das irgendwie glaubwürdig klingt, sieht man von seinen Papierhelmen ab.« – »Quatsch«, sagte Carla. »Die haben den Kellogg-Plan akzeptiert: Der Krieg ist geächtet. Fünfzehn Länder haben schon unterschrieben. Wir auch. Was soll denn da noch passiern?« Vater sah sie nachdenklich an. »Und warum bist du dann in der Kommunistischen Partei?« – »Das ist was anderes«, sagte Carla. »Das hat was mit Gesinnung zu tun.« – »Ich verstehe,« sagte Vater. Ohne daß er allerdings auch so ausgesehen hätte. (August, 1928.)

1. Juli, 1934. Forsthaus Eichheide. Ich saß unter der alten Kastanie, trank ein Glas kuhwarme Milch und aß Leberwurstbrote. Manchmal warf ich dem Rauhhaardackel was zu. Doch er verfehlte die Bissen beim Zuschnappen meist; denn er war blind. Und so pickten die drei Perlhühner die Brotbrocken auf. Der Briefträger, der den *Völkischen Beobachter* neben mich auf den Tisch gelegt hatte, hatte sich wieder aufs Fahrrad geschwungen. Man sah ihn noch eben am Fichtenkamp unten um die Waldecke biegen. Ich hatte den Eichhörnchenkäfig

vor mir und den Gemüsegarten im Rücken. Es roch nach Kastanienblüte, Schnittlauch und Schweinemist. In der Küche hantierte Hanni pfeifend mit dem Geschirr, und durch das gleichbleibende Summen der Bienen hindurch war im verwilderten Park drüben deutlich der Pirol zu hören. Ich überflog kauend, und jeden zweiten Bissen mit einem Schluck Milch hinunterspülend, wen Hitler und Göring, außer Röhm und seinen SA-Führern und General Schleicher, noch alles hatten erschießen lassen. Dann klemmte ich mir die Zeitung unter den Arm und habe Hanni den Teller und das Milchglas in die Küche gebracht. Die Zeitung noch in die Kristallschale auf dem Klavier. Dann bin ich an den Pinnowsee runtergegangen, um nachzusehen, wie es dem Seeadler ginge.

Benjamin: ». . . was im Zeitalter der technischen Reproduzierbarkeit des Kunstwerks verkümmert, das ist seine Aura.« Scheint auf Anhieb zu stimmen. Bei strengerem Hinsehen ist aber auch das Umgekehrte nachweisbar. (Also stimmt es schon nicht mehr.) Nämlich. Das Foto, der Film geben den Objekten oft die in realiter verlorengegangene Aura zurück. Ja, beiden Medien gelingt es, eben durch einen (technisch produzierten) Aura-Nachweis, die sogenannten allernormalsten Gegenstände (die schwankenden Fleischkessel in *Panzerkreuzer Potjemkin,* das unausgetrunkene Glas Bier in *Menschen am Sonntag*) zum überzeugenden Kunstwerk und Symbolträger zu erheben. Auch ›nackte‹ Mauern, ›nichtssagende‹ Landschaften etwa erhalten, gefilmt, fotografiert, einen elektrisierenden Spannungsakzent, der auf nichts anderem als auf ihrer erst im technischen Abbild wieder sichtbar werdenden Aura beruht. So etwa die Parkaufnahmen in Antoninis *Blow up.* Doch auch, was das Kunstwerk selber betrifft, ist Benjamins These heute nur noch bedingt haltbar. Die Italiener haben Kunstfilme gemacht, in denen die Kamera sich eine halbe Stunde lang ein einziges Madonnenbild ansieht und dabei Tiefenperspektiven aufreißt und Hintergrunderhellung betreibt, deren visuelle Sensibilität unserem entwöhnten Auge auf geradezu sensationelle Weise überlegen ist und Aura-Kreise wahrnehmbar macht, wie auch der einfühlsamste Kunstbetrachter sie nicht zu entdecken imstande ist. Eins meiner aufwühlendsten Kunsterlebnisse aber ist ein zwanzigminütiger Farbfilm gewesen, der, in chronologischer Folge, Blende um Blende, die Selbstbildnisse Rembrandts gezeigt hat. Hier war die Einzelaura der Bilder zur Gesamtaura sowohl des Kunstwerks an sich als auch unsterblicher Vergänglichkeit ineinandergeronnen. Kein Fingerabdruck des Meisters hätte einen tiefer zu erschüttern vermocht.

Und wenn das, was wir als Aura einer Sache bezeichnen, im Letzten (trotz Benjamins zwar schöner, doch recht problematischer Definition: ». . . als einmalige Erscheinung einer Ferne, so nah sie sein mag«) ein Wunschprodukt, eine uns selber spendierte Sehnsuchtserfüllung wäre; das heißt, eine Trugglorìole, mit der unsere sterbliche Vorstellungskraft all das kränzt, von dem wir hoffen, daß es uns überlebe? Denn ob ein Kunstwerk auch *unangeblickt* eine Aura besitzt – diese wesentlich wichtigere Frage zu stellen, hat Benjamin leider versäumt. Logisch; denn da sie unbeantwortbar ist, taugt sie auch nicht zum Argumentieren.

Vater hatte ein Agreement mit Carla getroffen. Sie sollte uns den Haushalt machen und sich auch um mich etwas kümmern. Doch kaum waren wir von Hermsdorf nach Weißensee umgezogen, in die eigene Wohnung, da artete das alles jedoch ziemlich schnell in Freundschaft, Liebe und Herzlichkeit aus. Und außer zu den täglichen Schulungsabenden der Kommunistischen Partei ist Carla dann noch, ebenfalls täglich, in die Meisterklasse Max Beckmanns und in noch viele andere Klassen der Kunstakademie gegangen. So daß wir eigentlich immer recht froh waren, sie auch mal zu Hause zu haben, und uns daher alle Mühe geben, ihr den Aufenthalt bei uns so angenehm wie möglich zu machen.

Weißensee. Früh schellte der rostige Mauerseglerwecker am Himmel. Der Alpkatze liefen Risse durchs Blinzelgesicht. Bleich, noch Dämmernester im Hirn, jetzt durch den Traumtunnel hindurch ans geöffnete Fenster. Und da waren die Autohupengesänge; die tanzenden Pflasterhämmer in den Händen der gekrümmt auf ihren Gebetskissen knienden Straßenarbeiter. Da waren die wolkenweißen Taubenschwärme hoch über den tauglänzenden Schieferdächern. Da waren vor Oskar Teicherts Kolonialwarenladen die aufgekrempelten Säcke mit dem Mischfutter drin und den silbernen Dörrfischen zwischen dem goldgelben Mais. Da war, mit einem einzigen Atemzug eingesogen und für immer behalten, das Leben und der Morgen der Welt.

16. November. Die DDR hat Wolf Biermann ausgebürgert. Einen geeigneteren (da singenden) Märtyrer konnte sie gar nicht schicken. Die BRD wird sich dankbar erweisen – mit nationalistischem Konfettiregen und schnellem Vergessen. Es läuft, wie drüben erhofft: Politisch ist Biermann schon tot. Bei *uns* ist mit Liedern nichts mehr zu machen. Wir haben ja schon mit Prosatexten (wenn es nicht Verordnungen sind) unsere Not.

Biermann ist ein irrationaler Utopist. Er schwärmt von der Wiedervereinigung beider deutscher Rumpfstaaten unter sozialistischem Aspekt. Warum nicht. Aber dieser patriotische Milchmädchenwunsch hat den eigentlichen Verpanscher vergessen. Man muß Hitler fast alles absprechen; bis auf eins: Er hat Geschichte gemacht. Und als deren Wirkung ist die Teilung Deutschlands (übrigens in *drei* Teile, Liedermacher, nicht nur in zwei) ein fait accompli, der unveränderbar ist.

Besuch von drüben. Um zehn Uhr abends wird Vater unruhig. Dann füllt er auf einem verwischten Formular aus, daß er sich in Westberlin eine Packung Bauernbrot, ein Stück Käse und eine Cervelatwurst gekauft hat, wir bestellen ihm eine Taxe, und er fährt vom Bahnhof Zoo mit der S-Bahn in die Hauptstadt der DDR zurück. Am nächsten Abend erwarten wir seinen Anruf. Vaters Anruf hat zum Inhalt die Feststellung, daß »es gut gegangen« sei. Was eigentlich? Die Heimkehr ins Vaterland. (Stand vom 22. November 1976.)

Die Legende vom Garten Eden und der Vertreibung aus ihm krankt an zuviel Biologie. Im Grunde war das Begreifen der Andersgeschlechtlichkeit der Beginn eines auch heute noch nicht abgeschlossenen evolutionären Erkenntnisprozesses, dessen Hauptangeklagter zu sein der Mensch schon deshalb nie aufhören wird, weil er, was der Fortpflanzung dienen sollte, zum von ihr abgetrennten Lustobjekt erhob, beziehungsweise degradierte. Was hier von Adam und Eva, naturgeschichtlich doch absolut folgerichtig, ›erkannt‹ worden ist, erkannt werden *mußte,* das war das funktionelle Design der Geschlechtsorgane. Daß die damit in Verbindung stehende Lust aufeinander auch einmal gestoppt werden mußte – sowohl um sich unabgelenkt der Nahrungssuche widmen zu können, als auch um den Reiz jener ›eben erst‹ entdeckten Organe nicht alltäglich werden zu lassen und damit die Fortpflanzung in Frage zu stellen –, liegt auf der Hand. Sich einer Sache zu schämen heißt ja nichts anderes, als sie *im Augenblick* für unangemessen und fehl am Platze zu halten. (Der Sachliche ist daran zu erkennen, daß er seine Vorzüge unter Verschluß hält. Daß die Frau dem Manne, auch im Zeitalter der Emanzipation und verspäteten Gleichsetzung noch, oft so unsachlich vorkommt, hat mit der uneingeschränkten Zurschaustellung eben ihrer häufig in diesem Umfange gar nicht gefragten körperlichen Reize zu tun. Neutralisierte sie die, wie ja auch der Mann die seinen neutralisiert, wir wären in der Gleichberechtigung einen echten Schritt weitergekommen.) Die Kirche nun hat den ethisch wie naturwissenschaftlich gleich unbegreiflichen Fehler begangen, daß sie zur Sünde erklärte, was ihr doch eigentlich erst zum Leben verhalf, nämlich das Fleisch oder genauer: Gottes selbstverschuldeten Zwang, dem Diktat der Endlichkeit Folge leistend, aufs Fleisch setzen zu müssen – also auch auf die Begierde nach ihm, also auch auf die Lust; folglich aber auch auf ihr Regulativ: auf die Scham, die nun zugleich auch wieder zur Reizverstärkerin wird. Diese Einsicht in die biologische und gesellschaftliche *Notwendigkeit* der Scham ist einzig Adams und Evas Erkenntnisdrang zugute zu schreiben. Mit diesem Erkenntnisakt haben sie sich nicht von Gottes Vorhaben abgewendet, sondern sie haben damit Gottes Werk aneinander *ergänzt.* Ja, mehr noch: Das Aufkommen der Scham hat die Welt am Leben erhalten. Und zwar nicht, wie die Kirche es sich angelegen sein läßt, Scham strafend und als Sündenbockshuf verstanden, sondern indem man die Scham als freigewählte Ethik, als gesellschaftsbildend und menschheitserhaltend begreift. Was sie übrigens auch noch bliebe, wenn der Naturwissenschaftler sie als rein biologische Sperre ansähe. Denn eine Welt ohne Scham wäre entweder eine menschenarme oder eine übervölkerte Welt.

14.
Schlapp und leicht hinterher. Alle Sinne voll auf Empfang. Er ging aufrecht. Er trug die Jacke am Aufhänger über der Schulter. Ihr Futter war nach außen gekehrt. Er versagte es sich, vor dem Bahnhof ein Taxi zu nehmen. Er lief nicht sehr schnell. Er nahm den kürzesten Weg. Überlegte, ob Ufer, ob Brücke. Einmal ein Bar-Portier, uniformiert. Einmal ein Betrunkener. Einmal eine offene Lokaltür, Rauchschwaden dahinter im Raum. Einmal zwei Männer vor einem Porno-Geschäft. Einmal ein kläffender Hund. Jedesmal einen Bogen. Immer Distanz. Es hatte die Phase bewußtseinserweiternder Selbsterhaltung begonnen. Der Rest seiner Freiheit war ruchbar geworden. Roch wie der nächtliche Fluß, den Industrieabwässer verdarben. Doch die Frühnebel ließen ihn manchmal wieder genesen. Und auch vom Gegner die ersten Code-Signale: Zehn Herztakte lang fern das An- und Abschwellen einer Funkwagensirene. Er lauschte ihr nach, bis der Autolärm sie wieder verdeckte. Der Wind drehte die Jacke auf seinem Rücken herum. Er spürte am Zeigefinger, den er durch den Aufhänger geschoben hatte, sie wollte sich von ihm trennen. Er lief weiter. Er sah in den Autoscheinwerfern, daß es aufgehört hatte zu nieseln. Er nahm wahr, daß die Luft nach öligem Schlick zu riechen begann. Er fühlte an dem Druck in der Leiste, daß er noch die fremde Brieftasche trug. Flackernde Baulaternen dann vor ihm im Wind. Er ging zu den frisch ausgehobenen Gräben hinüber. Durch die Kanalrohrstöße sah man den Fluß. Paul bückte sich zu den herausgebrochenen Pflastersteinen hinab. Er legte einen auf die ausgebreitete Jacke. Schlug ihn darin ein. Verknotete die Ärmel darüber. Ging mit dem Bündel zurück.

Es war eine Altbauwohnung. Sie lag im dritten Stock. Sie hatte einen Sonnen- und einen Schattenbalkon. Jener, über Reimanns Eckkneipe liegend, ging auf die Wörthstraße, der andere auf die Straßburgstraße hinaus. Vom Schattenbalkon aus sah man auf einen verwilderten Platz, den das Wasserwerk sich weigerte, bebauen zu lassen, und zu den ihn eingrenzenden Brandmauern hinüber. Vom Sonnenbalkon aus sah man sowohl in Richtung Berliner Allee wie zum Katholischen Friedhof hin ein Stück in die Wörthstraße hinein. Man konnte von hier aus bequem die Wäscherei Krause, Frau Paaschens Gemischtwarenladen, Herrn Wockes Papiergeschäft und Oskar Teicherts Kolonialwarenniederlassung, und wenn es sein mußte, auch die Kunden, die aus und ein gingen, erkennen. In den Blindfenstern der beiden anderen Eckhäuser gegenüber waren auf gleicher Höhe mit dem Sonnenbalkon rechts eine Büste des Kaisers und links eine der Kaiserin zu sehen. Hinter jeder der Büsten quollen im Frühjahr und Sommer chaotisch zusammengeflickte Spatzennester hervor. Das Eckzimmer hatte Parkettfußboden. Es war eben nur schnell durch das Eulengeschmeiß und die Igellosung verdorben. Hier hatte Vater seinen Schreibtisch und ich meine Spielzeugecke. Das Zimmer vorm Schattenbalkon hatte Carla sich als Atelier eingerichtet. Es hat auch noch nach Ölfarbe und Firnis gerochen, als Carla dann längst schon von Mignon abgelöst war. Ins Schlafzimmer allerdings ist uns nie eine Dame gekommen. Wir hatten viel zu asketische Betten. Frühmorgens konnte ich aus dem Fenster, drüben, genau gegenüber, Richard begrüßen, der seinen Frühstücksgerstenkaffee immer auf der Fensterbank schlürfte. Der Flur war ein finsterer Schlauch. Die Schaukel heiterte ihn nur bei geöffneter Schlafzimmertür auf. Als Mignon, die Bürgerliche, darauf bestand, ihn heller streichen zu lassen, war es zu spät; ich träume noch heute von seinem knackenden Schwarz. Vor dem Herd in der Küche war die Meerschweinchenbucht. Die weißen Mäuse, die wir hielten, um den Igel, die Waldohreule, die Ringelnatter zu beköstigen, wurden (zu Carlas Zeiten jedenfalls noch) in der Speisekammer gehalten. Es gab auch Ratten unten im Hof. Man brauchte nur eine Wurstscheibe runterzuwerfen, schon gingen die Schaukämpfe los. Aus dem Küchenfenster konnte man in sämtliche Küchenfenster des Querflügels blicken. Fast immer mischten sich in Ehestreitigkeiten daher auch die Nachbarn mit ein. Denn es gab viele

Arbeitslose im Block, und wenn die nicht bei Reimann saßen, saßen sie in der Wohnküche unterm Kanarienbauer herum. Das Badezimmer ist mir von allen Räumen der liebste gewesen. Zwar war es so schmal, daß man, auf der Toilette sitzend, einen Fuß auf den anderen stellen mußte. Doch es war so höhlenhaft und schummrig gemütlich, daß ich nicht nur den *Doktor Doolittle*, alle sechzig Karl-May-Bände und Thomas Manns *Zauberberg*, sondern auch ungeheuere Stöße von Krimiheften, zwischen Wand und Badeofen gekeilt, hier verschlang. In dieser Wohnung, Berlin-Weißensee, Straßburgstraße 32, drei Treppen links, hat es während unserer Zeit mehrere Mittelohrvereiterungen, drei Gelbsuchtsfälle, einen Bettenbrand, einen Selbstmordversuch, eine Hochzeit, einen Ehebruch, eine Scheidung, eine Entwanzung, Geborgenheit, Liebe und viele Alpträume gegeben. Wir haben von 1928 bis 1935 in dieser Wohnung gelebt. Uns wurde nur deshalb gekündigt, weil ich schließlich sechsundsechzig Meerschweinchen hielt. Es fiel uns nicht leicht auszuziehen. Denn eigentlich haben wir diese Wohnung sehr geliebt.

15.
Die Stahltrossen der Brücke waren nach dem Prinzip einer stehenden Harfe gespannt. Das feuchte Geländer entlang glitt der Reflex des Flutlichts neben ihm her. Er lief bis zur Mitte. Eine Streusandkiste stand dort am Gitter. Er setzte den jackenumwickelten Stein auf ihr ab. Er blickte sich um. Der Autoverkehr hatte nachgelassen. Ein Fußgänger war nicht zu sehen. Paul schob die Brieftasche unter den Ärmelknoten. Prüfte, ob er auch hielte. Hob das Bündel über das Geländer. Ließ los. Er hatte den klatschenden Aufprall vorweggenommen; lauschte ihm nach. Doch der Aufprall blieb aus. Paul starrte in das Dunkel unter der Brücke, bis es auf der Netzhaut zu flirrenden Rußpartikeln gerann. Von den Docks herüber war das Zischen eines Schweißapparates zu hören. Unter ihm begann sich etwas Helles aus der Schwärze zu lösen. Er preßte die Hände gegen die Schläfen: Ein Viereck. Breitgefächert die Scheinwerfer eines wendenden Autos über dem Wasser. Sie sprangen sofort wieder auf den langsam weiterziehenden Lichtpunkt zurück; doch das hatte genügt: Ein Bag-

ger lag unten vor Anker. Er war auf eine Frahme montiert. Die Frahme war zur Hälfte mit hellem Flußsand gefüllt. Auf dem Sand lag das Bündel. Man sah es jetzt deutlich. Paul rieb sich die Arme. Ihn fror.

Immer schon darüber verwundert gewesen, daß offenbar kein Kult existierte, der sich als Sitz der Seele die doch so eng mit dem göttlichen Odem verbundene Nase ausgesucht hätte. Dazu jetzt im Talmud (Pirke 52) Rabbi Elieser: »Seitdem Himmel und Erde erschaffen worden, war kein Mensch krank sondern überall, wo er war, auf dem Wege oder auf dem Markt, nieste er und seine Seele entfloh.« Das heißt, er starb, weil er seine Seele ausgeniest hatte. Erst als Jakob kam und darum betete, daß das, für ihn wenigstens, eingeschränkt werden möge, wurde es anders. Er fand Erhörung. 1. Mose, 48,1 heißt es: »Darnach ward Joseph gesagt: Siehe, dein Vater ist krank.« Rabbi Elieser fährt fort: »Das hörten alle Fürsten der Erde und erstaunten darüber; denn so etwas (daß einer ›erst‹ krank werden durfte) war noch nicht geschehen, seit Himmel und Erde erschaffen worden. Deshalb muß man beim Niesen ›lechajjim‹ : ›zum Leben‹ sagen, weil der Tod sich in Leben verwandelt hat.« Dazu, überraschenderweise ausgerechnet in Gottes Schilderung des Leviathan, Hiob 41,9, der Satz: »Sein Niesen leuchtet wie ein Licht.« Berechtigte Schlußfolgerung: Auch heute noch scheinen, zumindest beim Leviathan – um wieviel mehr dann aber bei uns, die er zu beherrschen trachtet – mit dem Niesen seelische Lichtsubstanzen ins Freie zu fahren.

Herrn
Bruno Hirsch
Nachumstreet 21
Tel Aviv, Israel

1 Berlin-Zehlendorf
Goethestraße 29
den 7. Dezember 1976

Lieber Bruno,
das lechajjim gilt auch für Dich. Denn Leben oder Gedenken, die Grenzen sind fließend. Ich hab Dir, als Du noch lebtest, ein Kaddisch versprochen. Es war gedacht für den Fall, daß Du Dich eher auf den Weg machst als ich, und ich nahm an,

noch gute zwei Jahrzehnte Zeit zu haben damit. Daß Ihr Euch, schon fünf Jahre später, gleich zu dritt davonmachen würdet, das hat nicht mal der Ewige, anerkannt soll er sein in Deinem und Ruths Namen, voraussehen können. Und ich spar mir daher auch den Vorwurf, den ich normalerweise jetzt parat hätte für ihn. Doch einen kleinen Vorwurf reich ich weiter an Dich. Bruno, Du hast Ruth immer so schöne, teure Bally-Schuhe gekauft, und weil Du ihre geplagten Wanderfüße kanntest, waren sie immer mindestens zwei Nummern zu groß. Ich hör sie noch in ihnen durchs alte Jerusalem klappern, und tatsächlich ist sie ja, wenn Du Dich erinnerst, auch zweimal hingefallen an jenem schönen zeitlosen Tag. Das ist auf einem für Eselhufe gedachten Pflaster kein großes Problem. Aber auf der Dizengoff Road in Tel Aviv, Bruno, da wirds eins. Ich war nicht dabei, wie das Auto Ruth und Deine Mutter erfaßt hat. Aber ich werd den elenden Gedanken nicht los, Ruth wär beweglicher gewesen in paßrechtem Schuhwerk. Sieh ihn mir nach, den Gedanken. Er hat ebenso mit Liebe zu tun wie die zu großen Schuhe, die Du Ruth immer gekauft hast. – Bruno, es jährt sich der Tag, an dem Du, auf dem Weg zum Friedhof, zum Grab Ruths, es Dir anders überlegt hast und es vorzogst, genauso zu sterben wie sie. Lassen wir den Schock des Mannes am Steuer beiseite. Es war richtig, was Du getan hast. Es gibt Ehen, die ertragen einen Überlebenden nicht. Es gibt eine Treue, die findet sich im Gedenken nicht mehr bestätigt. Es gibt eine Liebe, der ist mehr am Siegel gelegen als am Bewahren. Du weißt, wir haben Euch beide immer als unser großes Vorbild empfunden. Ich wäre jetzt froh, Bruno, Dir sagen zu können, ich möchte Dir bis in die letzte Konsequenz hinein folgen. Denn meine wenig hilfreiche Veranlagung, das letzte mir zur Verfügung stehende Lebensfünftel überblicken zu können, weist mich als den Überlebenden aus. Ich gesteh Dir, daß ich darüber oft bis auf den Grund meiner Seele verzweifelt bin. Ich wäre es nicht, dürfte ich mich in jenem Moment ebenso frei entscheiden wie Du. Aber Deine Söhne sind groß, und Nenad ist klein. Unser Vorbild aber, Bruno, bleibt Ihr so oder so. – Ich weiß, daß das als Kaddisch im Grunde genügt. Dennoch hab ich mir, wie Du weißt, vorgenommen, Euch noch ein größres zu halten. Laßt mir noch ein bißchen Zeit. Dann kriegt Ihr von mir die Geschichte von *Jagomir, dem Gerechten* geschrieben. Erlaub mir, daß vorne dann drinsteht: ›Als Kaddisch für Bruno und Ruth.‹

Tschüß, Bruno; wir bleiben ja in Verbindung.

Dein

W. S.

Der Gedanke war ihm schon häufiger gekommen. Aber ausschlaggebend war dann eben doch die Notiz in der *Tribuna Ludu* gewesen. Westdeutsche Jugendliche hätten, hieß es da, auf einem alten jüdischen Friedhof die Grabsteine umgeworfen. Nun gut, man hätte auch sagen können, die Vergänglichkeit schmeißt die Grabsteine ja *auch* eines Tages mal um; wenn ihr die Jugend da vorgreift, so muß das keine Nichtachtung sein. Außerdem gab es Grabmäler genug, deren ohnmächtige Protzsucht ihm schon manches Mal zumindest den leisen, vielleicht nicht immer gleich eingestandenen Wunsch eingehaucht hatte, eine Maulwurfsfamilie oder ein Wildkaninchen möchten durch kunstvolle Grabe-Arbeit ihren Einsturz bewirken. Er war also selber keineswegs frei von friedhöfischen Umsturzgelüsten. Dennoch ertappte er sich dabei, daß er zweimal die Kaffeetasse absetzte, immer genau auf die Meldung, die er jetzt doch eigentlich schon beinah auswendig kannte; es schien da immer noch etwas in ihr zu geben, das er sich anscheinend doch ganz gern verheimlicht hätte. Um sich das Gegenteil zu beweisen, nippte er mehrmals, den Blick vage auf die Zeitung geheftet, an der Tasse. Es war auch sonst allerhand los auf der Welt, Wichtigeres, Unangenehmeres, Komischeres, gar kein Zweifel. Aber dann ruhte sein Blick doch wieder auf den beiden braunen, ineinander verschlungenen Ringen, mit der die Unterseite der Tasse die Meldung vor allen anderen gekennzeichnet hatte. Natürlich, diese Zeichen waren es. Er merkte es am Zittern des Kaffeespiegels in der Tasse. Sie hatten außerdem diese Zeichen auf die Grabsteine gemalt. Oder vielleicht sollte man statt Zeichen lieber sagen: diese Symbole. Er setzte die Tasse ab und sah sich im Café nach einem Bekannten um, mit dem man dieses Problem vielleicht erst einmal diskutieren könnte. Leszek Hirsch

war da. Er hatte die Fäuste von beiden Seiten gegen den graugelockten Schädel gestemmt und starrte mit mahlenden Kaumuskeln auf das Schachbrett vor sich nieder. Der Mensch ihm gegenüber hatte die Beine ausgestreckt und behauchte und putzte sich behaglich die Brille, ein kommender Sieger. Leszek Hirsch machte in Fahrrädern. In der Fahrradbranche gab es Firmenzeichen und Fabrikmarken; Jagomir Pelzig erinnerte sich an ein altgekauftes Fahrrad in seiner Jugend, dessen Lenksäule ein auf zwei Beinen stehender Löwe schmückte, der eine Krone trug und sich mit flammender Zunge das Maul leckte. Frage nur eben: War das jetzt ein Markenzeichen, ein Emblem oder gar ein Symbol? Leszek Hirsch wußte nicht, daß ihm mindestens drei Freikaffeetassen entgingen, er dachte noch nicht einmal daran, Jagomir Pelzigs bohrenden Blick wahrzunehmen; wie die meisten Leute war er voll und unbelehrbar auf seine Niederlage konzentriert, des echten Glaubens, sie durch pures Draufstarren ins Gegenteil verkehren zu können. Und bestimmt wäre das für ihn ein Thema gewesen.
Die Kellnerin trat an den Tisch und fragte, ob sie die Zeitung haben könne. Erleichtert reichte Jagomir Pelzig ihr den Stab, in dessen Spalt sie eingeklemmt war, und erfreut verfolgte er die wohlgeformten Beine, die, von dem angenehm kurzen Rock überdacht, davontrugen, was beinah begonnen hätte, ihm ernstlich Sorge zu machen. Riß, Schimmel, Moos –: Hatte nicht auch die Vergänglichkeit ihre Zeichen? Warum den Jugendlichen, die ihr da so glaubwürdig vorgriffen, nicht *auch* eins gestatten, zumal ein derart verblaßtes? Nein, nein, das Problem war gelöst. Dankbar nahm er den Mann, der um die Zeitung gebeten hatte, in Augenschein. Ein sehr aufrecht sitzender Mittvierziger; gelichteter, daher doppelt gepflegter Scheitel, mit den schmal aufeinandergepreßten Lippen bemüht, die erfahrungsträchtigen Tränensäcke voll Melancholie durch zornige Entschlossenheit, so glaubwürdig es angehen wollte, Lügen zu strafen; Junggeselle, wie Jagomir Pelzig auch an dem fehlenden oberen Hemdknopf zu erkennen glaubte. Jetzt allerdings sank die Zeitung vor ihm langsam herab und was zu vermuten gewesen war, bewahrheitete sich: Der Mann war, trotz des fehlenden Knopfs, an Sauberkeit und an Ord-

nung gewöhnt, die vorwurfsvoll aufsteigenden, wenn auch farblosen Brauen bewiesen, in wie hohem Maße. Kein Zweifel, es war das Kaffeetassen-Signum, das ihn so ungehalten herblicken ließ. Schuldbewußt neigte Jagomir Pelzig ein wenig den Oberkörper vornüber, ein Fachmann in Verzeihenszeremonien hätte in dieser unauffälligen Geste eine durchaus akzeptable Entschuldigung zu erblicken vermocht. Nicht so der Mann. Seine hellblauen Nagelkopfaugen hatten Befehl, den Feind nicht aus den Blicken zu lassen. Da blieb nichts weiter übrig als eine freundschaftliche Erklärung, denn wie begannen Kriege? Indem man verächtlich den Fleck wahrnahm auf der Jacke des andern. Nicht, daß Jagomir Pelzig keinen Sinn für Verachtung gehabt hätte, im Gegenteil; aber eben das machte die Sache nicht nur schlimmer sondern auch brenzliger; ehe sie schwelte, sollte sie zischen: Wasser war *nie* falsch. Und schon ging er, sein wirksamstes Unsicherheitslächeln im unrasierten Gesicht, auf den Tisch des anderen zu.

»Eine schlechte Angewohnheit von mir. Mich stört das Klirren beim Absetzen, verstehn Sie. So eine Zeitung, die dämpft.«

»Kein Wort gesagt.« Gespielt, mürrisch, nicht ohne Genugtuung, senkte der andre wieder das Kinn.

»Ich warte nicht, bis man mir etwas sagt. Ich spüre oder erkenne.« Jagomir Pelzigs neue Verbeugung war ausführlicher. Unwillig winkte der andere ab. »Um Gottes willen, erledigt.«

»Sie machen einen ungeheuer exakten Eindruck auf mich.« Jagomir Pelzigs Stimme stockte ein wenig; man mußte abwarten, wie so etwas ankam; gut offenbar, wie man am hastig auf und nieder steigenden Adamsapfel des andern erkannte. Also fuhr er fort: »Sicher sind Sie imstande, mir den Unterschied zwischen Emblem, Zeichen und Symbol klarzumachen. Übrigens: Pelzig, mein Name.«

Der andre stand umständlich auf. »Grachowiak.« Er setzte sich wieder. »Ich würde Sie einladen, sich zu mir zu setzen. Aber ich habe Ärger gehabt.«

»Geschäftlich oder privat?«

»In der Behörde. Ich habe *nur* Ärger da.«

»Lassen Sie sich versetzen.«

»Mann –« Grachowiaks fahles Teiggesicht färbte sich rosa: »Das ist es doch gerade. Ich bin ihnen zu rechtschaffen. Sie wollen mich weghaben.«
»Da haben Sie es.« Jagomir Pelzig ließ sich, die Lehne zwischen den Beinen, ächzend auf einen Stuhl am Nachbartisch fallen. »Rechtschaffenheit kann sich nur der Gerissene leisten. Der Redliche bleibt auf der Strecke dabei.«
Irritiert blinzelnd sah Grachowiak ihn an. Er sah einen untersetzten, ein ganz klein wenig zur Fülle neigenden, nachlässig, um nicht zu sagen, schmuddelig gekleideten Mann, dem er, trotz des silbernen Stoppelbartes, nicht mehr als ein reichliches halbes, wenn auch stark politisch gefärbtes Jahrhundert gab, denn auf einen seiner stämmigen Unterarme, der aus dem geflickten Jackettärmel sah, war eine sechsstellige Zahl tätowiert. Er räusperte sich. »Um auf Ihre Frage zu kommen. Der polnische Adler, das ist ein Emblem. Daß Sie zu mir rübergekommen sind, ist ein Zeichen; ein Zeichen Ihrer Unsicherheit. Nun noch ein Symbol.« Suchend sah er sich um. »Hier.« Er klopfte mit dem gekrümmten Zeigefinger auf die beiden ineinandergreifenden Kaffeetassenringe in der Zeitung, was, durch die imitierte Marmortischplatte darunter, ein unangenehm hohl klingendes Echo ergab. »Sie haben selber eins produziert. Diese beiden unlösbar miteinander verbundenen Ringe stellen, das muß ich als Standesbeamter wissen, symbolhaft die Ewigkeit dar.«
Stille plötzlich im Kopf. Stille auch im Café. Der Regen hatte aufgehört. Die kahlen Zweige der Straßenbäume, denen man nicht ansah, ob sie in den März oder in den November gehörten, glänzten schwarz in einer farblos umwölkten Vormittagssonne.
»Schach«, sagte der Gegner Leszek Hirschs freundlich.
Die Kellnerin klopfte das Kaffeesieb aus. Die Erde begann sich wieder zu drehen. Und da war auch wieder das alte, wohlvertraute Pumpwerk zu hören; nur ein bißchen eiliger jetzt. Jagomir Pelzig preßte sich unauffällig den linken Ellenbogen gegen die Rippen. »Haben Sie die Meldung darunter gelesen?«
Grachowiak zuckte gleichmütig die knochigen Schultern. »Die übertreiben, wie immer. Weg mit den Friedhöfen,

Neubauten rauf, Kinderspielplätze. Dann kommt auch keiner auf so dumme Gedanken.«

»Und was die draufgemalt haben auf die Steine? Dieses –« Jagomir Pelzig fuhr sich mit dem Zeigefinger im Hemdkragen herum, den eine Strickkrawatte von unbestimmter Färbung mit wenig Erfolg zusammenzuhalten versuchte: » – dieses Symbol?«

»Ich muß Sie verbessern.« Grachowiak stellte das Schnapsglas, nachdem er es pedantisch ausgeleckt hatte, mit zierlich weggespreiztem kleinen Finger behutsam wieder zurück auf den Tisch. »Ein Hakenkreuz ist kein Symbol. Es ist ein Emblem.«

»Schach«, sagte der Gegner Leszek Hirschs sanft.

Jagomir Pelzig stand auf. Irgendwie bekam er dabei den Stuhl nicht gleich wieder zwischen den Beinen hervor. Als er es geschafft hatte, lächelte er. Es war das Genossen-Lächeln, das für staatliche Dienststellen und für Behörden, das gewinnende. »Ihre Unterrichtung ist mir sehr dienlich gewesen.«

Er zerrte an einer grauen Kordel, die aus seiner Westentasche herabbaumelte. Zu Grachowiaks Erstaunen hing eine dicke, altmodische goldene Taschenuhr daran.

Jagomir Pelzig ließ den Deckel aufspringen. »Hui, hui, ich muß ins Geschäft. Erbstück vom Vater«, fügte er hinzu, während er sie wieder verstaute. »Vergraben und nach der Befreiung wiedergefunden: Ob Sie es glauben oder nicht. Übrigens, warum ich Sie gefragt habe: Er liegt nämlich in Deutschland begraben.«

»So gut wie hier«, sagte Grachowiak und nahm die zerknitterte Visitenkarte in Empfang, die Jagomir Pelzig ihm hingereicht hatte.

»Genau *das* ist die Frage.« Mütze auf, an den Schirm getippt, los. Die fünf Zloty für die Kellnerin noch. Sie war zwar schlampig, aber ganz hübsch; das konnte man sich getrost etwas kosten lassen, häßlich, wie sonst doch hienieden so vieles bestellt war.

›Hienieden‹ stammte übrigens vom Großvater noch. Wenn der tote Mensch leben bleibt, bleibt er am Leben im Wort. Denn das Wort ist Gedenken, und mit dem Wort fing es an.

Leszek Hirsch wollte es noch immer nicht einsehen, daß im

Schachspiel Zweiter zu sein würdiger war, als einen schlechten Spieler besiegen zu müssen.
Jagomir Pelzig klopfte ihm auf den vibrierenden Rücken. Drei Züge hatte er noch. Er hätte ihn mitnehmen können. Doch Leszek hatte den Sinn einer Niederlage noch nie eingesehen, warum sollte die Erleuchtung ausgerechnet an diesem tristen Morgen über ihn kommen, den Jagomir Pelzig so dringend brauchte, um jenen Friedhofsgedanken weiterzuspinnen.
Das heißt, ›Frieden‹ war gut. Wie, wenn eines Tages auch der Grabstein des Vaters so umgestürzt würde? Bisher war es immer nur die Lage des Friedhofs gewesen, die ihm Unbehagen eingeflößt hatte. Es war entweder der falsche Friedhof oder das falsche Land.
»Wir sind die falschen *Leute*«, hatte der Großvater, der ungefähr sechs Pogrome überlebt hatte, immer gesagt. Daran war etwas Wahres.
Man konnte es, abgeschwächt, auch an dem Polizisten sehen, der auf Jagomirs winzigem, hoch mit alten Möbeln, Schneiderpuppen, zwei Zinkbadewannen und einem zerbeulten Globus beladenen und aus allen Fugen gehenden Lastwagen die kaum noch lesbare jiddische Inschrift zu buchstabieren versuchte.
»Was zu beanstanden?« Es war immer dasselbe; je besorgter, gar ängstlicher man war, desto herausfordernder geriet einem die Tonlage. Nun kam allerdings hinzu, daß sich Uniformen auf Jagomir Pelzigs Umgangsregeln eigentlich noch nie sonderlich fördernd ausgewirkt hatten.
Der Polizist wollte wissen, was Jagomir gegen eine *polnische* Firmenbezeichnung einzuwenden hätte.
Wenig, sagte Jagomir wahrheitsgemäß; die Schwierigkeit bestünde auch mehr in der reinen Begriffsdefinition.
Der Polizist schnallte, um besser ausatmen zu können, sein Koppel eine Lochbreite weiter. Ob er ihn auf den Arm nehmen wolle.
Jagomir hob beschwörend die Hände. »Kollege, wo denken Sie hin? Ich bin ein Diener der arbeitenden Klasse. Nun tragen Sie *das* mal kaltschnäuzig auf dieses Vehikel hier auf.«
Der Polizist nickte gehässig. »Der reine Hohn.«

Was gibt es Friedvolleres, als Bösartigkeit überhören? Jagomir Pelzig hatte mit dieser schwer zu erlernenden Technik schon ganz andere Instanzen verblüfft. »Ich möchte glaubwürdig bleiben. Verstehn Sie mich da?«
Argwöhnisch strengte der Polizist sich an, aus einem möglichen Echo den doppelten Boden herauszubekommen. Vergeblich, wie Jagomir mit leichtem Bedauern feststellen mußte. Er haßte es, jemand überlegen zu sein, und grüßte beim Anfahren daher auch *besonders* herzlich zurück.

»Das is e griener Meschiach«: Ein ungesund aussehender Mensch; eigentlich: Ein grüner Messias. Frankfurter Jiddisch. Grün, als Haut- und Gesichtsfarbe, legt demnach die Annahme nahe, der Messias (sollte er je kommen) ist ein ungesund aussehender, mit Krankheit geschlagener Mann. Denn grün als Ausdruck der Unreife kann, bei einem so lange im Verborgenen gehaltenen Erlöser ja wohl schwerlich gemeint sein.

Im Talmud wird die Farbe Grün auch auf den Verkünder des Messias übertragen. Es existieren zwei Vogel-Mythen. In der einen kündigt der Grünspecht (hebräisch: racham) das Kommen des Messias an. In der anderen ist es der ägyptische Erdgeier (eigentlich: »ein grünlicher Vogel«), der, hochsitzend, mit seinem Ruf den Regen anmeldet. Sollte er jedoch seinen Ruf einmal auf der Erde sitzend ausstoßen, bedeutet das die Ankunft des Erwarteten.

Also scheint der Mensch nicht von sich aus imstande zu sein, den Messias zu erkennen. Man muß ihn erst auf ihn hinweisen. Das verstärkt die Annahme, daß der Messias sich von denen, die ihn erwarten, nicht unterscheidet. Vielleicht weiß er nicht einmal, daß er der Messias ist. Denn alle, die bisher vorgaben, der Ersehnte zu sein, sind ja noch nicht einmal seine Paladine gewesen.

Eine glaub-würdig entwickelte Mythenfigur. Denn wie sollte die Welt, wie sollten die Völker, wie sollte die Judenheit von einem gloriolenumkränzten Übermenschen erlöst werden können. Der da kommen soll, muß gezeichnet sein von allen ›Krankheiten‹ der Welt. Seine Kraft liegt in seiner Schwäche;

denn wenn auch gesandt –: Er ist einer von uns. Nur Gebresthaftigkeit bis in seine dunkelsten Seelentiefen hinab kann ihm *die* Glaubwürdigkeit sichern, deren er, um in den Zeiten der Dunkelheit, der Anfechtungen und des Todes geglaubt werden zu können, so dringend bedarf.

Der Messias als Anti-Christus also, als Mensch, der unerkannt verscharrt werden wird, ohne je wiederzukehren. Aber man wird der Welt anmerken, daß er dagewesen ist. Man wird, ihm zum Gedenken, eine neue Zeitrechnung einführen: die ›Zeit nach Seiner Ankunft‹. Sie wird sich jedoch in nichts von unserer Zeit unterscheiden. Allenfalls darin, daß wir endlich begreifen: Wir hätten erlöst werden können, wenn wir dazu bereit gewesen wären.

Wer richtig liest, für den allerdings ist der Messias schon lange verdorben: »Er hatte keine Gestalt noch Schöne; wir sahen ihn, aber da war keine Gestalt, die uns gefallen hätte. Er war der Allerverachtetste und Unwerteste, voller Schmerzen und Krankheit. Er war so verachtet, daß man das Angesicht vor ihm verbarg; darum haben wir ihn nicht geachtet. Fürwahr, er trug unsere Krankheit und lud sich auf unsere Schmerzen. Wir aber hielten ihn für den, der geplagt und von Gott geschlagen und gemartert wäre . . . Und man gab ihm bei Gottlosen sein Grab, und bei Reichen, da er gestorben war, wiewohl er niemand Unrecht getan hatte, noch Betrug in seinem Munde gewesen ist.« (Jesaja 53.)

15. Dezember. Ein ausgefüllter Tag. Zwei Fernsehspieldrehbücher fertiggestellt. Ein Haus gekauft. Hand gebrochen. Fuß verstaucht.

Es ist die linke. Da schon vorher ja ziemlich gehandikapt, immer nur mit den Zeigefingern getippt. Erst mal also nur noch mit *einem.* Sparsam-ästhetischer kann man als Schreiber kaum sein.

Das Haus liegt in Nikolassee. Fast quadratmetergenau in der Gegend, wo wir immer hingedacht haben. Ebenerdig; etwas erhöht. Schöner, überschaubarer Garten. Uns gehören ein Ahorn, vier Kiefern, drei Birken.

Der Bruch recht kompliziert. Gips bis in den April. Wir schreiben den 17. Dezember. Das wird interessant.

Quintessenz der etwa 50 Stürze, die ich seit der Polyneuritis hinter mir habe: Bin kein Typ, dem man, vom Aussehen her, hilft. Immer liegengelassen worden und indignierte Wegblickgesichter. Es müßte einem gelingen, leidender auszusehen.

Der Mann im U-Bahn-Abteil, von dem ich wußte (ahnte), er würde einen epileptischen Anfall bekommen. Sah auch voraus, wie es ablaufen würde. Und wurde in nichts widerlegt. Allenfalls darin, daß sich das Abteil schneller leerte, als angenommen – nämlich (kaum, daß die ersten Krämpfe eingesetzt hatten) auf der nächsten Station.

Die Zeichen. Die willenlos scheinende, in Wirklichkeit verkarstete Mundpartie. Verwundete Lippen. Geschundene Zunge. Die mühsam zurückgehaltene Fallangst im Blick. Die von gespielter Ruhe verdeckte Unsicherheit. Der blasse oder granitfahle Teint. Die behutsame Sprechweise. Die extrem kurzgehaltenen Nägel. Mehlhände, selten knochig; blutige Schrammen im Teller. Langsame, den Unkundigen teddybärhaft-gemütvoll anmutende Bewegungen. Die Gestik gehemmt (:Angst vor der ›Aura‹).

Vor der Anteilnahme liegen Ekel und Wut. Man nimmt dem Heimgesuchten übel, daß er die Menschenwürde verletzt. Was hat er da unten auf der Erde zu suchen. Die Aufklärung hat uns vom Dämon an den Dämonisierten verwiesen. Was den Vorteil hat, Angst und Empörung werden jetzt von Schicklichkeit und Konvention unterstützt.

Zwölfjährig etwa. Kam samstags aus der Schule nach Hause. Plötzlich stand ich vor Vater, der auf der Couch lag und schlief. Zorn und Enttäuschung auf einmal im Herzen, ihn so ungeschützt und wehrlos zu sehen. Das durfte nicht sein. Griff mir ein Kissen und schlug ihm damit ins Gesicht. Verblüfftes Erwachen.

Grundmuster des Verhaltens beim Sturz von Senkrechtgeplantem. Ein Hundezüchter, der jahrelang mit seinem Dobermann zusammengelebt hatte, wurde von dem Hund zu Tode zerfleischt. Anlaß: Er war im Beisein des Hundes gestürzt. (Erinnerte Zeitungsnotiz.)

20. Dezember. Alle Versuche, wieder mit der Hand zu schreiben, bisher gescheitert. Brauchte die linke für die täglichen Übungen, um die beiden überhaupt erst arbeitsfähig zu kneten. So: Bleistifthalten immer nur viertelstundenlang möglich. Treibe ein mir unbekanntes Gewerbe. Merke erst jetzt: Der Denkprozeß war über die elektrische Schreibmaschine gelaufen.

Da scheint etwas geändert werden zu müssen.

Nenad, jetzt viereinhalb Jahre: »Pappa, hast du mich früher mehr geliebt, wo ich noch nich so viel ›Kacke‹ und ›Scheiße‹ gesagt habe?« – Die Frage Adams an Gott, nach dem Sündenfall. Bleibt zu hoffen, daß wir beide annähernd dasselbe geantwortet haben: »Umgekehrt, Sohn. Eigentlich mag ich dich jetzt, wo du ›Kacke‹ und ›Scheiße‹ sagst, erst so richtig. Denn jetzt bis du wissend. Und wissend bist du gefährdet.«

Der gläubige Jude: »As Gott will, schießt a Besen.«

Der ungläubige Nichtjude: »Und warum *hat* er nicht gewollt?«

Wie es den Skandal der Philosophie gibt, der darin besteht, daß sich die Denker nicht auf einige Grunderkenntnisse einigen können, gibt es den Skandal der Religion. Er beruht darauf, daß sich die Vorsehung Gottes und die menschliche Wahl- und Willensfreiheit nicht aufeinander abstimmen lassen.

Denn. Die Vorsehung Gottes ergibt sich aus der Beständigkeit der natürlichen Ordnungen. Aber der Mensch ist unbeständig gemacht.

»Alles ist vorgesehen, aber es ist Willensfreiheit gegeben. In Güte wird die Welt gerichtet, aber alles nach der Mehrzahl der Taten.« (Rabbi Akiwa, Sprüche der Väter.)

Also ist Güte gleich Strafe. Also kalkuliert die Vorsehung Gottes auch den frei gewählten Weg ins Verderben mit ein. Ich habe es schwer mit diesem Gott, Rabbi.

»Aber es gibt eine Anschauung der Welt, derzufolge das Paradox höher steht als jedes System.« (Kierkegaard.)

Dazu Nenad, als er heute nicht einschlafen konnte: »Die Nacht fällt mir zur Last.«

Nur um diesen einen Satz geht es, Ihr Herren. Um sonst weiter nichts.

Brecht hat darauf bestanden, in einem Zinksarg beigesetzt zu werden. Er ekelte sich vor den Würmern. (Daß doch die Materialisten immer solche Schwierigkeiten mit ihren Abgängen haben. Nun ist er also *doch* ein Ästhet. Schade, Boß.)

Nachruhm pflegen: Die Stelle warmhalten, auf der der Kater geschnurrt hat. (Dichterwitwen ins Kondolenzbuch.)

Ich sehe es so. Der Sarg aus frischem Kiefernholz. Unverarbeitet, nur gehobelt. Man soll mich riechen können, auf dem Wege zum Grab. Die Grube, wo es sich einrichten läßt; natürlich Berlin. Der Stein unbehauen; Granit. Die Initialen genügen. Es dürfte auf keinen Fall der Eindruck entstehen, daß der Stein hingestellt worden sei. Es gibt keine stehenden Steine. Mein Grabstein soll liegen. Exakt überm Kopf. Wegen der Korrespondenz zwischen den beiden. Bepflanzung: Efeu; der macht keinem Mühe.

Am Grab keine Predigt, keine Ansprache, keine Musik. Aber jemand mit guter Stimme soll die schönste Geschichte der Welt am offenen Grab verlesen. Sie ist nicht lang, zweieinhalb Seiten nur etwa. Sie heißt *Unverhofftes Wiedersehen,* und es hat sie Johann Peter Hebel geschrieben. Ist die Geschichte verklungen, soll laut und vernehmlich am offenen Grab der Hinweis auf das Lokal oder die Kneipe erfolgen, wo im Anschluß jetzt der Leichenschmaus stattfinden wird. Ich bitte darum, schon am Grab, auf jeden Fall noch auf dem Friedhof, wieder Alltagsgespräche zu führen.

Es wäre schön, wenn am Leichenschmaus auch Kinder teilnehmen könnten. Ich bitte, so viele und unterschiedliche Gäste wie möglich zu laden. Als Gericht schlage ich Eisbein mit Erbspüree und Sauerkraut vor; damit hat man schon in meiner Kindheit erfolgreich von den Toten Abschied genommen. Getränke: Bier; Weiße rot, Weiße grün, je nach Belieben. Und Schnaps selbstverständlich; den klarsten, den man auftreiben kann. Es sollte eine Hillbilly-Band spielen; wenn nicht original, dann vom Band.

Wer es über sich brächte, könnte vielleicht einen halben Tag vorher fasten und sich während dieser Zeit meiner zu erinnern versuchen. *Dann* aber sattessen, bitte.

Ach ja: und das Begräbnis sollte am Vormittag liegen. Warum den Leuten den Abend verderben.

10. Januar 1977. Wenn es doch nur *das* wäre. Aber nein. Wieder Angst um Marina. Die Ärzte, so gewissenhaft sie sind, geben sich ständig nur mit Teiluntersuchungen zufrieden. Es gibt keine anderen.

Immer ist einem an Wahrheit gelegen gewesen. Aber sobald es um den Zustand des anderen geht, beginnt man ungenau zu werden: Versicherungen für Befunde, Routinevorgänge für Spezialuntersuchungen zu nehmen. Verträgt sich denn Lebenswille nicht mit Wahrheit? Und wenn schon die beiden einander aus dem Weg gehen, warum arbeiten dann nicht wenigstens *Liebe* und Wahrheit zusammen? Weil Liebe Beteuerung braucht. Befunde unterminieren.

Auf dem Frankfurter Hauptfriedhof überwintert zum zweiten Mal bereits ein weißer Riesenkakadu. Nährt sich von Hainbuchenfrüchten. Wird von zwei Rabenkrähen abends zu seinem Schlafbaum gebracht. Lockt mit seinem Gekrächz die irritierten Eichelhäher an. (Mitteilung Vaters.) Sehe den Kakadu, als komischen Statthalter des Todes, auf der verschneiten Grabplatte Schopenhauers melancholisch den Kopf einer aus einem Kranzgebinde gerutschten Silberdistel zerhacken. Die schwarze Lederzunge kostet mißmutig die ausgedorrten Samen. Gegen das scharfe Blauweiß des Harschschnees wirkt sein Federweiß schmuddelig-verbraucht. In schmerzend-warmem Kontrast dazu – Flamme auf dreckigem Kerzenwachs – das anheimelnde Gelb der gesträubten Haubenperücke. Wenn er diesen Winter übersteht, sollte man ihn Paralipomenon nennen.

Wolfdietrich Schnurre: *Werkauswahl*

Eine Rechnung, die nicht aufgeht. Erzählungen. Olten und Freiburg 1958. Vergriffen.

Als Vaters Bart noch rot war. Ein Roman in Geschichten. Mit Illustrationen des Autors. Zürich 1958.

Das Los unserer Stadt. Eine Chronik. Olten und Freiburg 1959. Vergriffen.

Man sollte dagegen sein. Geschichten. Olten und Freiburg 1960. Vergriffen.

Die Aufzeichnungen des Pudels Ali. Durchgesehene und überarbeitete Ausgabe. Mit Illustrationen des Autors. Olten und Freiburg 1962.

Funke im Reisig. Erzählungen. Olten und Freiburg 1963. Vergriffen.

Ohne Einsatz kein Spiel. Heitere Geschichten. Mit Illustrationen des Autors. Olten und Freiburg 1964. Vergriffen.

Kassiber/Neue Gedichte. Frankfurt am Main 1964. Vergriffen.

Die Erzählungen. Olten und Freiburg 1966. Vergriffen.

Was ich für mein Leben gern tue. Hand- und Fußnoten. Mit Illustrationen des Autors. Neuwied 1967. Vergriffen.

Schnurre heiter. Heitere Geschichten. Mit Illustrationen des Autors. Olten und Freiburg 1970. Vergriffen.

Der Spatz in der Hand. Fabeln und Verse. Mit Illustrationen des Autors. München 1971.

Ich frag ja bloß. Großstadtkinderdialoge. München 1973.

Der wahre Noah. Neuestes aus der Sintflutforschung. Mit Illustrationen des Autors. Zürich 1974.

Schnurren und Murren. Kinderbuch. Mit Illustrationen des Autors. Recklinghausen 1974.

Eine schwierige Reparatur. Erzählung. Mit Illustrationen des Autors. Düsseldorf 1976. Vergriffen.

Ich brauch Dich. Geschichten. München 1976.

Erzählungen 1945–1965. München 1977.

Wolfdietrich Schnurre: *Taschenbuchausgaben*

Eine Rechnung, die nicht aufgeht. List Bücher, Nr. 149. München 1962, dtv 1975.

Als Vaters Bart noch rot war. Ein Roman in Geschichten. Mit Illustrationen des Autors. Ullstein Bücher, Nr. 382. Frankfurt/M., Berlin, Wien 1963/1975.

Das Los unserer Stadt. Durchgesehene und überarbeitete Ausgabe. Sonderreihe dtv, Nr. 17. München 1963. Vergriffen.

Man sollte dagegen sein. Geschichten. Fischer Bücherei, Nr. 628. Frankfurt/M. 1964. Vergriffen.

Die Aufzeichnungen des Pudels Ali. Mit Illustrationen des Autors. dtv Nr. 301. München 1965/75.

Spreezimmer möbliert. Hörspiele. Sonderreihe dtv, Nr. 56. München 1967. Vergriffen.

Ohne Einsatz kein Spiel. Heitere Geschichten. Mit Illustrationen des Autors. Fischer Bücherei, Nr. 889. Frankfurt/M. 1968. Vergriffen.

Funke im Reisig. Erzählungen. Fischer Bücherei, Nr. 1055. Frankfurt/M. 1969. Vergriffen.

Die Zwengel. Kinderbuch. Illustriert vom Autor. dtv junior, Nr. 7070. München 1972.

Auf Tauchstation. Und 18 weitere Begebenheiten. Mit Illustrationen des Autors. Ullstein Bücher, Nr. 2939. Frankfurt/M., Berlin, Wien 1973.

Was ich für mein Leben gern tue. Hand- und Fußnoten. Mit Illustrationen des Autors. Ullstein Bücher, Nr. 3126. Frankfurt/M., Berlin, Wien 1974.

Ich frag ja bloß. Kinder unter sich. Ullstein Bücher, Nr. 3349. Frankfurt/M., Berlin, Wien 1977.

Ich brauch Dich. Partnergeschichten. Ullstein Bücher, Nr. 3439. Frankfurt/M., Berlin, Wien, 1978.

Manche gehen lieber in den Wald. Geschichten. Mit Illustrationen des Autors. Ullstein Bücher, Nr. 3523. Frankfurt/M., Berlin, Wien 1978.